O ÚLTIMO TREM DE HIROSHIMA

Deusa,
2011

O ÚLTIMO TREM DE HIROSHIMA

OS SOBREVIVENTES OLHAM PARA TRÁS

CHARLES PELLEGRINO

TRADUÇÃO: ANGÉLICA FREITAS

LeYa

Título original: *The Last Train From Hiroshima – the survivors look back*

Diretor editorial: Pascoal Soto
Editora: Mariana Rolier
Produção editorial: Suria Scapin

Tradução: Angélica Freitas
Preparação de texto: Juliana Campoi e Amanda Orlando
Revisão: Tulio Kawata e Líria Novais
Diagramação: Marcelo R. Rodrigues
Adaptação de capa: Osmane Garcia Filho
Imagens da capa: © Bettmann / Corbis / Corbis(DC) / Latinstock
© Corbis / Corbis(DC) / Latinstock

Dados internacionais de catalogação na publicação (CIP-Brasil)
Ficha catalográfica elaborada por Oficina Miríade, RJ, Brasil.

P386 Pellegrino, Charles R., 1953-
O último trem de Hiroshima : os sobreviventes olham para trás / Charles R. Pellegrino ; tradução: Angélica Freitas. – São Paulo : Leya, 2010.
432 p. : il.

Tradução de: The Last Train From Hiroshima : the survivors look back.
Inclui bibliografia e índice.
ISBN 978-85-62936-24-1.

1. Hiroshima (Japão) - História - Bombardeio, 1945. 2. Hiroshima (Japão) - História - Bombardeio, 1945 – narrativas pessoais. 3. Segunda Guerra Mundial, 1939-1945 – Japão – Hiroshima. I. Título.

10-0024 CDD 952.033

Texto Editores Ltda.
Uma editora do Grupo Leya
Av. Angélica, 2163 – Conj. 175/178
01227-200 – Santa Cecília – São Paulo - SP
www.leya.com

Para a criança de amanhã

130°
135°
140°
145°
MANCHÚRIA
RÚSSIA
45°
HOKKAIDO
MAR DO JAPÃO
COREIA
Estação de radar Miyato
Campo de prisioneiros 17 (Clarence Graham)
HONSHU
100 Quilômetros
Tóquio
35°
Hiroshima
Osaka
Kokura
Shikoku
Obama (Prefeito Nishioka)
OCEANO PACÍFICO
Nagasaki
30°
130°
135°
140°

Se as bombas atômicas deveriam ou não ter sido detonadas sobre Hiroshima e Nagasaki é um assunto para outra época e para outras pessoas debaterem.

Esta é simplesmente a história do que aconteceu às pessoas e objetos que estavam sob as bombas e é dedicada à tênue esperança de que ninguém mais morra dessa maneira.

Enquanto rumamos ao precipício da proliferação nuclear descontrolada e do terrorismo nuclear, devemos lembrar que Hiroshima e Nagasaki representam o poder destrutivo das armas que provavelmente voltaremos a ver. A esperança de que o passado não seja um prólogo é deveras frágil, e só conheço o anjo da Esperança com uma aparência um pouco anoréxica.

NOTA: Como muitos dos nomes encontrados neste livro são às vezes bastante similares, e podem até parecer os mesmos, um breve sumário alfabético com a biografia das principais testemunhas oculares desta história foi incluído para referência, e começa na página 355. O termo *Ground Zero* originou-se com Hiroshima e Nagasaki e refere-se à região onde praticamente todos os edifícios foram arrasados, e onde a mortalidade foi de 85%, ou maior quando as pessoas estavam ao ar livre, sem qualquer proteção. Em Hiroshima, o raio do *Ground Zero* cobria quase um quilômetro.

SUMÁRIO

Prefácio xiii

1. A Estrela da Morte 1
2. O ovo de Gojira 22
3. Setsuko 43
4. E o resto eram neutrinos 71
5. A louca Íris 95
6. *Kaiten* e os elefantes fiéis 137
7. Um vapor nos céus 169
8. Barbantes 210
9. Testemunho 238
10. Legado: mil *tsurus* 288

Apêndice: As pessoas 355
Notas 367
Bibliografia selecionada 387
Agradecimentos 391
Remissivo 395

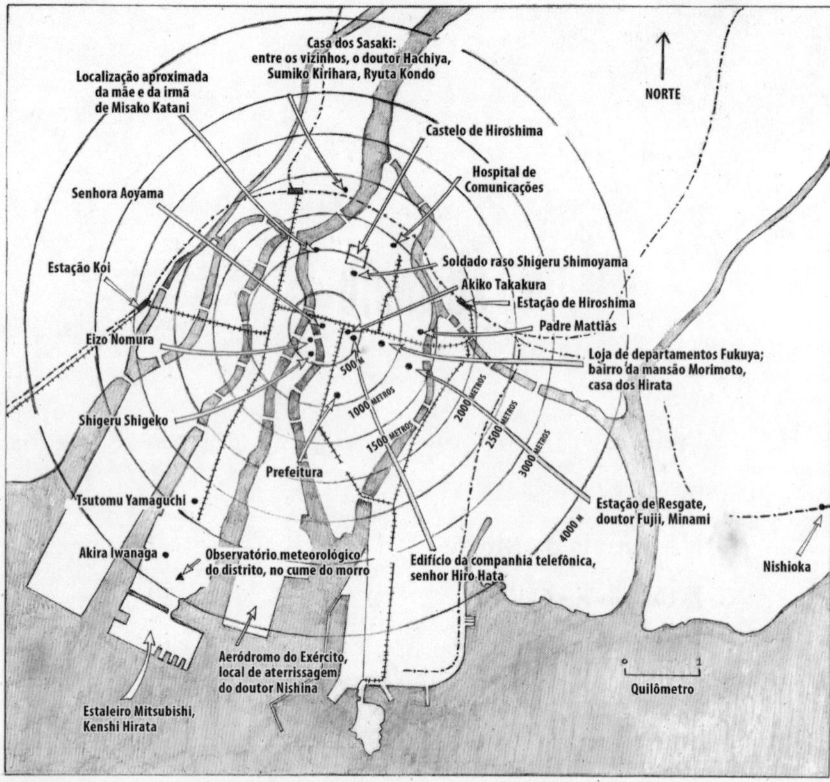

A cidade de Hiroshima, com os nomes dos principais sobreviventes e sua localização no Momento Zero. Note que alguns nomes (como os de Kenshi Hirata, Misako Katani e Tsutomu Yamaguchi) aparecem também no mapa de Nagasaki. Estas são as pessoas que, depois de sobreviverem à primeira bomba, partiram da estação Koi, em Hiroshima, para Nagasaki e se tornaram os misteriosos “duplos sobreviventes” da bomba atômica. (Patricia Wynne)

O ÚLTIMO TREM DE HIROSHIMA

PREFÁCIO

Tsutomu Yamaguchi era um homem que via a raiva e o ódio nos outros e tentava amenizá-los; via a ignorância e tentava substituí-la pela sabedoria, via o desespero se aproximar e tentava dar esperança aos que estivessem em seu caminho.

Passei pouco tempo com o senhor Yamaguchi, mas ele provou que a duração de um encontro não é a medida de sua capacidade de ensinar. Se um homem que sobreviveu aos bombardeios atômicos de Hiroshima e Nagasaki pode sair de um horror daquela magnitude acreditando na nobreza básica da vida, então qualquer um de nós pode. Ensinando pelo exemplo, ele acreditava que, se mesmo uma fração da humanidade pudesse viver de acordo com apenas um simples mandamento — seja amável —, esse comportamento poderia se transmitir de pessoa a pessoa, como um vírus, e talvez pudesse acabar mudando a vida de alguém que, de outro modo, seria capaz de fazer algo horrível no futuro.

Ele também acreditava que as pessoas, em número cada vez maior, haviam se tornado complacentes durante as quase duas décadas desde o término da constante e amedrontadora rivalidade nuclear entre os Estados Unidos e a União Soviética. Uma espécie de amnésia tinha começado a afetar a civilização — uma amnésia particularmente perigosa, na qual as pessoas começavam a esquecer o que as bombas atômicas realmente fazem e, ao redor do mundo e em muitos idiomas, as palavras "nuke them"[1] estavam sendo proferidas cada vez mais frequentemente. Yamaguchi percebeu que se a humanidade não lembrasse logo, se não aprendesse logo que "nuke them" era a pior maldição que um ser humano podia proferir contra outro grupo de seres humanos, então toda a civilização poderia estar agora no mesmo trem que ele havia tomado — de Hiroshima rumo a algo ainda pior.

Durante suas últimas semanas de vida, Tsutomu Yamaguchi passou a missão a um pequeno mas dedicado grupo de cineastas e escritores, recebendo deles a promessa de que viveriam segundo seu exemplo e que o passariam para a frente.

A quatro deles, ele deu poemas *tanka*, escritos com sua própria caligrafia, contando sua experiência sob as bombas. A um deles, ofereceu uma pintura da estátua de Maria da catedral de Urakami, semiderretida e aparentemente chorando, e disse: "Ainda há tempo de evitar que isto aconteça novamente". Ao cineasta James Cameron, afirmando acreditar que havia um elo espiritual anterior entre eles e que estava convencido de poder ver dentro do coração do cineasta, o senhor Yamaguchi entregou a pintura de um dragão que, segundo ele, precisaria ser agarrado pelos chifres. A pintura representava o próprio dragão interior de Yamaguchi: aquele contra o qual tinha lutado e pintado em apenas um dia, expressando o desespero que sentiu quando seu filho, como muitos filhos das bombas (a maioria, na realidade), teve câncer e morreu antes de chegar aos 60 anos.

Para mim, ele havia escolhido uma pintura recente, de uma cachoeira, com uma carta anexa, indicando de maneira enigmática que eu precisaria procurar a serenidade das águas — e em pouco tempo.

Uma tempestade se aproximava.

Apenas algumas semanas mais tarde, em 4 de janeiro de 2010, meu amigo Hideo Nakamura me avisou que o senhor Yamaguchi havia falecido. Depois, em fevereiro, chegou a tempestade. Um re-

---

[1] "Jogue uma bomba atômica neles." (N. T.)

pórter do *New York Times* me apresentou provas de que um dos aviadores que eu entrevistara para a primeira edição deste livro não era quem ele parecia ser. Evidentemente, o impostor havia tirado vantagem de muitos dos defeitos do registro de informações sobre 1945 — incluindo erros segundo os quais passageiros foram trocados de avião e até que a bomba de Nagasaki teria sido lançada de outra aeronave. Nesse contexto, um aviador inflou seu currículo ao se colocar, falsamente, no assento de outro homem a bordo do avião fotográfico da escolta da missão de Hiroshima, o *Necessary Evil*.

Esse era, claramente, um erro que eu deveria ter percebido muito antes. Não importava que a pessoa em questão possuísse centenas de fotografias, junto dos documentos e artefatos "certos" (dentre eles fotos verídicas do marcador no final da pista de Tinian, registro dos últimos bombardeios incendiários de 14 de agosto de 1945; fotos aéreas de Hiroshima antes, durante e depois de 6 de agosto; uma foto mostrando um dos aviões colocados em dúvida, mais ele e vários outros homens de uniforme debaixo da pintura no nariz da aeronave [e este era claramente o mesmo homem na foto de seu casamento um ano mais tarde], e, por fim, uma carta do presidente Truman). Não deveria ter importado que Joseph Fuoco fosse veterano e bombeiro; isso não justifica o fato de eu ter baixado a guarda. Acabei confiando nele totalmente. Dada a minha obrigação de registrar a história tão corretamente quanto é humanamente possível, eu nunca deveria ter confiado 100% em um entrevistado. Um resultado disso é que uma parte da história do ponto de vista dos aviadores americanos na primeira edição deste livro é uma ilusão. Eu me considero mais culpado por isso do que o veterano que contou a história. Naturalmente, tudo o que foi dito ou sugerido por essa "testemunha", não importando se estivesse de acordo com partes da história já verificada por outros, foi completamente eliminado desta edição e substituído por material que, sobretudo, devolve ao homem que de fato ocupou o assento de engenheiro de voo a bordo do *Necessary Evil* o seu devido lugar na história.

Em relação ao homem que inflou seu currículo de guerra, o 509º Grupo Composto compreensivelmente expressou raiva e ódio extremos. Se eu não tivesse conhecido Tsutomu Yamaguchi (ou Masahiro Sasaki, ou alguns dos outros sábios que se ergueram das cinzas), também poderia me inclinar ao ódio.

Eis o que creio que o senhor Yamaguchi gostaria que pensássemos de Joseph Fuoco: o filho do senhor Fuoco, um policial com experiência em lidar com impostores (os quais tendem a desenvolver rapidamente inconsistências em suas histórias), me disse que nunca houve, tanto quanto ele recordasse, alguma incoerência na história de seu pai. A esposa de Joseph Fuoco "sabia" desde pelo menos o começo (1945-1946) que seu marido havia voado num dos aviões da escolta da missão de Hiroshima.

No dia seguinte à minha terceira entrevista com Joseph Fuoco, em 2008, ele sofreu um ataque cardíaco súbito e fatal. O corpo de bombeiros, a polícia, os militares e muitas centenas de pessoas compareceram a um dos maiores funerais que já vi, transbordando de amor por esse homem.

Havia adolescentes complicados cujo futuro parecia acabar numa prisão, e cuja vida Joseph Fuoco havia ajudado a reverter. Nenhum de nós jamais saberá se ele estava mentindo intencionalmente para mim em 2008. Acho difícil acreditar que estivesse. O homem que conheci naquela época vivia para servir os outros. Por ter se escalado numa missão da qual nunca participou (e ter juntado, conscientemente, documentação convincente durante todos aqueles anos), e apesar do fato de que isso teria começado como algo maldoso, quero acreditar — e quase tenho de acreditar — que por volta de 1955, talvez por meio de alguma mutação da memória, o que começou como uma mentira acabou se tornando a realidade do senhor Fuoco.

Perguntando-me o que o senhor Yamaguchi teria feito, prefiro pensar em Joseph Fuoco como um homem que serviu ao seu país numa época de necessidade, e que continuou a fazê-lo depois da guerra, como bombeiro.

Se ao menos outras pessoas pudessem ter adotado a visão de Yamaguchi.

Enquanto cada dia que passava revelava o incidente de Fuoco como apenas o início da tempestade, levei a pintura do senhor Yamaguchi para a minha mesa, e a mantive por perto. Por um poder de sugestão ou não, ela parecia me trazer tranquilidade, enquanto minha editora começava a receber rajadas de cartas raivosas, do 509º Grupo Composto e de quase todos os outros pontos cardeais. O departamento jurídico parecia confuso sobre as numerosas acusações de que eu teria inventado histórias sobre a doença da radiação e uma taxa excessivamente alta de mortalidade por câncer em Hiroshima e Nagasaki. Pelo menos uma carta, com tom de aparente autoridade, insistia que as bombas atômicas foram projetadas para dissipar toda sua radiação muito acima do chão e que minhas descrições dos efeitos da radiação nas populações civis eram falsas.

Eu não sabia, antes disso, que os negadores da radiação existiam, nem que advogados ou assemelhados lhes dariam um nanossegundo de credibilidade. Enquanto eu providenciava os documentos para responder a essa questão, chegaram cartas apontando o que era, essencialmente, um erro de edição (uma explicação adicional esquecida que deveria ter figurado na minha seção de agradecimentos).

Esse equívoco foi usado como base para afirmar que os dois padres mencionados na primeira edição eram fictícios. Ninguém neste livro é fictício — e é por isso que os dois padres continuam intactos nesta edição. O sacerdote referido como padre MacQuitty pode ser encontrado nas seções de agradecimentos de outros livros, entre eles *Return to Sodom and Gomorrah*, como um dos jesuítas cujos nomes foram trocados. Um leitor de *Ghosts of Vesuvius* pode ver claramente por que o padre MacQuitty solicitou que seu nome fosse trocado. Depois que o padre Mervyn Fernando apareceu com seu nome verdadeiro em *Return to Sodom and Gomorrah*, ele foi temporariamente exonerado até que se retratou de suas afirmações (apesar de o que ele havia dito sobre Deus e a mecânica quântica parecer perfeitamente inócuo). Na primeira edição deste livro, eu deixei de indicar novamente, na minha seção de agradecimentos, que o nome do padre McQuitty havia sido trocado. A interpretação jurídica da minha editora sobre esse erro implicava que eu teria de revelar o nome verdadeiro do padre — que, me disseram, precisava ser passado "imediatamente" à Associated Press.

Eu tinha prometido desde pelo menos 1989 que citaria o padre MacQuitty corretamente, mas que nunca revelaria seu nome verdadeiro. Qualquer pessoa que leia sobre a compaixão incomum que o "padre MacQuitty" mostrou pelos amigos e pela família das pessoas que, segundo regras da Igreja, não deveriam ser enterradas em solo consagrado vai entender que o padre poderia ter se complicado ainda mais que o padre Fernando se eu tivesse quebrado minha promessa. Faço poucas promessas, mas mantenho as que faço, não importam as consequências.

Os leitores devem notar que o padre MacQuitty apareceu somente em uma frase no livro inteiro. Certamente, ninguém em sã consciência acreditaria que eu pudesse inventar um padre por uma frase e me arriscar a cometer uma enorme injustiça ao pôr em dúvida a vida e as lições de todos os sobreviventes, incluindo o senhor Yamaguchi, e as famílias Sasaki, Ito e Nagai.

Quanto ao segundo padre, conheci o padre Mattias em 1974, e a história que ele contou sobre o dia em que virou um dos "andarilhos-formiga" sem destino de Hiroshima — e sobre as três crianças que ele acreditou ter abandonado no topo de uma torre de tijolos — ficou gravada de forma indelével em minha memória e garantiu que um dia eu escreveria este livro. (O nome do padre pode ser encontrado no posfácio do meu livro *Dust* [1998], p. 370-371, em que me refiro à reconstituição dos efeitos de uma arma nuclear de baixo alcance "por meio de muitas conversas com sobreviventes de Hiroshima. Entre eles... um padre que passou o resto de sua vida se perguntando o que teria acontecido às crianças que ele havia visto no topo de um edifício demolido em Hiroshima"). Novamente, seu nome foi trocado por causa do rumo que sua vida tomou depois de Hiroshima e da maneira como terminou.

Quando surgiu a controvérsia sobre os dois padres, minha editora já estava chegando à exaustão. Um pouco antes da entrega do Oscar, no fim de fevereiro de 2010, James Cameron fez um pronunciamento público em defesa do livro e lamentou no dia seguinte que sua tentativa de ajudar um amigo pareceu apenas ter intensificado a fúria da mídia.

Enquanto a fúria continuava, alguém desenterrou uma história sobre tribunais *ad hoc* na Nova Zelândia nos anos 1980, e embora esses tribunais tivessem sido declarados espúrios e ilegais anos atrás, requentou o assunto para afirmar que eu havia "falsificado" um Ph. D. na Universidade de Victoria.

Os fatos, em sua versão mais simples, são os que seguem: no final de agosto de 1981, defendi com sucesso minha dissertação de Ph. D. Seis meses depois, o livro que escrevi com o dr. Jesse A. Stoff, *Darwin's Universe: Origins and Crises in the History of Life*, estava prestes a ser publicado pela Van Nostrand Reinhold. Além disso, minhas recentes escavações de fósseis ofereciam provas que corroboravam a chamada "teoria americana" de Eldredge e Gould, sobre taxas e modos de mudança evolutiva (chamada de teoria de equilíbrio pontuado). O momento não poderia ter sido pior. Controvérsias tinham surgido na universidade entre darwinistas clássicos (que odiavam a "teoria americana") e pelo menos um "criacionista científico" (que odiava qualquer coisa relacionada a Darwin). Controvérsias também surgiam entre a Nova Zelândia e os Estados Unidos, com foco principalmente na decisão da Nova Zelândia de bloquear a entrada em suas águas de navios movidos a energia nuclear ou que levassem mísseis nucleares. Esse era o clima no qual as minhas credenciais foram subitamente sequestradas e no qual me mandaram cancelar a publicação do *Darwin's Universe*. Eu me recusei.

O que a maioria de nós que fomos levados a esses autodenominados comitês *ad hoc* dos anos 80 tinha em comum era a publicação no campo da evolução. Também é digno de nota que, no sistema britânico, o termo *ad hoc* é definido como operante fora das regras normais da lei. Aqueles de nós que fomos sujeitos ao sistema *ad hoc* denunciamos os esforços dos tribunais para restringir a pesquisa e a publicação no campo da biologia evolutiva como "censura, pura e simplesmente".

Os tribunais *ad hoc* assumiam o poder de rebaixar ou revogar credenciais em sessões fechadas, sem permitir nenhuma resposta ou defesa. Esse tipo de justiça se tornou um sistema de Câmara Estrelada no qual era negada ao protagonista mesmo a ilusão de um processo devido, e (felizmente) os membros dos tribunais estavam muito desejosos de registrar seus atos por escrito. Todas essas atividades foram por fim declaradas ilegais na Nova Zelândia, e títulos de pós-graduação foram restaurados a seu *status* anterior. Infelizmente, os anos 1980 não eram a melhor época para ser americano na Nova Zelândia, e eu era originário dos Estados Unidos. No fim de 1982, a Nova Zelândia tinha se declarado uma zona livre de energia nuclear e estava no processo de sair do Tratado de Anzac (basicamente, a Otan da região). Além do já angustiante conflito evolutivo, um conflito entre os EUA e a Nova Zelândia relevante ao cerne mesmo deste livro também se erguia ao meu redor.

Com três novas bombas de hidrogênio sendo produzidas nos EUA por semana e com as demonstrações de poderio militar entre os EUA e a URSS parecendo mais ameaçadoras a cada mês, o governo da Nova Zelândia decidiu que não queria que seu povo se tornasse um alvo nuclear no caso de o hemisfério Norte "enlouquecer". O *Truxton* e outros navios que levavam armas nucleares tiveram negada a permissão de entrada no porto. O governo Reagan anunciou que a Nova Zelândia não era mais considerada uma aliada dos Estados Unidos e retaliou economicamente (o que incluiu a saída de sua parceria no gigantesco projeto neozelandês de fundição de alumínio, potencialmente prejudicial à economia). Em seguida, aproximadamente vinte neozelandeses foram expulsos de seus programas de parceria em academias navais americanas. Naturalmente, esse não era o melhor cenário para o único americano a ter recentemente completado um programa de Ph. D. na Universidade da Nova Zelândia balançar o barco com a publicação de um livro que corroborava o que já havia sido referido ironicamente como "a teoria americana da evolução".

Subsequentemente, depois de os tribunais *ad hoc* terem sido declarados ilegítimos (a tal ponto que foram envolvidas vultuosas indenizações financeiras) e uma vez que os neozelandeses submetidos ao *ad hoc* tiveram suas credenciais devolvidas, ainda restava uma pergunta: se as proteções da lei neozelandesa necessariamente se aplicavam a um americano (ou seja, eu). Em abril de 2010, a pergunta foi finalmente respondida: as proteções a estudantes de pós-graduação contidas nos regulamentos da universidade se aplicavam a todos os alunos matriculados, incluindo americanos.

Para provar a lição de que nosso universo não é totalmente desprovido de senso de ironia, apoiei a Nova Zelândia como zona livre de energia nuclear (e ainda apoio). O meu problema não importava.

Os ataques iniciais aos meus estudos evolutivos tinham um sabor notavelmente antiamericano, desde que "a grafia americana não deve ser empregada" até o comentário do membro do comitê *ad hoc* Garrick: "Não precisamos que americanos venham aqui e nos contem como os nossos animais evoluíram". Mesmo um importante defensor do tribunal *ad hoc* (no Fórum SFWA, em 13 de março de 1995) admitiu não poder negar que eu "posso ter, por alguma razão, sido vítima de sentimentos antiamericanos na Nova Zelândia".

No meio desses sentimentos, meu caso se tornou um dos exemplos mais extremos de abuso *ad hoc*. Em novembro de 1984, o líder *ad hoc* Christopher Dearden admitiu por escrito que eu tinha completado todas as exigências para que me fosse outorgado o Ph. D. A publicação de todo o conteúdo de minha dissertação na revista científica de revisão paritária mais importante da área (Crustaceana, vol. 47, parte 3, 1984) tornou os méritos da dissertação difíceis de serem negados por Dearden, especialmente quando a nova aplicação de espectometria de absorção atômica do estudo havia se tornado leitura obrigatória no Departamento de Química da mesma universidade em que o comitê *ad hoc* de Dearden estava sendo reunido.

Uma vez que a carta de Dearden foi obtida, com a ajuda de colegas do Laboratório Nacional de Brookhaven (onde, outra ironia, nosso projeto principal naquela época envolvia sessões de *brainstorming* para a Iniciativa de Cooperação Espacial EUA-URSS do senador Spark Matsunaga, como tentativa de reduzir a probabilidade de guerra nuclear entre as duas superpotências), foi fácil verificar novamente que minha dissertação obedecera ao requerimento da universidade de "contribuir significativamente para o conhecimento ou entendimento do campo de estudo".

Na carta de 6 de novembro de 1984, Dearden tentou evitar os méritos comprovados da dissertação ao (A) dar a entender que uma das principais revistas a tinha publicado por engano e (B) afirmar que os méritos de meu trabalho, mesmo se comprovados, deveriam ser declarados "irrelevantes" daquele momento em diante, permitindo apenas que as novas regras de revogação retroativa de credenciais fossem consideradas relevantes.

Tendo me ajudado a documentar o completo absurdo *ad hoc*, meus colegas no LNB (entre eles o chefe dos Sistemas de Reator, James Powell, que resumiu o tribunal de Dearden como uma "grave injustiça") concordaram que eu tinha todas as provas de que necessitava para demonstrar que o comitê *ad hoc* agia ilegalmente tanto pelos padrões da Nova Zelândia quanto pelos internacionais, e nessa altura os resultados do simpósio de Matsunaga, bem como outros trabalhos publicados pelo Laboratório Nacional, tinham devolvido o meu título: "doutor".

Assim, qualquer sugestão feita pela imprensa mundial de que criei um Ph. D. "falso" para mim na Nova Zelândia — ou que tenha feito um exame de Ph. D. e não tenha sido aprovado — foi um erro grosseiro, pelo menos no que concerne à verdade.

Tendo em mente que os ataques ao que escrevi erroneamente sobre os aviadores eram justificados, enquanto o frenesi da mídia se intensificava, outra série de acontecimentos começou a sugerir — como observou uma jornalista japonesa — que, "às vezes, mesmo as piores coisas se revelam positivas na jornada que chamamos de vida". Mesmo a estrada mais tortuosa, ela afirmou, pode nos levar ao crescimento e até mesmo a grandes surpresas.

Em fevereiro de 2010, depois de mais de três anos de buscas, os documentaristas Hideo Nakamura e Hidetaka Inazuka finalmente encontraram a filha de um duplo sobrevivente das bombas atômicas chamado Kenshi Hirata (uma figura-chave nos capítulos que seguem). A última coisa que se sabia sobre a vida do senhor Hirata, quando a primeira edição deste livro foi para a gráfica, era que ele havia desaparecido com a família havia muito tempo, prometendo ficar longe do caminho da história. Para nossa surpresa, Kenshi ainda estava vivo e tinha 91 anos. (O que aconteceu depois de seu desaparecimento é contado nesta edição.)

Pouco depois da descoberta da família de Kenshi Hirata, com o Peace Film Festival em Nova York, em março de 2010, outros sobreviventes começaram a aparecer. Com a retificação da história dos aviadores, uma estrada que se iniciou a passos tortuosos nos levou a uma oportunidade de começar a atualizar alguns capítulos dessa história, enquanto os sobreviventes ainda estão vivos e podem contribuir com novos detalhes.

Charles Pellegrino
Long Beach, Long Island
14 de abril de 2010

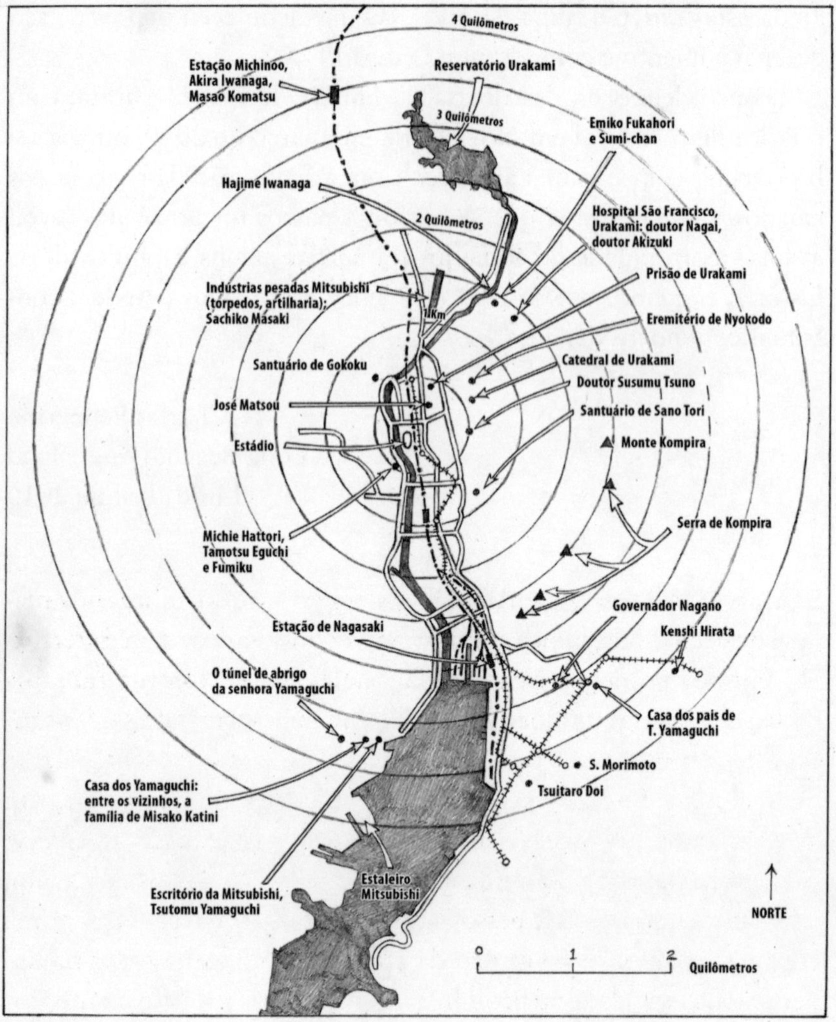

A cidade de Nagasaki, com os principais sobreviventes e sua localização no Momento Zero. (Patricia Wynne)

1

A ESTRELA DA MORTE

Se Mary Shelley ou Edgar Allan Poe tivessem nascido na segunda metade do século XX, nunca precisariam ter inventado o gênero terror.

Para os primeiros cientistas japoneses que se aventuraram nos hipocentros ainda radioativos de Hiroshima e Nagasaki — tentando entender o que ocorrera — , as mortes mais espantosas foram as mais rápidas. Em uma ponte situada no centro de Hiroshima, um homem ainda podia ser visto puxando um cavalo, embora tivesse cessado completamente de existir. Seus passos, os passos do cavalo, e os últimos passos das pessoas que estavam atravessando a ponte com ele em direção ao centro da cidade foram preservados na superfície da estrada, que ficou instantaneamente alvejada, como por obra de um novo método acidental de fotografia com *flash*.

Descendo um pouco mais o rio, a quase 140 passos do centro exato da detonação, e ainda dentro da mesma fração de segundo, mulheres sentadas nos degraus de pedra da entrada do Banco Sumitomo, esperando as portas se abrirem, evaporaram quando, em vez destas, o céu se abriu. Aqueles que não sobreviveram à primeira metade desse segundo de contato com uma arma nuclear, estavam vivos em um momento, nos degraus do banco ou nas ruas e nas pontes — ansiando pela vitória do Japão ou aguardando a derrota —, desejando o retorno dos entes queridos levados para a guerra, ou cumprindo luto pelos já perdidos; pensando em ter mais comida para dar a seus filhos; ou tendo sonhos bem menores, ou nenhum. E então, ao enfrentar o clarão, foram convertidos em gás e carbono desidratado; e suas mentes e corpos se dissolveram, como se tivessem sido apenas o sonho de algo estranho à experiência humana, que despertasse de repente. Ainda assim, a sombra dessas pessoas permaneceu atrás do carbono disperso pela explosão, impressa nas calçadas causticantes, sobre os degraus de granito do banco — testemunho de que um dia elas viveram e respiraram.

Naquele sexto dia de agosto de 1945, ninguém que tivesse concebido, projetado ou montado a bomba de Hiroshima sabia de onde tinham vindo os núcleos de urânio, ou o que a ciência tinha conseguido realizar. Nem Oppenheimer, nem Urey, nem Alvarez, ou mesmo Einstein teriam acreditado ressuscitar algo do passado remoto, de um tempo e lugar jamais encontrados pelo pensamento humano. Cada um dos átomos de urânio-235 no núcleo da bomba tinha sido forjado havia mais de 4,6 bilhões de anos, no coração das supernovas. O núcleo foi feito com a poeira das estrelas que haviam vivido e morrido muito antes que as mais antigas montanhas da Lua tivessem nascido. Extraído e refinado para se obter mais de 83% de pureza, agrupado com precisão sob a geometria correta, o vestígio primordial da Criação foi forçado a ecoar, depois de anos em repouso, o último grito de uma estrela ao implodir. Em termos quânticos básicos, o que aconteceu sobre Hiroshima naquela manhã — e três dias depois em Nagasaki, em outro caldeirão, de plutônio, carregado de subprodutos de um reator de urânio — significou as breves reencarnações de sóis distantes.

Nenhum dos homens que conduziram essa estranha alquimia havia entendido que o carbono que fluía em suas veias era, como o urânio, poeira de estrelas. Nem sabiam eles que os núcleos de carbono e urânio pudessem ocultar algo muito menor que o diâmetro de um próton. De fato, Einstein e Oppenheimer negaram-se a reconhecer que tais mundos quânticos existissem. Eles não sabiam, naquela época, de que os nêutrons eram feitos, ou como, precisamente, fissuras no espaço-tempo — fissuras no próprio universo — permitiam que a matéria se transformasse em energia. Seu entendimento era tão primitivo que podia ter sido comparado à corrente de pensamento de um Neandertal descobrindo o napalm. De maneira similar, os cientistas nunca suspeitaram que as forças liberadas por eles criavam uma ponte entre seu dia e o dia da origem do universo, e associavam o megatempo ao tempo de viagem da luz através do diâmetro de um próton. Embora não soubessem quase nada sobre como funcionava esse eco do passado que tinham criado brevemente, esse quase nada era o suficiente.

INEVITAVELMENTE, ALGUÉM TERIA DE ESTAR DEBAIXO do Ponto Zero. Essa peculiar distinção foi concedida a uma viúva de 35 anos e a meia dúzia de monges. A senhora Aoyama havia mandado seu filho Nenkai à escola meia hora antes do habitual — e, por essa razão, a história viria a reivindicar o garoto como o único sobrevivente do bairro. A casa dos Aoyama estava ligada de um lado a um templo budista com o qual a família dividia e mantinha uma grande horta. Às 8h15, a senhora Aoyama provavelmente estava trabalhando na horta com seus vizinhos, como fazia todas as manhãs. Se assim foi, ninguém estava mais perto do real Ponto Zero, ou exposto mais abertamente, do que a senhora Aoyama e os monges.

Acima deles, a cúpula do Edifício de Ciências Industriais de Hiroshima apontava diretamente para o centro da detonação. A horta do templo onde a senhora Aoyama trabalhava era adjacente ao que seria conhecido pelas gerações futuras como Cúpula da Paz. Durante aquela última fração de segundo antes do Momento Zero, a senhora Aoyama e os monges viviam o ápice da não existência instantânea, à beira da morte, antes que fosse possível perceber que estavam para morrer. No momento em que a bomba explodiu, antes que um globo de plasma pudesse descer até o chão, o milímetro mais alto do revestimento de metal da cúpula apanharia os raios da bomba e se liquefaria instantaneamente, transformando-se em vapor. Tijolos e concreto também estavam por ganhar um revestimento líquido radiante.

Ao contrário do homem que levava o cavalo pela vizinha ponte "T", a senhora Aoyama não poderia deixar uma sombra permanente no chão. Desde o momento em que os raios começaram a atravessar seus ossos, sua medula começaria a vibrar a mais de cinco vezes o ponto de ebulição da água. Os ossos ficariam instantaneamente incandescentes, e toda a sua pele tentaria, ao mesmo tempo, explodir e desgrudar-se do esqueleto, enquanto era forçada na direção do chão como se fosse um gás comprimido. Durante os primeiros três décimos de segundo que se seguiram à detonação da bomba, a maior parte do ferro seria separada do sangue da senhora Aoyama, como por refinaria atômica. Os primeiros milímetros do solo, ao se converterem em vidro derretido, seriam injetados com tão altas concentrações de ferro que, se a camada verde-marrom de vidro pudesse esfriar lentamente, esta teria sido oculta sob um manto de aço-carbono; mas um esfriamento lento e digno não ocorreria. Quando o som da explosão chegasse a seu filho Nenkai, a dois quilômetros dali, toda substância do corpo de sua mãe, incluindo o ferro do sangue e o cálcio que enriquecera o vidro, estaria subindo à estratosfera para se tornar parte das estranhas tempestades radioativas que perseguiriam Nenkai e outros sobreviventes.

Na parte sul da cidade, a quase quatro quadras depois da senhora Aoyama e dos monges, Toshihiko Matsuda estava para deixar sua sombra no muro do jardim de sua mãe. Ele parecia ter se abaixado para apanhar um pedaço de fruta ou arrancar uma erva daninha. Nos milissegundos seguintes, o muro atrás de Toshihiko estaria impresso pelo clarão não somente com a sua sombra, mas também com as imagens fantasmas das plantas que o cercavam (e que ofereceriam à sua pele um pouco de proteção). Na impressão feita na parede, quando a bomba explodiu, podia se ver a sombra de uma folha recém-caída da videira, e que, embora estivesse em queda, nunca chegaria ao chão.

Das casas dos Aoyama e dos Matsuda até os barcos de pesca de camarão no porto, o sistema nervoso do ser humano não era rápido o suficiente para registrar o quão depressa o alvorecer da morte atômica explodiu em sua direção naquela manhã de agosto. No início, tudo aconteceu em questão de nanossegundos. Dentro do núcleo da zona de reação, cerca de 550 gramas de urânio-235 começaram a entrar em fissão diante de forças compressivas como as de uma arma, que foram projetadas para iniciar a reação, mantendo-a brevemente coesa, e dominadas por forças que as afastavam. O urânio é três vezes mais pesado que o ouro no momento da compressão, mas cada grama desse metal prateado emissor de elétrons ocupava três vezes menos volume que o ouro. A parte ativa, operante da bomba era, desse modo, assustadoramente pequena, ocupando um terço do volume de uma bola de golfe. O volume total de urânio reativo media pouco mais do que duas colheres de chá rasas. Dentro desse volume de 550 gramas e duas colheres de chá, uma amostra de quase todos os elementos que jamais existiram durante toda a existência do universo foi instantaneamente recriada, e muitos foram tão rapidamente destruídos.

Depois de apenas um centésimo de milionésimo de segundo, o núcleo começou a se expandir, e a reação de fissão, a decair. Durante esse intervalo de dez nanossegundos, a primeira explosão de luz emergiu com tanta intensidade que mesmo as porções amarelas e verdes do espectro podiam ser vistas brilhando através do envoltório de aço da bomba como se fossem uma sacola de celofane transparente. Quinhentos e oitenta metros abaixo, nenhuma criatura conseguiria ver isso. Durante os primeiros dez nanossegundos, a luz do núcleo percorreu apenas três metros em todas as direções. As reações de fissão ocorreram em tempos tão curtos que ultrapassavam a velocidade da luz. Assim, para qualquer pessoa que estivesse a mais de três metros de distância, a bomba parecia estar dependurada e perfeitamente intacta sobre a cidade, embora o brilho da luz a atravessasse. Diretamente sob a bomba, a senhora Aoyama ainda estava viva e completamente intocada pelo clarão.

Um décimo de milionésimo de segundo mais tarde, uma esfera de raios gama, saindo do núcleo à velocidade da luz, alcançou um raio de 33 metros, seguida por um jato secundário de nêutrons. Entre a bolha gama e a recém-formada bolha de nêutrons, elétrons eram arrancados de cada átomo de ar e acelerados em direção às paredes da esfera gama mais ampla. Uma bolha de plasma começou a se formar, produzindo um choque térmico mais quente que o núcleo do Sol e que era bilhões de vezes mais brilhante que a sua superfície.

Dentro dessa labareda atômica, raios X e raios gama eram repetidamente absorvidos e espalhados, polarizados e reabsorvidos, a tal ponto que os raios podiam tanto se refletir de volta para o centro da bomba quanto para longe dele. Um resultado disso foi que quando a luz chegasse ao chão, as explosões de raios X e gama seriam acompanhadas de um efeito de dispersão aleatório de "brilho do céu", pelo qual uma pessoa que estivesse protegida do clarão atrás de uma sólida parede de tijolos, por exemplo, poderia ser atravessada por raios que emanavam de todos os pontos da bússola.

Durante o primeiro milionésimo de segundo, a bolha de luz cresceu a um raio de trezentos metros — um pouco mais que seis quadras de diâmetro. Apesar de suas próprias dimensões expansivas terem reduzido e esfriado o limite exterior da esfera a apenas mil vezes o ponto de ebulição da água, a temperatura era de mais de trezentas vezes o número necessário para converter um corpo humano em névoa carbonizada e ossos em brasas. Durante esse mesmo primeiro milionésimo de segundo, e apesar de tudo o que estava acontecendo, a luz da bomba ainda não tinha percorrido uma distância suficiente para chegar à cidade. Se Toshihiko Matsuda ou a senhora Aoyama estivessem por acaso olhando para o ponto da explosão precisamente naquele momento, e se o sistema nervoso fosse dotado da capacidade de registrar um milionésimo de segundo, a bolha de seis quadras de extensão lhes pareceria uma ponta de lança no céu que ainda não tivesse sido detonada.

Sobre Matsuda e Aoyama, não apenas despercebida, mas invisível, a onda de nêutrons da bomba, apesar de se locomover a uma fração substancial da velocidade da luz, veio somente depois do clarão e da explosão de raios gama. Do lugar onde a bomba tinha estado — de seus polos magnéticos —, núcleos de tungstênio e de ferro dispararam na frente dos nêutrons, em um efeito de dispersão, não mais se comportando como se tivessem feito parte da estrutura.

Atrás deles, o jato de nêutrons (em um grau menor, prótons e antiprótons de curta duração) agora se tornava uma fonte secundária significativa de radiação imediata e mortal.

Depois de um décimo de milésimo de segundo, o ar começou a absorver a explosão e a reagir. A atmosfera no entorno tornou-se um golfo de vácuo quase perfeito em expansão, destacando-se do lugar onde a bomba estava e formando uma caverna de plasma. Ao longo das paredes dessa caverna, o jato de nêutrons gerou uma segunda grande explosão de raios gama. Nesse momento, o clarão inicial já tinha percorrido um raio de trinta quilômetros, e a luz começava a ser registrada pelo rápido sistema nervoso das tamarutacas nas profundezas do porto de Hiroshima. Sob o hipocentro, o sangue no cérebro da senhora Aoyama já começava a vibrar, na iminência de virar vapor. O que ela experimentou foi uma das mortes mais rápidas de toda a história humana. Antes que algum nervo começasse a perceber a dor, ela e seus nervos deixaram de existir. A muitas quadras dali, Toshihiko Matsuda e as plantas que o circundavam viveriam mais alguns instantes. Em um raio de dez quadras, carpas e tartarugas nadando perto da superfície dos lagos do castelo de Hiroshima ainda estariam vivas no dia seguinte — apesar de, antes mesmo de poder se assustar e procurar águas mais profundas, ficarem cegas, com escamas e cascos a queimar.

As taxas de reação estavam se desacelerando — de intervalos quânticos de tempo ao domínio do tempo biológico. Durante os três milissegundos seguintes, tempo em que uma mosca poderia bater as asas apenas uma vez e começar a alterar sua rota, a bola de fogo começou a se formar. Inicialmente, expandiu-se a cem vezes a velocidade do som, mas, quando a sua superfície inferior se aproximou da Cúpula de Hiroshima e do teto da casa dos Matsuda, 97 milissegundos e 31 batidas de asas depois, a velocidade diminuiu para aproximadamente cinquenta avos da inicial. Perto da periferia da bola de fogo, novos átomos, de vida muito curta, gerados pela fissão, passavam por uma rápida decomposição, emitindo uma terceira explosão de raios gama. Mesmo com toda sua potencialidade de causar danos, esse terceiro raio da morte ficou diminuto em comparação ao raio de calor que o precedeu e à tempestade que se formava a partir de uma onda de choque e raios.

Por toda Hiroshima, um décimo de segundo depois da detonação, cabos de telefonia e tecidos começaram a emitir colunas verticais de vapor negro, mas mesmo assim os edifícios da cidade continuaram de pé. Se comparada ao seu início, a onda de choque agora se movia vagarosamente. A mais lenta das três maiores bolhas atômicas tocou a terra a uma velocidade de apenas duas vezes a do som, só um pouco mais rápida que os reflexos humanos.

O ser humano necessita de um trinta avos de segundo para registrar um movimento; um décimo de segundo para se esquivar. Os caminhos neurais das moscas se acionavam e se recompunham, esquadrinhavam e reagiam, quase cinquenta vezes mais rapidamente que os de um cérebro humano. Da perspectiva de uma mosca, todos os humanos ficaram imóveis, em um universo mais lento — como o tempo das lesmas de jardim e dos caracóis percebido pelos humanos.

Por quilômetros em todas as direções, as moscas registravam a pulsação inicial de luz menos de cinco milissegundos depois de esta tocar o chão, e eram capazes de alterar a rota e procurar uma sombra centenas de milissegundos depois, durante as trinta batidas seguintes de asas — durante uma piscada de olho ou o tempo de uma reação humana. Após trezentos milissegundos (ou três décimos de segundo), a bola de fogo tinha chegado a seu potencial máximo para infligir queimaduras à distância; mas, àquela altura, quase todas as moscas de Hiroshima já estavam se abrigando nas sombras das paredes mais próximas, ou debaixo de folhas mais próximas, ou atrás das pessoas mais próximas. O efeito de "brilho do céu" dos raios gama quase não lhes importava, porque os sistemas de reparação do DNA de uma mosca são quase duzentas vezes mais eficientes que os de um homem.

Em três décimos de segundo, a bomba já não existia mais. Tudo o que se seguiu — enquanto os eventos deixavam o tempo dos projéteis e o tempo das moscas para intervalos de tempo que os humanos conhecem melhor — significou nada mais que tremores secundários.

Akiko Takakura e sua amiga Asami — embora mais perto da bomba que Toshihiko Matsuda e seu jardim de sombras — estavam nas profundezas da concha de granito e concreto do Banco Sumitomo, quando as explosões de raios gama e infravermelho começaram. Com exceção de alguns feixes aleatórios do "brilho do céu" que entravam pelas janelas nas laterais do prédio, as duas mulheres estavam mais ou menos encasuladas contra os raios da morte.

Akiko sempre se lembraria de como o relógio na galeria principal parou às 8h15, o mesmo horário em que o grande relógio no topo da torre da Universidade de Hiroshima havia parado três dias antes. Como o esforço de guerra tinha esgotado quase toda a mão de obra e todas as partes de metal sobressalentes, faltavam os recursos para consertar o principal relógio da cidade. Nos três dias anteriores, Akiko e Asami tinham comentado, de brincadeira, como o relógio parado da torre, congelado como se fosse sempre 8h15, ressaltava a futilidade de tudo. Por décadas futuras, a piada estaria revestida de um manto de profecia, porque, no fim das contas, consertar o relógio ou deixá-lo quebrado não teria feito nenhuma diferença. Pararia novamente às 8h15, como todos os outros relógios em Hiroshima.

Akiko e Asami estavam a apenas 250 metros do hipocentro que se formou com uma altura de mais de duas vezes esse número, o que colocou o ângulo de aproximação da bolha de choque quase diretamente sobre a cabeça delas. Mulheres sentadas nos degraus do lado de fora do banco estavam simultaneamente pegando fogo e carbonizando quando, a aproximadamente um décimo de segundo antes que seus nervos começassem a transmitir dor, a onda de choque interveio. Como a frente de choque desceu do alto, postes telefônicos, árvores e suportes verticais do banco resistiram e foram em grande parte ignorados pelas forças de compressão. Árvores, postes e vigas de aço de sustentação vertical se comportavam como narizes e asas de bombas-foguete cortando o ar supersônico. Akiko e sua amiga foram poupadas em grande parte por um efeito que necessitava funcionar apenas durante os primeiros dois ou três milissegundos da passagem da frente de choque, para que as protegesse durante o total dos cinco segundos da explosão e turbulência que se seguiram. O prédio literalmente cavou um buraco na frente da onda que avançava, formando um casulo antichoque para as duas amigas (e para um gerente do banco que estava no subsolo), enquanto uma martelada de ar retumbava do lado de fora, propagando-se para longe delas.

Akiko sentiu como se os seus pulmões estivessem sendo esmagados por uma onda de ar denso. Asami foi golpeada e arremessada para longe, sendo atingida nas costas pelo revestimento decorativo de uma parede que fora comprimida como os foles de um acordeão e que depois irrompeu em pequenos estilhaços de granito; mas as duas amigas foram protegidas por uma das peculiaridades mais estranhas da natureza. O efeito de casulo antichoque acompanhou todas as principais explosões e a tendência era de não ocorrer onde qualquer pessoa que agisse com base no senso comum esperava que a sobrevivência fosse remotamente possível. Às vezes, o lugar mais seguro para se estar era o mais perto do coração da explosão.

Como Akiko e Asami, Shigeyoshi Morimoto recebeu uma rápida e intensiva educação sobre a física de casulos antichoque. Morimoto era um dos quatro campeões fabricantes de pipas do Japão, e, por isso, ele e outros três tinham sido recrutados e levados até Hiroshima para projetar pipas de grandes altitudes destinadas à observação de comboios de navios. Às 8h15 da manhã de 6 de agosto, Morimoto não estava muito mais longe da bomba que Akiko Takakura. Como Akiko, ele não se lembrava de nenhum som acompanhando o clarão. A mansão de vários andares, reforçada por telhas, tremeu e se achatou ao redor do senhor Morimoto e de seus dois primos; mas a combinação de telhas e três camadas de grossas vigas de madeira acima deles atenuou as explosões de raios gama para pelo menos um décimo. Os cômodos da mansão, cheios de estantes de livros do chão ao teto, atenuaram ainda mais os raios e absorveram as ondas de compressão. De certa forma, os três primos foram protegidos pela cultura. A compressão dos três andares superiores ocorreu como se o edifício tivesse sido projetado com áreas salva-vidas de compressão de madeira e papel, encasulando a família Morimoto tão suavemente que esta sobreviveu no centro de Hiroshima com apenas alguns machucados leves.

A duas vezes o raio de Morimoto e Akiko, quase seis quadras ao norte do hipocentro, o soldado raso Shigeru Shimoyama acabava de pisar em um depósito de concreto reforçado — onde, ele contaria a historiadores, foi "abrigado do clarão, mas não da pancada". A mão de um gigante vingativo parecia tê-lo atirado contra a parede dos fundos, e nesse mesmo instante o teto foi empurrado para baixo, e o chão, para cima. As paredes também foram puxadas para dentro, para o centro do depósito, e a parede traseira interrompeu o voo do soldado como uma luva de apanhador de beisebol. Do lado de fora, os companheiros de recrutamento de Shigeru morreram instantaneamente. Quando ele descobriu que a razão pela qual parecia estar suspenso a quase um metro do chão — seus ombros estavam pregados a uma viga de madeira transversal —, e quando um silêncio que nunca acabava o fez sentir-se o único homem vivo em Hiroshima, ele começou a suspeitar que todo mundo tinha conseguido escapar com mais sorte.

Um pouco além da distância de Shigeru ao hipocentro, à margem do cemitério do exército, as freiras de uma escola local para meninas extraíam óleo de canforeiras quando o céu pegou fogo. As árvores se despedaçaram e voaram para todos os lados em milhares de pedaços chamejantes. As lápides de granito perto dali ardiam em uma cor vermelho-cereja, como para anunciar a ressurreição dos soldados enterrados, antes de a onda de choque atirá-las de ponta-cabeça, morro Kyobashi abaixo. Dias depois, o capitão Mitsou Fuchida chegaria ao centro da cidade procurando pelas freiras e suas alunas. Ao encontrar as pedras de granito e descobrir que as camadas mais superficiais tinham fervido e se transformado em areia, ele entenderia que não havia sentido em procurar seus amigos. As pedras lhe diriam tudo o que precisasse saber.

Na vizinhança da ponte Misasa, a quase dois quilômetros do hipocentro, rio acima, a família de Sumiko Kirihara estava se reunindo para um retrato quando veio o clarão. Sumiko tinha 14 anos; ela tinha visto primos que mal haviam completado 16 anos ser convocados para a guerra no mar, só para aparecer nas listas de desaparecidos e provavelmente mortos duas semanas depois. Agora seu irmão de 16 anos tinha sido convocado para trabalhar em um arsenal, então a família se reuniu, vinda de cidades distantes, para o que acreditava ser uma última reunião. Ingressando na zona da morte, eles tinham marcado com o fotógrafo para que ele chegasse às 8h, a fim de posarem em um jardim ensolarado ao ar livre; mas por algum motivo ele estava atrasado. E então, em uma região onde qualquer pessoa circulando ao ar livre e exposta ao clarão da bomba receberia queimaduras mortais apenas ao toque da luz, uma mudança inesperada levou a família até as sombras protetoras do teto de madeira e terracota de um salão de chá. Quando o raio de calor veio da direção da Cúpula e do Banco Sumitomo, a família Kirihara estava a salvo dentro do salão, contando lembranças, tocando música e bebericando xícaras de chá racionado pela guerra, tão diluído que poderia ser descrito como água morna com pedaços secos e reutilizados de folhas de chá.

Do lado de fora, o jardim desapareceu num clarão fervente. Sumiko percebeu o clarão como uma radiação azul-pálida que vinha de todos os lados e parecia muito quente, mesmo dentro do salão. No mesmo instante, ela ouviu um crepitar eletrônico, tão alto que pensou que fosse furar seus tímpanos. A casa de dois andares de seus pais — junto à casa de um vizinho — passou pela onda de choque quase sem nenhum dano, na região em que os únicos edifícios que ainda estavam de pé eram um hospital feito de aço e concreto e uma loja de departamentos de blocos de alvenaria, em chamas. A senhora Sasaki saiu de casa, que foi encasulada contra o choque de maneira similar, com sua filha Sadako, de apenas 2 anos, nos braços. Como a família Kirihara, quase toda a família Sasaki parecia ter sobrevivido ao *pika-don* — ou "estrondo do clarão" — sem ferimento algum. Anos mais tarde, a pequena Sadako insistiria que, embora tivesse apenas 2 anos na época, ela ainda podia se lembrar do brilho de mil sóis explodindo pelas janelas e de um calor que espetava seus olhos como agulhas. O falso pôr do sol virou sua memória mais antiga.

O punho de urânio foi caprichoso, matando alguns e poupando outros, mesmo quando as pessoas estavam à vista umas das outras. A senhora Teruko Kono não tinha mandado seu filho à escola naquele dia. Quando veio o golpe, ela o observava brincar em uma balsa, da janela do segundo andar de casa, à margem do rio. A casa ficava dentro da zona de Sadako, a menos de dois quilômetros do hipocentro. A senhora Kono foi escudada contra o raio de calor, mas o garoto foi completamente exposto. Ela o viu ser transformado em um relâmpago branco e pálido e emitir uma coluna de fumaça negra para o alto — antes que a casa fosse inclinada, levantada no ar e depois atirada ao rio, praticamente em cima de seu filho.

Na margem desse mesmo rio, à mesma distância e à vista da Cúpula de Hiroshima, Nobuo Tetsutani aproveitava um calmo descanso às 8h14 — momento que seria marcado a fogo em sua memória pela estranha circunstância de que tudo o que ele amava estava lá em um momento e, em seguida, havia desaparecido.

O ar estava agradável, com muitos sons de cigarras e grilos esfregando suas patas, zumbido de moscas-das-flores e a risada de Shin, de 3 anos, e seu amiguinho Kimi, enquanto andavam no que Nobuo acreditava ser o último triciclo em Hiroshima que escapara de ser derretido para a fabricação de envoltórios feitos de aço e cápsulas de artilharia. Nobuo soltou uma risada e, nos trezentos milissegundos seguintes, ele foi poupado, mas as crianças não.

A tinta vermelho-escura do triciclo atraiu os raios brilhantes e os apanhou, fazendo as camadas mais superficiais do aço escamarem um dos lados, misturando-se explosivamente com a tinta e pegando fogo como se fossem o recheio de limalha de ferro de uma vela de aniversário. O cabelo negro das crianças apanhou os raios com igual eficiência, durante o meio segundo antes de seu mundo se transformar em escombros profundos e carvões em brasa. Em uma cidade destinada a ser reconstruída sobre as cinzas dos "desaparecidos", quarenta anos se passariam antes que Shin e Kimi fossem finalmente desenterrados. Seus pequenos ossos brancos seriam encontrados de mãos dadas, perto de um cano causticante, que, como se descobriu depois, era o guidão do triciclo de Shin.

Alguns pais relembraram detalhes das premonições dos filhos que pareciam não querer ir à escola naquela manhã.

Etsuko Kuramoto estava na quinta série e já havia ficado em casa três dias com uma dor de estômago recorrente. Ela não queria ir à escola de novo — insistia em que algo estava por acontecer e que não queria que sua mãe ficasse só.

"Bem, então", disse a mãe de Etsuko, "estaremos juntas quando morrermos." Ela ria ao dizer isso, e, quando decretara a lei de que Etsuko iria à escola mesmo em caso de dilúvio universal, a criança tinha insistido com a mãe que a deixasse usar sua melhor roupa naquela manhã. Quando Sumi Kuramoto viu a filha pela última vez, sua sagrada, adorada filha caminhava em direção à Escola Primária Nacional, rumo ao hipocentro, com sua "melhor roupa de domingo", e chorava.

Outro estudante da quinta série foi mais direto em relação a seus medos.

"Hiroshima vai ser totalmente destruída hoje", disse Hiroshi Mori a sua mãe.

Yoshiko não podia imaginar onde a criança tinha escutado tal horror. Ela o advertiu para que não falasse essas palavras novamente, e ordenou que fosse à escola. E antes que fosse até o edifício cujas vigas de aço seriam, momentos depois, desprovidas da cobertura de metal e se curvariam como folhas ao vento, o garoto disse à mãe que se cuidasse e pediu que não colocasse comida em sua mochila, porque ele não precisaria de almoço naquele dia.

Em outra escola da vizinhança, em um raio de dois quilômetros, uma professora chamada Arai recebeu uma lição inesquecível sobre os efeitos diferenciais de superfícies negras e brancas na absorção da luz. Quando veio o clarão, ela estava sozinha em sua classe, porque havia decidido dar mais alguns minutos para as crianças brincarem no pátio. Arai estava pendurando os melhores exemplos de caligrafia dos alunos em uma janela que dava para o hipocentro. Uma garotinha, executando sua delicada caligrafia em nanquim, tinha pintado o nome de sua professora em uma folha branca de papel-arroz. O clarão foi tão rápido que Arai pensou que uma bomba de quase quinhentos quilos tivesse caído bem ao lado da janela. Seguindo seu treinamento contra bombardeios aéreos, ela se agachou imediatamente para se proteger, esperando somente um "rápido desaparecimento", advindo de uma bomba cheia de dinamite e cargas de fósforo lançada tão perto dela. Ficou perplexa, então, quando a luz diminuiu e o estrondo que esperava não veio pelo que pareceram vários longos segundos. Estava quase levantando a cabeça para dar uma olhada do lado de fora quando a janela explodiu para dentro da classe e milhares de pedaços de vidro voaram sobre suas costas, sem lhe causar dano.

Quando Arai se levantou novamente, ela observou uma grande nuvem vulcânica cheia de vaga-lumes que mudavam de cor: de dourado a violeta e depois para uma tonalidade brilhante de verde, mais deslumbrante que qualquer esmeralda que ela pudesse imaginar. Quando os vaga-lumes desapareceram e uma mosca pousou num corte em seu antebraço, ela tornou-se consciente de duas realidades: as crianças não estavam mais lá fora. Era como se alguma coisa as tivesse silenciosamente removido, deixando pilhas de trapos ardentes em seu lugar. Sua segunda constatação foi a de que seus braços, seu rosto, e tudo o mais que não tivesse sido protegido detrás dos papéis na janela pareciam muito queimados pelo sol.

Em sua mão, Arai ainda tinha a folha de papel-arroz, mas esta havia se transformado dramaticamente. Os caracteres japoneses, em preto, tinham absorvido a luz, queimado instantaneamente e desaparecido, enquanto o papel branco ao seu redor refletira a luz de volta para onde tinha vindo e sobrevivera mais ou menos intacto. Quando o raio de calor queimou as pinceladas, apenas uma fração do poder da bomba tinha sido usada e começava a desaparecer. Uma fina folha de papel tinha protegido os olhos da professora, salvando-a da cegueira, mas mesmo uma fração já definhante da fúria não consumida da bomba era significante. Sua luz ardeu através das letras que faltavam como um jato de tinta passando por um estêncil. A luz atingiu o rosto de Arai com a força equivalente a um banho de sol de quatro ou cinco dias de verão, marcando permanentemente na pele a caligrafia de uma criança morta. Tudo isso aconteceu antes que Arai pudesse começar a se agachar — em quatro décimos de segundo.

Por toda Hiroshima, paredes e outras estruturas verticais preservaram as sombras de pessoas e objetos. Cada uma apontava na direção do clarão. A criação de tais imagens era similar à marca pálida deixada por um relógio de pulso depois de um dia de sol na praia. Este poste de telefonia, localizado a 1.300 metros do hipocentro, depois de queimado pelo clarão, gravou a marca de uma mamoneira que havia sido queimada e depois explodida. Mais tarde, novos brotos emergiram abaixo da sombra no poste. A nitidez das imagens das folhas indica que a sombra foi impressa um segundo ou dois antes da chegada da onda explosiva. (Patricia Wynne)

A percepção do "clarão-estrondo" parecia mudar dependendo de onde a pessoa estivesse. Para Akiko Takakura, que estava envolta por um casulo antichoque sob a bomba, tudo começou com um clarão branco em silêncio absoluto. Já a um quilômetro dali, Yoshiko Mori viu um clarão azul acompanhado quase instantaneamente por um barulho forte. A quase dois quilômetros, a mãe de Sadako Sasaki recordou o clarão como amarelo, enquanto a vizinha Sumiko tinha certeza de que a bomba emitira um clarão azul. À mesma distância, uma carteira chamada Hiroko Fukada, encasulada contra o choque, lembrou-se perfeitamente de que era amarelo. Yasaku Mikami, um dos três bombeiros que sobreviveram no período do *Ground Zero*, viu o céu emitir um raio azul a 1,9 quilômetro. A quatro quilômetros, um médico chamado Sawachika viu seu mundo tornar-se, de súbito, vermelho brilhante. Cinco quilômetros além, em um raio de sete quilômetros e no fundo de um vale protegido, o fotógrafo Seiso Yamada testemunhou todo o espectro de cores — "como arco-íris e magnésio brilhando sobre nossas cabeças. Como ondas feitas por uma pedra atirada em um lago, os arco-íris vieram em ondas" — e depois ele foi atirado ao chão pelo som de uma tremenda explosão.

Essas testemunhas mais próximas ao hipocentro pareciam nunca ter escutado o estrondo. A uma distância cada vez maior, o barulho foi se tornando mais perceptível e de estremecer os ossos. Estando a no máximo 1,9 quilômetro, Sumiko ouviu um forte zumbido eletrônico e estalidos; mas outros sobreviventes no mesmo raio, incluindo a família Sasaki, não ouviram nada. A três quilômetros, o engenheiro naval Tsutomu Yamaguchi estivera caminhando por uma plantação de batatas, e estava aproximando-se de uma mulher vestida com largas calças pretas, quando algo como a lâmpada de magnésio de um fotógrafo se acendeu ante seus olhos. Reagindo instantaneamente, devido a seu treinamento contra ataques aéreos aprendido na marinha, o senhor Yamaguchi atirou-se ao chão e rolou até a vala de irrigação mais próxima, ao mesmo tempo em que levava as mãos à cabeça, cobrindo os olhos com as mãos, e tapando os ouvidos com os dedões para se proteger. Mesmo com as orelhas vedadas, o som que o atingiu era de romper os tímpanos.

O chão estremecia e estrondeava, estalava e tremia, arremessando Yamaguchi para fora da vala, a quase um metro no ar. Enquanto ele caía, a bola de fogo implodia sobre sua cabeça e começava a se erguer em uma velocidade espantosa, criando um vácuo que por um segundo ou dois ameaçava levantar o engenheiro acima da face da Terra; mas, em vez disso, apenas o fez levitar pelo que parecia um tempo impossivelmente longo, em um colchão de ar e poeira revolta, antes de finalmente soltá-lo diretamente em um dos sulcos lamacentos que o havia levantado. Ele se sentiu como uma folha no vento.

Quando Yamaguchi recobrou sua compostura e olhou para fora da vala, uma chuva de papéis chamejantes e farrapos de roupas ardentes estava caindo do céu, cintilando como milhares de lanternas diminutas e incensos nas árvores e nas folhas dos pés de batata. Parecia que todo o conteúdo de um prédio de escritórios tinha sido içado ao céu, depois rasgado, explodido, queimado e espalhado por todos os lados. Ele não conseguia ver o sol. O céu azul tinha sido apagado e a escuridão dominava, fazendo Yamaguchi sentir-se como se estivesse nas profundezas do oceano. Peças dos edifícios ainda estavam voando. "Eu podia ouvir o barulho dos telhados que voavam se estilhaçando no ar", escreveu ele mais tarde —, "objetos caindo e o barulho de todas as formas de destruição. Era impossível identificar cada barulho ou sua causa."

Sentado numa poça de lama, Yamaguchi subitamente percebeu que todo um lado de seu corpo ardia de calor. A pele exposta no braço direito estava literalmente torrada e adquirira um tom marrom-escuro, como o da pele de um frango que tivesse ficado tempo demais no forno. Mesmo naquele momento, antes de saber qualquer coisa sobre bombas atômicas, o engenheiro começou a suspeitar de algum tipo de raio de calor; e percebeu que sua camisa branca e suas calças claras o tinham poupado de maiores ferimentos. A mulher que usava as calças pretas havia corrido para o centro do campo. Lá, de pé e com a vestimenta equivalente a uma cobertura de tinta negra, ela expôs seu corpo a toda a fúria do clarão. Havia desaparecido.

Quando o senhor Yamaguchi olhou para o alto, viu um B-29 solitário, rumando para o mar, para alguma base aérea escondida não muito longe dali. Ele percebeu que o bombardeio poderia voltar logo. E foi então que todo o sofrimento causado pela queimação de seu corpo deu lugar à imagem de sua mulher e seu filho sozinhos em casa. Ele pensou em uma forma para encontrar um trem ou automóvel que estivesse funcionando, ou um cavalo que ainda estivesse vivo, e voltar para sua casa em Nagasaki, não importando como.

Isao Kita estava em uma montanha quando o céu pegou fogo. Ele era o principal meteorologista militar do distrito e continuou a registrar e observar em seu posto mesmo depois que uma sensação inexplicável de desidratação e náusea tomou conta dele. Quanto mais perto do centro da tempestade, menos as pessoas podiam ver o que realmente acontecia à sua volta. A uma distância de três quilômetros, o senhor Yamaguchi entendeu de imediato que era testemunha de um dispositivo de alta energia, cujo efeito primário era um choque de luz cauterizante. Mais próximos do hipocentro, tudo o que os familiares de Shin e Sadako podiam ver eram ruínas, camadas de poeira levadas pelo vento e crescentes mares de chamas.

Da estação meteorológica, localizada em um ponto bem alto de Hiroshima, a mais de meio quilômetro além de onde estava o senhor Yamaguchi, e fora do raio onde ocorreram as queimaduras de primeiro grau, o senhor Kita tinha uma visão privilegiada. Ele estava olhando para o norte da cidade, e os ventos seguiam seu curso normalmente — vinham por detrás dele. Nas bacias do rio, o clarão foi parcialmente obscurecido pelas brilhantes nuvens brancas que se formaram ao redor do hipocentro. Pareciam os anéis de Saturno, de um ponto de vista um pouco mais baixo, mas essa camada nebulosa de anéis estava em movimento, ondulando pelo céu azul. Kita sempre se lembraria dela como uma visão incrivelmente colorida: "Era como se trepadeiras-elefante tivessem florescido no céu". Então o ar em torno dele começou a estalar e a se expandir. Kita e toda a encosta da montanha pareciam ter mergulhado em um forno quente. Como Yamaguchi, ele percebeu imediatamente que algo incomum tinha explodido sobre a cidade, e parecia que uma onda de choque já estava vindo em sua direção.

Calculando rapidamente os segundos que haviam passado desde o clarão, Kita abaixou-se para procurar abrigo e começou a contar. Dois segundos depois, um som que mais parecia um gemido chegou até ele, ficando mais forte e culminando num estrondoso ruído que fez a plataforma de observação girar e recuar. Em um momento, ele estava olhando diretamente para o chão, certo de que havia posicionado mãos e pés na direção certa para se proteger. No instante seguinte, ele lançou o olhar para onde o Sol e as nuvens ardentes deveriam estar e os céus desabaram e lhe deram um soco na mandíbula. Parecia tão injusto quanto desorientador que o céu fosse pavimentado com concreto em vez de nuvens; mas Kita se recuperou rapidamente e percebeu que o choque devia tê-lo atirado no ar como se fosse uma moeda, a dois metros de altura, e depois o soltara com uma força de rachar os ossos sobre a plataforma da estação de meteorologia.

Kita tirou um pedaço de papel do bolso e rabiscou o número cinco, representando o número de segundos entre o clarão e o estrondo. A distância do centro do clarão, perto da ponte "T" e da Cúpula, revelou-lhe a velocidade da onda de choque: cerca de setecentos metros por segundo. Kita observou que a onda deveria estar viajando a duas vezes a velocidade do som.

Quando o jovem cientista se levantou e olhou para baixo, na direção dos estragos, só a palavra *sobrenatural* começava ("e *apenas* começava") a descrever o que tinha acontecido.

Hiroshima não mais pertencia ao mundo de Kita. Depois dos primeiros cinco segundos, a cidade inteira tinha se transformado em um lago de poeira amarelada em ebulição, deixando para trás uma crescente nuvem vermelha que ascendia a uma velocidade inacreditável. Quando Kita escreveu o número cinco, a nuvem já tinha subido mais de cinco quilômetros.

Quase cinco minutos depois, o lago de poeira amarela ficou manchado de colunas de fumaça preta como tinta; e, dois minutos mais tarde, a camada de ar sobre a poeira estava cheia de vermes. Um tempo depois, Kita percebeu que esses vermes eram jatos giratórios de fumaça e fogo — às vezes se afastando por caminhos separados e morrendo em seguida, outras vezes aglomerando-se em verdadeiros ciclones de chamas orbitados por massas de chapas soltas de metal e detritos irreconhecíveis.

O vento às costas de Kita parecia empurrar todos o vermes e torres de fumaça a noroeste, na direção da estação de Hiroshima e da ponte Misasa, dividindo a cidade em dia e noite. No lado em que estava Kita, a camada de poeira fervente assentou-se ou foi-se embora, e as ruínas embaixo se revelaram campos de pedaços de madeira e cacos de vidro, sobre os quais o sol ainda brilhava com força em uma manhã qualquer de verão — não fosse pelo que havia ocorrido. Tudo no sul e no leste parecia ter-se tornado um deserto de areia amarela. No norte, e rio acima, o mundo era uma escuridão que mesmo à distância podia ser sentida, interrompida apenas por raios e turbilhões incandescentes que às vezes alcançavam a altura de cinco a dez andares. Havia estranhas correntes de vento ascendentes e descendentes junto à fumaça; e com os binóculos Kita pôde divisar grandes camadas de granizo negro ou neve descendo violentamente de cima.

"Não...", ele disse. "Ah, não."

Ele podia ver pessoas ainda se mexendo na planície. Milhares de pessoas à vista, e provavelmente outras milhares presas atrás de uma cortina negra.

2

O OVO DE GOJIRA[2]

Para a mãe de Nenkai Aoyama e para o homem que puxava o cavalo pela ponte "T" de Hiroshima, a vida cessou tão abruptamente que foi como se nunca houvesse existido. Nunca mesmo.

Só depois da zona de vaporização instantânea, ou dentro do corredor protegido contra o choque do Banco Sumitomo, é que as pessoas podiam começar a se perguntar o que havia acontecido. Akiko Takakura, que entraria para a história como a sobrevivente mais longeva entre as que estiveram mais próximas à bomba, perdia e ganhava consciência nos primeiros três minutos. Seus pulmões doíam pela explosão súbita de ar comprimido e pela feroz descompressão que se seguiu. Muitas quadras adiante de onde Akiko estava, o soldado Shigeru maquinou um plano para proteger seus pulmões de uma crescente inundação de fuligem e fumaça quente: urinar em sua camisa e usá-la como filtro. Mas o plano fracassou, porque parecia que alguém havia pregado seus braços e sua mão direita a uma tábua enquanto ele estivera inconsciente. Um pouco mais perto do hipocentro, o fabricante de pipas Shigeyoshi Morimoto notou que todos os livros foram derrubados das estantes e que o teto baixara

[2] "Godzilla", monstro fictício japonês. (N. T.)

mais de um metro — o que o levou a concluir que ele e seus primos deveriam ter sobrevivido por pouco a uma bomba muito próxima de uma tonelada. Ele não poderia imaginar que a maior parte do bairro havia desaparecido.

O engenheiro naval Tsutomu Yamaguchi conseguiu sair da vala de irrigação onde havia caído e ingressou em um mundo que parecia ter-se tornado, de golpe, mais escuro que um eclipse total do Sol. A sensação que o senhor Yamaguchi tinha em um lado do rosto era a de que milhares de agulhas incandescentes tinham perfurado sua pele, e ele tentava abrandar o calor com o barro da vala. A cinco quilômetros dali, do outro lado do *Ground Zero*, Sumiko Kirihara tossia uma fumaça amarela.

Espalhados aleatoriamente por uma cidade de um quarto de milhão de pessoas — uma cidade em que a sobrevivência parecia ser governada pelo puro acaso —, era de se supor que dois sobreviventes casuais não se conheceriam. Apesar de uma matemática que os transformava em estranhos, a vida deles tendia a desafiar a probabilidade, tornando-se singularmente em conexão.

As famílias Sasaki e Ito eram exemplos disso. Embora Masahiro Sasaki vivesse no lado oposto da ponte Misasa, a mais de dez quilômetros de Tsugio Ito, de 10 anos, os dois garotos já haviam se visto na Escola Estadual de Ensino Médio e na piscina do complexo universitário, e acabariam por estabelecer uma amizade para toda a vida. Nenhum dos dois sabia ainda que o irmão mais velho de Tsugio, Hiroshi, e a irmã menor de Masahiro, Sadako, já aproximavam suas famílias em caminhos convergentes através da História.

Alguns meses antes, Hiroshi, irmão de Tsugio, fora aceito em uma das escolas mais prestigiosas e disputadas do Japão, nas quais o governo costumava recrutar os melhores estudantes de engenharia. Nos últimos tempos, as salas de aula da escola de Hiroshi Ito, de 12 anos, foram convertidas em fábricas improvisadas para suprir armamentos aos soldados do castelo de Hiroshima. Os estudantes de engenharia mais velhos tinham a tarefa de calcular como fabricar gatilhos e outras partes de armas com madeira de lei disponível mais facilmente: recuperada de vizinhanças selecionadas pelo governo, que abatera as árvores para fazer clareiras de proteção contra incêndios. Na sala de aula de Hiroshi, os cartuchos de latão estavam sendo substituídos por uma liga de metal de menos qualidade, feita na maior parte por telhados de lata demolidos. Balas estavam sendo esculpidas em mogno, "para lutar a distâncias curtas", um professor havia explicado. Espingardas em madeira eram confeccionadas para serem distribuída para crianças e suas mães. Todos sabiam que as pequenas armas não seriam eficazes por muito tempo se os norte-americanos tomassem a cidade, mas os homens que planejaram a batalha final decidiram que um ou dois disparos de cada cidadão dariam conta da situação por tempo suficiente. Em outra sala de aula, os estudantes afiavam lanças de bambu. "Isso é o que acontece a uma nação que perde uma guerra", observou na época um médico chamado Hachiya. "Balas de madeira e lanças de bambu."

Cinco minutos após o Momento Zero, Hiroshi Ito escalou até o teto de sua sala de aula do sétimo ano, agora um prédio de dois andares reduzido a menos de meio andar. O garoto estava completamente ileso numa névoa de gotículas negras que chicoteavam no ar por uma combinação de fogo em erupção e gelados aguaceiros negros. A chuva picava a pele de Hiroshi e o fez correr com outros trinta ou quarenta alunos, gritando por ajuda, até a piscina. Todos os outros garotos pareciam ter sido gravemente queimados, e, para onde quer que olhasse, o mundo de Hiroshi Ito virava uma confusão cada vez maior. Na beira da piscina, estudantes deitadas em filas morriam uma após a outra diante de seus olhos. Elas usavam blusas brancas e calças pretas. A maioria ainda vestia apenas as blusas brancas, as calças pretas tinham se transformado em chamas e cinzas, arrancando a pele de suas pernas. Quando Hiroshi olhou na direção oposta, para o lado da ponte Misasa, um barco da marinha ou um tanque de combustível saudou-o com uma grande explosão, da qual algo negro e cilíndrico saltou como um foguete com serpentinas de fogo. Como se fosse possível, o céu se tornou ainda mais escuro depois disso, com uma mortalha demoníaca cobrindo a escola e o rio — uma maldição.

Nesse momento, Hanako, a mãe de Hiroshi Ito, corria em sua direção a dez quilômetros dali, nas colinas do leste. Ela sabia que, em algum lugar, seu filho deveria estar lutando pela sobrevivência, sob o caule da nuvem em forma de cogumelo. O clarão inicial tinha queimado seu rosto mesmo a uma distância de quase onze quilômetros; e ela não tinha nem ideia sobre o que essa monstruosidade realmente seria. Perto da base do mesmo cogumelo do *Ground Zero*, Tsutomu Yamaguchi tentava planejar um caminho para sua casa, em Nagasaki. Ele e Hanako Ito agora estavam (como Tsugio Ito e Masahiro Sasaki) seguindo caminhos convergentes. Os dois seriam tocados pelo *Ground Zero* uma segunda vez.

Ao sul da base do cogumelo, o plano de Yamaguchi quase tinha sido frustrado por um redemoinho de névoa marrom-amarelada que desceu subitamente de uma grande altura e o envolveu. A névoa estava surpreendentemente fria, como uma geada, mas dela irradiava um calor imperceptível, originado de nêutrons que haviam vazado e de outras partículas exóticas.

Ao norte de Yamaguchi, o garoto Hiroshi também sentiu a mordida da névoa gelada desde o momento em que conseguiu sair da piscina. A essa altura, Hiroshi Ito sabia que somente ele e outro garoto (um aluno mais velho chamado Ryuso) haviam sobrevivido à destruição da escola sem ter a pele derretida ou os membros esmagados. Seus colegas feridos se mexiam num silêncio sobrenatural. Não havia sentido em lhes perguntar a opinião sobre o que havia causado o estrondo e as queimaduras. Eles pareciam ter desistido de tudo; e então os dois sobreviventes saíram sozinhos para buscar respostas.

Ao perceber que até mesmo suas roupas estavam completamente intactas, os garotos se sentiam invadindo uma terra estranha, onde os olhos e lábios de todas as outras pessoas haviam se tornado bolhas cobertas de cinza preta. Alguns minutos antes, ninguém na escola conhecia tais lesões, agora, todos menos Hiroshi e Ryuso exibiam essas feridas estranhas. Era como se o normal tivesse se tornado anormal, e o que era anormal, virado comum. A inversão os fez lembrar de histórias que seus avós tinham contado sobre uma profetizada quebra do mundo.

"Meu Deus, meu Deus", disse Ryuso. "O que acabou de acontecer?"

Ao cruzar o rio, do outro lado da ponte Misasa, as famílias de Masahiro e Sumiko tinham sido protegidas pela sombra e encasuladas contra o choque — como Hiroshi Ito e Ryuso. E, também como os dois garotos, no início não conseguiram encontrar pistas sobre a causa dessa desgraça. Tudo o que sabiam era que o fenômeno havia convertido o pátio idílico e brilhante de orvalho da manhã em poeira amarelada e redemoinhos de fumaça negra que mais pareciam um pesadelo. Por sorte, a irmãzinha de Masahiro, Sadako, se lembraria apenas do clarão. Sua mãe nunca quis acrescentar nada a essa memória. Principalmente, nunca contaria à garota sobre o dançarino de sapateado que eles viram.

Quando as duas famílias saíram à rua, descobriram que as pessoas haviam desaparecido — com exceção de um estranho homem que conseguira sair de uma casa destruída e passara correndo por eles em direção a uma cortina quente de faíscas. Enquanto corria, ele batia os braços como se fosse um pássaro, não pediu ajuda, nem notou que o olhavam. O único som que emitiu foi um clique ritmado na superfície da rua, como se estivesse dançando com sapatos de sola de metal. Mas ele não tinha sapatos. Na verdade, seus pés haviam sumido e as pontas de suas tíbias — lascando-se e quebrando a cada passo contra o pavimento — eram a fonte do ruído. Ninguém viu o que aconteceu com ele. O sapateado no inferno de Dante foi abafado, depois completamente interrompido por uma grossa correnteza de fumaça oleosa — que envolveu as duas famílias numa calma sombria.

A seis ou sete passos de lá, o mundo se tornava um filme mudo cheio de sombras. Depois que o dançarino passou, tudo o que se ouvia era um silvo constante de pedras e cascalho caindo do céu sobre chapas de zinco ondulado que haviam explodido bem longe e voado até a vizinhança. Sumiko Kirihara se perguntava se a súbita mudança em seu mundo poderia não ter qualquer ligação com a guerra, mas com a destruição final da Terra, tal como havia sido profetizada por milhares de anos. Ela começou a acreditar que esse era o fim de Hiroshima, do Japão, da humanidade.

Num hospital perto do *Ground Zero*, um médico militar fora reintegrado havia pouco, nos preparativos a um já esperado ataque norte-americano ao continente. As ordens que recebera, sob a mira de um revólver, incluíam ensinar novos soldados — alguns de apenas 14 e 15 anos — a seguir os novos procedimentos: amarrar bombas ao corpo e se atirar sob veículos. O doutor estava tão perplexo quanto Sumiko com o silêncio dos arredores. Décadas se passariam até que alguém se desse conta de que ele pertencia a um grupo muito especial de sobreviventes: os que haviam sido encasulados contra o choque. O hospital às margens do rio, no qual o médico trabalhava, havia desaparecido. Tudo fora removido com uma rajada de pó, fazendo dele o único sobrevivente ainda de pé e sem nenhum arranhão. Tudo o que a bomba fez foi arrancar os óculos de seu rosto. Olhando para baixo, ele viu uma caixinha de música também intacta naquele súbito purgatório de fumaça e poeira ascendente. A caixinha ainda tocava a música *Let me call you sweetheart*; além dessa canção ocidental, só havia o silêncio, e todo mundo parecia ter desaparecido.

O mistério se aprofundou quando, através de clareiras no pó, o médico começou a ver a verdadeira extensão do estrago. Depois que ele encontrou os óculos e percebeu que não conseguia mais enxergar nitidamente com eles, descobriu que tudo ficava nítido quando os tirava... E fora de foco quando voltava a colocá-los. Algum tipo de onda de pressão, ele teorizou, deveria ter mudado a forma de seus globos oculares.

"Mas é claro", ele afirmou a um cientista anos mais tarde, num tom de genuína ironia, "eu não recomendaria detonações nucleares como cirurgia corretiva".

Em outro ponto da margem do *Ground Zero*, um dos companheiros de trabalho da senhora Ito, que também havia sido recrutado, tinha uma história de sobrevivência igualmente notável para contar, em virtude de uma combinação precisa de distância e obstáculos, ângulos e forças, e sorte. No Momento Zero, as calças escuras da senhora Sumako Matsuyanagi tinham pegado fogo sob o clarão azul, mas sua camisa branca de mangas compridas protegera a parte de cima do corpo — e a explosão de ar imediatamente extinguiu as chamas das calças antes que pudessem causar algum ferimento. A martelada de ar também carregou a senhora Matsuyanagi, arremessando-a da calçada onde estava a mais de cinquenta metros — quase meia quadra. Ela estava ainda mais longe da explosão de ar do que Akiko Takakura e onde era o Banco Sumitomo, então a extremidade inferior da bolha de choque não passou por ela. Em vez disso, a bolha de choque bateu de lado, e sua superfície inferior, em forma de tigela, ao espalhar-se sobre a terra plana, comprimiu uma onda precursora à frente de choque — o que era tanto bom quanto ruim para a sobrevivência. A onda precursora avançara dezenas de metros à frente da senhora Matsuyanagi, ganhando força enquanto se deslocava. Assim, o ar preso entre a frente de choque e a bigorna era como o efeito de uma semente quase líquida de melancia bem apertada entre um dedão e um indicador, com a senhora Matsuyanagi amortecida no meio. Dessa maneira, enquanto a onda precursora arremessava a mulher a uma velocidade letal, também realizou simultaneamente a tarefa salvadora de remover as grandes janelas de uma casa na rota de voo da senhora Matsuyanagi — que acabou aterrissando na sala de estar de alguém, juntamente com boa parte do teto.

Anos mais tarde, a senhora Matsuyanagi recordaria, num estilo de ironia superado apenas por aquele do médico cuja visão foi corrigida pela bomba, de que "as pessoas lá dentro ficaram muito surpresas em me ver".

"De onde você veio?", perguntou uma mulher idosa.

"Você está ferida?", quis saber um senhor gentil.

A senhora Matsuyanagi olhou em silêncio ao redor da sala, sem saber o que dizer. O homem de cabelos brancos puxou uma cadeira quebrada dos escombros e pediu que ela descansasse. Quando se sentou, sua roupa começou a se desfazer como se fosse feita de papel-arroz quebradiço.

"O que estará causando *isso*?", o homem perguntou.

A senhora Matsuyanagi respondeu, sem reação: "Alguma coisa parece ter acontecido". Seus pensamentos estavam somente em seus dois filhos naquele momento. Ela agradeceu ao casal e disse que precisava sair para procurar a escola. *Precisava.*

O garoto Yoshitaka, de 13 anos, também sobreviveu à explosão. Ele frequentava uma das menores escolas da cidade. Todo o prédio parecia ter desabado ao seu redor; mas, pela ironia do destino, ele foi abrigado dentro de um bolsão de ar, do qual conseguiu sair com algum esforço empurrando até a superfície, rápido o suficiente para testemunhar a nuvem ainda radiante que crescia no céu, quase diretamente acima de sua cabeça. O plasma dentro da bolha ainda era assustadoramente brilhante; Yoshitaka podia sentir seu calor se irradiando e refletindo todas as cores do arco-íris — "E Deus que me perdoe", ele diria mais tarde. "Eu poderia dizer que foi bonito."

Ao seu redor, nos tijolos e escombros, outras crianças estavam parcialmente enterradas e morrendo. Mãos agarravam os pés e as canelas de Yoshi. Ele estava horrorizado com a ideia de tantas mãos tentando agarrá-lo — os que pareciam mortos e os mortos que ainda se mexiam tentando puxá-lo pelos escombros —, e tudo o que ele conseguia pensar era em escapar deles. Chutou as mãos e fugiu, e continuava olhando para cima, para a bela aparição — olhava para qualquer lado, menos para baixo.

Se Yoshi tivesse ficado enterrado numa camada de tijolos, mesmo à altura do tornozelo, por mais alguns segundos, talvez os raios nunca o tivessem atingido. A beleza que ele admirava no céu se originou em grande parte da criação de produtos secundários da fissão, a maioria com meias-vidas de milissegundos a três minutos. O declínio desses isótopos — quando pedaços começaram a desaparecer do universo deixando erupções de energia em seu lugar — abasteceu a terceira onda de raios gama. Esta decaiu mais de 90% nos primeiros dez segundos e continuou a irradiar a maioria de seu poder remanescente por mais meio minuto.

Quando a senhora Matsuyanagi encontrou os dois filhos correndo sem direção certa, perto das ruínas da escola, eles pareciam ter sobrevivido sem ferimentos aos estilhaços de vidro e às paredes que desabaram, mas seus corpos haviam absorvido os raios gama. Foi-lhes concedido um breve descanso — no qual poderiam pensar ter escapado — antes de sucumbir a uma epidemia que ninguém havia visto antes. Um dos garotos tinha sido protegido por alguns segundos no interior de um prédio que desabava, enquanto seu irmão mais novo fora escudado contra o raio de calor pela sombra de um grosso tronco de árvore, que o protegera do golpe lateral da onda de choque. As forças de explosão devem ter divergido ao redor do garoto, porém a bomba havia liberado uma sinistra fauna de partículas de alta energia, algumas mais mortíferas ainda que os raios de calor e as ondas explosivas. Entre elas estavam núcleos de ferro — disparados do interior da bomba pelas linhas do campo magnético com até 90% da velocidade da luz. Se um único núcleo de urânio dividido por uma bala de nêutron libera energia suficiente para fazer um grão de areia saltar, um núcleo de ferro arremessado através de um corpo humano a uma velocidade relativística pode transmitir a força de uma bola de beisebol comprimida, por esse mesmo trajeto, a quase 170 quilômetros por hora. Por um diâmetro não muito maior que o de um fio de cabelo, a carne vira cinzas, a água explode e a síntese de proteínas nos tecidos ao redor para subitamente. Naquele dia, havia raras e estreitas zonas mortíferas — as linhas do campo magnético da bomba poderiam levar *milhares* dessas partículas através de um corpo, causando um efeito que seria, basicamente, de tiros de uma metralhadora nuclear.

Enquanto percorriam a pilha de escombros que havia sido sua escola, os filhos da senhora Matsuyanagi já se sentiam mal. O mais novo tinha ido para a escola com fome, mas, depois dos efeitos dos raios e dos feixes de partículas, perdeu a vontade de comer. Quando sua mãe finalmente o encontrou, ele havia sido tomado por náuseas secas e convulsões. Em questão de minutos, os braços da criança ficaram pretos e azuis, e ele começou a sangrar, apesar da aparente falta de ferimentos. A hemorragia sob a pele evoluiu com uma velocidade tão incrível que um dia os cientistas se perguntariam se a explosão dos raios gama tinha sido, de alguma maneira, apontada a uma criança específica sob uma árvore específica; ou se o menino era extraordinariamente sensível a doses de radiação que teriam levado horas ou dias para abater outras pessoas; ou se a memória da senhora Matsuyanagi sobre o sangramento do filho pelos poros — e sobre sua morte apenas horas mais tarde —, "como fumaça se desvanecendo", era em realidade uma lembrança equivocada dos acontecimentos. Um efeito de espingarda parecia muito provável, mas ninguém saberia ao certo. Naquele dia, a senhora Matsuyanagi não podia nem adivinhar o que a havia atirado pela rua e feito suas roupas se desfazer como se fossem um pergaminho antigo, nem que tipo de doença havia atacado seus dois meninos.

Antes de sair de casa pela última vez, o filho mais novo chorou porque não havia arroz por muitas semanas. Ele só podia comer uma pequena porção de mingau de soja no café da manhã — o que não enchia o estômago. Pior ainda, na ausência total de peixe fresco, carne seca ou temperos, o mingau deixava um ressaibo como o de serragem úmida. Por décadas, a senhora Matsuyanagi rezaria para que seu filho viesse visitá-la em sonhos, nos quais ela o levaria nos braços e lhe daria todo arroz e carne que ele pudesse comer.

A prece da senhora Matsuyanagi refletia as emoções de muitos pais que também se lembravam dos desejos não realizados de seus filhos. No Parque da Paz que um dia ocuparia o *Ground Zero*, uma mãe deixaria um poema a um filho que lhe pedira um tomate da horta antes de ir para a escola. A mãe havia dito que só restava um tomate e que, se o garoto esperasse para comê-lo quando voltasse para casa, isso adiaria sua fome habitual na hora de dormir. O poema falava do pequeno santuário que seria construído para ele, em que ela colocaria uma caixa de papel coberta por um pano branco — e, em cima do pano, depositaria todos os dias um tomate.

Como todos na cidade, Akiko Takakura não sabia nada sobre raios gama, jatos de nêutrons, ou íons pesados relativísticos. Ela não podia definir o que estava acontecendo com seu corpo, mas desejava nunca ter conhecido a sede que a acometia. No Banco Sumitomo, ela e Asami enchiam capacetes de proteção contra ataques aéreos com a água de um cano quebrado, mas a sede continuava a aumentar.

Elas eram as únicas duas almas dentro do corredor principal do banco quando o clarão ocorreu, pois as tarefas de limpeza eram reservadas às mulheres do escritório, e elas tinham a obrigação de chegar meia hora antes dos gerentes e dos clientes. Às 8h15, quase todo mundo estava do lado de fora.

Durante o primeiro meio minuto depois do clarão, o ar dentro do banco tinha ficado insuportavelmente quente. Akiko achou que seria perigoso continuar do lado de dentro e que em qualquer outro lugar, em qualquer outra direção, deveria ser mais seguro. As costas de Asami estavam mais gravemente feridas do que elas supunham; assim, não foi antes das 8h25 — dez minutos depois do Momento Zero — que conseguiram sair ao ar livre e ver o que havia acontecido. Então, é claro, elas desejaram não ter visto nada.

O sol havia desaparecido. No brilho vermelho de um redemoinho de fogo, que parecia ter saído dançando dos edifícios já reduzidos a escombros incandescentes, Akiko podia ver que a rua estava cheia de pessoas transformadas em carvão e pilhas de cera ardente. À primeira vista, a rua parecia simplesmente vazia, mas, quando ela olhou de novo por entre a fumaça e as chamas, era fácil ver como as pessoas que estavam caminhando na direção do banco jaziam caídas umas por cima das outras. Várias pareciam ter caído aos pedaços, como sacos de folhas queimadas e esparramadas pelo chão. Os redemoinhos vermelhos — ou espirais de fogo — espalhavam essas pilhas negras irregularmente, e as palavras "cidade da morte" vieram rapidamente à mente.

Akiko estava entre os primeiros sobreviventes a concluir que tudo o que vira tinha sido obra de uma única e avassaladora explosão. Atordoada, e tentando entender o que tinha acontecido, ela se agachou perto de algo macio e carnudo, cujos dedos estavam queimando. Uma espécie de óleo saía dos tecidos sob a pele e manava até as pontas dos dedos, que ardiam como velas. Ela achou difícil acreditar que dedos pudessem queimar dessa maneira — dedos que um dia deviam ter segurado bebês ou virado páginas. Akiko irrompeu em lágrimas, e então começou a chover.

Por vários minutos, as duas amigas tinham se esquecido da sede e a conseguiram controlar, mas agora a febre estranha havia voltado com força total — por isso começaram a beber chuva.

Algumas das gotas de chuva eram tão grandes quanto uvas — tão grandes e caindo com uma força tal que davam ferroadas no rosto de Akiko. Mas ela e Asami levantaram o rosto para o céu e beberam da chuva mesmo assim, abrindo a boca o mais que pudessem.

Quando olhou para os braços, Akiko percebeu que a água tingia de negro sua pele. A chuva era tão escura quanto uma tinta, mas a sede de Akiko era tão grande que, quando a amiga encontrou uma lata vazia, elas a usaram para apanhar tanta chuva negra quanto pudessem e continuaram a beber.

A bomba tinha vaporizado a água do rio e dos lagos em toda a extensão de Hiroshima. Num raio de dois quilômetros, as folhas perderam uma porção substancial da umidade, como também a perderam pássaros e grilos, e cada folha de grama, cada soldado e cada criança que estiveram ao ar livre. Todos os vapores acumulados da cidade foram içados para as camadas inferiores da estratosfera; quando esfriaram, condensaram e começaram a cair.

A chuva era negra porque tinha se misturado à fuligem na estratosfera de Hiroshima e aos produtos de fissão da nuvem. Mesmo com meias-vidas de apenas alguns minutos, quaisquer goles de chuva negra ingeridos entre as 8h30 e 8h45 daquela manhã eram capazes de transmitir, nas sete horas seguintes, pelo menos a metade da dose de DNA necessária para matar.

O corpo de Akiko era evidentemente mais resiliente que o da amiga. Asami sucumbiu rapidamente, mas, em 2005, Akiko mostrou sua lealdade às vítimas ao manter viva a memória de sua amiga.

"Ela era um ano mais nova que eu", disse Akiko. "Tenho quase oitenta anos agora. Ela tinha apenas dezoito. Quando penso nela, ela ainda tem dezoito anos. Era uma pessoa muito bonita, muito gentil."

COMO AKIKO, A MAIORIA das pessoas acreditava que qualquer lugar tinha de ser mais seguro do que onde estava quando o céu se abriu. Do seu posto no alto da estação meteorológica, Isao Kita chegou à mesma conclusão que Akiko Takakura: um único, estupendo explosivo era a única explicação que fazia sentido. Ao contrário de Akiko ou de qualquer outra pessoa lá embaixo, Kita tinha uma visão clara do que estava acontecendo. Podia observar, com os binóculos, como milhares de sobreviventes do mesmo lado da fumaça e da chuva negra que ele, embora estivessem razoavelmente a salvo, tinham começado uma migração desordenada em direções aleatórias. Só gradualmente começaram a formar estranhas caravanas, como num formigueiro, ziguezagueando para longe dos incêndios e da escuridão que havia no norte.

Dois dos andarilhos, caminhando dentro das trilhas de formigueiros avistadas por Kita, eram um relojoeiro e um médico sobrevivente chamado Michihiko Hachiya. O relojoeiro havia se juntado, maquinalmente, à primeira trilha de vítimas que pareciam mostrar algum sinal de organização. Elas se moviam em uma direção, sobre um monte de pó amarelo e telhas quebradas. O relojoeiro foi levado pelo movimento mais ou menos automaticamente e o seguiu. A expressão que ele usaria mais tarde era *muga-muchu*, o que podia ser traduzido literalmente como "sem *self*, como se estivesse num sonho". Ele sentiu que não podia mais tomar uma decisão sozinho, então seguiu outras pessoas, perdendo-se em uma mentalidade de colmeia e sendo levado por ela.

O doutor Hachiya estava completamente nu quando se juntou à fila. Suas roupas tinham sido desintegradas antes de ele se juntar ao relojoeiro e ao restante dos andarilhos-formiga, e mal percebeu que havia algo remotamente perturbador sobre a repentina ausência de seu habitual pudor. Mais tarde, explicaria: "Aqueles que podiam, caminhavam silenciosamente em direção aos morros, seus espíritos destruídos, sem nenhuma iniciativa. Quando perguntavam de onde vinham, eles apontavam para a cidade e diziam: 'Do lado de lá'. Estavam tão alquebrados e confusos que eles — *nós* — se moviam e se comportavam como autômatos. Nossas reações surpreenderiam os forasteiros que relatavam, com espanto, o espetáculo de longas filas de pessoas mantendo-se impassíveis num caminho estreito e irregular [sobre montes de escombros pontiagudos], quando bem perto de lá havia uma estrada mais plana, mais fácil [de transitar] na mesma direção. Quem observava do lado de fora não poderia entender que testemunhava o êxodo de pessoas que caminhavam no domínio dos sonhos".

Nesse estranho domínio do choque, alguns dos sobreviventes trocaram o pânico por uma ilusão de controle, trancafiando-se no que ficou conhecido (no campo da psicologia do desastre) como a Resposta de Edith Russell:[3] a tendência a se concentrar em detalhes absurdos em meio ao horror ou ao grave perigo. Um dos soldados mais novos da cidade, que geralmente estaria em seu posto nas profundezas do *Ground Zero*, tinha sido enviado a uma cidade pequena a dez quilômetros de Hiroshima na manhã de 6 de agosto. Depois de receber a confirmação, por rádio e telefone, de que todos os contatos de Hiroshima haviam cessado, ele arrumou seu equipamento e rumou de volta à cidade.

A primeira vítima de queimaduras que ele encontrou não parecia um ser humano. Não tinha um rosto, só uma massa inchada de carvão sobre seus ombros, cuja pele parecia couro de crocodilo ou madeira queimada. Ao se aproximar da cidade, encontrou mais criaturas com cara de madeira queimada.

Depois de mais de uma hora, ele parou sem saber que caminho tomar. O fogo, a fumaça e as pessoas de carvão deixaram-no a ponto de correr para qualquer lado, mas um pensamento repentino sobre o livro do código militar deteve seu pânico e devolveu o controle ao rapaz. Ele se atribuiu a tarefa de achar e proteger o livro do código do exército. Enquanto caminhava, estava decidido a encontrá-lo e mantê-lo longe do inimigo, mesmo se só restassem lascas de papel preto.

O soldado passou por muitos "formigueiros" ao longo do perímetro exterior da explosão. Embora seu cantil estivesse cheio, ele ignorou as súplicas por água das pessoas. Precisava encontrar o livro do código; nada mais importava. Apressou o passo o mais que pôde, cada vez mais preocupado com uma repreensão severa por parte de

---

[3] Edith Louise Rosenbaum Russell (1879-1975), sobreviveu ao naufrágio do *Titanic* aos 33 anos. Antes de ir para o bote salva-vidas, fez questão de voltar à cabine e buscar um porquinho de brinquedo. (N. T.)

seu superior quando chegasse ao acampamento do exército. Quando finalmente chegou ao acampamento, entretanto, não havia mais ninguém vivo. Casernas e prédios tinham desaparecido ou sido achatados contra o solo. Só os armazéns mais robustos eram reconhecíveis.

Um desnível no chão levou-o até um armário e às cinzas do livro de código. O soldado envolveu a capa do livro e as páginas queimadas num pedaço de pano que havia rasgado e dobrado especialmente para salvar os documentos. Depois saiu da cidade, correndo vários quilômetros rio acima até o quartel-general militar onde, para sua surpresa, um comandante repreendeu-o por ter se obcecado por um detalhe tão irrelevante quanto aquele livro de código caindo aos pedaços.

Enquanto isso, dentro de um dos depósitos pelos quais o militar obstinado passara, o soldado raso Shigeru Shimoyama finalmente conseguia se libertar dos cinco pregos que mantinham seus braços presos a uma grossa viga. Após a explosão e um processo de descrucificação que havia jogado sangue sobre seus olhos, os óculos de Shigeru de alguma maneira permaneciam intactos em seu rosto. Quando saiu para a luz do dia e viu as grossas nuvens espirais de poeira, o soldado percebeu que os óculos não eram mais necessários. Sua visão tinha melhorado enormemente, como a do médico que avistara uma caixinha de música no chão e, ao lado, seus próprios óculos. A força que desceu sobre a cidade, fosse o que fosse, havia corrigido sua vista.

Na margem do rio, o soldado Shigeru observou entre as lufadas de fumaça que perto dali, saindo da "zona plana" central, o castelo de Hiroshima tinha sido destroçado. Daquela direção vinham um burocrata chamado Yasuda e quatro homens do Escritório de Assuntos Gerais, caminhando com dificuldade por entre pilhas ardentes de detritos, sustentando sobre suas cabeças um retrato em tamanho natural do imperador. Uma segunda comoção atraiu a atenção de Shigeru para o rio, onde um barco da marinha recortava caminho corrente acima através das casas destroçadas e dos corpos flutuantes. O soldado observava tudo, confuso, enquanto o barco desacelerou até parar a fim de que a tripulação pudesse saudar o retrato do imperador. Ao ver o retrato, mesmo os que estavam queimados e sangrando saudavam e faziam reverências, juntavam suas mãos em prece e choravam. Dezenas saíram de suas filas e juntaram-se ao esforço de salvar a pintura, enquanto postes de telefonia dos dois lados se acendiam como tochas. A Resposta de Edith Russell e o atraso cultural eram distrações poderosas.

Àquela altura, Shigeru tinha visto o suficiente. Ele tinha mais informação que os Sasaki e os Ito, do que Akiko Takakura, Isao Kita e as pessoas-formiga.

Alguém esteve partindo átomos hoje, ele pensou.

O cunhado de Shigeru tinha lhe contado, já em 1943, que tais bombas podiam ser construídas, pelo menos em teoria. De acordo com "o Professor" Yoshio Nishina, não havia motivo para temer uma corrida real com os norte-americanos ou com os britânicos para o desenvolvimento de uma arma nuclear, porque a geração de energia de um país inteiro poderia nem ser suficiente para refinar os poucos quilogramas necessários dos raros metais emissores de nêutrons. Nishina e outros cientistas de Tóquio acreditavam que uma bomba atômica poderia ser feita somente se o Japão conseguisse obter o volume equivalente ao de uma romã de 90% de urânio-235 puro; mas, como também acreditavam que refinar esse material seria tecnologicamente impossível nos cinquenta anos seguintes, mais ou menos, eles não viam motivo em correr para desenvolver a bomba.

Tudo estaria muito bem, pensou Shigeru, *se o número de cinquenta anos estipulado por Nishina não fosse dez vezes maior que o número real, e se os norte-americanos não tivessem saído correndo da faixa de largada cinco anos atrás.*

Um sinistro encadeamento de certezas obcecava o soldado Shigeru: *Estávamos numa corrida todo o tempo e não sabíamos. E perdemos — ou seja, podia haver muitas dessas coisas esperando para serem lançadas, e eu precisava sair de Hiroshima, voltar para casa e ver minha filha uma última vez.*

Outros dois que pensavam em sair da cidade eram Misako Katani, de 16 anos, e seu pai. Depois da explosão, estranhos redemoinhos de fogo tinham vindo na direção do Banco Sumitomo, e naquele momento estavam entre eles e as ruínas de sua casa. Enquanto observavam, as chamas se espalhavam como um *tsunami* sobre uma área que abrangia a casa, depois se esparramaram sobre uma clareira e transbordaram nos estábulos do exército.

"Elas não estão em casa", disse o senhor Katani. Não havia emoção em sua voz, não havia vida. "Elas se foram." Ele se referia à mãe e à irmãzinha de Misako, mas a sua filha só conseguia pensar nos gritos dos cavalos que se libertavam dos estábulos e corriam em sua direção, com labaredas saltando de suas costas. Eles não correram muito; todos caíram, morreram e soltaram uma fumaça de cor estranha.

O pai agarrou-a pela mão e os dois pareciam estar correndo em nenhuma direção específica, só para longe das chamas.

"Aonde estamos indo?", perguntou Misako.

"Para longe", ele disse, sem muita ênfase. "Tenho parentes numa cidade a trezentos quilômetros. Qualquer lugar longe daqui deve ser mais seguro que Hiroshima. Nós temos de ir para Nagasaki."

NOS PRIMEIROS VINTE MINUTOS, sobre vastas áreas de Hiroshima, as espirais de fogo tinham começado a se misturar a furacões que mandavam pelos ares plataformas de metal corrugado com uma força capaz de decapitar uma pessoa, e também arrancavam bondes chamejantes de seus trilhos — enquanto ninhos de novas lagartas de fogo se erguiam das ruínas, como espíritos invocados. O fogo estava por todos os lados, furioso, obrigando as famílias de Sumiko Kirihara e de Sadako Sasaki a fugir para o rio.

Duas espirais de fogo chegaram a perseguir as famílias até a margem, seu brilho era tão intenso que a família de Sumiko não teve outra escolha a não ser correr para a água. A superfície estava saturada de destroços flutuantes. Vizinhanças inteiras pareciam ter sido carbonizadas, destruídas e depois espalhadas aos pedaços sobre a água. Nas duas margens, as espirais de fogo, se empinando e girando a uma altura maior que cinco andares, pareciam fazer um intervalo deliberado, como se estivessem estudando a situação antes de decidir o que fazer. Então, um dos redemoinhos chamejantes se abateu sobre o rio, convertendo-se imediatamente de uma coluna de fogo em uma coluna de espuma e rápidas gotículas de água — virando um barco da marinha e indo parar, ameaçadoramente, perto do lugar onde Sumiko estava atravessando o rio.

Da margem oposta, uma espiral de fogo seguia outra até o rio, depois mais outra, transformando-se numa tromba d'água antes de cruzar e atrair mais fogo. Perto dali, Hiroko Fukada, de 18 anos, tentou nadar mais rápido que uma das trombas d'água, mas foi ultrapassada e atingida por pedaços de madeira que vinham na correnteza e giravam. Quando isso passou, grandes pedaços de granizo negro começaram a cair com uma força de rachar os ossos, e Hiroko submergiu para buscar proteção.

Cercada de redemoinhos de fogo e água — e de gelo negro que caía —, Sumiko se contorceu e se livrou dos pulsos da mãe, saiu correndo do rio, cavou um buraco raso na areia e tentou entrar nele. Pelo menos duas trombas d'água a seguiram enquanto ela saía do rio, levantando nuvens de areia que rasgaram sua camisa e arremessaram a menina para trás, como uma saraivada de pequenas agulhas disparada de um canhão. Finalmente, sua mãe a agarrou pelo braço e elas fugiram com o restante da família até uma serra com vista para o rio.

Todos ao redor deles pareciam ter sido terrivelmente queimados. Sumiko mais tarde se lembraria de sentir vergonha por ter sobrevivido ao *pika-don* sem nenhum ferimento, mas ela podia ver facilmente que seus problemas não tinham terminado. O calor vindo da terra era tão forte que a família e ela foram forçadas a entrar novamente no rio, onde tiveram de empurrar cadáveres e beber a água escura para matar uma sede que só parecia se intensificar a cada minuto.

As trombas d'água e os redemoinhos de fogo roubaram a coragem que restava a Hiroshi Ito. Olhando ao redor em pânico e tentando achar uma maneira de sair dali, ele perdeu Ryuso de vista. Na margem oposta, pessoas em fuga da direção da casa dos Sasaki caíam na água como enxames de insetos. As casas na margem do rio também estavam caindo — esmagadas ao meio, com seus cômodos expostos e a maioria da mobília curiosamente ainda no lugar, apesar de estar em chamas. Em seguida, as pessoas que estavam na água foram perseguidas e ultrapassadas por pedaços de madeira em chamas; e quando um novo piquete de espirais de fogo o encarou, o menino Ito fugiu sem olhar para onde, mudando de direção aleatoriamente. Uma tromba d'água o seguiu, explodindo e jorrando algo escorregadio e arenoso para dentro de sua boca. Ele cuspiu sobre a palma da mão, mas não podia ver o que quase havia engolido porque outra rajada de chuva preta e gelada o perseguiu enquanto escorregava e tropeçava sobre um par de trilhos de trem, o que finalmente determinou sua direção.

Ele pensava ser provável que sua mãe estivesse caminhando em direção à cidade, procurando por ele. Contra o céu negro, as chamas pareciam ganhar força em todos os lados, especialmente na direção da escola. Hiroshi Ito sabia que a mãe era esperta o suficiente para não vir a passos largos, feito uma suicida, àquele lugar. Enquanto sacudia a água da chuva de seu cabelo, o granizo negro começou a cair. O garoto não conseguia acreditar que, menos de 25 minutos antes, o céu estava azul e claro.

O ENGENHEIRO NAVAL TSUTOMU Yamaguchi, que havia sido poupado enquanto uma mulher de calça escura desaparecera perto dele, notou, enquanto o choque passava, que estava sentindo uma dor muito forte. À sua frente, o rio exalava o cheiro da morte, mas, quando chegou à margem, Yamaguchi tomou a água mesmo assim. Não tinha escolha. As queimaduras em seus braços e pescoço trouxeram a desidratação e a sede.

O engenheiro não tinha que olhar para muito longe para entender que tivera mais sorte que a maioria, incluindo os "garotos da grama". Primeiro lhe parecia que um cabelo estranho e mutante havia crescido nas costas queimadas e laceradas daqueles meninos. Depois, ele percebeu que o vento forte tinha fincado, feito pregos, afiadas folhas de grama na carne. Yamaguchi ajudou-os por alguns momentos; mas tudo o que podia fazer era aconselhá-los a puxar as folhas de grama, uma por uma, de suas costas. Era mais fácil falar do que fazer isso, porque eles enfraqueciam e morriam sob seus olhos. Sua sede, como a de Yamaguchi, era mais avassaladora que a dor. Mesmo a fome parecia não ter mais importância. Os garotos simplesmente foram embora, um guiando os outros — aparentemente a nenhum lugar.

Yamaguchi não tinha a intenção de se juntar aos andarilhos-formiga. Outras preocupações o moviam. Ele precisava ir para casa, para a mulher e filho, e sua casa ainda ficava muito longe dali. Como precaução contra o inesperado, e especialmente contra a possibilidade de ter de viajar longas distâncias sem comida ou água, ele sempre levava um cantil e uma ração de emergência: dois pequenos biscoitos. Depois de engolir uma mordida de um biscoito, o engenheiro vomitou imediatamente. Daquele momento em diante, decidira, só beberia água. Ao contrário do soldado Shigeru, ele ainda não suspeitava de que pudesse ter absorvido radiação.

A bomba tinha criado mais ferimentos abstratos que a doença da radiação e o que acontecera aos "garotos da grama". "Desenluvamento" se tornaria um termo educado e antisséptico usado pelos médicos para descrever o que acontecia quando a pele, estivesse ou não queimada, tinha sido exposta ao anel de ar comprimido supersônico que se formou entre a zona central encasulada do Banco Sumitomo e a zona dos pregos de grama. A pele com frequência era descolada pelo vento — descolada como se estivesse presa ao corpo com a aderência de uma luva de couro, podendo ser retirada tão facilmente quanto uma luva.

O soldado Shigeru Shimoyama, tendo sobrevivido ao peculiar horror de ser pregado a uma viga de madeira, encontrara um cavalo rosa-esbranquiçado sozinho, de pé, numa estrada. Toda sua pele e pelo haviam desaparecido. A visão fascinou-o mais que o horrorizou, e já o tinha horrorizado bastante. O animal parecia não sentir dor e tentou seguir o soldado enquanto este caminhava.

Toda vez que o soldado olhava para trás, o cavalo — a pele "desenluvada" até as camadas de musculatura rosa-pálida — fitava-o suplicantemente e coxeava em sua direção. Como Sumiko Kirihara e o menino Ito, Shigeru começou a pensar se o fim do mundo se parecia um pouco a isso.

Shigeru era cristão, e, quando sonhava com o cavalo rosa, em muitas noites, pelo resto de sua vida, ele se lembraria de uma passagem do Apocalipse de são João:[4]

E, havendo aberto o quarto selo, ouvi a voz do quarto animal, que dizia: Vem, e vê
E olhei, e eis um cavalo amarelo, e o que estava assentado sobre ele tinha por nome Morte; e o inferno o seguia.

[4] Apocalipse 6:7-8.

3

SETSUKO

Em comparação a Hiroshima, as detonações explosivas do Vesúvio ou de Krakatoa foram relativamente suaves e longas, liberando energia por muitos, muitos segundos. Como o núcleo da bomba atômica era muito mais compacto, a energia foi liberada numa fração da duração de um relâmpago, dentro de um caldeirão de alguns centímetros cúbicos de metal, em vez de várias dezenas de quilômetros cúbicos de magma explosivo e saturado de gás.

E, mesmo com toda a sua fúria, a bomba de Hiroshima tinha dado errado. Apesar de ser listada oficialmente com a bomba de Nagasaki no espectro de 22-30 quilotones, era na verdade uma bomba de 10 quilotones que havia falhado.

Às 8h15, sua energia tinha se irradiado de uma faísca pouco maior que a ponta do dedo indicador de Setsuko Hirata. Quando a esfera de plasma dourado tinha finalmente atingido oitenta metros de largura — ainda numa pequena fração da duração de um relâmpago —, a faísca gerara um campo magnético de vida curta e muito intenso. Onde a bomba estivera, o sistema de haste e refletor de nêutrons que corria de seu centro, do nariz à "asa", produzira uma aglomeração de densos núcleos de metal — sem os seus elétrons, carregados positivamente, e confinados magneticamente dentro de forças que tentavam despedaçá-los a quase a velocidade da luz. As mentes que conceberam a bomba tinham criado acidentalmente, por um instante, um antecessor do colisor relativístico de íons pesados do Laboratório Nacional de Brookhaven.

A bomba era um acelerador atômico cujos canos de espingarda magnética estavam apontados diretamente para cima e para baixo. Uma corrente de núcleos de ferro e tungstênio chegou às estrelas a 90% da velocidade da luz, ultrapassando a órbita da Lua quase um segundo e meio depois. A outra corrente seguia linhas do campo magnético até o chão.

Setsuko Hirata estava sentada em sua sala quase diretamente sob a espingarda magnética. Nêutrons rápidos e íons pesados desceram pelas telhas e vigas do teto e foram parar dentro de seu corpo ou continuaram até serem detidos por várias centenas de metros do leito de rocha sólida. Neutrinos também desceram pelo teto. Nascidos da chamada força nuclear fraca, suas interações com o mundo eram fantasmagóricas. Eles continuaram a viagem através de Setsuko, depois viajaram com a mesma indiferença quântica através da Terra. Os mesmos neutrinos que passaram por Setsuko espalharam-se para cima, até o espaço interestelar a algumas centenas de quilômetros a oeste do Brasil.

Quando o jato de neutrinos de Setsuko irrompeu sem ser visto perto da costa do Equador, 134 milissegundos depois da detonação, ela ainda estava viva. Telhas de cerâmica, três metros acima de sua cabeça, começavam a apanhar o máximo de raios infravermelhos do clarão — que culminou 150 milissegundos depois de os primeiros átomos começarem a se desintegrar. As telhas devolveram uma pequena fração dos raios ao céu, mas no final deram a Setsuko pouco mais proteção que a camisola de seda que seu amado Kenshi havia lhe presenteado duas semanas antes, durante a lua de mel nos jardins de Miyajima.

Acima dela, no hemisfério inferior do globo cuja cor mudava de azul para dourado e para azul novamente, gotículas de umidade tinham se dissolvido num esparramar de núcleos sem elétrons de hidrogênio e oxigênio. Um número muito pequeno desses núcleos de hidrogênio se aglomerou e fundiu, e uma quantidade de massa quase igual a um grão de areia desapareceu do universo, adicionando um pequeno "chute" de fusão ao poder de fissão que explodiu na direção de Setsuko. A transformação instantânea de matéria em energia produziu uma luz tão intensa que, se Setsuko estivesse olhando para cima, teria visto o hemisfério brilhando através da única camada de telhas do teto e das tábuas de madeira, como se fosse uma lanterna brilhando através dos ossos de seus dedos num quarto escuro. E naqueles primeiros dois décimos de segundo, ela poderia ter tido o tempo suficiente para perceber um zumbido eletrônico em seus ouvidos, um formigamento pelos ossos e a sensação de ser levantada da cadeira, ou pressionada firmemente à cadeira, ou as duas coisas ao mesmo tempo — e a esfera crescendo no céu... Ela poderia mesmo ter tido tempo para perceber, se não ver, suas dimensões em expansão.

O marido de Setsuko, Kenshi, estava trabalhando como contador na fábrica de armas da companhia Mitsubishi a quase três quilômetros dali quando entrou por uma janela o relâmpago dourado mais bonito que ele já tinha visto. Ele ouviu um zumbido estranho e um chiado, e o grito de uma mulher ecoou em sua cabeça. Anos mais tarde, ele pensaria que talvez tivesse sido o espírito de sua avó — ou, mais provavelmente, o de Setsuko. A voz gritou: "Cubra-se!".

Como por reflexo, ele deixou cair os papéis que estava carregando, se atirou ao chão e enterrou o rosto em seus braços. Três longos segundos depois, enquanto a onda de choque ainda não tinha chegado, ele já estava num estado de esgotamento provocado pela adrenalina — mas encontrou tempo para rezar.

Do lado de fora, em silêncio absoluto, uma flor vermelha gigante crescia sobre a cidade num caule de poeira amarelo-esbranquiçada.

As preces de Kenshi pareciam ter sido atendidas — mais uma vez. Ele tinha saído do bombardeio de fogo em Kobe sem uma única bolha ou machucado; de início, pensava que tivera um pouco de azar, porque nunca deveria ter estado lá se não tivesse terminado o trabalho em Osaka um dia mais cedo e viajado a Kobe antes do planejado. Duas noites depois de ter sobrevivido a Kobe, ele ficou sabendo que Osaka também tinha sido pesadamente bombardeada. Aliás, o hotel em que deveria estar dormindo fora atingido e não deixou sobreviventes. Em Hiroshima, Kenshi devia sua vida a um instinto de obedecer a uma voz interior e à falha da bomba, que tinha desapontado seus criadores, produzindo uma onda explosiva consumida apenas fracionariamente quando o alcançou.

A reação instintiva seguinte de Kenshi não o serviu tão bem quanto a obediência à voz. Quando se atirou ao chão, sua impressão inicial era de que enormes bombas incendiárias explodiam bem em cima do prédio e que ele seria cremado antes de conseguir terminar as primeiras frases de uma prece. Mas quase cinco segundos se seguiram ao clarão e a luz começou a diminuir sem sinal de uma concussão.

As bombas não atingiram o prédio.

Kenshi levantou a cabeça para ver o que acontecia a seu redor. Perto dele, uma mulher jovem se aproximara da janela e espiava o lado de fora. O que ela viu na direção da cidade, Kenshi nunca saberia. Ela se levantou, murmurou algo gutural e incompreensível, e então a onda explosiva — que seguia as ondas de luz — a alcançou. Quando as vidraças se soltaram da estrutura, saltando meio metro, se separaram da rede que servia como proteção a ataques aéreos e viraram milhares de diminutos cacos. Cada caco foi acelerado a pelo menos a metade da velocidade do som, como se fosse um chumbinho de espingarda. A garota na janela levou pelo menos um quarto de quilo de vidro no rosto e no peito antes de o vento jogá-la contra uma parede.

Kenshi não viu aonde ela fora lançada. Ao mesmo tempo em que a janela explodia, o chão do edifício se soltava e o arremessava a mais de meio metro em pleno ar. Ele caiu de costas e, quando se levantou, descobriu para seu alívio que estava ileso — e depois descobriu, para seu horror, que tinha sido o único poupado dessa maneira. Todos os seus colegas de trabalho — todos eles — pareciam ter saído de uma piscina de sangue.

Nós fomos diretamente atingidos, Kenshi supôs. Ele não percebeu a magnitude do ataque até sair à rua. Ao longe, e na direção de sua casa, a "cabeça da flor" não era mais silenciosa. Tinha estado ribombando nos céus por mais de um minuto, a pelo menos sete quilômetros de altura, e foi de um vermelho brilhante a um marrom sujo, quase preto. Enquanto ele observava, a flor partiu-se do caule e um botão preto, menor, floresceu em seu lugar. Segundo um sobrevivente, era como um dragão decapitado com uma nova cabeça nascendo.

Um sussurro escapou dos lábios de Kenshi: "Setsuko...".

Estar imerso em morte, o padre Mattias lembraria, poderia ser tão ruim quanto ser dado por morto. No presbitério da única igreja católica da cidade, a 1,3 quilômetro a leste do hipocentro, ele, o padre Hubert Cieslik e o padre Lassalle tinham escutado dois aviões se deslocando pelo céu, com os motores a toda a força, e mergulhando como se tentasse escapar de algo. Do alto um pátio com jardim, eles viram dois pára-quedas vagando perto do horizonte. E o céu, normalmente vazio, de repente ficou azul, depois amarelo — e depois o teto caiu.

Mattias não soube o que aconteceu depois. Sua memória parecia registrar apenas partes desarticuladas. A primeira lembrança nítida foi a de estar caminhando em direção ao rio; mas o tempo estava pregando peças nele. Todos os pontos de referência usuais — a igreja e outros marcos — tinham sumido. Algum tempo atrás — *Um minuto? Uma hora?* —, ele tinha se juntado a centenas de outras pessoas estupefatas e seminuas, e se tornara um dos andarilhos-formiga. A pele do homem à sua frente flutuava livremente em suas costas, como pedaços de uma camisa esfarrapada; e toda a carne do antebraço tinha sido arrancada como se fosse uma luva comprida. O padre seguiu o cadáver ambulante sem rumo até que ele — e o espantalho à sua frente — chegaram a um bonde carbonizado, ainda queimando. Quando o padre Mattias olhou para dentro, viu que as roupas e a pele dos passageiros tinham sido arrancadas. Só um deles se mexia: um bebê não nascido se contorcendo dentro da barriga de sua mãe morta.

Ele saiu dali aos tropeções, deixando o homem que o levara até o bonde no chão, de boca aberta e engolindo a seco, como um peixe em terra. Mattias não sabia aonde estava indo, ainda assim, mais de uma dezena de pessoas formou uma fila atrás dele e o seguiu.

Outro andarilho-formiga chamado Akihiro Takahashi cambaleou até o bonde destroçado. O garoto de 14 anos, queimado apenas parcialmente, olhou ao redor e viu um padre liderando uma nova trilha de formigas. Takahashi seguiu o padre, até que ouviu um amigo chamar seu nome. Então ele foi em direção ao amigo, e uma nova trilha de formigas começou a se formar atrás dele.

Akihiro Takahashi e Mattias, mais de 25 anos depois, se sentariam juntos numa estação de ônibus em Washington, D.C., com um acompanhante norte-americano e com Paul Tibbets, o piloto do avião que lançou a bomba. Mattias contou a Tibbets que tinha ouvido os motores de seu avião se esforçando para afastá-lo da bomba naquela manhã ensolarada de agosto. Takahashi sentou-se em silêncio por muito tempo, sabendo da reputação de Tibbets — sobre sua boa vontade em reconstituir o bombardeio durante *shows* aéreos, e até mesmo em fazer gracinhas sobre seu papel na história, ao encomendar bolos de aniversário com o formato de cogumelos atômicos. Nervoso, Takahashi contou a Tibbets que, embora fosse incrível que um homem pudesse estar perto o suficiente para ouvir os motores do *Enola Gay* e ainda sobreviver, ele na verdade tinha visto o avião. E Tibbets comentou: "Sim, eu podia ver Hiroshima debaixo de mim". E então, inesperadamente (e com aparente sinceridade), ele tomou a mão direita de Takahashi, que era cheia de cicatrizes, entre suas duas mãos e disse: "Não deveríamos deixar a guerra acontecer nunca mais".

Bem além do bonde e da trilha de formigas de Takahashi, a parede de tijolos da esquina de um edifício residencial — era tudo o que restava do prédio — pairava três andares acima da cabeça do padre Mattias. Três crianças se agarravam ao topo da torre e gritavam. Elas estavam nuas, e o padre notou que uma delas parecia sangrar de corpo inteiro.

Inicialmente agradecido por ter sido poupado, agora, enquanto a irrealidade de sua caminhada adormecida dava lugar à compreensão nascida da atrocidade, o padre começou lentamente a se culpar por ter sobrevivido. Quando chegou ao rio e os primeiros barcos de resgate começavam a retirar cadáveres da água, e quando caminhou dentro d'água e viu uma mulher trazer o filho em sua direção — implorando à criança que abrisse os olhos — sem notar que, quando pisara na água, pele e músculos começaram a se soltar dos ossos, o miserdicorioso estado de entorpecimento começou a se quebrar. E o padre foi tocado por uma culpa sem piedade.

Foi quando começou a pensar, realmente pensar, pela primeira vez, sobre as três crianças que tinha visto na torre de tijolos. Não havia lugares conhecidos para apontar o caminho de volta, e as espirais de fogo começaram a se aglomerar em paredes itinerantes de chamas. Ele se perguntaria, todos os dias, até o fim de sua vida, o que teria acontecido àquelas crianças na torre. Todas as noites, elas se tornariam a última coisa em que pensaria antes de pegar no sono. E ele sonharia com elas. E elas seriam a primeira imagem que viria à sua mente quando acordasse.

Enquanto Kenshi se dirigia ao centro da cidade, em busca de sua mulher, das ruas e campos brotavam o que pareciam ser milhares de lâmpadas tremulantes. Ele não conseguia definir o que essas lâmpadas realmente eram. Nem os cientistas que foram informados sobre o fenômeno conseguiriam. Cada jato de chama era do tamanho e forma de uma rosquinha. Kenshi sabia que podia facilmente apagar qualquer "vela no chão" em seu caminho ao pisar nela, mas intuiu que podia ser perigoso tocar nos *doughnuts* ardentes e se desviou deles. Ele pensou em Setsuko. Passou por homens e mulheres cujas costas haviam sido queimadas pelo clarão, mas não eram as queimaduras que chamavam sua atenção e que ficaram em sua memória. Grama fresca parecia nascer das costas queimadas das pessoas. Só depois Kenshi conseguiu imaginar que milhares de folhas de grama foram arrancadas do chão e atiradas pelo ar como flechas em miniatura. Ele rodeou uma coluna de fogo gigante em que se podiam ver vigas de metal derretendo. Ele pensou em Setsuko. Perto do hipocentro, não muito longe da prefeitura da cidade, Kenshi atravessou a superfície quente de uma estrada sobre a qual um grande incêndio se erguera e depois, inexplicavelmente, se extinguira. Todas as pessoas haviam desaparecido de lá, e todas as casas de madeira, nos dois lados da estrada, foram reduzidas a cinzas esbranquiçadas. Ele pensou em Setsuko. A rua principal que levava até sua casa parecia mais um campo que uma estrada. No meio do campo, ele achou dois bondes carbonizados. Os tetos e janelas haviam desaparecido e estavam cheios de caroços negros que, soube-se depois, eram passageiros em seus assentos. Aparentemente, os bondes pararam num dos lados da rua para apanhar mais passageiros, e duas pessoas estavam por subir os degraus do veículo quando o calor desceu e as converteu em fardos de carvão com botões de camisa e dentes. Ele pensou em Setsuko, culpando-se por sua malfadada excursão de lua de mel, duas semanas antes, à ilha do santuário de Miyajima.

Havia uma estranha conexão com o santuário de Miyajima. As gerações mais antigas acreditavam que o local havia sido devotado a uma deusa que ficava com ciúme se um homem e sua mulher recém-casados subissem os degraus juntos. Se o tabu fosse violado, diziam os mais velhos, a mulher morreria em pouco tempo. Mas um amigo de Kenshi, um taberneiro local que conseguia acomodações para casais em lua de mel perto dos jardins da ilha, zombou disso e afirmou ser pura superstição. Já que tinham vindo até Miyajima juntos, ele disse, então eles deveriam ir imediatamente até o famoso santuário. Assim o fizeram. Durante a viagem entre seu escritório e o *Ground Zero*, Kenshi se arrependeu disso muitas vezes.

Yasaku Mikami tinha perdido o bonde por apenas alguns segundos e teve de esperar o próximo. Por isso, estava atrasado uns quinze minutos quando o bonde o levou, por acaso, para a proteção do túnel Miyuki Bashi, fazendo dele um dos poucos bombeiros sobreviventes em toda a Hiroshima.

A primeira coisa que ele notou — depois do clarão azul do lado de fora e depois que uma explosão encheu o veículo de fumaça negra — era que a fumaça tinha um cheiro horrível. Quando saiu do bonde, na fronteira do *Ground Zero*, o cheiro familiar e horrível se tornou ainda mais forte. Como bombeiro, ele entendeu prontamente o que estava respirando. O cheiro que a carne humana produz ao ser queimada era muito parecido ao cheiro de lula grelhada sobre carvões em brasa — com pedaços de porco do lado. O ar tinha um forte cheiro de lula e de porco torrado. Então, enquanto Yasaku corria até o lugar onde era a estação dos bombeiros, ele sabia o que estava inalando — dezenas de milhares de pessoas.

Ninguém havia sobrevivido na estação. Só restavam os três caminhões no lugar onde Yasaku presumia ser o estacionamento, mas ele não podia ter certeza. Só os caminhões e os alicerces do edifício eram reconhecíveis, mas as linhas dos alicerces já não eram retas. Ele encontrou seu capitão queimado e morto atrás da direção na Escada 1. O homem parecia ter estado perto do caminhão quando o clarão chegou, pulado para dentro da cabine e estar prestes a dar a partida para ir combater o fogo — mas não poderia, é claro.

As ruas de Hiroshima estavam cheias de justaposições intrigantes, aparentemente impossíveis, entre os completamente destruídos e os miraculosamente ilesos. As telhas da casa de Kenshi tinham fervido, rachado e se transformado em milhares de pequenas lascas. Evidentemente, a estrutura inteira fora simultaneamente torrada e socada quase meio metro terra adentro. A algumas portas dali, vestígios dos efeitos imediatos de uma bolha de choque gigante, na qual a própria atmosfera tinha recuado a uma velocidade supersônica do centro da explosão, podiam ser vistos — o "efeito de vácuo" que havia se desenvolvido atrás de uma onda de choque na dianteira, puxando tudo de volta para o centro, na direção do ponto de formação real do cogumelo atômico. A força da bolha de choque implosiva tinha também arrancado do pavimento algumas bocas de lobo cheias de ar. Essas manifestações apenas davam uma pista sobre as forças liberadas quando a bolha de baixa densidade — e suas paredes brilhando com o poder do plasma e do ar supercomprimido — tinha se espalhado e esfriado a um ponto em que a pressão para dentro pela atmosfera ao redor começou a ficar mais forte que o calor e o choque que empurravam para fora da tempestade de urânio. Nesse ponto, a bolha de choque tinha apenas 250 milissegundos de idade — apenas um quarto de segundo passado do Momento Zero, e quatrocentos quilômetros de raio. Quando a bolha desabou, menos de dois décimos de segundo depois, e com quase vinte metros de largura, a corrente de ar vertical experimentada diretamente abaixo, na vizinhança de Kenshi, foi amplificada pela quase simultânea ascensão do plasma que se retraía, comportando-se um pouco como um balão de ar quente superaquecido. Enquanto subia e perdia força, esfriara de uma bola de fogo a uma agourenta cabeça de flor negra, e começara a soltar entulhos da maneira que uma flor solta pólen. Bicicletas, pedaços de calçadas, e até mesmo a metade de um piano de cauda caíram da nuvem, a mais de oitocentos metros do hipocentro.

Mesmo assim, no meio de todo esse caos, pedaços de porcelana e frascos de geleia de frutas permaneciam intactos no chão. Kenshi descobriu que as árvores, embora tivessem sido torradas à sequidão e perdido as folhas, ainda estavam de pé e numa área de trinta metros de largura em sua vizinhança. Uma casa de quatro andares também parecia ter sobrevivido entre as árvores, sofrendo apenas uma forte sacudida e alguma compressão e queimadura. Os donos não estavam mais lá, é claro, mas não pelas razões que Kenshi esperava.

Morimoto, o mestre fabricante de pipas que estava visitando com dois primos ricos aquela casa no Momento Zero, saíra dali com apenas pequenos arranhões e machucados. O teto de três camadas e a madeira grossa e cara, combinados com a natureza excêntrica dos efeitos da bomba, tornaram a casa forte o suficiente para abrigar os três homens que tomavam chá no térreo. Morimoto e os primos simplesmente saíram do centro de uma detonação nuclear e entraram para os livros de recordes como membros de uma das minorias mais exclusivas da história. Com suas grandes vigas e camadas de telhas grossas, o casarão deve ter absorvido apenas o suficiente de raios gama, raios X e jatos de nêutrons para salvar suas vidas. As explosões de núcleos pesados, quase à velocidade da luz, não atingiram a casa dos Morimoto.

Mesmo assim, enquanto escalava a pilha de madeira e argila na qual o fogo se apagara como por milagre, Morimoto ingressava numa selva poeirenta e percebia ter muita sede. Ele sentia como se cada centímetro de sua pele tivesse sido queimado pelo sol. Estômago e intestinos também lhe doíam, como se o seu interior também estivesse queimado. Sentia-se desorientado e confuso, e, àquela altura, Morimoto começava a suspeitar que mesmo seu cérebro deveria estar pelo menos um pouco queimado. Depois que parou no topo de uma cordilheira de destroços e olhou pelas clareiras na fumaça, sua desorientação se multiplicou. Normalmente, daquela posição ele não teria conseguido ver as montanhas nem a torre de transmissão da estação meteorológica porque havia edifícios altos no caminho. Mas todos os obstáculos haviam desaparecido. A cidade estava... *aplainada*. Toda a cidade. Entre camadas de poeira a se deslocar, ele podia reconhecer apenas máquinas de costura em chamas, cisternas de concreto, bicicletas enegrecidas, bondes e montes de carne vermelho-escura por todos os lados, algumas vagamente com a forma de figuras humanas, ou ocasionalmente com a forma de cavalos.

A sede e a sensação de queimadura se intensificaram rapidamente, e Morimoto começou a vomitar — os primeiros sinais das doses de raios gama e de nêutrons, que se misturaram com um estado de choque que durou algum tempo, até o fabricante de pipas perceber que havia andado sem rumo, sozinho, e que perdera de vista os seus primos.

Mais do que qualquer outra pessoa na cidade naquele dia, Morimoto poderia dizer a futuros historiadores que seus problemas só estavam começando. Ele sabia que Hiroshima, apesar de ter sido sobrevoada por grupos de bombardeio a caminho de Osaka e outras cidades-alvo, fora deixada intacta. Tinha ouvido muitos rumores sobre o porquê desses acontecimentos — um deles muito popular: "Hiroshima tem muitos jardins e santuários, e é muito bonita para ser bombardeada". Mas agora Morimoto estava entre os primeiros a concluir corretamente que os norte-americanos tinham poupado Hiroshima por alguma razão especial — pois de que outra maneira os inventores de uma nova arma poderiam compreender o estrago se a cidade já estivesse forrada de crateras? Se houvesse mais dessas bombas especiais pela frente, elas também se destinariam às cidades deixadas intencionalmente em condições imaculadas.

A maioria das pessoas da família de Morimoto vivia numa cidade assim, Nagasaki. Então, era com um medo lógico, nada supersticioso, e com uma certeza sincera, que ele sabia que sua mulher e filhos seriam os próximos; que a bomba estava por segui-lo até sua casa. Mas ser seguido não importava para Morimoto.

Se eu for morrer, me deixe morrer com minha família, ele decidiu. *Então me deixe voltar a Nagasaki.*

E, assim, a história receberia, da mesma pessoa, duas perspectivas impossíveis de encasulamento contra o choque: dez a doze quilotones quase diretamente sobre sua cabeça e aproximadamente trinta quilotones a 2,4 quilômetros de distância.

O PREFEITO TAKEJIRO NISHIOKA fora totalmente protegido por uma serra alta quando seu trem se aproximava da estação Kaidaichi, nos subúrbios montanhosos de Hiroshima. O prefeito tinha visto um anel incandescente, vermelho-amarelado, no céu — enorme e dirigindo-se vertiginosamente para cima, saindo de trás dos montes. Quando se desvaneceu e se tornou uma onda de vapor colorido em forma de couve-flor, os soldados que estavam no trem disseram que um arsenal de munições deveria ter explodido. Nishioka sabia que não era isso. Nenhuma explosão de munição tinha se comportado como aquela nuvem sobre Hiroshima. O prefeito sabia disso e mais. Ele havia retornado de Tóquio com instruções para levar máquinas de impressão, quartéis administrativos e quaisquer grandes obras de antiguidade que pudessem ser salvas para os cofres nas encostas das montanhas.

Na semana anterior, Nishioka tinha comparecido a reuniões com o professor Yoshio Nishina e seu aluno Eizo Tajima, que havia lamentado amargamente o fato de o recém-finado Terceiro Reich nunca ter compartilhado os frutos de suas instalações de refinaria de urânio. Os cientistas estimaram que, dadas as taxas de produção correntes, trabalhando 24 horas por dia, sete dias por semana, os dois aceleradores ciclótrones poderiam produzir material físsil o suficiente para montar uma única bomba atômica somente no ano 2020. Os planos de uma espingarda nuclear relativista de íons carregados não pareciam estar progredindo com mais rapidez. Usando a energia dos grandes dínamos na usina de Sakidaria, os cientistas tinham conseguido provar que núcleos de ouro eram menos facilmente espalhados e mais facilmente enfocados que núcleos de ferro — e, em teoria, era um negócio simples apontar armas mortíferas relativistas a bombardeios B-29. Mas na prática eles necessitariam de um acelerador gigante, em forma de anel, de quase dois quilômetros de diâmetro, e os canhões magnéticos teriam de permanecer estacionários, ancorados ao anel gigante. As máquinas eram, então, passíveis de ser destruídas mesmo se o inimigo escolhesse não atacar os dínamos. Tudo o que os norte-americanos, os britânicos — e logo os russos — precisavam fazer era escolher não voar perto dali.

O jovem Tajima tinha perguntado se deveria continuar com seus planos para o anel acelerador. O representante do imperador não respondeu.

E foi assim que Nishioka, ao contrário dos soldados em seu trem, entendeu imediatamente o que provavelmente havia acontecido em Hiroshima. Os soldados necessitariam de um pouco mais de tempo para abordar o problema. Como precaução, ordenaram que o trem parasse na estação Kaidaichi e ficasse lá até que fizessem contato com a cidade. Eles descobriram em seguida que as linhas de telefone estavam cortadas, e mesmo as transmissões de rádio usuais do dia tinham cessado. E então, da direção da estação de Hiroshima, veio um trem. Todos os vagões tinham perdido as janelas e, aparentemente, também os passageiros — com exceção de algumas almas em estado de choque, olhando para fora sem expressão alguma em seus rostos. Os carros queimavam lentamente. Dois deles estavam em chamas. O trem não parou. O maquinista, parecendo mais um espantalho que um homem, se curvou pela janela lateral e vomitou jatos de bile; e ele ou não se importava com isso ou sentia um prazer perverso em ganhar velocidade e abanar as chamas enquanto passava.

Os soldados que estavam no mesmo lado dos trilhos que Nishioka imediatamente ordenaram que os vagões de passageiros fossem desconectados de seu trem. Eles assumiram o comando da locomotiva e decidiram ir de uma vez até a cidade atingida. Nishioka, tentando livrar-se da imagem do maquinista-espantalho de sua mente, correu atrás da tripulação, mostrou suas credenciais, e ordenou que o levassem à cabine do maquinista. Ele não sabia ainda, mas havia embarcado numa das viagens mais incríveis da História.

Minutos depois de o trem fazer a curva no monte Kaidaichi, Nishioka e os soldados começaram a encontrar filas de andarilhos feridos, que seguiam os trilhos do trem para fora da cidade. Avançando lentamente — e apitando para sinalizar *Abram caminho! Abram caminho!* —, eles notaram que as queimaduras dos refugiados se tornavam cada vez piores, e um número maior de feridos murmurava: "Água... água".

Enquanto se aproximavam das cortinas ciclópicas de fumaça negra, os trilhos do trem começaram a sair de linha, e a locomotiva foi forçada a parar.

O prefeito decidiu continuar a pé até o encontro que havia marcado dois dias antes na casa do marechal de campo Hata. Nishioka tinha a reputação de ser pontual, e nem um alerta de *tsunami*, nem de tufão, o tinha feito se atrasar antes. Ele não ia deixar que uma bomba atômica estragasse o seu recorde impecável.

Mesmo depois de descobrir pequenos jatos ondulantes de um fogo estranho brotando no chão, entre o trem parado e a casa do marechal de campo, preservar sua reputação o obcecava — não importava o quão perturbadoras aquelas chamas parecessem. Elas brotavam como pequenas colunas de fumaça vulcânicas, como se feitas de pequenos pedaços de enxofre queimado. Poderiam ter sido extintas facilmente, pisando-se nelas ao passar, mas ele não queria fazer isso. Mais tarde, veio a acreditar que, só de ter caminhado entre aqueles pequenos jatos, ele havia se exposto à radiação que causara o sangramento subcutâneo em seus pés e canelas.

Apesar disso tudo, ainda estava no horário. O marechal de campo, por sua vez, não estava, embora um morro tivesse poupado sua casa do efeito integral do *pika-don*. Àquela hora da manhã, Nishioka esperava encontrar Hata em casa, mas foi recebido por um oficial mais velho, que exibia queimaduras de primeiro e segundo grau numa das faces. Seu uniforme havia sido estraçalhado. Nishioka perguntou por Hata, e o oficial respondeu que achava que o marechal de campo estivesse morto.

E continuou: "Acho que Hiroshima foi atingida por uma bomba atômica".

"Eu também acho", disse Nishioka, e decidiu seguir os trilhos um pouco mais para ver por si mesmo.

Uma ponte o deteve. O aço cedia grotescamente e os dormentes dos trilhos estavam em chamas. Não havia mais sobreviventes atravessando a ponte, mas alguns de seus gatos tinham conseguido cruzar. Seis deles, com o pelo levemente queimado, lambiam o emaranhado de intestinos de um cavalo ferido, que parecia não notar.

Nishioka não gostava muito de gatos antes do acontecimento em Hiroshima. Quase ao mesmo tempo em que Kenshi Hirata chegava ao *Ground Zero*, o prefeito decidira que os odiava. Também decidira que não havia nada mais a se fazer em Hiroshima e que serviria melhor ao império se retornasse ao quartel-general regional imediatamente com notícias sobre o que tinha visto.

Seguindo os trilhos, para longe do mar de fumaça, ele encontrou um estudante recrutado pelos professores para trabalhar numa fábrica. O relevo da terra — especialmente os fossos do castelo de Hiroshima e as muralhas de pedra — tinha de alguma forma comprimido a onda de choque direcionando-a através do prédio como se fosse uma bala de canhão. O garoto explicou repetidas vezes que parecia ser o único sobrevivente. Nishioka soube mais tarde que o menino estava se afastando da zona mais fortemente exposta a chuvas radioativas, perto da ponte Misasa. Ele teria passado direto pela zona de chuva negra ao seguir os trilhos de trem, além do Hospital de Comunicações de Hiroshima, em direção a uma das estações ferroviárias do subúrbio — ponto de encontro combinado pela família em caso de bombardeio grave.

Antes de seus caminhos se separarem, o prefeito deu ao garoto a maior parte da provisão de água e arroz que carregava. Deu-lhe também um cartão com seu nome e o endereço de sua sede, oferecendo-lhe ajuda e pedindo que a família entrasse em contato mais tarde. Porém, nunca mais teve notícias dele, e se perguntava se o silêncio era porque o menino e a família deveriam ser dados por mortos, ou porque eles o davam por morto. A última alternativa parecia tão provável quanto a primeira, porque o endereço no cartão de Nishioka era o mesmo do hipocentro de Nagasaki.

Os historiadores nunca conseguiram determinar a identidade do menino com certeza. Mas a família Ito, em Hiroshima, teria um relato de um sobrevivente muito semelhante — que soaria assustadoramente igual ao do outro lado da história de Nishioka. O irmão mais velho de Tsugio Ito, Hiroshi, era um aluno que apareceu como o único sobrevivente da Escola Central. Ele seguiu os trilhos de trem para o leste da cidade, para um encontro familiar previamente marcado, perto da localização do prefeito. Numa época em que a comida era tão escassa que poucas pessoas, ou ninguém, davam seu arroz a estranhos, Hiroshi contou à família que um desconhecido, alto e com ar de autoridade, tinha lhe dado comida e oferecido ajuda.

Nas horas que se seguiram ao encontro, náusea e fraqueza atacaram Hiroshi; depois desapareceram, apenas para retornar com mais força e fazê-lo vomitar o arroz. Se ele era ou não o mesmo garoto que o prefeito havia encontrado, ninguém sabe. Mas a história havia dado às famílias Ito e Nishioka uma mão de cartas altamente improvável, do fundo do baralho. Rumando em direções opostas, pouco importava se eles fossem afinal para os subúrbios de Nagasaki ou Hiroshima. Mais tarde, Nishioka contaria que o demônio da morte atômica parecia determinado a persegui-los — já se encontrava profundamente sob sua pele, afiando as garras e esperando para atacar.

Kenshi Hirata provavelmente teria escapado sem lesões radioativas se não tivesse ido procurar Setsuko no centro da área de explosão. Enquanto respirava o pó seco e o limpava de sua garganta com a água marrom-escura de um cano quebrado, suas células absorviam variações estranhas de alguns elementos bastante comuns. Essas novas encarnações, ou isótopos, tendiam a ser tão instáveis que, quando ele despertasse na manhã seguinte, a maioria já não existiria mais. Como pequenas baterias carregáveis, estavam perdendo sua carga. Infelizmente, essa energia era descarregada diretamente na pele e no estômago de Kenshi, e em seus pulmões e sangue. O acontecimento singular que o poupou de uma dose letal foi o colapso inicial da bolha de choque e a ascensão da nuvem de calor. Um volume substancial de escombros pulverizados e irradiados fora içado até a nuvem, e a maioria dos venenos já tinha se precipitado quilômetros dali na forma de chuva negra. Paradoxalmente, mesmo em termos de efeitos da radiação, o *Ground Zero* às vezes era o lugar mais seguro para estar. Era tudo relativo, naturalmente: a vizinhança do senhor Hirata ainda estava "quente" pela radioatividade, mas lugares ainda mais distantes estavam mais "quentes" ainda.

Ao cair da noite, Kenshi notou uma singular depressão no chão de sua casa. Apenas um dia antes, a casa e o jardim eram rodeados por uma bela parede de azulejos; agora, lascas desses azulejos especiais estavam espalhadas entre as brasas. O grande fogão de ferro que aquecia a água do banho de Kenshi e de sua noiva parecia ter sido martelado e enterrado no chão, mas ainda estava no lugar correspondente. A alguns passos dali, ele desenterrou utensílios de cozinha que pareciam dolorosamente familiares, apesar de deformados pelo calor e pela explosão. Eram presentes da família de Setsuko.

Kenshi tinha a estranha intuição de que até o chão poderia ser perigoso, e de que precisava deixar a cidade imediatamente. Setsuko foi o pensamento que o deteve: *Se ela está morta, seu espírito pode se sentir solitário sob as cinzas, no escuro, sozinho. Então dormirei com ela esta noite em nossa casa.*

Perto da meia-noite, ele foi acordado por aviões inimigos que voavam baixo, estudando o estrago. Num arco largo, que cobria o horizonte do norte ao leste, o céu tinha um brilho carmim que refletia os incêndios no solo. Embora houvesse pouco para queimar no que os aviadores norte-americanos já chamavam de *Ground Zero*, as chamas continuavam crescendo na periferia da zona da bomba, arrastando-se para dentro e para fora.

Os aviões voaram em círculos e foram embora. Kenshi baixou a cabeça novamente sobre as cinzas da casa e ficou deitado em meio à desolação sobrenatural do centro da cidade. O silêncio de Hiroshima era quebrado intermitentemente por mais aviões e explosões perto do horizonte, na direção do mar e das indústrias de combustíveis sintéticos. Quando o círculo de fogo se expandiu até os tanques de gás, não havia hidrantes funcionando nem caminhões de bombeiros, e só havia um punhado de bombeiros vivos para evitar que os tanques se incendiassem. Kenshi ouviu grandes cascos de metal voando pelos ares em jatos de chamas, espatifando-se na terra, um por um, e voltando a voar. Mas o *Ground Zero* estava enganosamente sereno, e os barulhos que chegavam até Kenshi do exterior não o incomodavam. Ele estava exausto e cheio de preocupações sobre o destino de Setsuko. O crepitar distante das chamas — e mesmo os ocasionais estalos e explosões — o embalaram num sono profundo.

As famílias de Sumiko Kirihara e de Sadako Sasaki tentaram desesperadamente sair da cidade. Por volta da meia-noite, porém, muitas das pessoas que o prefeito Nishioka tinha visto cambalear na saída de Hiroshima encontravam as estradas bloqueadas pelos moradores dos vilarejos próximos. Na zona rural, durante o espaço de apenas algumas horas, os sobreviventes tinham sido convertidos em fugitivos, como as administrações locais faziam questão de deixar claro em anúncios feitos com megafones. Apelando para argumentações ou ocasionalmente apontando armas, as autoridades mandavam os andarilhos feridos de volta às piras e aos lugares onde a chuva negra caíra. Embora ainda não soubessem que tais venenos existiam, encaminhavam as pessoas à radioatividade.

Mesmo depois da queda da bomba, os habitantes da cidade não eram bem-vindos. Após o forte bombardeio de Osaka com armas incendiárias, ninguém queria mais viver nas cidades. Se tivessem parentes no campo, as famílias mandavam os filhos para lá. Satoko Matsumoto, uma garota cuja família fugira para o rio com os Kirihara e os Sasaki, tinha esperança de que todos pudessem atravessar juntos uma ponte ferroviária até o outro lado da montanha.

Uma parte das posses de seu pai fora enviada para lá um mês antes, a fim de ser guardada. Ela se lembrou do que seu pai dissera naquela hora: que as pessoas dos vilarejos aceitavam guardar bagagem, mas que os refugiados seriam mandados embora. Já havia escassez de comida nas comunidades camponesas, que precisavam pagar altos impostos aos militares. Mais bocas para alimentar, vindas da cidade, levariam muitas famílias da fome e de um racionamento severo à morte por inanição, os camponeses diziam.

Enquanto Kenshi Hirata deitava a cabeça perto do túmulo da mulher, os primeiros refugiados retornavam a Hiroshima trazendo notícias inacreditáveis dos moradores de outras cidades que os mandavam de volta com ameaças e até mesmo violência mortal. Assim, as três famílias decidiram encontrar um espaço aberto onde pudessem passar a noite.

O pai de Satoko Matsumoto seria atingido pela "doença da bomba atômica" em apenas uma semana. Enormes hematomas apareceram sob sua pele. Ele começou a perder cabelos em grandes tufos e a sangrar muito pelo nariz. E, num fim de tarde, o senhor Matsumoto se levantou, olhou pela janela o pôr do sol e, sem aviso ou estardalhaço, caiu morto.

Naquela primeira noite, Satoko estava deitada de costas e observava as torres de fumaça subindo e escondendo as estrelas. Nas bases das torres, a luz refletida das chamas dançava. Em cima, as torres nada refletiam; absorviam a luz como se alguém houvesse derramado tinta no céu. Como seu pai, Satoko não tinha sofrido nenhum ferimento visível, mas era doloroso passar aquela noite interminável deitada de costas, sentindo o cheiro forte de lula frita e escutando os incêndios consumirem o que restava da cidade. Às vezes, sombras negras dos aviões de reconhecimento norte-americanos passavam no alto. Quando a fumaça enfim desapareceu e revelou mais da metade do céu, Satoko viu mais estrelas cadentes do que nunca antes em sua vida.

Algo lhe provocou um arrepio na coluna — numa noite tão cheia de momentos assustadores que mais um deles não faria diferença. Mesmo assim, ela teve calafrios quando uma mulher lhe disse que o número excepcional de estrelas cadentes deveria significar que mais pessoas — mais do que eles já tinham visto — estavam morrendo ou prestes a morrer naquele momento.

Os primeiros soldados chegaram ao hipocentro somente uma hora antes do amanhecer. O Ministério da Guerra os enviara com padiolas — com qual propósito, eles não conseguiam entender. "Não havia nada vivo à vista", um soldado afirmou. "Era como se as pessoas que moravam nessa cidade sinistra tivessem sido reduzidas a cinzas junto com suas casas."

Apesar disso, havia uma estátua intacta num lugar onde não existia tijolo sobre tijolo. A estátua era na verdade um homem nu parado, de pé, com braços e pernas abertos — onde tudo havia sido derrubado. O homem tinha se transformado em carvão, um pilar de carvão tão claro e quebradiço que pedaços inteiros desmoronavam ao mero toque. Ele devia ter saído de um abrigo quase um minuto depois da explosão — perseguido, talvez, pela fumaça quente que o afogava. O fogo o matou, deixando-o carbonizado no lugar onde estava.

A próxima estátua que encontraram estava coberta de cinzas. Parecia ter passado o último momento de sua vida tentando se curvar numa posição fetal. Um dos soldados cutucou-a com uma vara, esperando que se desfizesse. Em vez disso, abriu os olhos.

O soldado levou um susto e perguntou: "Como você se sente?". Parecia não haver mais nada a ser dito.

Em vez de dizer o que tinha vontade — *Como você acha que eu me sinto, imbecil?* —, o homem respondeu que não estava ferido e ainda explicou: "Quando cheguei em casa, do trabalho, vi que tudo havia desaparecido, como você vê agora". Ele insistiu que não precisava de ajuda para deixar o lugar, nem desejava sair dali.

"Este é o lugar onde estava minha casa", ele disse. "Meu nome é Kenshi."

Naquela primeira noite, Akira Iwanaga tinha se abrigado da fumaça e das espirais de fogo a apenas dez ou vinte passos de onde estava o engenheiro naval Tsutomo Yamaguchi, seu colega de quarto e de trabalho. Mas os dois homens não se viram.

Akira estava do lado de fora da instalação mais nova da companhia Mitsubishi quando o *pika-don* nasceu. Um morro baixo, a uma distância de 3,7 quilômetros, serviu de escudo contra toda a força. Mesmo estando a uma distância de mais de três quilômetros do hipocentro, e atrás de um morro, Akira sentiu uma forte onda de calor no ar, seguida rapidamente por um vento intenso e poeira em redemoinhos. Em cima, a parte superior da nuvem em forma de cogumelo brilhava com relâmpagos dourados. Depois veio a chuva negra e uma escuridão que engoliu todos os sons do mundo, e que parecia não ter fim.

O nascer do sol trouxe apenas um breve descanso. Os ventos, atraídos até a pira como ar quente ao olho de um tufão, por fim diminuíam. As espirais de fogo definhavam. Naquele momento, o arco de chamas que estava além do hipocentro ardia com um constante rugido crepitante, e Akira começou a ver com mais clareza enquanto a luz do dia ganhava força.

O rio ainda estava coalhado de corpos e entulhos, como ele havia observado ao crepúsculo. Nos vilarejos do interior, os corpos inchados pela água e a maré de ávidas moscas negras que pareciam vir de todos os lados teriam sido chocantes. Mas Akira já acreditava ter passado do ponto em que ainda poderia se impressionar. E a luz do dia continuava a ganhar força, revelando uma jovem mulher cuja mente havia sido apagada. Apenas 24 horas antes, seu sorriso deveria ter sido absolutamente lindo. Mesmo naquele momento havia algo pesarosamente bonito nela. Ela havia escapado sem queimaduras ou ferimentos aparentes, com exceção de um enorme corte em seu abdome. Depois de apoiar as costas firmemente a uma parede, ela parecia ter passado boa parte da noite reorganizando cuidadosamente seus intestinos e tentando colocá-los de volta para dentro. Mas o bebê, que parecia não ter chegado nem à metade da gestação, tinha saído junto com os intestinos e morrido, e ela parecia não saber o que fazer com ele... se o deixava do lado de fora de seu corpo ou continuava a empurrá-lo para dentro. Ela fez uma careta medonha que se converteu num sorriso para Akira. Depois caiu para um lado, morta.

Akira fugiu, tropeçou sobre uma pilha de tijolos soltos, caiu com tudo em cima de um pedaço pontudo de madeira queimada, coberto de felpas, e gritou. Levantou-se e começou a correr de novo, escorregou em algo macio, recobrou o passo sem cair e continuou correndo tão rápido e para tão longe quanto pudesse, distanciando-se ao máximo daquela horrível garota bonita.

Cochilando perto dali, num barco de pesca semiafundado, Yamaguchi ignorou o grito repentino e o ruído de mãos e pernas sobre os tijolos, pensando que outra pessoa anônima tinha enlouquecido. Ele não comera por quase 24 horas, mas tinha conseguido evitar a desidratação forçando-se a tomar a água suja dos canos quebrados. O engenheiro naval ainda tinha a maior parte de sua ração de dois biscoitos, mas tinha dificuldade em manter mesmo alguns poucos goles d'água no estômago. Seu apetite sumira muitas horas antes.

Durante a noite, um soldado contou a Yamaguchi que as instalações locais da companhia Mitsubishi pareciam estar paradas e que todos os engenheiros sobreviventes deveriam voltar à sede, em Nagasaki. Yamaguchi acreditava que os serviços de trem estariam tão parados quanto o estaleiro Mitsubishi, mas o soldado o informou de que havia planos de mandar um trem a Nagasaki até o fim da tarde, partindo da estação Koi.

Depois de somente duas horas de descanso nas ruínas do barco, Yamaguchi se sentiu bem o suficiente para ir até Koi. Normalmente, ele faria a viagem em 45 minutos. Mas e naquele momento? Ninguém poderia saber se ele chegaria à estação, quanto mais a Nagasaki.

O soldado assegurou que, sendo um engenheiro naval do alto escalão, um assento prioritário estaria disponível para Yamaguchi. O engenheiro já não se importava muito com prioridades militares ou com o esforço de guerra. Tudo o que ele queria era ir para casa, para sua mulher e filho pequeno.

Com nada mais que isso em mente, ele conseguiu, com diferentes níveis de sucesso, endurecer seu coração contra tudo o que a aurora cruel revelava: uma mulher cantando uma canção de ninar para o filho morto, a cabeça de um cavalo queimando como uma lâmpada a óleo, uma chama assustadora, azul-esverdeada. Yamaguchi topou com um corpo que parecia à primeira vista ter sido completamente protegido dos raios cauterizantes, mas em seguida viu que a proteção ocorrera apenas da cintura até os pés. O terço superior era um cadáver carbonizado cujos traços foram apagados pelo vento. A musculatura e mesmo as costelas estavam sendo levadas pela brisa da manhã como se fossem fuligem, revelando um coração negro. Yamaguchi registrou para futura referência que o inverso teria sido pior — se o que protegera a parte inferior do corpo do homem, transformando cabeça e torso em fuligem, tivesse deixado coração, olhos e cérebro intactos, permitindo à vítima vislumbrar pélvis e fêmures nus antes de morrer.

O engenheiro precisava atravessar dois rios para chegar à estação. O mais estreito deles já não tinha ponte, mas nas partes rasas cadáveres se empilhavam como uma barragem natural, que também podia ser cruzada como se fosse uma ponte. Mesmo enquanto tentava se concentrar apenas no rosto da mulher e do filho, atravessar aquela ponte lhe foi muito sofrido.

No rio mais largo, ele encontrou uma ponte ainda mais desafiadora: uma elevada ponte ferroviária, de treliça, cuja estrutura de metal pendia de um modo sinistro, como se estivesse prestes a desabar. Quase todas as ligações de madeira tinham sido queimadas, então ele foi obrigado a engatinhar, sentar-se de pernas abertas e seguir seu caminho por um trilho estreito, como se fosse um aprendiz na corda-bamba.

Perto da estação de trem, o engenheiro encontrou vários militares reunidos com o prefeito Nishioka ao redor de um grande cilindro de alumínio. O clarão queimara um dos lados do objeto, que parecia ter se espatifado contra o chão como um meteorito. Um dos oficiais contou a Yamaguchi que o cilindro fora lançado de paraquedas sobre a cidade segundos antes do clarão. Dentro da caixa de metal, eles encontraram um transmissor de rádio conectado a aparelhos de registro científico e atmosférico.

O que não contaram a Yamaguchi — e que só o prefeito e outro oficial sabiam àquela altura — era que eles tinham descoberto um envelope entre os sensores de onda de pressão, raios gama e nêutrons. O envelope continha um apelo especial aos professores Ryokichi Sagane, Nishina, Tajima e aos outros principais físicos do Japão. O apelo vinha do cientista Luis Alvarez, que quatro décadas mais tarde deixaria sua marca na história da redução dos armamentos nucleares com a descoberta do efeito de "inverno nuclear".

"Vocês sabem há muito tempo que uma bomba atômica poderia ser construída se uma nação estivesse disposta a pagar o enorme custo de preparação do material necessário", dizia no começo da carta. Alvarez continuou: "Agora que vocês viram que construímos as unidades de produção, não pode haver dúvida de que toda a produção dessas fábricas, trabalhando 24 horas por dia, será explodida sobre sua pátria... Como cientistas, deploramos o uso que foi dado a essa linda descoberta, mas podemos lhes assegurar que, a menos que o Japão se renda imediatamente, essa chuva de bombas atômicas vai aumentar muitas vezes em fúria".

Alvarez não estava contando toda a verdade, é claro. O fim da Segunda Guerra Mundial estava mais para um jogo de pôquer que de xadrez, e, como qualquer bom jogador de pôquer, o norte-americano não se atrevia a mostrar todas as cartas. A verdade era que essas fábricas mencionadas mal podiam produzir um pouco mais de cinquenta gramas do material necessário por dia. Quando a próxima bomba fosse jogada, outra não estaria pronta até setembro ou outubro.

O que aconteceu no futuro, ou no dia seguinte, tinha muito pouco a ver com o comportamento norte-americano ou japonês. Resumidamente: a maior parte da história humana estava fadada a ser decidida por instintos primitivos, não pelo pensamento civilizado. O alvorecer da morte atômica era uma história humana diferente, contada por tigres com garras de urânio e plutônio.

Era uma vez apenas três bombas atômicas no mundo. Os tigres testaram uma delas no deserto do Novo México, para ter certeza de que a máquina funcionaria. Três semanas depois, as outras duas foram lançadas.

Mesmo quando Kenshi percebeu que a nuvem tinha se erguido sobre sua casa, ele rezou e tinha esperança de que Setsuko pudesse de alguma maneira ter escapado. Quando deixou o estaleiro, estava levando alguns biscoitos a mais para ela. Um dia depois, ele cavava as cinzas comprimidas em sua cozinha, descendo quase meio metro, à altura dos joelhos. Ao parar para comer um biscoito ou tomar água de um cano quebrado, ele espalhava um pouco da comida e da água no chão, como numa cerimônia — uma oferenda a Setsuko.

Quando o sol de agosto ficou ainda mais alto e uma nevasca de cinzas soprou pelo local, o cano parou de gotejar. Em pouco tempo, Kenshi já não tinha água e os biscoitos escasseavam, mas ele continuou cavando e esperando, mesmo sabendo que o fracasso em encontrar quaisquer ossos significava que Setsuko talvez não estivesse em casa no momento do clarão.

Quando a exaustão, a sede — e, naquele momento, a fome — começaram a competir com os primeiros leves sintomas da doença da radiação, três mulheres da sua vizinhança retornaram às ruínas. A mais velha, presidente da associação do bairro, descobrira o lugar onde as rações de emergência estavam enterradas e coordenou a escavação de três grandes latas de arroz seco. Ao ver Kenshi e ao escutar seus apelos a qualquer pessoa que pudesse ter encontrado Setsuko, a mulher se dirigiu até um buraco feito no chão perto dali, cheio de pedaços de carvão em brasa. Ela misturou um pouco de sua própria ração de água com arroz e cozinhou uma tigela de mingau levemente radioativo para Kenshi. Ele se lembraria, depois, de ter ido às lágrimas com a bondade daquela mulher. Nunca mais a viu.

Depois de tomar uma tigela de sopa de arroz, ele sentiu-se reenergizado, apesar das leves ondas de náusea, e retomou as buscas por Setsuko.

Escavou quase toda a cozinha, sabendo que sua mulher gostava mais de cozinhar que de qualquer outra coisa no mundo. Ela se achava uma *chef* importante, que conseguia transformar mesmo as rações mais escassas nos sabores mais sutis, ao colocar temperos e ervas, o que a maioria das pessoas chamava de cupins, ervas daninhas e formigas dos citros. A cozinha, ele estava convencido, era onde mais provavelmente poderia encontrá-la às 8h15, pensando em como transformar uma xícara de grãos de soja mofados no que ela prometia ter "um gosto parecido ao de caminhar nas nuvens".

Quando a poeira da cozinha não revelou nenhum sinal dela, Kenshi começou a aferrar-se à esperança. Logo foi acompanhado por dez homens que trabalhavam na serralheria da cidade e conheciam bem o casal. Eles tinham ouvido falar da aflição de Kenshi.

Procuraram da cozinha até a sala de estar, escavando até a altura do joelho, mas nenhum sinal de osso foi encontrado.

"Ela não está aqui", disse Kenshi. "Ela ainda está viva em algum lugar."

"Para termos certeza, precisamos cavar um pouco mais fundo", disse um de seus amigos.

Minutos depois, a esperança morreu. Seu amigo desenterrou o que parecia apenas um pedaço de concha a Kenshi.

"Nós dois adoramos conchas e ostras gigantes", Kenshi insistiu. "Setsuko as usa como decorações de mesa!"

Mas ele já sabia, em seu coração, que aquilo era um fragmento de crânio humano. Os homens recuaram em silêncio. Reprimindo a ansiedade, Kenshi cavou suavemente com a ponta dos dedos, aumentando aos poucos e depois aprofundando a área de onde a "concha" tinha saído. Ele tocou pequenos fragmentos de coluna e encontrou neles um padrão que indicava o momento final. Ela estava sentada quando tudo aconteceu.

Da cozinha, ele escavou uma tigela de metal, que apesar de queimada não apresentava nenhum outro dano. Kenshi reconheceu-a como a mesma tigela que Setsuko e ele tinham trazido da casa dos pais dela de trem para Hiroshima havia apenas dez dias. *Dez dias*, ele lamentou, *e os ossos desta pobre garota vão ser colocados neste vasilhame que ela trouxe de sua terra natal.*

Sob o sol ardente da metade do verão, Kenshi tinha sede. O suor escorria por suas costas e suas calças estavam encharcadas. Ele sentiu que ia desmaiar. Seu amigo da serralheria ofereceu-lhe água; ele bebeu e depois borrifou um pouco sobre o vasilhame — como para dar à mulher o último gole de sua curta vida.

"A serralheria desapareceu e ninguém sabe o que acontecerá conosco agora", seu amigo disse, e depois contou que a esposa e ele estavam guardando uma pequena ração de arroz branco especial e peixe seco, caso as condições cada vez piores viessem a se resumir no que os ocidentais chamavam de "um dia de chuva".

"Bom, está chovendo fogo, gelo negro e tripas de cavalo", o dono da serralheria disse. "Então acho que esse dia chegou."

Ele convidou Kenshi para um almoço tardio, mas substancial, e lhe ofereceu um lugar para ficar enquanto decidisse aonde ir.

Kenshi já havia decidido. Como um dos sobreviventes da gerência da Mitsubishi, ele poderia conseguir assentos prioritários em quaisquer trens em operação. "Se eu puder chegar a Koi ou mesmo até a estação Kaidaichi", disse, abraçando a tigela de metal contra o peito, "então encontrarei uma maneira de levar Setsuko para a casa de seus pais".

"Por isso mesmo você tem um motivo para fazer uma boa refeição antes de partir", seu amigo insistiu.

Na periferia da cidade, a casa do dono da serralheria tinha sobrevivido intacta atrás de um morro, com apenas algumas telhas deslocadas. A náusea de Kenshi ia e vinha, o que tornou mais fácil comer devagar e em pequenas porções. Ele não queria tomar muito para si da última boa refeição na cidade, nem tirar muito de seus amigos. A tigela de sua cozinha permanecia a seu lado o tempo inteiro. Isótopos de potássio e iodo estavam sendo liberados dos ossos de sua mulher. Eles se alojaram nas calças de Kenshi, em sua pele e em seus pulmões.

Enquanto comiam, um jovem soldado bateu à porta com notícias de que a estação de Hiroshima talvez nunca mais operasse novamente, e que todos os assentos de alta prioridade na estação Koi já estavam ocupados para a tarde de 7 de agosto. Não havia trens saindo de Kaidaichi devido ao que o soldado de 16 anos chamou de "o mais assombroso acidente de trem de todos os tempos!".

Ele explicou, animadamente, como um trem que estava saindo de Hiroshima durante o clarão tinha sido tão frito que mesmo seus pedais de segurança tinham falhado: "A coisa atravessou Kaidaichi sem parar e continuou voando. Disseram que estava a pelo menos 150 quilômetros por hora, e por fim bateu num caminhão em um cruzamento e descarrilou!".

Kenshi apenas agradeceu ao garoto pelo relato e lhe perguntou se algum trem sairia de Koi no dia seguinte.

"Sim", ele disse. "Há um saindo às 15h e o senhor tem assento provisório — o que significa que o senhor está nele contanto que consiga chegar lá."

Kenshi decidiu sair cedo. Muitas estradas e pontes deixaram de existir e ninguém podia saber quanto tempo duraria a caminhada até Koi. Ele encheu o cantil e colocou dois biscoitos e alguns grãos de arroz nos bolsos da calça, depois cortou barbantes e enrolou a tigela num pedaço de pano, bem firme, para que os ossos de Setsuko não caíssem se ele tropeçasse nos destroços que enchiam as ruas.

Antes de sair, Kenshi pediu ao amigo permissão para colher uma flor de seu jardim. Então, dizendo obrigado e adeus, ele desceu até o rio, onde atirou a flor e os grãos de arroz como oferenda e se curvou três vezes, de acordo com uma tradição budista que reconhece o lugar dos mortos.

Corpos já estavam sendo resgatados dos dois lados do rio, e na estrada adiante cremações em massa já tinham começado.

Como, Kenshi se perguntava, ele contaria aos pais de Setsuko o que tinha acontecido com ela? Ele não conseguia pensar em mais nada. Não sabia ainda que logo teria muito mais em que pensar. Podia-se dizer que seu encontro com a História nesses dois últimos dias tinha sido apenas o crepúsculo antes do amanhecer. Kenshi Hirata chegaria à estação Koi com tempo de sobra; e às 3h da tarde de 8 de agosto ele começaria a viagem para levar os ossos de Setsuko à casa dos pais, a bordo do último trem para Nagasaki.

4

E O RESTO ERAM NEUTRINOS

No dia 6 de agosto de 1945, quando o presidente Truman anunciou projetos em andamento de bombas ainda mais poderosas do que aquela lançada sobre Hiroshima, poucos do lado de fora do Kremlin ou do Palácio Imperial japonês poderiam imaginar que apenas uma arma nuclear restava no arsenal. E nenhuma das milhares de pessoas reunidas ao redor de aparelhos de rádio nas salas de estar do mundo teria duvidado da afirmação de Truman de que a bomba de Hiroshima "era mais potente que 20 mil toneladas de dinamite". Oficialmente, a bomba constaria nos livros de história como tendo liberado 22 quilotoneladas; porém, avaliações científicas posteriores apontariam a um número consideravelmente menor. Mesmo o cronograma da Operação Centerboard (a missão de Hiroshima) do 509º Grupo Composto acabou registrando a liberação final como de apenas 12,5 quilotoneladas. Se comparada à bomba que em pouco tempo seria detonada sobre Nagasaki, a arma usada em Hiroshima era pelo menos 50% mais fraca.

Antes de subir a bordo do avião de observação científica *Great Artiste*, o físico Luis Alvarez havia dito ao piloto Charles Sweeney que sua expectativa era de que a bomba detonasse, mas não necessariamente atingisse a força máxima desejada. Sweeney sabia pouco sobre o interior do dispositivo "Little Boy". Alvarez conhecia o bicho por dentro e por fora, conhecia a força e a precisão geométrica de cada anel de urânio, de cada plugue de berílio-polônio. Ele conhecia isso e muito mais. Compreendia que, apesar de serem necessários os esforços de toda a indústria governamental para extrair do minério os átomos naturalmente ocorrentes de urânio-235, e para enriquecer lentamente o metal emissor de nêutrons, levando-o a níveis cada vez mais elevados de pureza, agrupar o urânio em um projeto de bomba que funcionasse era um problema de engenharia razoavelmente claro.

Com a pureza certa, e com as quantidades certas, uma explosão poderia ser alcançada simplesmente ao se deixar cair uma massa de urânio-235 por um longo cano de escoamento, em cima de outra. O desafio estava em obter os materiais certos, e aí mesmo um amador (embora tivesse de ser perspicaz) poderia melhorar a eficiência do modelo de cano de escoamento para chegar a uma liberação de quase cinco quilotoneladas. Profissionais como Alvarez falavam em termos de 20 quilotoneladas e acreditavam que podiam fazer uma arma de urânio alcançar 50 quilotoneladas com razoável facilidade.

Em algum momento na sequência de produção e lançamento da arma, um erro de projeto, de entendimento ou de cálculo tinha entrado sorrateiramente no dispositivo "Little Boy" e diminuído sua potência. É provável que ninguém jamais se saiba a causa. A arma eliminou todas as provas quando explodiu.

De todos os desafios do projeto da bomba, o maior deles não residia em fazer o urânio entrar em fissão; mas em levá-lo a entrar em fissão eficientemente e evitar que detonasse em um momento indesejado.

Poucos além de Alvarez e os pilotos Paul Tibbets e Charles Sweeney conheciam o verdadeiro tamanho da preocupação e das discussões que existiam sobre o quão pronta para a detonação a geometria interna do dispositivo deveria estar no momento da decolagem. Se fossem inseridos já prontos para detonar no compartimento de bombas do *Enola Gay*, os anéis de urânio cuidadosamente separados na extremidade traseira da bomba poderiam se chocar, todos de uma só vez, e se submeter a uma fissão parcial se o avião caísse ou mesmo se houvesse um solavanco forte na pista de decolagem. O resultado desse cenário — que o doutor Alvarez chamava de "uma imprevista desmontagem energética" — tinha cinco finais possíveis. Nenhum era bom. No menos ruim, pequenos raios de urânio fundido seriam lançados em todas as direções por centenas de quilômetros, consumindo a maior parte do suprimento de urânio dos Estados Unidos e constituindo uma ameaça à saúde de quem estivesse a uma curta distância. No topo da "Escala Esfíncter" de cinco pontos elaborada por Alvarez, um choque inesperado entre os anéis poderia facilmente gerar calor o suficiente para disparar os detonadores da bomba, destruindo toda a base aérea da ilha de Tinian.

A discussão sobre como e quando precisamente armar o dispositivo tinha sido encerrada na manhã de 5 de agosto, com a queda de um B-29 numa das pistas de decolagem. Até aquele momento, a discussão parecia ter sido por fim resolvida com um plano de decolar com a bomba completamente armada e pronta. O capitão da Marinha William Parsons, especialista em bombas atômicas dos laboratórios de Los Alamos, interpretou o acidente de 5 de agosto como um aviso final e reverteu o plano. Ele passou a tarde praticando armar e desarmar a bomba, até os gatilhos começarem a gastar a pele da ponta de seus dedos. Parsons se negava a manejar as cargas explosivas e as escotilhas com luvas protetoras. Ele insistia em aprender a sensação do toque em cada carga, plugue e parafuso durante o que prometia ser um procedimento difícil num compartimento de bombas chacoalhante, enquanto o *Enola Gay* e seus dois aviões científicos de escolta voavam em direção ao seu alvo.

Um pouco antes da meia-noite de 5 de agosto, Parsons deu instruções às equipes dos três aviões que tinham participação certa na missão, e afirmou pela primeira vez que levariam apenas uma bomba. Nenhuma menção à energia atômica foi feita. Com efeito, o navegador de Parsons, Theodore van Kirk, não tinha nada além de uma suspeita de que um novo tipo de bomba incendiária fora projetada pelos químicos.

Russel Gackensbach, o navegador escolhido para o avião fotográfico *Necessary Evil*, tinha hipóteses parecidas sobre o que estariam carregando; mas mesmo nesse estágio final ninguém lhe havia dito nada, e ele fora instruído a não perguntar. O caminho de Gackensbach à ilha de Tinian e ao *Necessary Evil* tinha sido longo e estranho — da Escola Secundária de Allentown até o trabalho numa fábrica como inspetor de invólucros de bombas cuja obsessão pela aviação acabou por colocá-lo a bordo de missões do B-17 Flying Fortress (Fortaleza Aviadora), na operação de novos aparelhos de navegação e radar — até que, durante o verão de 1944, ordens de transferência vindas aparentemente do nada levaram-no para uma nova base nos confins do deserto do Great Salt Lake de Utah.

"Remota" era uma palavra que mal chegava a definir a base — e esse era o objetivo, como Gackensbach acabou percebendo. O novo comandante, coronel Paul Tibbets, apenas disse à equipe que a missão para a qual estavam sendo treinados seria algo completamente diferente, e completou: "O que vocês fazem aqui, o que veem aqui, deixem aqui quando saírem". Até aquela noite, Russell Gackensbach ainda lembrava: "Eles nos contavam apenas o que precisávamos saber para fazer o nosso trabalho, e nós nem sabíamos o que era o nosso trabalho".

Desde o início, mesmo antes de os novos B-29 deixarem Utah, Tibbets manteve a promessa de que nada seria normal no perfil da missão. Durante o mês de junho de 1945, eles fizeram voos de treinamento a áreas-alvo espalhadas pelos Estados Unidos, lançando bombas de vários tamanhos e frequentemente de formatos bizarros, incluindo uma grande "abóbora" com barbatanas. Conforme o treinamento progredia, os aviões estavam mais aerodinâmicos e modificados para voar mais alto, mais rápido e mais longe — e com cargas maiores. Os "melhoramentos" incluíam a remoção de todas as armas externas, com exceção de uma única arma de cauda.

"Algumas explosões e vamos perder os dentes", disse o piloto Charles Sweeney, mas ele não estava particularmente preocupado. Se o inimigo enviasse uma frente de caças, a velocidade máxima de um Zero japonês era de apenas 350 milhas por hora. Os B-29 voavam a até 450 milhas por hora. Eles nunca poderiam ser alcançados, e se um Zero mergulhasse diretamente na direção deles, só conseguiria passar uma única vez.

Durante os meses que decorreram desde a tomada da ilha de Tinian do Japão, em fevereiro, a ilha havia se tornado um labirinto de pistas de decolagem, e a terra do imperador ficou ao alcance de ataques maciços dos B-29.

À frente de Hiroshima, mais de sessenta cidades já eram veladas em mortalhas negras de fumaça e cinzas. De enxames de até trezentos aviões, todos os tipos de produtos químicos incendiários experimentais, do fósforo ao napalm, começaram a cair noite após noite.

Em Hiroshima, uma garota de 14 anos chamada Hiroko Nakamoto havia notado que, desde pelo menos fevereiro, o trabalho escolar envolvia cada vez menos matemática e caligrafia e cada vez mais tarefas de ajuda na fabricação de peças de máquinas nos edifícios do exército. Ela ouvia pouco mais do que rumores sussurrados de que outras cidades estavam sendo bombardeadas. As transmissões de rádio falavam apenas em vitórias gloriosas, em novas ilhas conquistadas pela marinha, em navios americanos afundados por aviões.

Quando Russell Gackensbach fazia seu último voo de treinamento antes de se mudar para Tinian, uma garota mais velha no trabalho de Hiroko afirmou: “Eu não acredito que estejam nos contando a verdade. Não acho que o Japão esteja se saindo bem na guerra”.

Hiroko sentiu raiva da garota e chamou-a de mentirosa, perguntando a si mesma se aquela arrogante seria pró-americana e se deveria ser denunciada. Mas, àquela altura, as sirenes de ataque aéreo uivavam e gemiam em horas aleatórias, dia e noite. Sobre Hiroshima, os novos estranhos aviões prateados pareciam estar apenas de passagem, a grandes altitudes, sem nunca lançar uma bomba, como se pequenos grupos de dois ou três ocasionalmente se perdessem ou já tivessem se tornado tão seguros de seu domínio do espaço aéreo japonês que pudessem se dar ao luxo de fazer turismo.

No decorrer de apenas alguns meses, Hiroko havia visto seu mundo inteiro desmoronar e cair no desespero. Todos os estoques de comida e combustíveis estavam chegando ao fim; e a taxa de declínio parecia se acelerar.

Fotografias trazidas a Tinian pelos B-29 “perdidos” ou “turistas” mostravam canhoneiras e barcos de pesca evidentemente sem combustível e ancorados sempre nos mesmos lugares ao redor de Hiroshima, dia após dia, semana após semana. Com exceção de vagões de bonde e algum veículo militar ocasional, todo o trânsito nas ruas da cidade havia sido reduzido a pessoas a cavalo, a pé ou de bicicleta.

No dia que William Parsons quase gastou os dedos para aperfeiçoar seu procedimento de armar a bomba de Hiroshima, restava pouco para comer na casa de Hiroko, a não ser rações do governo de um grão marrom-avermelhado chamado *korian* — que, em anos passados, era dado apenas aos cavalos. As famílias também recebiam uma ração de uma coisa chamada "torta de capim", um alimento feito literalmente de ervas daninhas. Seu gosto era tão repugnante que Hiroko havia aprendido a queimar as tortas de capim até que ficassem parecidas ao carvão. "Porque", ela afirmaria mais tarde, "o gosto das cinzas era melhor do que o gosto do capim".

Apesar do racionamento de comida, uma das grandes preocupações de Hiroko eram os dois ratos albinos que um médico local lhe havia dado de presente. Até os ratos se recusavam a comer o capim e o *korian*. Por algum tempo, Hiroko conseguiu mantê-los vivos com pequenos pedaços de folhas de rabanete roubadas de uma fazenda. Por pouco tempo, seus bichos de estimação ganharam energia suficiente para usar o pequeno balanço que ela havia construído para eles. "Eles brincavam alegremente e eu nunca me cansava de vê-los", Hiroko recordaria; mas, quando Russell Gackensbach foi escolhido como navegador de um avião chamado *Necessary Evil*, o estoque de folhas de rabanete já havia terminado e os ratos tinham morrido de inanição. Eles estavam entre os mais sortudos.

Em outra parte da cidade, um garoto chamado Keiji Nakazawa viveria para contar que só naquele momento os abastados cidadãos que desejavam a guerra e conclamavam "uma luta até a morte" — apesar de que frequentemente eram os filhos dos vizinhos os que iam para o combate e morriam — começavam a sentir o fardo da guerra.

Em Tinian, Paul Tibbets havia escolhido como alvo da bomba a ponte Aioi, a ponte "T" que cruzava o rio Ota de Hiroshima, porque era um traço característico e poderia ser reconhecido imediatamente pelo bombardeiro, mesmo a uma altitude de nove quilômetros (ou 30 mil pés). O alvo preciso, como a natureza da bomba, permanecia oculto do navegador Gackensbach e de seu engenheiro de voo James R. Corliss enquanto juntavam seu equipamento e eram levados às 2 horas da manhã a um dos três aviões — *três aviões*, constituindo menos de um cinquenta avos do contigente normal enviado a um bombardeio incendiário. Um número excessivo da tripulação parecia ser de cientistas civis, que apareciam em Tinian em números maiores ultimamente e que não se misturavam, falando apenas quando absolutamente necessário.

Tudo sobre o lançamento de 6 de agosto tinha um aspecto surreal. O capelão Downey deu um passo à frente e suplicou a Deus que pusesse um fim à guerra. Lâmpadas estalavam no rosto do capelão enquanto ele falava. Perto dali, Paul Tibbets pegou uma caixa e falou com sua tripulação. Ele explicou que o médico da missão havia providenciado pílulas — uma para cada homem — para o caso de os aviões caírem em território inimigo. O médico conhecia alguns dos métodos de tortura que podiam ser esperados; e ele sabia que a maioria das pessoas falava sob tortura. "Darei as pílulas a quem quiser", Tibbets explicou. "Seis minutos e vocês já foram", o médico havia assegurado. "Vocês nem vão perceber nada."

Os homens simplesmente olharam para a caixa — em silêncio, exceto pelo capitão Parsons. "Eu quero uma", o homem de Los Alamos disse. Tibbets entendia a posição de Parsons. Depois de Luis Alvarez, Parsons conhecia mais detalhes técnicos sobre como "o artefato" funcionava do que qualquer um na pista de decolagem.

Russell Gackensbach não aceitou a oferta de Tibbets. Se Luis Alvarez estava levando uma das pílulas letais com ele a bordo do *Great Artiste*, ninguém havia notado, e ele resolvera não falar sobre isso. Gackensbach e Corliss não haviam sido informados sobre o que o *Enola Gay* levava; então, provavelmente, não era necessário oferecer-lhes as pílulas — apenas os óculos escuros, com instruções para colocá-los somente quando seu capitão ordenasse, a quase três minutos de distância do alvo. Eles não poderiam olhar para a fonte da luz.

Parsons, que esteve presente em Alamogordo durante o teste de uma versão de plutônio da arma que estavam prestes a lançar, lhes havia dito que esta nova espécie de bomba incendiária era "a coisa mais brilhante e quente na terra desde a criação". Ele contou que um soldado a mais de cinco milhas da detonação da bomba ficou temporariamente cego pelo clarão. Parsons nunca mencionou átomos ou quilotoneladas, apesar de saber que o sol artificial de Alamogordo tinha liberado quase 22 quilotoneladas de energia — excedendo a do dispositivo do *Enola Gay* em cerca de 10 quilotoneladas.

Uma parte da tripulação se ateve a suposições anteriores, de que estavam prestes a lançar um novo pesadelo inventado pelos químicos. Poucos suspeitavam de que fosse um pesadelo de físicos. Só uma minoria da elite sabia ao certo.

O avião de Gackensbach e de Corliss era o Número 91, pilotado pelo capitão George Marquart. O avião tinha toda a pista C para si. A pista B continha o *Great Artiste*, que ainda não ostentava o nome na fuselagem. A próxima pista, "A", era o centro de um certo alvoroço. *Flashes* se acendiam ao redor de Paul Tibbets e do *Enola Gay*. O seu era o único avião do trio com um nome pintado atrás do nariz. Tibbets o tinha batizado com o nome de sua mãe. Tudo o que os fotógrafos sabiam sobre o avião era que Tibbets levaria "uma coisa especial".

Depois que George Marquart e a equipe de solo terminaram sua volta ao redor do 91 — o *Necessary Evil* — em busca de minúsculas fraturas por desgaste ou sinais de vazamento hidráulico, James Corliss o seguiu pela escotilha do trem de pouso dianteiro e ocupou sua posição no assento de engenheiro de voo, atrás do copiloto, a estibordo, e sobre o bombardeiro. Russell Gackensbach assumiu a posição de navegador, a bombordo. O B-29, embora espaçoso em comparação aos B-17, ainda era pequeno. Se quisesse, Gackensbach poderia facilmente ter esticado o braço, de bombordo a estibordo, e apertado a mão de Corliss.

Na Pista A, Paul Tibbets deu a partida no *Enola Gay* às 2h45. Três minutos depois, Charles Sweeney decolava o *Great Artiste* da Pista B; e três minutos mais tarde, George Marquart seguia-os no *Necessary Evil*.

As três aeronaves voariam com intervalos de dezesseis quilômetros entre si durante todo o percurso de três horas até o primeiro ponto de encontro. A treze minutos da saída de Tinian, enquanto voavam a apenas 4.600 pés, Parsons desceu até o compartimento despressurizado de bombas do *Enola Gay* e começou a inserir as cargas de cordite na bomba, seguindo a detalhada lista de verificação que tinha organizado durante os treinamentos, e mantendo Tibbets informado através de um intercomunicador sobre o seu progresso no procedimento de armar a bomba. A bordo dos dois outros aviões, membros da equipe científica fechavam os olhos e tentavam dormir um pouco, reservando sua energia para a parte final da missão.

Às 5h45, Gackensbach e Corliss perceberam uma manobra familiar de inclinação lateral, indicando que a hora do encontro havia chegado. A estibordo, Corliss podia ver o sol vermelho surgindo no horizonte. Debaixo deles, as pistas de decolagem de Iwo Jima, já capturadas, se estendiam diante do monte Suribachi — já eram santuário para centenas de equipes de B-29 que regressavam de bombardeios incendiários com aeronaves semidestruídas.

Sweeney e Marquart se aproximaram por trás das asas do avião de Tibbets, circularam Iwo com ele e rumaram para o Japão.

Duas horas mais tarde, o avião de observação avançada de Claude Eatherly, *Straight Flush*, acionou um breve alerta antiaéreo por toda Hiroshima enquanto fazia o reconhecimento do tempo. Como o radar e os observadores de solo julgaram, corretamente, que se tratava apenas de um voo de um observador solitário — como dezenas de voos de reconhecimento fotográfico até então —, o alerta foi cancelado com uma sirene de "tudo limpo". As defesas da cidade rapidamente voltaram ao estado de prontidão habitual — exatamente como Luis Alvarez e Paul Tibbets tinham planejado. As equipes de observação ainda não sabiam que uma função de seus voos anteriores a Hiroshima era a de acalmar o alvo para que pensasse que um ou dois B-29 "desgarrados", sem escolta de caças, eram comuns e provavelmente inofensivos.

A tática era fria e calculista, triste e lógica. Como a geometria interior do "dispositivo" precisava ser manejada de forma tão precisa que um golpe de martelo poderia tirar as peças do alinhamento e arruinar ou desarmar a bomba, a ideia de acalmar a artilharia de solo e os pilotos de caça sem combustível era considerada "a melhor defesa". Do ponto de vista de Sweeney, essa complacência induzida reduzia a probabilidade de uma bala ou estilhaço fazer um buraco na fuselagem do avião e arruinar a delicada geometria da bomba. Para Charles Sweeney, cada um dos voos "inofensivos" que levaram até aquele dia tinha sido guiado pela matemática da teoria da probabilidade casada com a psicologia. "Frio", ele reconheceu. "Mas, num determinado momento, a fria matemática tornou-se o nosso novo copiloto. Logicamente, tinha de ser assim."

Por volta das 7h30, o *Straight Flush* enviou uma mensagem em código: "C-1", o que se traduzia como "tempo *claro*, alvo *primário*". Naquele momento, os três aviões de Tibbets cruzavam do oceano para o território principal do Japão, enquanto subiam até sua altitude de bombardeio de nove quilômetros. Parsons já havia saído do congelante compartimento de bombas, com a escotilha pressurizada selada atrás dele e o dispositivo abaixo funcionando perfeitamente.

Tudo se encaminhava como Tibbets havia prometido: a missão para a qual tinham sido treinados seria completamente diferente. Bombardeiros incendiários geralmente voavam a um quinto dessa altitude.

A três minutos da ponte Aioi, o capitão Marquart ordenou que a tripulação pusesse os óculos. Antes que seu mundo escurecesse, as leituras dos instrumentos de Gackensbach e Corliss estavam normais; e, de acordo com a vista da cúpula dianteira do *Necessary Evil*, não havia artilharia antiaérea. Tampouco havia aviões inimigos enviados às pressas para interceptar os três "desgarrados" de Tibbets. Como desvantagem, a escuridão proporcionada pelos óculos não preocupava muito o navegador nem o engenheiro de voo. Qualquer que fosse o propósito dessa estranha missão, parecia que ninguém nem nada interferiria.

De acordo com o plano, o avião de Marquart inclinou-se para um lado e ficou duas milhas para trás do *Enola Gay* e do *Great Artiste*. Na cauda, o professor Bernard Waldman se preparava para apertar o disparador de sua câmera de alta velocidade, projetada para captar os primeiros quinze segundos da detonação em velocidade ultralenta.

Na frente do *Necessary Evil*, a bordo do *Great Artiste*, Kermit Beahan e Luis Alvarez esperavam pelo sinal para abrir as portas do compartimento de bombas e soltar os três paraquedas com os cilindros de instrumentos científicos.

O perfil da missão requeria que o *Enola Gay* e o *Great Artiste* largassem seus pacotes precisamente ao mesmo segundo.

A bomba cairia livremente até uma altitude de pouco menos de 579 metros (1.900 pés) antes de detonar, e os instrumentos abririam seus paraquedas quase vinte segundos antes, e 12 mil pés acima disso. As superfícies espelhadas do tubo e os paraquedas completamente brancos resistiriam — esperava-se — ao clarão, e dariam aos transmissores um segundo ou mais de vida, antes de serem vencidos pelo plasma e pela explosão.

Os dois aviões na dianteira não estariam muito mais afastados do que os cilindros. Eles rumavam para um domínio de total incerteza. Ninguém havia tentado voar para longe de uma explosão nuclear antes, mas se o risco sem precedentes era o preço de escancarar as portas de uma fronteira nuclear, os aviões e suas tripulações eram prescindíveis.

Preparando-se para o pior, mas esperando pelo melhor, o capitão de Beahan e Alvarez apostava no que mais tarde chamaria de "a manobra de Tibbets", e que um crítico, ao tomar conhecimento dela, tinha rotulado de "a manobra do cabeça-dura". Ela requeria uma inversão de curso e uma aceleração de mergulho — até um ponto na direção do solo — durante um intervalo de tempo em que a bomba também caía na direção da terra.

A gênese da manobra era uma questão de simples geometria espacial. Durante os 43 segundos entre o lançamento da bomba e a detonação, quanto espaço o B-29 poderia colocar entre si e a bomba para que o bombardeiro continuasse existindo?

A manobra de Tibbets era uma variação de uma antiga fórmula geométrica que havia aprendido no colegial — "Um presente dos babilônios e dos egípcios", ele dissera, "com o qual podemos calcular a distância de um ponto numa tangente a um semicírculo". Se o avião estivesse voando a uma velocidade de solo de 450 milhas por hora (ou 727 km/h), a uma altitude de 30 mil pés, então em seu lançamento a bomba começaria com o mesmo impulso para a frente que o avião, caindo numa trajetória em direção ao alvo. A última coisa no mundo que qualquer piloto ainda respirando e em sã consciência gostaria de fazer era o que os pilotos dos bombardeiros tinham sido treinados para executar: manter-se em formação coesa para dentro e para longe do alvo — o que significava voar em formação com suas bombas.

Sob as regras antigas, a formação de Hiroshima teria se deslocado cerca de 5,5 milhas quando a bomba finalmente detonasse lá embaixo, e pouco mais de uma milha atrás dela. Tibbets percebeu imediatamente que, se os aviões simplesmente disparassem perpendicularmente à linha da trajetória, o impulso para frente levaria a bomba a quase quatro milhas do ponto de lançamento nos 43 segundos críticos; e se, em vez de escapar pela lateral num mero ângulo de 90 graus, ele mergulhasse em direção ao solo por alguns segundos e usasse a gravidade para acelerar o avião um pouco além da velocidade de cruzeiro mais rápida, e ao mesmo tempo virasse na direção exatamente oposta à da trajetória da bomba, ele poderia levar a aeronave a mais de nove milhas para longe da explosão, num plano de alcance inclinado.

A tática era completamente desconhecida dos pilotos Sweeney e Marquart, e totalmente brilhante. A bordo do *Necessary Evil*, a primeira pista que o navegador Russell Gackensbach teve de que seu mundo ia mudar para sempre veio depois de o *Enola Gay* emitir por rádio um sinal estridente aos seus companheiros. Trinta segundos depois, precisamente às 8h15min15, o sinal cessou e quatro objetos caíram simultaneamente — um do *Enola Gay* e três do *Great Artiste*.

Gackensbach não viu isso. Nem George Marquart. Antes do aviso de trinta segundos, Marquart tinha olhado por cima do ombro e observado Hiroshima deitada pacificamente entre os contornos trançados de seus sete rios, durante o que ficaria gravado em sua memória como uma das manhãs mais lindas, claras e ensolaradas que já havia visto, misturada ao entendimento de que ela não duraria muito.

Em algum lugar dentro do raio de alcance do *Necessary Evil*, Luis Alvarez era espremido contra seu assento pela execução de Sweeney da manobra de Tibbets. Sweeney descobriu, para seu crescente incômodo, que os óculos escuros tornavam impossível ler seus instrumentos ou mesmo estimar adequadamente a quão perto do solo seu mergulho de fuga o estava levando. Tudo o que importava agora era poder ver claramente, então ele levantou os óculos até a testa, considerando qualquer dano que pudesse ser causado a seus olhos pelo clarão uma preocupação secundária. Mais de duas milhas além de Sweeney e Alvarez, Gackensbach e Corliss estavam sendo pressionados contra seus assentos por uma versão um pouco menos extrema da mesma manobra de fuga.

A bomba explodiu quase doze milhas atrás de Sweeney e Alvarez, no *Great Artiste*; mas para Sweeney, sem os óculos, parecia que milhares de sóis iluminavam de branco o céu acima deles. O piloto cerrou os olhos num reflexo, mas a luz encheu sua cabeça de dor, enquanto alguém na parte traseira começou a gritar sons desconexos pelo intercomunicador.

Numa distância de quase três milhas além do raio de explosão de Sweeney, o capitão Marquart ouvia gritos inarticulados similares, do físico Bernard Waldman. Os homens nas posições de artilheiro de cauda tanto do *Great Artiste* quanto do *Necessary Evil* tentavam descrever fenômenos que ninguém havia visto antes.

Waldman havia apontado a filmadora de alta velocidade do *Necessary Evil* na direção do que ficaria conhecido pelas gerações futuras como a Cúpula da Paz de Hiroshima. Rodeado de *plexiglass* de alta resistência, o assento do artilheiro de cauda oferecia uma vista panorâmica de 180 graus incomparável. Waldman viu exatamente como tudo começou, perto da ponte Aioi. O foco inicial da luz era tão intenso que mesmo obedecendo completamente à advertência de Alvarez para que cobrisse os olhos, mesmo com as duas mãos postas firmemente sobre os óculos escuros nos três primeiros segundos, a luz encheu sua cabeça de um deslumbrante clarão vermelho, como se estivesse brilhando diretamente através de seu crânio e alcançando suas retinas — o que, na verdade, estava fazendo.

Quando Waldman descobriu os olhos, a bola de fogo já subia a uma velocidade tremenda, trazendo atrás dela uma haste de turva fumaça negra em chamas. Durante esses primeiros segundos, Waldman perdeu a oportunidade de apertar o disparador no momento certo, de se assegurar de que a filmadora estivesse apontando na direção correta e de colocar os filtros certos em movimento na sequência adequada. O filme tinha o enquadramento errado, não registrou o momento da detonação e estava irrecuperável.

No assento do navegador, Russell Gackensbach apontou sua Agfa 620 pela janela e bateu duas fotos da coluna de fumaça ascendente quase um minuto após a detonação, quando o *Necessary Evil* estava a aproximadamente doze milhas do *Ground Zero*. Seu filme também registrou milhares de pontos brancos trêmulos, resultado aparente de partículas exóticas deslocando-se a uma fração considerável da velocidade da luz, como se fossem raios cósmicos — mas desta vez elas emanavam do chão, e não do céu.

À direita de Gackensbach, o engenheiro de voo James Corliss observava tudo num silêncio atônito. Mais tarde, ele escreveria sobre o cogumelo atômico: "Estava se agitando fortemente o tempo inteiro, às vezes virava do avesso, em tons de vermelho, amarelo, roxo e marrom". Ele sabia que lá embaixo, na cidade, ou no que restava dela, o vórtice deveria estar levantando carros, edifícios, corpos e sujeira para o céu. O clarão inicial era descritível apenas na linguagem da incredulidade silenciosa. Mesmo com a proteção de óculos de soldador, Corliss tinha sido forçado a cerrar os olhos. A luz preencheu o interior da cabine como uma enorme lâmpada de magnésio na direção do rosto de Corliss e Gackensbach. A pele do rosto que não estava coberta pelos óculos ficou levemente queimada pelo sol.

À frente deles, na cabine do piloto, George Marquart estava parcialmente cego por causa de uma imagem verde brilhante que flutuava no centro do seu campo de visão. Diferentemente de Sweeney, que estava mais perto do ponto de detonação e havia removido os óculos mas podia ver claramente, a visão de Marquart voltava muito mais lentamente. A diferença estava no fato de que Sweeney estivera olhando para um ponto a quase 180 graus da explosão, enquanto Marquart havia voltado seu olhar para a cidade condenada no Momento Zero. Por quase um minuto depois de a onda de choque chegar — "como um monstro dando uma bofetada na lateral do avião" —, ele não conseguia ver seu copiloto. Na primeira fração de segundo, mesmo pela escuridão dos óculos, Marquart pôde ver a grossa película de fumaça negra que subia instantaneamente de cada árvore, telhado e parede com estrutura de madeira tocados pelo clarão. Rapidamente, a névoa negra tinha coberto mais da metade da cidade. "A fumaça fervia ao redor do clarão enquanto subia", ele afirmaria mais tarde. "Parecia que o Sol tinha saído da Terra e explodido."

Marquart e os outros membros da tripulação começaram a sentir um gosto parecido ao de chumbo na boca. Mais do que o filme da câmera havia sido danificado pelas partículas e raios. Algo da própria bomba tinha evidentemente atravessado seus dentes e interagido com as obturações.

Marquart começou a se perguntar sobre os outros aviões. Ele sabia que deveriam estar pelo menos duas milhas mais perto no Momento Zero. No controle do *Enola Gay*, Paul Tibbets também havia notado um gosto estranho. Enquanto o clarão avançava, ele ouviu e sentiu um estalido na mandíbula, e ao mesmo tempo veio o gosto desagradável, "como o de um vazamento de chumbo". Pedaços da bomba (artefatos quânticos) tinham entrado em suas obturações e atravessado a carne. O piloto lembraria mais tarde que a luz da bomba parecia ter substância — uma luz que podia ser sentida e tinha até gosto.

Durante aquela primeira fração de tempo, as partículas mais destrutivas felizmente estavam entre as mais raras. Um núcleo pesado e positivamente carregado de ferro ou de tungstênio do interior da bomba, deslocando-se a uma fração considerável da velocidade da luz e seguindo as linhas do campo magnético — que tinham vida curta mas eram extremamente poderosas — poderia atravessar o *plexigass* e as pessoas, liberando energia ao passar. Os núcleos mais pesados e mais rápidos podiam liberar uma quantidade de energia equivalente à força de uma bola de beisebol arremessada por um jogador profissional — ao longo de uma linha de destruição um pouco mais ampla que alguns corpúsculos vermelhos alinhados lado a lado. Quando e se alguém da tripulação foi penetrado por colisões de íons pesados, estes conseguiram pouco mais do que fazer vibrar obturações nos dentes.

Eles formaram linhas de cauterização mais finas que um cabelo na carne, mas que podiam atravessar um corpo humano inteiramente ou quase. Vários segundos depois disso, veias e artérias na linha de fogo arremessariam coágulos de sangue queimado em direções aleatórias. Com tudo o que estava acontecendo dentro e fora dos aviões, uma alfinetada ocasional ou uma ferroada poderiam nem ter sido percebidas.

Enquanto circulavam o local para conseguir ver mais claramente, o capitão Robert Lewis, no assento do copiloto do *Enola Gay*, notou que, diferentemente da finalização de uma missão incendiária comum, nesta não havia sinais de alívio nem de comemoração. Tibbets parecia hipnotizado. O que uma vez foram filas características de casas agora pareciam campos de piche fervente. Mais tarde, ele contou que, depois de Iwo Jima, Okinawa e os ataques *kamikaze* terem preparado sua mente para aceitar a ideia de que toda a população do Japão lutaria até a morte, até o fim, a poeira que pairava sobre o solo e os campos de destroços brilhantes significavam apenas que, se essa bomba não pusesse um fim à guerra, pelo menos haveria menos inimigos com quem lutar durante a invasão final do território. Naquele momento, ele guardou o pensamento para si, e preparou-se para ceder o controle do *cockpit* ao copiloto Robert Lewis. Ele queria ir para os fundos do avião, onde planejava dormir pelo menos três horas durante o retorno a Tinian.

A milhas de distância, Russell Gackensbach, no assento do navegador do *Necessary Evil*, investigava o dano e pensava o mesmo que Tibbets — há menos deles agora —, mas o copiloto de Tibbets tinha um pensamento muito diferente: "Olhando para baixo, a milhares de pés sobre Hiroshima, tudo o que eu podia pensar era: 'Meu Deus, o que fizemos?'", ele contaria, mais tarde.

Lá embaixo, entre redemoinhos de fogo e destroços, Hiroko Nakamoto sentia um cheiro desconhecido — que se revelou ser de sua própria pele queimada pelo clarão. Na direção em que estava caminhando, todas as casas pareciam ter sumido, e as estruturas mais altas eram as dos bondes, cheios de corpos. Algumas pessoas estavam tão carbonizadas que era impossível dizer se estavam deitadas de barriga ou de costas. Era difícil acreditar que se tratava de seres humanos. Hiroko tinha a impressão de que o lado do rosto exposto ao clarão havia se soltado de alguma maneira e não mais pertencia a ela. Uma mulher que saía da cortina de fumaça olhou para Hiroko e imediatamente virou o rosto, com um grito de horror. Hiroko se perguntou o porquê disso.

Na cabine do *Great Artiste*, Charles Sweeney tinha uma vista menos privilegiada. Depois de conseguir sair da onda de choque e começar a voar em círculo para voltar, Hiroshima estava a oeste, a estibordo. Ele olhou para baixo e viu uma mancha marrom e suja na terra, fervendo sobre a cidade — espalhava-se horizontalmente e sem definição. Dela havia emergido uma coluna de fumaça vertical que continha todas as cores imagináveis, além de cores que ele nunca havia imaginado. Sweeney jurou que, apesar de lhe parecer impossível, ele estava vendo cores que simplesmente não existiam no espectro eletromagnético — cores novas, nunca vistas por olhos humanos. Ele circulou uma vez, para que os cientistas pudessem filmar a nuvem, mas grande parte do equipamento de filmagem e do filme dentro dele tinha sido danificada. A coluna de fumaça se erguia a mais de três milhas acima deles e continuava crescendo quando os B-29 deram a volta, na direção da ilha de Tinian. Estavam a quase meia hora e a duzentas milhas de distância de Hiroshima quando os artilheiros de cauda perderam o cogumelo atômico de vista.

MUITO ATRÁS DO AVIÃO de Tibbets, em Tóquio, o doutor Yoshio Nishina e Eizo Tajima já estavam tentando convencer o ministro da

Guerra Anami de que a abrupta e simultânea interrupção de toda a comunicação por rádio e telefone com Hiroshima era compatível com uma bomba atômica. Mesmo depois de o prefeito Nishioka conseguir uma linha com os subúrbios, confirmar a avaliação do doutor Nishina com seu próprio relato de testemunha ocular, e ter a carta de Alvarez em suas mãos, Anami não acreditaria. Mesmo depois de o presidente norte-americano revelar o segredo ao mundo, algumas horas mais tarde — "*O mundo verá que a primeira bomba atômica foi lançada sobre Hiroshima, uma base militar*" —, o ministro da Guerra se recusava a aceitar.

Todavia, ele decidiu que seria lógico descobrir o que os aviadores norte-americanos prisioneiros sabiam sobre o programa atômico de seu país. Anami estava trabalhando com a dupla certeza de que todos falariam sob tortura e que o programa norte-americano era um segredo tão divulgado quanto o programa do doutor Nishina.

O segundo "fato" era um mito. Contudo, Tibbets e Parsons estavam cientes desde o início de que o primeiro fato era verdadeiro, e por esta razão eles levavam pistolas carregadas durante a missão — não para defesa pessoal no caso de captura iminente, mas para autossilenciamento, no caso de o cianureto falhar. Uma das razões pelas quais Sweeney e Marquart decidiram manter a natureza de sua missão em segredo de seus navegadores e engenheiros de voo foi para lhes dar pelo menos uma pequena chance de sobrevivência, se o pior, e o pior ainda, acabasse acontecendo.

Os primeiros pilotos interrogados pelo Ministério da Guerra japonês morreram sem nada revelar. Anami estava começando a suspeitar que talvez eles não soubessem mesmo nada — o que lhe permitia aferrar-se à esperança de que a bomba atômica não existia — até que, na manhã de 7 de agosto, os interrogadores trouxeram o tenente Marcus McDilda, piloto de um caça que fora abatido perto de Osaka. Marcus não sabia nada sobre urânio ou dispositivos de ignição, mas podia perceber que os interrogadores pensavam em urânio e que estavam lhe contando muito mais do que ele próprio sabia. Sendo piloto, o que ele já conhecia muito bem era a matemática da geometria espacial. Enquanto isso, seus interrogadores já sabiam um dos maiores segredos da bomba de urânio: que a parte essencial da bomba da bomba era só geometria espacial — algo muito simples até mesmo para uma criança. Com a quantidade suficiente de metal emissor de nêutrons altamente refinado, havia muitas maneiras de descascar esse particular abacaxi matemático; a parte verdadeiramente mais difícil era projetar uma bomba que não entrasse em reação sozinha.

Depois que um general cortou o lábio inferior de Marcus com uma espada e mostrou-lhe a cabeça mutilada de um aviador que "fingira" não saber nada sobre urânio, o piloto em pouco tempo começou a desenhar uma bomba atômica totalmente imaginária — sem ter uma ideia real do que estava fazendo; ele inventava tudo enquanto desenhava. Marcus descreveu duas esferas de urânio separadas em extremidades opostas por um escudo de chumbo, dentro de uma caixa pequena o suficiente para caber na fuselagem de um B-29. Quando a bomba era lançada, o escudo era removido e dois pedestais de aço se fechavam sobre as esferas de urânio, implodindo-as.

O general recuou, aterrado. O que o aviador descrevera era parecido a uma versão antiga do projeto de Nishina e Sagane.

Marcus percebeu que uma coisa sem precedentes tinha acontecido. Ele nunca viu um prisioneiro inspirar admiração e medo num interrogador japonês.

"Qual é o próximo alvo?", o general quis saber.

Marcus sorriu e cuspiu sangue. "Bem aqui!", ele disse. "Tóquio será bombardeada nos próximos dias. Vamos enfiar essa bomba goela abaixo de vocês!"

Naquela noite, enquanto Kenshi Hirata lançava uma flor a um rio de Hiroshima e se preparava para levar os ossos de sua mulher a Nagasaki, o ministro da Guerra Anami mandou preparar dois aviões para o doutor Nishina e o tenente-general Seizo Arisue, com instruções de aterrissar em Hiroshima no dia seguinte e determinar se a bomba era realmente atômica ou não.

Na frente deles, dúzias de aviões já tinham retornado a Tinian do primeiro reconhecimento fotográfico das ruínas, lançando folhetos em seu caminho, ao entrar e sair do Japão. Segundos relatos, na

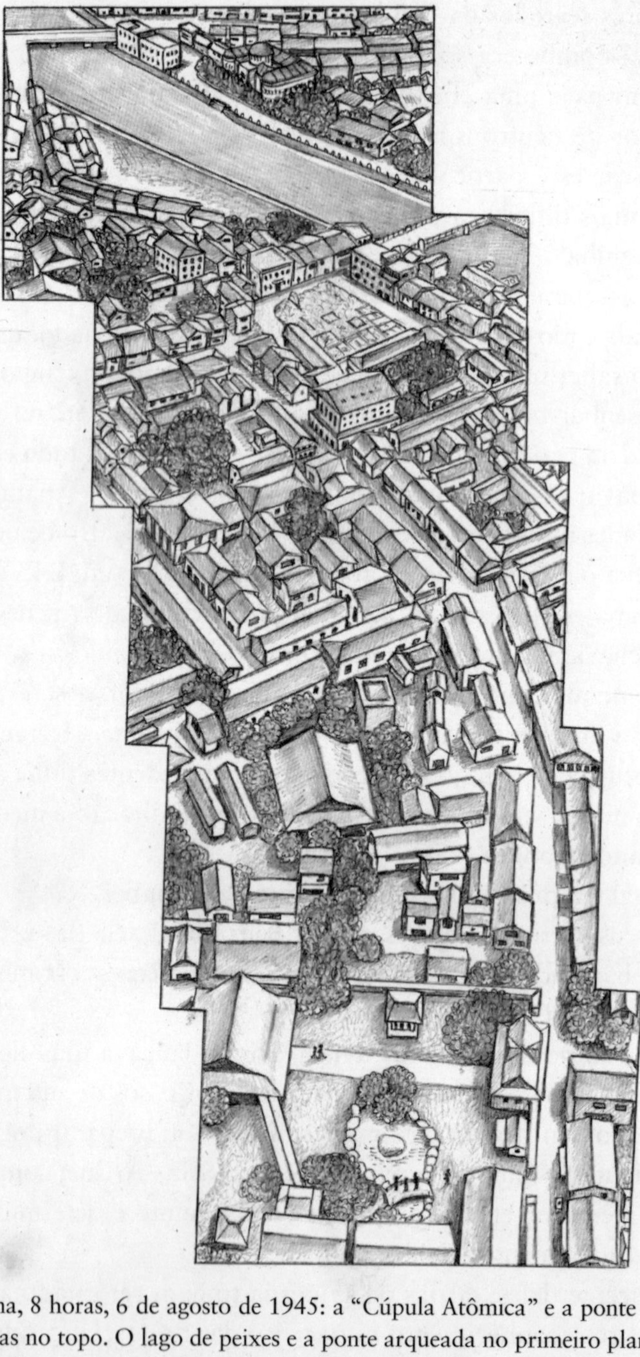

Hiroshima, 8 horas, 6 de agosto de 1945: a "Cúpula Atômica" e a ponte "T" estão localizadas no topo. O lago de peixes e a ponte arqueada no primeiro plano estão a aproximadamente quinhentos metros do hipocentro. (Patricia Wynne)

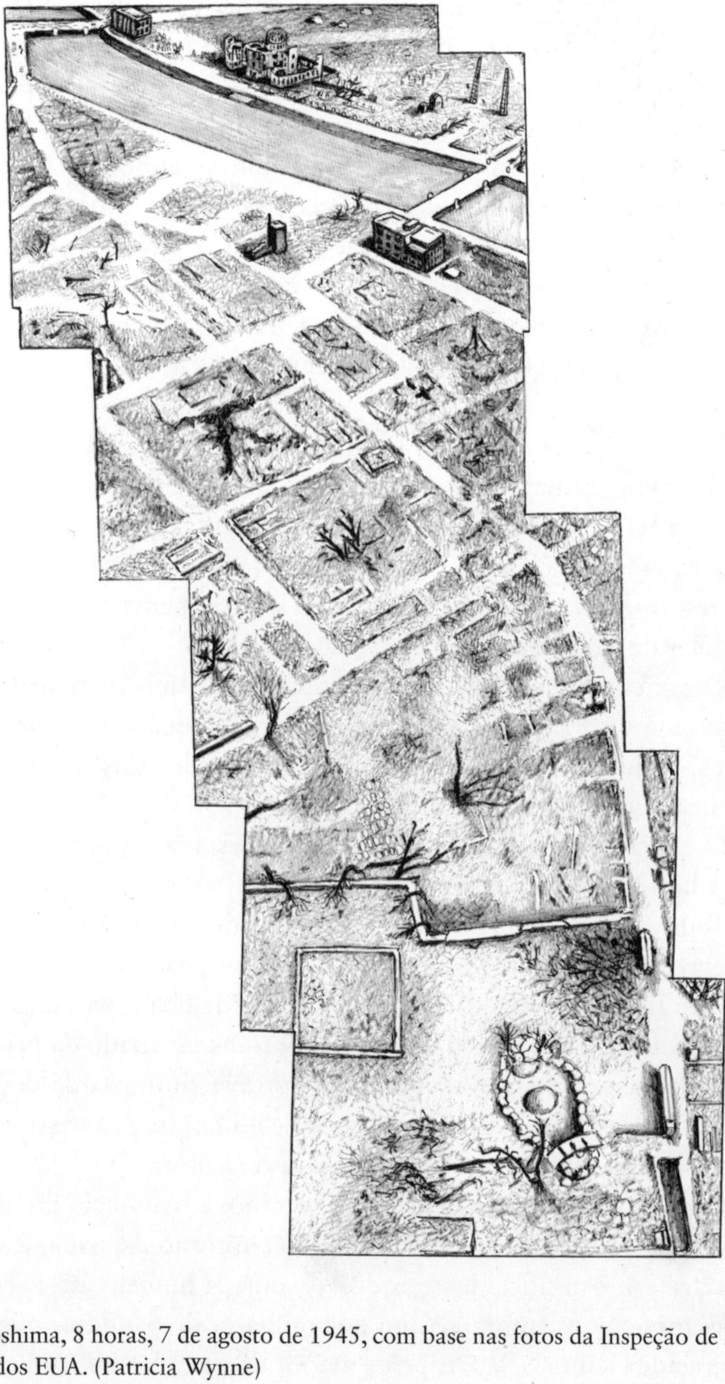

Hiroshima, 8 horas, 7 de agosto de 1945, com base nas fotos da Inspeção de Bombas dos EUA. (Patricia Wynne)

maior parte da cidade, só a geografia física permanecia reconhecível — muito parecida com o que deveria ter sido havia dez mil anos, antes que os construtores da cidade chegassem às margens do rio. Algumas das pontes ainda estavam lá; mas elas tinham sido "desbotadas"; e no primeiro dia as pessoas-sombra da ponte Aioi eram muito mais diferentes do que pareceriam ser para os que chegaram dois ou três meses depois das primeiras chuvas fortes. No meio da "planície" conhecida pelos cientistas como *Ground Zero*, a Cúpula, os edifícios municipais e os postes de telefone que os circundavam ainda estavam de pé — e, mais adiante, a estrutura parcialmente intacta de uma igreja.

Muito além da igreja, no meio de edifícios destruídos e abalados, Tsutomo Yamaguchi subiu ao penúltimo trem para Nagasaki. Ele tinha febre alta e sofria continuamente de náuseas secas. Não havia nada mais nele a ser vomitado. Ele já tinha descoberto, para seu crescente horror, que não conseguia segurar nem mesmo pequenos goles de água, e a sede rasgava sua garganta.

O prefeito Takejiro Nishioka estava no mesmo trem. Seu único sintoma de doença da radiação era formigamento e coceira nas pernas, o que ele atribuiu ao estranho "jardim de velas" através do qual desejava nunca ter caminhado.

O engenheiro Akira Iwanaga também estava a bordo — com sede e lutando contra ataques moderados de náusea.

Todos os três homens estavam destinados a se tornar duplos sobreviventes da bomba atômica. Um quarto passageiro, o doutor Susumu Tsuno, reitor da Universidade de Medicina de Nagasaki, teria um destino um pouco diferente. Ele tinha escapado da primeira bomba sem um arranhão, e não mostrava sintomas de doença da radiação — ainda assim, em menos de 48 horas, executaria uma tarefa num distrito prestes a desaparecer da história.

Em Tinian, agora que seus próprios olhos e o anúncio do presidente Truman tinham desfeito o segredo em torno da arma, Russel Gackensbash e praticamente todos os outros homens em serviço guardaram como lembrança um dos milhares de panfletos que foram jogados sobre o Japão pelos aviões de reconhecimento, exortando a evacuação e uma "rendição honrosa" e advertindo sobre a verdade do pronunciamento do presidente Truman — que já existia a força para acabar com a capacidade de o Japão triunfar.

Num dos lados de cada panfleto, do tamanho de uma cédula de dinheiro, estava impressa uma falsificação perfeita da moeda japonesa; no outro lado, havia a mensagem. Sabendo que os civis que os recolhessem e lessem poderiam ser punidos pela polícia militar, os norte-americanos disfarçaram os textos como dinheiro para que pudessem ser escondidos e lidos mais facilmente.

Parecia inexplicável que em resposta à bomba, ao pronunciamento do presidente e aos panfletos, apenas um deserto de silêncio vinha de Tóquio.

Quando o sol se pôs em Hiroshima e Tinian, Curtis LeMay ordenou que 152 aviões B-29 realizassem bombardeios incendiários convencionais sobre o Japão.

A noite de 7 de agosto passou, e ainda não havia uma resposta de Tóquio.

Quando o alvorecer de 8 de agosto chegava a Tinian, Charles Sweeney foi chamado à base de Inteligência. De acordo com as fotos de reconhecimento, foram cessadas as atividades de Hiroshima como base industrial. Estimativas preliminares chegavam a 100 mil vítimas.

Sweeney foi até o compartimento de ar-condicionado, chamado de "o barracão", e pôs suas mãos sobre o casco da bomba de plutônio. Vários de seus colegas já tinham assinado seus nomes na superfície amarela. Sweeney sabia que o plutônio emitia jatos constantes de partículas alfa. O invólucro da bomba era quente — "como se fosse uma coisa viva", ele diria futuramente aos historiadores.

Assim serão as coisas, Sweeney disse a si mesmo. Luis Alvarez tinha lhe explicado que essa bomba era apenas um rojão se comparada à que logo estaria nas pranchetas. O doutor Alvarez citou, entusiasmado, um amigo chamado Harold Urey: "Quando a humanidade vir o que a ciência realizou, perceberá imediatamente que esse é o fim da guerra".

Sweeney não acreditava que os cientistas entendessem a humanidade muito bem. "Ainda nenhuma palavra do Japão, suponho?", perguntou.

"Não", disse o cientista. "Parece que vamos ter que fazer isso de novo."

"Entendido", disse Sweeney, e saiu da base sem dizer mais nada. Ele pegou um jipe emprestado e o guiou para longe da própria ala de bombardeio, a do 509º, em direção ao capitão Downey, do 313º. O capelão que havia dado a bênção às três tripulações de Hiroshima na manhã de 6 de agosto era luterano. Sweeney era católico. Ele precisava encontrar um padre.

5

A LOUCA ÍRIS

De Fukuyama a Hiroshima são 160 quilômetros, e mesmo lá, num raio de mais de cem quilômetros, a explosão pôde ser ouvida. Masuji Ibuse acreditava que, se não fosse pelos morros circundantes, ele certamente teria visto e talvez mesmo sentido os efeitos da bomba.

Estava agradecido pelos morros. Em Mihara, uma cidade a apenas 49 quilômetros de Hiroshima, localizada numa encosta que oferecia aos moradores uma visão privilegiada, o morro deu à onda de choque um pequeno impulso de compressão e reflexão. Testemunhas se desequilibraram com o abalo, e todas as janelas apontando na direção da cidade ficaram rachadas.

Masuji era um escritor e poeta que estava por acaso na casa de um amigo na periferia de Fukuyama. Ele acreditava que a bomba tinha, de alguma maneira, sido responsável pela linda íris púrpura que vira florescer subitamente fora de estação. Quando viu a íris pela primeira vez, por uma janela, não tinha certeza de que pudesse ser uma flor; poderia ser, em vez disso, um pedaço de papel colorido flutuando perto da margem do lago da casa de seu amigo.

Naquela manhã, só os subúrbios de Fukuyama ainda existiam, e parecia possível ao poeta que o papel tivesse sido trazido pelo ar com as cinzas da cidade. Durante a noite, bombardeiros carregados de bombas incendiárias tinham voado sobre o vale como nuvens de gafanhotos gigantes. Quando raiou o dia, Masuji pôde ver, por uma brecha entre os morros, uma coluna de fogo subindo sobre o local onde se erguia uma antiga torre de castelo. A coluna ardia com um brilho tão intenso que, mesmo à luz do dia, um enorme pináculo de calcário era banhado pelo brilho da torre moribunda. O "papel", Masuji pensou, tinha simplesmente caído da fuligem e da fumaça da morte de Fukuyama.

Mas o que é isso, realmente? — Masuji se perguntou. Esse respingo inesperado de cor num mundo que se tornava cada vez mais escuro obcecava o poeta e acabou por levá-lo à beira d'água. E quando finalmente descobriu a origem do mistério, Masuji, que sempre se orgulhou de permanecer estoico e analítico mesmo nas situações mais angustiantes, suspirou horrorizado e deixou escapar um grito de dor.

A mulher sob a água do lago vestia uma linda camisola atada com uma cinta vermelha. Suas longas mangas flutuavam perto da superfície como as barbatanas de um grande peixe dourado. Ela estava de costas, e o objeto púrpura era mesmo uma íris que desabrochara. O caule da flor estava dobrado para um lado, na direção da superfície da água — como se a íris estivesse tentando tocar a bochecha da garota, pensou Masuji.

Masuji Ibuse ficou sabendo depois que a mulher tinha apenas 20 anos. Recrutada para o "trabalho voluntário" pelo conselho da cidade de Fukuyama, ela fora enviada a uma fábrica de munições em Hiroshima; e exceto por uma pequena queimadura numa bochecha, sobrevivera sem ferimentos visíveis enquanto navegava um mar de mortos — alguns ainda se mexiam —, em seu caminho até a estação Koi e ao último trem para Fukuyama, onde morava. As bombas incendiárias chegaram menos de uma hora depois — e ela parecia ter escapado deles sem dano físico também.

O policial que veio examinar o corpo encontrou as sandálias da mulher perto da beira d'água. Ela parecia ter vindo correndo da cidade em chamas. Sem sinais de esforço ou hesitação, se deitou e submergiu, exalando todo o ar dos pulmões e inalando água deliberadamente.

Mesmo enquanto o policial explicava a teoria de uma mulher que tinha enlouquecido de medo, a íris com o caule estranhamente torcido e os botões fora de época mantinham Masuji fascinado.

"Você acha que a íris floresceu de medo?", o poeta perguntou.

"É extraordinário", ele respondeu. "Nunca vi uma íris florescer tão tarde. Deve ter enlouquecido."

Uma análise adequada, Masuji disse a si mesmo, e completou: "Que a íris floresça neste lago é realmente uma loucura, e faz parte de uma época louca".

"NÃO PODE SER", disse o general Seizo Arisue ao piloto. O avião do chefe da Inteligência voou sobre as ruínas antes da aeronave do doutor Nishina — e mesmo depois de ter circulado duas vezes, nada embaixo, exceto a geografia dos rios, parecia fazer sentido.

O general Arisue tinha visto Osaka, Kobe e vastas regiões de Tóquio depois de arrasadores ataques com bombas incendiárias, e em todos os três casos, abrigos de emergência e refeitórios brotavam entre as ruínas em até 48 horas. Abaixo, porém, pouco mais do que um deserto de cor cinza-amarelada se estendia entre as bases militares que tinham desaparecido, e mais adiante, pelo lugar onde o castelo e o Centro de Comunicações estiveram. As cinzas se espalharam por quilômetros, e não havia sinal de atividade humana.

"Não, não pode ser", o general disse novamente. "Onde está Hiroshima?"

"Senhor", respondeu o piloto, "isto deveria ser Hiroshima."

A Cúpula e a ponte "T" permaneciam lá embaixo, no centro, ainda desafiadoramente de pé. Ao redor da Cúpula, os troncos das árvores — apesar de terem sido privados de seus galhos — também estavam de pé, enquanto por quilômetros, em todas as direções, filas inteiras de árvores pareciam se inclinar para o lado oposto da Cúpula. O general se lembrou das fotos que vira de uma área florestada ao redor de Tunguska, na Sibéria. Em 30 de junho de 1908, um fragmento solar colidira na atmosfera a mais de trinta quilômetros por segundo, voando por Tunguska como uma impressionante bola de fogo, e causando uma série de abalos que foram ouvidos em lugares tão distantes como Kiev e Londres. Quando uma expedição chegou ao ponto de impacto, mais de uma década depois, encontrou as árvores de pé no centro, enquanto todas as outras árvores, por quilômetros ao redor delas, tinham sido dobradas para baixo, e estavam de costas para o hipocentro. Para o general, a explosão de Hiroshima se parecia surpreendentemente à de Tunguska.

Quando ele desceu a um gramado perto do porto, a semelhança ficou inegável. Folhas de grama pareciam ter sido grelhadas pelo clarão num dos lados até atingir a cor de terracota; e todas as folhas estavam inclinadas — junto com as árvores de Hiroshima e exatamente como as árvores de Tunguska — para o lado oposto do centro da explosão, como se tivessem sido prensadas por um ferro quente gigante. Arisue e o piloto foram encontrados por um tenente-coronal cujo rosto também parecia ter sido queimado só de um lado.

"O que aconteceu com você?", Arisue perguntou.

"*Pika-don*", o jovem oficial respondeu, e começou a descrever o clarão e o estrondo que se seguiu. O general interrompeu-o, querendo saber especificamente se o lado intacto de seu rosto tinha sido protegido do *pika,* e se sua carne, cheia de bolhas, tinha estado apontada para o centro da cidade quando o clarão veio.

O oficial confirmou as suspeitas de Arisue de que a destruição de Hiroshima deveria mesmo ter começado com uma única explosão, com seu centro nas alturas, sobre a Cúpula e o pequeno grupo de árvores ao redor.

A primeira coisa que o doutor Nishina fez depois de aterrissar foi examinar a grama comprimida e queimada. Depois, foi rapidamente na direção indicada pela grama, parecendo não se importar se o general ou alguém mais o seguisse. Passando pelas ruínas do Banco Sumitomo, e localizando o hipocentro na direção da Cúpula e das árvores incrustadas de carbono, Nishina descobriu que crânios e fêmures foram convertidos em algo parecido a folhas queimadas e poeira. Os dentes eram mais resistentes que os ossos, e num cruzamento, onde mais de sessenta pessoas foram totalmente expostas ao clarão, a única evidência de sua existência era uma calçada cravejada de dentes.

Quando o doutor Nishina levou um punhado de caninos e molares enegrecidos para perto de seu medidor Geiger, os inconfundíveis cliques lhe revelaram exatamente o que acontecera.

"Restos humanos geralmente não emitem radiação", o físico disse a Arisue.

"Então o que é?", perguntou o general. "Esses cliques aí mostram tudo?"

"É isso mesmo", disse o doutor Nishina. "Só esses cliques e acabou. Temos que fazer o ministro da Guerra Anami entender: se os norte-americanos tiverem muitas dessas armas, pode acreditar em minha palavra, general — não há defesa contra esse tipo de poder."

EM MOSCOU, STALIN NÃO ESTAVA tão cético quanto o ministro da Guerra de Tóquio. Quando Yoshio Nishina começou a encher um frasco de provas com os dentes radioativos, o embaixador do Japão na Rússia foi chamado ao Kremlin, onde recebeu uma declaração oficial de guerra, a entrar em efeito à meia-noite — aparentemente em cumprimento a um pacto com a Inglaterra e os Estados Unidos pelo qual a União Soviética entraria na Guerra do Pacífico três meses depois da derrota da Alemanha.

Dois exércitos soviéticos já estavam a postos na fronteira do território ocupado pelos japoneses na Manchúria, e forças avançadas tinham começado a cruzá-la. Depois que o embaixador Naotake Sato foi escoltado para fora do Kremlin, o embaixador norte-americano, Averell Harriman, foi escoltado para dentro para brindar com vodca. Harriman encontrou Stalin num humor extraordinariamente jovial e conversador. O homem mais temido da Rússia felicitou o embaixador norte-americano pelo triunfo científico de seu país, e expressou gratidão, aos deuses que fossem, pelo fato de o universo o ter colocado ao lado das pessoas que descobriram a bomba atômica.

Mas o ditador sabia sobre a descoberta norte-americana meses antes do acontecido em Hiroshima, e ele já tinha encarregado Lavrenti Beria, o comissário de Segurança do Estado, de concentrar os físicos mais importantes da Rússia num laboratório para retomarem o desenvolvimento do programa nuclear russo, por muito tempo adormecido. Stalin disse a Beria que seu programa teria duas grandes vantagens sobre o Projeto Manhattan norte-americano.

Primeiro: a Rússia tinha capturado quase a metade dos cientistas alemães de foguetes, e Stalin confiava na capacidade de Beria de persuadi-los a trabalhar na construção de um míssil capaz de pôr uma bomba atômica em órbita. A dificuldade em refinar metais fissionáveis e de transformá-los em bombas eficientes poderia ser simplificada mais ainda se as forças russas conseguissem penetrar rapidamente no continente japonês e capturar os doutores Sagane, Tajima e Nishina.

Uma segunda e mais importante vantagem era que, quando os norte-americanos começaram, ninguém sabia que o problema poderia realmente ser solucionado. "Agora", Stalin disse a Beria, "o mundo sabe que isso pode ser feito. É a parte mais difícil do problema. Muito, muito mais importante de saber *como* pode ser feito, é saber que *pode* ser feito."

EM TÓQUIO, UMA MENSAGEM em código do doutor Nishina enviada pelo rádio foi respondida com provocação. Eizo Tajima confirmou ao ministro da Guerra Anami que os restos humanos radioativos e o solo do centro de Hiroshima significavam que as bombas atômicas deveriam existir de fato. Sua confirmação não mudou nada.

O doutor Ryokichi Sagane apoiou as descobertas de Nishina, mas ele e um grupo de colegas ressaltaram num relatório a Anami que, se um piloto de caça comum como Marcus McDilda tinha acesso a mesmo um conhecimento rudimentar de como uma bomba de urânio funcionava, então os norte-americanos por alguma razão queriam que seu "segredo" fosse revelado.

Sagane acreditava ter descoberto o motivo. Ele calculou que todas as instalações de refinaria e usinas de força que pudessem ser dedicadas exclusivamente a produzir materiais fissionáveis — se pudessem operar 24 horas por dia, sete dias por semana, por três anos — conseguiriam produzir duas ou três bombas atômicas. Ele deduziu que o inimigo tinha testado uma bomba para ter certeza de que funcionaria; e concluiu que, depois de Hiroshima, se já não estivesse sem bombas atômicas, teria apenas uma em seu arsenal.

Era exatamente o que Anami queria ouvir. O cálculo de Sagane era baseado num raciocínio sólido e estava apenas um pouco equivocado. Ainda assim, ele ainda não tinha levado em consideração a indústria nuclear em expansão que já estava se dedicando à produção de plutônio, nem o impulso que fora dado menos de dois meses antes por um navio que chegara ao porto de Nova York com mais de nove quilos de urânio alemão confiscado, refinado a um nível de pureza de quase 10% de urânio-235. Nem tinha levado em conta o inevitável fator Fubar[5] — que mais ou menos empatava com os avanços de plutônio e urânio.

Os últimos testes com plutônio em solo tinham falhado diversas vezes — em vez de estarem de acordo com seu plano de implosão esférica, quase impossível de tão preciso — e a reação tinha disparado prematuramente. Isso significava que, se os artefatos tivessem um núcleo de plutônio de verdade e fossem lançados de um B-29, os gatilhos teriam destruído a bomba e o avião. Os últimos invólucros e a calçadeira da bomba de urânio não tiveram melhor sorte. A bomba (menos seu precioso urânio) foi lançada por engano perto de uma pista de decolagem em Chicago, e uma substituta teria de ser construída do zero.

Uma quarta bomba atômica não ficaria pronta até a metade de setembro, talvez nem até outubro. Essa era a verdade. E a equação de Sagane também afirmava isso, apesar de seus defeitos: uma bomba fora testada. Outra bomba fora lançada. Só restava a terceira bomba.

O ministro da Guerra Anami vira a comprovação da matemática de Sagane nos múltiplos ataques com bombas incendiárias da noite anterior. "Só temos a palavra do presidente Truman de que bombas atômicas suficientes existem para atacar cada uma de nossas cidades e portos", Anami disse aos outros senhores da guerra. "Certamente,

---

[5] Fubar: Acrônimo de "Fucked up beyond recognition", "tão fodido a ponto de não ser mais reconhecível". Gíria militar americana. (N. T.)

se eles possuíssem mais dessas armas, não perderiam seu tempo lançando bombas incendiárias comuns sobre nossas cidades."

O ministro da Guerra insistia em "manter o rumo", apesar do contra-argumento do ministro das Relações Exteriores Shigenori Togo de que já quase não havia navios japoneses para os norte-americanos atacar e pouco combustível precioso para o que sobrava da força aérea e do exército de Anami.

"Em breve", Togo explicou, "os norte-americanos vão ser *donos* do mar e do ar. Mesmo se teoria do doutor Sagane se mostrar correta e o inimigo já não tiver mais bombas atômicas, somente as bombas incendiárias vão nos destruir totalmente".

O general Yoshijiro Umezu era tão insistente quanto o ministro da Guerra Anami. Mesmo com uma marinha impotente e as cidades em chamas, ele acreditava fanaticamente em uma última grande resistência na qual o povo do Japão infligiria perdas inaceitáveis nas forças invasoras em terra, e as repeliria; ou morreria na derrota e levaria os norte-americanos junto para o inferno.

O ministro do Exterior Togo percebeu que fazer esses homens enxergar a realidade da situação era como guiar um tufão para longe da terra. A invasão russa da Manchúria preocupou-os mais do que o bombardeio de Hiroshima. Essa ferida russa tinha tornado Anami e Umezu mais perigosos do que nunca.

"Cedo ou tarde, e mais cedo do que tarde", o ministro do Exterior decidiu, "nós deveremos deixar de lado a bravura e pedir ao imperador que considere a rendição enquanto ainda existe um povo japonês a ser salvo".

Shigenori Togo agora estava inteiramente consciente de que o doutor Nishina e ele tentavam pisar com suavidade numa casa em chamas — uma tarefa ainda mais vã quando a casa estava cheia de animais feridos.

NA ILHA DE TINIAN, notícias da invasão russa foram recebidas com preocupação.

Na base, Luis Alvarez foi visitado por um almirante que queria discutir a venda por atacado que os russos estavam fazendo das terras na Europa oriental antes ocupada por alemães, incluindo a anexação de Berlim Oriental. Nas semanas anteriores, Wernher von Braun e sua equipe de cientistas de foguetes encaravam uma escolha: a captura pelos russos ou pelos norte-americanos. A maioria dos engenheiros tinha corrido desesperada e quase fatalmente para a direção dos norte-americanos. Cientistas do programa alemão de bombas atômicas enfrentavam a mesma escolha e fugiram para oeste, esperando que a prisão do outro lado do Atlântico, nos Estados Unidos, fosse melhor que a Sibéria.

Nem todos chegaram até os norte-americanos, o almirante explicou. Os russos tinham conseguido capturar quase a metade dos cientistas mais importantes da Alemanha. Como prata e ouro, e obras de arte de grande valor, eles foram considerados pelos sobreviventes de Leningrado, Stalingrado e Bolsa de Cherkassy como meros espólios de guerra.

O almirante estava preocupado com uma iminente corrida nuclear, mas Alvarez começou a enumerar cientistas alemães e perguntar quais deles tinham conseguido chegar ao lado de Eisenhower e Patton, e quais foram presos no leste e supostamente pertenceriam aos russos. Após verificar quase dois terços da lista, o físico levantou a mão e disse: "Não se preocupe. Nossos alemães são melhores que os alemães deles".

"E o que você acha de os russos ou os chineses tomarem o Japão antes de nós?"

"Não devemos deixar que isso aconteça", o físico disse. "A esta altura, espero que Sagane e Nishina tenham recebido nossa mensagem. Se receberam, eles são espertos o suficiente para saber o que uma rendição atrasada significará para o Japão. Se não, deixá-los cair nas mãos de qualquer outro país não é uma opção. Devemos chegar lá rápido e resgatar aqueles cientistas vivos ou mortos."

Naquele momento, somente Alvarez, um punhado seleto de físicos e comandantes militares e o presidente Truman sabiam que só restava uma bomba atômica no mundo.

Do lado de fora do barracão, quase todos os outros integrantes da equipe dos B-29 acreditavam, como o pronunciamento de Truman os tinha levado a crer, que pelo menos mais uma dúzia desses dispositivos já deveriam existir e apenas aguardavam o lançamento. Em meio à bagunça, o desânimo e o medo imperavam quando o assunto era o *front* russo, que estava em rápida expansão — da Europa oriental pela Manchúria, na direção do Japão. O acordo final entre Churchill, Roosevelt e Stalin especificara a reconstrução das nações derrotadas, incluindo uma política de devolução da posse de todos os países a seus povos. A tomada de poder pelos russos era vista como um aterrorizante ato de traição.

Uma solução que se ouvia com mais frequência era a de acabar com o Japão o mais rápido possível usando armas nucleares, e depois a Rússia, com a mesma força.

A segunda bomba atômica ainda não tinha incendiado Nagasaki e diversos veteranos da primeira missão atômica já viam seus amigos lançarem o olhar para além do Japão, na direção da Rússia, e usar pela primeira vez a expressão "Nuke them".

Ninguém em Tinian ou fora da ilha sabia, em 8 de agosto de 1945, o que a expressão realmente significava. Nem mesmo os homens que voaram na primeira missão atômica e observaram uma cidade desabar poderiam fornecer critérios para um entendimento detalhado. Só no solo, em Hiroshima, alguém podia entender isso de verdade.

QUANDO CRESCESSE, KEIJI NAKAZAWA, de 7 anos, contaria ao mundo como uma parede de concreto nos fundos do pátio do colégio o tinha protegido contra o clarão, e como uma moeda que caíra no mesmo instante fez toda a diferença entre a vida e a morte.

Keiji, que mais tarde se chamaria "Gen Pés Descalços" de Hiroshima, se abaixou para apanhar a moeda. Ele estava muito perto para poder ouvir a explosão — só podia *ver* o que aconteceu. Num raio de pouco mais de sete quadras, a luz desceu num ângulo de quase 45 graus. Exceto por uma pequena área na parte de trás da cabeça, a parede protegeu completamente o jovem Gen; mas uma criança mais velha, com quem estivera conversando, foi vítima da força total do raio de calor. Nos primeiros segundos, o clarão borrou tudo, e a vizinhança de Gen parecia ter desaparecido. Um segundo mais tarde a luz se desvanecia e os detalhes começaram a voltar a seu mundo. Ele se sentia como se tivesse desaparecido por um momento, sido transportado a um lugar seguro e inexpressivo, e subitamente trazido de volta a uma terra mudada e mutante. O rosto e os braços da outra criança se dissolveram ao toque dos raios e uma coluna de densa fumaça negra saía de sua cabeça. Se ela gritou, foi um grito silencioso. A onda explosiva também era assustadoramente silenciosa.

Quando Gen recobrou seus sentidos e olhou em volta, a garota e a escola tinham desaparecido — aparentemente com a maioria de Hiroshima. Seu único ferimento parecia ser a queimadura na parte de trás da cabeça. Ardia pouco, mas era grave. O contraste entre a sombra e o calor mortal era afiado como uma faca, e marcou a única porção do corpo de Gen que não estava protegida pela parede. Seu cabelo tinha desaparecido onde a cabeça fora exposta, e as camadas da pele pareciam folhas carbonizadas até a tampa do crânio — um corte preciso feito com um sabre de luz.

No segundo dia após a bomba, a ferida supurava, e Gen sabia que a mãe e a irmã pequena eram os únicos sobreviventes da família. Numa expedição a uma base destruída do exército, atrás do que fora o castelo de Hiroshima, a missão que Gen se atribuíra, de encontrar comida para a mãe, foi interrompida por súbitas ondas de náusea que se alternavam com calafrios e febre. Primeiro Gen sentiu enjoo, depois vomitou. Quando conseguiu erguer a mão para afastar uma nuvem de moscas que atacava sua cabeça, Gen descobriu que seu cabelo parecia estar caindo. No decorrer de apenas cinco minutos ele foi tão dominado pelos efeitos da radiação que simplesmente caiu perto de uma pilha de corpos e foi coberto pelas moscas.

Um soldado o salvou. Enquanto estava inconsciente, o serviço de limpeza passou e empilhou todos os corpos para serem cremados, jogando o pequeno Gen na pilha. O soldado, a quem Gen só conheceria como "Senhor", notou que ele ainda respirava, e o retirou da pilha antes que fosse queimado vivo.

Alguns goles de água de um cantil pareciam ter reanimado Gen. O enjoo provocado pela radiação era inconstante. Poderia cair como um raio e ir embora com a mesma facilidade. O Senhor deu a Gen algumas rações de comida para sua mãe e decidiu escoltá-lo até o que era sua casa entre as ruínas. Mas, no caminho, Senhor ficou doente e de repente caiu. Rapidamente, eles trocaram de papel. Agora era o garoto que tentava ajudar o soldado a ficar de pé e a se locomover, não o contrário.

Senhor sabia que o Hospital de Comunicações ainda funcionava, a uma curta distância das fundações do castelo. Eles tinham pouco menos de sessenta ou setenta metros para avançar, mas isso se tornou uma odisseia. O sol estava escaldante e a umidade era de quase 100% — ainda assim, os dentes de Senhor não paravam de bater e ele dizia estar morrendo de frio. Com trinta metros por avançar, o soldado perdeu o controle dos intestinos, e dez metros depois começou a vomitar algo preto. Gen carregou-o pelos últimos metros, e o primeiro médico a chegar no local repreendeu-o por trazer um homem morto.

"Não", disse Gen. "Ele não pode estar morto!"

"Ele teve diarreia?", perguntou o médico. "E disse que tinha frio?"

"S-sim."

"Então ele morreu da mesma maneira que muitas pessoas, ainda que parecessem ter escapado do *pika-don*."

"Mas por quê?"

O médico balançou a cabeça e começou a se afastar. "Eu não sei", murmurou.

Ao mesmo tempo em que o salvador de Gen morria, um homem que entraria para a história como o sobrevivente mais próximo ao hipocentro chegou com os mesmos sintomas que Gen decidira esconder de sua mãe. Quando o céu se abriu, Eizo Nomura estava a poucos metros da Cúpula de Hiroshima, no porão da seção de racionamento da cidade. Mesmo no subterrâneo, ele percebeu o clarão — e o porão foi fortemente sacudido.

O senhor Nomura teve de usar as unhas para sair do que se tornara uma caverna, a pouco mais de cem metros (ou uma quadra) do hipocentro absoluto. Ele ficou de pé no pavimento quente o suficiente para queimar as solas dos sapatos, e era como se a terra

Durante o primeiro minuto após o Momento Zero, na superfície do solo que fora aquecido a várias vezes o ponto de ebulição da água, as espirais de fogo que perseguiram as famílias Nomura e Sasaki até a água começaram a se erguer dos túmulos de edifícios já destruídos pela bomba, como espíritos que tivessem sido invocados. (CRP)

tivesse desaparecido e ele tivesse sido levado a outra terra, estranha. A impressão estava só um pouco equivocada. Seu pequeno canto no planeta Terra tinha de fato desaparecido, e grande parte dele estava na estratosfera. Um pequeno trecho dos imóveis de Hiroshima foi transformado em algo tão estranho e sem precedentes que, no futuro, os alicerces da seção de racionamento se tornariam uma casa de descanso perto do centro do Parque Memorial da Paz da cidade.

Quando Nomura sacudiu a poeira e olhou para cima, o céu estava preto de fumaça e faíscas pareciam chover de todos os cantos. De seu lado da ponte Motoyasu, ele não encontrou ninguém nem nada vivo, a menos que as trombas d'água e as espirais de fogo serpenteantes pudessem ser consideradas vivas. Para o senhor Nomura, essas coisas se moviam e se comportavam como criaturas sencientes, avançando a passos enormes e escorregadios da margem oposta do rio, afugentando-o para longe da ponte e para o fundo da água, onde ele prendeu a respiração até agonizar. Quando finalmente veio à tona, limpou os pulmões e tirou o cabelo e a água de seu rosto, as espirais estavam indo embora. Ele sentiu um pouco de orgulho por ter sobrevivido; mas também sentia a doença da radiação se arrastando dentro dele e começando a mordiscar, como dentes de milhares de pequenos ratos.

Dois dias mais tarde, havia poucos doutores e enfermeiras que estivessem suficientemente bem para ajudar o senhor Nomura ou qualquer outra pessoa. Os remédios tinham acabado e não existiam microscópios funcionando para que os médicos pudessem fazer algum diagnóstico sobre a natureza da doença que atacara Nomura e Gen, e que matara Senhor.

O edifício a que Nomura finalmente chegara estava a apenas 1.500 metros do hipocentro. A maior parte do segundo andar tinha caído e queimado. O andar inferior estava parcialmente intacto, tendo sido, de alguma forma, encasulado contra o choque atrás do castelo de Hiroshima. Um dos diretores, o doutor Michihiko Hachiya, agora era paciente de seu próprio hospital.

O doutor Hachiya foi um dos andarilhos-formiga que Isao Kita observara da estação meteorológica. No primeiro dia, ele vagou queimado, golpeado e nu através de correntes de ar para cima e para baixo tão violentas que as chapas de metal dos telhados zumbiam e davam piruetas sobre sua cabeça. Pedaços de árvores em chamas rodopiavam, vindos do céu como se fossem andorinhas inflamáveis. O doutor se lembrava vagamente de ver pássaros morrendo no chão, com asas e penas queimadas. E se lembrou vividamente de ter seguido uma fila de pessoas que, como ele, estavam nuas — e se perguntou, meio distraído, que força da natureza os tinha privado das roupas.

O médico lembrou-se de pouca coisa mais sobre as 48 horas anteriores. Na maior parte do tempo em que esteve perdido, ele teve febre e sono intermitentes. Na tarde de 8 de agosto, não queria nada mais do que se levantar do chão e começar a ajudar outros pacientes. Mas o chefe de cirurgia, o doutor Kutsube, disse: "Você é muito impaciente. Deveria estar agradecido porque vai sobreviver".

Não lhe havia ocorrido que pudesse ter chegado perto da morte.

"Eu estive tão mal assim?", Hachiya perguntou.

"Todos estávamos preocupados com você", Kutsube respondeu e explicou que ele tinha perdido muito sangue e sofrido quarenta ferimentos. O senhor Iguchi, motorista da ambulância, improvisara uma sala de operações desenterrando lâmpadas e conectando-as a uma das várias baterias de caminhão que ainda funcionavam. Desse modo, o doutor Hachiya e quase sessenta outros pacientes — incluindo o "sobrevivente por milagre" Eizo Nomura — tinham sido e continuariam sendo tratados, até que a última bateria acabasse. Enquanto Kutsube informava Hachiya sobre os acontecimentos dos dois dias passados, o doutor-transformado-em-paciente notou que as mãos do cirurgião estavam gravemente queimadas.

Um barulho do lado de fora da janela chamou sua atenção a um paciente que o doutor Kutsube se esquecera de mencionar.

De vez em quando, em seu longo e intermitente sono, Hachiya se recordava de tê-lo escutado tropeçar no jardim. Hachiya olhou por uma janela quebrada, cujo marco de metal parecia ter sido arrancado. O paciente bateu o nariz contra o marco quebrado.

"Ele foi alimentado?", Hachiya perguntou.

"Não se preocupe, doutor", foi a resposta. "Há muitas folhas de pé de batata no jardim, não acho que vá passar fome."

O paciente era um cavalo que tinha queimaduras por todo um lado do corpo, e parecia ter sido simultaneamente cegado pelo *pika* (o clarão). O animal cambaleara até o portão da frente do hospital quase ao mesmo tempo em que o doutor Hachiya. O doutor Kutsube explicou que não tivera coragem de mandar a pobre criatura embora. Então o abrigou no jardim, do lado de fora da janela do médico.

Para Hachiya, o cavalo não era apenas um companheiro de que se lembrava remotamente, e sim um constante. Companhia significava muito para ele, sempre que acordava no meio da noite e se lembrava do que vira ao longo da trilha de formigas, caindo no desespero. Primeiro, ele se sentia sozinho. Escreveria mais tarde que se tratava de "uma solidão animal. Eu me tornei parte da escuridão da noite. Não havia rádios, nem luz elétrica, nem mesmo uma vela no quarto. A única luz que vinha até mim era refletida nas sombras oscilantes da cidade em chamas. Os únicos sons eram os gemidos e o choro das vítimas das queimaduras".

No meio de tamanha solidão, Hachiya sempre escutava o cavalo cego chocando-se contra uma parede e tocando as folhas com suas patas. Àquela altura, o paciente já tinha comido a maioria das folhas dos pés de batata.

O jardim fora uma quadra de tênis, mas o esforço de guerra tinha cobrado cada pedaço de terra disponível para ser convertido num "jardim da vitória". Hachiya se tornou famoso no hospital por plantar morangos e pés de batata que produziam folhas enormes e exuberantes, mas que davam morangos do tamanho de amendoins e batatas do tamanho de morangos.

O doutor Hachiya levantou a cabeça e perguntou: "Vocês não acham que nós deveríamos colher as batatas? Devem estar bem grandes agora".

O doutor Kutsube e a enfermeira Kado riram, e por um momento (embora apenas por um momento) esqueceram a desolação.

Quando o doutor Kutsube começou a explicar que os pacientes estavam sucumbindo a vômitos e diarreia, que não havia encanamento disponível e as baterias da sala de operações estavam praticamente no fim — e que o exército não trazia comida ao hospital —, começaram a cair numa nova realidade. Caíram com toda a força da compreensão e da mortalidade: o companheiro constante do doutor Hachiya tinha se tornado a única fonte de proteína com que os pacientes poderiam contar por muitos dias.

Hanako Ito e seu marido, Akio, tinham esperado que a tempestade de fogo enfraquecesse antes de se aventurarem pelo centro de Hiroshima, onde seu filho Hiroshi estudava. Ele frequentava a escola mais bem avaliada da província. A escola era um deserto de cinzas e tijolos rachados. Seu único marco reconhecível era uma piscina olímpica, para dentro da qual mais de cem pessoas tinham fugido, procurando abrigo das chamas. Seus corpos estavam fervidos e inchados. Os rostos pareciam ter sido assados antes de a fervura começar.

Ao mesmo tempo em que Charles Sweeney ficara sabendo que teria de fazer tudo novamente e dirigia no meio da noite em busca de um padre, o senhor e a senhora Ito já tinham visto o suficiente. Cadáveres — nenhum identificável — estavam sendo arrastados para fora da piscina e empilhados em piras pelos soldados que se moviam para a frente e para trás num silêncio aturdido. Segurando firme a mão do marido, Hanako seguiu os trilhos do bonde até sua casa, tendo por única luz o crescente número de piras funerárias de enterros em massa dos dois lados da estrada. O fogo e um pouco da cor da luz da Lua a guiavam.

"Entre as piras, podíamos ver trilhas de fósforo prateado serpenteando", escreveu uma testemunha. "Seguiam todo mundo como os espíritos dos mortos nos antigos livros de histórias."

Hanako acreditava que eles podiam ser os fantasmas de Hiroshima buscando os entes queridos, e ela se perguntava se o pequeno Hiroshi poderia vir à procura dela naquele caminho. Quando chegou à zona montanhosa do leste, contudo, ela encontrou seu filho vivo, ainda que muito cansado de toda a provação.

"Fui perseguido pelo fogo", ele explicou. "E tive de cobrir meus ouvidos porque podia ouvir as pessoas chorando e pedindo ajuda atrás de mim." Enquanto contava a história das espirais de fogo e da chuva negra, Hiroshi começou a ter calafrios e a vomitar. Chamaram um doutor até a casa, mas ele não pôde diagnosticar nenhuma doença conhecida. Contudo, isso pareceu não ter importância, porque por volta da meia-noite o apetite do garoto começou a voltar. E na manhã de 8 de agosto ele estava se sentindo bem o suficiente para ajudar o irmão, um estudante da quinta série, numa nova tarefa da Associação de Segurança Nacional.

A cidade dos Ito estava entre as poucas que não mandaram os sobreviventes de volta a Hiroshima. Em vez disso, caminhões e carroças puxadas por cavalos eram enviados para oeste, para além do acidente de trem de Kaidaichi, a fim de trazer os feridos de Hiroshima à escola local. Embora o pronunciamento de Truman fosse mantido em segredo de toda a cidade, Tsugio Ito sabia, pelo tamanho assustador da nuvem de 6 de agosto e pela explosão que quebrou vidraças a quase treze quilômetros de distância, que ele e seu irmão Hiroshi tinham sido testemunhas de uma bomba incomum. As queimaduras causadas pelo clarão e os ferimentos em que a pele se soltava como uma luva naquelas pessoas que chegavam nos caminhões confirmavam sua singularidade incontestável.

Na tarde do segundo dia depois da bomba, 360 sobreviventes lotavam as pequenas salas de aula. A Segurança Nacional encarregou as crianças de fazer curativos nos feridos, mas não providenciou unguentos nem medicação. Um fazendeiro local ofereceu fatias finas de pepino e aconselhou as crianças a aplicarem-nas às queimaduras — *Band-Aids de pepino para feridas do* pika-don, Tsugio pensou, amargamente. Parecia uma tarefa completamente sem sentido. Algumas das pessoas tinham hemorragia e estavam perdendo o cabelo e morrendo; e Tsugio sentiu um sobressalto de medo quando Hiroshi tirou o chapéu e a maior parte de seu cabelo saiu grudada na palha trançada.

Mas não pode ser tão *ruim*, Tsugio disse a si mesmo. Seu irmão não tinha sofrido nenhuma das queimaduras que pareciam estar matando os outros sobreviventes; e, afinal de contas, quando o dia terminou na escola, Hiroshi se sentiu bem o suficiente para jogar bola; ele não estava vomitando como os outros; e o seu apetite se mantinha. Todavia, ele estaria morto na segunda semana de setembro.

"Vocês devem se lembrar", Susumu Tsuno disse aos doutores Koyano e Akizuki. "Vocês não devem esquecer nunca que a razão pela qual estou vivo para lhes contar isto é porque a bomba atômica dá tempo para nos esconder. Se vocês virem o clarão, terão talvez três segundos para se agachar, rolar e procurar abrigo antes que a onda de explosão nos atinja."

O reitor do Hospital Universitário de Nagasaki teve de correr do trem de Hiroshima até a escola, numa missão autoatribuída de advertência e preparação. O que parecia horrorizá-lo mais que qualquer outra coisa eram as intensas ondas de calor — que, mesmo se a bomba oferecesse três segundos para que as pessoas se agachassem e se cobrissem, queimavam quem estivesse sob o clarão.

"Não importa o que fizerem, vocês não devem só ficar parados, olhando para os lados", Tsuno advertiu. "As queimaduras daqueles que se atiraram de cara no chão e nas sombras atrás de paredes ou nas valas foram comparativamente suaves."

Tsuno prosseguiu a lição, contando algo que seus ouvintes certamente se lembrariam e levariam em conta mais tarde. Um homem que estivera sentado numa parada de bonde, lendo um jornal, sobreviveu com um padrão de queimaduras — o papel branco refletiu o clarão do *pika,* protegendo seu rosto e a parte superior de seu corpo e seus polegares. Mas seus dedos, dobrados na frente do jornal, foram queimados e fundidos. O homem parecia vestir calças pretas, que absorveram a luz, com a tintura esquentando e queimando as fibras profundamente em suas virilhas e pernas.

O doutor Tsuno relatou vários casos de mulheres e crianças que vestiam roupas com estampas, às vezes de flores decorativas no pano branco. As flores negras ficaram permanentemente queimadas na pele.

Como precaução, ele advertiu aos estudantes que usassem roupas brancas e chapéus de abas largas, também brancos, e que pendurassem lençóis brancos em todas as janelas do hospital. O reitor contou como folhas de papel de caligrafia, penduradas numa janela por uma professora, foram o suficiente para proteger seu rosto do clarão. Quando sua lição se aproximava do fim, concluída com uma advertência, um estudante conhecido por Akizuki apenas como o "jovem senhor Fujii da escola teológica" entrou na sala.

"Por tudo o que vi dessa nova bomba", Tsuno concluiu, "tenho certeza de que não será suficiente, como precaução contra um ataque aéreo, vocês estarem alertas quando escutarem aviões inimigos se aproximando. Vocês todos devem — e vocês, alunos, em particular — estar mais alertas do que nunca e se preparar para o pior."

Enquanto o doutor Tsuno falava, sua própria agitação crescia, e parecia se tornar contagiosa. "O que fora uma cidade", ele disse, "é agora uma planície cozida, vermelho-amarelada". Sua voz ficou reprimida quando contou a história de uma garotinha que tentou ajudar um homem que lhe pedira água. Sentado, com as costas apoiadas a uma coluna de madeira, ele implorou que ela o ajudasse a levantar e caminhar até o rio. O lado de seu corpo, próximo da menina, fora queimado e estava negro. A madeira atrás dele também estava negra, e quando ela agarrou a mão do homem e o ajudou a levantar, viu que a sombra dele estava perfeitamente gravada na madeira, como uma imagem pálida num negativo fotográfico.

"Isso foi a pouco menos de dois quilômetros do centro do clarão", o reitor Tsuno explicou, e disse que não teria acreditado na história da garota se não tivesse visto tais horrores com seus próprios olhos.

Na mesma distância do *pika*, as folhas e os galhos de uma mamoneira tinham se desintegrado completamente perto das ruínas da ponte Meiji. O poste telefônico atrás do arbusto tinha sido queimado pelo clarão, o marrom original dera lugar a um preto cor de carvão — e ainda assim cada ponta e fenda das folhas desaparecidas continuavam vivas nas sombras marrom-claras impressas no preto do poste. O tronco da planta ainda existia, embora como uma protuberância negra de madeira estilhaçada. Mais perto do castelo de Hiroshima — que "simplesmente desaparecera" —, o doutor Tsuno cruzou a ponte Misasa, e lá viu uma bicicleta encostada nas grades da ponte com um ciclista carbonizado, com seu esqueleto parcialmente exposto, ainda em cima dela. Tentando entender o inexplicável, Tsuno disse que tinha procurado pela sombra do homem, mas não conseguiu encontrá-la.

Nesse instante, o estudante de teologia saiu correndo da sala, e o doutor Akizuki correu atrás dele. A namorada e o pai do estudante moravam em Hiroshima. Raiva e medo tomavam conta dele — porque, até aquele momento, ele acreditara no pronunciamento oficial de Tóquio. Oficialmente, a cidade tinha sofrido "danos leves" provocados por uma nova arma, e várias pessoas tinham sido mortas.

"Danos leves?", ele gritou para o doutor Akizuki. "Pelo que acabamos de ouvir, pelo menos quinze quilômetros quadrados foram queimados até o chão!"

O doutor Akizuki imediatamente entendeu o que o estudante estava planejando. "Não", ele disse. "Você deve ficar longe daquele lugar."

"Enquanto os trens forem naquela direção, eu tenho que tentar. Até este momento, tudo o que nós realmente sabíamos era que não havia notícias daquela área. Tenho de descobrir o que aconteceu lá."

Akizuki tentou dissuadi-lo, advertindo que várias cidades ao longo da via férrea tinham sido atingidas por bombas incendiárias na noite anterior, e que ele poderia ser morto no norte se os bombardeios continuassem aquela noite. Mas o rapaz saiu em direção à estação de trem com uma mochila nas costas, e o doutor Akizuki registraria depois: "Ninguém sabia como a sorte sorriu para ele naquela tarde, quando ele deixou Nagasaki para ir a Hiroshima".

Ele também contaria que, como um dos poucos médicos sobreviventes na região de Nagasaki, suas primeiras tarefas envolveriam triagem, o que significava basicamente eutanásia. O hospital estava a pouco mais de 1.600 metros do hipocentro de uma detonação três vezes mais poderosa que a bomba atômica anterior. Aqui e ali, efeitos aleatórios de casulo antichoque se espalhariam entre os morros, deixando as paredes de concreto do perímetro e os múltiplos andares do hospital misteriosamente intactos. Contudo, 42 médicos profissionais, 206 trabalhadores de escritório, 109 enfermeiras e 535 estudantes estavam prestes a ser perdidos.

O doutor Akizuki sempre atribuiria sua própria sobrevivência, e a sobrevivência de muitos outros, às advertências do reitor Tsuno.

O reitor, ele ficou sabendo mais tarde, não morreu no hospital. No Momento Zero, ele estaria fazendo seu relato preventivo a autoridades militares no quartel-general do governo das províncias, quase 1.500 metros mais perto do hipocentro. Em menos de 24 horas, o reitor Tsuno estava fadado a sobreviver num segundo casulo antichoque, perto o suficiente desta vez para receber uma dose letal da radiação. Parecia impossível, mas, enquanto Tsuno teria alguns dias a mais de vida, pessoas a quinze metros dele, nos cômodos externos do mesmo edifício de madeira, estavam fadados a evaporar, tornando-se parte das partículas radioativas que Akizuki e os outros sobreviventes inalariam.

O PREFEITO TAKEJIRO NISHIOKA não queria nada mais além de estar com sua família, antes que Nagasaki sofresse a mesma destruição que ele vira em Hiroshima. Ainda assim, apesar da vontade de ver mulher e filho, um senso de dever o mandou diretamente da estação de Nagasaki ao escritório do governador Nagano.

Até aquele momento, na tarde de 8 de agosto, o governador tinha sido informado apenas de que uma nova bomba estava envolvida na perda de contato com Hiroshima, o que era devido em grande parte a um efeito disruptivo de pulso nos rádios e linhas de transmissão. Diziam que a bomba tinha matado várias centenas de pessoas e danificado alguns prédios e a rede de energia. As ameaças de destruição maciça feitas pelo presidente norte-americano, segundo os conselheiros militares mais importantes do governador Nagano, tinham sido grosseiramente exageradas. E então o prefeito Nishioka entrou correndo no escritório, descrevendo tornados de fogo que se erguiam num mar de chamas que cobria o horizonte... E grandes árvores derrubadas pela explosão num raio de vários quilômetros... E edifícios de aço reforçado e pontes de cabeça para baixo, esmagados.

O governador perguntou se ele estava descrevendo algo que realmente tinha visto ou se ficara sabendo por rumores.

"Eu vi", disse Nishioka. "Todos no trem comigo viram, e estão contando a todo mundo sobre isso."

O governador parecia mais preocupado naquele momento com a propagação da notícia do que com os fatos reais por trás dela, e quando Nishioka percebeu isso, implorou pela palavra de Nagano de que não seria citado. Espalhar "histórias ruins" e "rumores de derrota" eram delitos de traição que ameaçavam não só o prefeito com um castigo militar, mas toda sua família também.

Nagano deu a Nishioka sua palavra de que não contaria nada, e se revelou um mentiroso no momento em que o prefeito cruzou a soleira da porta. Imediatamente, ele reuniu a polícia e os membros do poder executivo e relatou o que o prefeito lhe tinha revelado. Cada um deles entendeu, pelo tom de voz do governador Nagano, e pela expressão em seu rosto, que deveriam responder com medo e uma necessidade de preparação, em vez de com o velho reflexo doutrinado de retaliar contra o mensageiro.

Nos anos seguintes, o prefeito lamentaria que os protocolos de censura a respeito das mortes o tenham forçado a limitar seu relato aos ouvidos do governador. Nishioka envelheceria precocemente, ciente de que, se fosse autorizado a publicar em seu jornal o que ele e o reitor Tsuno já sabiam, milhares de vidas poderiam ter sido poupadas.

Do escritório do governador, o prefeito Nishioka foi diretamente até o lugar que tinha escolhido para esconder os maiores geradores, impressoras e os mais importantes tesouros nacionais. Com ele estavam os chefes da polícia da província e o comandante do Tokko, a polícia militar especial à paisana do Japão. Temporariamente, o equipamento imprescindível e os tesouros seriam guardados no abrigo privado do governador. Este seria o último, e praticamente inexpugnável, Centro de Comando de Crises. Um largo túnel seria cavado, permitindo levar equipamentos pesados até uma caverna sob o monte do santuário de Gokoku. O local estava, por pouco, do lado de fora do futuro hipocentro, numa região em que as ondas de compressão ricocheteantes convergiriam e ecoariam com tal força que nenhuma pedra do alicerce permaneceria em seu lugar para dar uma pista de onde ficava o santuário; mesmo a geografia original do monte ficaria desconhecida.

Nishioka combinou de se reunir novamente no santuário com o equipamento pronto — pontualmente às 11 horas da manhã seguinte, 9 de agosto.

A doença da radiação interferiu e manteve o prefeito longe de seu encontro com o destino. Por toda sua vida ele tinha sido saudável. Agora, do nada — do profundo e impessoal nada —, náusea, um cansaço debilitante e a sensação de estar sendo esfolado por dentro tomaram total controle sobre ele. Ele se lembrou dos jatos de fogo em miniatura que brotaram perto da casa do marechal de campo Hata, e de como sabia então que deveria ter tomado distância, mas caminhara no meio deles mesmo assim.

Sentado no chão e enrolando suas calças, ele se amaldiçoou. Logo abaixo da pele das pernas, manchas azul-escuras estavam brotando, na forma de estrelas, tingidas de amarelo nas bordas — como se ele tivesse desenvolvido subitamente algo próximo da hemofilia.

Nesse curto espaço de tempo, sua única diretriz se tornou simplesmente rumar para casa e levar sua família para longe de lá. Ele não pensava que pudesse ir muito longe, mas não tinha de andar muito. Dava para ir caminhando de sua *casa* até o santuário de Gokoku, perto da Catedral Católica e Romana de Maria.

"Meu Deus! Onde você esteve?", a senhora Nishioka perguntou quando viu o quão cinzento e débil — e agora também imundo — seu marido tinha ficado.

"Estive na cidade dos cadáveres", ele respondeu. "Agora não me pergunte mais nada. Só siga minhas instruções, se você quer viver."

O prefeito ordenou que sua mulher partisse imediatamente com o filho até o povoado de Uzen, a quase duas horas de carro dali. Ele encheu o tanque com o que restava da gasolina (que estava poupando havia mais de três meses) e não a deixou pôr nenhum pertence na bagagem. Uzen era menor que uma cidade — apenas um vilarejo com um santuário no meio de um parque nacional, e duas horas de carro de Nagasaki tinham de ser longe o suficiente. Ninguém teria um parque nacional como alvo e um local a duas horas de distância de carro de Nagasaki deveria ser seguro.

"Vá. Vá agora e não olhe para trás!", ele ordenou. A mulher do prefeito nunca o tinha visto perder a compostura dessa forma. A senhora Nishioka, que era cristã, lembrou-se subitamente das instruções de Lot à sua própria esposa.

Akira Iwanaga, o engenheiro naval de Hiroshima, tinha desembarcado do mesmo trem que o prefeito numa cidade chamada Isahaya, aproximadamente 29 quilômetros a nordeste de Nagasaki. Os pais de Akira moravam em Isahaya, e, enquanto o trem se aproximava, ele se sentia muito doente para ir até o estaleiro Mitsubishi. Decidiu passar o restante do dia e a noite na casa dos pais, esperando que, depois de um pouco de descanso, acordasse se sentindo melhor. Enquanto a tarde passava, ele descobriu que a esperança era vã. As dores em seu abdome estavam piorando, e quando pensou que poderia desmaiar de dor, tamanha a intensidade, e talvez dormir, percebeu que um sono restaurador estava fora de questão.

Tsutomu Yamaguchi não se sentia melhor que Akira ou o prefeito. Seu braço e rosto, queimados, estavam inchando, ardendo e coçando sem piedade quando chegou à estação de Nagasaki. Enquanto o prefeito Nishioka descobria o sangramento sob a pele, Yamaguchi entrava cambaleando no hospital da companhia Mitsubishi, buscando tratamento. Ele chegou durante um alerta de ataque aéreo que havia levado as equipes médicas para abrigos subterrâneos. Yamaguchi sentia-se muito fraco para ir com eles, então ficou vagando pelo hospital, que, de repente, se transformou em uma cidade fantasma. Seu braço esquerdo estava muito inchado, parecia que a pele iria arrebentar, como um balão de gás, ao mais leve toque. O lado esquerdo de seu rosto esticara tanto que ele não pôde pedir ajuda — não sem sentir uma dor absurda. Por sorte, um médico havia desobedecido o alerta e permanecera no hospital. Era o doutor Sato, que estudara com Tsutomu Yamaguchi.

Seu velho amigo estava curioso para ver o sobrevivente da bomba, mas Yamaguchi se incomodou com o fato de que Sato não reconhecera seu rosto até que se identificasse. O engenheiro percebeu, de repente, que suas feridas poderiam ser piores que sua dor.

Sato levou Yamaguchi diretamente para uma sala no departamento de oftalmologia, onde começou o tratamento para queimaduras. Quando o médico cortou uma fina camada de pele morta de seu braço, o recipiente que Yamagachi segurava para ele foi preenchido por uma substância aquosa que transbordou e espalhou-se pelo chão. O médico foi honesto com ele, descrevendo a carne sob a "camada morta" como "clara, de um vermelho cru — como carne de baleia". Ele aplicou óleos aos ferimentos e pôs curativos. Havia apenas remédios oftalmológicos disponíveis e o único tratamento que o doutor Sato podia oferecer para as feridas de seu amigo era cortar as camadas externas de pele morta e o cabelo queimado, esterilizar a área e fazer curativos. Nenhum dos homens entendera, na hora, que Sato tinha entrado para a História como o primeiro médico a tratar um sobrevivente da bomba atômica em Nagasaki.

Quando Yamaguchi saiu do hospital, o sol da tarde, embora já estivesse mais baixo, queimava sua pele. Seu amigo lhe deu um lençol leve de linho para ser usado como protetor solar até sua casa, o que explicou, em parte, por que sua mãe deu um grito quando ele se aproximava de casa: "Fantasma!".

Enquanto era tratado por Sato, histórias do trem de Hiroshima tinham se espalhado rapidamente pela região de Nagasaki, e os pais de Yamaguchi começavam a se preparar psicologicamente para a ideia de que ele pudesse estar morto.

E então, quando sua família se escondeu no abrigo em outro alerta de ataque aéreo, ele entrou na casa de seus pais, acendeu as velas no altar da família e orou em silêncio. "Não acredito em um deus específico", ele se lembraria, "embora não pudesse evitar agradecer a alguém por meu retorno do inferno a salvo". E, nesse estado — com o rosto coberto de curativos e sentado com as pernas cruzadas diante do altar com os pés fora do alcance da vista —, sua família o encontrou depois de o alerta terminar.

Na mitologia japonesa, os fantasmas não tinham pés.

"Você tem pés?", sua mãe lhe perguntou, timidamente.

Yamaguchi levantou o lençol e a tranquilizou, mostrando que tinha pés e não era o fantasma de seu filho. Sua mulher, Hisako, veio correndo dos fundos da casa, tomou-lhe a mão sã, e o beijou como se nada tivesse acontecido a seu rosto.

Yamaguchi esqueceu sua dor e tentou afirmar que estava bem apesar de todos aqueles curativos. Vendo seu filho dormir tranquilamente no colo de Hisako, "fiz carinho em sua cabeça", Yamaguchi escreveu depois, "pois não queria assustá-lo com meu rosto cheio de curativos".

Hisako lhe contou que agora tinham uma casa nova só para eles, que ela comprara com parte da poupança do casal, e que ele ainda não a tinha visto. A pequena casa pré-fabricada estava a pouco mais de meia hora de caminhada da casa dos pais dele, e a mãe de Yamaguchi insistiu em cuidar da pequena Katsutoshi aquela noite, insistindo que os dois cruzassem a soleira da porta sozinhos. Ele foi hesitante, mas feliz, apoiado no ombro de Hisako.

O lugar era pequeno, mas construído em madeira de lei com bom acabamento. Havia até uma sacada para os dois, da qual Yamaguchi e sua mulher poderiam ver o outro lado do rio e a Catedral de Maria nos montes de Urakami — e, não muito mais abaixo disso, o arco do santuário de Sano.

DEPOIS DE MANDAR a mulher e o filho para a floresta de Unzen, o prefeito Nishioka juntou tantos documentos importantes quanto pudesse levar de seu escritório, pediu a seus homens que colocassem um pouco de gasolina num pequeno caminhão do exército, e partiu para Unzen. A 33 quilômetros dali, acabaram tanto sua gasolina como sua saúde. Abrindo bruscamente a porta do lado do motorista, ele caiu de joelhos e começou a vomitar uma bile grossa com centenas de pequenos coágulos negros. O prefeito levantou-se com esforço e, em passos desajeitados e dolorosos, caminhou o quilômetro que faltava até uma velha estalagem com vista para o mar.

Estou morrendo, pensou. E então afastou o pensamento. Ele não se deixaria morrer até ver sua mulher e filho novamente. Esperava que Unzen fosse longe o suficiente para os dois, mas não tinha certeza. Seu próprio estado era a prova de que uma pessoa não precisava estar tão perto de uma bomba atômica para ser diretamente ferida ou envenenada. Sua única certeza era de que Hiroshima não era o fim, e que Nagasaki seria a próxima.

EM TINIAN, CHARLES SWEENEY ficou sabendo, durante uma instrução à tarde, que o arsenal do exército de Kokura seria o próximo alvo. Kokura estava rodeada de baterias antiaéreas, e era um dos poucos lugares onde o controle do espaço aéreo não estava garantido. Um ninho de vespas de pistas de decolagem e caças interceptadores ainda existia por lá.

No caso improvável, dadas as condições do tempo, de que um excesso de nuvens cobrisse Kokura, Nagasaki se tornaria o alvo secundário.

Sweeney esperava que o alvo fosse Kokura. Depois de mais de uma semana de estudo intenso, ele conhecia as ruas e edifícios nos dois lugares tão bem quanto os de sua cidade natal. Nagasaki e a cidade vizinha de Urakami ficavam no meio de um vale íngreme. De acordo com Alvarez, os efeitos máximos de explosão e rebote na região de Nagasaki podiam ser conseguidos com uma detonação diretamente sobre o relevo plano que havia ao descer o rio, depois das fábricas de torpedo Mitsubishi e das instalações de manutenção de submarinos. Os distritos comercial e residencial do centro de Nagasaki também estavam localizados dentro dessa zona de efeito máximo; e, pelo que Sweeney sabia, o número de vítimas civis seria ainda mais alto em Nagasaki que em Hiroshima.

Então Sweeney decidiu fazer tudo o que pudesse para lançar seu pacote em Kokura. Ele tinha dúvidas, contudo, de que a bomba chegaria tão longe. Sweeney conhecia os funcionamentos anômalos de fusão que, se ocorressem com uma bomba de plutônio, teriam desencadeado a fúria de mil sóis sob a barriga do B-29. Ele esperava que a equipe de Alvarez finalmente tivesse solucionado o problema.

A bomba de plutônio era muito mais complicada que o dispositivo de urânio utilizado em Hiroshima — tanto que não poderia ser armada em pleno voo e teria de ser ativada um pouco antes de ser lançada pelas portas do compartimento de bombas.

Quatro tipos de detonadores já tinham sido instalados — com dois fusíveis de cada tipo, não deixando nada ao acaso. Os dois sensores de pressão do ar estavam ajustados para disparar seus fusíveis a 570 metros. Os dois detonadores da bomba-relógio disparariam 43 segundos depois que a bomba fosse lançada, quando já teria caído de 48 quilômetros a aproximadamente três quilômetros. Os dois detonadores de radar estariam ligados a um aparelho que tocaria o chão com ondas de rádio e cronometraria os ecos até a altitude de três quilômetros. Se os primeiros três pares de detonadores falhassem e a bomba continuasse a cair depois dos três quilômetros, os dois últimos, localizados no nariz da máquina, implodiriam o núcleo de plutônio e iniciariam a reação em cadeia dentro de um centésimo de milionésimo de segundo, antes que o impacto pudesse danificar a bomba.

Os dois gatilhos finais, de último recurso, eram os que preocupavam Charles Sweeney. Um solavanco forte na pista de decolagem poderia incinerar a ilha inteira.

Ele pensava nisso sob a própria bomba quando o almirante William Purnell chegou por trás dele e perguntou: "Filho, você sabe quanto custou essa bomba?".

"Não, senhor", Sweeney respondeu.

"Dois bilhões de dólares", Purnell disse.

"Bem", Sweeney disse, e soltou um leve assobio. "É um monte de dinheiro, almirante."

"E você sabe quanto custa o seu avião?"

"Um pouco mais de um milhão de dólares, senhor."

O almirante assentiu com a cabeça, severamente, e disse: "Sugiro que você tenha em mente esses valores durante a missão".

O ÚLTIMO TREM a chegar a Nagasaki estava partindo da estação de Hiroshima. O mestre fabricante de pipas Morimoto e três de seus ajudantes — Doi, Shinji e Masao — viajavam juntos no mesmo vagão. Todos os quatro tinham sobrevivido à bomba de Hiroshima sem ferimentos visíveis, mas Morimoto lutava contra uma náusea persistente e Doi estava empapado em suor — apesar de se queixar ao mesmo tempo de calafrios intermitentes.

Em outra parte do trem, um sobrevivente chamado Kuniyoshi Sato estava sentado em frente a uma figura pálida que, como Doi, suava em profusão. Mais de duas décadas depois, Kuniyoshi relataria que o companheiro de viagem anônimo trazia no colo uma tigela coberta por um pano, guardando-a com zelo, como se estivesse cheia de ouro.

"O que você está levando aí?", Kuniyoshi perguntou.

"Eu casei no mês passado", o estranho respondeu. "Mas minha mulher morreu. Quero levá-la a seus pais." E então, depois de uma pausa, o homem levantou a cobertura da tigela.

"Viu? Quer dar uma olhada?" Ele disse essas palavras num tom que também dizia: "Viu? Isso é o que acontece quando você mete o nariz onde não é chamado".

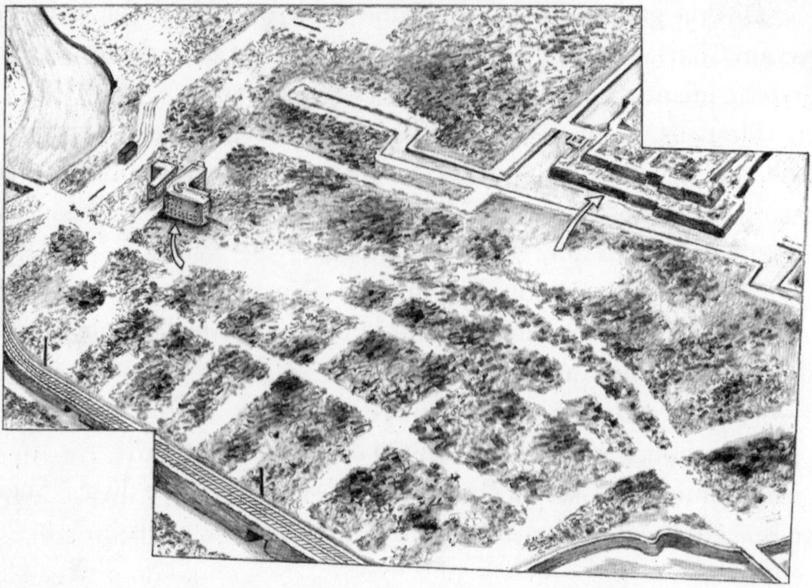

Uma sombra protegera o complexo do Hospital de Comunicações da onda de compressão da bomba (que irradiava da direção do castelo de Hiroshima), depois que o castelo e as muralhas absorveram e alteraram uma fração significativa da força da onda. A equipe de resgate do doutor Hachiya fez sua base de operações no menor dos dois edifícios, que estava escudado atrás do prédio maior e mais danificado. A ponte Misasa é visível no canto inferior esquerdo. A linha férrea na parte inferior esquerda é a mesma que cruzava o rio até as casas das famílias Hachiya e Sasaki. (Patricia Wynne)

A tigela estava cheia de pedaços de ossos humanos. E, apesar de o trem estar lotado, e de parecer improvável que Kuniyoshi pudesse encontrar outro assento, ele se levantou e fugiu. Kuniyoshi nunca ficou sabendo o nome do homem com a tigela de ossos, mas haveria poucas dúvidas entre os historiadores de que se tratava de Kenshi Hirata.

Atrás de Kenshi, de Kuniyoshi e dos fabricantes de pipas, equipes de resgate se deslocavam da zona rural até Hiroshima, mais e mais equipes a cada hora que passava.

No Hospital de Comunicações, um doutor chamado Minoru Fujii passou por uma equipe que ele próprio reunira nos subúrbios. A caminho de outro hospital de campanha, o doutor Fujii deixou para trás uma caixa de unguentos e curativos e comida suficiente para dois dias. Em qualquer outra quarta-feira, dois dias de suprimentos não significariam muito, mas naquele dia eram tudo. Dada a incidência crescente do que pareciam ser sintomas similares ao da gripe e de uma anorexia contagiosa, o doutor Hachiya acreditava que o estoque de comida poderia durar quatro ou cinco dias. Parecia-lhe que a vida do cavalo no jardim (a rede de proteção nutricional do hospital) agora tinha uma prorrogação, mesmo que breve. O Hospital de Comunicações, como a Cúpula de Hiroshima e a loja de departamentos Fukuya, se distinguia da paisagem, chamando a atenção. Por quilômetros em todas as direções, essa região da cidade era como uma planície onde a grama não brotava, e cujas pedras eram tijolos e telhas perfurados pelo tempo. No meio disso, o hospital era como uma solitária afloração de rocha, e também como um ímã. E assim, inevitavelmente, o edifício atraiu um batalhão de soldados à entrada. Apontando armas, eles exigiram curativos e comida para o Segundo Exército Geral. Quatro dias mais tarde, quando se sentia saudável o suficiente para escrever, o doutor Hachiya registraria em seu diário que os bandidos não tinham deixado nada para o tratamento e alimentação de mais de oitenta pacientes.

O doutor Hachiya, apesar de parecer o único integrante da equipe que ainda tinha apetite e se sentia fortalecer, ainda não estava pronto para sair da cama e caminhar pelo hospital para visitar os pacientes. Tanto que os outros médicos proibiram terminantemente o antigo andarilho-formiga de tentar se mover. Então ele fazia relatórios em vez disso, escrevendo a História sem saber.

Nenhum dos pacientes tinha apetite. Cada um deles tinha desenvolvido sintomas como enxaquecas e calafrios, suor em profusão, sangramentos sob a pele e fortes ataques de vômitos.

Àquela altura, os vômitos se tornaram secos, e muitos dos pacientes diziam estar sentindo dores lancinantes na parte inferior da coluna. Com frequência, a dor se espalhava pela região dos rins.

O que assustava mais Hachiya era que muitos desses pacientes — com o branco dos olhos tornando-se um vermelho brilhante por causa de sangramentos superficiais, e a pele do rosto apresentando manchas vermelhas em forma de estrela — não tinham sido golpeados nem queimados pelo *pika-don*. Muitos dos que permaneceram aparentemente intactos pareciam nem saber onde estavam.

Koyama, o amigo de Hachiya, amaldiçoou os soldados que saquearam os últimos antibióticos, mas o doutor Hachiya começava a suspeitar que as drogas convencionais não teriam efeito sobre a doença. Os sintomas coincidiam com hemorragias por todo o corpo. Havia doenças conhecidas na África e na Nova Guiné que faziam as pessoas sangrar e eram imunes a antibióticos e sulfonamidas. Hachiya começou a suspeitar que os norte-americanos tinham dado continuidade ao *pika-don* com uma guerra biológica, e esse pensamento o encheu de pavor.

Quando os diagnósticos progrediram de um enjoo à morte súbita entre os pacientes, um médico que estivera tratando vítimas da explosão trouxe a Hachiya uma breve distração das preocupações sobre armas biológicas.

"Doutor, o senhor acha que uma garota poderia continuar vendo se a explosão arrancasse seu olho da órbita?" Ele perguntou isso de uma maneira completamente prática; e, em anos futuros, o doutor Hachiya se admiraria de quão rapidamente a mente humana se adaptava, transformando mesmo o inacreditável em algo comum.

Da mesma maneira prática, Hachiya perguntou: "O nervo ótico ainda estava anexado?".

"Acho que sim", o médico disse. "Ela mantinha a palma da mão contra a bochecha e o olho estava na palma. E insistia que podia me ver — eu posso jurar que sua pupila apontava diretamente para mim."

Num dia qualquer, num lugar qualquer, Hachiya teria tido calafrios. Mas, naquele dia, sua mente se entregava facilmente à especulação sobre como o cérebro da garota podia ter tentado lidar com o problema de construir uma figura tridimensional a partir de uma visão binocular tão distorcida.

Essa linha de pensamento foi interrompida por preocupações mais horripilantes. O doutor Koyama relatou que os pacientes estavam ficando muito fracos para se levantar das esteiras no chão e deixar o prédio para fazer suas necessidades. Mais da metade deles estava deitada em poças de fezes aguadas com traços de sangue — o que explicava, pensou o doutor Hachiya, por que o edifício começou a cheirar como um ossário se enchendo lentamente de dejetos asquerosos.

A parte mais alarmante do relatório do doutor Koyama envolvia dois pacientes homens que apresentaram melhoras pela manhã, mas que no decorrer de uma única hora tinham piorado dramaticamente. As manchas vermelhas sob a pele se expandiam até se tornar enormes hematomas, deixando seus rostos púrpura. E então, muito depois que os vômitos do dia anterior tivessem esvaziado o estômago até causar náuseas secas, sangue arterial fresco vinha até a boca. O doutor Hachiya percebeu que algo estava rompendo todos os vasos capilares e sanguíneos, enquanto outra coisa reduzia drasticamente a capacidade de o sangue coagular, como se a medula tivesse começado a morrer. Quando os homens começaram a vomitar sangue, os rins e vastas regiões da espinha e cérebro devem ter começado a sangrar por dentro e a cessar suas atividades, seguindo a medula óssea à morte.

Segundo o doutor Koyama, um dos pacientes rolou para um lado e vomitou mais de dois litros de sangue; e então o outro emitiu um som como o ruído de um lençol de seda muito longo se rasgando — o som do revestimento de seu intestino, já privado de oxigênio, deslocando-se e sendo expulso no chão pelas tripas, ou melhor, pelo que restava delas.

"Nenhum desses homens tinha sido ferido pelo *pika-don*", disse o doutor Koyama, repetidamente. "Nem um pouco!"

O doutor Hachiya estava convencido então de que lidava com uma doença contagiosa e possivelmente disseminada por uma arma, e nesse caso não havia outra escolha que assegurar que seus homens queimassem os mortos rapidamente e isolassem os infectados. Ao doutor Koyama, como novo vice-diretor provisório, tinha sido atribuída a tarefa de criar a ala de isolamento. Com a ajuda dos trabalhadores do resgate e da recuperação dos subúrbios, que foram atraídos até o único edifício que estava de pé no bairro, ele pôde construir o que resultou num pavilhão rudimentar a céu aberto, parcialmente encoberto pelo lado sul do hospital. O que estavam fazendo provavelmente não significava muito, o doutor Hachiya registraria mais tarde, mas pensar que eles estavam fazendo *algo* ajudava o seu moral.

O próximo passo era levar todos os pacientes ainda não infectados e a equipe para o ar fresco, longe do risco de contaminação com a diarreia sangrenta nos corredores do andar térreo. O andar superior tinha desabado e incendiado durante o ataque e não tinha mais teto, mas parecia uma opção muito melhor do que ficar lá embaixo.

O doutor Hachiya foi carregado numa maca para a sua nova casa no segundo andar, onde quase todas as paredes tinham desaparecido, mas onde filas de camas, torcidas e queimadas, ainda estavam misteriosamente em seu lugar.

Alguém poderia reclamar da fuligem e das cinzas, Hachiya observou, mas ele provavelmente nunca vivera numa enfermaria tão livre de bactérias quanto esta, esterilizada pela explosão e pelas chamas.

NANCY CANTWELL JÁ HAVIA passado pela primeira de várias mudanças de nome. Ela nasceu Namsun Koh, e como jovem enfermeira coreana levada a trabalhar num hospital militar japonês, sofrera menos que a maioria a arrogância racial dominante naqueles tempos; mesmo assim, sofrera um pouco. Os coreanos derrotados eram considerados uma casta inferior de escravos. O trabalho atribuído a Namsun era extenuante, mas ela impressionou uma enfermeira-chefe com sua disposição a trabalhar ainda mais duro ao dizer: "Porque eu certamente não morrerei de trabalhar".

A enfermeira transferiu Namsun a um novo hospital nos subúrbios de Hiroshima e lhe deu um novo nome que soava japonês: Minami.

O hospital estava rodeado de morros altos e de um parque que fora convertido em fazenda. Durante os meses que antecederam o bombardeio, todos os carregamentos de comida foram suspensos e os militares ordenaram que o hospital tirasse seu sustento da terra da fazenda. Minami e os outros da equipe médica dobraram sua carga de trabalho e se tornaram agricultores e cuidadores de soldados feridos e infectados pela tuberculose. A maioria de seus pacientes estava infectada. Minami achava estranho que cada vez menos militares pareciam voltar para casa sem feridas. A maioria das camas estava ocupada por veteranos idosos que tinham adoecido. Ocorreu-lhe que talvez a guerra estivesse se tornando mais mortal aos soldados do que qualquer um queria admitir.

O problema em tentar cultivar alimentos num hospital durante o fim da guerra era que as sementes escasseavam. Milho e tomates tinham saído do menu havia meses. Felizmente, ela poderia fazer as batatas brotar e se multiplicar com facilidade, e por todo seu trabalho pesado Minami recebia duas batatas da colheita de vez em quando. Estava aprendendo como a fome constante podia transformar o que era pequeno e mesmo ordinário em algo enorme. Minami se lembraria mais de sessenta anos depois que poucas coisas podiam ter um sabor tão maravilhoso quanto uma simples batata, antes disso ou desde então.

Até a primeira semana de agosto de 1945, os pacientes estavam enfraquecendo de modo constante e morrendo mesmo sem ter passado pela chuva negra e pelas partículas radioativas. O doutor Minoru Fujii, que àquela altura se tornara o mentor de Minami, explicou que os três elementos principais no tratamento da tuberculose eram o descanso, o ar fresco e a boa nutrição. Desses três, a nutrição era a pedra angular. No desespero, durante as semanas que antecederam o dia 6 de agosto, o doutor Fujii elaborou um plano para drenar um lago no parque adjacente ao hospital. A operação de abrir valas era simples, porém esgotante, mas funcionou. Centenas de carpas e bagres foram apanhados morrendo na lama. Limpos, salgados e secados ao sol, eles supriram os nutrientes necessários durante a última semana de julho e a primeira de agosto — com poucas sobras para a missão de resgate a Hiroshima. Até a época da "grande matança de peixes", os pacientes que estavam suficientemente fortes para deixar suas camas saíam furtivamente para o campo à noite e apanhavam folhas de rabanete e algumas raízes macias de plantas, as quais cozinhavam em água salgada com um pouco de mingau de batata e arroz. Um paciente reivindicou a autoria de uma receita que envolvia nutrientes de sopa derivados do "caçador de ratos" do hospital. Ele espremera o suco das bolas de pelo vomitadas pelo gato.

Depois de conhecer tamanha fome e apesar de saber que esta provavelmente voltaria, a equipe e os pacientes decidiram empacotar quase a metade da reserva de peixe e batata que sobrava (o que não significava muito) e deixaram que o doutor Fujii a levasse até a cidade atingida. O roubo praticado pelo exército no Hospital de Comunicações, mesmo que de uma pequena doação de comida, era uma perda muito maior do que o doutor Hachiya poderia supor.

Na noite de 8 de agosto, o doutor Fujii levou Minami e o restante da equipe às ruínas da Escola de Ensino Fundamental Motokawa, onde um novo hospital improvisado tinha sido montado num ginásio sem teto. Encontraram centenas de sobreviventes queimados, sangrando e em sua maioria nus, amontoados até os portões da escola. As condições no novo hospital eram muito piores do que no Hospital de Comunicações. Grupos de voluntários de cidades vizinhas estavam sufocados pelo que viam e sentiam, e tinham começado a vagar como os andarilhos-formiga, sem saber o que fazer.

O doutor Fujii supunha que as palavras para descrever o que ele encontrara deveriam existir em algum lugar, em algum dicionário, em alguma língua, mas nunca conseguiria encontrá-las. Quando viu os ferimentos pela primeira vez, pensou que ia perder a razão completamente. *Isso não vai ajudar a ninguém*, ele disse a si, e tomou a decisão de enrijecer seu coração. Fujii se concedeu precisamente cinco minutos para ficar no meio daquilo tudo completamente horrorizado; e então, quando o seu relógio marcou trezentos segundos, ele conseguiu adormecer sua sensibilidade, assumir o comando e chamar o restante de seus médicos para trabalhar.

Minami parecia tão atordoada quanto qualquer um, mas o doutor Fujii viu que ela estava superando a situação mais rapidamente que os outros. Ele foi diretamente até ela e encorajou-a com um velho provérbio: "Dizem que o caçador não vê a montanha".

O doutor Fujii não sabia exatamente o que essas palavras significavam e agradecia por Minami nunca ter perguntado. Tudo o que ele sabia com certeza era que o provérbio parecia apropriado e que funcionara.

Sua primeira ação foi fazer circular instruções para a triagem, pelas quais somente os pacientes que pudessem ser atendidos com os recursos médicos disponíveis seriam tratados. Isso significava que aqueles que aparentemente morreriam em até 48 horas seriam deixados. A vasta maioria se enquadrava na categoria "mais provável que morra".

Mesmo aqueles pacientes que pareciam ter chance de sobrevivência podiam receber pouco mais cuidado médico que tigelas de arroz e água. Os únicos remédios disponíveis para o tratamento de queimaduras e cortes eram alguns poucos *kits* de costura e mercúrio-cromo para a esterilização. Uma mistura de pó de óxido de zinco e óleo poderia ser aplicada às queimaduras. Cirurgias estavam fora de questão.

Minami não tinha certeza de que pudesse saber quem sobreviveria e quem não. Ela simplesmente ia de paciente em paciente, seguindo uma filosofia budista de fazer brilhar um pouco de luz sempre que pudesse. Passava a mistura de zinco e óleo no rosto das vítimas de queimaduras, cujos traços estavam tão inchados que era impossível diferenciar homens de mulheres só de olhar para eles.

Enquanto o pôr do sol se aproximava, vastas quantidades de comida foram levadas ao ginásio. O súbito contraste entre o hospital improvisado e o Hospital de Comunicações a apenas algumas centenas de metros se tornou extremo. Ninguém podia entender, no início, de onde vinham arroz, verduras frescas, pêssegos e caixas de peixe e frango. "Pessoas importantes" vieram junto, e então os médicos perceberam que uma família abastada tinha descoberto parentes vivos no ginásio. Eles enviaram, literalmente, caminhões de suprimentos. Por algum tempo, Minami ficou irritada em pensar que veteranos numa cidade depois dos morros tentara espremer comida de vômito de gato enquanto havia reservas de comida de boa qualidade perto dali. Ela não era o tipo, contudo, que deixava a raiva ferver por muito tempo. Tampouco era o tipo de pessoa que, como ela pensava que os norte-americanos diziam, "olhava os dentes de cavalo dado". Então ela se serviu de um pouco de arroz e carne e atravessou o portão da frente.

Seu apetite não durou muito. Ainda havia algumas pessoas-formiga vagando pelo lugar; embora àquela altura não houvesse o bastante para formar filas longas, e a maioria vagasse sem destino em duplas, em trios, ou sozinhas. Os últimos andarilhos-formiga apresentavam feridas abertas nos lugares expostos ao clarão, onde a pele tinha sido quase instantaneamente assada e depois arrancada. Era frequente a pele estar tão completamente esfolada que a musculatura dos braços e das pernas se tornava exposta. Uma substância aquosa saía dos músculos, derramando trilhas enquanto eles caminhavam.

O doutor Fujii explicou que o funcionamento mais elevado das regiões externas do cérebro dos andarilhos já deveria ter cessado, apagando *quem* eles tinham sido e deixando para trás apenas um instinto básico, animal, de continuar caminhando adiante cegamente. Ele aconselhou Minami a parar de olhar para eles e voltar ao ginásio, mas ela ficou do lado de fora um pouco mais, até observar o suficiente para saber que eles não podiam mais estar conscientes da dor e que a substância aquosa que fluía tão livremente os faria cair mortos de desidratação.

A visão dentro do ginásio era pouco menos angustiante.

O doutor Fujii mostrou a Minami uma técnica — recém-inventada — para remover centenas de larvas de uma ferida esguichando uma solução salina sob a pele descolada e moribunda. Fujii e os outros médicos demonstravam muito medo das infestações de larvas e instruíam a todos que as retirassem com líquido ou as removessem uma a uma com pinças. Minami estava mortificada com as nuvens de moscas que enchiam o ar. Ela descobriu que em cada paciente tinha crescido um quilo ou mais de larvas. Muitas dessas criaturas eram descendentes diretas daquelas que se esquivaram dos efeitos do clarão durante os primeiros milissegundos do *pika*. Para Minami, era impossível acreditar que tapetes de larvas contorcendo-se poderiam nascer sob a pele de seres humanos. A repentina abundância de proteína humana em Hiroshima, ela deduziu, estava causando o crescimento rápido das larvas brancas.

Minami queria chorar e vomitar; mas lembrou-se do conselho do doutor Fujii, endureceu seu coração, e removeu as larvas, limpou as feridas, aplicou desinfetante e pincelou na pele e em qualquer músculo exposto a mistura de óleo e zinco.

O que Minami e o doutor Fujii não poderiam saber — o que poucas pessoas no mundo entenderiam até que a Food and Drug Administration[6] classificasse as larvas das moscas formalmente como "recursos médicos" em 2007 — era que a praga de larvas de Hiroshima provavelmente causara mais cura do que danos. Embora as moscas adultas da cidade carregassem infecções bacterianas enquanto iam de corpos em putrefação a pacientes cujo sistema imunológico já estava enfraquecido pela radiação, os ovos que punham sobre e dentro das feridas estavam liberando uma das equipes de limpeza mais eficientes da natureza. As larvas brancas eram, como todos os que se alimentavam de carniça, comensais muito exigentes. Elas rejeitavam a carne viva, liquefazendo e digerindo apenas tecidos mortos e permeados de bactérias. Àquela altura, cirurgiões militares norte-americanos já notavam que os sobreviventes de Okinawa com feridas infestadas de larvas estavam se saindo melhor que os soldados com feridas similares sem a infestação. Eles também aprenderam que era quase impossível retirar todos os vermes, porque cada criatura removida parecia ser reposta dentro de algumas horas por dez ovos recém-chocados. E então os cirurgiões descobriram que membros infestados, os quais já tinham amputação marcada, não mais fediam a bactérias putrefacientes, e a gangrena começava a sarar.

Depois de três horas do pôr do sol, Minami deixou o covil das larvas brancas para esticar os músculos, endireitar a coluna e respirar ar razoavelmente fresco.

Do portão da frente, ela podia ver que alguns edifícios distantes continuavam a queimar, e que piras funerárias de valas comuns eram acendidas longe e perto. Uma chuva leve com névoa começou a cair,

---

[6] Órgão governamental norte-americano que controla alimentos, medicamentos e cosméticos, entre outros. (N. T.)

e vieram os vaga-lumes azuis. Antes do amanhecer de 9 de agosto, centenas de outras pessoas das equipes de resgate e sobreviventes testemunhariam o mesmo fenômeno dos "vaga-lumes". O pior da radiação já tinha passado. Mesmo no contexto da física do século XXI, nenhum efeito conhecido da bomba poderia ser adequadamente responsável pelas bolas de fogo azul brilhantes que se lançavam pelo ar como fósforo.

"Simplesmente apareciam aqui e ali na escuridão", Minami se lembraria depois. "Não eram sólidos, eram mais como fogo se movendo pelo ar, desaparecendo e reaparecendo. Não eram exatamente como chamas. Eram mais como pontos de luz, como vaga-lumes — só que maiores. Um voava para longe e outro aparecia em outro lugar; ou talvez era o mesmo desaparecendo e reaparecendo. Não tinha como ter certeza. Eu tinha certeza simplesmente disto: não apareciam onde os fogos estavam. Eram outra coisa. Apareciam em todos os lugares e disparavam para lugar nenhum."

Aparecer em qualquer lugar fazia sentido para Minami. As faíscas azuis agora se moviam ativamente para lá e para cá sobre as ruínas da cidade inteira, e Minami sabia àquela altura que pessoas morreram e continuavam morrendo em todos os lugares.

Mesmo os andarilhos-formiga que vertiam água não a fizeram ter medo como ela tivera na noite de 8 de agosto, enquanto estava sozinha e de pé na escuridão onde fora o centro de Hiroshima. Minami soltou um gemido, baixou a cabeça e a segurou entre as mãos, e caiu sentada na terra úmida, tremendo e apertando seus joelhos contra o peito. Nunca estivera tão assustada antes, e mesmo que tivesse sido atingida por um tiro na Coreia e vivesse para ver o Voo 11 da American Airlines passar sobre sua cabeça em Hell's Kitchen, a caminho de matar um de seus alunos favoritos em 11 de setembro de 2001 — mesmo esses acontecimentos seriam incapazes de lhe provocar tanto medo novamente.

Hiroshima era uma cidade de fantasmas. Era assim que Minami se lembraria dessa noite. Ela tinha saído do covil das larvas brancas para o domínio dos vaga-lumes azuis.

Kenshi Hirata quase cochilou, mas um solavanco nos trilhos do trem e um clarão do lado de fora de sua janela o deixaram completamente alerta. De um lado, um brilho laranja começou a florescer no céu, se espalhando e ficando mais brilhante. A cidade de Yahata estava morrendo sob o que ele suspeitava ser o ataque de pelo menos cinquenta B-29.

Ele pensou em Setsuko.

Os intestinos de Kenshi ainda não estavam bem, e ele notou um sangramento sob a pele dos dedos — e embora se sentisse fraco e com dor, tinha medo de que, se cochilasse, derrubaria no chão a tigela dos preciosos ossos que estava no seu colo.

Dois enxames adicionais de bombardeiros noturnos o ajudaram a controlar o sono. A caminho de Nagasaki, ele testemunhou os ataques com bombas incendiárias de duas cidades mais: Tobata e Yawata. A última introduziu um novo fator "Fubar" na equação de Alvarez, garantindo que no dia seguinte os caminhos de Kenshi Hirata e Charles Sweeney convergiriam uma vez mais.

Nos anos seguintes, o doutor Hachiya despertaria às 2h da manhã com o mesmo pesadelo recorrente. Ele se encontrava numa grande cidade — maior que Tóquio —, uma cidade onde os edifícios eram de meio quilômetro de altura. No raiar do dia, torres de todas as formas e tamanhos brilhavam como mica, e ao meio-dia elas eram apenas cinzas, fumaça e aço retorcido. Ao seu redor, a cidade estava com pilhas de corpos em decomposição, todos olhando suplicantemente para Hachiya. Ele viu um olho apoiado na palma da mão de uma garota — e no alto de outra cidade cujas torres superavam os mais altos arranha-céus de seu tempo, o olho piscava, e depois se abria novamente como uma enorme bola de fogo.

A quase duas da manhã do dia 9 de agosto, o médico acordou com o cheiro de sardinhas queimando. Por um momento ele se perguntou o que poderia causar esse cheiro, e então se lembrou de onde estava. Olhando para baixo, do segundo andar destruído e queimado do hospital, podia ver vários incêndios espalhados pelas ruínas, até as colinas mais distantes. No início, os incêndios eram principalmente escombros em chamas, mas agora não mais. Na direção de Nigitsu, uma fogueira especialmente grande competia com as espirais de fogo do dia 6 de agosto. Lá, os mortos eram queimados às centenas. A percepção súbita de que Hiroshima se tornara uma cidade de piras funerárias fez Hachiya estremecer.

Perto do centro da cidade, a Cúpula e um ou dois prédios vizinhos — que o *pika-don* tinha deixado de alguma maneira permanecer em pé — ainda ardiam por dentro. Numa cidade onde já não havia iluminação nas ruas, os prédios eram sinistras silhuetas contra o céu noturno. Essas ruínas brilhantes e as piras ardentes — e os clarões ocasionais de fosforescência azul — faziam o doutor Michihiko Hachiya se perguntar se Pompeia tinha se parecido com isso em sua última noite. E lhe ocorreu que não houve tantos mortos em Pompeia quanto em Hiroshima naquela noite.

6

KAITEN E OS ELEFANTES FIÉIS

Agora que o presidente Truman anunciara ao mundo a existência da bomba atômica, o véu de sigilo começou a se desfazer. Acompanhando os cientistas indicados para voar com Charles Sweeney estava um observador do *New York Times*; e porque, como civil, ele não estava familiarizado com a interminável dança das cadeiras no esquadrão, por mais de duas décadas, os livros de História registrariam o *Great Artiste* como o avião que jogou a bomba em Nagasaki.

O avião que de fato lançou a bomba estava normalmente sob o comando de Fred Bock, e ele o batizara de *Bock's Car* em homenagem a si mesmo. Tanto o *Great Artiste* quanto o *Bock's Car* estavam identificados somente pelos números, sem os nomes usuais e pinturas nas laterais; e cada um fora modificado de maneira específica: um para monitorar a maior bomba do mundo, o outro para lançá-la. Logicamente, ninguém transferiria toneladas de equipamento especializado de um avião a outro quando os pilotos Charles Sweeney e Fred Bock trocassem de avião. Ninguém contou ao repórter sobre a troca. Então, logicamente, quando lhe mandaram embarcar num avião cheio de cientistas sob o comando de Fred Bock, ele concluiu que o avião de instrumentos científicos era o próprio *Bock's Car* e que o que levava a bomba era o avião de Sweeney, aquele chamado *Great Artiste*.

Às 2h da manhã, Charles Sweeney pôs os cintos de segurança na cabine do *Bock's Car* e começou a verificação pré-voo dos sistemas com o copiloto Don Albury e o engenheiro de voo John Kuharek. Sweeney estava por dar a partida nos motores quando seu engenheiro de voo se aproximou e disse: "Temos um problema. A bomba de combustível no tanque de reserva do compartimento de bombas traseiro não está funcionando. Temos quase três mil litros de combustível presos lá".

"Alguma ideia sobre o que *seja* o problema?", Sweeney perguntou. "Poderiam ser os instrumentos?", ele sugeriu, com esperança.

O engenheiro respondeu que as verificações mostravam que os medidores davam leituras acuradas — o que significava que a única maneira de corrigir o problema envolvia substituir uma bomba de combustível.

Sweeney fez cálculos rápidos. George Marquart já tinha levado um avião meteorológico a Kokura, alvo primário. A previsão anunciava céu claro, mas não por muito tempo. Uma frente de chuva e névoa era esperada do Pacífico e poderia permanecer por vários dias. De fato, a maior parte da grande ilha meridional do Japão poderia ficar nublada por uma semana ou mais — e depois a estação dos ciclones viria com tudo.

Sweeney solicitou uma parada, soltou o cinto de segurança e desceu até a escada da roda de pouso dianteira. Paul Tibbets já esperava sob a asa quando Sweeney apareceu. Sua discussão foi puramente matemática, seca e fria.

Completamente abastecido, o *Bock's Car* levava 26 mil litros, incluindo três mil litros em dois tanques de reserva — quase três mil litros que agora estavam presos. Se seu alvo primário ficasse nublado e se tivessem que voar quilômetros adicionais de Kokura a Nagasaki — ou fazer qualquer outra coisa que consumisse mais combustível —, o avião não voltaria para casa. Substituir a bomba de combustível levaria horas e poderia atrasar a missão por dias se as nuvens começassem a se mover sobre os alvos — além disso, a estação dos ciclones estava se aproximando. Transferir a bomba a outro avião consumiria ainda mais tempo e estava fora de questão, porque seus fusíveis de contato estavam ativados.

Se partisse naquele momento, Sweeney provavelmente alcançaria o intervalo de bom tempo, mas ainda teria que voar a 518 metros para ficar acima de uma turbulência de uma frente de tempestade do Pacíficio, o que consumiria mais combustível do que se ele voasse à altitude ideal de 243 metros. Devido a um projeto em que nunca se tinha levado em consideração essa situação, os quase três mil litros de combustível presos não poderiam ser drenados sem que se consertasse a bomba defeituosa. Então o *Bock's Car* seria obrigado a decolar e carregar — além de uma bomba de plutônio muito mais pesada que o artefato de Hiroshima — quase três mil litros de massa extra, o que levaria o avião a consumir muito mais combustível só para levar o combustível "morto".

"A decisão é sua", o comandante de Sweeney disse.

A matemática mostrou a Sweeney que ele poderia com certeza voar a 3.200 quilômetros até o alvo e voltar a Tinian, contanto que nenhuma das interferências que costumavam acontecer mesmo nos melhores planos causassem mudanças de alvo ou novos atrasos.

"Para o inferno com isso, chefe", disse Sweeney. "Nós estamos indo." E então Charles Sweeney se amarrou a seu assento de couro pela segunda vez naquela noite. Menos de dez minutos depois, e só um pouco atrasado, ele decolou da pista A. O relógio marcava 2h56 da manhã, horário de Tinian; 1h56 em Kokura e Nagasaki.

O DOUTOR PAUL NAGAI, como o doutor Hachiya, era agora paciente de seu próprio hospital, mas por uma razão muito diferente. O câncer diagnosticado alguns meses antes tinha começado a se espalhar por seu corpo; e como seus colegas mais próximos lhe diziam quando tentavam saber quanto tempo mais ele viveria, "às vezes pessoas nesse estágio podem continuar razoavelmente ativas por seis meses. Às vezes podem sobreviver até três anos. E às vezes elas nos enganam a todos".

"Eu espero enganá-los", disse Paul. Ele esperava, mas realmente não acreditava que fosse possível. Naquela noite, ele nem tinha forças para descer o morro até sua casa e estar com sua mulher. Simplesmente se deitou numa cama vazia do hospital. A julgar por uma avaliação diária de sua própria força, a deterioração estava progredindo de forma estável e até parecia ganhar velocidade. O médico supôs que sobreviveria ao restante do verão, ao outono também, e ao que prometia ser um inverno curto.

Aproximadamente às 3 horas da manhã, o doutor Nagai despertou de sonhos perturbados e descobriu que não podia voltar a dormir — o que era estranho, já que o câncer em estado avançado não o deixava com vontade de fazer outra coisa a não ser dormir.

Ele foi até a janela e olhou para baixo, para a cidade de Urakami, do morro do complexo médico de Nagasaki. Os apagões da época de guerra agora escondiam o vale de um rio habitado por mais de um quarto de milhão de pessoas, mas, apenas com o brilho das estrelas e com os olhos adaptados à noite, ele conseguia localizar sua casa, onde a mulher, Midori, estava sem dúvida dormindo em paz e sob as cobertas.

As três horas se transformaram em quatro, e em cinco, e o doutor Nagai ainda não conseguia dormir. Deitado na cama e observando no céu os primeiros sinais da luz matinal, ele pensou no número de pacientes que teria de visitar naquele dia; e quanto mais pensava sobre o sono perdido e o trabalho a ser feito, mais impossível era dormir.

Tampouco era possível escapar ao pesadelo que o tinha acordado. Um olho se abria, nas selvas da noite, e procurava por ele. O doutor que tinha virado paciente tentou ignorar o horror como apenas um sonho produzido pela febre, trazido à tona por um medo natural e instintivo do câncer que crescia dentro dele. Havia uma explicação racional, portanto, para o que parecia ser um profundo alarme interior, avisando que um horror pior que o câncer vinha naquela direção.

Às 6 HORAS DA MANHÃ, horário de Nagasaki, as luzes de advertência do alarme principal do *Bock's Car* começaram a sinalizar que os sistemas a prova de falhas, projetados para prevenir a detonação da bomba dentro do avião, não eram tão confiáveis assim. Aparentemente, o plutônio era muito hostil a sistemas elétricos.

O tenente Philip Barnes olhou de cima de sua caixa preta (o aparelho de monitoramento dos fusíveis conectados à bomba) e gritou para Sweeney: "Temos um alarme mestre".

"Repita isso", Sweeney gritou de volta, querendo ter certeza de que tinha ouvido corretamente.

O comandante Fred Ashworth confirmou a observação de Barnes de que a luz vermelha de advertência no monitor dos fusíveis tinha começado a piscar. Se essa advertência, como a advertência dos combustíveis, era correta, então os circuitos de detonação de uma arma nuclear de múltiplos quilotones estavam se fechando, e um ou mais fusíveis de detonação estavam prestes a puxar o gatilho. Em três segundos, Sweeney percorreu a lista de verificação dos fusíveis mentalmente. Se qualquer um dos dois fusíveis de contato no nariz da bomba estivesse se acionando sozinho, ele e sua equipe seriam um falso amanhecer sobre o Pacífico prestes a ser registrado pelos sismógrafos do Japão. Se os fusíveis barométricos ou de radar estivessem envolvidos, eles estariam bem, a menos que o *Bock's Car* caísse a uma altitude menor que 576 metros... e a menos que os altímetros estivessem dando leituras erradas dos fusíveis. Novamente, ele já teria virado íons e raios gama se fosse verdade. Restava o fusível de cronometragem — nesse caso, Barnes e Ashworth tinham menos de quarenta segundos para resolver o problema.

"Ah, meu Jesus Cristo..."

Durante os dois segundos seguintes, com sua mente correndo em máxima velocidade, Sweeney considerou as duas opções: lançar a bomba e esperar escapar à explosão, ou rezar que não fosse o fusível de cronometragem e esperar que, mesmo que fosse, os encarregados da arma pudessem encontrar o problema e resolvê-lo em menos de meio minuto. Ele não tinha a intenção de se livrar da arma. A lição do almirante sobre os valores da bomba e do avião agora parecia repugnantemente profética. Se o pior acontecesse e o avião ficasse cheio de furos e estivesse perdendo combustível dos motores, Sweeney já decidira liberar sua equipe enquanto ele e Kermit Beahan pilotavam o *Bock's Car* até o Japão, mirando num depósito de combustíveis ou, se nenhum outro alvo existisse, numa vaca num campo de arroz.

Sweeney duvidava que se chegasse a isso. Ele confiava em seus homens, em seu avião e nele mesmo. Atrás dele, Phil Barnes já tinha a escotilha da bomba aberta e estava dando ao labirinto de fios, circuitos e interruptores uma das inspeções mais rápidas da História. Com mais de sete segundos de sobra (como o fusível de cronometragem media o tempo), Barnes determinou que o cronômetro não estava ligado. Alguns instantes mais tarde, ele conseguiu achar a fonte do problema: um alarme positivo falso, e o corrigiu.

"Alarme falso", Barnes gritou. "Nenhum dos circuitos de disparo estava fechado."

Que bom, estou respirando de novo, Sweeney pensou. Mas sua resposta foi um sussurado "Ah, meu Deus".

Hajime Iwanaga, de 14 anos, acordou com uma dor de estômago às 3h da manhã e não conseguiu dormir mais. Agora seu desempenho na escola certamente sofreria as consequências, embora a escola não fosse mais um lugar de aprendizagem. A escola na verdade funcionava junto à fábrica de torpedos Mitsubishi, e, em vez de caligrafia e matemática, os estudantes eram recrutados para as máquinas de ferramentas.

Na semana anterior, Hajime e dois de seus amigos — que, como ele, eram de pouca estatura para sua idade — tiveram a honra de ser convidados a fazer funcionar os torpedos um dia. O "trabalho" envolvia o controle manual do sistema de orientação dos torpedos, com o operador deitado de bruços e isolado do lado de dentro. Garotos adolescentes eram os sistemas de orientação preferidos, porque os torpedos — que na realidade eram minissubmarinos transformados em bombas guiadas — permitiam uma largura de ombros máxima de apenas 55 centímetros.

Naqueles dias, o veterano submarino I-58 era normalmente equipado com quatro dos torpedos especiais *Kaiten*, cada um parecendo um cruzamento entre um submarino anão e uma bomba comprida. O *Kaiten* representava o equivalente submarino do "vento divino", os pilotos *kamikaze*.

Às 11h40 da noite de 29 de julho, torpedos lançados do I-58 abriram os compartimentos à prova d'água do cruzador norte-americano *Indianapolis*, três dias depois de ter entregado os componentes principais da bomba de Hiroshima. O "Indie" se tornou histórico por duas outras razões: pelo pior frenesi alimentar de tubarões com humanos da história, e por ser o último navio com nome de capital norte-americana afundado durante a Segunda Guerra Mundial. Naquele momento, o I-58 estava voltando ao porto com um pedido de quatro novos *Kaiten*.

Hajime, como o restante dos alunos, tinha crescido sem saber nada mais do que a doutrinação de uma guerra total. Embora ainda não tivesse idade para entender o significado da morte, ele estava, mesmo assim, preparado para morrer por seu imperador. Fora ensinado a ser um soldado orgulhoso e audaz numa guerra sagrada que certamente conduziria à paz. Os norte-americanos, os britânicos e os chineses eram inferiores a animais — "eles" não tinham nome nem rosto, e mal serviriam para ser escravos. Só os grandes e tardiamente aliados alemães e italianos poderiam ser considerados humanos. Os japoneses eram os filhos escolhidos de Deus. Assim aprendiam os voluntários dos *Kaiten*, e nisso acreditavam.[7]

Como outras crianças de sua idade, e em seu tempo e lugar, Hajime confiava no que os oficiais que visitavam a fábrica de armamentos lhe diziam — sem nunca duvidar de suas instruções, mesmo quando afirmavam que a missão especial para a qual estava sendo treinado deveria ser mantida em segredo de sua mãe, irmã e professora. Ele tinha sido escolhido pelo próprio imperador, lhe disseram.

Quando o escolhido mostrava sinais de medo, era lembrado de tudo aquilo que os trabalhadores do zoológico de Tóquio se dispuseram a sofrer para provar seu amor e dedicação ao imperador. A história dos elefantes fiéis já tinha virado lenda — ao mesmo tempo

---

[7] A idade precoce de alguns dos operadores dos *Kaiten* não era, naquele ponto da História, privilégio do Japão. Um dos últimos submarinos alemães afundados durante a guerra (na costa sul de Long Island, Nova York), mostrou conter, quando explorado durante os anos 1980, crânios de membros da tripulação de até 14 anos. Na Filadélfia, garotos imigrantes italianos podiam se alistar para posições de combate aos 17 anos, e alguns entraram no serviço com apenas 16 anos. Em navios britânicos, a idade legal para ingressar no serviço militar durante a Segunda Guerra Mundial era de 15 anos, e, ocasionalmente, 14 anos. Durante quase todo o século XX, a adolescência não era reconhecida como uma faixa etária separada da idade adulta.

horrível e maravilhosamente patriótica. Uma geração mais tarde, a lenda se tornaria algo sobre crueldade e tolice da guerra, mas naquele momento era passada como um exemplo de glória. Para as crianças aspirantes a *Kaiten*, a agonia recente e sem precedentes dos trabalhadores do zoológico, evidenciada por uma atitude grandiosa e não apenas por palavras, era demonstração de que uma pessoa deveria estar pronta para sofrer o que fosse necessário para o bem maior do Japão.

A prova tinha sua origem nos racionamentos de comida do tempo da guerra. Quando os ataques com bombas incendiárias contra refinarias, depósitos e centros de transporte trouxeram um grave racionamento a todo o país, o exército prontamente pôs o zoológico de Ueno, em Tóquio, no fim da lista de prioridades de comida e combustível, cortando imediatamente todos os suprimentos para os animais. Em algum ponto da cadeia de comando, alguém se lembrou de que as partes do corpo de alguns dos animais — especialmente de ursos, tigres e cobras — eram muito procuradas como remédios populares, às vezes valendo seu peso em ouro. Por ordem do exército, os cuidadores foram forçados a sacrificar todos os animais, com exceção de três elefantes amestrados, por uma combinação de tiros, golpes de espada e doses letais de sedativos. Aquelas carcaças julgadas com valor eram levadas pelo exército. O restante era transportado ao aterro municipal.

Os planejadores militares tinham um destino especial e propagandista em mente para os cuidadores do zoo e seus elefantes. O marechal de campo entendeu que os elefantes, estando entre os animais mais inteligentes, desenvolviam fortes laços com seus treinadores e cuidadores. Os soldados tinham observado, ao vivo, que os laços eram mútuos e profundos.

Aos trabalhadores do zoológico não foram permitidas armas e espadas ou qualquer outro meio de sacrificar seus elefantes. Em seguida, receberam ordens de viver no zoo com seus animais e vêlos morrer de fome.

O menor dos elefantes, a quem chamavam John, morreu após dezessete dias. Quando o jejum começou, os trabalhadores do zoológico foram autorizados a plantar batatas para seu próprio consumo, e dia após dia eles ofereciam aos dois elefantes sobreviventes — Tonky e Wanly — porções de suas próprias magras rações — apesar de uma batata-doce ser para um elefante o que uma gota d'água é para o mar. No melhor dos casos, sua misericórdia somente prolongou a agonia. E o marechal de campo observou tudo e entendeu. Os treinadores e cuidadores ouviram que seu sacrifício era pequeno em comparação ao que os soldados nas ilhas mais distantes tinham sofrido recentemente: "Porque isso é o que significa ser um verdadeiro filho do imperador".

Por uma fria certeza matemática, a regra de três dominava: homens e elefantes podiam viver três minutos sem ar, até três dias sem água, e três semanas sem comida.

Quando chegaram à terceira semana, as orelhas de Tonky e Wanly pareciam grandes demais para seus corpos — e, como um dos trabalhadores descreveria mais tarde, sempre que ele se aproximava da jaula sem água seus dois amigos se ergueriam nas patas traseiras com a tromba levantada, os olhos ainda amorosos parecendo implorar: "Por favor, dê-nos algo para comer".

Àquela altura, os próprios cuidadores já estavam sucumbindo à fome. Ainda assim, quando acreditavam que os soldados não estavam observando, davam a ração que tinham, até que suas costelas começaram a aparecer e as roupas se tornaram muito grandes para seus corpos.

O treinador principal dos elefantes, diziam, amava-os como se fossem seus próprios filhos. Mais de duas semanas depois que John morreu, o treinador encontrou Tonky e Wanly mortos em sua jaula, com suas trombas esticadas para o alto contra uma barra transversal, parecendo ter morrido ao tentar executar o famoso truque de *banzai*, que agradava às plateias. "Fiéis por toda a eternidade", como contaram os oficiais do *Kaiten*: "Fiéis ao amigo que poderia recompensá-los novamente com comida, como fazia todos os dias, antes que o inimigo invadisse Iwo Jima e Okinawa".

O treinador se sentou no chão e acariciou as trombas e as patas dos elefantes mortos. Ele já não tinha mais lágrimas, mas uma geração posterior entenderia que isso não importava, porque se acreditava que até as pedras tinham chorado no zoo de Ueno aquele dia.

A moral da história, como foi contada a Hajime, era que ele deveria estar pronto a sacrificar qualquer coisa para ajudar a levar a guerra ao fim. Uma geração mais tarde, ele e outras crianças das bombas teriam uma história bem diferente para contar — de como eles confiavam sem questionar no que os adultos diziam, e no que o governo dizia, e no que os homens em uniformes lhes diziam que os altos escalões do governo queriam dizer.

"Mas o que é mais importante", Hajime e seus colegas se esforçavam em ensinar, "é que devemos questionar além de confiar".

O ACAMPAMENTO DE PRISIONEIROS aliado número 17 estava localizado 63 quilômetros ao nordeste de Nagasaki, no lado oposto da baía Ariake. Em 6 de agosto, o cabo Dale Frantz tinha observado uma estranha nuvem penetrando a estratosfera na direção oposta a Nagasaki — a 237 quilômetros dali, na direção de Hiroshima. A nuvem deveria ter ascendido mais de dez quilômetros quando ele a notou pela primeira vez, e a forma estranha continuava a crescer para cima rapidamente. Seu companheiro de prisão Earl Bryant também viu a nuvem. Ele viu o chapéu se tornar branco-pálido, tingido de um brilho rosa. Uma coluna estreita seguiu a cabeça do cogumelo até o céu, mas a coluna era negra e parecia ser feita de fumaça e relâmpagos.

Na manhã de 9 de agosto, enquanto o tenente Barnes decifrava os alarmes principais a bordo do *Bock's Car*, os prisioneiros do Campo 17 já estavam trabalhando a 439 metros de profundidade na mina de carvão condenada de Fukuoka, no distrito de Omuta. Bryant e Frantz estiveram trabalhando na mina por quase dois anos, mas não eram de modo nenhum os detentores do recorde de resistência. Clarence Graham, de 25 anos, apresentava uma estranha combinação de músculos fortes e emagrecimento, e parecia ter pelo menos duas vezes mais que sua idade. Fora capturado na ilha de Corregidor em maio de 1942, e tinha sobrevivido como mineiro escravo um ano a mais que todos os outros.

A quase meio quilômetro de profundidade, a atmosfera estava cheia de um nada comum pó de carvão macio. As bombas levavam para baixo o mínimo de ar fresco para sustentar a vida, então o ar na caverna era estagnado e quente. As bombas d'água quase não conseguiam dar conta da infiltração subterrânea. Os córregos de água, pela altura do tornozelo e do joelho, ofereciam a Clarence Graham e aos outros mineiros sua única fonte de refresco. Eles podiam lavar o suor e a poeira de suas frontes, e a água negra da infiltração limpava o carvão de suas gargantas, afastava a desidratação, e até mesmo enganava um pouco a fome ao encher seus estômagos com água.

Clarence tinha sobrevivido mais tempo que qualquer pessoa devido ao fato de não ter sido esmagado durante um desabamento, e por manter a cabeça no lugar. Se um homem desenvolvesse uma reputação de permanecer sereno, nunca olhar seus captores nos olhos e trabalhar duro, isso lhe permitia viver o bastante para suportar uma dieta de quase inanição. Sua tarefa principal envolvia transformar enormes pilhas de ardósia em pilares em forma de pirâmide que seguravam o teto das cavernas sempre que estas começavam a enfraquecer — o que acontecia praticamente em todos os lugares. Em turnos de doze horas removendo pedras, ele vivia com três tigelas de arroz por dia, às vezes expelindo tanto catarro preto que a dor em seus pulmões nunca diminuía. Ele tinha de tirar a tanga, mergulhá-la no córrego e amarrá-la à cabeça para conseguir respirar.

Clarence sabia que tinha de manter a mente concentrada em ver sua família novamente, para que não levantasse uma pá, amaldiçoasse um guarda e o perseguisse como outros fizeram: era "suicídio" por guarda armado.

Só equivalentes japoneses dos soldados rasos eram enviados às cavernas com os prisioneiros. Os oficiais sabiam que a morte no subterrâneo vinha de muitas direções, então eles ficavam em cima, enquanto sua casta inferior Morlock era responsável por levar medo e frustração para baixo. *A merda vem morro abaixo*, Clarence lembrou-se, *e nós estamos no sopé do morro.*

Sempre que uma nova leva de trabalhadores entrava nos túneis, a anterior perguntava: "O que há de novo lá em cima?". Por dois anos, a resposta era "nada", ou rumores inventados sobre a chegada do fim da guerra. Naquele dia a resposta era: "Nada. A mesma porcaria de sempre — *exceto* que algo os agitou como vespas e eles decidiram parar de nos alimentar".

No dia 9 de agosto, a equipe de Clarence Graham emergiu à luz do dia quase uma hora depois que o turno substituto começou a trabalhar. Ele e os outros que chegaram do turno da noite receberam ordens para formar filas e permanecer em posição de sentido sob o sol nascente. Não receberam comida, e um oficial anunciou que tampouco receberiam água. Qualquer um que falasse ou caísse, ou fizesse qualquer ruído, teria sua cabeça cortada imediatamente.

"Por causa de Hiroshima", um oficial gritou, "o imperador ordenou que vocês trabalhem sem comida até que ele decida que não precisam trabalhar mais".

Clarence estava com calor, mas pensou que o sol não o queimaria muito naquele dia. Um banco de nuvens estava vindo do leste, oferecendo sombra. A uns trinta ou quarenta quilômetros dali, na direção de Kokura, um brilho prateado capturou o seu olhar. *Um dos nossos*, ele adivinhou, *mapeando e colhendo boletins meteorológicos*. Enquanto uma sirene distante apitava e a estação de força desligava as bombas d'água da mina, Clarence se perguntava: *Por que os aviões não deixam de passear e vêm aqui fazer alguma coisa?*

Clarence não tinha um relógio de pulso, mas adivinhou, pelo ângulo do sol, que eram quase 8 horas.

ÀS 7H45, O AVIÃO meteorológico seguinte chegou a Kokura e o *Bock's Car* alcançou seu ponto de encontro, a 915 metros sobre a ilha de Yakushima. O *Great Artiste* apareceu a estibordo de Charles Sweeney, mas o avião fotográfico *Big Stink* estava longe de ser visto. Quinze minutos e 473 litros de combustível mais tarde, o terceiro avião ainda parecia estar perdido. Por sinal codificado, dois distantes aviões meteorológicos responderam "C-1" e "C-2/10-2". Apesar de a névoa da manhã estar prevista em ambos os alvos, Kokura estava límpida, e apenas dois décimos de cobertura de nuvens poderiam ser esperados no alvo secundário.

Essa foi a primeira boa notícia que Sweeney recebeu durante toda a missão, e logo parecia que seria a última.

Às 8h30, depois de circular trinta minutos mais para o local do encontro — e depois que outros preciosos 950 litros de combustível foram consumidos —, Sweeney esquadrinhou o céu vazio uma última vez e então disse ao seu copiloto e bombardeiro: "É isso. Não podemos esperar mais". Mantendo silêncio no rádio, ele balançou as asas do *Bock's Car*, sinalizando ao *Great Artiste* que deixariam o ponto de encontro e prosseguiriam até o alvo primário.

O avião fotográfico desaparecido estava circulando quase três quilômetros acima, e sobre o ponto errado da superfície da Terra. Às 9 horas, o *Big Stink* quebrou o silêncio radiofônico e chamou a base de Tinian: "Sweeney abortou?". A voz do piloto era aguda e acentuada, e a mensagem chegou como "Sweeney abortou".

Em Tinian, a quebra do silêncio contra o protocolo, não seguida por outra transmissão, poderia ser interpretada apenas como um sinal de que algo tinha dado muito errado com o avião de Sweeney. O cenário mais provável era de que o *Bock's Car* tivesse sido abatido, ou que estivesse se movendo com dificuldade entre Yakushima e Kokura. Aqueles que conheciam Sweeney sabiam que, numa crise, em vez de trazer um avião atingido à base, prestes a cair com os fusíveis de impacto de uma bomba atômica armados, ele atiraria a arma sobre o alvo militar mais próximo que pudesse encontrar, retornando por Yakushima até um pouso de emergência em Iwo Jima. Todos os recursos de busca e resgate de ar e mar de Tinian estavam, portanto, realinhados ao longo da mais nova e mais aparente rota de retorno de Sweeney — que, por uma margem de vida ou morte de centenas de quilômetros, agora era mais aparente do que real.

Se o *Bock's Car* ficasse sem combustível e realmente tivesse de se atirar ao oceano, todos os navios de resgate e aviões estavam sendo mandados na direção errada naquele momento.

EM NAGASAKI, O GOVERNADOR Nagano ainda estava cético quanto às descrições de Hiroshima feitas pelo prefeito Nishioka. O que o impediu de considerar o relatório um exagero grosseiro era o fato de que ele sabia que o prefeito não era de se perturbar facilmente. No final, ele pesou a lógica contra a incredulidade. Se a descrição do prefeito era mesmo precisa e ele não tomara precauções para proteger a família e a equipe, o resultado poderia ser catastrófico. Se tomasse alguma atitude e nada acontecesse, isso não causaria nenhum dano real, e ele poderia punir o prefeito mais tarde por espalhar rumores.

Num morro com vista para o porto de Nagasaki de um lado e os subúrbios de Urakami do outro, um túnel com múltiplas câmaras, largo o suficiente para acomodar dois caminhões lado a lado, tinha sido escavado com muita pressa durante os dois meses anteriores. Geradores de eletricidade e sistemas para filtrar o ar equipados com os mais novos absorvedores de dióxido de carbono, a base de hidróxido de lítio, já tinham sido colocados nos seus lugares havia mais de duas semanas. Uma porta externa à prova de explosões, de concreto reforçado com aço e amianto, deixava o túnel tão hermético que ele poderia ser um submarino, selado dentro de uma montanha e resistente a mesmo um furacão de fogo.

Grandes obras de arte agora estavam escondidas lá dentro. Tudo o que faltava instalar eram camas, suprimentos de comida, e o resto das impressoras do prefeito Nishioka.

Enquanto o *Bock's Car* e o *Great Artiste* se aproximavam de Yakushima e Kokura, Nagano levou sua família até o abrigo com tudo o que podiam carregar. Então chamou seus administradores e oficiais do Ministério de Defesa Aérea Regional para avaliar a situação e planejar os detalhes do dia de trabalho. A palavra oficial de Tóquio era para não esperar nada grave, mas permanecer alerta. Oficialmente, tudo estava sob controle.

O governador Nagano não tinha certeza. Se apenas metade da descrição do prefeito fosse correta, muito pouco estava sob controle.

O governador deu início à reunião e tinha recém-começado a descrever o que lhe contaram sobre Hiroshima quando o prefeito de uma cidade chamada Sasebo entrou correndo no abrigo, gaguejando sobre notícias urgentes.

"É assim que você se apresenta a seu governador?", Nagano gritou. E então, depois de uma pausa, notou que as roupas do homem estavam empapadas de suor, e percebeu que deveria haver uma boa razão para estar tão maltrapilho.

Nagano caminhou até o prefeito e lhe perguntou, gentilmente: "Onde você esteve?".

O prefeito olhou ferozmente em seus olhos e respondeu: "Estou no inferno".

MAIS DE DOIS QUILÔMETROS rio acima, o doutor Tatsuichiro Akizuki tinha recém-começado o exame de vários pacientes ambulatoriais, incluindo Paul Nagai. Apesar de uma noite de sono interrompido, o doutor Nagai insistiu que se sentia bem o suficiente para continuar realizando suas tarefas. Akizuki concordou. Os dois homens acreditavam que a melhor defesa contra a preocupação e a aflição era um trabalho que mantivesse a pessoa aflita empenhada em pensamentos sobre todos menos sobre si mesma.

Akizuki deixou Nagai com os pacientes do ambulatório e estava caminhando até uma segunda ala quando outro avião B-29 meteorológico se aproximou, mandando pelas ondas de rádio a mensagem "C-2/10-4", que significava: "Cobertura de nuvens de quatro décimos, alvo secundário". Simultaneamente, uma sirene soltou um longo silvo contínuo que significava "Alerta Amarelo", ou seja: "Os inimigos estão a caminho. Preparem-se para se abrigar".

O doutor Akizuki corria de sala em sala, avisando aos pacientes para que ficassem longe das janelas. Sob o Alerta Amarelo, todos os médicos tinham de parar imediatamente o que estavam fazendo e se dirigir até os abrigos nos porões. Em vez disso, Akizuki foi até uma janela para procurar os B-29. Não havia nenhum; e a sirene parou e emitiu o sinal de "Tudo Claro", "Estado Verde". Era o segundo alarme falso em duas horas. O céu parecia estar ficando um pouco nublado, o que dificultaria ver os aviões; mas, fora isso, parecia não haver motivo para se preocupar. Formações de B-29 não gostavam de lançar bombas, de dia ou de noite, quando os alvos estavam cobertos por nuvens. Dias de chuva eram conhecidos como os mais seguros.

Fazia calor do lado de fora e a umidade estava crescendo. *Parece que vai chover*, o doutor Akizuki disse a si mesmo; estava cantarolando alegremente enquanto descia as escadas até a sala de consultas. Quando entrou, encontrou a doutora Yoshioka realizando uma operação de pneumotórax de emergência num paciente. O procedimento tinha começado dez minutos antes.

"Você tem de parar de trabalhar quando o alarme de ataque aéreo dispara", Akizuki disse, tentando soar austero.

"Obrigada", ela respondeu. "Mas havia muitos pacientes esperando."

O doutor Akizuki não acreditava que fosse possível, mas a doutora Yoshioka parecia ainda mais cansada que o doutor Nagai. Ultimamente, mesmo o serviço de bondes parecia estar ficando sem energia, então ela tinha começado a caminhar os mais de cinco quilômetros por Nagasaki, iniciando todos os dias depois do nascer do sol, para um expediente que não terminaria por pelo menos doze horas.

"Você já comeu hoje?", Akizuki perguntou.

"Mais tarde", ela respondeu.

"Não, *agora* mesmo", Akizuki insistiu. "Ordens médicas. Vou ajudá-la a terminar aqui, e depois quero que suba e descanse um pouco. Vou continuar aqui no seu posto um pouco mais."

"Bem... obrigada", ela disse e sorriu. "Mas quanto tempo é um pouco mais?"

"Tanto tempo quanto você precisar", disse Akizuki. "Vamos ter que ver."

ÀS 9H45, KOKURA estava diretamente à frente. Charles Sweeney definiu o curso para o voo de lançamento da bomba e estava prestes a entregar os controles ao bombardeiro Kermit Beahan quando Beahan subitamente gritou: "Não consigo ver! Não consigo ver! Há fumaça cobrindo o alvo".

Entre o momento em que George Marquart emitiu seu último boletim meteorológico "C-1" e o momento da aproximação final, o vento tinha mudado. Abaixo, fora do alcance do arsenal de Kokura, a cidade de Yawata ainda estava na mesma condição que Kenshi Hirata tinha observado de seu trem na noite anterior — queimando incontrolavelmente. O arsenal estava completamente escondido sob um manto de fumaça grossa e oleosa.

Sweeney gritou pelo intercomunicador: "Não lançaremos. Repito, não lançaremos".

Uma única passagem e lançamento deixaria Sweeney com combustível apenas o suficiente para tentar voltar a Tinian. Se ele tivesse de circular cinquenta quilômetros para passar novamente e depois desviar para o alvo secundário, mesmo a base mais próxima, em Okinawa, logo estaria fora de alcance.

Sweeney se inclinou abruptamente a bombordo e começou a perfazer um longo arco em direção ao sul para uma aproximação de retorno, com o *Great Artiste* seguindo-o de perto. Foi quando os primeiros escudos à prova de artilharia antiaérea começaram a rebentar por todos os lados. O artilheiro de cauda Pappy DeHart relatou que as detonações estavam mirando amplamente, mas os artilheiros em solo ajustavam os fusíveis de altitude com perfeição milimétrica — "quase no alvo".

"Entendido, Pappy", Sweeney respondeu. Por meio de configurações de tentativa e erro, os atiradores agora estavam "movendo" o fogo antiaéreo lentamente em sua direção, ajustando o alvo. Durante todo o mês de julho, até o bombardeio de 6 de agosto, o ardil funcionara muito bem. A maioria dos observadores inimigos e dos artilheiros fora tranquilizada com uma falsa sensação de segurança com a visão de dois ou três B-29 viajando juntos, sem lançar bombas, como se tivessem saído da rota de seu esquadrão principal ou estivessem apenas coletando boletins meteorológicos e de reconhecimento. Certamente, um engano que funcionara uma vez em Hiroshima não funcionaria uma segunda vez em Kokura.

Charles Sweeney se lembraria mais tarde de que estava fazendo algo que um piloto bombardeiro numa aeronave pressurizada a 915 metros — passível de ser explodida por bombas antiaéreas como se fosse um balão — raramente ou nunca faria: uma segunda tentativa num alvo extremamente defendido. Segundas corridas davam uma segunda chance aos artilheiros antiaéreos. Sweeney sabia que, se o *Bock's Car* explodisse, os fusíveis de contato certamente detonariam a bomba durante aquele primeiro, e importantíssimo, centésimo milionésimo de segundo. Ele não tinha certeza de que uma explosão de vinte ou trinta quilotones poderia chegar até o solo e atingir o arsenal. “Mas mesmo se não os matar lá embaixo, certamente vai lhes dar algo para pensar.”

Sweeney decidiu tentar Kokura pela segunda vez. Não era apenas o consumo adicional de combustível de um desvio a Nagasaki que o tornou mais seguro de sua decisão. Seu alvo secundário era muito mais amplo que o arsenal de Kokura. Entre Nagasaki e o subúrbio de Urakami estava mais de um quarto de milhão de almas civis. Então ele subiu o *Bock's Car* a mais de 250 centímetros, esperando voar acima da altitude máxima dos artilheiros, mas Pappy gritou da cauda: “A maldita artilharia está bem no nosso encalço e cada vez mais perto!”.

“Esqueça, Pappy”, Sweeney disse, calmamente. “Vamos lançar uma bomba.” Mas a segunda aproximação revelou mais névoa sobre o alvo do que a primeira. Desta vez, as explosões causadas pelo ataque antiaéreo estavam perto o suficiente para fazer o piso saltar.

Sweeney decidiu voar uns oitenta centímetros mais acima para despistar os artilheiros, mesmo se o ar mais rarefeito consumisse ainda mais as reservas já curtas de combustível. Ele deu uma volta num arco bem longo e começou a planejar uma terceira abordagem de um ângulo diferente, jogando com a frágil esperança de que de um novo ângulo eles poderiam achar um buraco na cortina de nuvens. Mas o terceiro voo não teve mais sucesso que os dois primeiros, e a artilharia começava a chegar ainda mais perto. Desta vez, havia sons de batidas assim como sacudidas no chão, e Pappy começou a se perguntar: *Como diabos eu vim parar nesta bela encrenca?*

“Podem relaxar, rapazes”, Sweeney disse. “É hora de deixar isto para trás. Vamos para o alvo secundário.”

Sweeney balançou as asas do *Great Artiste* e liderou o caminho em direção ao sul. Um minuto mais tarde, o engenheiro de voo Kuharek se inclinou para a frente e disse: “Temo quc a nossa situação de combustível tenha se tornado crítica”.

“Defina crítica.”

"Temos o suficiente para chegar a Nagasaki e fazer apenas uma tentativa. Mas não vamos chegar a Okinawa. Não alcançaremos a meta por pelo menos oitenta quilômetros."

"Você tem outras boas notícias desse tipo?", Sweeney perguntou, e Ed Buckley, seu operador de radar, respondeu pelo interfone:

"Caças debaixo de nós estão vindo em nossa direção!"

Parecia a Sweeney a velha piada do médico que diz: "Más notícias e boas notícias. Sinto em lhe contar que amputamos a perna errada. Mas não se preocupe, a outra está ficando melhor".

A volta acentuada de Sweeney para o sul pegou Fred Bock de surpresa. Ele estava pilotando o *Great Artiste* entre a artilharia, a estibordo, um pouco atrás do *Bock's Car* quando a volta ocorreu. *Great Artiste* estava agora na asa de bombordo e um pouco mais atrás. Olhando a estibordo e não vendo o avião de Bock onde esperava que estivesse, Sweeney gritou para os artilheiros: "Onde está Bock?".

O fator "Fubar" interveio — novamente. Um cotovelo ou uma prancheta acionara o botão seletor. Em vez de falar com sua equipe pelo intercomunicador, a pergunta "Onde está Bock?" foi difundida pelo rádio por centenas de quilômetros em todas as direções.

Imediatamente, uma chamada de volta veio do piloto há muito perdido do *Big Stink*: "Chuck? É você, Chuck? Onde diabos você está?".

Naquele momento, Sweeney não sabia quem ele queria chutar com mais força — ele mesmo por ter acionado o botão errado, ou o capitão do *Big Stink*, que evidentemente esperava que ele se identificasse por rádio e contasse a todo o império japonês exatamente onde estava.

Ele se certificou de que o botão seletor estivesse no modo intercomunicador, mordeu o lábio inferior com força e instruiu seu navegador a planejar uma rota de "linha direta" de Kokura a Nagasaki.

Durante a artilharia, o navegador Jim Van Pelt tinha completado os cálculos e já tinha definido um rumo preciso. "Mas, é claro", ele disse, "essa rota vai nos levar bem em cima dos campos de caças de Kyushu".

Para Sweeney, não havia outra saída. Se ele virasse mais de oitenta quilômetros a oeste sobre o mar, e então fizesse outros 96 quilômetros, virando a sudeste na direção de Nagasaki, a situação de combustível se tornaria duplamente crítica. Uma linha de voo direta a sudeste era a única opção. Jim sabia sobre os perigos de uma rota sobre a terra. Mesmo que o *Bock's Car* e o *Great Artiste* estivessem além do alcance da artilharia de Kokura, e tivessem deixado os caças rapidamente para trás, o inimigo era inteligente. Para qualquer observador em terra, os rastros de fumaça dos aviões apontavam como agulhas de bússola para seu destino. Sweeney tentou se consolar com os cálculos dos especialistas — os quais asseguraram a cada equipe que, dada a maior velocidade dos B-29, o melhor que um Zero japonês poderia esperar era uma única passada em menos de um segundo de tempo para poder atirar. *Mas não*, ele lembrou, *quantas vezes vimos os especialistas dentro dos aviões que eles dizem ter projetado tão bem que nem precisamos de armas para nos defender?*

"Não podemos evitar Kyushu, Jim", Sweeney disse, e escolheu a rota direta. Ele já não tinha acesso a três mil litros desde a decolagem, e naquele momento, a hora e meia de tempo extra de voo sobre a ilha de Yakushima e Kokura tinha consumido mais de três mil litros. Em Nagasaki ele teria combustível o suficiente para apenas um voo se esperava lançar-se em algum lugar perto das águas de Okinawa controladas pelos norte-americanos. Considerando todos os outros demônios que colocaram as mãos nessa missão, Sweeney supôs que, mesmo com menos de um segundo para atirar, talvez hoje fosse o dia de sorte de algum Zero.

Ele quase formulou a pergunta proibida, mas se deu conta e a evitou. Então, mirando mais de 160 quilômetros à frente, ele observou um mar branco-prateado de cúmulos se dirigindo até a área do alvo. Foi quando Sweeney finalmente perdeu o controle da pergunta. Ele virou-se para o copiloto e falou o que nunca poderia ser proferido por submarinistas ou aviadores: "Que outra maldita coisa pode dar errado?".

KENSHI HIRATA CHEGOU à casa dos pais, no que se tornaria o lado de sombra de um morro alto, ao mesmo tempo em que Charles Sweeney fazia a pergunta errada. Segundos mais tarde, engenheiros de voo a bordo do *Bock's Car* e do *Great Artiste* relataram que uma estação em terra, na direção de Nagasaki, começava a localizar os aviões no radar. Menos de uma hora separava-os do Momento Zero, e pouco mais de 3,3 quilômetros separavam Kenshi do próximo hipocentro.

Enquanto ele se aproximava dos degraus, seus pais vieram correndo pela porta com lágrimas nos olhos. No mesmo momento, uma sirene de ataque aéreo começou a sinalizar o que provavelmente seria apenas mais um alarme falso de uma série interminável. Falso ou não, Kenshi não se arriscaria. Ciente de que um segundo clarão poderia aparecer, disse para os pais que entrassem com ele, rapidamente, e que ficassem longe das janelas.

O pai de Kenshi estava chocado em vê-lo — pálido, com mãos trêmulas e suor escorrendo pelo rosto, peito e pernas. Ele parecia um homem a caminho da inanição.

"Você já comeu?", sua mãe perguntou.

"Não tenho fome", disse. "Não consigo segurar nada no estômago." Ele aninhou a tigela de casamento contra o peito e a embalou suavemente, e seu pai baixou a cabeça.

"Eu sabia que você estava vivo", disse a senhora Hirata. "Mesmo quando não havia notícias de Hiroshima, eu sabia que você ainda estava neste mundo."

"E Setsuko?", seu pai perguntou, quase num sussurro.

Kenshi levantou a tigela, baixou a cabeça na direção da borda e a beijou. "Isto é tudo o que restou dela", respondeu.

"Nós já sabíamos disso", sua mãe disse.

"Como pode ser?"

"Porque esta manhã, cedo, a mãe de Setsuko chegou à nossa porta com a notícia", ela explicou. "Ela sabia que sua filha estava morta em Hiroshima porque Setsuko a estava visitando em sonhos."

As palavras de sua mãe não trouxeram conforto, apenas mais agitação. Ele se lembrou de como, quando o *pika-don* chegou a Hiroshima, a voz de uma mulher tinha gritado em sua mente e fez com que ficasse abrigado enquanto todos se levantaram e ficaram seriamente feridos ou mortos. Primeiro, pensou que podia ser o espírito de sua avó — depois pensou que deveria ser Setsuko, implorando-lhe que vivesse. Agora ele sabia que tinha sido ela. *Sabia*.

Kenshi segurou as lágrimas, levantou-se e disse ao pai: "Devemos ir imediatamente até os pais de Setsuko, com esta tigela, e levá-la para casa."

Quando saíram de casa, apenas alguns minutos tinham passado, o dia se tornava cada vez mais triste. Grossas nuvens cobriam mais da metade do céu.

A sirene de ataque aéreo cessou e em seguida emitiu o sinal de "Tudo Limpo". *Outro alarme falso*, Kenshi se tranquilizou. A explosão de Hiroshima tinha saído de um céu perfeitamente azul e claro. Dias tristes eram boa notícia naqueles tempos. Os norte-americanos nunca atiravam bombas se não pudessem ver o chão. Todos sabiam e acreditavam nisso.

Ao passar por uma fileira de casas e um templo budista, Kenshi e seu pai ouviram um rádio tocando alto. Por alguma razão, todos que possuíssem um rádio funcionando naqueles dias adoravam aumentar os decibéis para toda a vizinhança ouvir. Alguém descendo a rua também estava ouvindo a mesma estação a todo volume. Em seguida, um locutor interrompeu a música para avisar os ouvintes que vários B-29 tinham sido detidos de sua tentativa de bombardeio em Kokura, e presumia-se que foram abatidos ou rumado para o mar. Consequentemente, os avisos antiaéreos para Kokura, para a prefeitura de Saga, no norte, e o Alerta Amarelo para Nagasaki estavam sendo cancelados.

Enquanto Kenshi caminhava, a cobertura de nuvens engrossou rapidamente e os espasmos em seu estômago diminuíram um pouco. Ele acreditava poder tomar um pouco de água e retê-la. Tudo que ele precisava era de um pouco de espaço para respirar. Tudo o que ele precisava era que Nagasaki estivesse a salvo naquele dia.

O ENGENHEIRO NAVAL AKIRA Iwanaga tinha chegado de Hiroshima à casa de seus pais em 8 de agosto. Eles viviam a uma distância segura de Nagasaki, perto das termas de Obama.

O mal-estar continuava a mantê-lo a salvo na cama durante a noite, mas pela manhã ele acordou se sentindo um pouco melhor, tinha recobrado até um pouco do apetite. Então foi até a estação de trem local e pegou a última conexão entre Hiroshima e Nagasaki.

Num compartimento diferente do mesmo trem, um dos fabricantes de pipas militares, Masao Komatsu, também estava voltando de Hiroshima a Nagasaki. Em 6 de agosto, ele fora a um depósito a fim de apanhar suprimentos para o dia de trabalho, e tinha sido levado para fora por um ruído que soava como se um B-29 estivesse prestes a cair bem em cima dele. A uma distância de três quilômetros do hipocentro, Masao foi protegido do clarão por uma sombra e completamente encasulado contra a explosão. O depósito desabou completamente de um lado, e sua pele foi atingida por uma onda de ar muito quente. Ele não se queimou. Nem mesmo ficou doente.

Ao mesmo tempo em que Kenshi chegava em casa, Masao e Akira estavam se aproximando dos subúrbios mais periféricos de Nagasaki. Masao se sentia bem o suficiente para terminar o último de seus biscoitos. Akira, embora tivesse acordado na casa dos pais um pouco refrescado, logo perdeu o apetite novamente, e a força também. Nas profundezas dos tecidos de Akira, os raios e a chuva negra continuavam fazendo seu trabalho. Ele se afundou em seu assento e caiu num sono profundo, mas sem sonhos.

O COLEGA E AMIGO DE AKIRA, Yamaguchi, já estava no trabalho. Embora ainda sentisse dor nas queimaduras e quase não pudesse sair da cama mesmo com a ajuda da mulher, ele continuava obedecendo a uma ordem de apresentar um relatório completo sobre Hiroshima na sede do complexo industrial Mitsubishi.

"Ordens são ordens", ele disse a Hisako. "Isso é o começo e o fim de tudo."

Na sala de reunião, ainda com os curativos e sangrando, ele contou aos executivos e engenheiros sobre a mulher de calças largas negras — e sobre como qualquer pessoa trajando roupa escura perto da zona do clarão tinha sido simultaneamente grelhada e esfolada. Ele contou como mesmo um galho inofensivo poderia ser arremessado com uma força de quebrar os ossos.

"Esse risco de perfuração aumenta duas vezes quando se trata de vidro voando pelos ares", Yamaguchi avisou. "Se um artefato similar explodir aqui, no instante em que virem o clarão, vocês devem procurar o abrigo que estiver disponível, mesmo se tudo o que puderem fazer for se agachar atrás de uma mesa ou de uma cadeira." Então ordenou seus colegas a abrirem todas as janelas da sala.

"Isso já é demais", um chefe de seção o interrompeu. "O dano a Hiroshima não é nada como essa peça que você está nos tentando pregar. Como uma bomba pode fornecer tanta energia para destruir toda uma cidade? Você é um engenheiro. Calcule!"

"Já calculei", disse Yamaguchi, sem rodeios, levando a mão que não estava ferida na direção do braço esquerdo e do lado esquerdo do rosto, coberto de curativos.

"Exatamente", o chefe de seção disse. "Você foi ferido, Yamaguchi. Seu cérebro não estava funcionando direito."

Do lado de fora das janelas, uma sirene voltou a soar.

O PREFEITO NISHIOKA ainda tinha apenas um objetivo: juntar-se a sua mulher e filho na segurança imaginada do parque nacional de Unzen. Ele podia conseguir que lhe mandassem um serviço especial de táxi a uma estação perto da cidade de Isahaya. As instruções do despachante do quartel-general eram de regressar com o prefeito diretamente a Nagasaki, mas Nishioka salvou a vida do motorista com as palavras "Novo plano".

"O senhor quer dizer que não vamos a Nagasaki?", o motorista perguntou.

"Vamos a Unzen", o prefeito disse.

"Mas isso — isso fica na direção oposta."

"Sei", ele explicou, e disse ainda que suas novas ordens incluíam um desvio a Unzen.

Mais uma vez, Nishioka não foi muito longe. O enjoo o deteve na vizinhança de Akira, na cidade de estância turística de Obama, com vista para a baía de Ariake. Enquanto estava ao lado do carro, limpando o vômito de seus lábios e tentando recobrar a força, um grande espaço entre as nuvens revelou um rastro de fumaça de avião no alto, a onze quilômetros ou mais. Ele viu dois brilhos prateados no início do rastro — o que significava não apenas um, mas dois B-29 fazendo uma trilha de vapor ao longo do céu, voando asa a asa. Eles estavam apontados como uma flecha para Nagasaki, a apenas 31 quilômetros dali.

COMO SE NADA FORA DO COMUM estivesse acontecendo, o oficial a quem Ichiro Miyato teria de substituir estava longe da tela do radar. Ele esfregou os olhos e ofereceu a cadeira a Miyato. Normalmente, os dois técnicos gostavam de conversar sobre compras ou garotas entre os turnos, mas não naquela manhã. Os dois estavam exaustos depois de 72 horas muito difíceis de trabalho dobrado. Sempre que eram liberados do turno de dez horas de observação das telas, levavam equipamento novo para túneis resistentes a bombas — os quais, quando completos, provariam ser as instalações de radares mais retráteis e poderosas que, em teoria, poderiam detectar navios invasores e aviões norte-americanos a uma distância de até mil quilômetros.

Miyato podia ver claramente que tudo o que seu amigo queria era sair da sala e ir dormir. Vendo um ponto brilhante que vinha da direção de Obama, ele tentou conversar mesmo assim.

"O que você tem aí?", Miyato perguntou.

"Apenas outro alarme falso", ele respondeu. Ele nem se importou em olhar para trás, enquanto colocava o chapéu e deixava o complexo do sul de Kyushu. Miyato supôs que os turnos intensos e a atmosfera de derrota eram o suficiente para deixar os nervos de qualquer um em frangalhos, mas ele esperava mais. No final do turno anterior, seu amigo parecia tão exausto que Miyato deixou-o sair às 10h40, apesar de seu turno só começar às onze horas.

Miyato sentou-se e viu o ponto luminoso descer do norte com duas passadas do feixe do radar. Isso não era nada novo para ele. Aviões de vigilância estavam passeando por toda a região, acionando três alarmes falsos naquela manhã e gerando uma complacência fatal cada vez maior sobre as sirenes de ataques aéreos. Miyato não queria ser responsável por acionar mais um Alerta Amarelo falso, então fez uma anotação no livro de registros, marcou o horário como 10h45, e ajustou as frequências de varredura. Na passada seguinte, o objeto parecia vagamente um eco de dois pontos luminosos separados, mas na terceira passada do feixe, ele não podia ter certeza. O intruso agora estava fazendo interferência com seu próprio radar.

Miyato pegou o telefone para se comunicar com a sede de comando.

"O que você vê?", a voz do outro lado perguntou.

"Parece um solitário Senhor B operando o radar", Miyato respondeu. "Meu palpite é que estejam mapeando. Altitude acima de 10 mil metros — provavelmente acima do alcance de caças."

"Obrigado", disse a voz, e desligou. Como a maioria das conversas naqueles dias, a pessoa do outro lado falava com uma curiosa mistura de polidez, tédio e resignação.

Várias passadas mais tarde, Miyato notou que o objeto parecia estar seguindo uma linha reta. Ele calculou o vetor e pegou o telefone novamente.

"O que você vê?", a mesma voz perguntou.

"Se eles continuarem nessa direção, sua rota leva diretamente até vocês. Deve passar diretamente sobre Nagasaki em dez minutos. Vocês podem querer tomar medidas a respeito."

Colocando o telefone em viva-voz para manter as mãos livres, Miyato ajustou a tela e tentou decifrar o ponto de luz mais claramente; mas estavam interferindo de novo, usando seu próprio radar. Ele se serviu uma xícara de chá e esperou uma resposta. Seis passadas, dois goles, e o ponto ainda seguia em linha reta. Miyato estava esperando outro "Obrigado" educado e que desligassem. Ele sabia quase com certeza que nenhum interceptador seria enviado. O Boeing B-29 estava muito alto e simplesmente não havia reserva de combustível o suficiente para ser gasta numa tentativa fútil de abater um "desgarrado" solitário; nem parecia haver tempo para isso.

A resposta que Miyato recebeu não era a que ele esperava. Dois homens claramente agitados falavam ao fundo, e a voz educada perguntou: "Você tem certeza de que está rastreando apenas um avião? Existe a possibilidade de que sejam na verdade dois ou três, voando em formação muito próxima?".

"Eu *notei* uma anomalia há quase dez minutos. Por um momento, parecia estar rastreando dois aviões."

"Espere!", a voz disse, e colocou a mão sobre o telefone para que Miyato não pudesse ouvir o que estava sendo dito. O ponto continuava em sua rota a Nagasaki. Trinta segundos se passaram e o objeto se aproximava ainda mais da sede de comando.

A voz voltou, mais com triste resignação desta vez do que com fria polidez: "Alguma mudança?".

"Negativo. Continua indo para Nagasaki. Vou rastrear as frequências novamente e ver se consigo uma resolução melhor da..."

"Não! Mantenha esta linha aberta!"

"Eu o tenho no viva-voz!", Miyato disse, um pouco mais rispidamente que o necessário. E em seguida, mais polidamente, completou: "Eu só preciso manter as duas mãos livres para o radar".

"Entendido", disse a voz resignada, e então começou a dizer outra coisa, mas parou subitamente, como que para deixar subentendido: *Você realmente não entende.* Anos mais tarde, Miyato pensaria que o que a voz realmente queria dizer era: *Por favor, continue comigo. Por favor.*

MICHIE, DE 15 ANOS, estava prestes a ser salva por se recusar a pensar como todos de sua classe e por não querer ignorar, como eles, o último alarme antiaéreo, considerando-o falso como os anteriores.

Às 10h55, Michie estava a apenas seiscentos metros (ou seis quadras) do hipocentro de uma detonação que seria pelo menos três vezes pior que Hiroshima. Quando soou o segundo Alerta Amarelo do dia na escola, sua professora ordenou que todos os alunos saíssem da sala de aula e entrassem nos túneis que o pessoal do governador Nagano tinha cavado na encosta de um morro, atrás das quadras esportivas e dos jardins de bambus do pátio do colégio.

A professora de Michie nunca subestimou a seriedade de um alerta. Ela gritou às garotas que *corressem* até o abrigo, seguindo-as lentamente para que nenhuma criança ficasse para trás. Como o capitão de um navio a afundar, a professora não queria buscar a salvação para ela mesma antes que todos estivessem a salvo.

Mas a maioria das amigas de Michie caminhava calmamente pelo campo, conversando baixinho e mesmo parando para olhar ao redor, enquanto andava uma quadra na direção do que viria a ser o hipocentro.

Apenas Michie e meia dúzia de outras garotas realmente correram para o túnel. Como sempre, ela entrou antes da turma.

Emiko Fukahori, de 7 anos, seria salva pelo mesmo reflexo. Ela estava brincando com sua melhor amiga, Sumi-chan, num bosque de bambus perto dali. O bosque era um ponto de encontro favorito das famílias. A mãe de Sumi-chan tinha estendido uma esteira de palha no chão e começava sua rotina tranquila de bordados enquanto as crianças brincavam entre os caniços altos.

Emiko estava totalmente absorta no jogo de esconde-esconde com Sumi-chan e outras três crianças quando a sirene começou a tocar. Ela parou e esquadrinhou o céu, e por uma clareira no norte observou um ponto brilhante na distância.

"Avião inimigo!", Emiko gritou.

"Não pode ser um ataque", a mãe de Sumi-chan respondeu, "porque é apenas um aviso *preliminar* de ataque aéreo".

"Não!", Emiko berrou. "Avião ruim! *Avião ruim!*" E começou a correr até um dos túneis.

"Vou ganhar de você", Sumi-chan gritou, e imediatamente a ultrapassou. Outra criança seguiu, depois mais cinco, gritando e

No dia 9 de agosto de 1945, a diferença entre a vida e a morte era com frequência determinada pelas ações tomadas durante os últimos segundos antes do clarão. Por uma margem de segundos, Michie Hattori sobreviveria num dos túneis atrás de sua escola enquanto várias de suas amigas, que foram vistas caminhando até os túneis ou sentadas em bancos do lado de fora, desapareceram com grande parte do distrito Urakami, em Nagasaki. (Patricia Wynne)

rindo. A mãe de Sumi-chan deixou seus bordados e também começou a segui-las.

Afinal de contas, para que dar um mau exemplo durante um alerta? Se em uma semana ou um mês algo realmente ruim se aproximasse, demostrar que estava tudo bem e ficar sentada do lado de fora do abrigo — se as crianças copiassem tal comportamento — poderia ser fatal. A linha entre os lentos e que foram salvos, os rápidos e os mortos, era uma mediatriz desanimadora. Afiada como uma navalha, separava irmã de amiga, mãe de filha com uma indiferença fria.

Pouco mais de um quilômetro da escola e do bosque de bambus, Hajime Iwanaga, o garoto que queria ser piloto de *Kaiten*, nadava com um colega no rio Urakami. Ser um estagiário de *Kaiten* tinha seus privilégios. Os voluntários recebiam comida melhor do que as outras crianças; e eram encorajados a fazer intervalos para se exercitar durante o trabalho na fábrica de torpedos Mitsubishi. Tipicamente, esses intervalos envolviam esportes aquáticos, incluindo competições para ver qual criança seria a primeira em conseguir prender a respiração por mais de dois minutos e meio sob a água.

Fazia meia hora que os dois garotos estavam em seu intervalo matutino quando uma sirene anunciou a aproximação do fim do programa *Kaiten*. Olhando para os lados, eles observaram através de uma abertura nas nuvens o que o amigo de Hajime acreditava ser "um avião muito corajoso, voando sozinho sobre território inimigo".

Hajime não concordou. "Não", ele gritou, "avião amigo" e em seguida mergulhou, agarrando-se a algumas algas no fundo do rio, e começou a prender a respiração por tanto tempo quanto pudesse.

PRIMEIRO, CHARLES SWEENEY não queria crer no que seus olhos estavam vendo. Se fosse mais supersticioso, teria culpado este último pedaço de má sorte por ter feito a pergunta proibida. Nagasaki estava obscurecida por mais de 80% de cobertura de nuvens.

Seguindo essa infeliz constatação, o engenheiro de voo Kuharek reconfirmou a Sweeney que o *Bock's Car* teria de voar com quase nada de combustível em pouco menos de meia hora. Isso significava tempo de voo suficiente apenas para uma passada e para lançar a bomba, seguido por uma breve arrancada para um mergulho em águas amigas. Sweeney chamou o comandante da marinha Fred Ashworth. Ele era o especialista em armas oficialmente responsável pela bomba. Oficialmente, Sweeney era apenas responsável pelo avião.

"A história é a seguinte, comandante", Sweeney começou, resumindo tão rapidamente quanto pudesse. "Se nós não pudermos lançá-la na primeira passada e tivermos de circular de volta para uma segunda tentativa, poderemos ter de fazer uma aterrissagem forçada em solo japonês. O livro de regras exige obter uma visualização do alvo, ou não podemos lançá-la. Se não temos uma visão na primeira passada e partimos, nosso melhor cenário é provavelmente perder a bomba, o avião e a tripulação ao cairmos no oceano."

"Isso se obedecermos ao livro", Ashworth disse.

"Pelo livro, sim", Sweeney reconheceu. "Então vamos mandar o livro *para o inferno*, com seu cenário de 'não vitória', e vamos ter um pouco de fé no novo radar de imagens. Eu garanto pessoalmente que vamos chegar a... bem — a algumas centenas de metros do alvo."

"Você quer dizer talvez quase meio quilômetro?"

"Vamos ser um pouco realistas aqui, ok? Com esta coisa, errar o alvo é o mesmo que soltá-la a um quilômetro de distância."

"Não sei, Chuck", Ashworth disse.

"É melhor que a perder no oceano, não?"

Ashworth assentiu com a cabeça e perguntou cautelosamente: "Você tem certeza sobre a precisão?"

"Tomarei a inteira responsabilidade por isso", Sweeney disse.

"Ok, então. Vamos nessa."

Não havia tempo para discutir com o navegador ou o bombardeiro. Sweeney estava seguro de que eles sabiam exatamente o que fazer. Jim Van Pelt checou seus números de navegação e Ed Buckley monitorou os contornos da cidade na tela de seu radar, pedindo verificação a Van Pelt. Buckley então anunciou os rumos e taxas de aproximação precisas ao bombardeiro Kermit Beahan, que inseriu os dados no primeiro computador portátil do mundo — o qual pesava tanto quanto um jipe e estava conectado diretamente ao visor da bomba.

Os contornos da cidade estavam borrados nos cantos, mas o rio e os trilhos dos trens eram razoavelmente fáceis de se ver, e os três homens tinham certeza de que as máquinas funcionariam. Ainda assim, Beahan continuou procurando por uma brecha na cobertura de nuvens.

"É todo seu", Sweeney anunciou, e entregou o comando do avião e sua carga ao bombardeiro.

"Eu o tenho! Eu o tenho!", Beahan gritou de repente. Ele não se referia ao controle do avião, mas a um buraco na cobertura de nuvens perto da fábrica de armamentos Mitsubishi, no vale industrial. O buraco estava a mais de dois quilômetros rio acima do alvo determinado — quase na cidade errada, com grande parte de Nagasaki escudada atrás de morros baixos. Para Sweeney, parecia que o subúrbio de Urakami, e não Nagasaki, seria o *Ground Zero*. Beahan se ateve ao contorno oval do hipódromo de Urakami como ponto de referência e inseriu ajustes de curso de última hora no painel indicador de Sweeney.

Trinta segundos antes da largada, o sinal sonoro foi acionado, as portas do compartimento de bombas se abriram e o *Great Artiste*, voando perto e pronto para lançar seus três cilindros de monitoramento, simultaneamente abriu as portas do compartimento de bombas.

O sinal se silenciou e o *Bock's Car* subiu, subitamente, cinco toneladas mais leve.

"A bomba partiu", Beahan anunciou, e rapidamente se corrigiu: "A *bomba* que os parta".

7

UM VAPOR NOS CÉUS

A trezentos quilômetros de distância, em Hiroshima, o doutor Hachiya estava deitado de costas no estrado de uma cama carbonizada, olhando para o céu nublado e pensando no alarme que o despertara. Algo com raízes profundas, instintivo, saíra do inconsciente de Hachiya, deixando-o com uma estranha sensação de que milhares de vozes tinham gritado.

Olhando para a natureza, abaixo, e tentando determinar a direção do Sol, ele supôs que seriam aproximadamente 11 horas. Ninguém estava gritando em pânico, nem fazia outro tipo de barulho. O centro de Hiroshima estava tão quieto como um túmulo — o que, na verdade, era.

Na noite anterior, já que Hachiya começava a aceitar a cidade como outra Pompeia, ele ficou um pouco menos inquieto e conseguiu dormir de duas a três horas por vez. Um pouco antes do alvorecer, cochilou até ser acordado quase às 9 horas por uma visita surpresa de um velho colega, o senhor Okamoto, do Ministério das Comunicações. Três dias antes, o senhor Okamoto quase tinha se tornado parte das cinzas e escombros nas fundações do castelo de Hiroshima — e tudo deveria ter acabado aí para ele, não fosse por uma reação quase fatal a uma ferroada de abelha quando estava a quarenta quilômetros dali, na cidade de Kure.

"Aquela abelha salvou a sua vida", Hachiya dissera; e enquanto os dois homens riam sobre a estranha guinada do destino, o doutor percebeu que ele podia se sentar sem sentir dor.

Depois que seu amigo foi embora, ele esperou até que ninguém mais da equipe médica estivesse ali e tentou ficar de pé, mas os pontos começaram a repuxar nos ombros e cintura e ele foi obrigado a se deitar novamente, abatido e exausto. Ele dormira desde aquele momento.

Por que, perguntava-se, sentira como se uma mão fantasma o tivesse tocado e sacudido para acordá-lo? O doutor Hachiya não acreditava na mobilidade da consciência — nem em nada como o significado que a enfermeira Minami ou o restante da equipe do doutor Fujii tinham atribuído aos vaga-lumes azuis. E mesmo assim, por um instante, um medo arrepiante o invadiu e parecia querer ficar.

A mesma mão que sacudiu Hachiya agarrou as quatro pernas de sua cama e sacudiu-as novamente, e o médico começou a rir de si mesmo e se acalmou. Quando tudo passou, parecia ser um tremor leve: *Uma pequena onda senoidal tremendo através da terra macia*, Hachiya disse a si mesmo. *Dois na escala Richter; três ou quatro, no máximo*.

O tremor continuou por vários segundos, deslocando pequenas correntes de fuligem que há dias cobria um cano enegrecido acima de sua cabeça.

Três ou quatro na escala Richter, ele disse novamente. *É só um tremor de terra, nada mais*. Então, de 293 quilômetros ao sul, um ruído estrondoso e grave reverberou pelos céus, culminando em outro súbito e seco que definitivamente não era o de um tremor de terra.

Hachiya inspirou longamente, prendeu a respiração melancolicamente, e soltou-a num suspiro.

A ESTAÇÃO DE RADAR de Ichio Miyato estava localizada no meio do caminho até o campo de prisioneiros onde estavam Clarence Graham e o *Ground Zero*. Às 11h02, Miyato tinha acabado de dizer à voz anônima e controlada na sede do comando: "O objeto deve estar sobre Nagasaki agora —", quando a tela do radar se sobrecarregou e ficou completamente em branco. Simultaneamente, os fios que estavam dentro do telefone se queimaram. Durante uma fração de tempo em que o telefone do outro lado da linha começou a se evaporar, os muitos quilômetros de fio entre os dois pontos carregaram uma pequena parte do pulso eletromagnético do *pika* e levaram a onda até Miyato na velocidade da luz.

Se ele tivesse apoiado o gancho ao ouvido, tanto ele quanto o oficial do outro lado da linha teriam morrido precisamente no mesmo instante, apesar de estarem a mais de 25 quilômetros de distância.

Num raio de 63 quilômetros, Clarence Graham não conseguia saber de onde o clarão tinha vindo. Chegou como um brilho que abrangia tudo, preenchendo todo o céu e que só naquele momento começava a se apagar. A energia liberada pela bomba de Hiroshima não era bem o equivalente a 10 quilotones de TNT. A bomba de Nagasaki ardeu a mais de 22 quilotones, e foi de aproximadamente 28 a 30 quilotones; então, até mesmo a uma distância de quarenta quilômetros, onde estava Clarence Graham, pareceu enorme — primeiro com uma luz forte que fazia os olhos ardem; depois, muitos segundos mais tarde, provocou um grande tremor no chão. A explosão de ar chegou quase meio minuto depois do tremor — manifestando-se como um vento forte que vinha da direção de Nagasaki. E, seguindo o primeiro vento, veio uma segunda lufada quente — "Terrivelmente quente", Graham se lembraria, "mais quente que o sol direto no rosto". E depois chegou uma breve calmaria, como se um tufão tivesse passado acima e os prisioneiros estivessem na calmaria de seu centro — e, assim como a rápida passagem do centro de um tufão, uma forte explosão veio da direção oposta, voltando para Nagasaki. O terceiro vento foi tão forte que derrubou os prisioneiros mais fracos.

Clarence permaneceu de pé — perplexo; mas notou que um dos guardas parecia saber o que estava acontecendo, e, mais ainda, parecia entender. A enorme cúpula de um sol nascente apareceu sobre os morros no sudoeste; e este único guarda a observava como se analisasse uma bola de fogo, enquanto esta ficava branca e ascendia numa coluna de fumaça.

Todos os guardas, menos aquele, estavam num silêncio confuso e admirado. Aquele que entendera — Clarence o tinha considerado um dos mais sádicos em todo o campo — ofereceu a um prisioneiro água e uma ração de comida, e disse: "Você e eu somos amigos".

Você deve estar brincando, Clarence disse a si mesmo. E ele se perguntou o que o guarda realmente sabia sobre o fogo no céu.

Trinta quilômetros mais perto do hipocentro, o prefeito Nishioka cobria seu rosto do clarão — e ainda assim, quando abriu os olhos vários segundos mais tarde, a bola branca e dourada ascendente sobre a cidade era tão brilhante que ele foi forçado a fechar os olhos de novo.

"Não olhe para lá", gritou a seu motorista e a qualquer um que escutasse. "Abriguem-se — agora mesmo!"

Olhando para trás, o prefeito viu, na superfície da água, um arco branco a se expandir. Toda a superfície do mar estava ficando branca. Nishioka estimou que os moradores de Obama tinham aproximadamente quinze segundos.

"Apressem-se!", ele gritou uma vez mais. Ondas de choque viajavam muito mais rapidamente através da rocha do que do ar, então ele não teve que gritar uma terceira vez. O chão já estava retumbando, assustando a todos e fazendo-os entrar em ação imediatamente. Meia dúzia de homens corria na frente do prefeito e mergulhou num espaço bem protegido atrás de um ônibus. O motorista de Nishioka caiu em cima dele — e foi seguido por uma martelada de ar comprimido que quebrou as janelas e quase virou o ônibus. Nishioka manteve a cabeça abaixada durante a calmaria e a explosão de rebote, que empurrou o ônibus na direção oposta e quase derrubou uma casa. Quando ele olhou novamente, a maioria dos cúmulos que estavam lá um minuto antes tinham desaparecido, e a nuvem atômica agora se erguia a mais de dezesseis quilômetros sobre a cidade — da cor de um pano branco sujo de lama e com borrifadas de sangue fresco.

Ele não acreditava que algo pudesse crescer tanto em apenas alguns segundos.

"Devemos seguir a Unzen?", o motorista perguntou.

"Não", o prefeito respondeu, sem perceber mais o quão doente se sentia. "Temos de voltar a Nagasaki."

"Ah, não — de novo, não", Kenshi gritou a seu pai.

Dessa vez, ele chegou a ouvir um dos aviões se esforçando para dar volta e voar para longe da bomba. E parecia, num determinado momento, estar voando diretamente em sua direção. Ele estava novamente a pouco mais de três quilômetros do centro da explosão, devido ao fato de que a casa dos pais de Setsuko — localizada bem no centro de vários alvos militares importantes e portanto perto da mira inicial da bomba de Sweeney — estava coberta por nuvens durante os três minutos críticos da manobra final do *Bock's Car* para acertar o alvo.

No momento do lançamento da bomba, as nuvens brancas e fofas que cobriam a maior parte do vale estavam se abrindo no lado oposto ao monte Kompira, sobre o estádio de Urakami. Em vez de Kenshi testemunhar sua segunda explosão nuclear sob o ponto original da mira, o alvo tinha mudado bruscamente para quase três quilômetros rio acima, longe da parte sul da serra de Kompira e do centro de Nagasaki.

Da primeira vez, a distância combinada com uma voz em sua cabeça e um instinto de permanecer longe das janelas até que a onda de explosão passasse tinha mantido Kenshi vivo. Dessa vez — na presença de uma bomba três vezes pior — o que salvara Kenshi não era tanto uma questão de distância e reação quanto o escudo oferecido pelo monte Kompira. Apesar da fúria maior do artefato de plutônio, para Kenshi a explosão e o ruído não foram "tão terríveis quanto em Hiroshima". Ele não saberia por algum tempo ainda como uma montanha tão pequena (de apenas 366 metros) o tinha abrigado, com sua sombra, dos raios de calor e o tinha encasulado contra a explosão. Não muito longe de onde Kenshi e seu pai estavam, no mesmo raio do hipocentro — e tudo naqueles mesmos poucos segundos —, as pessoas no estaleiro foram queimadas pelo clarão, içadas, atravessadas por pedaços de vidro voadores e arremessadas através de paredes. No outro lado do monte Kompira, quase todos os que tinham testemunhado o *pika* estavam dolorosamente queimados ou mortos.

Caminhando por uma vizinhança que, se não fosse pelo banco de nuvens, estaria localizada bem no círculo do *Ground Zero*, Kenshi foi golpeado por um vento forte e viu apenas algumas telhas saírem do lugar. E depois que o vento passou, vaga-lumes ainda voavam no entorno, parecendo não ter sido afetados. *Mas os ossos* — os ossos da pequena Setsuko, aos quais ele tinha feito oferendas de flores e arroz e que tinha abraçado junto ao peito por quase dois dias inteiros — a bomba arrancara a cobertura da tigela de casamento de Kenshi e atirado os ossos longe de suas mãos.

"Toda essa viagem", Kenshi disse a seu pai, chorando. "Toda essa viagem e os ossos estão espalhados quem sabe onde — e para que propósito?"

Não havia um propósito. Nem dignidade nisso, tampouco, Kenshi disse a si mesmo. Nenhum propósito. Nenhuma dignidade. Nenhum propósito.

Exceto, Setsuko poderia ter dito, *para prestar testemunho*.

Somente uma vez antes disso, mais de uma centena de milhares de vozes gritou ao mesmo tempo em um estado de surpresa aterradora. A metade delas gritou novamente. A outra metade deixou de existir.

As fotografias de reconhecimento, depois da bomba — e, assim, os livros de História —, registrariam grande parte da arquitetura da costa de Nagasaki de pé e intacta. Isso ajudaria a criar a falsa impressão de que a bomba de Nagasaki não tinha sido tão ruim quanto a de Hiroshima. As fotos do *Ground Zero* que duraram por mais tempo, incluindo aquelas que mostravam uma igreja católica, a escola para garotas Yosē e a indústria de aço Mitsubishi — todas reduzidas a tocos de estrutura óssea numa planície que não tinha outros atrativos — seriam um memorial de Urakami, não de Nagasaki.

Apesar da garantia de Charles Sweeney ao comandante Ashworth, a bomba errou Nagasaki e destruiu o distrito vizinho. Abriu-se no céu quente e nublado sobre Matsuyama, o bairro que ficava em frente ao rio em Urakami. A explosão reverberou contra as paredes do vale nos dois lados do rio Urakami como um tiro de espingarda através do cano da arma. O *Ground Zero*, a zona onde tudo foi arrasado, se estendia 3,2 quilômetros rio acima e também três quilômetros ao sul; e se espalhava por pouco mais de meio quilômetro (ou mais de seis quadras) a leste e oeste de cada margem. Do outro lado de uma parede do vale, não muito longe do bairro de Kenshi Hirata, a filha de 4 anos do doutor Paul Nagai, Kayano, estava brincando no vilarejo de Koba. Ela sobreviveu num redemoinho protegido pela sombra, atrás de uma pequena montanha chamada Kawabira, que bloqueou completamente o clarão e o vento que irradiavam da direção de Urakami.

O irmão mais velho de Kayano, Makoto, tinha levado a garota a um córrego para nadar com um primo e algumas crianças do bairro. Depois do *pika* (o clarão) e do *don* (a explosão), a grama no lado do vale em que estava Kayano, à sombra da montanha, permaneceu verde e praticamente inalterada. Visto bem do alto, o casulo de Kayano sobreviveu como uma das várias ilhas de verde num mar de folhas marrom secas e cinzas. Mas em pouco tempo seu casulo passaria por uma estranha chuva de óleo amarelo, e o córrego não teria águas claras por muito tempo.

A luz, quando chegou, foi completamente recortada pela montanha, fazendo o topo parecer negro contra serpentinas de vermelho brilhante. Na sequência do vermelho, veio um clarão azul. "O vermelho era brilhante o suficiente para ofuscar uma pessoa", a prima de Kayano, Fujie, se lembraria depois — mas, uma vez que o raio de calor e as ondas de compressão espremeram as nuvens até que não mais existissem, o azul não era mais filtrado e ardia com brilho suficiente para causar uma queimadura de sol leve, mesmo sob a sombra da montanha.

Os dois clarões — o vermelho e o azul — chegaram dentro da primeira metade de segundo. Durante essa mesma fração de segundo, diretamente opostos à parte protegida do córrego — fora da zona de sombra do monte Kawabira e diretamente sob o brilho da bomba —, telhados e galinhas e roupas emitiam colunas verticais de fumaça.

Pessoas do outro lado do córrego, assim como aquelas surpreendidas ao ar livre por toda a Hiroshima e no centro de Urakami, tornaram-se formigas ardendo lentamente sob o raio de sol direcionado pela lente de aumento de algum estudante diabólico. Enquanto o brilho diminuía, as colunas de fumaça cinza e negra subiam três metros ou mais, sobre as togas dos monges, as calças escuras da criança, o chapéu do jardineiro e os trapos dos refugiados. Galinhas fugindo de jardins e gramados emitiam colunas mais errantes — até que depois de três ou quatro segundos a onda de choque alcançava o cume do morro, voando sobre a cabeça de Kayano, e caindo do outro lado.

O pequeno córrego no centro do desfiladeiro parecia dividir o mundo de Kayano em dois: um lado normal e vivo e ainda habitado por borboletas, o outro lado estranho e terrível, habitado apenas por pessoas mortas ou inconscientes, galinhas enegrecidas e se contorcendo.

Olhando para cima, a pequeno Kayano viu "do outro lado da grande montanha verde, uma árvore enorme erguendo-se para o céu". Uma árvore feita de fogo, ela lembrou. "Primeiro era totalmente vermelha, mas depois começou a ser de cores diferentes — ah, tão brilhante! A árvore fazia meus olhos doer. E então meu irmão veio correndo do [lado protegido do] córrego. Ele estava todo animado e disse: 'Meu Deus! O que foi aquilo? Aquele avião deve ter se chocado contra o sol!'. De fato, o sol não mais brilhava. Eu o vi através daquela nuvem terrível; tinha a cor de uma coisa morta."

E então o desfiladeiro tornou-se subitamente escuro e frio — impressionantemente frio e escuro como a noite. Coisas começaram a cair da nuvem — coisas impossíveis: rajadas de papel queimando... a estrutura de uma porta... um gato chamuscado que sibilou e fugiu... o capô de um caminhão de bombeiros... e mais longe a cabeça de uma mulher que parecia ainda estar viva. Não havia nem sequer sinal de sangramento. Um dente de ouro brilhava em sua boca bem aberta. E então vieram as gotas de chuva, grandes como pérolas, e gordurentas.

O irmão de Kayano tomou sua mão e a abrigou atrás de uma árvore de camélia de outono. "Havia abóboras — e muitos morangos bonitos por todos os lados", ela escreveria anos mais tarde. Mas Kayano não tinha vontade de comer morangos. Nunca mais teria. Não depois da cabeça e do gato e da chuva oleosa, amarela e negra.

QUASE NO MESMO RAIO, Takami-san, amigo do doutor Nagai, era uma das pessoas que Kayano vira do "lado errado" do córrego. Fora do escudo de sombra da montanha, ele deixou uma sombra própria na forma de um torrão de grama que não foi queimado.

Mesmo numa distância de quase nove quilômetros, todo um lado do corpo de Takami-san foi gravemente "queimado pelo sol" durante o *pika*. Ele ainda viveu por quase uma semana, mas não foi o raio de calor que o matou. Antes de o garoto morrer, o doutor Nagai registrou que ele sucumbia a uma fonte desconhecida de radiação intensa. Nagai acreditava que algum objeto metálico tivesse sido simultaneamente irradiado e lançado ao céu ou que algo da própria bomba tivesse chovido sobre o rapaz; porque ele viveu o suficiente para descrever estranhas bolas de fogo disparando da direção do *pika* até ele. Takami-san estava voltando para o córrego da vizinhança com sua vaca quando veio o clarão. A vaca também o viu, e levantou a cabeça. Takami-san, que não estava olhando na direção da luz, não sentiu nada no início. Ele viu a vaca explodir em chamas, e depois percebeu que as silenciosas bolas de fogo brancas pareciam cair sobre os dois. Duas ou três tinham atingido a vaca, matando-a instantaneamente. Uma caiu no pé de Takami-san, quase o queimando.

O doutor Nagai anotou em seu diário médico que parecia não importar que o garoto estivesse localizado a uma distância razoavelmente segura do *pika-don* quando as estranhas bolas de fogo vieram atrás dele. Havia vários casos assim, e Nagai registrou que mesmo se as bolas de fogo esfolassem as extremidades das mãos e dos pés, todos os que foram tocados sucumbiam rapidamente a sintomas de envenenamento por radiação.

Pouco mais de dois quilômetros mais perto do hipocentro, o trem que levava o fabricante de pipas Masao e o engenheiro naval Akira acabara de passar a estação Michinoo de Urakami, quando Masao ouviu o já familiar esforço de um B-29 movido a hélices, tentando tão desesperadamente escapar de algo, que mergulhou quase se espatifando através da barreira do som.

"Abaixem-se", ele gritou aos outros passageiros, rolando para o chão e salvando a vida de muitos que seguiram seu exemplo.

Durante os vinte ou trinta segundos seguintes, o avião lentamente desapareceu na distância. Um homem riu e se levantou. E então outro. E mais outro.

"Fiquem deitados", Masao avisou. "É um novo tipo de bomba. Quando vier o clarão, vocês têm de..."

Todo o vagão foi banhado em uma luz forte, branca e silenciosa. As mãos de Masao cobriam seus olhos e orelhas, mas ele sentiu os pelos numa sobrancelha exposta queimar.

Àquela altura, quase todos tinham acatado seu aviso, mas alguns que ainda estavam de pé e não tinham coberto os olhos foram vítimas de um reflexo involuntário de olhar na direção do clarão. Suas retinas começaram a queimar antes mesmo que um reflexo secundário — atalhando por um arco de nervo mais rapidamente que a dor da queimadura — evitasse que olhassem.

Os gritos de dor daqueles que ainda estavam de pé chocaram Akira e o acordaram do sono induzido pela radiação. Como já tinha visto essa coisa horrível antes, ele se escondeu sob o assento muito antes da explosão de ar. Ele e Masao contaram cinco segundos ou mais entre o *pika* e o *don*. Aqueles passageiros que não tinham respondido à advertência de Masao e que estavam de pé com os olhos queimados foram atingidos da cintura até a cabeça por fragmentos de janelas voando a mais da metade da velocidade do som.

O condutor do trem foi um dos que olharam diretamente para o *pika* e tinha ficado completamente cego. O que evitou que o trem de Masao e Akira fizesse uma reconstituição do ocorrido na serra de Kaidaichi, em Hiroshima, foi que dessa vez o pedal de ejeção continuou funcionando e fez o trem parar assim que ele tirou as mãos dos controles.

Um assistente do condutor entrou cambaleando no vagão onde estava Akira, pedindo que os passageiros deixassem o trem e procurassem abrigo nas florestas perto dali. O rosto do homem era um cozido escarlate.

Meio quilômetro mais perto do hipocentro, mas protegidos detrás (e dentro) de um morro, o governador Nagano e seu grupo sobreviveram sem um arranhão. O prefeito de Sasebo estava resumindo o que o comandante da base naval de Hiroshima tinha relatado quando a luz elétrica no abrigo falhou. Nagano estava pronto para ordenar o início do funcionamento dos geradores de emergência quando lhe pareceu que as portas do abrigo tinham sido subitamente escancaradas e muito mais luz do que ele estava acostumado entrou, acompanhada por um ruído como o de vários aviões grandes ou de uma bomba de muitas toneladas caindo bem perto dali.

Quando Nagano saiu, ele viu os trabalhadores do abrigo reunidos num morro íngreme, olhando na direção de Urakami. Os contornos do morro e sua localização tinham colocado os trabalhadores e seu entorno a um lado do cano da espingarda, em vez de posicioná-los dentro do cano, como se fossem pulgas. Um tremendo manto de fumaça se erguia sobre as paredes do vale, vindo de Urakami. Mas, enquanto o governador subia até onde estavam os trabalhadores, o morro lhe oferecia uma visão apenas da parte mais baixa de Nagasaki — que parecia estar intacta. Nenhuma janela parecia ter sido rachada e todos os vasos de flores dos dois lados dos degraus das casas ainda estavam em seus lugares.

O efeito do *pika-don* tinha sido brilhante e barulhento, e o que Nagano viu e ouviu no abrigo parecia compatível com o que o prefeito Nishioka tinha descrito sobre uma nova arma usada contra Hiroshima. Ainda assim, a convicção de Nishioka de que Nagasaki seria a próxima cidade a ser destruída por uma bomba atômica parecia tanto não convincente quanto confusa quando o governador olhou ao redor e viu seu escritório e a região que ele administrava sobrevivendo sem mudanças.

Nagano estava começando a suspeitar que a história do prefeito sobre os quilômetros quadrados de edifícios arrasados tinha sido exagerada. E então ele chegou até os trabalhadores no topo do morro e viu grande parte de Urakami transformada num crematório gigante, onde uma montanha de chamas parecia sair da terra. A montanha estava girando lentamente, criando um redemoinho de ar fresco dirigido ao centro para suprir-se de oxigênio. Enquanto as chamas subiam, efeitos de convexão atraíam correntes de vento das duas extremidades do vale — alimentando a tempestade à força.

De acordo com alguns relatos, a montanha de fogo, agindo mais como um furacão de chamas que uma mera coluna ou pira, não conseguia sugar suficiente oxigênio para manter um crescimento desordenado. Às vezes, parecia deter-se e mesmo se apagar, soltando grandes ondas de fumaça preta sufocante.

Do outro lado da tempestade, a apenas 850 metros (ou quase dez quadras) do centro da explosão e não muito longe dos túneis nos quais Michie e Emiko tinham se abrigado, o estudante Tamotsu Eguchi acabara de engatinhar para fora das ruínas de sua escola. Ao olhar para cima, ele viu um ciclone cujas chamas e fumaça subiam até a altura de um pequeno hidroavião que aparentemente tinha se perdido *muito* na direção errada e parecia prestes a cair como um pássaro morto.

O que mais intrigava Tamotsu era perceber que a madeira da escola nunca pegou fogo, apesar de sua proximidade ao que tinha esmagado o edifício e criado a parede de chamas. Um forte vento parecia ter apagado todos os incêndios por ali. De lados opostos da escola arrasada — rio acima e rio abaixo —, pelo menos dois ciclones gigantes de fogo tentavam se formar. Mas, perto da parede exterior da tempestade, objetos em chamas estavam sendo arrancados do solo e levantados até o céu. Quando a barra do monstro se extinguiu e suas chamas pareciam estar sendo apagadas, Tamotsu pôde ver claramente os destroços que caíam no solo: a parte superior de um bonde... O telhado de uma casa... a popa de um pequeno barco, que caía às cambalhotas, em chamas.

No Momento Zero, Emiko, de 7 anos, tinha sido a segunda criança a sair do jardim de bambus e entrar no abrigo. Localizado a quase seiscentos metros, onde a luz da bomba fincou na terra num ângulo de 45 graus, ela correu para dentro, atrás de sua amiga Sumi-chan. Uma terceira criança — rindo alto e tão perto de Emiko que podia tocá-la nas costas — foi apanhada pelo clarão e deixou de existir. Olhando sobre o ombro, Sumi-chan pensou que a terceira criança parecia uma escultura bela em seu instante final, contornada por uma aurora atômica azul. Emiko também reluziu com o brilho de uma coroa solar. Sentiu um calor intenso tocando ombros e pescoço, ainda que ela e Sumi-chan estivessem nas profundezas das sombras do túnel.

Quando saíram novamente, encontraram suas amigas queimadas e literalmente esmagadas no solo. Algumas ainda respiravam, mas morreram rapidamente, uma após a outra. Emiko esqueceu que sua casa deveria estar visível agora que o bosque de bambus tinha desaparecido. Sumi-chan estava começando a perceber — não entendendo completamente, porém — que sua mãe tinha desaparecido. Nenhuma das crianças começara a imaginar a possibilidade de que estivessem, a partir daquele momento, órfãs.

Só o irmão mais velho de Emiko tinha sobrevivido para vir procurá-las. Ele fora protegido do clarão e da explosão, mas a céu aberto, e o efeito de brilho do céu o tinha penetrado. Logo, ele começaria a ter sangramentos no nariz. Considerava-se sortudo por ter escapado à bomba sem queimaduras graves, mas seu destino seria vomitar pedaços desintegrados de sua própria língua, junto com o revestimento de seu estômago. O sangramento final seria tão extremo que, uma geração mais tarde, pessoas ainda lembrariam que o cadáver do garoto não continha mais sangue.

A mãe de Emiko saíra para resolver umas pendências, a mais de dois quilômetros do hipocentro, quando a tempestade começou. Sua irmã e irmão menor estavam com ela no final; e Emiko logo ficaria sabendo, por meio de um tio muito amável, ele próprio condenado pela radiação, que seus dois irmãos morreram chorando sobre o corpo de sua mãe.

Emiko e a amiga olharam para a tempestade. Vasta, radiante e indiferente, inchava e se detia, e tentava erguer-se novamente. Mesmo com toda a fúria da tempestade, as crianças pareciam estranhamente silenciosas.

Pensando em todo mundo, não só em sua família e nela mesma, Emiko começou a acreditar que ela e Sumi-chan tinham sido as duas únicas pessoas poupadas.

Não muito longe dali, na entrada de outro túnel, Michie Hattori começava a pensar da mesma maneira. Ela estava dentro do abrigo, gritando às outras garotas de 15 anos que se apressassem e se juntassem a ela quando a luz mais brilhante que já vira desceu rasgando por entre as nuvens e entrou na caverna, com um clarão violeta, e depois iluminou até o fundo da caverna com um branco muito, muito brilhante. Embora ela estivesse protegida lá dentro, a própria luz, refletida pelo chão e pela atmosfera, atingiu Michie com um grande calor. No segundo seguinte, o *pika* parecia brilhar com menos intensidade, de um amarelo-canário a um rosa-safira. Através daquela brecha no tempo, Michie pensou que tinha visto suas colegas virarem esqueletos, como se os raios fossem tão fortes que alguém realmente pudesse vê-los brilhar através das roupas e da carne, realçando os ossos. As roupas e a pele das garotas tinham começado a pegar fogo quando a explosão de ar desceu e as espalhou como garrafas de boliche. Michie acreditava não ter visto mais nada por um tempo depois. O mesmo vento poderoso que abateu suas amigas atirou-a contra o fundo do túnel; então, num instante, antes que ela fosse esmagada contra a parede dos fundos, o vento mudou de direção e a empurrou para fora pela entrada.

Apesar de ter sido protegida de uma exposição direta ao clarão, o ar quente queimara as mãos e o rosto de Michie antes de puxá-la pelo túnel e ascender para juntar-se à bola de fogo. Quando olhou ao redor, ela se deu conta de que a maioria de suas colegas eram pouco mais que cadáveres tremendo. Os esqueletos que ela tinha visto realçados pela luz ainda estavam cobertos de carne, embora houvesse muito pouca vida em qualquer um deles.

Os estranhos horrores que o reitor Tsuno testemunhou em Hiroshima estavam se manifestando nas crianças do abrigo. Uma das garotas mais velhas implorou a Michie: "Venha, me ajude a sair daqui".

Sem poder pensar no que fazer, Michie se abaixou e a puxou por uma mão; mas a garota parecia ter perdido a força e caiu no chão. Michie ainda segurava a mão de sua colega — ou o que parecia ser a pele de sua mão e braço, até o cotovelo. Como uma longa luva, a pele queimada e afrouxada pela explosão tinha se soltado. Michie podia ver a sombra da garota impressa onde ela estivera sentada conversando com alguém quando veio o *pika*. Quando a garota morreu, a única outra colega que conseguira chegar ao túnel antes do raio de calor foi até Michie e sugeriu: "Acho que deveríamos voltar para a escola".

Seu nome era Fumiko, e ela parecia transfigurada pelas nuvens negras que turvavam tudo acima delas e pelas chamas brilhantes que ardiam ao lado. As nuvens eram tão escuras que bloqueavam o Sol como se fosse um eclipse total, tornando a parede de chamas a única fonte de iluminação.

"*Jigoku*", Fumiko chamou aquilo, o que significa inferno. Ela não podia tirar seus olhos dos objetos que caíam do céu e giravam no ciclone de fogo. Casas explodidas e todo o seu conteúdo tinham subido numa espiral. Uma biblioteca inteira em chamas desceu farfalhando através do deserto de uma centena de metros que agora separava a escola do abrigo. A proa de um barco de pesca desceu, espatifou-se entre os livros e foi rapidamente seguida pelo que Michie de início acreditou ser vários conjuntos de grades da prisão de Urakami.

Fumiko corrigiu-a: "Devem ser jaulas de animais do zoológico".

Grades do inferno, Michie pensou. Isso era o mais perto que ela já desejara chegar do *jigoku*.

Com exceção dos estranhos meteoros, esse caminho até a escola era plano e vazio. Michie começou a aceitar a ideia de que os jardins de girassóis poderiam estar esmagados e terem ficado negros num instante, e que edifícios poderiam desaparecer. "Não havia casas aqui quando fomos para o abrigo?"

Fumiko não respondeu. Correu uns trinta metros fumaça e trevas adentro, e começou a chamar Michie animadamente para que a seguisse. Ela apontava na direção de um grande réptil negro que parecia se arrastar até elas vindo de uma jaula caída.

"Viu?", Fumiko disse. "Eu disse que eram jaulas do zoológico. O jacaré escapou."

Isso não fazia sentido para Michie. Todos os zoológicos tinham sido fechados e já não havia animais neles. Mas o jacaré parecia não saber disso e estava no caminho delas para a escola. Fumiko levantou um pedaço de concreto quebrado numa mão e se aproximou com cuidado, erguendo a pedra sobre sua cabeça, pronta para atirá-la na cabeça do animal se ele não as deixasse passar em paz.

Os passos de Fumiko pararam abruptamente e ela começou a gritar. A cara do jacaré era humana. Não havia roupas nem cabelos visíveis — nada além de grandes queimaduras, do tamanho de escamas, que pareciam couro de jacaré ou de madeira queimada. Os gritos de Fumiko evitaram que Michie ouvisse o que o rosto tentava dizer. Ela só podia ver que ele parecia implorar por algo — provavelmente água, Michie pensou depois.

A cabeça caiu para a frente, direto na sujeira e na pilha de livros em chamas. O homem-jacaré não se moveu novamente. Um minuto depois, Fumiko soltou a pedra e caiu de joelhos, ainda gritando. Michie se ajoelhou do lado dela.

ONDE JOSÉ MATSOU SOBREVIVEU, nem mesmo as pessoas-jacarés se mexiam. Às onze horas, ela tinha feito parte de uma "brigada de baldes" para remover a água de um túnel de proteção recém-escavado contra ataques aéreos, a 185 metros (ou a duas quadras) do hipocentro, num terreno que mais tarde seria chamado de Parque da Paz de Nagasaki.

A sobrevivência no porão, num edifício de aço reforçado ou numa casa de múltiplos andares era quase possível sob a bomba em

Hiroshima. Já em Urakami, muito mais proteção era necessária. No momento do *pika-don*, José estava mais perto do fundo do túnel do que as outras 52 mulheres de sua brigada. Seis metros de terra sobre ela, combinados com cinquenta metros de túnel, protegeram-na de mais de 98% dos efeitos imediatos da radiação. Ao longo do túnel, a água, mais o carvão e o ferro nos corpos das outras mulheres bloquearam e atenuaram o restante. Além de se tornarem um escudo à radiação, aquelas mulheres mais próximas à entrada do túnel viraram um obstáculo natural contra a maior parte do calor antes que chegasse a José.

A morte chegou para elas num ducentésimo de segundo, e dois décimos de segundo depois que os tecidos moles de seus corpos se tornaram gás incandescente. Matéria cerebral vaporizada e sangue tentavam escapar pelas órbitas do crânio de uma mulher, como se fossem jatos de fumaça preta, mas o aumento súbito de pressão foi tão grande que o crânio explodiu por dentro.

O que aconteceu no décimo de segundo seguinte provavelmente salvara a vida de José — por uma margem muito pequena, se o grande carvalho próximo a uma quadra de tênis acima de onde ela estava serviu corretamente à história. No exato instante em que uma combinação de pressão de vapor da entrada do túnel e o primeiro impacto da parte inferior da bolha de choque enviou uma onda de ar denso que disparou até o fim do túnel, a explosão reverberou pelos lados do tronco da árvore, vinda diretamente de cima. O tronco, apesar de despido de seus galhos e queimado a uma profundidade de vários centímetros, permaneceu suficientemente intacto para indicar que, uma vez que as mortais ondas precursoras começaram a se aglomerar e se deslocar para fora, em todas as direções, o próprio centro do hemisfério impactante foi atirado de volta ao céu numa explosão. Ainda num espaço de milissegundos, a bolha de choque começou a se deformar e implodir; a explosão em rebote, vinda do chão, começou a formar o caule da bola de fogo, e os galhos em pedaços foram levados para o céu quando as forças que inicialmente desceram contra o tronco e o hipocentro mudaram subitamente de direção.

Dentro do túnel, os jatos de vapor e o rápido aumento da pressão do ar mataram instantaneamente vinte ou trinta das mulheres que estavam entre José e a entrada; e se não fosse pelo efeito de vácuo quase simultâneo do lado de fora, a parede dos fundos do túnel poderia ter se tornado uma vista privilegiada da explosão de uma bomba tubo para José. Apesar de os jatos de vapor terem sido atraídos para fora da caverna quase no mesmo momento em que explodiam em sua direção, José sofreu queimaduras e bolhas e ficou inconsciente. Ela permaneceria dormindo no fundo do túnel por três dias, até que um membro do resgate a encontrasse, ainda respirando, e a carregasse nas costas até as ruínas de um hospital de Urakami.

O marido de José estava na superfície às 11h02, enviado pelos militares a trabalhar num abrigo mais amplo projetado pelo prefeito Nishioka. Ele certamente morrera perto dali. No edifício ao qual fora enviado, não restara pedra sobre pedra.

José tinha se casado com um pedreiro-carpinteiro, o trabalhador mais esforçado que conhecera. Quando ela se juntou à sua igreja e se tornou católica, permaneceu fiel ao seu lado não convencional e escolheu um nome masculino, de um apóstolo, para si mesma — José, em homenagem ao pai de Jesus, que foi adotado pela mulher de um carpinteiro.

Também de maneira não convencional, a órfã José honrou a memória de seus pais ao conservar seu nome de solteira quando se casou. Seu marido, Zenkichi Kawaguchi, sempre fora excepcionalmente amável e atencioso com ela; então, logo que estivesse bem, ela faria uma viagem como a de Hirata até o hipocentro e procuraria pistas dele. Como não encontrasse nenhuma, ela colocaria num recipiente um pouco de terra do morro localizado sobre seu abrigo e convenceria dois padres jesuítas a realizar um funeral sem corpo. Até sua morte, em 1975, José teria sempre a foto de Zenkichi consigo, junto com um frasco de poeira atômica de Urakami em permanente decomposição.

O CADETE KOMATSU ESTAVA em seu posto a dez minutos de voo de Urakami quando a base aérea naval de Sasebo foi sacudida por ondas de choque. Um falso alvorecer na direção de Nagasaki significava apenas uma coisa: o pronunciamento de Truman não era um exagero, e esta era outra Hiroshima.

Komatsu e dois amigos entraram num hidroavião e voaram até o alvo para uma inspeção mais próxima da nuvem. O voo não tinha sido autorizado, mas como quase todo mundo que sabia pilotar era "voluntariado" para missões *kamikaze*, Komatsu perguntou a seus amigos: "O que eles podem fazer? Nos matar?". O também cadete Tomimura, o sargento Umeda e ele suspeitavam que a guerra poderia terminar logo, e que esta seria sua última chance de fazer "surfe de céu" sobre uma nuvem atômica.

Os amigos de Komatsu riram de sua piada sobre a "última chance", e a história que viveram para contar surgiu de uma notável combinação de iniciativa e sorte, misturada ao álcool ingerido na metade da manhã e o equivalente em japonês das palavras "eu duvido que você faça isso". Em torno das 11h15, seu avião emergiu através das nuvens num lado do vale Urakami. Komatsu avistou uma grossa coluna de fumaça preta se aproximando à frente. Ele voava a uma altura de três quilômetros — e, desde esse ponto a 10 mil pés, o topo do cogumelo atômico já se erguia a mais de nove quilômetros. O chapéu era uma tempestade maciça sobre uma base — se inchando e desvanecendo, de um anel vermelho-alaranjado a uma bola de vapor branco.

Komatsu inclinou o avião ao máximo a bombordo e começou a circular a base do cogumelo, pouco preocupado com os objetos que caíam da nuvem — um pedaço de um teto que passara raspando como se fosse um grande mata-moscas, uma caixa seguindo o que parecia ser um enxame de raquetes de tênis, a tampa em forma de pires de um reservatório de água e infinitas serpentinas de papel em chamas.

Tudo embaixo era poeira em ebulição. O humor dos homens se alternava abruptamente entre surpresa e horror, riso e lágrimas. Eles não conseguiam ver nada de Urakami ou da parte superior de Nagasaki através da névoa. Às 11h40, Komatsu anunciou: "Circulamos tempo o suficiente", e decidiu entrar na nuvem. Para dar mais emoção à aventura perigosa, Komatsu abriu a janela da cabine do piloto e estendeu sua mão, com luva, para fora. O pó queimou o couro como se fosse uma explosão de vapor pressurizado, e em dois segundos ele já recolhera a mão e fechado a janela, mas era tarde demais.

O mundo tinha ficado completamente escuro e a cabine estava cheia de uma névoa marrom-amarelada; a luva de Komatsu estava coberta por uma substância preta grudenta. No assento do copiloto, Tomimura subitamente sentia seus olhos queimar, e mal podia ver o painel de controle. Não mais do que cinco segundos depois de Komatsu ter queimado a mão, o motor superaqueceu e começou a falhar. As entradas de ar estavam sugando tremendas quantidades de pó, junto com algo parecido a fragmentos de galhos misturados a um líquido negro e pegajoso. Quando o avião alcançou a luz do dia novamente, vários segundos mais tarde, Umeda já estava vomitando. Tomimura abriu sua janela para que o calor e a poeira saíssem da cabine, lutando contra um súbito ataque de náusea.

Àquela altura, o motor começava a fazer barulho como o de um aspirador sugando pedaços de vidro cobertos por um caramelo de manteiga, e Komatsu sentiu o avião morrer em suas mãos. Felizmente, ele estava pilotando um hidroavião, que era de fácil controle mesmo planando com o motor prestes a parar.

Lutando contra sua náusea e fraqueza, Komatsu desceu por um lado da base do cogumelo, perfazendo um longo arco. Tirando vantagem de uma corrente de ar ascendente induzida pelo fogo, ele ganhou altitude suficiente para direcionar o avião para uma amerissagem na baía antes que seu motor morresse. Ele esperava estar nas alturas tempo suficiente para tirar fotos, mas o calor da corrente de ar quente de Urakami o forçou a se afastar e descer o mais rapidamente possível.

Quando as plataformas flutuantes tocaram na água e o avião parou, os homens mergulharam e lavaram a poeira grudenta que ardia em seus corpos. Como para provar que o corpo humano não é uma máquina, cada um deles respondeu de forma diferente a quaisquer isótopos venenosos que tivessem entrado no avião, apesar de terem sido igualmente expostos. Umeda parecia se recuperar depois de vomitar sangue e entrar num curto estado delirante. Ele morreria de leucemia dois anos mais tarde. Tomimura morreria de leucemia em 1964. O cadete Komatsu sobreviveria até os anos 1970 com uma queimadura na mão que nunca sarou.

O *BOCK'S CAR* JÁ TINHA ido embora havia muito tempo quando Komatsu entrou na nuvem às 11h40.

Às 11h01, as portas do compartimento de bombas tinham se fechado e Sweeney pilotou o B-29 numa íngreme curva de 155 graus a bombordo, mergulhando numa trajetória a nordeste daquela seguida por Tibbets. Naquele momento, Sweeney já estava um pouco viciado na ilusão de dilatação de tempo que acompanhava situações de muita adrenalina. Ele nunca deixou de se fascinar pela sensação de um único segundo se estendendo por minutos inteiros — ou por ocasionalmente ser enganado pelo efeito. A esperada detonação parecia não vir nunca, e Sweeney estava começando a se perguntar se havia lançado uma bomba falha quando, 42 segundos depois de a porta do compartimento de bombas fechar, o horizonte inteiro foi banhado numa explosão de luz superbrilhante, muito mais intensa que o clarão de Hiroshima. Mesmo num estado de suspensão de tempo, o choque de ar quente recuando do *pika* parecia vir muito rapidamente, atacando com força inesperada. Em Hiroshima, Sweeney experimentara quatro ondas de choque diferentes, de uma fúria que diminuía rapidamente, enquanto George Marquart, apesar de ter estado mais perto da bomba no *Necessary Evil*, mal tinha notado alguma onda de choque. Aqui, porém, cada choque era como uma bomba de artilharia antiaérea explodindo do lado de fora das janelas — e pelo menos cinco vieram, uma depois da outra, com igual força.

Depois que Charles Sweeney completou sua volta e a última das ondas de choque tinha passado, ele olhou para trás. O topo da coluna de fumaça estava subindo muito mais rapidamente que em Hiroshima — viva, com aqueles tons púrpura e laranja, cores cujo brilho ele vira apenas uma vez antes e esperava nunca mais ver de novo. A nuvem continuou a acelerar para cima depois de ter passado por Sweeney a uma altitude de 9.150 metros, e prosseguia a subida a até pelo menos 9 mil metros, quase chegando ao espaço. A nuvem de Nagasaki parecia mais intensa e mais feroz.

O engenheiro de voo de Sweeney afirmou que o *Bock's Car* tinha menos de 1.135 litros de combustível restantes e estava a 560 quilômetros de Okinawa, posto de gasolina e pista de aterrissagem mais próximos. A matemática chegava a ser triste de tão simples: usando aproximadamente quatro litros por quilômetro, eles não alcançariam Okinawa por oitenta quilômetros e cairiam na água quase ao mesmo tempo que o avião de Komatsu.

Apesar da escassez de combustível, Sweeney continuou a inclinar o avião para permitir que seu bombardeiro começasse a escrever uma avaliação do ataque.

Sweeney, que conhecia cada rua e pátio ferroviário do vale, fez sua própria e rápida avaliação. O centro da base do cogumelo erguia-se sobre o distrito de Urakami, com uma terrível tempestade de fogo irrompendo de um lado. As ladeiras altas ao longo de um lado do vale estavam em chamas, enquanto o centro de Nagasaki parecia ter sobrevivido, abrigado por uma cadeia de morros que separam o vale Urakami da planície costeira. Esse resultado estava bom para Sweeney. O foco do impacto, apesar de consideravelmente ao norte do alvo original, ainda estava perto suficiente das instalações industriais de Morimachi, das indústrias de aço Mitsubishi, do estaleiro Mitsubishi e da fábrica de torpedos Mitsubishi. Não havia dúvida para o piloto de que, num único ataque, o nome Mitsubishi tinha sido derrubado para sempre.

"AVIÃO AMIGO!", HAJIME gritou enquanto o *Bock's Car* se aproximava. E então mergulhou na água, competindo com outro garoto *Kaiten* para ver quem conseguia prender a respiração por mais tempo. No Momento Zero, eles nadavam perto da fábrica de torpedos Mitsubishi. Por ter conservado energia ao se segurar às algas no leito do rio, em vez de bater braços e pernas para se manter no fundo e lutar contra as correntes, os primeiros quarenta segundos foram fáceis para Hajime. Ele pensava ser capaz de prender a respiração por mais um minuto e meio quando o *pika* irrompeu.

Mesmo sob mais de dois metros de água barrenta, e fechando as pálpebras constantemente, o clarão o ofuscou. Como a água não estava preenchida por núcleos pesados que pudessem ser quebrados e acelerados — mesmo o ocasionalmente acelerado íon de oxigênio não poderia percorrer uma distância muito longa através do escudo líquido —, uns poucos metros de água ofereciam uma proteção melhor contra raios gama e nêutrons que lâminas de chumbo ou de aço. Se alguém tivesse de ser apanhado perto do hipocentro de uma explosão nuclear, o melhor lugar para estar seria, definitivamente, sob a água. Seu único ferimento foi causado, aparentemente, por um efeito de lente provocado por uma ondulação na superfície da água — o qual tinha direcionado um fino feixe de luz sobre o ombro esquerdo, deixando uma queimadura permanente na pele.

Com os ouvidos zumbindo, Hajime veio à tona num mundo muito diferente do que tinha deixado apenas um minuto ou dois antes. Seu amigo não estava à vista — e ele pensaria mais tarde que, se o outro garoto tinha emergido antes do *pika*, ele simplesmente desaparecera.

A costa estava coberta de fumaça, obscurecendo a escola e o edifício Mitsubishi, ambos achatados de um lado e grotescamente inchados como um balão, até perder a forma. O céu estava negro e, do centro do rio, duas esferas de chamas verdes e negras subitamente disparavam na direção de Hajime sobre a superfície da água. Cada uma tinha o tamanho aproximado de uma bola de beisebol. Chegando à costa, as bolas de fogo se separaram, uma para cada lado do garoto, e desapareceram.

Ele não precisou ver muito mais para sair correndo, atirando água para todos os lados e depois indo até a margem do rio. Quando tinha água pelos joelhos, uma chuva de gotas enormes e oleosas ia e vinha. Mais esferas verde-escuras, incandescentes, também iam e vinham. Uma delas atingiu um animal morto ou um monte de trapos, incendiou-o e se desintegrou.

Quando a chuva oleosa e o fogo verde cessaram, um cheiro rançoso alcançou Hajime e não foi embora — um cheiro de lula e porco agridoce, que vinha de perto e de longe. Hajime percebeu que pessoas deveriam estar produzindo aquele cheiro — as pessoas-jacarés que corriam para a água e em sua direção —, dezenas delas, vindas do mesmo lugar escuro onde o fogo verde provavelmente começara. Ele não queria ver, mas mesmo assim não podia desgrudar os olhos delas. Eram ao mesmo tempo completamente obscenas e fantásticas; horríveis e fascinantes.

A jornada de Hajime pela margem do rio — se ele estava se aproximando ou se afastando do *Ground Zero*, não sabia dizer — teria de ser totalmente inesquecível. Quatro semanas mais tarde, porém, a viagem voltaria apenas em lampejos de memória. Alguns dos homens-jacarés, ao entrar cambaleando na água, literalmente caíam aos pedaços — desintegrando-se diante dos olhos do jovem Hajime. Um homem que não conseguiu chegar até o rio estava deitado de costas, inflando-se como se o soprassem, ou como se tivesse vapor dentro. Sua barriga estourara e, em vez de sangue, fogo negro manava.

Hajime não podia adivinhar o que o fogo negro era realmente e, anos mais tarde, nenhum dos cientistas com quem conversou poderia lhe explicar o que vira. Um deles sugeriria que talvez os fatos não estivessem sendo lembrados corretamente, tanto em sequência como em detalhe, e que um corpo inchando no calor por vários dias (e não imediatamente após o *pika-don*, como Hajime parecia lembrar) teria uma nuvem de moscas negras ao redor, não labaredas de fogo negro. Entre si, alguns cientistas diziam acreditar que o fenômeno de Hajime se devia provavelmente a alucinações vívidas causadas por uma concussão. Que uma onda de choque de muitos quilotones deslocando-se por menos de um quilômetro sob a água pudesse desferir um golpe tão poderoso em sua cabeça parecia fora de questão. E, ainda assim, estranhos globos de luz foram testemunhados pela enfermeira Minami e por mais de uma dúzia de pessoas em Hiroshima. O amigo do doutor Nagai e sua vaca foram fatalmente feridos pelas bolas de fogo a mais de oito quilômetros da bomba, e o prefeito Nishioka adoecera por causa das agourentas "velas" incandescentes que caíam da nuvem de Hiroshima. As grandes gotas de chuva, as pessoas-sombra e as pessoas-jacarés que se desintegravam foram testemunhadas por muitos sobreviventes nas duas cidades, bem como muitos outros acontecimentos estranhos e inexplicáveis.

DENTRO DA FÁBRICA DE TORPEDOS Mitsubishi, Sachiko Masaki estava encasulada contra o choque. Da idade de Hajime, ela tinha a tarefa de acabamento de precisão das partes menores dos torpedos, incluindo os controles dos *Kaiten*. Doutrinada desde a infância, Sachiko tinha como objetivo maior morrer como uma heroína pelo imperador — e sua grande mágoa era que garotas podiam construir e testar equipamentos para os torpedos *Kaiten*, mas nunca pilotar os controles e tornar-se, elas mesmas, *Kaiten*.

A fábrica Mitsubishi estendia-se por quase meio quilômetro — mais de quatro quadras — ao longo das margens do rio Urakami. Sachiko e sua professora Komaichi estavam aproximadamente três quadras mais longe do hipocentro que Hajime, numa seção do edifício que se inchou e estourou como se fosse uva madura, enquanto a seção de Hajime fora esmagada. Sachiko e Komaichi perceberam dois clarões distintos, o segundo muito mais brilhante que o primeiro, acompanhado de ondas de calor e pressão de estalar os ouvidos. O forro de aço e concreto não fez jus ao rótulo de resistente a bombas, mas conseguiu deter o raio de calor e absorver a maior parte da onda de raios gama enquanto paredes explodiam por todos os lados e a estrutura do teto despencava quase até o chão. Turbinas e suportes de torpedos evitaram que o teto caísse até a cabeça de Sachiko. Nesse período crítico de três ou quatro segundos, ela sentiu o vento rugir nos ouvidos e teve a estranha sensação de flutuar levemente no ar.

Quando Sachiko recobrou a consciência, Komaichi parecia estar em transe. Todos tinham desaparecido — com o restante da fábrica. Processar aquele desaparecimento estava além da capacidade de Sachiko.

"Devemos ir para o túnel da fábrica", Komaichi disse e Sachiko concordou. Conforme se comprovou mais tarde, a suposta segurança dos túneis era precisamente isso — suposta. Com as bombas hidráulicas paradas, os túneis se enchiam rapidamente da água que emanava da terra. E o inimigo também vinha de lá. Prisioneiros norte-americanos, australianos e javaneses tinham a tarefa de cavar os túneis — e eles também pareciam ter sido encasulados.

"Há mais deles do que de nós", Komaichi observou.

"Acho que eu deveria ir para casa agora", Sachiko disse. Komaichi assentiu com a cabeça e correu para longe dali.

Quando seu irmão mais velho veio procurá-la, Sachiko estava coberta com o óleo da fábrica e com o sangue dos desaparecidos, mas escapara com apenas alguns pequenos ferimentos e sem a náusea característica dos sobreviventes do *Ground Zero*. Essa era a segunda vez que seu irmão mais velho vivenciava uma bomba atômica. Três dias antes, ele estivera na academia naval da ilha Etajima quando, diante de seus olhos, toda Hiroshima "foi pelos ares como a fumaça de uma fornalha". Ele voltou a Nagasaki no mesmo trem que Kenshi Hirata, junto de amigos cujas famílias tinham sido mortas nas tempestades de fogo de 6 de agosto. Um deles tinha identificado a estrutura da casa de sua mãe e o relógio de pulso semiderretido dela, e nada mais. Todos eles estavam doentes desde 7 de agosto. O irmão de Sachiko parecia estar morrendo por causa de um arranhão em sua mão que não parava de sangrar.

Depois que os irmãos Masaki e Hajime abandonaram a fábrica Mitsubishi, só os prisioneiros ainda se mexiam lá dentro. Fora do túnel que estavam construindo e de pequenos casulos antichoque aqui e ali, todos estavam mortos. Os prisioneiros de guerra decidiram se agachar entre os torpedos e turbinas destruídos no *Ground Zero*, esperando que os comandantes militares locais, caso algum estivesse vivo, tivessem assuntos mais importantes em mente do que caçar fugitivos.

MEIA HORA DEPOIS DA EXPLOSÃO, Michie Hattori ainda estava no *jigoku*. Mais tarde, isso pareceria uma coisa absurda de ser feita após um ataque nuclear, mas ela se separou da amiga Fumiko e foi até as ruínas de sua escola para procurar seus livros. Michie só conseguia pensar que os pais tinham gasto todas as economias com aqueles livros. Num edifício metade esmagado e metade derrubado, ela encontrou os livros escolares intactos. Ao olhar para o restante da vizinhança, percebeu que os suportes centrais da escola eram as únicas estruturas que podiam ser consideradas, mesmo com um certo exagero, "de alguma forma intactas". Que livros pudessem continuar empilhados na mesma ordem em que ela os deixara parecia ainda mais milagroso.

Amarrando os livros às costas, Michie caminhou na direção que acreditava ser de sua casa. Esfregava os olhos repetidamente, não só por causa da fumaça, mas porque a paisagem por onde caminhava desafiava a imaginação. Postes elétricos e fios tinham se tornado uma louca rede de teias de aranha, urdida sobre casas demolidas que, quadra após quadra, pareciam ter sido esmagadas e chutadas por gigantes em fuga. Ao longo de uma serra, um grande campo de destroços flutuantes fora depositado por uma onda de poeira e ar comprimido que subia como se fosse água, depois rebentava e retrocedia abruptamente. No topo da pilha, vazando algo grosso e fedido, um trem que levava combustível jazia esparramado, as rodas apontadas para o céu, como se fosse uma lagarta morta sangrando veneno.

Subindo o morro, a quase uma hora de caminhada do lugar onde o ar parecia ter fluido em estado líquido, uma segunda cadeia de terra parecia mais natural e familiar. A quase trinta metros de altura e formando uma parede natural paralela ao rio Urakami, a cadeia servira como um escudo contra o clarão e barreira contra a explosão entre a escola achatada e o pequeno vale onde se localizava o bairro de Michie. Edifícios a quase um quilômetro e meio rio abaixo não existiam mais. Ainda assim, quando Michie conseguiu subir a cadeia de morros, sentando e se movendo aos poucos, e finalmente olhou para baixo, ela avistou um mundo perfeitamente encasulado.

No vale, toda a grama continuava verde. As roupas ainda estavam no varal, sem serem queimadas, intocadas, e nenhuma porta ou telha parecia ter sido tocada. As pessoas andavam de bicicleta pela rua principal. Entre elas, um único caminhão se movimentava numa velocidade de passeio, como se nada fora do comum tivesse acontecido. Michie voltou para olhar o outro lado dos morros e se convencer de que sua viagem pela terra desolada não tinha sido um sonho.

Por um caminho que a levava a sua vizinhança, Michie perguntou às pessoas que encontrava na rua se elas sabiam o que tinha acontecido. A maioria não queria caminhar até o topo dos morros para conferir. Ouvir era o suficiente. Outros, como Michie, tinham vindo pelo mesmo caminho e contado sobre a coluna de fogo e o desaparecimento de quase tudo entre os morros e Urakami. Eles não sabiam o que tinha acontecido, só sabiam que era uma coisa terrível. Michie contou-lhes sobre a escola achatada e sobre o homem-jacaré, depois correu para casa.

Às 11h02, os pais de Michie estavam trabalhando numa pequena fábrica do bairro, produzindo munição para caças. Eles viram um clarão pela janela e sentiram o lugar tremer, mas, como o vidro nas janelas não se quebrou, todos pensaram se tratar de um tremor de terra e continuaram trabalhando. No fim, o gerente da fábrica voltou com notícias de que apenas a fábrica e a cidade, situada no fundo do vale, ainda existiam — tudo do lado de fora tinha sido destruído.

O gerente liberou os pais de Michie para procurarem sua filha. Já não existiam referências para guiá-los até a escola, e o ciclone de chamas cuspia tantos destroços giratórios e fumaça preta que eles não poderiam seguir até Urakami. Cobertos de fuligem e suor, eles decidiram voltar e chegaram em casa minutos antes de Michie.

"Você tem pés?", seu pai perguntou, feliz, quando a avistou. Era a primeira vez que ela o vira chorar. Muito antes de chegar aos morros e ver a cidade, Michie considerara seus pais desaparecidos. E desde o momento em que os pais cruzaram os morros e olharam para baixo, na direção da escola, contavam a filha entre os fantasmas de Urakami.

A SENSAÇÃO DE ANTICLÍMAX e bem-estar do governador Nagano não durou muito mais do que o tempo que ele levou para subir de sua mansão encasulada e chegar ao topo do morro que o abrigara. Naquele momento, ele compreendeu que o prefeito Nishioka não tinha exagerado sobre Hiroshima. Não tinha mesmo. Conforme advertira, Urakami foi transformada numa sucursal do inferno na terra. Uma poeira negra impenetrável abraçava o chão — e, de um lado, a massa rotativa de fogo e fumaça estava mais alta que as Pirâmides. Em algum lugar perto do olho da tempestade, um dos centros de comunicação mais importantes do exército tinha virado nuvens de cinzas.

Do outro lado do ciclone, a direção do conselho de Urakami emitiu um relatório ao governador por um dos rádios da polícia que ainda funcionavam. As chamas pareciam estar criando uma parede de estática, mas, depois de muitas repetições, o quadro total começava a chegar. Centenas — talvez milhares de pessoas — queimadas pelo clarão estavam fugindo para as montanhas localizadas atrás da escola de medicina, e o córrego de feridos se tornava uma enchente de mortos.

"Eles têm vindo em bandos", um estenógrafo afirmou. "Todos implorando por ajuda e água quando chegam. Eles se agarram às pernas das pessoas, não conseguem caminhar. O gabinete da prefeitura está a par dessa situação?"

Outro relatório descrevia mortos e moribundos espalhados numa área entre a tempestade de fogo e uma cidade afastada dessa paisagem, como se fosse um oásis no deserto.

"No deserto", a pessoa que chamou dizia, "havia uma mulher jovem, de aproximadamente vinte anos, deitada de cara para baixo pedindo água — apenas 'água... água...' numa voz tão fraca quanto o zumbido de um mosquito."

"Quantas vítimas você estima?", Nagano perguntou.

"Nos morros abaixo da Faculdade de Medicina... Creio que estamos falando de cinquenta mil mortos apenas em Urakami."

Nagano já tinha preparado um telegrama para Tóquio relatando seu total estimado de 20 mil — o qual seria enviado antes que ele pudesse estimar corretamente. Com o tempo, esse número inicial seria usado para corroborar uma estatística oficial de baixa mortandade favorecida pelos investigadores do general MacArthur.

Mas Urakami não era uma estatística.

"*Cinquenta mil?*" O governador Nagano praticamente uivava pelas ondas do rádio. "O que a polícia está fazendo? Onde estão os bombeiros?"

"A maioria...", a transmissão foi cortada pela estática.

"Repita!", o governador ordenou. Ele não parecia entender. "Por que a polícia e os administradores locais não foram enviados para ver o que está acontecendo?"

"A maioria está morta", veio a resposta. "E aqueles que ainda estão vivos não podem combater um incêndio."

"Quem está no comando aí?", o governador perguntou.

A resposta óbvia seria "Não é você?", mas o correspondente se conteve e disse: "Temos tumultos irrompendo — todos procurando por médicos, enfermeiras e policiais. Os hospitais deste lado estão queimando e os médicos mandam os pacientes embora. Esqueça sobre combater o fogo ou fazer policiamento da área. Vamos precisar de médicos, enfermeiras e remédios".

O estado de choque inicial parecia estar passando, e o governador voltava a ter controle sobre si próprio. "A situação está entendida", Nagano assegurou ao interlocutor. "Decidi ordenar ao chefe do departamento de saúde que organize todos os médicos e enfermeiras deste lado numa equipe médica que vai se dirigir à sua área."

Aproximadamente à mesma hora do almoço tardio do governador, um assistente informou-lhe que o ministro da Saúde local parecia ter desaparecido em ação.

"Então, alguém viu o prefeito Nishioka?", Nagano perguntou. Parecia-lhe incompreensível que, àquela hora, o prefeito ainda não tivesse vindo à mansão e ocupado seu posto no abrigo. Pelo que Nagano sabia, o prefeito Nishioka nunca tinha se atrasado para nada em sua vida.

NO SUBÚRBIO DE ISAHAYA, na região dos morros, Nishioka e seu motorista encontraram os primeiros fluxos de refugiados saindo da cidade. Andarilhos-formiga-jacarés. Primeiro eles o fizeram pensar em Hiroshima, e depois ele se deu conta de que estava a dez quilômetros do centro da tempestade. Estava quase tão longe do hipocentro em Urakami quanto o Harlem e o Bronx estão da ponta inferior de Manhattan. Esse *pika-don* parecia ser pior do que aquele de Hiroshima. As pessoas-jacarés o afirmavam sem proferir palavra. O prefeito sabia que eles não podiam ter se afastado muito do lugar onde tinham sido feridos. Muitos já não tinham olhos nem rosto — a cabeça transformada em couro escuro de crocodilo com buracos vermelhos onde existiram bocas.

As pessoas-jacarés não gritavam. Suas bocas não podiam articular sons, mas o ruído que faziam era pior que gritos. Emitiam um constante murmúrio — como o de cigarras numa noite de verão. Um homem, cambaleando sobre os cotos queimados em que se transformaram suas pernas, carregava um bebê morto de cabeça para baixo. Suas fraldas e pernas estavam mais negras que as nuvens de Urakami.

Milhares de toneladas de poeira estavam em suspensão na cabeça do cogumelo, e as cinzas se espalhavam pelo céu como tinta derramada em água. Objetos ainda caíam da nuvem — pequenos pedaços de madeira e de concreto chocando-se contra o pára-brisa, uma pedrinha, um dente do siso.

"O que é isso?", o motorista perguntou.

"Chuva", o prefeito respondeu. *Chuva radioativa*, enfatizou para si mesmo, mas não disse nada.

Nos outros lugares, tudo o que Nishioka dissera no dia anterior estava salvando vidas. A observação de que aquelas pessoas que foram minimamente abrigadas em Hiroshima tinham uma boa chance de sobreviver ao *pika-don* foi repassada pelo governador ao chefe de polícia do distrito, que por sua vez repassou o conselho ao seu filho de 13 anos como uma instrução muito séria.

Às 11h02, o filho do chefe de polícia estava do lado de fora de sua escola com três amigos, perto de uma rua chamada Daikoku-Machi, nos arredores do *Ground Zero*. Nessa manhã em particular, seu pai o tinha mandado para a escola com um chapéu branco de abas largas. Ele tinha mais medo de desagradar o pai do que propriamente vergonha, então vestiu o chapéu esquisito e as calças brancas compridas sem reclamar. Quando o clarão rasgou o céu, o garoto reagiu instintivamente e mergulhou para procurar abrigo, numa manobra praticada mil vezes antes do café da manhã, até que a realizasse perfeitamente, em menos de um segundo, diante de seu pai. Com muita rapidez, ele se mergulhava e rolava até um "abrigo contra estilhaços" que fora cavado como se fosse uma vala no pavimento. Ele gritou para os amigos enquanto se atirava ao chão, dizendo que se atirassem também. Só um o obedeceu, rolando praticamente por cima dele. Os dois outros permaneceram de pé, observando o *pika* crescer e se transformar numa bolha de choque — e nunca mais foram vistos.

Outro a ser salvo por uma testemunha de Hiroshima foi o doutor Tatsuichiro Akizuki. O reitor Tsuno relatara um monstruoso clarão seguido de uma explosão, e trazido por um único aeroplano que mergulhara na direção da terra antes do clarão. Esse sinal de advertência era muito diferente do zumbido constante produzido por um grupo de bombardeiros que se aproximavam — coisa que concedia de dois a três minutos para alguém buscar abrigo. Tsuno advertiu que o som dos motores de apenas um avião, trabalhando ao máximo de sua capacidade, daria apenas alguns segundos de aviso.

Às 11h01, o doutor Akizuki introduzira uma agulha de pneumotórax no flanco de um paciente tuberculoso quando ouviu um som muito agudo, como o de um B-29 mergulhando na direção do chão.

"O que é isso?", um assistente perguntou. "O alarme de 'Tudo Limpo' soou, não foi?"

"Abaixe-se!", Akizuki gritou, retirando a agulha e atirando-se ao chão. Segundos depois, o hipocentro foi criado a quase 1,4 quilômetro dali. A Faculdade de Medicina de Urakami e o Hospital São Francisco estavam localizados no alto de um morro que se tornou, em seguida, o cano do efeito espingarda no vale. O teto do edifício e muitas paredes externas foram arrancadas, e não havia janelas para contar a história, mas este tinha sido um efeito de encasulamento antichoque se comparado ao inferno em que se transformara o vale do rio. Depois do clarão que tudo queimava, o teto rebentou como se fosse uma onda num maremoto. Akizuki e seu assistente estavam perplexos por terem sobrevivido sem ferimentos ao *tsunami* de concreto e gesso. O paciente não teve tanta sorte. Recebeu um golpe direto na cabeça, proveniente de um jato de vidro e concreto.

O restante dos pacientes não veio na direção de Akizuki e da enfermeira. Em vez disso, fugiram, deixando o hospital como se estivessem sendo perseguidos por demônios, cobrindo com as mãos seus rostos marcados de sangue enquanto fugiam para a suposta segurança do morro mais alto.

A maioria deles olhava para trás enquanto corria; e quando Akizuki enfim olhou na direção de onde eles fugiam, viu o céu no sudoeste ficar negro como carvão; e sob o véu negro, sobre a superfície da terra, pairava uma névoa estranha que — enquanto a poeira aos poucos clareava — o paralisou naquele lugar, horrorizado.

A névoa era fogo.

O doutor Akizuki estava entre os poucos que sobreviveram para ver e contar como o ciclone de Urakami se formou: "Dizer que tudo queimava não é o suficiente. Parecia que a própria terra emitia fogo e fumaça, chamas que se contorciam e irrompiam do subsolo. O céu era escuro e o chão, escarlate."

E então, enquanto observava, uma figura manchada de carmim e amarelo se levantou do oceano de chamas e tentou se transformar numa montanha. Parecia, a Akizuki e a muitos outros que a viram naquela manhã, que o mundo estava morrendo — e eles com o mundo.

Quando o doutor Paul Nagai olhou do hospital para baixo e viu o ciclone, também pensou no fim do mundo. Como um homem que adotara um nome cristão quando fora batizado e crismado, parecia-lhe um final anunciado desde a época de Daniel. Para Nagai, o incrível acontecimento no vale era um começo e uma advertência — não sobre as coisas que teriam de acontecer, mas ele esperava que o ocorrido funcionasse como um antídoto contra o que poderia vir a acontecer. Não queria acreditar que estivesse testemunhando o mundo por vir. Um professor jesuíta afirmara isso depois que Osaka queimara. Ele contou a pouco conhecida história de Jesus e Tiago, na qual Tiago aprende que, mesmo quando um destino era anunciado pela profecia, não havia realmente um destino além daquele que as pessoas construíam. O jesuíta explicou a lição de Jesus num vernáculo mais moderno: "E o Senhor disse: 'Crianças, vocês se lembram daquela parte sobre *amar uns aos outros*? Não me façam ter de descer aí e bater em vocês — porque haverá cavalos pálidos e cavaleiros pálidos, e vai ser muito ruim'".

O doutor Nagai não acreditava ser mera coincidência que o hospital e a catedral de Urakami tivessem vista para o lugar onde são Paulo Miki — o samurai que se tornou jesuíta — fora crucificado com 25 de seus seguidores em 1597. Nagai se perguntava se o que parecia algo acidental em termos de história para a maioria das pessoas — a convergência do hipocentro e a crucificação — não seria um lembrete para a humanidade de que, embora tudo sobre o homem tivesse mudado, se a sua maneira de pensar não mudasse também, tudo isso seria o prólogo do fim do mundo.

No gramado da frente do hospital, o doutor Akizuki descobria que o chão provavelmente esquentara até pelo menos o ponto de ebulição da água. A grama — e as folhas de todos os vegetais — estava aplainada, escorchada e ainda incandescente. A maioria das pessoas que trabalhava no jardim tinha as costas voltadas para o *pika* quando este chegou num clarão vermelho. E elas deveriam, involuntariamente, ter virado o rosto a tempo de ver a fúria total do raio azul — antes de perceber que não deveriam se virar e olhar. As costas dos jardineiros foram esfoladas pelos raios azuis. Os rostos foram queimados naqueles primeiros três segundos. E eles ficaram cegos.

Primeiro, o doutor Akizuki queria fugir, mas, quando olhou para cima, viu os incêndios se alastrarem pouco a pouco pelas ruínas do andar mais alto do hospital. Por um momento, ele considerou um pouco estranho que o teto fosse a primeira parte do prédio a pegar fogo. E então pensou na doutora Yoshioka. Ela estava lá em cima em algum lugar. E ele a tinha *mandado* para lá.

Quando entrou correndo e subiu as escadas, Akizuki encontrou vários irmãos jesuítas da capela local auxiliando na retirada das pessoas. Nos dez minutos seguintes, os irmãos e a equipe, junto com vários dos pacientes que não estavam feridos, ajudaram Akizuki a tirar todos do edifício.

Enquanto o hospital vazio queimava, destruindo a maioria dos remédios e equipamentos, alguém gritou o nome do doutor Akizuki sobre o barulho das chamas: "Por favor, venha rápido!".

Ele seguiu o homem a um morro atrás do hospital, para onde um dos irmãos carregara a doutora Yoshioka nas costas.

"Ela está quase morrendo de tanto perder sangue", disse a enfermeira Tsuyako, silenciosamente recriminando o doutor Akizuki por ter demorado em chegar.

Uma faixa de gaze dava tantas voltas na cabeça de Yoshioka que apenas um olho aparecia para fitar Akizuki enquanto tomava seu pulso e examinava os curativos.

"Não acho que você corra perigo", Akizuki disse, sem ter certeza de estar falando a verdade. "Seu pulso está forte, você não está muito pálida — e os curativos estancaram o sangramento."

"Você descobriu alguma coisa sobre sua mãe?", a doutora Yoshioka perguntou.

"Não", ele respondeu, com polida resignação. "Ela provavelmente foi queimada." Olhando para o ciclone de chamas, ele não podia saber a localização precisa da casa de sua mãe. Enquanto olhava, pessoas começaram a chegar ao topo do morro, gemendo e pedindo ajuda. Os rostos dos andarilhos-formiga eram como máscaras, e o médico se sentiu assistindo a uma procissão de fantasmas — como num sonho de infância que ele ainda lembrava. Mas isto era pior. Com o hospital emitindo chuvas de faíscas, não havia remédios exceto pelos que a equipe conseguiu pegar na saída. Não havia nem um teto sob o qual abrigar os feridos. Akizuki sentiu que não poderia ser de ajuda sem os suprimentos médicos, e realmente queria fugir, mas decidiu que, mesmo se oferecer algum tratamento se tornasse impossível, às vezes o conforto da presença de um médico, ou apenas uma mão carinhosa, poderia ser suficiente para manter acesa a vontade de viver. Quando ouviu as súplicas de ajuda dos pacientes, não podia mais deixá-los.

Quando o fluxo de sobreviventes do vale aumentou em número, as queixas e os murmúrios cresceram em força e soavam ao doutor Akizuki como uma profecia das escrituras budistas: "Ecoando em todos os lugares, como se a própria Terra sentisse dor".

O CHEFE DE SEÇÃO DO ENGENHEIRO naval Yamaguchi ainda estava explicando não acreditar que a bomba atômica pudesse funcionar realmente quando o segundo *pika* concluiu o argumento a favor de Yamaguchi. Numa distância de três quilômetros, a 10.200 pés metros do hipocentro descendo o rio, o calor que invadiu a sala era tão grande que dessa vez Yamaguchi acreditou que ia morrer.

Uma vez mais, ele estava à beira do *Ground Zero*. Ao redor, todas as estruturas de madeira e todos os edifícios de aço leve foram achatados pela explosão. Dentro dessa zona, mesmo o concreto exposto poderia ser incendiado e produzir um clarão secundário. Aqui e ali, o alumínio queimava como combustível de foguete. Quem se encontrasse do lado de fora e sem proteção ainda estava a salvo de uma dose mortal de raios gama — mas essa condição era irrelevante, porque a onda de explosão e o raio de calor eram instantaneamente letais.

Nos três primeiros segundos críticos, os argumentos de Yamaguchi foram lembrados, e quem o escutara mergulhou sob mesas e atrás das portas. O chefe de seção de Yamaguchi fez exatamente o que lhe fora instruído caso visse o clarão brilhante e sobreviveu quase sem ferimentos numa sala que, ao contrário do restante do prédio, parecia ter sido encasulada entre ondas de choque divergentes. Numa região de colinas onde por quase seis segundos frentes de choque rebotavam e convergiam com uma força de partir os ossos, uma onda que descia sobre o ponto onde Yamaguchi estava divergiu ao redor de uma escada adjacente, como a água se divide ao encontrar a proa de um barco. A onda parecia ter carregado tudo e todos, exceto a sala de conferência de Yamaguchi e as pessoas que estavam lá com ele. Mesmo o ar superaquecido parecia apenas ter circulado ao redor do escritório antes de voltar para Urakami e seguir a bola de fogo até o céu. Antes de cair em forma de fumaça e poeira, vários andares de concreto e aço tinham servido como camada de proteção ao absorver o calor e os raios gama. Apesar disso,

Yamaguchi ainda sentiu uma sensação renovada de calor por todo seu corpo — seguida de calafrios e náusea.

Ele desceu correndo por uma escada quebrada, já sem paredes ao redor, e atravessou um saguão sem teto que lhe fora familiar um dia, rumo a um prédio vizinho que se transformara num campo. A única estrutura conhecida era uma velha torre de observação de aço e concreto que antes era um farol.

Como Yamaguchi e seus colegas, a torre também parecia ter sido inexplicavelmente poupada, apesar de a porta de aço estar quente o suficiente para queimar seus dedos quando a abriu. Pela primeira vez ele tomou consciência de que as queimaduras que sofrera em Hiroshima estavam completamente expostas a poderosas lufadas de fumaça e vento. Apesar de a onda precursora ter rebotado e se dividido enquanto invadia o prédio de escritórios da Mitsubishi, o vento que a acompanhou tinha arrancado curativos e mesmo "desenluvado" grande parte da pele.

O vigia da torre ainda estava em seu posto. Evidentemente, ele tinha estado observando os B-29 ou a própria bomba por meio de binóculos poderosos. Seu rosto era uma máscara enegrecida de couro de crocodilo, mas seu cérebro ainda tinha levado a pior. Os binóculos enfocaram o raio de calor em feixes gêmeos que provavelmente queimaram desde os olhos até quase o fundo do crânio do homem — tudo em uma pequena fração de um milissegundo. O engenheiro apenas deu de ombros diante desse outro novo horror e olhou a cidade do topo do farol, procurando sua casa.

Na direção de casa, era como se tudo tivesse sido chutado para os lados e queimado — depois, algo passou por ali e apagou o fogo. O chão parecia ter sido arranhado e arado pelos calcanhares do diabo.

O engenheiro descobriu que, de um lado, sua casa era uma caixa curiosamente intacta, com mesas inclinadas e partes de cadeiras e pedaços da sacada — tudo coberto por um verniz de carvão negro. O resto eram ruínas. Como Kenshi fizera em Hiroshima, Yamaguchi cavou desesperadamente para encontrar sua família — finalmente, ele encontrou fragmentos de ossos, que claramente eram de um bebê. Mas os efeitos da bomba pareciam ir de mãos dadas com os desvios aleatórios na rotina das pessoas. Às vezes, Yamaguchi atribuía a sorte e o azar em sua vida a um caminho planejado por Deus. Outras vezes, ele acreditava que o que parecia ser o destino apenas tinha essa aparência, mas na verdade tudo acontecia "só porque tinha de acontecer".

Yamaguchi logo encontrou Hisako e o pequeno Katsutoshi vivos. Depois que ele saiu para trabalhar na manhã da segunda bomba, a mulher de um primo veio visitar Hisako, trazendo com ela seu próprio bebê. Hisako ofereceu-lhe chá e saiu para fazer compras antes de seu turno, que começava de tarde e ia até a noite, na obra de expansão de um túnel da Mitsubishi. Os ferimentos que seu marido sofreu em Hiroshima acabaram por mandar Hisako por um caminho que ela normalmente não teria tomado. Geralmente, antes de sair para o trabalho, ela estaria em casa preparando almoço para sua família. Quando chegou a fração crítica de segundo, a senhora Yamaguchi estava indo visitar um farmacêutico especializado em ervas, que sabia algo sobre o tratamento de queimaduras. Como todas as mães de primeira viagem, a cuidadosa e terna Hisako costumava levar Katsutoshi a todos os lugares com ela — mesmo quando os parentes estavam em casa e dispostos a cuidar do bebê. Quando o alerta antiaéreo final soou, a missão de Hisako, de achar um remédio para seu marido, já tinha alterado sua rotina normal e a levara até o abrigo da Mitsubishi bem antes do planejado. Ela e Katsutoshi estavam dentro de um túnel quando os incêndios começaram — felizmente, ocorreram longe de lá.

Ocasionalmente, as coisas funcionavam. "Às vezes por vontade de Deus", Yamaguchi gostava de acreditar. "E às vezes talvez só porque aconteciam".

O PRIMEIRO PENSAMENTO DO DOUTOR NAGAI, depois que a onda de explosão passou pelo hospital, era de gratidão por ainda estar respirando, por poder pensar claramente e caminhar. Seu pensamento seguinte era sobre sua posição como oficial do Comitê de Resgate. Olhando para o centro de Urakami, abaixo, ele sabia que sua mulher estava em algum lugar sob as chamas. Ficaria sabendo muito mais tarde que uma irmã tinha implorado a Midori Nagai que passasse o resto do dia numa cabana perto do córrego, onde os pequenos Kayano e Makoto estavam brincando às 11h02. Foi a última vez que a irmã a viu. Essa mesma cabana viria a ser protegida por uma sombra no momento do clarão. A mulher recusou o convite, explicando que o câncer estava deixando Paul mais doente do que de costume. Ela queria preparar um almoço nutritivo e levá-lo ao hospital. Paul Nagai descobriria que ela provavelmente morreu enquanto cozinhava para ele. Junto de seus ossos estavam utensílios de cozinha esmagados e derretidos.

O doutor Paul Nagai teria, naquela manhã, aproximadamente seis meses de vida restantes. Quatro anos mais tarde, porém, assombrado pela culpa de ser sobrevivente, ele escreveria (numa das memórias mais introspectivas da História) que, ao ter escolhido ficar perto do hospital depois do *pika-don* em vez de voltar para casa e para a mulher, ele se desincumbira de sua responsabilidade. "Qual será minha recompensa aos olhos de Makoto e Kayano quando forem adultos?", ele se perguntava.

Acreditando que logo morreria de câncer, o instinto inicial que guiava o doutor Nagai era de ser lembrado como um herói. Perturbado com o desaparecimento de Urakami e de sua mulher, ele se forçou a controlar as emoções e direcionar a retirada dos pacientes do seu lado do hospital. Estava totalmente consciente de querer elogios póstumos, de querer ser reconhecido como alguém que resgatou pessoas de um edifício em chamas sem mostrar nenhuma preocupação por si.

Para Paul Nagai, os alunos, as enfermeiras e os irmãos jesuítas não eram movidos por tal vaidade. Eles continuavam voltando à zona do perigo sob a supervisão às vezes draconiana de Nagai, que mais tarde recebeu o elogio: "o doutor moribundo que pensava somente nos outros".

No quinto aniversário do bombardeio, ele se lembraria de uma jovem enfermeira que parecia não ter nenhum corte ou hematoma depois do *pika-don*, mas que caiu três vezes num estado de exaustão completa, implorando que ele a ajudasse numa parte do caminho. Em vez disso, ele a repreendeu por mostrar tamanha fraqueza e ordenou-lhe que endireitasse a coluna e continuasse o trabalho de resgate. Dois dias mais tarde, ela estava vomitando sangue. Na manhã da bomba, Nagai notou que várias outras enfermeiras estavam enfraquecendo e cambaleavam.

"Eu não lhes permiti nenhuma ajuda", lamentou Nagai, quando entendeu a verdade. "Essas garotas estavam mais doentes do que pareciam — algumas estavam mesmo agonizando —, e, sem saber disso, eu as fiz levantar e caminhar sem ajuda. Frequentemente me pergunto o que suas famílias pensariam de mim agora."

Aquelas enfermeiras e religiosos que (apesar de protegidos do raio de calor) tinham estado do lado de fora quando os raios gama explodiram em sua direção, ou que estavam perto do *lobby* externo do hospital receberam aproximadamente um terço da dose letal. Mesmo dentro da concha de aço e tijolos do prédio, Nagai recebeu até um quinto de uma dose letal da radiação imediata, e pelo menos duas vezes mais da poeira radioativa em suspensão que a seguiu — uma dose total que matou quase a metade das pessoas que atingiu. A razão pela qual a radiação atacou com mais força o revestimento do trato intestinal e a medula óssea era que suas células danosas eram mais fortes contra as células que se dividiam rapidamente. As células cancerígenas entravam nessa categoria. Enquanto as enfermeiras adoeciam diante dos olhos do doutor Nagai, a bomba — enquanto ainda causava náusea e fazia sua pele rachar — estava matando as células produtoras de sangue saudáveis do médico e suas células cancerígenas com a mesma facilidade. Quase desde o início da primeira onda de raios gama, seu câncer estava sendo levado à remissão.

Ao contrário de Kenshi Hirata e Tsutomu Yamaguchi, Nagai não acreditava que Deus ou o destino o tivessem poupado somente para prestar testemunho. Ele acreditava que havia uma penitência a ser paga também, como se a vida na Terra fosse apenas o purgatório de outro planeta.

Se não fosse pelo fato de que a teria deixado órfã, o doutor Nagai preferiria ter morrido do que viver para escutar o que aconteceu quando uma tia dele contou a sua filha que a mãe morrera. Kayano só tinha 4 anos. Ela não sabia o que isso significava. Ela não chorou; simplesmente sorriu e perguntou: "Quando a mamãe vai voltar para casa?".

Naquela noite, a prima de Kayano, Ritsuko, teve diarreia. O primo Takeo também teve o mesmo sintoma e uma indisposição estomacal.

No lado do desfiladeiro que fora preservado, onde a grama ainda continuava verde apesar de uma estranha chuva que parecia "meleca de água-viva" — apesar dos papéis queimando e os outros objetos que não pareciam ter por que cair do céu —, vaga-lumes tinham sobrevivido à explosão. As crianças os viram voar ao redor, seus reflexos no córrego. A tia Urata se lembraria dos vaga-lumes e que o cheiro da grama verde enchia o ar de vida — o que tornava ainda mais impossível acreditar nas tragédias que estavam por se desenrolar.

No quinto aniversário da bomba, apesar de ter apenas 9 anos, Kayano Nagai estava adquirindo uma sabedoria maior que o comum em sua idade.

"A prima Ritsuko morreu", ela escreveria em depoimento para o memorial. "Antes de morrer, ela tossiu muito sangue. Seu suor era sangue. O primo Takeo também tossiu um monte de sangue e morreu."

Nunca escaparia à atenção de Kayano o fato de que a guerra começara na festa da Imaculada Conceição, em 8 de dezembro (o dia do bombardeio de Pearl Harbor, do lado japonês da Linha Internacional da Data). Terminou no dia que Ritsuko morreu, 15 de agosto. "Quantas espadas cruéis devem ter atravessado o coração da Mãe Sagrada todo esse tempo?", Kayano se perguntava.

"Consigo me lembrar de quando era pequena, principalmente das coisas ruins", Kayano contaria aos historiadores. "No ano em que nasci, a guerra começou. Quando era pequena havia ataques aéreos todo o tempo. Era horrível, mas de qualquer forma eu tinha minha mãe lá, então tudo bem; eu era muito feliz. Eu vi a bomba atômica. Tinha 4 anos. A bomba atômica foi a última coisa que aconteceu durante a guerra e não houve mais coisas ruins desde então; mas eu não tenho mais minha mãe. Então, mesmo que não seja mais ruim, eu não sou feliz."

8

BARBANTES

Quase ao mesmo tempo em que o cadete Komatsu voava para dentro do caule da nuvem radioativa e em que Michie Hattori conheceu o homem-jacaré, Charles Sweeney estava se acostumando à triste matemática de sua situação e a outra manobra cabeça-dura de Paul Tibbets.

De Nagasaki a Okinawa eram 560 quilômetros. Depois do voo de bombardeio, o *Bock's Car* e o *Great Artiste* tinham subido de 6 mil a 9 mil metros para um rápido reconhecimento de grande altitude do alvo, e também para ficar acima e à frente de caças ascendentes. Nesse ponto inicial da viagem de volta à base, os motores de Sweeney estavam queimando aproximadamente três litros de combustível por quilômetro. Ele começara com apenas 1.135 litros. Para conservar combustível, tinha de reduzir a altitude e descer à altitude em que o oxigênio era mais abundante. Além disso, ele podia desacelerar as hélices da velocidade normal de 2 mil rpm para 1.800 rpm. Isso pouparia um pouco mais de combustível, mas não uma quantidade grande o suficiente, pelos cálculos de Sweeney. Então decidiu desacelerar para 1.600 rpm, o que infelizmente reduziria o influxo necessário de lubrificação e os níveis de resfriamento necessários para manter os motores em boas condições. Essa decisão arruinaria quatro motores, mas eles seriam devastados numa queda em água salgada e portanto poderiam ser considerados dispensáveis.

A diminuição da marcha reduziu a velocidade do *Bock's Car* para cem quilômetros por hora. Sweeney agora consumia 1.135 em vez de 1.900 litros por hora, mas ele ainda cairia no mar quinze minutos e vários quilômetros antes do que previa sua destinação.

Sweeney esperava que a teoria cabeça-dura de Tibbets pudesse fazer a diferença. O nome dado por Tibbets à teoria era "voar a escada". De acordo com a teoria, com as regulagens de velocidade e força equalizadas, uma descida gradual, baixando um degrau e permanecendo nesse nível, baixando outro degrau e mantendo-se no nível, daria ao avião uma breve, temporária aceleração em cada degrau, sem usar combustível extra. Teoricamente, Sweeney conseguiria sugar alguns quilômetros extras do que restava da reserva de combustível. "E na prática?", o piloto se perguntava. Começando sua descida a 9 mil metros, Sweeney acreditava ter muito tempo para descobrir; então começou sua descida pelas escadas, confiando na matemática de Paul Tibbets e Isaac Newton para conduzi-lo grande parte do tempo.

A quinze minutos de Okinawa e sobre o alvo inicial, o suprimento de combustível, apesar de reduzido a quase mais de 45 litros, ainda providenciava alimento para os motores. Sweeney agradecia a Tibbets, Newton e a Deus, quando por fim avistou a ilha. Infelizmente, o aeroporto americano mais próximo ao Japão também era o mais movimentado. Mesmo a dez minutos de lá, Sweeney já conseguia ver sinais de tráfego aéreo sobre todas as pistas.

"Yontan. Torre Yontan!", Sweeney chamou um controlador de voo que parecia muito ocupado para responder. "Aqui é Dimples 77. Mayday! Mayday! Câmbio."

"Todos os instrumentos de medição estão marcando vazio", Kuharek disse, à frente, e imediatamente depois que ele disse isso, o Número 4 — o motor de estibordo — parou.

"Aumente a força no Número Três", Sweeney disse.

O aumento de velocidade do Número Três ajeitou a asa de estibordo do *Bock's Car*, mas se àquela altura algum resultado era seguro, era que a única maneira de aterrissar seria plainar ao longo de um caminho até o chão. Sinalizado por um controlador de voo para um "circule ao redor e tente de novo", aterrissar não era uma opção.

Sweeney ordenou a Van Pelt que acionasse as luzes de emergência verdes e vermelhas, para sinalizar "aeronave sem combustível". E reforçou o sinal com outra chamada de "Mayday! Mayday! Dimples 77". Serpentinas de vermelho e verde agora seguiam atrás do *Bock's Car*, e Sweeney podia ouvir as torres de controle comunicando-se normalmente com os outros aviões, como se não houvesse nada fora do comum no horizonte.

"Eles são cegos, além de surdos?", Sweeney gritou para sua equipe e depois, ao microfone: "Mayday! Mayday! Estou chamando qualquer maldita torre em Okinawa!".

Não houve resposta, nem mesmo estática. Sweeney baixou o equipamento de aterrissagem e gritou de novo a Van Pelt: "Dispare qualquer maldito sinalizador que tivermos a bordo!".

"Todos eles?"

"*Todos* eles! Faça-o agora!"

Segundos mais tarde, os sinalizadores estavam explodindo por todos os lados — vermelhos, azuis e verdes; roxos e com estrelas brancas brilhantes. Van Pelt estava sinalizando, ao mesmo tempo: "Aeronave sem combustível! Aeronave caiu na água, aqui! Preparem-se para o choque iminente! Aeronave pegando fogo! Mortos e feridos a bordo!".

Sweeney imaginou que o *Bock's Car* deveria estar parecendo com um desfile de Quatro de Julho, acelerado.

"Quem é aquele idiota?", perguntou um cansado controlador de tráfego aéreo.

"Pelo menos agora eu tenho a atenção deles", Sweeney pensou, enquanto os aviões começavam a desviar de seu caminho, deixando-o descer à pista mais próxima com apenas dois dos quatro motores ainda sugando ar e dando propulsão.

Menos de dez segundos depois que Sweeney parou o avião, veículos de emergência estavam ao lado do *Bock's Car*. Um deles dirigiu o jato do extintor aos motores, apesar de nada parecer estar pegando fogo. Um médico meteu sua cabeça pela porta dianteira e perguntou: "Onde estão os mortos e feridos?".

Sweeney apontou o polegar sobre seu ombro, na direção de Nagasaki. "Lá atrás", ele disse, e não falou mais nada sobre o assunto. Ele estava a um longo caminho da base aérea de Tinian, e mesmo se o presidente Truman tivesse contado tudo e anunciado a existência da bomba, todos a bordo do *Bock's Car* entenderiam, sem terem sido comunicados, que eles não poderiam dizer nada a ninguém sobre onde tinham estado, para onde estavam indo ou o que tinham feito.

Quando chegou a ordem do almirante Purnell, em Tinian, pedindo às equipes de solo, em Okinawa, que providenciassem a Sweeney todo o necessário para a próxima etapa da viagem; a resposta de Tóquio continuava a ser um deserto de silêncio. Enquanto isso, as horas passavam.

"Será que a resposta a essas duas bombas atômicas pode ser uma indiferença desdenhosa?", Sweeney se perguntava. "Poderia ser verdade?"

Parecia que sim. Em vez de notícias sobre uma rendição japonesa, a manchete do noticiário da Rádio das Forças Armadas era sobre a invasão da Rússia à parte ocupada pelo Japão na China, seguida pela descoberta de gravações "perdidas" do arquivo do falecido Glenn Miller, "Caribbean Clipper" e "Little Brown Jug".

Sweeney era o único membro de sua equipe que sabia que os núcleos de plutônio das duas bombas atômicas seguintes não viriam a existir em dois meses ou mais. Ele anotou em suas memórias que esse pensamento o deixou mais frio que qualquer outro. O intervalo entre as bombas poderia convencer os chefes supremos no Palácio Imperial de que, se o país podia absorver duas bombas atômicas e se reconstituir, então esse novo horror — bem como os ataques com bombas incendiárias convencionais — poderia ser combatido e a vida continuar.

"Jesus...", Sweeney disse a si mesmo. "Se tivéssemos outra bomba que pudesse ser largada amanhã ou no dia seguinte, então Tóquio acreditaria que somos capazes de carregá-las uma depois da outra como balas de espingarda. E eles certamente se renderiam e parariam com essa loucura. Mas isto? Isto?"

O atraso de um mês inteiro comunicaria apenas uma lição: Truman estava jogando pôquer e o vasto arsenal nuclear não existia realmente. A trágica ironia era que, quando as próximas bombas atômicas ficassem prontas, em algumas semanas, Sweeney teria que voar em mais dessas missões. Pelo menos três mais, ele calculou.

"Que diabos eles devem estar pensando lá no palácio do imperador?"

Como os seus contemporâneos diziam, "Nero tocava violino enquanto Roma ardia".

Depois de passados quase dois mil anos, essas palavras nunca foram tão certeiras. O marechal de campo Shunroku Hata, que perdera seu encontro com o prefeito Nishioka, mas sobrevivera aos incêndios de Hiroshima e chegara a Tóquio com queimaduras do clarão apenas em um lado de seu rosto, insistiu com o doutor Sagane que os americanos possuíam material nuclear suficiente apenas para construir duas bombas atômicas.

"Eles parecem já ter usado as duas", disse Hata. "Já fizeram o pior que poderiam fazer."

O ministro das Relações Exteriores Shigenori Togo e o físico Yoshio Nishina voltaram a pressionar o imperador, mas com toda a educação possível, implorando para que ele tomasse uma decisão.

O ministro da Guerra, Korechika Anami, parecia ter deixado de se preocupar. Na verdade, ele estava aprendendo a "abraçar" a bomba. Tendo escutado as descrições da nuvem atômica florescendo até a estratosfera como uma flor radiante, o ministro meteu-se a poeta e disse: "Não seria maravilhoso para esta nação ser destruída como uma linda flor?".

A lição pessoal do poeta guerreiro para os jovens *kamikaze* e *Kaiten* tinha sido muito parecida. Ele os ensinou que seu destino era a guerra — "cair pelo imperador como as pétalas de uma flor". Alguns dias depois, seguindo revelações de que soubera e considerava juntar-se a um golpe militar contra o imperador, com o objetivo de eliminar qualquer possibilidade de rendição, Anami cometeria suicídio ritual depois de oferecer saquê aos amigos, mostrando-lhes dois de seus "poemas de morte"e lamentando: "Ah, que poeta o mundo está perdendo".

Naquele momento, Anami se recusava a tolerar a frase do ministro do Exterior: "A situação de guerra está menos favorável a nós a cada hora que passa". Togo foi forçado a reformular suas palavras: "A situação de guerra se desenvolveu não necessariamente dando vantagem ao Japão".

O general Yoshijiru Umezu assegurou a Anami que as medidas de retaliação antiaéreas concentradas contra dois ou três aviões voando solitários deveriam conseguir repelir um ataque atômico.

"E o que acontece se eles tiverem outra bomba atômica já esperando numa das ilhas?", o ministro das Relações Exteriores Togo interrompeu. "E se eles souberem que nós já aprendemos a ficar atentos especialmente a grupos de apenas dois ou três aviões? Os senhores não acreditam que eles são espertos o suficiente para esconder uma bomba entre uma frota de cinquenta B-29? Ou cem? E como vamos abater todos?"

Por um momento, Togo pensou que o ministro da Guerra Anami não tinha uma resposta; mas, com suas bochechas vermelhas e lavadas de lágrimas, ele disse: "Tenho certeza de que podemos causar grandes baixas no inimigo; e, mesmo se falharmos na tentativa, nosso povo de cem milhões de pessoas está pronto para morrer pela honra, glorificando os atos dos japoneses gravados na história".

O general Umezu concordou e anunciou: "Devemos continuar a lutar com coragem e achar vida na morte. Esta é a única maneira por meio da qual podemos honrar tantos bravos homens que já morreram pelo imperador".

"E por quê?", o doutor Nishina pensou. "Nós honramos nossos mortos de guerra empilhando cadáveres em cima deles?" Mas quando o almirante Ugaki começou a cantar o elogio de um esquadrão de aviões-foguete suicida, Nishina guardou seus pensamentos para si porque ele podia ver muito claramente que permanecer racional e altivo naquele momento era uma maneira rápida de ser dispensado — com a cabeça decepada. Então o corpo ouviu e conteve sua língua, e enquanto isso o ministro da Guerra e o ministro das Relações Exteriores discutiam com eufemismos políticos se a guerra realmente estava se tornado "desfavorável" ou apenas "não necessariamente desejável" enquanto Urakami e Nagasaki ardiam.

LONGE, AO SUL DE TÓQUIO, nas planícies ainda fumegantes de Hiroshima, Gen, o garoto que foi salvo de uma pira funerária por um soldado conhecido apenas como "Senhor", encontrou o chapéu de um bombeiro morto e o usou para cobrir os sinais que denunciavam a "Doença X".

Desde bem cedo na manhã, o cabelo de Gen tinha começado a cair em grandes tufos. Ele sabia que o chapéu não servia para muito; sua mãe certamente notaria o quão doente ele estava ficando. Então Gen saiu discretamente do barraco de chapa de metal que ele tinha ajudado sua mãe a construir e recomeçou sua busca por comida.

Atrás dos alicerces do castelo de Hiroshima e das ruínas do Hospital de Comunicações, Gen descobriu fardos de arroz carbonizado ainda empilhados ordenadamente, apesar de o depósito do exército no qual as pilhas estavam parecer ter sido levantado do chão e transportado para longe. Fraco e com dor, ele cavou um buraco nas sacas, tentando encontrar algo ainda comestível. Pacotes de açúcar se tornaram um caramelo amarronzado, do tom do âmbar, preservando grãos de arroz negro junto de algumas das vítimas de Hiroshima — grossos grumos de formigas que em seus últimos segundos de vida deveriam ter corrido, uma após a outra, para dentro da lava doce derretida.

A mãe de Gen já tinha lhe contado uma cena parecida. Durante aqueles dez últimos minutos antes do *pika-don*, ela observara centenas, se não milhares de formigas, saindo em fila da horta e indo para casa. Uma das últimas coisas que ela ouviu o irmão menor de Gen, Senji, dizer, era que ele nunca tinha visto tantas formigas.

As formigas fossilizadas não preocupavam Gen. Ele apenas as guardou em sua memória e continuou procurando comida. Abaixo da camada de formigas fritas e de caramelo duro, o arroz que ele encontrou não estava mais escuro por ter sido carbonizado. Dessa vez, o escurecimento parecia ter sido causado pelo vazamento de chuva negra e por mofo negro. Abaixo da camada de mofo, ele penetrou em outra que estava pouco umedecida pelo vazamento, e apenas um pouco fervida pelo calor — e lá o arroz parecia bem comestível. Gen encontrou algumas latas de pintura queimadas e as encheu com quanto arroz pudesse carregar, e também com blocos de formigas caramelizadas.

Enquanto caminhava, Gen provou os grãos de arroz e o arroz marrom-escuro. Mesmo com as formigas mortas e com um ranço de carvão, e apesar das persistentes ondas de náusea e calafrios, o primeiro açúcar que ele provou durante uma infância de racionamento severo era muito delicioso para ser descrito em palavras.

A caminho de casa, ele viu pilhas de ossos de dois metros de altura ao redor das piras funerárias do exército. Essas cenas não o impressionavam mais; em apenas três dias, ele tinha se acostumado a ossos e cadáveres. Enquanto um pedaço da "bala de formigas de Hiroshima" se dissolvia em sua língua, o estudante aprendeu, com uma fascinação lúgubre, que o corpo humano queimava como frutos do mar cozidos demais. Quando as chamas queimavam os mortos, parecia que aumentavam e se mantinham constantes — "como lula na grelha".

As piras do exército continuariam a queimar por quase um mês.

A comida que Gen levou para casa veio de um quartel do exército muito próximo ao hipocentro e que fora inundado pela chuva negra. A maioria dos elementos radioativos têm uma vida tão curta que desaparecem e se dissipam em algumas horas, mas os isótopos de iodo têm uma meia-vida de oito dias e o estrôncio-90 ainda retém metade de sua potência original após trinta dias. O mais raro e menos ativo plutônio gerado pela fissão do urânio irradia-se pela carne mais lentamente e de um modo um pouco menos grave que o iodo-131 e o estrôncio-90. A sua taxa de decomposição de meia-vida é de 24 mil anos.

Gen não tinha como saber que a comida que ele estava levando para sua mãe, em casa, estava infestada de uma morte lenta.

Os doutores Alvarez e Urey imaginavam ainda que a chuva negra, radioativa, lançada sobre uma cidade ou córrego se diluía pouco a pouco a cada chuva que passasse, como tinta derramada na água. Não era assim que acontecia. A chuva tinha um hábito sorrateiro de se esconder nos sistemas biológicos. A situação de Gen poderia então ser descrita por uma aritmética biológica de uma simplicidade assustadora: se três microgramas de iodo-131 fossem misturados a três litros de água, poder-se-ia dizer, mesmo, que três microgramas do isótopo (em forma líquida) tinham sido diluídos uniformemente na água. Contudo, se aqueles mesmos três litros de água contaminada com partículas radioativas fossem colocados num lago e atravessassem os tecidos vivos de um peixe, possivelmente uma pessoa que estivesse monitorando a água expelida pelo peixe poderia supor que o iodo se diluía, e que a água que saía era menos radioativa que a água que entrara, de modo que o lago poluído estava ficando mais limpo sozinho. Na realidade, quase todos os três microgramas críticos de iodo radioativo teriam sido absorvidos por todos os peixes, de modo que uma pessoa que comesse três peixes expostos a essa mesma condição (de três microgramas cada um) absorveria cerca de nove microgramas de iodo-131 concentrando-o em sua maior parte, como é o caso com qualquer tipo de iodo, em sua glândula tireoide.

O mesmo princípio de absorção e concentração se aplicava ao arroz e ao açúcar manchados de chuva radioativa que Gen trouxe das ruínas para sua mãe. O plutônio, como o iodo, tendia a ficar preso em sistemas vivos; concentrava-se nos pulmões, fígado e ossos, expondo as células do entorno a uma radiação de longa duração. Apesar de o elemento nem existir na Terra até que os humanos o criaram, o maquinário químico do corpo era facilmente enganado a agarrar o plutônio, frequentemente confundindo-o com cálcio, ferro e outras vitaminas permitindo dessa maneira que a radiação migrasse até as glândulas que produzem leite materno — dando prioridade às glândulas mamárias se a mãe estivesse amamentando.

A irmã pequena de Gen, Tomoko, tinha apenas três dias de idade; nascera na noite de 6 de agosto. A falta de comida fez o leite de sua mãe secar; e a preocupação mais imediata de Gen era providenciar boa alimentação a sua mãe, para que ela voltasse a produzir leite para a pequena Tomoko.

O arroz e o açúcar depois de um tempo funcionaram, mas a irmãzinha de Gen, "chorando até a morte", ele contaria mais tarde, "morreu como uma vela se consumindo". A criança foi condenada pelo ar que já tinha respirado, condenada pelo leite que estava por beber.

ALGUMAS HORAS DEPOIS do almoço, o cavalo do doutor Hachiya morreu. O Hospital de Comunicações tinha, em vez de um companheiro, um suprimento constante de proteína que podia ser cozido, secado e racionado por vários dias.

Enquanto mais pacientes cambaleavam até o hospital, mais e mais deles foram mandados para o pavilhão de isolamento.

Enquanto isso, Hachiya ficou satisfeito em descobrir que, ao recobrar seu apetite e saúde, sua curiosidade científica também estava reavivando. Os outros médicos sobreviventes e ele já estavam dividindo os contaminados (ou "infectados") em três grupos da Doença X:

1. Aqueles com náusea, vômitos e diarreia que estavam melhorando.
2. Aqueles com os mesmos sintomas, que nem melhoravam nem pioravam.
3. Aqueles que estavam piorando com sintomas adicionais, incluindo perda de cabelo, calafrios e febre hemorrágica.

A maioria daqueles no terceiro grupo parecia ter uma tendência assustadora à morte súbita.

Da perspectiva do doutor Hachiya, nem a Doença X nem nada mais que tivesse a ver com a bomba atômica parecia se comportar de acordo com as leis naturais. Pelo menos dois dos novatos no hospital tinham vidro em seus pulmões. Hachiya não acreditou até que um colega lhe trouxe um dos pacientes. Sentado em sua própria cama de doente, o médico auscultou pelo estetoscópio e ouviu as pequenas lascas de vidro fazendo ruído quando o paciente inspirava profundamente — várias lascas. Ele não podia imaginar que força aquele homem teria feito para inalar tanto vidro, tampouco como ele conseguia continuar vivo em tal condição.

"Definitivamente, um mistério", o doutor Hachiya concluiu, e então tentou esquecer isso e dormir um pouco. Ele imaginava que o sono poderia vir se tornasse sua cama mais confortável, mas sua cama era um pouco mais que um ninho num estrado queimado. Engrossar um colchão improvisado com as páginas de um livro não seria o suficiente para ajudá-lo a deitar e desligar-se do que vira nos últimos três dias. As horas passavam e Hachiya não conseguia parar de pensar. Todas as vezes que começava a cochilar, era imediatamente despertado pelos gemidos intermináveis que vinham do andar de baixo, marcados por gritos ocasionais.

Um desses gritos veio da mulher de um médico chamado Harada. O médico tinha morrido subitamente em seu pavilhão de isolamento. A enfermeira Hinda, que parecia ter uma boa saúde até os vômitos e a diarreia começarem, também morreu no mesmo pavilhão.

Eles deram uma das camas livres a uma garotinha que ficara órfã depois da bomba. Os gritos da criança, que chamava por sua mãe, mantiveram Hachiya acordado por boa parte da noite — até que cessaram. Se qualquer sobrevivente de Nagasaki pudesse se sentar por algumas horas na beira da cama do doutor Hachiya e olhar ao redor, teria percebido, para seu horror, que o que o médico via e ouvia era o seu futuro também.

Os escombros nas ruas e as infinitas filas sem rumo de pessoas-jacaré fizeram o carro do prefeito Nishioka parar na saída do subúrbio de Isahaya. A oito quilômetros do hipocentro de Urakami, centenas de pessoas jaziam mortas sob seus olhos. Soldados empilhavam cadáveres no espaço aberto mais próximo, transformando uma escola primária num crematório improvisado.

O carro do prefeito tinha um dos poucos rádios em funcionamento na cidade. Um locutor do governo tentava assegurar à nação que Tóquio estava ciente do problema em Nagasaki. O ministro da Guerra reconhecera um ataque a civis com um novo tipo de bomba que causara "algum dano" à cidade, fazendo mais de cem vítimas.

Mais tarde, naquele mesmo dia, Tóquio revisaria o número para quase quinhentas almas.

Três vezes mais perto do hipocentro que o prefeito Nishioka, o mestre fabricante de pipas Morimoto tinha sobrevivido, e sabia apenas que dois membros de sua família ainda estavam vivos. Ele não teria sobrevivido se não fossem os bancos de nuvens que levaram o alvo para longe de sua casa, para quase 2,5 quilômetros mais ao norte, na direção do estádio de Urakami. Ainda assim, dois de seus parentes estavam perdidos em Hiroshima, e agora mais oito em Urakami. Um deles estava trabalhando perto do marido de José Matsou no abrigo do prefeito Nishioka. Agora, e para sempre, ele simplesmente seria um dos nomes da lista dos "desaparecidos".

No Momento Zero, Morimoto contava a sua mulher sobre o que ele testemunhara em Hiroshima. "Primeiro veio um clarão azul que cegava."

Um clarão duplo cortou suas palavras, primeiro vermelho e depois azul, em seguida enchendo a loja de pipas de um clarão amarelo opaco. Agindo por puro reflexo, Morimoto agarrou seu filho e empurrou sua mulher com o corpo, escada abaixo, para um porão de suprimentos, não um abrigo contra bombas. Para não se arriscar, fechou a pesada porta do alçapão e protegeu a mulher e o filho com o corpo. O trovão explodiu imediatamente sobre suas cabeças.

"Por pouco", Morimoto disse a si mesmo. Ele não entendia exatamente o quão pouco até que saiu do porão. Toda a parte superior da loja fora quebrada ao meio, transportada para longe e lançada sobre uma casa do outro lado da rua. Ainda havia um fogão no seu antigo lugar, com um bule de chá em cima, mas todo o resto parecia ter sido arrancado do prédio e levado com as nuvens. Envelopes com seu nome, tiras de papel de pipa queimado, flutuavam junto com o papel de todos os prédios, de escritórios da região, ao longo de uma trilha de escombros que se estenderia por 25 quilômetros ao norte e ao leste.

Apesar de todas as suas privações recentes, Morimoto era um homem de sorte. Sua loja estava localizada no que se converteu numa cratera entre as tempestades de fogo e as chuvas radioativas.

Apesar de dez pessoas de sua família estarem desaparecidas, Morimoto, a mulher e o filho não sofreram queimaduras ou ferimentos além dos hematomas de quando caíram no porão. Fora a náusea que sentira na viagem de trem de Hiroshima, Morimoto tinha escapado à Doença X, e sua mulher e filho também escapariam.

Como Yamaguchi observara, às vezes as coisas davam certo. No futuro, Shigeyoshi Morimoto veria os filhos e depois os netos empinarem suas pipas sobre uma cidade destinada a ter a fênix como símbolo.

O ASSISTENTE DE MORIMOTO, DOI, parecia compartilhar essa improvável "sorte de sorte de principiante". Embora ainda estivesse lutando contra os calafrios e a náusea de Hiroshima, Doi e sua família, como os dois filhos do doutor Nagai, estavam estavam protegidos pela sombra de uma montanha quando a bomba explodiu, a 3.700 metros de distância.

Como Morimoto, no momento crítico o aprendiz de fabricante de pipas também estava explicando o que acontecera em Hiroshima à sua mulher e sua filha. Sem poder prever o perigo iminente, deixara o filho de 9 anos brincar no pátio do templo budista ao lado de casa.

"Se vocês virem o clarão branco", Doi ressaltou à mulher e à filha pela terceira ou quarta vez, "devem imediatamente se jogar no chão. E o que quer que façam — *o que quer* que façam, não olhem em direção ao clarão".

A filha de Doi estava impaciente e perguntou se podia ir até o córrego, onde outras crianças do bairro planejavam tomar banho.

O clarão interrompeu sua pergunta, cortando o céu, e brilhando pelas vidraças como se centenas de lanternas tivessem apontado subitamente na direção daquela sala.

"É disso que estou falando!", Doi gritou. Sua mulher deu um salto e começou a correr na direção do pátio do templo, mas Doi a fez tropeçar no chão e puxou sua filha para baixo, enquanto a onda de choque sacudia o chalé, rachava as janelas e fazia buracos nas portas corrediças de papel.

Como os filhos de Nagai, Doi não imaginava que do outro lado da alta serra de Kawabira havia uma taxa de mortalidade de 80%

e uma devastação completa. Ele encontrou seu filho escondido no prédio principal do templo ainda um pouco aturdido, com os olhos arregalados, voltados em direção a uma estátua da Mãe da Misericórdia. Ele não estava ferido. Tinha se encasulado em um canto contra o choque. O único perigo real a que se submetera parecia ser a metade superior de um relógio de pêndulo que caiu como que das nuvens e se arrebentou no pátio do templo como se fosse um meteorito. O relógio foi rapidamente seguido por uma curiosa chuva de bolas de golfe e raquetes de tênis... e, minutos mais tarde, por uma nevasca de papel.

A APENAS ALGUNS QUILÔMETROS de Doi, o amigo do engenheiro naval Yamaguchi, Akira, caminhava ao longo das encostas queimadas dos montes Kawabira e Kompira. Ele acabava de descobrir que o calor radioativo do ciclone de Urakami não o deixava chegar a mais de 1,6 quilômetro do estádio e do hipocentro. No lado do rio, os pés do monte Kawabira eram atravessados por cinco túneis, cada qual abrigando alguma parte das fábricas de aviões e de munições da Mitsubishi — incluindo duas rampas para catapultar os caças remanescentes no país durante a já antecipada invasão da frota americana. Os trabalhadores que estavam do lado de fora dos túneis foram carbonizados, e mesmo aqueles do lado de dentro pareciam ter sido queimados e sufocados pela explosão. Toda a vegetação desaparecera, exceto pelos troncos enegrecidos das árvores, tombadas na mesma direção.

Akira desistiu da ideia de voltar ao escritório da Mitsubishi e seguiu em frente, na direção em que as árvores apontavam, indo até o topo do monte Kawabira, na esperança de poder avaliar o estrago de cima. No caminho até o topo do Kawabira o seguia Masao, o segundo assistente do fabricante de pipas que viera de Hiroshima no mesmo trem que Akira, e saíra do acidente sem ferimentos.

Quando o par de duplos sobreviventes chegou ao cume do Kawabira, as nuvens eram tão escuras que a luz do sol parecia ter não mais que a intensidade de uma lua cheia. O outro lado do vale, a parte localizada fora da sombra do Kawabira, e que portanto recebeu o clarão total parecia a Akira gravemente destruído e incandescente. Mas as pessoas estavam formando brigadas de baldes córrego abaixo e todas as casas do lado da sombra estavam de pé, como se nada houvesse acontecido. Nada mesmo.

Akira deixou Masao sem se despedir, e começou a caminhar na direção da grama verde e do córrego que ainda fluía, jurando, a cada passo doloroso e a cada pausa para vomitar, que, se conseguisse sair vivo dessa guerra, nunca mais voltaria a Urakami, a Hiroshima, a Mitsubishi ou à marinha.

Com o tempo, os surtos da doença da bomba atômica passariam, e Akira teria uma longa vida na qual evoluiria de engenheiro de navios de guerra a defensor da paz. Com seu amigo Yamaguchi e de um físico americano que certa vez projetara admiráveis bombas novas, ele teria um sonho simbólico, simples, mas impossível, de que países com armas nucleares somente poderiam ser governados por mães que ainda estivessem amamentando e defendendo seus bebês.

"No fim, tudo o que podemos fazer é rezar", disse um dos irmãos jesuítas ao doutor Akizuki. Embora fosse budista, Akizuki o compreendeu.

Naquele momento, a fumaça negra que se erguia de Urakami não tinha para onde ir. Assim como os lados de uma banheira contêm a água, os morros dos dois lados do vale continham a fumaça. Com correntes de vento sendo atraídas para o norte e para o sul, a única maneira de sair do vale seria inundando suas paredes. A maior parte da fumaça se acumulou no alto, bloqueando o sol. A fonte mais próxima e mais forte de iluminação era o hospital em chamas. Sua chama ardia tão intensamente que dava para ler sob sua luz.

Um depósito próximo parecia estar razoavelmente intacto. Akizuki e Nagai acreditavam que o teto de metal ofereceria abrigo adequado contra a neve de cinza, que, pouco a pouco, parecia irritar os pulmões da doutora Yoshioka e das outras vítimas de queimaduras a tal ponto que os espaços abertos ao lado do morro e as ruas estavam começando a soar como o maior pavilhão de enfisema do mundo.

Os jesuítas ajudaram o doutor Akizuki a espalhar esteiras no chão de concreto do depósito e a transportar a doutora Yoshioka para lá. Akizuki removeu os curativos de seu rosto, cuidadosamente, e limpou suas feridas uma segunda vez. Ele esperava que ela não percebesse a pena e o medo estampados em seus olhos. Estilhaços de vidro e madeira, e mesmo vários fragmentos de galhos, tinham perfurado a pele da doutora. Akizuki agradecia a todos os deuses pelo rosto da doutora Yoshioka estar completamente coberto de gaze quando sua mãe chegou, vinda de uma cidade protegida pela sombra do outro lado do morro.

"Você agiu com nobreza", ela disse ao doutor Akizuki, ao ver sua filha cheia de ataduras — e, felizmente, ainda viva.

Akizuki olhou para baixo e balançou a cabeça, devagar. "Você não entende", ele disse, suavemente. "Sou o responsável pelos ferimentos dela".

O DOUTOR PAUL NAGAI viveria tempo suficiente para observar que a bomba atômica não quebrou apenas o concreto e o aço. Rompeu as almas humanas com igual facilidade e indiferença.

A sobrinha de Nagai, Tatsue, nunca se perdoaria por ter ficado com Kayano e Makoto no córrego protegido pela montanha após ter visto a bola de fogo se erguer em Urakami. Tatsue gostaria de ter estado com sua mãe do outro lado do monte Kawabira, para pelo menos oferecer-lhe conforto nos momentos finais. E não importava quantas vezes Paul Nagai explicasse à garota que, mesmo se houvesse um tipo de mágica que lhe permitisse ser transportada por meio de um ciclone de chamas até o lado de sua mãe, o máximo que ela poderia esperar era transformar-se em mais uma das manchas escuras arrastadas pelas correntes de cinzas de Urakami. Ainda assim, ela adicionou ao peso da morte da mãe a falsa culpa de não ter sido corajosa.

No dia em que Urakami explodiu, o irmão de Tatsue havia escapado de Saipan e sobrevivido numa balsa em alto mar com todo um lado do corpo queimado, e sem os dedos de uma mão. O que o manteve vivo era o pensamento de voltar para casa e ver a mãe e a irmã novamente. Ele nunca pediria a Tatsue que contasse os detalhes da morte da mãe, mas a bomba vinha começando a causar rachaduras invisíveis nos laços entre irmão e irmã desde o Momento Zero.

Mesmo os laços entre mãe e filho não eram imunes.

Tatsue nem se esqueceria nem conseguiria perdoar a maneira como sua pequena prima Eiko morrera. Nunca mais ela se referiria à mãe de Eiko por outro nome exceto o de "Tia Magrela".

A tia, como Tatsue, fora protegida pelas sombras do monte Kawabira e pelos 366 metros do Kompira. Ao contrário de Tatsue, a Tia Magrela correu para o outro lado, ansiosa por encontrar a escola de Urakami onde tinha visto sua filha de 8 anos pela última vez.

Em algum lugar depois da escola arrasada, depois da massa emaranhada de ferros de grades de prisão, além do homem-jacaré morto, ela ouviu Eiko chamá-la de um dos túneis.

Todas as outras garotas perto da entrada do túnel pareciam ter sido queimadas e esmagadas como insetos. A maioria delas não parecia mais ter forma humana, assim como Eiko. Seus olhos tinham sido protegidos, mas o restante do rosto era uma enorme bolha e a frente de seu corpo era como um couro de crocodilo enegrecido.

"Minha filha se transformou num monstro!", a Tia Magrela contaria a Tatsue — outra vez tentando explicar tudo, pensando que Tatsue de alguma forma a entenderia.

Pela maneira como a Tia Magrela falara, Eiko sabia que iria morrer; mas estava tão feliz em ver sua mãe de novo que até parecia reviver. Tatsue acreditava que a Tia Magrela tivesse medo de que o monstro sobrevivesse.

"Mãe!", Eiko dissera, "eu não podia caminhar muito. Queria chegar até você. Por favor, cubra-me. Tenho frio."

A mãe ficou parada e disse: "Espere um minuto. Eu vou encontrar algo para aquecê-la. Espere só um minuto — ".

E então ela fugiu, assombrada pelo resto de sua vida com a imagem da pequena Eiko tremendo sozinha no escuro, atormentando-a para sempre com seus gritos "Mãe... Mãe...".

"Mas Eiko era um monstro", a Tia Magrela queria explicar, mas Tatsue ficou tão insultada com a atitude da mulher que nunca poderia compreendê-la.

"Os monstros de verdade", Tatsue diria ao tio Paul Nagai, "se parecem conosco".

"Talvez os santos também", ela mais tarde afirmaria. Horas depois da fuga da Tia Magrela, um pai que procurava por seu filho nos abrigos encontrou Eiko ainda viva e a manteve aquecida até a morte chegar, na manhã seguinte. Eiko viveu muito mais do que provavelmente deveria, chamando pela mãe o tempo todo. O estranho que cuidou da criança em suas horas finais como se fosse sua filha deu-lhe um enterro católico perto das ruínas da catedral de Urakami e do Hospital São Francisco, assegurando-se de que o nome da pequena Eiko fosse gravado numa pedra.

Cinco anos mais tarde, em seu depoimento para o memorial, Tatsue diria que sempre que sua tia falava sobre aquele dia, com o passar do tempo, ela "consertaria" a parte sobre como Eiko morreu. A cada mês que passava, ela pedia a Tatsue que visitasse o túmulo de Eiko por ela, porque, evidentemente, não queria estar ela mesma diante da filha.

"Ela tentava ser minha amiga", Tatsue contaria aos historiadores. "Mas não me deixei levar. Sabia perfeitamente bem que, se uma coisa dessas acontecesse de novo, ela me deixaria assim como deixou a Eiko. Eu a tratava com respeito, mas no fundo a detestava. Ainda assim, quem era eu para detestá-la, negligenciando minha própria mãe? Eu me detesto. Eu me odeio!"

Em sua mensagem no memorial da paz, Paul Nagai conta que a Tia Magrela acabou por perder a razão e começou a correr nas ruas, assustando garotinhas, tentando derrubá-las no chão ou mesmo agarrá-las. Tatsue e Nagai não tinham dúvidas de que todas as garotam a faziam lembrar-se de Eiko. Àquela altura, o irmão de Tatsue começou a insultá-la com xingamentos a respeito da morte de sua mãe, depois golpeava-a com socos para quebrar seus ossos. Por isso Tatsue jurou matá-lo — onde quer que estivesse — se ele tentasse se aproximar dela novamente.

As fissuras que se formaram no hipocentro ainda ficaram presentes muitos anos depois. "Mas eu não estou falando sobre rachaduras no chão", disse Paul Nagai. "Eu me refiro às rachaduras invisíveis nas relações pessoais dos sobreviventes daquela desolada terra atômica. Estas fendas nos laços de amizade e amor não fecharam com o tempo; ao contrário, parecem se tornar cada vez maiores e mais profundas. De todo o dano que a bomba atômica causou, esse é de longe o mais cruel."

QUANDO A NOITE CAIU sobre o monte Kompira, o pai do doutor Akizuki apareceu vivo com sua mãe. Seus rostos sorridentes pareciam-lhe uma imagem saída de um sonho.

"Você não se machucou!", disse a senhora Akizuki. Depois de tantos encontros com a morte naquele dia, cada um pensava que o outro estivesse morto.

O pai do doutor Akizuki começou a descrever um *tour* de terror e estranhas maravilhas que começavam com um desvio antes do *pika* até uma Corte de Justiça no distrito de negócios do centro de Nagasaki. A corte estava localizada atrás de um morro protetor, mais de cinco quilômetros ao sul do hipocentro de Urakami. Às 11h02, o pai de Akizuki viu um clarão do lado de fora das janelas e, alguns segundos depois, sentiu o prédio tremer. O barulho da explosão foi tão alto que ele esperava ver pelo menos parte da Corte de Justiça derrubada por uma bomba de meia tonelada. Entretanto não havia muito estrago, ao menos aparentemente. Mesmo algumas janelas estavam intactas.

Ao caminhar na direção das chamas e da fumaça de Urakami, o pai de Akizuki teve ainda mais certeza de que seu filho não poderia estar vivo. Pelo menos doze quilômetros quadrados de chamas o forçaram a tomar um caminho mais longo pelo norte de Nagasaki e ao sul de Urakami, levando-o a atravessar pelo leste, da serra do Kawabira até a formação em sela do monte Kompira. Lá, no topo do Kompira, ele observou o ciclone de Urakami levantar-se periodicamente no mar de fumaça preta. Por muito tempo, a visão o manteve enraizado no chão. Nunca tinha visto ou ouvido nada igual.

Cambaleando, ele perguntava às pessoas que chegavam o que tinha acontecido, se o hospital de Urakami ainda estava em pé.

Súplicas por água e ajuda foram as únicas respostas.

Quando o senhor Akizuki viu o hospital em chamas e finalmente conseguiu ter coragem para ir até lá, ele preparou-se para sua última tarefa como pai: procurar os ossos de Tatsuichiro. Para sua surpresa, ele e a mulher encontraram o filho sem ferimentos.

"E agora", o pai disse, enquanto olhava para baixo e percebia que sua casa de quatro gerações não estava mais lá, "agora eu não peço mais nada".

Naquela noite, o pai juntou-se à mulher e ao filho para oferecer algum conforto aos feridos. Àquela altura, todos os remédios e curativos tinham sido queimados ou utilizados, sobrando muito pouco para amenizar a dor, nada além de palavras de conforto, uma mão gentil ou um lugar para descansar no gramado. Os pacientes, duzentos ou trezentos deles, dormiam, choravam ou sangravam sob o céu sem estrelas.

Ao se aproximar a meia-noite, o ciclone enfraqueceu, tornando-se apenas um mar de chamas. Lá no fundo, a fumaça negra se cindia ao meio como se fosse o mar Vermelho. Percebendo que subitamente a paisagem estava mais clara à meia-noite do que ao meio-dia, o doutor Akizuki e seu pai se detiveram e observaram.

Do outro lado do rio, os contornos das ruínas de vários prédios grandes de Urakami podiam ser vistos dentro das chamas. Deste lado, na direção da escola de meninas Yosé, tudo o que sobrou de uma escola de engenharia — uma elevada estrutura de metal — parecia oscilar de um amarelo-alaranjado a um vermelho intenso, de onde surgiam as lagartas de fogo. A estrutura tombou ao chão lentamente, como se fosse um grande navio afundando.

"Roma está caindo", observou o doutor Akizuki.

"O quê?", seu pai perguntou.

"É assim que acaba", ele disse. "O império foi consumido em chamas."

Aproximadamente vinte minutos antes da meia-noite, Hirohito, o 124º imperador do Japão, adentrou a sala de conferência e sentou-se à frente de Togo, o ministro das Relações Exteriores. Ele era um homem magro, introvertido e nervoso, cujo reinado tinha começado aos 26 anos e já durara dezoito anos.

O imperador era uma figura religiosa, e dizia-se que descendia diretamente da Deusa do Sol. Naquele momento, o doutor Nishina e os outros físicos acreditavam que o Sol já tocara a Terra duas vezes.

Togo e Anami, representando seus respectivos lados da mesa, estavam igualmente firmes em seus propósitos sobre conceder os termos de rendição ou continuar a luta. Segundo relatos, o debate manteve-se por mais de duas horas, cada lado repetindo os mesmos argumentos da hora anterior, e da hora antes daquela, às vezes palavra por palavra. O imperador escutava tudo e calmamente fazia anotações num bloco de folhas brancas.

Finalmente, em torno das 2h10, Hirohito se levantou e a maioria dos presentes escutou seu governante — que usava óculos e parecia um faraó —, falar pela primeira vez. Sua voz era surpreendentemente humana, muito suave e de tom alto.

O ministro Togo ditaria as palavras a seu genro um pouco mais tarde, naquela manhã, para que fossem gravadas na História com frescor e precisão. Segundo Togo, o último imperador-deidade da história anunciara: "Concluí que continuar a guerra significa a destruição da nação, a prolongação do derramamento de sangue e da crueldade no mundo".

Seus olhos percorreram o teto, na direção do céu, a leste, enquanto falava.

Segundo Togo, o secretário de gabinete Hisatsune Sakomizu teve que se conter para não berrar: "Agora entendemos os desejos de Vossa Majestade! Por favor, Majestade, não se digne a dizer mais uma só palavra!".

"Não preciso dizer o quão insuportável é, para mim, ver desarmados os bravos e leais guerreiros do Japão", o imperador disse, sem interrupção. "É igualmente insuportável que outros que me têm rendido devotado serviço sejam punidos como provocadores da guerra. Contudo, chegou o tempo em que devemos suportar o insuportável."

Ele baixou os olhos do teto e olhou para Togo, que baixou a cabeça, porque, pela tradição, era proibido olhar nos olhos do imperador.

"Neste momento, engulo minhas próprias lágrimas", Hirohito disse, e anunciou a intenção de dar sanção oficial à proposta do ministro das Relações Exteriores de enviar uma mensagem ao presidente americano, para certificar-se sobre os termos finais de rendição do inimigo.

NAQUELA MESMA MANHÃ, Charles Sweeney despertou em Tinian com as notícias de que ainda não havia nenhuma reação de Tóquio. Aparentemente, a resposta permaneceu *mokusatu*, o que significa "tratar com silencioso desprezo".

Depois do café da manhã, Tibbets, Sweeney e os outros membros das duas missões foram chamados para tirar fotos com o grupo na frente de seus aviões, e dar entrevistas a fim de registrar suas ideias.

Estávamos todos duros para a foto, Sweeney se lembra. *Narramos todos os fatos em jargão militar: o que, quando e onde.*

Como costumava acontecer, a matemática da situação ocupava o primeiro lugar na mente de Sweeney. Durante os três meses desde que Truman assumira o poder, o avanço final de ilha a ilha, até o território japonês, ganhara impulso. Durante esse mesmo breve intervalo, a própria versão de Tóquio da política de "terra queimada" tinha causado quase a metade de todas as vítimas americanas no Pacífico nos três anos e meio, desde Pearl Harbor. Pelas contas de Sweeney, quanto mais perto estavam da vitória, maior era o custo em vidas americanas. Por essas mesmas contas, a probabilidade de missões de bombas atômicas tornarem-se rotina até outubro parecia muito alta.

A ideia de outra bomba atômica aterrorizava Sweeney. A Robert Lewis também. Apesar de os bombardeios de fogo em Kobe, Osaka e Tóquio terem ceifado mais vidas, a equipe nunca sabia se os incendiários de seu avião realmente mataram alguém. Se a morte os perturbasse mesmo que remotamente, havia quase cinquenta outros aviões em cada uma das seções de cada um dos ataque. Quer dizer, havia muitos lugares pelos quais espalhar a culpa ou escondê-la. Evidentemente, ninguém se sentia responsável por *todos* os fogos que via abaixo. Uma maneira de suportar isso era convencer-se de que se estava sempre no melhor avião da esquadrilha, e que suas bombas incendiárias não falhavam em atingir os alvos: tanques de óleo, refinaria e fábricas de munição. Já no caso da bomba atômica, não dava para fazer de conta, muito menos dividir a culpa com alguém. Hiroshima e Nagasaki foram muito mais pessoais, porque cada morte apontava a alguns poucos homens.

Luis Alvarez temia que as armas de megamorte tornassem a guerra mais impessoal, e de gosto menos duvidoso. Ninguém podia prever que o oposto se tornaria verdade. Robert Lewis, por exemplo, examinou a foto de "seu" cogumelo atômico com uma mistura de admiração e revolta. "Assim serão as coisas", ele disse, e afirmou já estar com saudade dos "velhos e bons dias dos ataques com cinquenta B-29".

Um pouco antes do almoço, Sweeney recebeu notícias de que a Casa Branca tinha ordenado uma "moratória temporária" aos ataques aéreos com bombas incendiárias. Por toda a ilha de Tinian, havia a esperança de que Truman tivesse enfim recebido uma resposta de Tóquio, e que estava aguardando a rendição do Japão.

Em vez de ser enviado para um ataque com bombas incendiárias, o *Bad Penny* e o restante de sua esquadrilha iriam largar outros milhões de notas falsas com advertências sobre a rendição ou a destruição total. As novas mensagens eram mais curtas e diretas que as anteriores — "escritas para lançar as notícias como dardos envenenados", disseram às tropas. Alguns dos panfletos tinham parágrafos parecidos a *haikais*. As traduções eram de arrepiar. As ameaças de morte, de tão bem escritas, pareciam poemas de Edgar Allan Poe.

Dessa vez, a força aérea tinha contado com a ajuda de um lendário escritor da marinha, *expert* em cartas de amor, e de um prisioneiro de um campo de guerra japonês recentemente libertado. Ele não deixava de produzir escritos com ódio tanto sobre seus captores quanto sobre seus ancestrais e descendentes. Dizia que as bombas atômicas eram um "controle de pragas". O último da lista da força aérea chamava-se James Clavell. Nos anos futuros, Clavell continuaria obcecado em fazer as pazes com a História, buscando aprender tudo que pudesse sobre o Japão dos tempos contemporâneos até a antiguidade. Depois de escrever o romance semiautobiográfico *Rei Rato*, ele publicaria uma obra-prima intitulada *Xogun* (embora seja mais lembrado pelo roteiro do filme *A mosca*). Este que se tornou escritor de cartas de amor e de antologias românticas, antes era um *quaker*, e, durante seu tempo no Pacífico Sul, veio a se envolver no que seria um controverso romance interracial para a época. Sendo um *quaker*, James Michener estava dispensado de atirar nos aviões do imperador; mas, em vez disso, ele se ofereceu para ameaçar Hirohito com a aniquilação nuclear. Nas horas de folga, Michener começou a escrever o primeiro esboço de um livro sobre a guerra do Pacífico, que se transformaria no musical *Pacífico Sul*.

Enquanto Charles Sweeney esperava pelo fim da guerra, uma onda de intriga, rebelião e suicídio irrompeu em Tóquio, e o imperador ficou mais isolado do restante do mundo do que antes, forçado a se trancafiar num canto escondido do palácio com alguns poucos soldados de confiança.

Ao mesmo tempo que o imperador Hirohito gravava secretamente duas cópias de sua rendição em discos fonográficos, um almirante chamado Ugaki — que apoiava o ministro da Guerra Anami e o marechal de campo Hata contra a rendição — ordenou que sete bombardeiros fossem carregados com os explosivos mais fortes que pudessem ser levados numa viagem só de ida. Como Okinawa supostamente era a fonte das bombas atômicas, Ugaki teceu o plano de um ataque *kamikaze*, usando o que ele acreditava serem as maiores bombas arrasa-quarteirão jamais fabricadas.

O almirante esperava que, com seu brilhante exemplo, inspirasse seguidores a continuar a luta com mais aviões convertidos em superbombas guiadas por foguetes.

A essa altura, por ordens de Hirohito executadas pelo ministro Togo, mais da metade das fábricas de munição do país já tinha sido desativada. Quanto aos foguetes às costas de Ugaki — que em teoria teriam transformado seu avião num alvo impossível de deter durante o mergulho final até Okinawa —, a combinação destes com um bombardeiro movido a hélices já tinha sido descrita pelos engenheiros do almirante como "tecnologicamente prematura". O melhor que o almirante Ugaki podia esperar era atravessar a barreira de som em sua abordagem final. Entretanto com as hélices atingindo ar supersônico nos dois lados da cabina do piloto, isso poderia não funcionar tão bem quanto o almirante esperava.

A última palavra que se ouviu de Ugaki foi uma declaração de que tinha o alvo à vista e que o esquadrão estava pronto para "acender as velas" e lançarem-se sobre os hangares de Okinawa.

Os fogos de artifício ao norte da ilha foram tímidos e não fizeram muito estardalhaço, dada a distância de pelo menos 24 quilômetros. Os relatórios militares americanos não chegaram a registrar ataques *kamikaze* nem naquele dia nem no seguinte — nem em Okinawa, nem em outro lugar.

Os aviões do almirante Ugaki simplesmente voaram em formação rumo à lenda e ao mistério, tornando-se um dos esquadrões fantasmas da História.

A FRENTE METEOROLÓGICA que fez Charles Sweeney redirecionar seu alvo no dia anterior se deslocara, trazendo céus perfeitamente claros e prometendo um típico dia de agosto: quente e úmido.

O doutor Paul Nagai e o restante da equipe médica do Hospital São Francisco tinham passado a noite dormindo em filas, em ninhos de grama achatada e papel queimado. Ao acordar, Nagai quase acreditou que os acontecimentos do dia anterior tinham sido apenas um pesadelo, mas, quando olhou para baixo, para aquele deserto selvagem e cinza em que certamente sua mulher morrera, ele aceitou o fato de que a realidade de todo esse mundo tinha mudado numa fração de segundo.

Uma expressão antiga e que antes não tinha sentido veio à mente, parecendo muito irônica e adequada: "Sob as garras do tempo, um oceano azul pode se tornar um campo de amoreiras, e uma floresta pode se tornar um mar de gelo".

O mundo de Nagai era uma paisagem de mudanças súbitas e atrozes.

Apesar de o esqueleto de aço e concreto ainda estar de pé, o interior do hospital fora destruído pelo fogo. Nos fundos do gramado, o doutor Akizuki e várias enfermeiras improvisavam um fogão de pilhas de tijolos caídos. Eles já tinham começado a preparar refeições para os feridos, com panelas e sacas de arroz levemente queimado que alguém escavara das ruínas.

O córrego atrás do hospital trazia suprimento contínuo de água para a limpeza e para a cozinha, o que fez os sobreviventes se sentirem duplamente abençoados. Nesse dia, aliás, as bênçãos não paravam de chegar. Akizuki e sua mãe estavam preparando um mingau de arroz com leite para vários bebês órfãos, quando o carpinteiro do hospital os chamou animadamente, implorando que o médico o seguisse.

O carpinteiro levou-o a um armazém subterrâneo sob as paredes caídas da cozinha do hospital. O ar embaixo estava insuportavelmente quente e Akizuki tinha certeza de que tudo dentro da caverna deveria estar cozido ou queimado.

"Isto é seguro?", o médico perguntou, e começou a tossir. Num canto, uma pilha de carvão para os fogões da cozinha ardia intensamente.

"Confie em mim", o carpinteiro disse, e levou-o até um canto mais fresco, onde havia duas grandes caixas de madeira intactas.

"Você é uma bênção", Akizuki disse, e surpreendeu o carpinteiro com um poderoso abraço de urso. Quando ouviu falar sobre Hiroshima pela primeira vez, o carpinteiro tinha começado a guardar, feito um esquilo, suprimentos de primeiros socorros nos estoques de carvão e arroz. As caixas de gaze e curativos mais próximas do teto, apesar de levemente marrons por causa dos carvões incandescentes e do edifício em chamas, ainda podiam ser usadas. Mais importante, tinham agido como um cordão de isolamento entre o calor e os remédios abaixo. Os curativos e as gazes não eram nem um centésimo do suprimento médico de que Akizuki necessitaria para os pacientes nos gramados e calçadas. Mas só de ter um pouco de gaze e mercúrio-cromo em suas mãos, o humor do doutor Akizuki melhorou.

Quando saiu à rua novamente, uma nova fila de andarilhos feridos avançava de Urakami até o topo do morro. Uma mulher fora até onde o ciclone tinha passado na noite anterior, e encontrara seu marido caminhando sem rumo. Ele estava trabalhando em uma das fábricas e ficou abrigado atrás do concreto quando o *pika* desabou quase diretamente sobre sua cabeça.

A mulher apoiara em seu ombro durante todo o trajeto até o topo do morro. "Ele parece bem", ela disse, "mas de alguma maneira a explosão o feriu."

O médico o examinou para encontrar sinais de fraturas ou de sangramento interno. Exceto por pequenos arranhões e hematomas, o homem do *Ground Zero* não parecia ter nenhum ferimento. Mas, ainda assim, ele tinha se tornado estranhamente fraco, e nada parecia lhe interessar.

Akizuki se levantou e olhou para baixo, em direção ao Ponto Zero. Tudo abaixo se estendia num panorama de serras e planícies devastadas. Todos os edifícios familiares tinham sido explodidos, interiormente destruídos ou convertidos em pó. Os postes telefônicos pareciam ter tido melhor sorte que os prédios, embora a maioria estivesse pendendo para um lado. Quase nenhuma estrada podia ser identificada, porque as casas e os muros de pedra tinham sido levantados e atirados sobre as ruas. Suspensos pelos fios dos postes de eletricidade havia camadas de roupas queimadas e objetos que pareciam colchões rasgados. Perto do rio, onde os incêndios ainda ardiam e colunas de fumaça subiam aos céus, os esqueletos de ferro dos prédios da Mitsubishi estavam tão torcidos que pareciam campos de junco apanhados numa tempestade.

O vale estava morto. Não havia qualquer sinal de movimento, fosse humano ou animal. Depois de algum tempo, Akizuki deu as costas à cena, inventariou mentalmente as provisões restantes em seu bornal e se dirigiu ao depósito onde estava a doutora Yoshioka. Ele reservara uma das poucas porções de analgésicos que tinha especificamente para ela. Em seu coração, ainda estava convencido de que, ao tê-la mandado ao andar superior para comer algo e descansar antes do *pika-don*, ele a tinha exposto ao perigo.

Akizuki não encontrou a doutora Yoshioka nem melhor nem pior do que uma hora antes. Trabalhando o mais lentamente que podia, Akizuki adicionou pomadas antibacterianas aos novos curativos. Enquanto trabalhava, pensamentos sobre o homem letárgico do *Ground Zero* se tornavam cada vez mais insistentes. Começou a achar que algum detalhe importante estava lhe escapando, algum detalhe que não pudesse ser ignorado. O doutor Nagai havia mencionado pelo menos dois casos similares em que as enfermeiras vindas dos sopés dos morros, ainda que sem ferimentos, tinham adoecido gravemente.

E então, por apenas uma vez, o doutor Akizuki sentiu uma cãibra e uma náusea tão grandes que, se durassem dois ou três segundos mais, ele julgava que cairia de joelhos.

O mal-estar foi embora tão rapidamente quanto chegou. Como não voltava, ele deu tudo por espasmo muscular e se esqueceu do que tinha acontecido.

9

TESTEMUNHO

Depois que os sobreviventes se acostumaram às enormes piras, uma calma curiosa se instalou em Hiroshima. As reações humanas normais às negras nuvens itinerantes de moscas que se alimentavam de cadáveres tinham sido completamente amortecidas. Em 10 de agosto, um garoto que se dizia chamar Gen Pés Descalços já não reagia à cena nem com excitação tampouco com medo. Não reagiu nem mesmo quando viu um delta de rio tão cheio de corpos que, depois disso, as marés baixas que chegavam aos mangues sempre lhe pareciam criar campos de costelas que se assemelhavam a galhos.

Por muitos anos, Gen não falaria sobre o que testemunhara ou como reagira a isso. Ele não tinha escolha. Logo, o protocolo MacArthur obrigaria todos a terem cautela no que dissessem. E, além de querer ser prudente com a censura oficial, Gen acreditava numa fábula sobre o diabo contada nos pátios escolares, que dizia o seguinte: "Se nós dermos uma espiada no inferno e falarmos sobre isso, seremos levados de volta às suas trevas".

Só muito mais tarde Gen responderia à frase do diabo, contando o que viveu a quem quisesse ouvir. Dizia que, se todos fizessem silêncio e permitissem que o inferno fosse esquecido, então era garantido que o inferno voltaria.

Dentro do *Ground Zero*, naquele quarto dia após a bomba, simplesmente não havia tempo para emoção ou reflexão. Gen gastou quase toda a energia que conseguira poupar até então escavando mais arroz nos barracões destruídos do exército. A caminho de casa, ele viu uma mulher ajoelhada sobre um pedaço de concreto quebrado, batendo um crânio humano até virar um pó fino. Ele parou para observar, mas a mulher não o notou enquanto juntava o pó do crânio e o polvilhava sobre as feridas de um homem jovem deitado sob a sombra de um barraco improvisado.

"Que coisa estranha de se fazer", Gen disse, com fria curiosidade.

A mulher não respondeu. Ela levantou a cabeça do rapaz, abriu sua boca e colocou nela um punhado de pó. O nariz do homem parecia ter sangrado pelo menos um ou dois dias seguidos, e todo o seu cabelo tinha caído. Mesmo suas sobrancelhas e cílios tinham desaparecido, e toda a superfície de sua pele estava machucada. O punhado de pó o fez tossir um grande coágulo de sangue.

"Com licença", Gen disse, tão educadamente quanto possível. "Mas por que você o está alimentando com pó de ossos?"

"Colocar esse pó nos ferimentos os faz sarar", ela explicou com uma cortesia sem emoção. "E você não morre se engolir o pó de um homem-*pika*."

"Não pode ser verdade. Parece loucura."

"Estúpido!", a mulher gritou, nem mais fria, nem amável. "*Centenas* de pessoas foram salvas assim!" Então, ela o observou melhor e ao ver que as sobrancelhas de Gen estavam perdendo pelos, ofereceu-lhe um punhado de pó de ossso.

"Não, obrigado", disse Gen, e foi-se embora. Mais adiante, ele viu uma segunda mulher espalhando pó em duas crianças com queimaduras. Pelas ruínas, estranhos rumores começavam a se tornar comuns. "Todos querem tanto ajudar os feridos que vão acreditar em quase qualquer coisa que lhes disserem", Gen pensou; enquanto se perguntava quem primeiro tivera a ideia de que os ossos dos atingidos pelo *pika* poderiam curar.

Quando Gen chegou ao barraco, ele descobriu (não inesperadamente) que tentar cobrir sua calvície com o capacete de um bombeiro morto poderia enganar sua mãe por uma hora ou duas, por não mais do que isso.

"Diga-me", ela disse, tirando o capacete de sua cabeça, "você está sentindo dor?"

"Não", Gen disse. "Estou bem, mãe."

"Tem certeza? Não minta para mim."

"De verdade, mãe. Estou bem. Olhe todo o arroz que eu consegui encontrar e trazer."

Abraçando-o, e obrigando-o a prometer que não morreria, a mãe de Gen lhe deu um chá muito forte que ela tinha passado toda a manhã para fazer. Ela o chamou de "chá medicinal". O gosto era horrível, apesar de ter sido adoçado com um grande pedaço do "açúcar de formiga", e quando ele disse à mãe que levasse embora a xícara, ela insistiu que tomar tudo o faria sentir-se bem.

Quando Gen terminou de tomar, ele descobriu que o fundo da xícara estava coberto de um barro negro, arenoso.

"Mãe?", ele perguntou. "Esse remédio por acaso é pó de ossos?"

"Bem, sim. Como você sabia?"

Gen não tinha uma resposta. Era apenas outro estranho fato da vida após o *pika-don*. Sua mãe tinha posto mais do que o pó nojento em seu chá, e em retribuição ele continuou a trazer à mãe e à irmã mais baldes de arroz. As quantidades de radiação residual nos ossos e na comida eram tão grandes que se o doutor Nishina ou os cientistas que lidaram com a onda de nêutrons em Tinian passassem um medidor Geiger pelo material, seus olhos teriam se arregalado de pânico, e teriam dado alguns passos para trás. As substâncias não eram abertamente letais. Com luvas de borracha e outras precauções menores, poderiam ser manejadas com segurança. Ainda assim, ninguém que conhecesse sua verdadeira natureza iria querer aquele pó ou aquela comida em sua pele ou em seu corpo.

A mãe de Gen ainda tinha todos os cabelos e parecia bem, apesar de que já estava numa séria complicação. Em anos futuros, Gen se perguntaria se havia uma quantidade de veneno fornecido por um filho a uma mãe e por uma mãe a um filho, em que uma dose a mais de radiação passasse a ser mera redundância. Ele pensou que deveria também perguntar quantos anjos poderiam dançar na cabeça de um alfinete.

Enquanto os sintomas da bomba atômica eram facilmente visíveis em Gen, a doença de sua mãe ficaria escondida numa anemia progressiva, depois em leucemia crônica, progredindo para câncer de ossos. Quando finalmente morreu e foi cremada, Gen seria confrontado com o mistério de um corpo convertido inteiramente em cinzas. Ele já tinha visto corpos cremados o suficiente em Hiroshima para saber que os ossos, mesmo se frágeis e fáceis de esmigalhar, ainda mantinham sua forma original.

"Maldita seja", Gen gritaria para a bomba, para as mentes que a conceberam e para as mãos que a fizeram nascer. Apesar de o médico-legista ter-lhe enumerado muitas razões pelas quais o esqueleto se desintegrara, Gen não podia acreditar que a radiação consumira os ossos da mãe; e que continuaria comendo-os mesmo depois da morte.

E, uma noite, um grito subiu até as estrelas impassíveis: "Devolvam-me! Devolvam-me os ossos de minha mãe!".

Poeira e fumaça sopravam pelos alicerces do castelo de Hiroshima e do Hospital de Comunicações. O sol quase já tocava os morros, e mesmo que ainda tivesse que percorrer um longo caminho para encostar no horizonte, as ruínas incandescentes, as piras funerárias e o pó tingiam-no já de dourado, quase laranja. O efeito de lente na atmosfera poluída dava às ruínas um aspecto fantasmagórico, mesmo em plena luz do dia.

Naquela mesma tarde de 10 de agosto, enquanto a mãe de Gen lhe oferecia uma estranha poção de ossos em pó, uma garota chamada Shoda, assim como Gen quando estava em coma, parecia recobrar parte de suas forças no pavilhão de isolamento dos que padeciam da Doença X. O doutor Hachiya, que tinha sido um andarilho-formiga, pensava que qualquer melhora entre essas pessoas era uma razão para ficar de bom humor. Em seus piores pesadelos, ele imaginava uma arma biológica que acabaria matando a todos que infectasse. Por isso, a notícia de alguém que estivesse tendo uma recuperação extraordinária deixava Hachiya mais determinado a sair da cama

— mesmo se as suturas repuxassem sua pele. Seu amigo, doutor Hinoi, trouxe uma bengala e o ajudou a descer até o pavilhão de isolamento onde estava a garota. Ao descer, os dois tinham os olhos voltando constantemente em direção ao hipocentro.

"Você não está curioso?", Hachiya perguntou.

"Sobre o quê?"

"Sobre o que existe lá. Como se parece, realmente, de perto?"

"Tenho pensado muito nisso", disse Hinoi. "Não tenho certeza de que quero saber. Mas..."

"Mas o quê?"

"Tenho uma bicicleta que ainda funciona — e tenho de fazer uma visita amanhã a um barco de suprimentos da marinha, atracado perto do banco destruído. Estava pensando que se talvez você tivesse vontade..."

"Então está combinado", Hachiya disse. Ele faria Hinoi retirar seus pontos de manhã cedo, e, depois da ida até o barco de suprimentos, eles organizariam, por um caminho mais longo, uma expedição até o hipocentro.

Quando Hachiya chegou ao pavilhão de isolamento, com pensamentos sobre a exploração e o desespero disputando o primeiro lugar em sua mente, a esperança passou correndo até a linha de chegada na forma de uma garota chamada Shoda, que estava apresentando sinais de melhora. O pulso de Shoda era forte, o nariz tinha parado de sangrar, e o apetite estava voltando. Ao ser chamada, Shoda respondeu com um leve sorriso para Hachiya e, pela primeira vez desde o *pika-don*, ele experimentava uma sensação que poderia ser chamada de felicidade.

"Não se preocupe", ele disse a si mesmo mais tarde, "isso tudo não vai durar". Ao ver os outros pacientes no pavilhão, soube que não podia mesmo durar. Ao ficar sabendo que a saúde de uma garota tinha melhorado enormemente, e que não havia mortes naquele dia, o doutor Hachiya se permitiu acreditar que o pior já tinha passado. Porém, quando viu urina fresca com sangue em quase todas as esteiras, ele entendeu que o que Hinoi e os outros médicos estavam relatando era apenas um intervalo passageiro.

Duas mulheres diziam ter bolas presas em sua garganta. Hachiya e Hinoi ajudaram-nas a tossir coágulos de sangue e catarro do tamanho de bolas de golfe. Enquanto Shoda as observava, vermes saíam de suas bocas.

Hachiya saltou e pôs-se de pé, repuxando dois pontos.

"Já vi isto antes!", Hinoi disse. "Mas só acontece quando as pessoas já estão mortas. Só quando a carne do corpo começa a apodrecer e não pode mais saciar sua fome é que os parasitas abandonam seus hospedeiros."

O doutor Hachiya olhou para Shoda e pediu a Hinoi que a tirasse de uma vez do pavilhão e que a levasse para o ar livre. Shoda assentiu com a cabeça, concordando com gratidão. Enquanto ficava de pé, uma das mulheres moribundas soltou um grito abafado e de repente cuspiu uma incrível bola de catarro vermelho com vermes brancos no chão.

"Doutor?", Shoda sussurrou, tentando manter seus reflexos faríngeos sob controle.

"Sim", Hachiya disse.

"Será que existe uma operação que remova lembranças?"

PERTO DO LIMITE SUL do *Ground Zero* de Urakami, o engenheiro naval Yamaguchi, sua mulher, Hisako, e seu filho estavam entre as poucas criaturas que ainda se mexiam, apesar de o senhor Yamaguchi estar cada vez mais letárgico e deprimido.

O lado engenheiro de seu cérebro lhe dizia, logicamente, para ser grato por suas queimaduras de Hiroshima terem colocado sua mulher num caminho improvável até o abrigo. Contudo, o coração de Yamaguchi lhe dizia que seus irmãos estavam mortos, que seus primos estavam mortos. A mulher de um primo e com seu filho pequeno estavam mortos em sua própria casa.

A família de Hisako foi mais do que dizimada. Yamaguchi e o pequeno Katsutoshi eram tudo que ela tinha, e Yamaguchi começou a temer que mesmo esse pouco que tinha não duraria muito. Como casa, tinham apenas um túnel onde se abrigavam, e enquanto a ferida de Yamaguchi não deixava de crescer, seu braço esquerdo e todo um lado de seu rosto começaram a inchar como balões, tornando-se roxos e muito doloridos. As queimaduras em seus braços gangrenaram e delas começaram a brotar ninhos de larvas de moscas, e foi então que Yamaguchi desmaiou sem mais poder ser acordado.

Hisako tentou remover as larvas, mas alguém que parecia saber um pouco de medicina chegou ao túnel onde estavam, e insistiu que ela deixasse os vermes viverem na pele de seu marido. A ideia parecia a Hisako uma crendice popular; mas ela depositou sua fé na visitante, e resolveu que, mesmo se fosse apenas um mito, se isso levasse à cura das queimaduras e à recuperação de seu marido, acreditaria nisso. Então Hisako ajudou a recém-chegada a alimentar seu marido semiconsciente com bebidas feitas de rosa-mosqueta seca e quaisquer outras fontes de vitamina C que pudessem ser encontradas, e foi instruída a cozinhar porções de fígado de qualquer animal — mesmo de ratos — se pudessem ser encontrados. Com o tempo e a recuperação de seu marido ela ficou convencida de que, se tivesse levado o senhor Yamaguchi a um dos centros de primeiros socorros em Nagasaki — deploravelmente sobrecarregados e com falta de suprimentos —, ele provavelmente teria morrido.

Pouco a pouco, as bolhas pararam de soltar sangue, e, hora após hora, os vermes removiam a carne morta e gangrenada, chegando a um ponto em que Hisako acreditou que os ossos dos braços do senhor Yamaguchi poderiam logo ser expostos.

A visitante espalhara um pó de sementes de uva maceradas e talco nas feridas para secá-las e prevenir mais infecções. Ela também sugeriu pôr sanguessugas ao redor das piores queimaduras, explicando a Hisako que as sanguessugas manteriam o sangue circulando nas mãos feridas de seu marido, e evitariam que os dedos tivessem de ser amputados.

O senhor Yamaguchi considerava tudo aquilo bruxaria, mas, como estava quase em coma, e naquele momento a "doutora bruxa" era a única médica que atendia em casa, Hisako obedeceu às recomendações e passou incontáveis horas procurando sanguessugas e se engasgando com a amarga água mineral dada pela visitante. A mistura fedia a giz e algo misturado com pasta de soja, e tinha um gosto que lembrava iodo. No futuro, Hisako deixaria os médicos perplexos ao afirmar que, com exceção de irritabilidade e de vômitos breves, ela e o bebê não ficaram nem um pouco doentes durante a estada no túnel à beira da terra de ninguém radioativa. E, exceto por uma surdez pemanente produzida por um inchaço num ouvido, Yamaguchi passaria por uma recuperação completa e impressionante.

A estranha visitante de que Hisako lembraria para sempre como seu anjo recusou os agradecimentos e oferecimentos de devoção e, como a maioria dos verdadeiros heróis, simplesmente deixou o palco da história.

Mais de 24 horas tinham passado, mas ainda assim nenhum dos médicos adicionais e dos suprimentos prometidos pelo governador Nagano tinham chegado sequer perto do Hospital São Francisco. Depois do contato inicial por um rádio da polícia, mais ou menos na hora do almoço, nenhuma notícia da mansão do governador parecia cruzar a serra.

Quando o prefeito Nishioka chegou ao escritório de Nagano, o governador estava caminhando em círculos, em estado de choque. Nishioka ficou sabendo que Nagano vivia quase em transe desde o momento em que as estimativas iniciais subiram de 50 mil mortos para mais de 75 mil, com pelo menos mais outras 75 mil pessoas gravemente feridas ou à beira da morte.

O prefeito tinha passado pelo menos um dia e uma noite inteiros entre os escombros, e se expôs ainda a uma segunda dose de radiação ao cruzar os campos de poeira radioativa para chegar à sede do governo, apenas para ser imediatamente repreendido pelo atraso. Depois disso, o governador caminhou para frente e para trás sem dizer palavra, enquanto seu chefe de Assuntos Exteriores gritava com Nishioka sobre toda a equipe que ele e o governador tinham perdido, culpando o prefeito por não avisar a todos sobre o que vira em Hiroshima.

"Se eu tivesse feito como queria e publicado um panfleto sobre Hiroshima", Nishioka disse, em sua defesa, "então vocês, gentis cavalheiros, seriam os primeiros a me acusar de espalhar rumores disparatados, e eu poderia ter sido morto a tiros por traição".

"Por mim, eu atiraria em você agora", o chefe Nakamura disse, "exceto pelo fato de que o seu couro não vale o preço das balas".

O prefeito vomitou um pouco de bile grossa aos pés do chefe de Assuntos Exteriores. Antes que qualquer um dos homens pudesse recuar, um segundo bocado saiu, mas dessa vez com manchas negras de sangue.

"O que há de errado com você?", o chefe perguntou.

"Acho que podemos chamar isso de envenenamento por radiação", o prefeito disse, e completou: "Acho que vou procurar minha mulher agora."

"Você não pode sair!", o governador gritou.

"Já estou provavelmente morto", o prefeito Nishioka disse, e pensou nas folhas manchadas de chuva negra que tinha visto no jardim do governador. Então perguntou: "Só mais uma coisa. Caiu chuva negra aqui, ontem?"

"Sim. E poeira negra também."

"Então eu suponho que logo estaremos todos no mesmo barco", o prefeito disse, e partiu.

Quando o doutor Nagai finalmente saiu do posto médico de São Francisco e foi até seu bairro, ele encontrou dois de seus vizinhos brigando sobre uma pilha de restos humanos carbonizados, na metade do caminho entre os alicerces de suas casas. Toda a sua roupa e a maior parte de sua musculatura tinha sido consumida pelo fogo, e uma aliança de casamento não dava pista alguma sobre sobre seu matrimônio porque tinha virado uma poça de ouro derretido que se solidificara novamente. Os dois homens sobre a pilha de mortos gritavam que o corpo era o de sua própria esposa. Um terceiro vizinho se juntou a eles, dizendo que a mulher do senhor Tanaka era "meio forte", e tentava determinar, a partir do diâmetro de uma mancha negra nas cinzas, se uma quantidade de gordura humana maior que a de uma pessoa com estatura mediana fora derramada no chão. De modo algum conseguiam ter certeza sobre a mancha de gordura, tampouco o conseguia o doutor

Nagai, que continuou sua viagem morro abaixo, esperando que uma discussão desse tipo não irrompesse sobre sua amada Midori.

A menos da metade do caminho para casa, Paul Nagai tropeçou e quase desmaiou. Ele se levantou cambaleando novamente. Descendo um pouco mais, encontrou sua tia Matsu, que o impediu de cair uma terceira vez: "Você não vai querer descer até lá", ela disse.

"Por quê?"

"Porque as pessoas que você vai encontrar estão ficando loucas", a tia Matsu advertiu. "São como animais depois de um incêndio na floresta, perigosos e assustados, brigando por qualquer coisa e dispostos a fazer pequenas maldades."

Levando-o de volta morro acima, a tia Matsu descreveu discussões sangrentas sobre pedaços de louça quebrada, mas, entre tudo o que vira, o que mais parecia perturbá-la era o encontro que tivera com uma jovem mulher que, ao voltar para casa, encontrou sua avó sem ferimentos, cantando alegremente enquanto lavava roupas floridas — todas queimadas — na água negra do poço, e depois as estendia para secar.

"Estou tão feliz", a mulher disse estranhamente. "Eu nunca achei que vovó e eu fôssemos pessoas especialmente boas, mas só pode ter sido pela graça de Deus que não morrremos." Então, olhando para o centro de Urakami, ela declarou: "Aquelas pessoas que foram queimadas até a morte — elas devem ter deixado Deus muito bravo, não? Devem ter provocado Sua ira".

"Você quer dizer, pessoas como a minha prima, a bebê Kimiyo?", a tia Matsu perguntou. Parecia-lhe que as ideias civilizadas de "não julgar" e "amar a teu próximo como a ti mesmo" — nas quais sempre acreditara — tinham sido perdidas e agora tudo pertendia a outro mundo.

O doutor Nagai ficou sabendo que na noite de 10 de agosto essa estranha mulher sucumbiu e começou a ter sangramentos no nariz. Por volta da meia-noite, ela morreria, com uma aparência muito envelhecida.

No AMANHECER DE 11 DE AGOSTO, um cidadão abastado de Nagasaki chegou ao Hospital São Francisco trazendo — além de arroz fresco para sua mãe e para outros cem pacientes — rumores que animaram o doutor Akizuki: "Doutor, ouvi dizer que recapturamos Okinawa e lançamos as bombas atômicas dos próprios americanos sobre Washington e Nova York".

"Mesmo se fosse verdade", Akizuki disse, "nunca ficaria feliz com esse tipo de história, juro. Já não perdemos o bastante? Tudo o que temos é essa inútil matança recíproca?"

O homem voltou para casa para buscar mais suprimentos, e nunca mais mencionou nada ao doutor Akizuki sobre vencer uma guerra nuclear. No vale abaixo, Saku Shimohira, 10 anos, e sua irmã, encontraram sua mãe. Ela estava no chão, carbonizada e parecendo uma escultura. "Juntos", Saku recordaria, "nos aproximamos do corpo e chamamos 'Mãe'. Diante de nossos olhos, ela virou cinzas".

NOTÍCIAS OFICIAIS QUASE NÃO transitavam entre as duas cidades, transitavam só aquelas trazidas pelos sobreviventes. Muito pouca informação real chegava. No Hospital de Comunicações de Hiroshima, na manhã ensolarada e com ventania de 11 de agosto, o doutor Hachiya ouviu rumores sobre o ataque vitorioso do almirante Ugaki em Okinawa. Ele ainda não recebera a confirmação de que o tremor de terra que sentira duas manhãs antes era, na verdade, a devastação de Nagasaki.

Com a chegada do sol, chegaram também as notícias de que mais pessoas tinham sucumbido à misteriosa febre hemorrágica. Muitas mulheres tinham morrido durante a noite na barraca de isolamento. Hachiya acreditava estar sentindo os primeiros sintomas de uma gripe, e se perguntava se estaria contaminado.

"É melhor que eu veja o que aconteceu lá antes de morrer", Hachiya disse ao doutor Hinoi, e pediu ao amigo que removesse todos os pontos de suas feridas e partisse com ele para a expedição sobre a qual tinham discutido no dia anterior.

"Você quer dizer, agora mesmo?"

Hachiya assentiu.

"Bem, por que não?", Hinoi disse, e deu de ombros. "Eu acordei com um pouco de gastroenterite. Se é assim que isso se chama esta manhã. É melhor irmos logo, enquanto ainda temos forças."

"Ou antes que a excursão se transforme na peregrinação de dois homens de bicicleta com uma diarreia sangrenta", Hachiya disse, e tentou forçar uma risada. Hinoi olhava para a Cúpula distante e ignorou a piada. Ele só conseguia pensar na excursão; e traçava um mapa do caminho na cabeça, mudando-o de acordo com as estradas e pilhas de escombros cuja localização já sabia. O caminho até o barco médico parecia simples o suficiente. O ponto de partida estava dentro do *Ground Zero*, e os prédios tinham sido mais achatados lá do que no terreno dos morros de Urakami, pelo qual o doutor Nagai não conseguira atravessar. No centro de Hiroshima, as ruas estavam claramente visíveis, e na maioria dos lugares pareciam não ter sido atingidas por avalanches de escombros.

Enquanto Hinoi e Hachiya avançavam, os obstáculos mais difíceis que encontravam eram os fios dos bondes elétricos e seus cabos de suporte caídos obrigando-os a desviar duas ou três vezes em cada quadra da cidade. Essas pausas davam ao doutor Hachiya a oportunidade de observar as ruínas dos dois lados da rua. A maioria dos prédios tinha sido esmagada como cestas enormes de vime pisadas por elefantes. Alguns queimaram depois de ter sido esmagados. Outros simplesmente foram reduzidos a polpa. Havia lascas de azulejos e de banheiras em algumas das pilhas de escombros, indicando onde tinham sido os banheiros. Fragmentos de louça indicavam cozinhas, e pedaços com padrões de *cloisonée* finamente trabalhado indicaram a Hachiya que passavam pelos escombros de um bairro rico. Algum brinquedo encontrado ocasionalmente entre os destroços chamuscado ou queimado sempre o levava a realidades mais obscuras.

"O dano à cidade foi muito pior do que eu tinha imaginado", o doutor Hachiya relatou a respeito do que vira e tocara durante a expedição. Do alto do Hospital de Comunicações, ele já podia olhar em direção ao hipocentro e imaginar muita coisa.

Uma das maiores mansões da cidade provavelmente fora levada pelas correntes verticais de ar e pelas espirais de fogo. Em vez de, como as outras, ser golpeada e enterrada no chão, a casa parecia ter sido levantada como se fosse uma caixa e transportada para longe.

O patamar superior de uma maravilhosa escada de carvalho, no primeiro andar, estava bastante queimado, mas apesar disso continuava em seu lugar — no meio do bairro de Komachi, onde tudo o mais havia desaparecido — com seus corrimãos intactos.

A senhora Nagahashi, musicista famosa, tinha vivido nessa casa que era considerada a mais moderna do Japão. A residência fora projetada por seu finado marido com a colaboração do arquiteto americano Frank Lloyd Wright em uma década mais branda. Ao lado de dois pianos de cauda, armários embutidos iam do chão ao teto com uma enorme coleção de discos de 78 rpm.

A casa em estilo ocidental era considerada uma traição pela maioria dos vizinhos, e, em época de guerra, se tocar música já era malvisto, pior ainda seria tocar os instrumentos e as canções dos bárbaros estadunidenses. Mas, mesmo durante os tempos difíceis, a senhora Nagahashi insistia em ensinar as crianças do bairro a tocar piano. Segundo seu único aluno sobrevivente, Seki Chieko — que estava viajando com sua família no dia do *pika-don* — a vontade de ensinar música da senhora Nagahashi aumentou notavelmente no dia em que seu filho, que tinha uma carreira musical promissora, foi morto na batalha por Tinian e por outras ilhas mais distantes.

Como a escada e os dois pianos carbonizados, tudo no térreo da mansão permanecia exatamente onde estivera às 8h15 de 6 de agosto. Atrás de uma pilha de pequenos tonéis pretos, que na verdade eram pilhas de discos derretidos, os soldados encontraram a senhora Nagahashi em frente a um altar budista. Ela parecia um louva-a-deus — carbonizado — e ninguém que viu a pose em que estava a senhora Nagahashi naquele momento poderia ignorar que ela estava rezando no momento do *pika*.

Quando voltou ao Hospital de Comunicações, o doutor Hachiya estava muito tenso para obedecer à ordem de Hinoi de ir direto para a cama. Ele circulou pelo hospital como se tivesse ido visitar pacientes, vestindo uma camisa imunda e rasgada, os novos buracos cobertos de suor e sujeira. Ele parecia e de fato se sentia como uma lesma barbuda, e percebeu que começava a *gostar* disso e do cheiro asqueroso de sua própria sujeira.

Mesmo quando a noite chegou e a exaustão finalmente o mandou para cima, Hachiya só conseguia pensar nos brinquedos quebrados e nas piras funerárias do exército, queimando sob as estrelas frias enquanto a senhora Nagahashi rezava. Andou pelo andar superior do hospital em ruínas, parando por vezes para se deitar por alguns minutos, e depois voltando caminhar. Enquanto o amanhecer se aproximava, um vento forte começou a soprar, obscurecendo a vista que Hachiya tinha da cidade com uma lente translúcida de poeira e sujeira. Os ventos derrubavam gesso e lascas de concreto das poucas paredes remanescentes do hospital.

"Disso eu gostava", Hachiya relataria mais tarde. "E eu parecia perder todo o controle. Combinava com o meu humor."

Um novo dia tinha começado.

Michie Hattori, a garota de Urakami que voltou para casa e descobriu sua vizinhança milagrosamente protegida por uma serra alta, fora recrutada — junto com seus pais e vizinhos de quadra — para a força de resgate e recuperação. Por volta da manhã de 12 de agosto, o esforço fora reduzido à coleta e transporte de corpos até um necrotério improvisado no lado escuro da montanha, o qual se tornou um cercado temporário até o momento em que Michie e as outras crianças puderam juntar madeira suficiente para uma pira funerária.

Quase todos os sobreviventes vindos do lado negro morriam em um ou dois dias. Com a exceção de Michie, todos os outros que se afastaram do centro da explosão pareciam ter sido expostos a algo que os queimava por dentro, e poucos deles tinham expectativa de viver muito mais tempo.

Uma mulher que até então sobrevivera, apesar da estampa de seu quimono tatuada na pele, morreu subitamente depois de vomitar o que parecia ser parte de seu estômago. Um oficial do exército ordenou a Michie que carregasse os corpos até a pilha de madeira. "*Maruta*", ele chamou os cadáveres — referindo-se tanto à madeira quanto às pessoas mortas como "pedaços de pau". Enquanto a pele da mulher *maruta* se rompia nas mãos de garota, e enquanto as chamas eram finalmente acesas e grandes nuvens de moscas voavam ao redor, Michie mal podia acreditar que apenas uma semana antes ela tinha ficado horrorizada com um corte feito num dedo por uma folha de papel.

Menos de uma hora de caminhada morro acima, e ao noroeste da cidade de Michie, o mundo parecia ainda mais miserável para o doutor Akizuki. Ele olhou para o sol com reprovação, por ter se levantado normalmente, como se nada tivesse acontecido na Terra. A serenidade com que levantara parecia apenas aumentar a tristeza do médico.

A ajuda prometida pelo governador, uma "patrulha médica" do exército, tinha chegado com três dias de atraso, e conseguiu pouco mais que vacinar os doutores Akizuki e Nagai contra a falta de esperança. Quando começaram a pensar que a situação tinha chegado ao fundo do poço e que nada poderia ficar muito pior, algo de novo sempre parecia mostrar que eles não sabiam o quão profundo um poço pode ser.

A tia de Paul Nagai, Matsu, tinha advertido a todos sobre os trogloditas que pareciam estar enlouquecendo morros abaixo. Agora Akizuki e Nagai acreditavam estar enlouquecendo também.

Os caminhões da patrulha médica trouxeram mais trinta vítimas, com sangramento de gengiva, nariz e intestinos. Algumas choravam sangue. O chefe da patrulha disse: "Eles estão perdendo sangue assim porque devem ter inalado algum gás venenoso. Também estão muito doentes. Descubram o que está causando isso".

"Todo o nosso equipamento foi destruído", Akizuki explicou. "Não temos nenhum microscópio que ainda funcione. Como vamos descobrir o que está causando esses sintomas, ou ainda, como vamos curá-los?"

"Vocês são médicos, não são? É o seu trabalho", o chefe disse, e então ele e sua equipe se serviram de mais da metade da água fervida e potável do posto médico, bem como de grande parte do estoque de comida.

Não fosse pelo fato de que o doutor Yoshioka e os outros pacientes precisavam dele, e não fosse eles saberem que caso contrariasse a equipe do governador teriam uma morte instantânea,

Akizuki acreditava ainda ter força suficiente — nutrida pela raiva — para decapitar o líder do grupo do exército com o simples golpe de uma pá.

Quando a patrulha foi embora, Akizuki concordou com o doutor Nagai em tirar cinco minutos para fervilhar de ódio e medo, depois sacudir a poeira e realizar sua tarefa com os poucos suprimentos que restavam antes de acabarem força e suprimentos, e não pudessem fazer mais nada.

Com pouco mais de alguns gramas de gaze e um frasco de iodo, ele foi fazer suas visitas. As enfermeiras e os alunos de medicina ficavam cada vez mais fracos, e, um por um, se transformaram em pacientes. O oposto também aconteceu: alguns dos pacientes se tornaram enfermeiros e residentes.

Por sorte, a maioria dos pacientes com casos leves de tuberculose estava se sentindo bem o suficiente para ajudar Akizuki e Nagai em suas rotinas excruciantes. Assim como acontecera uma vez com o doutor Nagai, que já estivera enfermo e, ainda que a passos pequenos, sua saúde parecia estar melhorando. Akizuki notara que os pacientes tuberculosos que foram fumantes inveterados também pareciam ser mais resilientes à Doença X. Ele atribuiu isso a um efeito de seleção natural darwiniano: se seus corpos não fossem fortes desde sempre, provavelmente não teriam sobrevivido à tuberculose tempo suficiente para ver o *pika-don*.

De tarde, usando uma panela de arroz como aparelho de esterilização, fios de seda para fazer as suturas, e com dois pacientes tuberculosos como assistentes, o doutor Akizuki converteu uma biblioteca queimada numa sala de operações e fez o que pôde para consertar o rosto da doutora Yoshioka. Ele encontrou novos pedaços de vidro saindo pela superfície da pele, entre uma bochecha e a ponte do nariz, e outro pedaço perto de um de seus olhos.

A onda de choque tinha abatido as janelas quase horizontalmente, e dois ou três estilhaços perfuraram as bochechas da doutora Yoshioka. Outro pedaço tinha atravessado sua blusa e penetrado seu peito, alojando-se numa das costelas. O médico removeu-o com uma faca sem fio e pinças, enquanto um paciente segurava uma vela e um espelho quebrado para oferecer-lhe algo parecido a um sistema de iluminação de perto.

No total, o doutor Akizuki conseguiu extrair sete pedaços de vidro em uma hora, e após isso a doutora Yoshioka já não podia mais aguentar a dor e o cansaço. Ele costurou um corte profundo num peito e outro corte entre um dos olhos e o nariz. O rasgo no lábio superior de Yoshioka era tão aberto que os assistentes nem o conseguiam olhar. Um enorme estilhaço de vidro continuava alojado em seu maxilar inferior. O vidro era particularmente cruel porque, mesmo se o aparelho de raios X do hospital estivesse funcionando, os estilhaços não apareceriam nas radiografias, como os pedaços de metal, e dificilmente seriam detectados.

Na manhã seguinte bem cedo, aqueles pacientes que se sentiam capazes — entre eles os que vinham se recuperando da tuberculose — começaram a se aventurar na direção das ruínas mais profundas e achatadas; primeiro, em busca de seus entes queridos, depois em busca de suprimentos ou objetos úteis que pudessem ter resistido.

Àquela altura, quase ninguém pensava em realizar resgates na parte mais baixa de Urakami. As forças estavam concentradas na operação de recuperação.

Aqueles que conseguiam encontrar algo que parecesse ser de suas casas explodidas e carbonizadas revolviam qualquer fragmento de telhado — mas quando relatavam o que tinham encontrado ao doutor Akizuki, lhe parecia que só com muita imaginação poderiam acreditar ter descoberto suas casas. Todas as telhas na área da montanha de fogo tinham sido reduzidas a fragmentos menores que um ovo de galinha. A maioria tinha sido moída e perfurada pelo fogo. Segundo Akizuki, quando os fragmentos de teto foram afastados, a equipe de busca desceu a uma camada fina de gesso e cinzas, às vezes cheia de pedaços de ossos. Embora a maior parte da radiação já tivesse se dissipado naquele momento, a quantidade fracionária que permanecia nos objetos ainda era uma porção substancial, especialmente para as pessoas que já tinham recebido doses de variados graus, principalmente na área ao redor do hipocentro.

Aqueles pacientes tuberculosos que tinham se sentido bem no terceiro dia e que não tinham parentes perdidos perto do hipocentro, continuaram a recobrar sua saúde. Os que desceram ao sopé dos morros em busca dos entes queridos voltaram com poeira radioativa na pele e nos pulmões, o que passou a trabalhar em conjunto com os usuais golpes ao sistema imunológico que acompanhavam a inalação da poeira alcalina, do concreto e do gesso.

Em seus relatórios médicos, o doutor Akizuki chamaria a poeira de Urakami de "areia da morte". Naquela noite, contudo, nem Akizuki nem ninguém mais que estivesse perto ou dentro do acampamento do Hospital São Francisco tinha alguma ideia do perigo que não podia ser visto nem sentido. Só muito mais tarde se saberia que as brisas que subiam o morro, além do alívio ao calor e à umidade, traziam partículas radioativas. Só muito mais tarde os doutores Akizuki e Nagai entenderiam que aqueles que voltavam e distribuíam arroz cozido aos pacientes na noite de 13 de agosto já eram homens muito doentes. Enquanto serviam o jantar, suas roupas deixavam cair a "areia da morte" como os gatos deixam cair seus pelos. As partículas radioativas se misturavam imparcialmente à abóbora em cubos e as maçãs que as equipes de busca colocavam na sopa de pasta de soja de todos os pacientes.

EM TINIAN, CHARLES SWEENEY tinha visto as notícias promissoras de 10 de agosto ir e vir sem uma palavra sobre a rendição do Japão. A moratória aos bombardeios, com nada além dos escritos de Clavell e Michener, continuou pelas noites de 11 e 12 de agosto e pela tarde em que uma equipe de buscas se formou no pavilhão de tuberculose do doutor Akizuki.

Na noite de 13 de agosto, o presidente Truman autorizou o general George Marshall a retomar os bombardeios incendiários contra o Japão. Durante as horas que antecederam o alvorecer do dia 14 de agosto, essencialmente Marshall ordenou a decolagem de cada uma das mais de 2.500 aeronaves a alcance do Japão. Entre as poucas exceções estavam o *Enola Gay* e o *Bock's Car* (o último porque três de seus motores estavam "em sua maioria fritos" e necessitavam vistorias completas). O *Great Artiste* também foi retido, porque todos os aparelhos de monitoramento científico ainda estavam a bordo e poderiam ser necessários se outras missões atômicas fossem realizadas em setembro e outubro. Sweeney voltou a bordo do *Straight Flush* o avião fotográfico que acompanhava o que era essencialmente, exceto pelo núcleo, o terceiro ataque aéreo atômico sobre o Japão.

Como o *Enola Gay* e o *Bock's Car*, o *Straight Flush* tinha sido modificado para levar uma única bomba na forma de abóbora, carregada de múltiplas toneladas de explosivos Torpex (cuja sequência de detonação fora levemente reconfigurada, projetada para produzir um anel de explosão capaz de atravessar qualquer coisa localizada no nível do chão). Nesse voo, as equipes estavam aperfeiçoando as habilidades adquiridas nos dois voos de bombas atômicas anteriores. A abóbora do *Straight Flush* era o explosivo não nuclear mais poderoso jamais lançado de um avião, mas, como Sweeney se lembraria, embora possuísse exatamente o mesmo invólucro e maquinário que ele lançara sobre Urakami, "dessa vez não continha nem os segredos nem os horrores do universo".

O alvo do *Straight Flush* era a fábrica de motores Toyota em Koromo. Não houve artilharia antiaérea nem caças, e embora o *Straight Flush* estivesse entre os últimos dos dois mil B-29 a lançar sua carga, dessa vez não havia a fumaça dos ataques anteriores obscurecendo o alvo. Posteriormente, Sweeney relatou que a "abóbora" de seu bombardeio detonou a sessenta metros do alvo, e o piloto concluiu que, assim como a Mitsubishi em Urakami, o nome Toyota tinha sido apagado da História para sempre.

EM HIROSHIMA, AS VISITAS MATINAIS do doutor Hachiya foram interrompidas por alarmes antiaéreos vindos das barcaças do rio. O mesmo pensamento estava na cabeça de todos: O pika *pode acontecer de novo depois de tudo pelo que passamos?* O clarão de 6 de agosto pegou a todos de surpresa.

Hachiya percebeu que tremia de medo, e quando o zumbido dos motores dos B-29 desceu sobre o terreno baldio, ele procurou a proteção de um largo pilar de concreto reforçado por aço. Um grande esquadrão estava se aproximando da baía de Hiroshima pelo sul. O médico esperava outro grande clarão sobre sua cabeça a qualquer instante. Entretanto, vendo-se novamente perante a morte, ele deteve seus sentimentos de pânico e decidiu que, se a morte voltasse a atacar seu hospital, seus últimos momentos seriam com os pacientes, e não encolhido atrás de um pilar.

Os aviões — pelo menos dois esquadrões inteiros, um depois do outro — passaram pelo céu fazendo barulho, mas sem lançar nada. Então, de repente, tremores começaram a ser sentidos no chão do hospital, e segundos mais tarde Hachiya poderia ouvir as características detonações distantes de bombas arrasa-quarteirão forrando o chão no noroeste. Ele concluiu que os aviões deveriam estar visando a base aérea da marinha em Iwakuni.

Primeiro, Hachiya sentiu-se muito sortudo por ter sido poupado pela segunda vez, mas ocorreu-lhe que a sorte não tinha nada que ver com isso. Simplesmente não restava nada mais em Hiroshima que valesse a pena bombardear.

Num barraco atrás do hospital, a pequena irmã de Gen Pés Descalços tinha parado de chorar, e o mais estranho de tudo, tinha começado a recusar o leite materno. Gen se lembraria: *A pequena Tomoko parecia estar dormindo calmamente todo o tempo. Um bebê estranhamente muito bem comportado.*

Nem mesmo o clamor dos esquadrões no céu e a sacudida do chão fez Tomoko chorar de medo. Quando viu os B-29, Gen não pensou em outro *pika*. Ergueu um punho fechado na direção deles, pensando que tinham vindo para admirar o estrago. Havia rumores lá fora sobre derrota e uma rendição inevitável.

"Me diga, por que essa conversa sobre rendição agora?", a mãe de Gen perguntou. "Por que não antes?"

A menos de um quilômetro dali, uma poeta de 32 anos chamado Kurihara se fazia essas mesmas perguntas, enquanto, dos alicerces de sua casa, carregava uma recordação radioativa de fragmentos de ossos humanos colados em vidro derretido, como se fossem caramelos. Um dia, ele pensou, *esse souvenir deverá ser exibido num museu onde toda a humanidade possa testemunhar seu destino, e jurar evitá-lo.*

Os ossos no vidro tinham sido fossilizados pelo clarão tão rapidamente que alguns ainda eram brancos. Naquele momento, Kurihara estava adicionando assustadoras quantidades de seu próprio sangue ao memento, provenientes de um sangramento no nariz que parecia piorar a cada hora.

De alguma forma, o sangue parecia apropriado. Ele pensava na bandeira vermelha e branca do imperador, que até aquele momento tinha representado o Sol Nascente. Mas o vermelho do Sol Nascente se tornara o sangue das pessoas, e seu fundo branco se tornara seus ossos.

“As pessoas derramaram seu sangue e expuseram seus ossos”, Kurihara disse, erguendo um punho cerrado ao céu, “por causa da nossa bandeira de sangue e ossos”.

Em Tóquio, o ministro do Exterior Togo recebeu relatórios de que a frota dos Estados Unidos estava vindo logo atrás dos bombardeiros. Os aviões de observação do império, evidentemente, tinham sido autorizados a observar a frota e voltar sem ser atingidos. O que eles relataram não era meramente uma frota, mas uma armada que parecia pôr a invasão da Normandia — que quebrara todos os recordes — numa categoria inferior. Navios de abastecimento de todos os tamanhos e configurações, contratorpedeiros, cruzeiros de indescritíveis variedades e vários porta-aviões. Os navios estavam agrupados em formações de cinco por vinte.

O ministro da Guerra Anami se recusava a acreditar que a armada significava derrota e, junto com o marechal de campo Hata, o general Shizuichi Tanaka, e um major chamado Hatanaka, ele insistia em que um bombardeio com força total ao comboio “poderia fazer os americanos repensarem suas ações”. Togo foi surpreendido ao ver seus colegas falando como se não tivessem participado da conferência imperial de 9 de agosto, como se, mesmo se tivessem suas cabeças decepadas, eles pudessem de alguma maneira morder os dedos dos pés de seus inimigos, sentir-se satisfeitos por isso, e continuar a lutar.

Hatanaka ordenou a um general chamado Mori que se juntasse a ele no objetivo de fechar o palácio e evitar a radiodifusão da rendição do imperador Hirohito. Quando Mori se recusou, ele e seu ajudante foram mortos a tiros e cortados em pedacinhos. O major Hatanaka em seguida conspirou para tomar o controle dos estúdios de rádio da nação, esperando substituir com um pronunciamento próprio a radiodifusão previamente gravada pelo imperador. Hatanaka ainda considerava o imperador uma figura sagrada que não poderia ser ferida, mas todos os outros eram alvos possíveis.

Enquanto isso, o general Tanaka e sua equipe recebiam e compilavam relatórios de ataques aéreos que pareciam ocorrer simultaneamente em todos os lugares. À hora do almoço, para sua satisfação, o general tinha confirmado que a armada que se aproximava — insistentemente considerada por Anami como "apenas uma frota fantasma de rumores" — de fato existia e que estava se dirigindo diretamente a Tóquio. Tanaka retirou seu apoio ao golpe militar, e Hatanaka, junto com outros líderes rebeldes, se suicidou no gramado do palácio.

Durante as longas horas da rebelião malsucedida, todos os membros da equipe do imperador foram convocados para uma execução sumária, e o próprio Hirohito estava, com efeito, em prisão domiciliar.

Sem conseguir encontrar e destruir as duas declarações de rendição gravadas pelo imperador, e com os leais generais de Hirohito rapidamente recobrando o controle das estações de rádio de Tóquio, Anami escreveu: "Peço perdão ao imperador por meu crime maior", e saiu para escrever seus últimos poemas, embebedar-se, e abrir seu estômago com uma espada cerimonial. Muitos anos se passaram antes que o povo do Japão soubesse o que realmente aconteceu naquela manhã de 14 de agosto que se dissolveu em um incomparável espasmo de negações, assassinatos e suicídios. Apesar de ninguém saber da verdade, os rumores nasceram e voaram para todos os cantos, sobre todas as coisas.

KAZUSHIGUE AINDA NÃO tinha nascido no dia em que Hiroshima morreu. Seu pai contaria que o tio de Kazushige — Hiroshi — então com 12 anos, tinha escapado sem ferimentos de uma escola na fronteira do *Ground Zero*, onde quase todos os outros alunos tinham sido queimados e esmagados. Seguindo um par de trilhos de trem na direção de casa, nos morros do leste, ele foi ajudado por um estranho que ofereceu sua própria ração de arroz, e cujas ações combinavam com a descrição feita pelo prefeito Nishioka de um encontro com um estudante, um "único sobrevivente", perto de uma estação de trem. Quando o garoto finalmente voltou para casa, o restante da família Ito já o contava entre os mortos, mas ele tinha sido tão completamente encasulado contra o choque que não tinha sequer um arranhão no corpo. Mesmo suas roupas pareciam perfeitamente intactas.

Em seu bairro, ele ficou conhecido como "o garoto do milagre".

O pai de Kazushige Ito, Tsugio, ele mesmo apenas um garoto naquela época, lembrou que durante os primeiros dias depois da explosão seu irmão mais velho parecia bem o suficiente para levá-lo para pescar e para participar de um vitorioso jogo de beisebol contra o time de um bairro rival. Em realidade — e muito frequentemente —, os sobreviventes da bomba atômica não eram bem o que aparentavam ser.

A queimadura pelo lado de dentro começou aproximadamente em 14 de agosto, no início da Semana Budista dos Mortos. Num momento, os dois irmãos Ita estavam brincando; no outro, o garoto mais velho caiu de joelhos, levando a mão ao estômago, como se tivesse sido esfaqueado. De noite, a mãe da criança não conseguia mais se aproximar dele, e começou a evitar o próprio filho. Todos o evitavam, porque em cada expiração ele exalava um fedor que lembrava à família um cadáver que já estava morto há vários dias. Os vermes responsáveis pela decomposição estavam comendo os pulmões e a garganta do garoto Ito, sua língua — inchada, roxa e quente — fedia a carne podre, enquanto ele ainda se movia e tentava falar.

Finalmente, o irmão de Tsugio, Hiroshi, soltou um uivo de arrepiar até os ossos. Espuma e sangue manchavam seus lábios e, do mesmo modo súbito como adoeceu por causa da "areia da morte" e dos raios, o garoto milagroso se deitou e morreu.

Enquanto isso, nas ruínas enegrecidas do Hospital de Comunicações de Hiroshima, o doutor Hachiya escutava histórias sobre pessoas que estavam do lado de fora de uma casa no momento do *pika*, e que foram protegidas do raio de calor por uma sombra. E, ainda assim, apesar de escapar sem quaisquer queimaduras, elas adoeceram e morreram, enquanto as pessoas que estavam dentro da casa, apesar de gravemente feridas pelas vigas que caíram, ainda estavam vivas. Se os rumores sobre uma bomba de gás venenoso fossem verdadeiros, as pessoas que estavam do lado de dentro da casa deveriam ter sido infectadas ou envenenadas tão facilmente quanto as que estavam do lado de fora, Hachiya concluiu. O que matou as pessoas do lado de fora parecia ser proveniente de um veneno de curta duração, que, em grande parte, tinha se evaporado enquanto as pessoas se esforçavam para subir à superfície. Quanto mais pensava sobre isso, mais confuso Hachiya ficava.

Uma visita de um capitão da marinha a Hiroshima trouxe um fim à confusão. "O *pika* parece ser a fonte de uma terrível doença", explicou o capitão Fujihara. "A marinha já começou a estudar mais de trinta casos, e embora eu não seja médico, posso lhe dizer sem dúvida que, em cada caso, o número de leucócitos está caindo drasticamente."

"Você *tem que* me arranjar um microscópio", Hachiya disse.

"Sinto muito", o capitão respondeu. "Só temos um no barco, e estamos trabalhando com uma lente rachada." Sem graça, ele abriu uma maleta e, em vez de equipamento médico, presenteou o doutor com uma garrafa de uísque e vários maços de cigarro. "Não é muito", ele disse, "mas estas coisas podem ser mais difíceis de conseguir que microscópios".

"Eu preferiria o microscópio", Hachiya pensou em dizer, mas agradeceu.

Depois que o capitão partiu, Hachiya acendeu um cigarro e começou a vasculhar os restos quebrados da meia dúzia de microscópios da Bausch and Lomb que pertenciam ao hospital, na esperança de conseguir improvisar pelo menos um equipamento minimamente útil. O esforço estava condenado desde o início. Nem uma única lente de imersão a óleo sobrevivera, e mais nada além de um cilindro achatado e vidro convertido outra vez em areia. Ele calculava que a explosão deveria estar se movendo a uma velocidade de duzentos metros por segundo — ou duas quadras de uma cidade — quando os atingiu.

O doutor Hachiya lembrava que um dos gerentes do Escritório de Comunicação do distrito tinha um microscópio guardado em seu cofre. O escritório que continha o cofre era um *bunker* coberto por concreto reforçado. Mas isso não fez diferença. Quando o médico encontrou o *bunker*, este estava arrasado como uma cesta quebrada. O vento da bomba tinha revirado totalmente o cofre e arrancado a porta de aço de suas dobradiças. O microscópio estava tão completamente destruído que o doutor começou a perceber, como ainda não o fizera, o quanto a sua própria sobrevivência naquele primeiro dia do *pika-don* era improvável.

O segundo visitante da tarde para o doutor Hachiya o faria lembrar-se de novo da improbabilidade de estar vivo, e embora trouxesse presentes, enchia o médico de remorso por ter perdido o sentido da própria vida indo juntar-se aos caminhantes-formiga naquele dia.

O senhor Sasaki morava na casa em frente da de Hachiya, perto da ponte Misasa. Ele foi até o hospital levando *ayu*, um peixe de água doce, para os pacientes e à equipe.

"Como está sua família?", Hachiya perguntou.

O senhor Sasaki explicou que tinha levado vários dias para encontrá-los, porque, quando o *pika* explodiu, estava realizando uma tarefa num dos escritórios do prefeito Nishioka no subúrbio. Por estar dentro do prédio, e muito além do raio da explosão e do raio de calor, ele escapou sem ferimentos. Mesmo a uma distância segura rio acima e na região montanhosa, ele podia ver que sua vizinhança estava "sob a base do cogumelo". Sasaki ia com sua bicicleta pelas ruas cobertas de escombros quando encontrou sua casa e a do doutor Hachiya reduzidas a pilhas de cinzas pela altura dos joelhos. Felizmente, a família de Shigeo Sasaki tinha viajado rio acima com outros sobreviventes do bairro. Ele os encontrou no mesmo momento em que se sentiram os primeiros tremores de Nagasaki em Hiroshima. Estavam todos cobertos de lama e pareciam ter fome.

"A pequena Sadako fica falando sobre o clarão", o senhor Sasaki disse. A criança tinha apenas 2 anos, mas ainda não esquecia — e jamais esqueceria — o falso amanhecer e o vento forte. O irmão de Sadako, Masahiro, de 5 anos, e a senhora Sasaki estavam machucados e muito abalados, mas a salvo. Tinham sobrevivido ao piquete de espirais de fogo que avançava até o rio e se tornava uma tromba d'água. Eles tinham até sobrevivido à chuva de óleo sem sofrer nenhum dos sintomas que constituíam o diagnóstico do que o doutor Haciya estava começando a chamar de "doença da bomba atômica".

"Eles estavam dentro de casa durante o *pika-don* ou fora?", o doutor Hachiya perguntou.

"Dentro", o senhor Sasaki respondeu, e Hachiya suspirou aliviado. "Assim é que se machucaram", Sasaki continuou. "Eles foram atirados pela casa e, quando escaparam para a rua, viram que, apesar de a casa parecer intacta, pendia levemente para um lado. E então, enquanto as chamas e a confusão pioravam, eles se separaram de minha mãe e ela se perdeu."

"O quê?"

"Eles nunca mais a viram."

Apesar de todos os horrores que o doutor Hachiya tinha visto e experimentado durante a semana anterior, a morte da amável mãe do senhor Sasaki parecia um soco no estômago. A partir do que Hachiya podia saber, a avó da pequena Sadako fora queimada e morrera quando a tempestade de fogo ganhou força. Havia pouco que pudessem fazer para salvá-la, ou a outras pessoas presas no torvelinho. Mas Hachiya tinha estado *lá mesmo* quando os fogos começaram — e se lembrava, vagamente, de ter visto a casa de Sasaki pender para um lado antes de se espatifar no chão, como agora lhe havia sido descrito.

Desde o momento em que soube que a mãe de seu amigo tinha sido ferida e morta a apenas alguns passos dele, não importava mais a Hachiya se ele tinha conseguido sair das ruínas de sua própria casa, sangrando e confuso, e ingressado num mundo súbita e violentamente estranho. Pensava que, em vez de ajudar o seu vizinho, ele também tinha se juntado à trilha de formigas mais próxima.

Não que o senhor Sasaki, que era tão amável quanto sua mãe, dissera alguma palavra de recriminação contra ele. Ao contrário disso, ele continuava a trazer a comida que pudesse guardar para o seu vizinho e para os que estavam sob seus cuidados. Ainda assim, a partir daquele momento, a primeira pontada de culpa por ser sobrevivente começou a destilar seu veneno no coração de Hachiya, e ele nunca voltaria a encontrar Sadako ou seu pai sem voltar à figura dele mesmo como o tipo de pessoa que se tornou um andarilho-formiga num tempo de necessidades. Sua única esperança de evitar a dor era evitá-los. Era o início do que o doutor Nagai, de Urakami, naquele momento já começava a reconhecer como uma das rachaduras invisíveis provocada pela bomba atômica, uma rachadura entre vizinhos e amigos, embora nunca se falasse sobre isso.

"Tenho mais uma coisa para você", o senhor Sasaki disse. "Notícias do gabinete do prefeito. Não se trata de um rumor. São informações que vêm diretamente do ministro Togo, das Relações Exteriores. Um pronunciamento importante no rádio está anunciado para amanhã."

"O que pode ser?"

Nenhum dos homens queria especular, mas ambos supunham que o ministro da Guerra, Anami, estava prestes a anunciar o avanço das frotas inimigas em direção à costa do país. Ele provavelmente ordenaria cada homem, mulher e criança a lutar contra os americanos até a extinção do próprio Japão — usando cutelos, facas e palitos de bambu afiados.

Por uns instantes, Hachiya poderia deixar de lado os pensamentos sobre os andarilhos-formiga em favor do agradecimento por não ter eletricidade. "Não temos rádio", ele disse a si mesmo, e percebeu que viver de mãos vazias, na Idade da Pedra, na verdade lhe dava uma liberdade de espírito e de ação que ele não tinha conhecido desde que a guerra começara.

NA MANHÃ DE 15 DE AGOSTO, Gen acordou se sentindo forte o bastante para aumentar o barraco de sua mãe e transformá-lo numa das primeiras casas de zinco vincado do lugar que se tornaria uma das primeiras favelas da planície de Hiroshima.

Ao voltar de uma de suas operações de escavação de arroz para casa, um dos novos vizinhos de Gen lhe dissera que um caminhão do Escritório de Comunicações tinha passado por lá e deixado um rádio no hospital do doutor Hachiya. Quando Gen chegou aos degraus do hospital, alguém já tinha ligado o rádio a uma bateria de carro quase descarregada, e o gramado do Hospital de Comunicações zumbia e crepitava com a estática que se desvanecia. Do rádio, uma voz distante dizia: "Nós decidimos abrir o caminho para uma grande paz para todas as gerações por vir, suportando o insuportável e sofrendo o insofrível".

Gen não escutou tudo isso com clareza. O que se escutava claramente, antes de a bateria morrer, eram apenas as palavras "suportando o insuportável".

O eletricista do hospital, que estivera bem perto do alto-falante, anunciou que o que todos escutavam era a voz do próprio imperador, e que ele tinha acabado de anunciar o fim da guerra.

"Quem ganhou?", alguém perguntou.

"Ele disse que devemos *suportar o insuportável*", o eletricista respondeu; e então, olhando ao redor, adicionou: "Quem você *acha* que ganhou?".

A PEQUENA IRMÃ DE GEN, para quem ele tinha escolhido o nome de Tomoko, porque a palavra queria dizer "amigo", estava morrendo.

O pai de Gen estava morto.

Naquele momento, alguns dos isótopos absorvidos pelos ossos de sua mãe estavam sendo silenciosamente redirecionados para as suas glândulas mamárias. Para além disso, já tinham feito seu trabalho, e as células-tronco de sua medula óssea — arrasadas por deslocamentos cromossômicos — começavam a se dividir aleatoriamente, numa marcha em direção ao caos e à morte.

A irmã mais velha de Gen estava morta.

O irmãozinho de Gen, Senji, estava morto.

Na noite da rendição, um garoto apenas um ano ou dois mais jovem que Gen, atraído pelo cheiro de comida, se escondeu sob uma das folhas de metal ao lado da casa improvisada, e tentou fugir com um frasco de arroz recém-escavado.

Como Gen — Kenji Nakazawa — depois escreveria e filmaria, um movimento suave, de sombras, pulou, e quando viu já estava lutando no concreto quebrado do lado de fora do barraco. Quando Gen prendeu a cintura do garoto com suas pernas, sua mãe saiu do barraco gritando para que parasse, e então a luz de sua lanterna atingiu o rosto do garoto. Gen recuou o braço para bater no ladrão, mas prendeu o fôlego, tamanha a surpresa.

"Senji?"

Gen soltou um grito e cambaleou, quase derrubando a lanterna da mão de sua mãe.

"Você é igualzinho ao Senji", a mãe disse, dando um passo em sua direção.

"Quem quer que ele seja, não sou Senji", o garoto disse, esquivando-se com um passo para trás e se preparando para dar um salto e sair correndo.

"Você parece um gêmeo de meu irmão menor", Gen tentou explicar.

"Bom, eu não sou ele. Certo? Posso ir embora agora?"

"É claro que você não é Senji", disse a mãe, tão calma e gentilmente quanto podia. "Eu o vi morrer", ela disse inexpressivamente, lembrando-se de Gen.

"Sinto muito por ter roubado sua comida", o garoto disse, deixando que a mãe o ajudasse a se levantar. "Meu nome é Ryuta Kondo." Desculpando-se novamente, ele tentou explicar a fome que estava atormentando-o por três dias, até que finalmente acreditou ter perdido o apetite. Mas então sentiu cheiro de arroz cozido, e não pôde se controlar. "Deus diz que não é um pecado roubar comida se você realmente estiver faminto."

"Ryuta, onde está sua família?", a mãe perguntou.

Cerrando os maxilares, ele respondeu: "Eles foram todos mortos na explosão". Os pais de Ryuta viviam na vizinhança do doutor

Hachiya, perto da ponte Misasa e da família Sasaki. Ele, sozinho, se arrastou para fora dos destroços da casa, para então descobrir que algo achatado e afiado tinha guilhotinado as pernas de sua mãe na altura dos joelhos. Ela sangrou até a morte antes que ele pudesse ir até uma casa vizinha procurar ajuda. O pai de Ryuta parecia ter sido concomitantemente queimado e empalado. Um tio, que à primeira vista parecia estar correndo até Ryuta em resposta aos pedidos de ajuda, continuou correndo ao passar por ele como se não tivesse visto ou ouvido nada, deixando uma poça de sangue atrás de cada passo e fazendo um ruído que parecia um clique bem alto, antes de cada poça. Os pés do tio tinham sido arrancados, e ele estava tentando correr sobre suas tíbias. Sua "corrida de pernas-de-pau" continuou ainda por algum tempo rumo à terra baldia em chamas onde o "tio das pernas-de-pau" de Ryuta se tornou, provavelmente, o "sapateador" que inflingiu horror às famílias de Sumiko Kirihara e Sadako Sasaki.

Gen escutou a história de Ryuta impassivelmente, como se todos os horrores pudessem agora ser ignorados, parecessem ruído de fundo — o que, na verdade, de fato passaram a ser. Naquele momento, Gen estava preocupado com outros pensamentos.

"Você se parece *exatamente* com o meu irmão", Gen disse novamente.

"Eu não sou ele!", o garoto gritou, rancoroso, dando um passo para trás. "Eu sou Ryuta!"

Gen não disse nada. Simplesmente olhou para Ryuta como que pedindo desculpas, entrou no barraco e voltou com um bolinho de arroz comido pela metade. "Tome", ele disse, "você pode comer o resto do meu jantar se quiser."

"Você está dizendo que o daria para mim?"

"Claro."

E antes que Gen pudesse terminar de lhe entregar o bolinho, o garoto já tinha dado uma enorme mordida. Depois, tentou comer o restante num segundo bocado em que quase se engasgou.

"O que você está fazendo?", Gen perguntou. "Vai ficar doente."

Ryuta engoliu com força e disse: "Eu não queria que você o tirasse de mim".

"Eu não faria isso", Gen assegurou-lhe.

"Por que eu deveria acreditar em você?"

A mãe se ajoelhou deixando sua cabeça à mesma altura que a de Ryuta. "Onde você tem morado depois da explosão, Ryuta?"

"Por aqui, na maior parte do tempo."

"Bem, se você ainda estiver com fome, você pode terminar o meu arroz também."

"Tem certeza?"

"Claro que sim."

A mãe viu Ryuta engolir o segundo bolinho de arroz tão rapidamente quanto o primeiro. Isso a chocava e a surpreendia. O pequeno Senji também tinha o hábito de engolir a comida como se realmente temesse que alguém fosse tomá-la dele antes que terminasse de engolir.

Gen trouxe uma panela de cobre amassada e ofereceu a Ryuta uma colher para que raspasse as sobras de arroz torrado. Ele largou a colher, enfiou a cabeça na panela, e começou a lamber as laterais. "Como Senji fazia", Gen sussurrou.

A mãe explicou a Gen, e talvez tentando convencer a si mesma: "Eu ouvi dizer, Gen, que todo mundo tem cinco duplos. Ainda assim, é notável que *um deles* pareça ter nos encontrado por acaso. De alguma maneira, parece que ele foi enviado para cá".

Gen viu Ryuta lamber até o fundo da panela, procurando todas as migalhas que restassem. "Mãe", ele disse. "Você está pensando no que eu estou pensando?"

"Estou. Mas já temos bastante dificuldade em nos alimentar" — e ela viu a panela de cobre se transformar num enorme capacete na cabeça de Ryuta. "Mas, ainda assim, se Senji estivesse vivo é o que desejaria que nós fizéssemos."

"Então está tudo bem?"

Ryuta não ouviu a pergunta. Sua cabeça inteira e um dos ombros tinham sumido dentro da panela. Foi só então que finalmente ele a jogou no chão e disse que quase já não tinha mais fome — "quase". Notou que Gen e sua mãe estavam olhando para ele com expressões muito estranhas. Primeiro lhe pareceu que ele os tinha ofendido de alguma maneira e estava prestes a ser atirado ao chão para se engalfinhar com Gen novamente. Então se lembrou de que deveria ter educação.

"Obrigado!", disse Ryuta, rapidamente. "Sinto muito, eu deveria ter dito *obrigado*."

Ele recebeu o mesmo olhar de ambos.

"O que eu fiz?"

"Nada", disse a mãe. "Ryuta, estávamos nos perguntando. Você gostaria de ter uma casa novamente?"

"Você quer dizer, ficar aqui?"

"Sim", Gen disse.

O garoto parecia assustado, como se no instante seguinte Gen pudesse dizer "Brincadeira", e mandá-lo de volta à natureza selvagem. Ele começou a falar sobre suas privações e a tentar explicar que na verdade não eram tão ruins. "Eu sei que sou pequeno e não posso trabalhar duro nem ser de muita ajuda, mas posso fazer massagens nas suas costas. Meu pai sempre disse que eu era bom nisso." E então ele foi direto aos ombros da mãe, beliscando todos os nervos certos nos lugares errados.

"É muito gentil de sua parte", a mãe disse, "mas você não precisa trabalhar duro. Nós não estamos pedindo nada em troca, Ryuta. Você só vai ser da família."

"Mesmo?"

A mãe disse que sim, e passou a mão sobre sua cabeça suavemente. Um pequeno tufo de cabelos veio junto. Não importava. Ryuta, que acreditava que nunca mais se sentiria feliz com algo, estava chorando de alegria.

NO AMANHECER, O DOUTOR HACHIYA despertou e ficou sabendo que outras três pessoas de sua equipe estavam inválidas pela nova doença. A mulher do falecido chefe do Escritório de Comunicações, que tinha vindo até o hospital oferecer-se para trabalhar voluntariamente como enfermeira, quase não tinha pulso. Todo o interior de sua boca era uma massa de tecido hemorrágico. Sua língua e amígdalas eram carne em decomposição.

Em outra cama estava a senhora Hamada. Ela fora exposta à radiação numa casa de madeira, de um andar, a cerca de um quilômetro do hipocentro. Sentia uma sede enorme, como se estivesse sendo profundamente queimada por dentro, e dentro de minutos começou a vomitar. Ainda assim, no dia da rendição, sentiu-se completamente curada e pôde oferecer-se como voluntária no hospital. Apenas um dia depois, ela acordou e foi surpreendida por um monte de cabelos em seu travesseiro. Tão logo pôs uma mão na cabeça, o restante de seu cabelo começou a cair em grande quantidade, sem nenhuma resistência. Ela notou que a pele de seus braços tinha se tornado extraordinariamente seca e frágil durante a noite. Quando o doutor Hachiya a examinou, ele encontrou sinais de hemorragia extensiva sob a pele. Em algumas horas, a senhora Hamada passou de "completamente curada" a "condição crítica".

Assim como a senhora Hamada, o senhor Hirohata também teve apenas algum desconforto, mas se sentia bem no pós-*pika*. Num raio de pouco menos de quatrocentos metros do alvo, ele estava mais próximo ao hipocentro que a senhora Hamada. Mas — conforme explicou ao doutor Hachiya, quando o clarão veio — estava numa das porções mais grossas, de concreto reforçado, do edifício da Companhia Telefônica. E, assim, conseguiu sair dali caminhando, quando todos os outros foram instantaneamente explodidos ou carbonizados.

"Doutor?", o senhor Hirohata perguntou. "Existe alguma razão pela qual meu cabelo está caindo e eu me sinto tão fraco?"

"Não creio que deva se preocupar", Hachiya disse. "Você passou por um estresse sem precedentes, e além disso tentou trabalhar dia e noite aqui, mantendo-nos vivos."

Uma chuva suave começou a cair, e Hachiya sabia que logo os tetos estariam pingando e que, naquela noite, todas as camas estariam úmidas.

"Pare de se preocupar tanto", Hachiya impôs ao paciente.

O senhor Hirohata decidiu obedecer às ordens do médico — ficar absolutamente quieto na cama e beber todos os fluidos nutritivos que as enfermeiras traziam. Ele sorriu, confiante de que sua saúde voltaria. Mas ele, junto com a senhora Hamada e a mulher do chefe do escritório, já estariam mortos quando o primeiro microscópio chegasse.

Por volta de 20 de agosto, a equipe de Hachiya confirmou que a radiação — e não uma arma biológica ou algum gás desconhecido — tinha sido a causa da Doença X. Muitos dias depois da promessa de má vontade feita pela marinha, o microscópio que Hachiya tanto desejava lhe foi entregue. Muitos no hospital tinham contagem de leucócitos de quase dois mil — bastante abaixo da faixa normal de seis a oito mil. Somente a contagem do doutor Hachiya parecia estar pairando sobre os três mil. Alguns pacientes tinham contagens de apenas quinhentos; e um deles — com uma contagem de duzentos — parecia estar morrendo por um ataque violento da bactéria que normalmente transformava a matéria em decomposição em fertilizante para o solo.

Hachiya rapidamente percebeu que o pavilhão de isolamento tinha sido uma loucura. Apesar de novas infecções estranhas estarem aparecendo — incluindo a putrefação dos corpos ainda vivos —, as doenças vinham de dentro, não de fora. De acordo com um memorando enviado do Hospital Naval Omura, autópsias começaram a revelar medulas ósseas tão completamente irradiadas que se reduziram a um fluido amarelo, como bile. Com sistemas imunológicos reduzidos à inexistência, bactérias que normalmente não atacam a carne humana nem depois da morte começaram a aparecer. Em muitos casos, a morte da medula óssea se manifestava por uma febre hemorrágica que se espalhava para todos os órgãos internos; e em tais casos o sangue só coagulava sete horas depois da morte. As plaquetas de sangue, assim como os agentes coagulantes, simplesmente desapareceram.

Outros pacientes foram vítimas de sinais e sintomas que ninguém tinha testemunhado antes. Dois homens examinados em Omura morreram de alguma infecção que liquefez seus cérebros e medulas espinhais. Uma ameba infecciosa parecia estar envolvida — uma espécie contra a qual o sistema imunológico humano há muito tempo tinha desenvolvido defesas naturais. A ocorrência de tantas infecções oportunistas era tão rara e tão nova que não seria vista novamente até a epidemia da Aids nos anos 1980.

No Hospital Naval de Omura, Shiotsuki, colega do doutor Hachiya, esteve examinando pacientes de Nagasaki e Urakami desde a noite de 9 de agosto. Os primeiros foram mandados de trem ao seu hospital de oitocentos leitos, localizado a dezenove quilômetros do hipocentro. Mesmo a essa distância, todas as janelas do hospital naval na direção da explosão foram quebradas, e todas as árvores nas encostas das montanhas com vista para o *pika* estavam tão desidratadas que suas folhas ficaram marrons, como se tocadas por um outono antecipado. O doutor Shiotsuki relatou que o efeito marrom nas folhas se estendia por oitenta quilômetros em todas as direções, partindo do estádio de Urakami. Se todas as folhas já estivessem secas desde o início, a tempestade de fogo resultante teria virado um tufão de um diâmeto de 160 quilômetros. Perto do Hospital São Francisco, se o olho da tempestade se tornasse ciclônico e sustentado por si mesmo, as chamas horizontais facilmente teriam se tornado supersônicas.

Por volta de 20 de agosto, os relatórios médicos do doutor Shiotsuki estavam cheios de observações peculiares e frequentemente inacreditáveis. Ele notou que os pacientes que carregavam marmitas, usavam relógios de pulso, ou alianças de casamento e anéis de ouro ou que tinham, de alguma outra maneira, a pele em contato direto com objetos metálicos no Momento Zero, foram literalmente marcados a fogo onde o metal tocava a pele, e em quase sua totalidade exibiriam os sintomas da doença da radiação. As marcas coincidiam com um perigo da outra extremidade do espectro, do lado oposto dos raios gama. Tratava-se de raios de uma onda muito curta, espécies de micro-ondas que interceptavam o metal, elevando-o a temperaturas de queimar a pele. Sob o *pika*, partes de Nagasaki pareciam ter se tornado um forno de micro-ondas. O doutor Shiotsuki também notou que apesar de os pacientes que usavam branco frequentemente terem escapado às queimaduras do *pika*, e de um paciente que usava uma camiseta de listras brancas e negras ter sofrido "tatuagens de queimaduras" de listras verticais, esses fenômenos estranhos pareciam se aplicar somente àqueles que estavam em

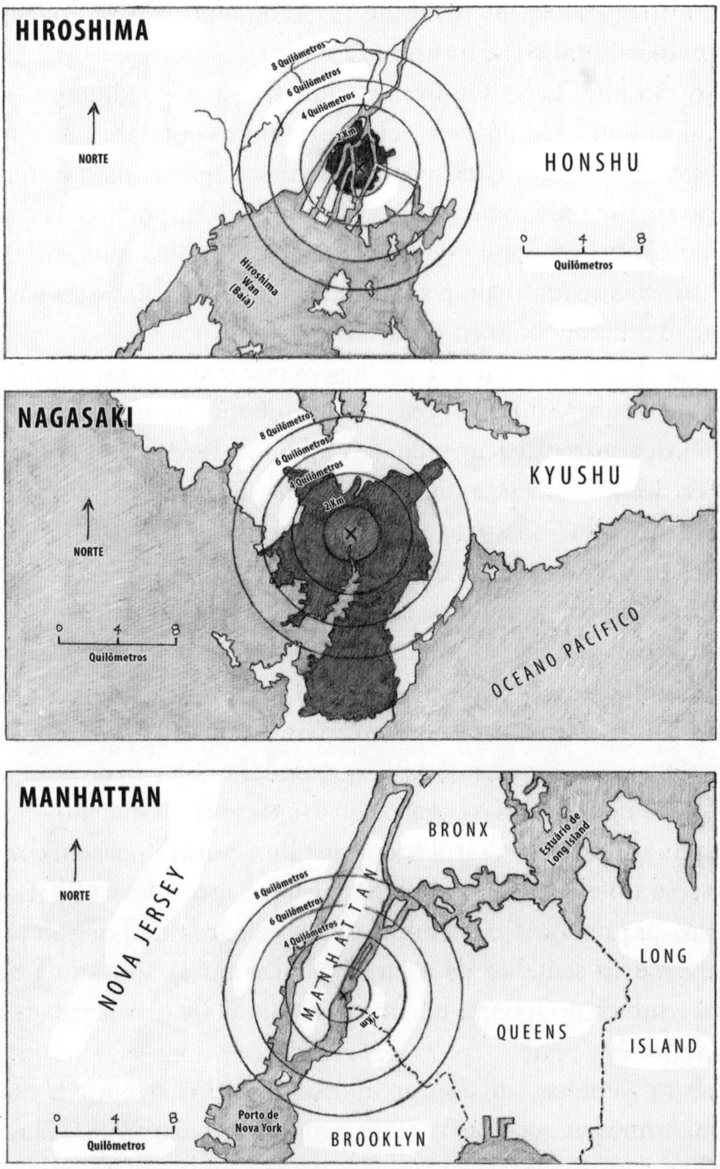

A maior diferença entre a escala e o alcance dos fogos em Hiroshima e Nagasaki era devida à força muito maior da bomba de Nagasaki, cujo clarão desidratou folhas e as fez murchar a uma distância de oitenta quilômetros. Se a arma de Nagasaki tivesse sido detonada em Nova York durante uma seca de outono ou sobre a Califórnia durante a estação seca, poderia ter criado um tufão de fogo de mais de 160 quilômetros de diâmetro. (Patricia Wynne)

um raio de dois quilômetros. Mais perto do hipocentro e do estádio, usar preto ou branco se tornou um ponto de discussão.

Àquela altura, em Omura, muitas das jovens mulheres que tinham se voluntariado para vir com o trem de Nagasaki e cuidar dos feridos, estavam começando a apresentar os primeiros sintomas da doença. Como tinha ocorrido no Hospital São Francisco e no Hospital de Comunicações, esgotadas por uma fadiga súbita, febre e calafrios, elas sucumbiam e se tornaram pacientes nas mesmas alas em que atendiam como enfermeiras.

"Não havia necessidade de lhes explicar o que estava acontecendo", o doutor Shiotsuki gravaria em depoimento em 1974, pouco antes de morrer de leucemia, aos 54 anos de idade. "Já tínhamos notícias de uma doença disseminada em Hiroshima. Sabíamos o que estava vindo."

Elas morreram. Todas elas.

"Vestindo calças *mompe* folgadas e guarda-pós feitos de material barato", Shiotsuki contou, a título de epitáfio tardio, "as garotas voluntárias estavam muito longe da beleza no sentido ordinário da palavra. Mas, para mim, eram mais bonitas física e espiritualmente do que as garotas de hoje que andam pelas ruas, com *jeans* ou vestidos da moda. Essas garotas, ao perceberem que iam morrer, saíram da cama para usar a força que lhes restava para cuidar dos outros. Eu queria poder ter visto, nem que fosse uma só vez, uma daquelas garotas vestidas com a moda elegante de hoje; mas elas ganharam uma sentença de morte a poucas horas antes do final da guerra, e nunca poderiam imaginar que um dia a prosperidade chegaria ao Japão."

A batalha pessoal do doutor Shiotsuki contra a doença da bomba atômica começou quase ao mesmo tempo em que o doutor Hachiya cancelava o protocolo de isolamento no Hospital de Comunicações, quatorze dias depois da explosão de Hiroshima, onze dias depois da explosão de Nagasaki e cinco dias depois que Gen e sua mãe convidaram Ryuta para viver em seu barraco. Seu número de leucócitos tinha caído perigosamente para quase a metade do valor normal, apesar de ele estar a dezenove quilômetros do hipocentro. A única explicação para a sua doença era uma exposição muito intensa à radioatividade dos próprios pacientes, cujas roupas, pele e hálito deveriam emitir-lhe partículas de pó radioativo desde sua chegada, na noite de 9 de agosto. Durante as primeiras 48 horas, a radioatividade que liberavam tinha certamente invadido os pulmões, o sangue e a medula óssea do doutor Shiotsuki.

Com o passar dos dias, a contagem dos leucócitos de Shiotsuki voltou novamente ao normal, depois continuou a subir. Duas semanas após a chegada do trem a Nagasaki, a preocupação de Shiotsuki não era com a falta de leucócitos, mas com sua abundância. Esse foi o começo de uma doença crônica na medula óssea. Era 24 de agosto.

Naquela noite, em Tóquio, o general Shizuichi Tanaka inspecionava a frota americana no porto. Tanaka tinha recebido relatórios de que aviões britânicos voavam sobre Hiroshima e Nagasaki como se estivessem num *tour* macabro. A rendição seria assinada oficialmente em 2 de setembro. Tanaka, que em 14 de agosto retirara seu apoio à rebelião que queria evitar a radiodifusão do pronunciamento do imperador, não queria ver o ato final daquela tragédia. Depois de tomar chá com seu ajudante, o general deitou sua espada ao lado do chapéu, das luvas e de seis cartas com seus respectivos destinatários. Depois, enrolou um pedaço de tecido na parte superior da cabeça, para reduzir os jorros de sangue, e, alinhando sua cadeira numa direção que evitasse que a substância lançada pela ferida aberta sujasse os seis envelopes, ele se deu um tiro.

Apesar das mortes de Anami e Tanaka, os trâmites burocráticos do governo continuavam operando normalmente. Em 25 de agosto, um caminhão trazendo presentes do Corpo de Engenharia do Exército Imperial chegou ao Hospital de Comunicações de Hiroshima. Os soldados entregaram quatro cadeiras quebradas, três escrivaninhas quebradas, duas panelas, um fogão e nada de comida ou carvão. Um segundo caminhão trouxe cinco caixas grandes, cada uma cheia até a borda de bandeiras sinalizadoras para pistas de aterrissagem e salva-vidas. Os pacientes do doutor Hachiya distribuíram os salva-vidas entre si para usar como travesseiros, e as crianças pareciam gostar de abanar as bandeiras.

O senhor Sasaki enviou um terceiro caminhão com peixe e maços de cigarro — os cigarros estavam valendo mais do que dinheiro, e tinham rapidamente se tornado a nova moeda corrente. O doutor Hachiya apreciava o sabor do tabaco, e decidiu aferrar-se à nova moeda tanto quanto pudesse, dando apenas algumas baforadas num cigarro, depois guardando-o para fumá-lo aos pouquinhos mais tarde.

Durante uma das pausas para o cigarro, Hachiya saiu para respirar um pouco de ar fresco e encontrou o primeiro cachorro que vira em quase vinte dias. Imediatamente apelidou-o de Miserável. Hachiya notou que o pobre vira-latas carregava um pedaço de batata podre na boca. *Que cena digna de dó, ver um cachorro, por natureza um carnívoro, obrigado a mendigar sobras de vegetais*, ele pensou.

A maior parte do pelo do animal desaparecera. Hachiya diagnosticou que Miserável também estava sofrendo da doença da radiação.

De alguma forma, essa figura magérrima que se arrastava com seus quadris curvados, o rabo caído e sem pelo, era simbólico.

"Podem soltar os cães da guerra!", o doutor gritou, assustando o animal.

Atrás dele e do morro, alguém gritou com animação ao ver cabos elétricos amarelos instalados na direção do hospital. Um engenheiro do exército anunciou que, em poucos dias, Hachiya teria um telefone, e, depois disso, luz elétrica.

Ao cair da noite, a água da chuva brilhava nas paredes pelo terceiro dia consecutivo. Por todo o prédio e no que tinha sido o pavilhão de isolamento, um mofo negro começava a brotar nas roupas e nos lençóis. E assim, inevitavelmente, a pneumonia começou a fazer suas visitas oportunistas, de um sistema imunológico enfraquecido a outro. Na manhã de 26 de agosto, mais quatro pacientes estavam mortos.

A TAXA DE MORTALIDADE se acelerava nos morros de Urakami. Os doutores Akizuki e Nagai inspecionavam as frequentes fogueiras de corpos no pátio do hospital. A saúde de Nagai parecia melhorar constantemente, a tal ponto que ele e três enfermeiras conseguiam fazer visitas de longas distâncias nos morros. Mas o cabelo de Akizuki estava mais ralo e ele tinha dificuldade em manter a comida no estômago. O doutor se perguntava se ele próprio não estaria numa pira em poucos dias. Viver e morrer no *Ground Zero*, Akizuki concluiu, era uma questão de destino. Ali, a linha divisória entre homem, cremado e médico era tênue e vaga, dependendo inteiramente da sorte.

Ele estava começando a encarar a doença da radiação como um espírito traiçoeiro e onipotente que arrancava o cabelo dos sobreviventes e sugava seu sangue.

Do hospital até as ruínas da Escola de Meninas Yosé, mais abaixo, e até o estádio, um padrão de morte estava surgindo. O último influxo de pacientes tinha parecia estar bem de saúde, pois tivera força para descer às ruínas e construir as favelas. Eles tinham inventado um novo termo — "as minas da cidade", que se referia aos artigos de valor enterrados sob pilhas de escombros. Os mineradores que moravam na parte mais inferior do morro, perto do estádio e do hipocentro, foram os primeiros a sofrer e morrer durante o segundo surto de doença da radiação, no fim de agosto. O doutor Akizuki conseguiu mapear "a sombra da morte" enquanto esta subia como uma maré que vai lenta e constantemente morro acima. Os mineradores no vale e nos sopés dos morros começaram a ser carregados até o hospital nas costas de parentes que moravam um pouco mais acima. Então, uma família de mineiros que vivia cem metros acima ficou doente, e também teve de ser carregada. Depois, uma família quarenta metros mais acima; e assim sucessivamente.

O doutor Akizuki chamou o avanço crescente da doença de "círculos concêntricos da morte". Ele imaginou ser apenas uma questão de tempo até que as nuvens invisíveis da morte ascendessem ao hospital. A maré que subia estava a apenas cinquenta metros do pátio da frente do hospital, quando as chuvas vieram em 1º de setembro, e se converteram numa tempestade tropical no dia 2, com trovoadas e o estrondo de quedas d'água recém-formadas lá embaixo.

Por volta da meia-noite de 2 de setembro, a chuva caía tão torrencialmente que, quando Akizuki saiu, foi atingido com força no rosto e cegado por um grande golpe de água corrente. Ficou ensopado imediatamente e as mangas de sua camisa se rasgaram. Ele se agarrou a um pilar de concreto quebrado para se firmar. Atrás dele, num prédio em escombros cujo térreo tinha se transformado num riacho com águas a subir, os feridos e cuidadores amontoavam-se em grupos de dez e quinze, como pequenos pássaros num ninho.

"Eles não sofreram o suficiente?", o doutor Akizuki gritou para os céus. Os raios brilhavam como um grande número de lâmpadas, ou *pikas bebês*. Era um novo tipo de inferno: depois de esfolados pelo fogo, agora eram devastados pela água.

"Não os puna desta maneira!", Akizuki gritava. "O que você quer? Quem é você? Você já não fez o suficiente?"

Akizuki pensava nas irmãs e irmãos católicos que tinham vindo ajudar e que também acabaram por se tornar doentes. Agora tremiam como animais quase afogados. Como budista, era difícil para ele acreditar — como o faziam os jesuítas ou o doutor Nagai — que a tragédia e o mal sem sentido eram parte de um plano divino.

"Por que você tem de sofrer assim?", ele tinha perguntado à irmã Mizoguchi, uns dias antes de ela vomitar um grande pedaço de sua própria carne e morrer. "Por que isso, a alguém como você, que só fez o bem? Não está certo!"

"Eu acredito na providência divina", ela respondeu, quase sem forças — e depois disse, com um sorriso: "É a vontade de Deus".

"Então maldita seja sua providência!", o doutor agora gritava à tempestade e ao universo.

Ele ficou acordado a noite toda, tentando acalmar os pacientes e amaldiçoando a tempestade. Na manhã seguinte, um arco-íris duplo apareceu no céu. O mais alto dos dois era de um brilho raramente visto em Nagasaki; e o mais baixo era de um tipo nunca visto. As cores do arco-íris estavam dentro de uma camada de névoa, de uma cor perolada pouco usual, mas claramente com o formato de um arco — um arco-íris branco.

"Algo aconteceu", Akizuki disse à enfermeira Murai. "Sinto uma mudança no ar, tenho certeza." Ele respirou fundo e, pela primeira vez em quase um mês, se sentiu refrescado. A sensação constante de fraqueza e náusea tinha começado a se dissipar apesar de uma noite estressante sem dormir. "O mundo mudou", ele pensou.

Apesar de Akizuki não ter acesso a um medidor Geiger, tinha certeza de que, se visse um deles, encontraria algo diferente sobre o solo e o ar. A chuva tinha levado o pó em suspensão para as profundezas do solo ou para o mar. O dilúvio que durante a noite toda parecia uma maldição, agora provava ser um ato de misericórdia da... providência divina — na qual agora o doutor Akizuki quase acreditava.

Naquela mesma manhã, pés de amor-de-hortelão tinham começado a brotar no terreno baldio. Uma tempestade semelhante também caiu sobre Hiroshima, seguida pelo mesmo fenômeno do arco-íris duplo, depois por flores silvestres desabrochando fora da estação. Eram tantas, que parecia que os B-29 tinham lançado sementes de flores sobre a cidade, em vez de bombas.

Shoda Shinoe, a garota que perguntara aos médicos se existia uma operação para remover memórias, parecia ter recobrado todas as suas forças depois das chuvas. Quando ela localizou as ruínas de sua escola, encontrou prímulas da noite nascendo em cada tijolo quebrado ou fissura no concreto. Crisântemos silvestres azuis estavam por todos os lados.

Na pracinha, talos de flores surgiam entre costelas e através das órbitas dos crânios — dezenas, centenas de crânios. A maioria deles era pequena; e Shoda supôs que todos os crânios maiores deveriam ter pertencido às professoras.

Em Kaitaichi, subúrbio de Hiroshima, Hiroko Nakamoto, a estudante que tentou em vão manter seus dois camundongos de estimação vivos durante um período de intenso racionamento, estava se recuperando de suas feridas do *pika*. Até as queimaduras e a contínua escassez de alimento pareciam triviais quando comparadas às notícias de que a força armada norte-americana avançava rumo ao vilarejo. Antes da destruição de Hiroshima, todos os estudantes tinham assistido a filmes que mostravam o que podiam esperar dos norte-americanos se o Japão perdesse a guerra. As previsões mais otimistas diziam que os japoneses se tornariam uma casta de trabalhadores escravos. E, as mais pessimistas, fizeram os oficiais de Kaitaichi aconselhar mulheres e crianças a fugir para as montanhas e ficar escondidas; mas Hiroko ainda estava se recuperando dos ferimentos e sua tia não a abandonaria.

Quando, enfim, os soldados e suas gomas de mascar chegaram, eles se mostraram incrivelmente educados. Trouxeram doces com nomes estranhos, como *salva-vidas* e *via láctea*.

Hiroko percebeu, então, que as horrorosas previsões de escravidão e tortura, estupros e até canibalismo, tinham sido apenas propaganda militar, com o intuito de incentivar a nação a lutar até a morte.

ENQUANTO AS DUAS CIDADES floresciam, um cirurgião da marinha americana e um intérprete chinês chegaram ao Hospital São Francisco. O doutor Akizuki saiu de trás de uma pilha de tijolos assustando ambos.

O intérprete procurou sua pistola, mas rapidamente relaxou quando olhou o médico de cima a baixo e percebeu que ele não parecia mais perigoso que o "prefeito da cidade dos mendigos".

Contrastando com Akizuki, que, fora o banho de chuva na noite anterior, estava sem tomar banho por quase um mês, as roupas do cirurgião americano estavam engomadas e limpas, e ele se parecia com uma versão muito mais alta da jovem e romântica estrela de comédia Vincent Price. Akizuki estava esperando Boris Karloff ou Bela Lugosi.

O cirurgião da marinha parecia apavorado com as condições primitivas que prevaleciam na encosta do morro. Ele apontou para o outro lado do hipocentro, na direção das barracas de primeiros socorros que estavam sendo erguidas a cinco quilômetros dali, no norte de Nagasaki. "Você deveria levar seus pacientes para lá", ele aconselhou.

Considerando a condição de seus pacientes, parecia a Akizuki que cinco quilômetros — distância um pouco maior do que a necessária para atravessar a ilha de Manhattan — seriam o mesmo que uma marcha até Tóquio.

"Se você fizer a gentileza de nos providenciar medicamentos adequados", Akizuki disse, "meus colegas e eu gostaríamos de ficar aqui e continuar a tratar destas pessoas".

O americano olhou ao redor das ruínas queimadas, suspirou e começou a examinar os pacientes. Primeiro eles se retraíam com medo, mas, quando Akizuki assegurou-lhes que ele não lhes faria mal, começaram a relaxar. O visitante descobriu um tipo de ferimento da bomba que não estava aparente antes.

"A maioria teve os nervos ópticos danificados pelo clarão da bomba atômica", o americano disse. "Suas córneas também foram danificadas, e eles estão infectados."

Eles estavam perdendo a visão, o americano concluiu, e pressionou Akizuki novamente: "Você deve mandá-los para a estação de primeiros socorros no centro da cidade". Akizuki explicou que os pacientes não tinham saúde o bastante para fazer a viagem, mesmo se não estivessem ficando cegos.

"Bem", o sósia de Vincent Price disse, "as estradas já não existem mais, e não temos caminhões grandes o bastante sobrando para fazer uma retirada. Mas temos penicilina e outros suprimentos vitais na estação. Você deveria ir até lá amanhã e ver o que pode conseguir".

Considerando todas as coisas, Akizuki estava surpreso e impressionado com o homem que tinha subido o morro através dos escombros para examinar os feridos. Estava muito aliviado que as expectativas do Alto Comando sobre um mundo de estupros e destruição que aguardavam um Japão rendido não pareciam estar se concretizando.

Isso não significava, contudo, que tudo subitamente era um mar de rosas. O farmacêutico na estação de primeiros socorros olhou para as roupas do doutor Akizuki e quase o dispensou, pensando se tratar de um vagabundo em busca de drogas do mercado negro. Quando o médico explicou que um oficial da marinha americana o tinha aconselhado a obter antibióticos para o hospital de Urakami, o farmacêutico disse: "Mande seus pacientes para cá".

Depois de algumas explicações sobre o Hospital São Francisco, o farmacêutico liberou uma pequena quantidade de medicamentos, bem como vitamina B e fortes doses de vitamina C, de acordo com o tratamento da radiação proposto pelo doutor Nagai, o que — até tais suprimentos começarem a faltar no hospital — parecia ter proporcionado melhoras a casos limítrofes, incluindo os de Nagai e Akizuki. A penicilina, contudo, foi retida, e a liberação de cada lote de vitaminas parecia requerer duas ou três viagens pelo hipocentro.

Como relatou o doutor Akizuki posteriormente: "Depois da visita do oficial americano, nosso hospital, em ruínas, na fronteira da área devastada, foi apagado da memória daqueles que vieram investigar o estrago realizado pela bomba atômica. Os que vieram conferir Nagasaki depois da explosão visitaram somente os edifícios intactos e andaram em volta do estádio desaparecido. Nunca souberam do que acontecia no morro com vista para o hipocentro".

Assim, o caso mais evidente de radiação da cidade permaneceu quase invisível. Um comitê de pesquisadores científicos americanos e britânicos esteve no Japão em 11 de setembro, e imediatamente propôs uma detalhada pesquisa zoológica em pontos de escavação a distâncias variadas do hipocentro, para determinar se os efeitos da radiação produziam mutações maléficas em múltiplas gerações de insetos. Oficialmente, o comitê de 11 de setembro estava sob a jurisdição do general MacArthur, que por sua vez não queria que houvesse muita divulgação sobre os bombardeios atômicos. A pesquisa zoológica foi interrompida tão logo começou. Minhocas encontradas sob a Catedral de Santa Maria em Urakami e sob os hospitais demolidos perto dali, foram recolhidas e levadas para análise. Os efeitos da radiação eram determinados pela amputação de segmentos nas extremidades das minhocas do *Ground Zero* e na regeneração de suas cabeças. O processo regenerativo parecia ocorrer sem anormalidades evidentes e, durante ele, a ausência de provas dos efeitos da radiação prolongada nas populações humanas expostas à bomba foram interpretadas como insuficientes. Os cientistas do comitê propuseram a ampliação do estudo das minhocas ao exame real de pacientes humanos tratados perto dali, no hospital do doutor Akizuki. A proposta pereceu no limbo do macarthismo.

A essa altura, Charles Sweeney retornava à cidade e levava os membros de sua equipe a um lugar onde existia uma quadra de tênis, que ele calculava ser a localização exata do hipocentro. Pouquíssimas pessoas estavam na planície e nos sopés dos morros. Olhando para o céu azul, onde a 570 metros o punho de plutônio atacara pela primeira vez, Sweeney tentou formar uma imagem do que deveria ter sido estar lá naquele momento. E confidenciou aos amigos uma fé simples: "Que a nossa seja a única missão de voo desse tipo".

Enquanto percorria o entorno, o olhar de Sweeney se deteve por um momento na encosta de um morro distante, na qual se viam as paredes de tijolos vermelhos queimados do Hospital São Francisco.

QUANDO SHODA SHINOE encontrou suas professoras e Charles Sweeney encontrou o hipocentro, a senhora Matsuda descobriu os alicerces de sua casa. Estavam a três quadras da casa de Hirata e da mansão de Hiroshima dos Morimoto, e quase ao alcance de um atirador de elite da Cúpula de Hiroshima. Seu filho Toshihiko vinha vindo sem rumo, com queimaduras negras na forma de folhas por todo um lado de seu corpo. O garoto estava a uma distância em que a camisa branca que vestia se tornara um pouco mais relevante (em termos de proteção às queimaduras provocadas pelo clarão) do que as paredes do jardim que o escudaram contra a explosão. O algodão branco tinha ficado marrom instantaneamente, e a sombra de Toshihiko, junto com as sombras de pés de abóbora evaporados e as filas de pés de feijão, se transformaram em marcas ou sombras fantasmagóricas na parede. O garoto devia ter se abaixado para apanhar algo quando veio o clarão.

Os historiadores presumiriam, equivocadamente, que todas as pessoas-sombra de Hiroshima foram vaporizadas pelo *pika,* e encontraram morte instantânea e indolor. Isso aconteceu apenas em casos raros. Somente na vizinhança imediata à Cúpula e à ponte "T" isso era verdadeiro. Um pouco mais longe do hipocentro, o mesmo clarão que queimava a pele também queimava tinta e madeira. Contra todas as probabilidades, o jovem Toshihiro pôde sair do *Ground Zero* e caminhar até a escola em ruínas onde Minami tinha visto os vaga-lumes azuis. Ela e o doutor Fujii acreditavam que, já que 60% do corpo do garoto tinha sido protegido do clarão e não fora queimado, ele poderia sobreviver — e essa crença foi o inferno. Toshihiko Matsuda deveria ter sobrevivido, mas sobre ele incidiram os raios gama — sobre ele e através dele. Seus ossos se encharcaram de radiação gama e nêutrons, e o DNA dentro de sua medula se convulsionou e se rompeu tão violentamente que os sistemas de reparação de DNA, sempre vigilantes, tornaram-se incapazes de lidar com a extensão do dano mesmo não estando completamente danificados.

Apesar de as tias de Toshihiko e de todos os outros que estavam dentro da casa terem sido mortos quando a explosão achatou o sobrado até a altura do peito de um homem, Toshihiko parecia, ao doutor Fuji, ser outro "garoto milagroso", escapando por pouco enquanto todos ao seu redor morriam. Mas os raios tinham feito seu trabalho, e o garoto milagroso tinha pouco tempo de vida.

Considerado pela triagem como uma vítima capaz de sobreviver sob atenção médica, ele e vários outros feridos com chance de recuperação foram enviados com Minami e quatro enfermeiras na traseira de um caminhão até o hospital dos veteranos nos subúrbios.

A descoberta de que a mãe de Toshihiko tinha sido convocada a fazer trabalho militar fora da cidade, e que ela também tinha sobrevivido, trouxe nova vida aos seus olhos. Apesar disso, depois de uma semana suas feridas se recusavam a fechar e, sem nenhum aviso, ele caiu num sono profundo e morreu.

Agora sua mãe voltava ao lugar onde o horror começara. Lá, a área circular da "zona de destruição total" podia ser vista claramente. Com exceção da Cúpula, da estrutura do Banco Sumitomo e de algum raro tanque de água surgindo da terra, a paisagem era uma extensão plana em todas as direções até um círculo de ruínas de concreto, quase equidistante à casa da senhora Matsuda. O campo de escombros cinza e marrom era interrompido por alguns amores-de-hortelão e por flores silvestres.

Como Gen se abaixara para apanhar uma moeda no pátio do colégio, o filho da senhora Matsuda parecia estar se ajoelhando e mexendo em algo que estava no chão no Momento Zero. A figura dele capturada pelo clarão e projetada sobre uma parede do jardim era testemunha disso. Somente a metade inferior da parede permanecia em pé para contar a história, mas era o suficiente. Folhas e videiras o circundavam, enquanto ele se abaixava para tocar uma abóbora ou arrancar capim. Quando a bomba produziu o clarão sobre Toshihiko, as folhas das parreiras deveriam estar se movendo com a brisa matinal, de modo que suas pontas estavam definidas com tanta clareza que a imagem tinha sido, sem dúvida, criada mais rapidamente do que a reação de uma folha ao vento.

Através de Hiroshima e Urakami, por quilômetros ao redor, asfalto e tinta embranqueceram sob a luz; a madeira queimou e, em cada parede de pé, janelas com sombras, imagens de postes telefônicos, árvores, varais e até mesmo das pessoas indicavam a direção dos clarões e apontavam inequivocamente ao hipocentro de cada uma das cidades.

O fenômeno era exatamente análogo ao que acontece quando um relógio de pulso protege uma pequena área de pele da luz do sol e deixa a imagem da sombra do relógio e da pulseira. A diferença, nesse caso, era uma questão de grau e intensidade. As sombras de Hiroshima e Nagasaki agiram muito mais rapidamente, e com maior ferocidade.

Apesar de mais de 60% do corpo de Toshihiko ter sido protegido do clarão — e misericordiosamente seu rosto foi mantido sob a sombra do chapéu — no final não fazia diferença. Perto do Banco Sumitomo e da borda externa do hipocentro, os raios gama tinham pintado fragmentos de vidro com belos tons de violeta. Se naquele lugar houvesse diamantes, teriam ficado azuis, verdes ou vermelhos.

Cavando sob o campo coalhado de telhas e cinzas de sua casa, a mãe de Toshihiko encontrou seis contas de vidro deformadas. Eram as bolas de gude de seu filho. O *pika* ou as espirais de fogo que vieram depois, ou ainda a combinação de ambos, tinham-nas derretido e transformado-as em bolhas semitransparentes.

Sessenta e três anos mais tarde, Nenkai Aoyama sentiria o peso do tempo e a improbabilidade do peso de duas bolinhas de gude derretidas que um dia pertenceram "a um garoto da quadra". A casa de Nenkai estava ainda mais perto do hipocentro do que a de Toshihiko. Aos 17 anos, Nenkai tinha sido convocado para um projeto de construção de casas a quase dois quilômetros da sua, descendo o rio. Era um trabalho importante, disseram-lhe — "Uma preparação para a defesa final do Japão".

Às 7 horas da manhã de 6 de agosto, ele ainda não tinha terminado o café da manhã quando sua mãe lhe disse para se apressar, apesar de ele poder facilmente percorrer a distância de casa ao trabalho com tempo de sobra.

"Vá, apresse-se!", sua mãe disse, empurrando-o para fora de casa.

"Tchau", ele disse, perplexo.

Essa foi a última conversa que Nenkai teve com sua mãe. Sua casa era parte de um templo budista, localizado logo ao lado da Cúpula de Hiroshima. O hemisfério de ar comprimido que desceu pelos lados da torre da Cúpula parecia ter atingido o templo de pedra e madeira por cima e pelos lados. Depois que os incêndios se extinguiram e Nenkai voltou ao hipocentro como sobrevivente e residente mais próximo, ele já não podia mais encontrar sequer o rastro dos alicerces. Tudo desaparecera. Ele não podia nem imaginar como começar a procurar sua mãe.

Na outra margem do rio, sobre o mesmo lugar em que futuramente o Memorial de Hiroshima se ergueria, a senhora Shigeko Orimen teve mais sorte que Nenkai. Voltando do campo, a cinco quadras do hipocentro, ela encontrou seu filho Shigeru.

A senhora Shigeko estava sozinha. Um filho tinha sido levado do primeiro ano da escola secundária para a marinha, e seu marido fora convocado pelo exército aos cinquenta anos. No dia do *pika-don*, Shigeru, de 11 anos, era tudo o que a senhora Shigeko tinha.

Em Hiroshima — como em todo o restante do Japão —, o primeiro ano do secundário não era mais exatamente uma escola, e, por causa da preparação para a batalha final, o semestre da primavera tinha se estendido por julho e agosto. Depois dos bombardeios incendiários de Kobe, Osaka e Tóquio, o exército tinha confiscado casas de quadras inteiras da cidade, em toda Hiroshima, e convocado os alunos da escola secundária para ajudar a derrubar as casas ao longo de barreiras contra incêndios e a carregar a madeira para a reciclagem militar.

Na última manhã que o viu, a mãe de Shigeru tinha lhe preparado um almoço de pasta de soja e cevada, misturada a duas colheres de arroz, e colocado tudo numa marmita de lata com seu nome.

"Shigeru, se os bombardeiros vierem", ela disse, dando seu último conselho maternal, "se agache no chão tão rapidamente quanto conseguir".

"Entendido", ele respondeu, e saiu alegremente em sua bicicleta.

No lugar onde morreu, a apenas uma curta caminhada de uma das pontes destruídas ao lado da Cúpula e descendo o rio, os ossos de Shigeru e de seus colegas permaneciam onde tinham caído, ou, mais precisamente, onde seus pequenos corpos tinham sido esmagado no chão.

A marmita de Shigeru, com seu nome ainda nela, estava preta e totalmente prensada. Curvas eram projetadas nas quebras de suas costelas, costelas pequeninas. Sua mãe abriu a tampa e encontrou a comida lá dentro, transformada em carvão negro, como a carne de seu filho. Ainda assim, como todo fóssil, a refeição carbonizada contava uma história.

"Ah, Shigeru", sua mãe chorou. "Você morreu antes de poder comer seu almoço."

10

LEGADO: MIL *TSURUS*

Num espaço de minutos, se não de segundos, as pessoas tinham mudado. Enquanto os céus escureciam sob a nuvem que se espalhava por Urakami, os incêndios eram a única fonte de luz perante os olhos do doutor Paul Nagai. Ele viu um colega dançando e cantando loucamente nos últimos andares do prédio do hospital. A metade do teto do dormitório já tinha sido engolida pelas chamas, e enquanto a parede de fogo ganhava força e avançava na direção do homem, seu canto se tornou uma risada.

O homem necessitava ser salvo, estava claro, mas o calor se intensificava tão rapidamente que, se alguém corresse dormitório adentro e tentasse achar as escadas, nunca encontraria a saída. Nem Paul Nagai, nem nenhuma outra pessoa que tenha avistado o dançarino, ousou avançar na direção do fogo. Em vez disso, eles retrocederam. Não conseguiam avançar nem mesmo quando o jovem colega — enlouquecido pelo medo, ou pela impossibilidade de atravessar o fogo ou por ambas as coisas — dançou na direção das chamas. Sua cantoria e sua risada deram lugar a um grito que durou quase quinze segundos, e Nagai retrocedeu vários passos atrás, aumentando a velocidade de sua retirada.

"Doutor... doutor, o que devo fazer?"

O doutor Nagai retrocedeu até quase derrubar a mulher que lhe implorava que tratasse as feridas de seu filho pequeno. Quando Nagai se voltou para a jovem mãe, começou a correr em outra direção, sem dizer palavra.

"Ajude-me!", a mulher gritou.

Ela parecia não entender que seu filho já não tinha mais cabeça.

O doutor Nagai lembrou que aqueles que sobreviveram à bomba atômica em geral eram pessoas que ignoraram o choro desesperado dos outros ou que ficavam longe das chamas mesmo quando parentes e colegas gritavam de dentro delas: "Aqueles de nós que ficaram onde estavam, aqueles de nós que buscaram refúgio nos morros atrás do hospital enquanto os incêndios começaram a se espalhar e a fechar o cerco, conseguiram escapar com vida. Em outras palavras, aqueles que sobreviveram à bomba eram, não apenas sortudos, mas, num grau maior ou menor, egoístas, pessoas centradas em si mesmas — guiadas pelo instinto de sobrevivência e não pelos ideais da civilização. E nós que sobrevivemos sabemos disso".

Edifícios podiam ser restaurados, observou Nagai. Hipocentros podiam ser cobertos por jardins e monumentos, mas quem visitasse as cidades reconstruídas nunca entenderia ou estaria consciente de que aqueles lugares se transformaram numa ruína espiritual. Desde aquele primeiro verão após o ataque das bombas, o doutor Paul Nagai suspeitava que a pior ruína de todas seria transmitida como um vírus invisível por várias gerações. E ninguém que se lembrasse dela poderia se recuperar completamente.

"Nós que vimos e sobrevivemos sabemos o que a bomba atômica pode fazer", Nagai disse aos historiadores. "Nós levamos no fundo de nossos corações, cada um de nós, feridas teimosas, que não fecham. Quando estamos sós, meditamos sobre elas; quando vemos nossos vizinhos, lembramos novamente das feridas deles e das nossas."

AO NORTE, EM HIROSHIMA, o doutor Hachiya e o senhor Sasaki entendiam o lamento do doutor Nagai. Antes da bomba, eles eram vizinhos e melhores amigos. As histórias familiares dos dois homens contavam que o senhor Sasaki fizera várias viagens entre os morros e o *Ground Zero* de Hiroshima, levando comida para o doutor Hachiya e para seus pacientes no Hospital de Comunicações. Ainda assim, o filho do senhor Sasaki, Masahiro, notaria que depois dos 5 ou 6 anos de idade ele não se lembrava de tê-lo visto novamente, apesar de sua família morar bem perto da casa do doutor Hachiya.

Em seu diário, o doutor Hachiya escreveu: "Quando a casa [de Shigeo Sasaki] caiu, eu tinha acabado de chegar à rua, fugindo [das ruínas] da minha própria casa. A mãe do senhor Sasaki foi morta mas [o restante de] sua família escapou. Se eu não tivesse sido ferido, poderia ter salvo sua mãe porque a casa caiu aos meus pés. Para mim, [esta é] uma mágoa sem fim".

Para Hachiya, não parecia importar que, quando ele conseguiu sair das paredes destruídas de sua casa, suas feridas fossem quase fatais, e que tivesse emergido dos escombros tão completamente desorientado que se tornou um dos andarilhos-formiga da cidade. Pelo senso comum ou pela emoção, daquele momento em diante ele deveria se considerar sem culpa. Ninguém que conhecesse essa pequena fração da história de Hachiya o teria repreendido por não ter salvo seus vizinhos. Ainda assim, sempre que encontrava o senhor Sasaki ou sua mulher e os dois filhos na rua, ele se lembrava da avó da pequena Sadako. Sua única forma de escapar da lembrança era retirar-se silenciosamente e evitá-los.

Foi exatamente isso que o doutor Nagai de Urakami queria explicar quando ele afirmou que a bomba tinha criado "fendas" ou "fissuras" entre famílias e vizinhos. O senhor Sasaki nunca pronunciou uma palavra de reclamação ou recriminação contra seu amigo, muito menos pensou em acusá-lo. E, ainda assim, um golfo se abriu entre os dois vizinhos. E o pior de tudo, em primeiro lugar, foi nunca ter havido uma razão suficiente para a recriminação; em segundo, o fato de a ferida parecer estar além de uma cura. O doutor Hachiya levou silenciosamente uma culpa indevida para o túmulo. O médico nunca soube da verdade. Ele evitava o assunto completamente e nunca perguntou nada.

Naquele dia, nos minutos antes das 8h15 e do Momento Zero, Masahiro Sasaki tinha deixado sua mãe e sua irmãzinha na mesa do café da manhã e foi correndo para o quintal, onde começou a brincar. Foi lá que avistou dois dos três aviões. Décadas mais tarde, quando existia mais conhecimento sobre como os fatos aconteceram durante o bombardeio, e em que sequência, Masahiro começaria a perceber que a razão pela qual sobrevivera era que ele não tinha visto as caixas de instrumentos de Luis Alvarez caindo do *Great Artiste* e os paraquedas se abrindo. Ele viu os aviões somente até sua mãe chamá-lo para entrar. Outras pessoas que viram os paraquedas nesse mesmo raio, uma distância de 1,9 quilômetro, entre a ponte Misasa e a linha de trem principal, receberam aproximadamente 7 roentgen da onda de raios gama e do jato de nêutrons. Num raio de dois quilômetros, 7R não significava nem 2% de uma dose letal de radiação, mas nos jardins das casas e nas ruas da vizinhança dos Sasaki, o raio de calor simultaneamente cegou e queimou as pessoas.

Como se soube depois, a pequena Sadako salvou seu irmão por obra do acaso. A menina de 2 anos não tinha terminado as duas ou três últimas colheradas de arroz e mingau de peixe. A fim de evitar o desperdício, a senhora Sasaki chamou Masahiro para que terminasse o desjejum de sua irmã. A margem de tempo que separou o *pika* do chamado de sua mãe foi assustadoramente pequena. Ele acreditava ter escapado das queimaduras e da morte por menos de dez segundos: "Aconteceu com essa rapidez — somente o *pika* (o clarão), sem o *don* (a explosão)".

Masahiro não se lembrava de nenhum som, nem da explosão nem dos aviões que a precederam. Parecia impossível, mas o *pika* e as rachaduras nas grossas vigas de madeira aconteceram em silêncio absoluto.

Sadako lembrava-se apenas do clarão, e Masahiro lembrava-se de sair à rua e ver um mundo em que todas as outras casas tinham explodido ou estavam achatadas. As primeiras espirais de fogo já começavam a nascer. As espirais cresciam com uma rapidez incrível, e a família fugiu por três quadras a leste até a beira d'água, todos os quatro — Masahiro, de 5 anos, a senhora Sasaki com Sadako em seus braços, e a avó à frente, abrindo o caminho.

Quando os Sasaki finalmente chegaram ao rio, o doutor Hachiya tinha acabado de conseguir sair dos escombros de sua casa, a tempo de ver a casa dos Sasaki pendendo para um lado, rangendo em sua direção e caindo a seus pés, literalmente. Este foi o começo do golfo silencioso entre os amigos, de perguntas não feitas e de uma culpa incomunicável. O doutor Hachiya nunca poderia apagar de sua memória a imagem da mãe de Shigeo Sasaki presa dentro da casa caída. Nem poderia se livrar da ideia de que, por ser médico, podia ter ajudado. O que Hachiya nunca ficou sabendo foi que a mãe de seu amigo já não estava na vizinhança. No momento em que a casa despencou, ela estava viva e perfeitamente intocada a mais de duzentos metros dali, na beira do rio. Ela ainda ficou na margem por vários minutos depois de o médico cambalear e se juntar aos andarilhos-formiga.

Masahiro Sasaki lembrou que, mesmo de longe, os tornados em expansão e as ondas de fogo de vários andares o fizeram sentir o rosto queimado como que por exposição ao sol. Um grupo de homens tentava colocar um barco semidestruído na água, enchendo-o de mulheres e crianças tão rapidamente quanto conseguiam, enquanto empurravam e retiravam a água da embarcação.

"Mais alguém?", um dos homens gritou, sinalizando para que as pessoas subissem ao barco imediatamente. Aquelas perto das bordas da embarcação não precisavam de muito incentivo para pular e remar para longe dali, mas as manifestações da bomba as confundiam. Não mais de cinquenta metros dos barcos, uma tromba d'água chegou até a margem e atirou famílias inteiras ao chão. Rasgou suas roupas, prosseguiu terra adentro e, liberando dezenas de toneladas de água, se tornou um tornado e em seguida uma espiral de fogo.

A avó ajudou sua nora Fujiko a subir no barco e deu-lhe seus dois filhos. Olhou depois ao redor, e hesitou.

"Vá você", ela ordenou. "Eu tenho que voltar para casa."

"Você não pode!", Fujiko gritou.

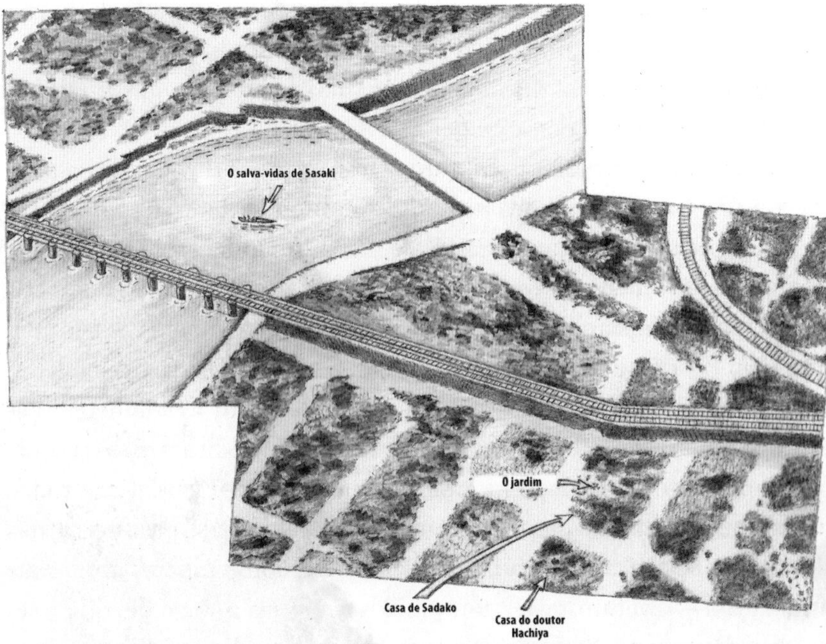

"Olhe ao seu redor!", a avó disse. Dos dois lados do rio, Fujiko Sasaki também conseguia ver rio acima e abaixo, uma tempestade de fogo tentando nascer.

"Toda a comida da cidade está prestes a ser queimada", a avó disse. "Temos latas de arroz em casa. Você vai precisar delas para sobreviver."

"Não, é muito perigoso voltar."

"Vão para o centro do rio e me esperem", a avó disse aos homens responsáveis pelo barco. "Remem de volta e me apanhem quando eu voltar com a comida."

"Não!", Fujiko gritou, mas os homens empurraram o barco pela lama e pela areia até chegarem à água, então pularam a bordo. Quase três minutos depois que a avó correu sob um pontilhão de trem e seguiu a oeste pela rua mais próxima na direção da casa, tornados de faíscas e chamas se aglomeraram e a perseguiram.

Masahiro se lembrava de ver monstruosas paredes de chamas rugindo e ganhando vida ao longo das duas margens. Na direção da casa, ele viu pessoas queimadas. Muitas correram para dentro d'água, ainda em chamas. Estranhamente, quando as chamas estavam extintas e parecia que as pessoas finalmente estavam a salvo, a maioria delas parou de se mexer.

A avó nunca regressou. Masahiro tinha certeza de que nunca mais a veria novamente. Por toda a cidade, as cisternas aéreas eram utilizadas especificamente pelas brigadas de incêndio do bairro. Dias depois, quando os sobreviventes voltaram às zonas de fronteira do *Ground Zero*, encontraram em cada uma das cisternas de concreto pelo menos dois ou três corpos cozidos. A avó era uma dessas pessoas. Em seus últimos segundos de vida, os homens levaram as mulheres e as crianças à suposta segurança das banheiras d'água e ficaram do lado de fora, enquanto as tempestades de fogo ameaçavam submergir todos dentro de um lago de chamas. Aqueles que foram postos nas cisternas — em geral crianças agarradas umas às outras ou mulheres abraçadas a crianças — tiveram talvez um precioso minuto a mais de vida. Nenhuma delas viveu mais do que o tempo que podia manter a cabeça sob a água. Quando emergiam, seus olhos queimavam nas órbitas, e mandavam fogo puro para dentro de seus pulmões.

O pequeno Masahiro tentou ajudar os homens a retirar a água do barco. Ao redor deles, o rio começou a se encher de corpos, mais de dez mil na região da ponte Misasa, ao sul, na direção da ponte "T" e da Cúpula. Em seguida, vários sobreviventes começaram a se agarrar às laterais do barco, enquanto pessoas semicarbonizadas continuavam a correr ou a cambalear para dentro do rio e morrer, até a superfície ficar coalhada de cadáveres. Até a chegada da chuva — grossa e negra — a água fluía vermelha do sangue dos mortos e moribundos.

O centro da chuva negra estava perto da ponte Misasa e do pontilhão do trem — onde a família Sasaki lutava pela sobrevivência dentro de um barco salva-vidas. O calor da tempestade de fogo deixou Masahiro e Sadako com sede, e eles lamberam avidamente a água da chuva que caía em seus lábios.

Quando as chuvas caíram sobre fazendas a trinta quilômetros dali, mais de uma hora tinha se passado, e os piores isótopos gerados pela bomba já tinham se decomposto. Mas, apesar da distância segura, as vacas que comiam a grama onde a chuva negra caíra tiveram diferentes graus de perda de pêlo, e sofreram uma grave, às vezes fatal, diarreia. O impacto era mais forte em bezerros jovens.

A dose de radiação recebida por Sadako e Masahiro e por todos os outros no barco salva-vidas era muito pior que essa, em graus de magnitude desconhecida.

PRIMEIRO, O DOUTOR NAGAI tinha caído em desespero com a incineração de sua universidade, de sua mulher, de seu hospital, de seus alunos e de toda a sua pesquisa.

"Contudo", ele escreveu em suas memórias, "o desespero não durou, porque encontrei um novo propósito e uma nova esperança numa doença que nunca tinha existido: a doença da bomba atômica. Eu tinha de investigar esse novo mistério. Quando decidi isso, meu coração sombrio e deprimido se encheu de esperança e coragem. Meu espírito de médico se elevou. Meu corpo recobrou a energia e eu me reergui."

O doutor Nagai e suas enfermeiras começaram a viajar até vinte quilômetros por dia além das fronteiras das zonas de fogo e explosão, levando para os feridos latas de pêssego em conserva e o estranho conselho de não retirar os vermes das feridas gangrenadas. A equipe de Nagai se tornou conhecida por uma teoria particular para o tratamento dos pacientes que tinham sofrido radiação: fortalecer seus sistemas imunológicos com as vitaminas do fígado (mesmo de fígados de rato) e com todas as fontes conhecidas de vitamina C e de vitamina B lhes proporcionaria uma chance maior de sobrevivência.

Pelos subúrbios, onde quer que as chuvas oleosas tivessem caído, Nagai se tornou conhecido como o "médico dos vermes, fígados e pêssegos".

A filhinha de Nagai, Kayano, lembrava que, quando seu pai chegou de Urakami pela primeira vez, ele trazia uma lata de pêssegos razoavelmente intacta, resgatada de um abrigo de suprimentos. Para Kayano, seu pai parecia muito sério e esgotado, apesar de ter sua força curiosamente recobrada. A cabeça de Nagai estava envolta em ataduras manchadas de negro e vermelho, cores que indicam os diferentes estágios de estancamento do sangue. Seu rosto estava pálido e imundo, mas mesmo assim seus olhos brilhavam.

Kayano e Makoto mostraram-lhe, animados, os lugares no vale onde o chão e as plantas estavam manchados de um resíduo escuro proveniente da chuva de gelatina e óleo que caíra no dia do *pika-don*.

"Não toquem nesses lugares onde a chuva negra caiu e secou!", ele avisou as crianças. Paul Nagai já supunha que a chuva do *pika-don* era daninha.

"Sim, meu pai parecia muito sério", Kayano lembrou. "Ele tirou uma lata de pêssegos do bolso, nos deu. Ele não comia nada. Guardava tudo para nós."

Num abrigo do outro lado do *Ground Zero*, o senhor Yamaguchi, depois de encontrar a mulher e os filhos, na melhor das hipóteses estava apenas semiconsciente. Pedaços de galhos que o tinham atingido na explosão de Hiroshima permaneciam fincados em sua pele, e uma pedrinha tinha se alojado em seu braço como se fosse uma bala de revólver. No escritório da companhia Mitsubishi em Nagasaki, ele passou por um "desenluvamento" parcial de um braço, e a superfície do músculo exposto continha uma amostra de cada um dos dejetos que voavam pela sala.

A carne de Yamaguchi estava bastante infectada quando o "médico bruxo" finalmente chegou e disse a Hisako que não removesse os vermes. Ele também deixou uma lata de pêssegos e falou sobre fontes de vitaminas que podiam ser encontradas num campo de morros cobertos de capim que havia perto dali. Os membros de sua equipe não deixaram nomes, tampouco aceitaram agradecimentos. Apesar de Hisako nunca ter podido confirmar isso, o senhor Yamaguchi sempre acreditou que o médico misterioso era seu velho companheiro de beisebol, o doutor Nagai, ou as pessoas que trabalhavam com ele. Não havia muitos outros candidatos.

A maioria dos médicos da região estava morta, e os remédios utilizados por Nagai eram provenientes de fontes naturais.

Quando o doutor Nagai e o carpinteiro do hospital desenterraram a última caixa de pêssegos em lata, começaram a circular rumores e teorias sobre a morte da própria terra. As pessoas começavam a acreditar que nenhuma criatura cresceria ou sobreviveria em Urakami nos 75 anos seguintes.

"Eu já tenho pouco tempo de vida", Nagai disse ao seu amigo Akizuki, declarando que, fora as outras doenças, só o câncer (apesar de este ter parado de incomodar e de seu cabelo crescer enquanto o das outras pessoas continuava a cair) já deveria ter-lhe encurtado a vida. "Eu decidi construir uma estação de pesquisa científica lá embaixo, nas ruínas, e passar a viver como um rato de laboratório", disse.

Nesse período, durante as tempestades de setembro, a contagem de leucócitos do pobre doutor Akizuki já caíra à metade do nível normal, e ele começava a ter hemorragias sob a pele. Mesmo no meio das melhoras pós-dilúvio, os ciclos viciosos persistiam. As pessoas que cuidavam de Akizuki com uma dieta de fígado e pêssegos em lata sucumbiram a uma febre alta, enquanto ele recobrava forças e começava a se sentir bem o suficiente para retomar as visitas. Nagai, por fim, sucumbiu de "exaustão extrema", segundo seu autodiagnóstico. Akizuki o lembrou de que qualquer médico que fizesse seu próprio diagnóstico tinha tanto um tolo por paciente quanto um tolo por médico.

Akizuki suspeitava que a radiação persistente tinha causado o colapso de Nagai, e concluiu que todos os que viviam nos morros ou perto deles estavam condenados à morte. Apesar de novas folhas brotarem dos galhos queimados das árvores, Akizuki registrou em suas anotações que os verdes espaçados que se viam "anormalmente brilhantes" contra o pôr do sol e as nuvens, em vez de sinais da vida, lhe pareciam arautos da morte.

O doutor Nagai não enxergava isso da mesma maneira. O crescimento da grama e das folhas, cada vez mais intenso, que se seguira às inundações de setembro, à aparição de besouros-tigre e de borboletas *pieris rapae* davam uma pista a Nagai de que a teoria dos 75 anos estava errada, e que os morros voltariam à vida de novo e rapidamente. Ele começou a acreditar que, se a humanidade de alguma maneira conseguisse se destruir completamente, a natureza cobriria os erros da civilização em apenas uma ou duas décadas, espalhando florestas inteiras sobre as avenidas e ruínas.

Com as chapas de metal e os pedaços de madeira transportados do centro médico demolido, Nagai construiu uma cabana a seiscentos metros do hipocentro, perto dos alicerces de sua casa. A estrutura metálica constituída por uma só peça estava localizada a passos do lugar em que ele encontrara o rosário da mulher com as contas de vidro derretidas.

Descer o morro e ingressar na zona dos "círculos concêntricos da morte" descritos pelo doutor Akizuki, tornando-se o primeiro colonizador de Urakami, não era apenas uma exploração científica para Nagai, mas também um exercício de fé.

Certa vez, quando era um jovem estudante, ele alugou um quarto numa casa de família cujos membros tinham sido ativos no movimento clandestino cristão de Nagasaki do tempo do expurgo do xogum Tokugawa, que vai dos idos de 1614 até a execução do líder cristão Kichizo, em 1856. Nagai casou-se com Midori, a filha do proprietário da casa, que era descendente direta de Kichizo. Sua cabana pós-holocausto foi erguida sobre os escombros da casa da ancestral clandestinidade cristã de Urakami, e tinha vista para o lugar onde o xogum Tokugawa mandou crucificar os jesuítas.

A influência da senhora Nagai e a influência da fé presente em sua família há várias gerações — a busca por "amar ao próximo como a si mesmo" — certa vez quase levara o médico à corte marcial, e naquele momento o levava para perto da radiação do hipocentro. Como tenente médico do exército na China ocupada por quase três anos, ele tinha oferecido tratamento às tropas de choque imperiais, depois aos civis chineses e finalmente a um soldado chinês ferido. "Quando faço um diagnóstico, não levo a nacionalidade em consideração", ele disse em sua defesa.

Não fosse pelo fato de um de seus comandantes ter ancestrais entre os clandestinos de Urakami, a história de Nagai teria terminado em morte e obscuridade na China. Em vez disso, ele foi mandado de volta a Urakami, onde descobriu que o tempo de guerra tinha deixado muitos residentes mal alimentados, com a saúde em declínio e na completa pobreza. O que Nagai aprendeu na China voltou para o Japão com ele: "Quando fizermos um diagnóstico e oferecermos ajuda, não devemos levar em consideração se o paciente tem condições de pagar por isso", disse a sua equipe.

Então não foi uma supresa nem para Akizuki nem para ninguém que conhecesse Nagai, que, logo no primeiro outono depois da bomba, ele tenha descido o morro, adentrado a zona proibida, se convertido em rato de laboratório e deixado seu cabelo crescer à Einstein.

Ele batizou sua cabana de *Nyokodo* — o eremitério "Como a ti mesmo".

Quando ele ergueu o teto e o selou contra a chuva, as formigas já tinham entrado em ação, escavando pequenas pedras e lascas de ossos carbonizadas. A cinquenta metros em todas as direções, as formigas prosperavam.

No campo entre Nyokodo e o hipocentro, e por uma distância igual e oposta ao ponto zero, todos tinham sido mortos, com exceção de duas crianças e uma mulher, protegidas nos túneis do prefeito Nishioka.

Em outubro de 1945, mesmo os "mineiros da cidade" tinham fugido dos círculos internos proibidos do *Ground Zero*. Nagai relatou que o crescimento das plantas continuava a se intensificar, e que às crescentes populações de insetos agora se somavam ratos e finalmente pássaros. Seus cadernos também registraram as queimaduras causadas pelo clarão nos troncos das árvores a uma distância de dez quilômetros, afirmando ainda que, a sete quilômetros do *Ground Zero*, todos os gramados e árvores "foram irradiados e queimados na hora da explosão, com uma variedade de cores de vermelho a marrom". Mesmo os lados protegidos pela sombra de morros distantes não foram poupados. No pequeno vale onde Kayano e Makoto agora viviam, todas as folhas que não foram queimadas mas que foram manchadas pela chuva negra tinham secado e morrido.

O doutor Nagai examinou dois fazendeiros que, a quase dezessete quilômetros do hipocentro, tinham cortado um pouco de madeira molhada pela chuva negra e a transportado nos ombros um dia depois da explosão. No dia seguinte, seus braços e ombros apresentavam uma irritação vermelha. Das picadas de mosquito fluía pus e suas feridas demoravam a fechar. Dois meses depois do contato com a radiação, sua contagem de leucócitos ainda era anormal, mas sua saúde em geral parecia estar melhorando lentamente.

Estava claro para Nagai que o efeito da radiação no corpo humano era mais violento no início, diminuindo depois. Quando o outono deu lugar ao inverno, ele escreveu: "Eu durmo numa cabana pequena com estalactites de gelo no teto, a neve entrando pelas frestas das paredes. Tenho apenas um cobertor fino para me proteger, e, mesmo assim, não contraí pneumonia, nem mesmo uma gripe. Mesmo se eu tiver um ferimento ou um arranhão (como quando sou mordido por uma aranha), não tenho medo de infecção ou de pus nas feridas".

Em pouco tempo, as lesões no rosto de Nagai e os dolorosos efeitos de inchaço abdominal causados pelo câncer pareciam ter entrado em remissão completa. Os cientistas japoneses e americanos, "pesquisadores do bombardeio", que o visitaram uma manhã, foram unânimes em relatar a seus supervisores que os efeitos radiológicos tinham se dissipado, e que pelo menos em um dos casos poderiam até mesmo ter ajudado na saúde de um sobrevivente. Enquanto cresciam as piadas sobre os benefícios medicinais das mordidas de aranhas radioativas, a comissão MacArthur decidiu ignorar a conclusão amplamente divulgada por Nagai de que, se o lugar atingido pela bomba fosse Tucson, no Arizona, em vez do vale do rio Urakami, a poeira radioativa teria subsistido por uma década ou mais em cada brisa, em vez de ser lavada dos morros e levada para o mar por um tufão.

("Não comam ostras até o fim do ano que vem", Nagai aconselhava a todos.)

Nenhuma autoridade parecia estar escutando nada além do que queria ouvir. Tudo o mais além de suas próprias opiniões se tornou irrelevante. Foi desse modo, combinadas as ideias das autoridades com um estudo do doutor Nagai que revelou que o desenvolvimento das minhocas de Urakami estava normal. Os resultados de Nagai foram mal utilizados para se criar uma conclusão equívoca, porcamente disfarçada de ciência: "O nascimento das minhocas prova que uma cidade não pode ser destruída totalmente pela bomba atômica. A bomba não é tão temível. É apenas outra arma, com maiores efeitos físicos do que aquelas que a precederam".

"Maiores efeitos físicos!", o doutor Akizuki escreveu, irado (numa carta do tempo em que a comissão chegou a essa conclusão). "Eles realmente querem fazer de conta que todos nós que fomos feridos ou mortos pela poeira radioativa não existimos?"

Nagai ainda estava muito assustado com os efeitos de radiação das novas bombas. Chamava-lhe atenção o fato de que os cientistas americanos, britânicos e japoneses que visitavam as ruínas nem entendiam nem tentavam investigar "o que essa arma faz ao coração e à consciência de um sobrevivente".

O amigo de Nagai, Akizuki, era um exemplo disso — um homem completamente decente que se afundou num ciclo de remorso e raiva. Akizuki já não podia encarar a doutora Yoshioka porque se sentia responsável por sua exposição à explosão. Além disso, quando o primeiro inverno chegava à metade, ele mencionou várias vezes que tinha vontade de afundar uma pá na cabeça de um farmacêutico americano "pão-duro".

"Eles estão ignorando a nossa existência!", Akizuki disse durante uma visita a Nyokodo. "Eles não nos perguntam nada nem nos mandam nada."

"Não devemos odiar as pessoas que parecem querer nos ignorar ou machucar", Nagai respondeu. "Eu dei a este lugar o nome de Nyokodo porque os antigos profetas — Buda e Jesus, Hillel e Maomé —, todos eles, no final de suas jornadas humanas disseram essencialmente a mesma coisa: 'Ama ao próximo como a ti mesmo'."

"Isso não ajuda muito numa hora destas."

"Ajuda, sim", Nagai insistiu. "Esse seu sentimento de culpa é muito natural. Mesmo assim, nós, mais do que quaisquer outras pessoas na terra, devemos entender e ensinar que revidar é errado e não pode levar a nada que seja bom. Você não entende que o poder do átomo foi uma dádiva do universo desde o início dos tempos?"

Se o presente for utilizado bem, Nagai tentou explicar, a chave do universo é dada a todos os homens. "Uma chave que um dia pode abrir as portas dos planetas e das estrelas." Mas essa mesma chave também podia abrir as portas do inferno.

Apontando para o hipocentro, Akizuki perguntou: "Você chama *isso* de um presente de Deus?".

"Não quero dizer que essa destruição seja um presente. O que aconteceu aqui é um aviso e uma mensagem de esperança. De um certo modo, foi o apocalipse de Pentecostes."

"Acho que o seu cérebro está ficando mole de tanto viver aqui", Akizuki disse.

Nagai respondeu a seu amigo com uma risada e declarou: "O que aconteceu aqui... É simplesmente o que aconteceu. Tornou-se o que é. E agora temos de seguir adiante e superar o instinto de apontar culpados. Devemos aprender a ser guiados pela civilização e não pelo instinto, pela misericórdia e não pelos velhos tambores tribais e territoriais. Por qual outra razão você acha que nós, de Nagasaki, sobrevivemos?"

"Eu não sei. Tivemos sorte, eu acho. Ou talvez azar."

"Azar, eu acho. Você já pensou que aqueles que foram mortos instantanteamente ou logo nos primeiros dias talvez sejam os verdadeiros sortudos? Mesmo se o que vier depois da morte for apenas um sono infinito, sem sonhos, eles foram menos atormentados do que nós, que vivemos para o luto e para carregar a cruz de ser um sobrevivente. Talvez aqueles que desapareceram tenham sido simplesmente levados, e nós e os outros que supostamente fomos salvos não passamos no teste para entrar no céu e fomos deixados para trás porque *tínhamos* de ficar."

"E para que propósito?"

"Para aprender, para ensinar."

O doutor Akizuki olhou para o lugar onde o rosário derretido e os ossos de Midori Nagai tinham sido encontrados. Evidentemente, a senhora Nagai estava entre aqueles que tinham sido levados instantaneamente. Akizuki balançou a cabeça. "Sinto muito, amigo. Mas Deus não tem nada que ver com isto. Os homens fizeram isto."

"Certamente. Deixamos as palavras "quem com ferro fere, com ferro será ferido" entrar por um ouvido e sair pelo outro. Conseguimos todo o conhecimento que a ciência pode oferecer e, por falta de sabedoria, o utilizamos para construir navios de guerra, torpedos e agora bombas atômicas. Não foi Deus que distorceu ou perverteu os presentes da natureza. Fomos nós."

Akizuki balançou a cabeça novamente, fechou a porta e foi embora confuso e com raiva. Ele queria dar um murro no amigo por ter sugerido que o bombardeio de sua cidade fora ordenado por um Deus compassivo.

Naquela noite, o doutor Nagai anotou em seu caderno o desejo — que esperava tornar-se uma profecia — da mais longa e estratégica paz que o mundo conhecera:

"A guerra nuclear terminou em Nagasaki.

Nagasaki é o ponto final.

A paz começa em Nagasaki."

Se a sequência de azares do *Bock's Car* não tivesse colocado a explosão de raios gama de Nagasaki na distância certa até o doutor Nagai, a aparente regressão de seu câncer poderia não ter ocorrido e ele morreria, calando sua voz. Se a bomba de urânio não tivesse detonado com menos do que a carga prevista, a fronteira do *Ground Zero* de Hiroshima teria se estendido muito além de onde estava Tsutomu Yamaguchi, e, em vez de ficar seriamente ferido, ele teria deixado de existir. No mesmo raio do hipocentro de Hiroshima, a família Sasaki e o doutor Hachiya também teriam sido vozes silenciadas, perdidas na História.

A curiosa condição de Yamaguchi — de ter sofrido dois bombardeios e ter sobrevivido nas duas vezes — era de uma improbabilidade exponencial. Se a cobertura de nuvens não o tivesse favorecido com uma desesperadora falta de combustível do *Bock's Car* que obrigou o bombardeiro a mudar o alvo de Nagasaki para o distrito vizinho, o senhor Yamaguchi teria estado diretamente debaixo da bomba.

Uma guinada improvável da história estabelecera que Sadako Sasaki e seu vizinho seriam testemunhas do holocausto. Outra, aparentemente, deu um novo início à vida do doutor Nagai. *Duas* guinadas improváveis, uma depois da outra, tinham feito de Yamaguchi o sobrevivente mais espetacular. Ninguém — não havia mais outros duplos sobreviventes — tinha sido tão diretamente exposto aos efeitos da radiação nuclear — duas vezes.

"Em 9 de agosto", Yamaguchi lembrou, "a coluna do fogo do diabo estava mais alta do que da primeira vez, como se fizesse troça de mim por eu ter escapado com vida de Hiroshima e ido para Nagasaki. Parecia um animal senciente me perseguindo".

A mulher do senhor Yamaguchi cuidou de suas feridas por quase três dias sem dormir, esforçando-se para mantê-lo vivo. Em Hiroshima, sua pele e mesmo os músculos de um braço foram penetrados por estilhaços de vidro das janelas de um escritório. O escritório ficava a mais de uma quadra de distância, mas os estilhaços foram levados pelo ar sobre uma plantação de batatas. Três dias mais tarde, em Nagasaki, estilhaços de madeira de móveis fincaram o mesmo braço ferido como se fossem dardos de veneno. Apesar da gravidade do caso, as estranhas ideias do doutor Nagai sobre vermes, frutas e fígado mal cozido pareciam estar funcionando, embora tenha sido difícil para Hisako manter as galinhas sob controle. Elas estavam continuamente procurando seu marido semiconsciente e, de quando em quando, ele se lembrava de ter sido acordado por bicadas das aves famintas.

"Comportem-se ou meu marido vai comer seus fígados", Hisako advertiu.

Mas, cada vez que Hisako dava as costas às galinhas, uma ou duas delas passavam sorrateiramente e iam diretamente ao senhor Yamaguchi para bicar os vermes de suas feridas. Provavelmente quando uma delas bicou muito fundo, uma mão semiconsciente a agarrou, e provou que ainda tinha força suficiente para lhe esmagar o pescoço. Hisako transformou o fígado da ave num mingau muito forte, rico em ferro.

A família Yamaguchi estava vivendo com outras quatro ou cinco famílias dentro do mesmo túnel que, sob o protocolo de "emergência na prontidão" do governador e do prefeito, Hisako tinha ajudado a construir para os escritórios da Mitsubishi.

Além de alimentar as galinhas, outra das memórias claras da senhora Yamaguchi sobre os tempos dos ataques era acordar numa caverna escura ao som de dezenas de pessoas chorando. Elas estavam ouvindo o rádio, no dia 15 de agosto, e a voz do imperador acabava de anunciar a rendição.

A própria existência do túnel era a prova de que todos precisavam para entender que os que estavam no comando sabiam que a batalha final se aproximava. Antes mesmo de Hiroshima, Yamaguchi tinha começado a prever a queda do Japão. Então deixou seus pensamentos e voltou a dormir, e seu nariz e intestinos continuaram a sangrar.

Na semana seguinte, soldados foram enviados, sob as ordens do vice-governador, para ajudar os sobreviventes dos escritórios da Mitsubishi. Àquela altura, todos os engenheiros sobreviventes que sabiam alguma coisa sobre navios a vapor ou aviões catapultados, sobre submarinos ou sobre a construção de abrigos antibombas, eram gente que interessava aos cientistas e engenheiros da ocupação americana. Os soldados, aconselhados pelo professor Shirabe e pelas enfermeiras que visitavam as casas dos pacientes, levavam uma grande quantidade de suprimento de tangerinas e de latas de pêssego.

Como Nagai tinha previsto, uma vez que Hisako começou a alimentar seu marido com grandes quantidades de frutas, a saúde de Yamaguchi melhorou tanto que na primeira semana de setembro ele conseguiu retornar com a mulher e o filho à sua casa semidestruída e começar a pensar na reconstrução. Apesar da vontade, ele ainda estava longe de poder começar a fazer restauros de verdade. Mesmo se a casa não tivesse sido rachada e queimada pelo *pika* ("Ah, isso é ruim", Hisako disse), ele não tinha ânimo para realizar a tarefa. Apesar da sorte de um forte vento ter apagado as chamas ("Ah, isso é bom", Hisako disse), isso também angustiava Yamaguchi; porque, ainda que o mesmo vento não tivesse partido a casa em duas e a feito saltar de seus alicerces ("Ah, isso seria horrível..."), ele não teve vontade de trabalhar, mesmo sabendo que o conserto do teto era um simples problema de engenharia.

"Fisicamente, eu era capaz, e em termos de conhecimento básico, também", ele contou. "Mas espiritualmente eu já não me sentia muito humano. Eu me movia, dia após dia, como uma máquina, e não como um marido ou um pai, não mesmo."

Quando chegaram as tempestades de setembro, ele e Hisako se escondiam sob guarda-chuvas dentro de casa. Hisako ria. Yamaguchi não — ele não *podia*. Começou a pensar que sua alma, se não a própria vida, tinha sido destruída pelas duas bombas. E depois Hisako pensava no destino do padre Simcho de Urakami. Simcho tinha ido embora antes da bomba, para um lugar chamado Auschwitz.

Simcho era um pregador que fora para o Japão com os jesuítas da França. Ele ajudava as viúvas e as crianças órfãs, buscando sempre que possível organizar adoções. Por volta de 1942, os militares começaram a levantar suspeitas sobre Simcho e os outros missionários franceses, baseados em acusações de que sua igreja tinha sido decorada com triângulos e círculos de "sociedades secretas". Acabaram sendo expulsos acusados como espiões.

"Não meramente expulsos", Yamaguchi ficou sabendo depois. Ele investigou o que acontecera com Simcho, em Auschwitz, e foi informado de que um homem em um campo de concentração tinha sido acusado de roubar e estocar comida. O homem seria enforcado com uma corda de piano ou "mandado para o gás" para servir de exemplo.

"O padre Simcho tomou uma decisão notável", Yamaguchi contaria mais tarde a todos que o quisessem ouvir. "Ele tomou o lugar do homem acusado pelos alemães de roubar o pão deles. O homem acusado tinha uma família do lado de fora, em algum lugar além dos muros da prisão. Simcho não tinha família. Então ele confessou um roubo que não cometera para que uns filhos não fossem privados de um pai."

Com as ideias de Simcho em mente, Yamaguchi contou a sua mulher sobre a decisão a que finalmente estava chegando. "Se a minha podia ter terminado no dia 6 de agosto ou no dia 9 de agosto, eu deveria considerar o que veio depois como uma segunda vida?"

O arco-íris branco que apareceu sobre Nagasaki em setembro fortalecia a decisão de Yamaguchi. Qual o significado do exemplo de Simcho, ele se perguntava, se ninguém se lembrar do missionário e continuar a realizar atos de bondade humana em sua memória? Qual o significado se não pudermos imaginar que a bondade pode se espalhar como círculos num lago, num movimento contrário, talvez, ao dos círculos concêntricos da morte enxergados pelo doutor Akizuki?

O senhor Yamaguchi abandonou por fim a engenharia, mais especificamente a de máquinas de guerra. Para ele, sua segunda vida lhe concedia apenas uma escolha: não a de encarar-se como uma vítima, nutrir o ódio ou pensar-se como um sobrevivente, insistentemente, mas sim seguir a trilha do padre Simcho e tratar os outros com humanidade.

E, assim, Yamaguchi decidiu que sua segunda vida seria dedicada às crianças de Nagasaki. Ele se tornou carpinteiro e, depois de ajudar a reconstruir as escolas ao longo do rio Urakami, ingressou nos prédios como professor de escola secundária.

MISAKO KATANI, A ESTUDANTE que testemunhara os cavalos de fogo de Hiroshima — e que sempre lembraria que cavalos podem gritar —, ainda não se esquecera de quando seu pai disse que deveriam fugir da cidade. "Graças a Deus, temos parentes em Nagasaki", ele dissera. "Vamos estar seguros lá."

"Obviamente, tratava-se de algum significado obscuro da palavra *seguro*, não encontrado nos dicionários de língua japonesa ou de qualquer outra língua", Katani diria aos historiadores.

Ela e seu pai tinham deixado Hiroshima a bordo do mesmo trem que Tsutomu Yamaguchi. Em Nagasaki, os parentes de Katani moravam no bairro residencial em que ficava a companhia Mitsubishi, onde também morava o senhor Yamaguchi, nas adjacências do hipocentro de Urakami.

A casa estava inclinada, mas permanecia curiosamente intacta. Depois do ataque, o pai decidira que, como a bomba aparentemente tinha errado o centro de Nagasaki e caído mais longe, rio acima, alguém poderia voltar para terminar o serviço. Então Hiroshima — que tinha sido quase inteiramente apagada do mapa —, provavelmente, era um lugar mais seguro que Nagasaki.

Avançando lentamente para o norte, eles chegaram um pouco antes do tufão de 17 de setembro, e escaparam da morte pela terceira vez. Outro viajante, o professor Mashita, de Nagasaki, não teve tanta sorte. Depois de sobreviver em Urakami, ele tinha sido recrutado pelos doutores Nishina e Sagane para monitorar a radiação no hipocentro de Hiroshima. Sua barraca foi derrubada, e seu equipamento, destruído pelo tufão. Quando Mashita tentou se proteger da chuva horizontal atrás dos muros da Cúpula de Hiroshima, tijolos soltos despencaram e o mataram.

"A vida não parece valer mais do que uma folha ou um capim à sorte do vento", o doutor Akizuki escreveu, depois de saber da morte de seu amigo Mashita. "Agora já sofremos o suficiente. Basta!"

Mas a história não tinha terminado de fustigar os sobreviventes. A casa de Katani se localizava entre a ponte Misasa e a Cúpula. Mesmo depois de seu pai constatar que os incêndios tinham reduzido toda a vizinhança a carvão e pó, ele buscava se convencer de que a mãe de Katani e sua irmã pequena estavam apenas "desaparecidas". Havia algo contagiante em pensar nas pessoas como "desaparecidas". Embora tudo parecesse ter sido arrasado, Katani também adotou essa atitude mental.

Ao caminhar por uma estrada familiar e reconhecer o lugar de sua casa, Katani gritou: "Mãe! Sou eu!".

"Mas minha voz não chegava até ela", Katani lembrou. "Meu pai olhou ao redor e disse que talvez minha mãe estivesse com minha irmãzinha Tamie, e as duas estivessem sob a casa. Mesmo naquele momento, meu pai ainda as considerava apenas desaparecidas. Removi cinzas e escombros de uma área de um metro quadrado, e lá havia pedaços de carne queimada. Eu vi o grampo de cabelo que minha mãe sempre usava. Isso foi o que mais me chamou atenção. Gritei: "Mãe!". E então me enfiei freneticamente entre as cinzas e os escombros. E, debaixo deles, estava minha irmãzinha, protegida por minha mãe. Naquele momento, finalmente, meu pai aceitou que sua mulher e sua filha não estavam desaparecidas, mas que tinham partido para sempre."

Depois disso, o pai de Katani pouco a pouco começou a morrer.

E, antes de o ano terminar, novas crenças surgiram sobre a exposição à radiação, a doença da bomba atômica e sobre casamentos com as pessoas expostas em Hiroshima, Nagasaki ou em ambas as cidades. Elas se tornaram intocáveis.

Katani decidiu manter segredo sobre o fato de ter vivenciado a experiência da bomba atômica duas vezes. Utilizando critérios totalmente pessoais, ela tomou a decisão de encarar essa distinção peculiar de ter sobrevivido duas vezes a bombas atômicas como um símbolo de boa sorte em vez da marca de uma vida amaldiçoada.

Tendo sobrevivido numa condição que levou à morte de tantos, Katani se perguntava: "Como algo ruim pode acontecer?".

Afastando-se das ruínas, ela começou a frequentar uma escola onde poderia, por fim, se apaixonar, casar e continuar estudando. Seus três filhos nasceriam mortos, e mortos, e mortos.

DEPOIS QUE SE ASSENTOU e sobreviveu no hipocentro, Nagai recebeu a companhia de outros pioneiros na ocupação do local. Do inverno de 1945-46 à primavera de 1946, esses pioneiros começaram a erguer das ruínas uma favela, redirecionando um córrego por aquedutos improvisados e instalando alguns pontos de luz na rua. Nagai transformou uma parede de seu pequeno eremitério na primeira biblioteca pública.

Quando as margaridas silvestres e os trevos começaram a se espalhar pelo chão, e quando os primeiros gaviões começaram a dizimar as populações de ratos que tinham retornado, o doutor Nagai sentiu dores agudas na parte inferior de sua coluna e no baço. Ele não precisava do doutor Akizuki para saber que a remissão tinha sido apenas temporária. Enquanto a terra entre Nyokodo e o hipocentro voltava à vida, os anjos carcinógenos também regressavam.

Os novos vizinhos de Nagai se ofereceram para construir mais cômodos em seu barraco, mas ele os informou que desejava viajar pela vida com pouca bagagem, e que um cômodo com uma parede de janelas e uma parede oposta que servisse de estante aos livros era tudo o que precisava.

Um capelão americano fez-lhe uma visita, ofereceu materiais de construção e dois carpinteiros, mas Nagai lhe serviu chá e disse que não precisava de mais nada. Dias depois, um bispo o visitou e, depois dele, um mendigo. Nagai recebeu-os da mesma forma em seu "palácio". Dois de seus ex-alunos que tinham sido soldados no Pacífico Sul também chegaram, falando orgulhosamente do sonho de um dia se levantarem das ruínas de Urakami empunhando espadas.

A todos eles, Nagai disse a mesma coisa: "Se vocês estivessem aqui naquele dia e naquela hora, teriam visto o inferno que se abriu na terra diante de seus olhos. Se pudessem ter dado uma olhada, vocês nunca, nunca alimentariam essa ideia louca de outra guerra. Se houver outra guerra, bombas atômicas podem explodir em todos os lugares, e não vai mais haver lindas canções sobre a Terra distante, sobre outros planetas. Não haverá poemas, nem pinturas, nem música, nem literatura, nem pesquisas. Somente morte".

Depois que as chuvas de primavera limparam o hipocentro e as flores silvestres começaram a dominar a terra, os pássaros canoros retornaram em grandes quantidades. Foi então que o doutor Paul Nagai levou seus filhos para Nyokodo.

Uma manhã, ele despertou com Kayano, de 5 anos, falando sozinha no pátio. Nagai a encontrou brincando de servir chá, como fazia com suas amigas da vizinhança. Diante dela estava a cabeça de uma boneca, algumas garrafas de vidro, pratos e parte de um espelho quebrado postos sobre uma pedra queimada, que era usada como mesa. Kayano servia o chá imaginário e falava com as amigas imaginárias. Todas as suas amigas de verdade estavam mortas.

Em Hiroshima, os trens circulavam novamente dentro do horário e os cabos levavam energia elétrica ao Hospital de Comunicações do doutor Hachiya. Apesar de a maioria das pontes ainda estar torta e quebrada, e de elas poderem ser atravessadas apenas por pessoas com bom equilíbrio, as estradas principais já estavam livres das ruínas. Com a gasolina pouco a pouco voltando a ser abundante, as ruas voltavam a se encher de trânsito depois de mais de dois anos.

O hospital improvisado onde Minami avistara os vaga-lumes de fogo voltou a ser uma escola, e lá estudavam Gen e seu "irmão" menor, Ryuta. A eletricidade chegava até a escola, mas a maioria das paredes ficava coberta de mofo, e, sempre que o tempo piorava, as crianças tinham de suportar tempestades dentro das salas. Encontrar e preencher todas as fissuras do teto com aço e concreto mostrou ser um problema irresolvível para os carpinteiros. Quando as ondas de compressão passaram, andares inteiros se deslocaram e se tornaram ondulados — como as ondas do mar — antes de se solidificarem novamente.

A favela de lata fora da escola, agora com subsídio de fornecedores indicados pelo governo, oferecia um pouco mais de conforto que a escola, tendo vantagens sobre os dormitórios improvisados perto do Hospital de Comunicações. Lá, os dormitórios eram construídos sobre o chão ainda coberto com os ossos dos soldados do castelo de Hiroshima.

Em vez de crânios, ao redor da vizinhança da escola havia lesmas. Gen fez o que pôde para exterminá-las, mas elas nasciam em números sem precedentes desde a bomba. As lesmas aglomeravam-se em pilhas na base das paredes, ao redor das pernas das mesas, e sobre os cantos das esteiras de dormir. Ryuta se entretinha retirando-as do chão com palitinhos e soltando-as numa lata com sal. Gen preferia matá-las com os carvões acesos do fogão. A luta sem fim dos garotos contra as lesmas provocava na mãe uma sensação horripilante.

E ainda que um laço fraternal começasse a se desenvolver entre Gen e Ryuta, a bomba, assim como as rachaduras invisíveis descritas pelo doutor Nagai, tinha cimentado os alicerces sobre os quais os sentimentos podiam começar a se formar.

O espírito de Gen já estava muito machucado no momento em que ele e sua mãe encontraram Ryuta e outros órfãos que precisavam de uma família e decidiram ajudá-los. E, apesar de ele não ser culpado, a incrível semelhança entre Ryuta e o irmão morto de Gen às vezes lhe causava tanta confusão que Ryuta se sentia amado só por ser um substituto conveniente de Senji.

Essa pressão nunca ficou tão dolorosamente clara quanto na tarde em que um vizinho, que tinha resgatado a mãe de Gen dos incêndios de 6 de agosto, confundiu Ryuta com Senji, apesar de ter visto Senji morrer.

Irado, Ryuta começou a fazer troça do vizinho, chamando-o de "coreano burro".

Com mais raiva ainda, Gen falou: "Você se esqueceu do que nosso pai nos ensinou? Que os generais e o governo tentaram vender sua guerra espalhando mentiras sobre os coreanos e os chineses, e que nós nunca nos deixaríamos enganar por isso? Por que você está rindo dos coreanos, Senji?"

"Eu não sou o Senji!".

"Você diz que não é, mas eu sei que você sobreviveu."

"Seu idiota!", Ryuta gritou, e fugiu. Ele ficou longe por vários dias, mas acabou voltando, faminto e imundo. Voltou com a certeza de que nunca mais acreditaria que Gen o amava como um irmão adotado, mas somente como um duplo de Senji, seu irmão morto.

No futuro, Gen contaria a história de Ryuta com pelo menos três finais diferentes, comparando como tudo realmente terminou e como ele gostaria que as coisas tivessem terminado. Todos os finais mostravam um hiato entre os irmãos que persistiu até a doença da bomba atômica intervir, e o tempo acabar.

AO REDOR DE NYOKODO e no caminho até o hipocentro, de árvores queimadas e partidas que pareciam estar mortas nasciam brotos verdes e saudáveis.

"Outro exemplo de como, no fundo, sempre existe o poder maravilhoso da terra", Nagai reiterou a Akizuki.

Um pensamento inspirador se você conseguir ignorar os monstros, Akizuki imaginou. Num canto do jardim do doutor Nagai, um crisântemo desabrochara com suas pétalas dispostas no centro da flor e com múltiplas corolas centrais ao redor das pétalas. E, numa parede queimada, florescia uma hera sem clorofila, planta cujas sementes já estavam se espalhando até Tóquio.

O doutor Akizuki não estava mais tão preocupado com a saúde da natureza ao seu redor quanto com a saúde de Nagai. Sua contagem de leucócitos tinha alcançado mais de quatro vezes o normal, e era representada por "muitas figuras mitóticas", o que definia o câncer.

O doutor Paul Nagai observou e registrou mutações incomuns nas plantas que cresceram perto do hipocentro de Urakami, mais notavelmente entre flores da verônica-da-pérsia (acima), seguidas de estranhas novas variedades de crisântemo (abaixo). (Patricia Wynne)

"Eu me saí bem até agora", Nagai disse. "Acho que isso significa que devo apressar os meus estudos e escrever o mais rápido possível."

A pedido de Akizuki, um microscópio foi entregue em Nyokodo. Assim, Nagai podia estudar a saúde das plantas do *Ground Zero* em casa. Quanto mais confinado à cama estava, mais rápido Nagai escrevia; enchendo cadernos com observações de biologia. Ele escreveu o primeiro dos treze livros, *Os sinos de Nagasaki*, entre maio e julho de 1946.

Relembrando uma discussão antiga com Akizuki, Nagai leu um trecho do capítulo final a seu amigo: "Deus escondeu dentro do universo uma preciosa espada. Primeiro a raça humana farejou esse terrível tesouro. Então começamos a procurá-lo. Que tipo de dança faremos enquanto brandimos essa espada de dois gumes?".

Akizuki balançou a cabeça lentamente. "Nada de Deus", ele disse. "Espada plantada no universo, tampouco. Eu falei antes e vou falar de novo: Deus não teve nada que ver com isto."

"Você não está entendendo. Se você vê ou não Deus nisso, é fato que para nós há apenas duas chaves do universo: ou a queda da civilização, ou até mesmo a nossa extinção. Então, qual vai ser?"

"Pare de pensar tanto", Akizuki disse. "Você precisa conservar a sua força."

"Ah, eu acho que Deus vai me ajudar mais tempo do que você pode imaginar. Você e eu sabemos que preciso escrever muito mais se quiser passar no meu exame de admissão."

O doutor Akizuki não acreditava que Nagai tivesse de se apressar para um "exame de admissão no céu", e tampouco acreditava que um amigo invisível lá no céu avaliaria esse exame. No primeiro aniversário da queda da bomba, as células leucêmicas de Paul Nagai tinham duplicado mais uma vez o seu valor em relação a julho. Estatisticamente, a probabilidade era de que em menos de um ano ele estivesse morto.

Cinco meses depois, seu segundo livro estava pronto, e o primeiro saía do prelo. Dez meses mais tarde — mais de três meses depois da data em que Akizuki previra que Nagai já estaria investigando o que acontece (ou não) à consciência depois da morte —, admiradores de seu primeiro livro começaram a visitá-lo. Uma delas foi Helen Keller.

Nagai escreveu em seu diário: "Ela veio em minha direção, com suas mãos procurando as minhas pelo ar. Finalmente nossos dedos se tocaram, e nos demos as mãos. Num instante eu senti o calor de seu amor a fluir por minhas extremidades, como a eletricidade flui por um circuito fechado."

Helen Keller explicou por meio de um intérprete que ela não podia ver o que a arma fizera a Urakami. Porém, mais de um ano depois, ela podia sentir o cheiro do que acontecera.

"Não consigo sentir o cheiro", Nagai disse. "Mas às vezes, tarde da noite, eu *sinto* isso. A lição que tiro deste lugar é que uma pessoa que deseja a paz não pode esconder uma arma, nem mesmo uma agulha. Mesmo quando se usa a justificativa da necessidade de defesa pessoal, se você tem uma arma está qualificado para lutar, mas não está qualificado a rezar pela paz."

Akizuki desejava que Nagai parasse de falar sobre essas ideias e simplesmente voltasse como paciente ao hospital, recentemente reabastecido e reconstruído quase pela metade. "Seu Nyokodo está se tornando uma atração turística, mais do que um lar ou um quarto de doentes, e os visitantes estão consumindo muito da sua energia."

O livro estava realmente atraindo muitos visitantes: pais que tinham perdido os filhos durante a guerra e queriam vingança, um representante do Vaticano que buscava uma mensagem de paz, três monges tibetanos que procuravam a mesma coisa. Foi então que apareceram dois educados homens de uma nova instituição americana chamada Serviço Interno da Receita.

"O que você fez em termos de pagar as obrigações fiscais das vendas de seu livro?", eles perguntaram.

"Impostos?", Nagai perguntou. "Eu só preciso deste lugar de trabalho que vocês estão vendo. Todo o restante — incluindo o dinheiro que ganho com a minha escrita — eu doei aos órfãos da cidade."

"Mas você não pode fazer isso antes de resolver suas obrigações fiscais."

Nagai serviu-lhes chá e disse: "Homens muito mais sábios que eu sempre pregaram que a caridade é a pedra angular da fé. Eles nos dizem que, se você adota órfãos, em seu coração você será o pai de muitos filhos."

"Quem disse isso?", um dos homens do fisco perguntou.

"Jesus, por exemplo."

"É mesmo?"

Nagai assentiu com a cabeça, deu um sorriso cálido aos homens e lhes disse para beber o chá porque era bom para sua saúde.

Os homens do fisco não o importunaram novamente, mas muitas pessoas continuaram chegando à sua casa e local de trabalho de um cômodo, enquanto o rosto e o abdôme de Nagai começavam a inchar, e sua força se reduzia a um quinto da de um homem saudável.

"Eu queria viver aqui com vocês em tranquila felicidade", ele disse a Kayano e Makoto. "Mas agora ficou impossível realizar esse desejo."

A reconstrução de trilhos de trens e cabos de bondes trouxe ainda mais visitantes a cada mês. Durante o dia, Nagai servia chá a cada um deles, e quando finalmente, ao anoitecer, o último bonde partia de Urakami, seu estômago estava tão cheio de chá que ele não conseguia dormir. Ficava acordado toda a noite, escrevendo, enquanto seus filhos dormiam.

Pela manhã, estava tão exausto que nem conseguia brincar com as crianças — Kayano e Makoto — e com os órfãos que tinham ganhado novos pais na vizinhança. Que ele gastasse tanta força com desconhecidos e não lhe sobrasse quase nenhuma para brincar com seus filhos e vizinhos lhe doía muito mais do que o câncer que avançava, ele disse a Makoto.

Para Makoto, a culpa de seu pai era algo tão injusto quanto o fardo do doutor Hachiya, de Hiroshima. Makoto nunca duvidou do amor de seu pai, e estava verdadeiramente agradecido a ele pela mensagem de Nyokodo — a qual transmitiria adiante, no século seguinte, por meio de seu próprio filho, Tokusaburo Nagai.

"Você começa com um ato de amor a seu próximo", Tokusaburo contaria, mais de sessenta anos depois, a uma nova geração. A essa altura, a cabana de Nyokodo era cercada por um museu e um complexo de bibliotecas, localizados num próspero subúrbio cujas ruas arborizadas escondiam todas as cicatrizes do hipocentro.

"Eu não tenho certeza se uma crescente onda de ternura pode vencer o lado obscuro do instinto humano", Tokusaburo diria. "Mas precisamos tentar, porque nós que nascemos depois quase não entendemos como tudo foi assustador, e o quanto a paz é importante. Seguindo por essa estrada onde o Sol tocou a Terra, há prédios de escritórios e árvores altas por todos os lados. Se você procurar com cuidado, encontrará uma estátua de uma garota segurando um pássaro de papel. Passando a estátua, encontrará uma cúpula de vidro num jardim com uma placa com a palavra 'HIPOCENTRO'. Todas as ruínas estão cobertas por escritórios e jardins; de modo que fica fácil esquecer o terror. Por isso é que digo: 'Comece amando ao próximo'.

Comece a amar os outros como você se ama. Isso é o que meu avô ensinou a seus filhos e a todos que quisessem escutar."

Em fevereiro de 1951 — cinco anos depois de quando o doutor Akizuki previra a morte de Paul Nagai —, a contagem de leucócitos do médico pacifista chegou a 65 vezes o valor normal. Enquanto terminava de escrever *A passagem da Virgem* (uma história a respeito da repressão à comunidade cristã de Nagasaki, iniciada desde 1870 até a destruição da catedral de Urakami), um sangramento interno nos músculos do ombro direito de Nagai deixou sua mão paralisada.

Nagai ditou as últimas páginas de seu livro a Kayano, de 9 anos. Ele começara a considerar o desaparecimento da Catedral de Maria de Urakami e sua congregação em 9 de agosto de 1945 um sacrifício profético, e disse a Kayano: "Mesmo se for uma das últimas pessoas na Terra, você deve ser contra a guerra".

Quando Nagai morreu, em 1º de maio de 1951, o doutor Akizuki não conseguia entender que força de vontade o mantivera vivo por tanto tempo. Uma autópsia revelou que seu sangue deixara de cumprir suas funções básicas anos antes. Era como se o colega e quase adversário de Akizuki tivesse conseguido se reanimar e caminhar com um corpo quase morto.

Quando chegou o Ano-novo de 1952, Akizuki tinha lido tudo o que Nagai escrevera enquanto vivia no *Ground Zero*, e começou a pedir aos dois filhos de seu amigo que lhe ensinassem o que ficara por escrever. Mais tarde, também começou a honrar o trabalho de Nagai e se tornou, como o amigo, um homem de paz e de fé.

"Afinal, cientistas e budistas, médicos e cristãos não têm dito quase a mesma coisa o tempo todo àqueles que tiveram ouvidos para escutar? É que às vezes usamos linguagens diferentes. Palavras diferentes."

E assim Akizuki passou a viver o resto de sua vida cumprindo sobretudo um mandamento típico de Nyokodo: "Seja gentil".

Em Hiroshima e além, enquanto Nagai se tornava um inválido devido à fraqueza de seu sangue e ensinava Akizuki a se erguer, a sorte e o azar dos outros sobreviventes e testemunhas se transformavam tão dramaticamente quanto a paisagem de Urakami ficava cada vez mais verde.

Eizo Nomura, que tinha conseguido escapar ileso do porão do setor de racionamento — apesar de localizar-se a apenas uma centena de metros da "Cúpula Atômica" de Hiroshima —, estava morrendo devido a diversas complicações médicas.

Como "prisioneiro da paz", o físico nuclear Yoshio Nishina continuou a manter relacionamentos profissionais próximos com os colegas que fizera antes da guerra, entre eles Luis Alvarez, Niels Bohr e Albert Einstein, até sua morte súbita em 1951.

O assistente de Nishina, Eizo Tajima, tinha sido um dos primeiros cientistas a entrar no hipocentro das duas cidades. Ao notar que as sombras causadas pelo clarão às vezes se estendiam além dos objetos que sobreviveram à onda explosiva, e que, como dedos acusadores, elas apontavam a origem do clarão, Tajima determinou com precisão onde se localizava o hipocentro de Urakami. Ele também escavou amostras do *Ground Zero*, inalando poeira altamente radioativa (apesar de quase totalmente decomposta), e sentenciando-se a uma morte lenta que viria mais cedo ou mais tarde.

Paul Tibbets viveria mais que Tajima e Nishina, morrendo de causas naturais em 2007, orgulhoso do papel do *Enola Gay* na história.

O marechal de campo Shunroku Hata, por ter sobrevivido graças a um casulo antichoque em Hiroshima, passou a acreditar que um ataque atômico podia ser facilmente suportado (essa crença, inclusive, contribuiu para o atraso da rendição do Japão). O marechal foi preso em 1945 e considerado culpado por atrocidades como comandante da campanha de Zhejiang-Jiangxi, em 1941, durante a qual um quarto de milhão de civis chineses foram mortos. Uma condenação adicional surgiu de seu papel de comandante do massacre de Changiao — cujo total de civis mortos chegou a 300 mil. Ele viveu onze anos a mais que o doutor Nagai, e morreu sem mostrar arrependimento.

O general Seizo Arisue, chefe da Inteligência Militar durante toda a guerra, usou seu extenso conhecimento sobre a União Soviética e a China para obter alguma vantagem com o general MacArthur e se tornar um "prisioneiro da paz". Ele pôde, como o doutor Nishina, viver em liberdade vigiada, em vez de ser confinado a uma cela de concreto de dois por três passos, como Hata. O general Arisue colaborou para silenciar o testemunho dos médicos Kitano Masaji e Shiro Ishi a respeito de experiências com humanos na Unidade 731 de armas biológicas, na China, para que o pessoal do general MacArthur pudesse transferir, com o mínimo de controvérsia, tecnologia aos fabricantes americanos das armas utilizadas na Guerra Fria. Entre as cobaias da Unidade 731 estavam vários soldados capturados pelas próprias forças de MacArthur. Finda a guerra, Arisue e MacArthur ainda teriam décadas para viver e prosperar antes de morrer por causas naturais em suas próprias camas.

O ministro das Relações Exteriores Shigenori Togo, julgado pela comissão pós-guerra de MacArthur como alguém sem valor político, não viveu tanto quanto MacArthur, Arisue ou mesmo Nagai. Ele morreu prisioneiro em 1950, aos 46 anos.

TRÊS ANOS DEPOIS DA MORTE do doutor Paul Nagai, Sadako Sasaki, a menina de 2 anos que tinha sobrevivido às espirais de fogo de Hiroshima e à chuva negra num barco salva-vidas superlotado, estava crescendo e se tornando a atleta na qual o professor Nomura podia ver uma candidata às Olimpíadas. Durante os eventos de esportes interescolares, a ligeira Sadako liderava todos os recordes de velocidade e ajudou a levar o time de revezamento de sua classe do último ao segundo lugar, e depois ao primeiro.

Como recompensa, a classe ganhou uma excursão à ilha do santuário de Miyajima, onde Sadako, com 11 anos, desafiou seus colegas a uma corrida até o topo do monte Misen. Os mesmos degraus que levam ao topo tinham sido subidos por Kenshi e Setsuko Hirata em 1945, no início de um casamento que durou apenas dez dias.

No topo, todos riram quando Sadako gritou a seus amigos exaustos: "Bem, isso foi divertido, mas agora estou com fome. Então, quando vamos almoçar?".

Outro colega advertiu que não era seguro fazer piadas perto do cume da montanha, porque existiam rumores de que uma deusa ciumenta vivia por lá.

Sadako olhou bem nos olhos de seu amigo com fingida seriedade e disse: "Nós vivemos em Hiroshima há muito tempo para ter medo de fantasmas. Dê só uma olhada ao seu redor".

Um terço das crianças de sua turma era sobrevivente, e mais da metade desse terço tinha perdido pais e avós, irmãos e irmãs.

Sadako continuou: "Nós sobrevivemos à bomba atômica, você e eu. Nada tão ruim pode acontecer".

Não parecia mesmo possível. Sadako, sua mãe, Fujiko, e seu irmão Masahiro tinham sido encasulados contra o choque e protegidos pela sombra numa região em que quase todos morreram. Um dia após a bomba, durante um voo de reconhecimento fotográfico sobre Hiroshima, o avião tinha seguido os trilhos do trem que atravessavam o bairro de Sadako. Ali, o ângulo da bomba havia lançado sombras longas. Um indivíduo que cruzava a ponte Misasa no momento do *pika*. A sombra seguia rio acima, cruzando a passarela de pedestres, descendo até o meio-fio, atravessando a rua e seguindo até o meio-fio da calçada oposta. Aquela pessoa cuja sombra ficou gravada parecia ser uma das poucas que puderam ser identificadas pelo nome. Às 8h15 na mesma passarela, Shizuko Ohara, uma garota baixinha de 19 anos da mesma vizinhança que Sadako, atravessava a caminho do trabalho usando um vestido leve. Um soldado a encontrou e a ajudou levando-a até o Hospital de Comunicações, onde posteriormente ela morreu por não resistir às queimaduras do clarão (e provavelmente pela exposição à chuva negra). Enquanto Shizuko Ohara morria, o doutor Hachiya sentia os tremores de Nagasaki.

Sobre as ruínas da ponte Misasa, Sadako se perguntava como, depois de ter escapado de um destino semelhante ao de Shizuko Ohara, algo ruim podia acontecer?

Os primeiros nove anos depois da guerra tinham sido difíceis, mas tudo parecia ter melhorado gradualmente. Durante os primeiros dois anos, a família de Sadako tinha vivido com parentes cem quilômetros rio acima, na cidade de Miyoshi, antes de voltar a Hiroshima, em 1947. Eles se assentaram perto de uma escola de aço e concreto que tinha sido muito danificada, estando tomada por goteiras e tendo um ginásio sem teto.

A nova casa era menor que a anterior, no meio do assentamento do *Ground Zero*, a menos de quatro quadras da escola onde Minami vira os vaga-lumes azuis de fogo. Lá, o pai de Sadako abriu um salão de cabelereiro.

Em 1954, o teto ainda tinha diversas goteiras e muitas das aulas eram dadas num auditório com repartições. O ginásio, pelo menos, já tinha um novo teto. A parte favorita do dia de Sadako na escola eram as competições de atletismo e os treinamentos.

Embora seus pais falassem frequentemente sobre uma economia fraca, Sadako sentia que a vida estava se tornando boa, e, mesmo se seu começo fosse difícil, o fato de ter sobrevivido enquanto tantos outros morreram deveria servir como um sinal de boa sorte.

Então, em dezembro de 1954, ela começou a chegar em casa dos treinos de corrida — que aconteciam depois das aulas — reclamando de estar cada vez mais cansada. No decorrer de apenas algumas semanas, as conversas de Sadako durante o jantar cada vez mais eram dominadas por murmúrios de "Cansada... cansada". No fim de janeiro, ir para a cama mais cedo não parecia mais ajudar. Aos poucos, ela começou a sentir-se cansada mesmo no café da manhã. Os tempos ruins começaram a se intensificar de fato em janeiro de 1949, quando, por acaso, uma nova foto de família mostrou os primeiros sinais claros de nódulos linfáticos inchados no pescoço de Sadako.

Foi quando o pai a levou ao médico para fazer exames de sangue. Os resultados confirmavam o que o inchaço na fotografia deixava aparente: "uma taxa anormalmente alta de leucócitos..., muitas figuras mitóticas... Leucemia".

Os médicos perguntaram a Shigeo Sasaki se sua filha tinha sido exposta à chuva negra. E quando ele confirmou que sim, o doutor abaixou a cabeça.

"Doença da bomba atômica", ele disse, numa voz que falhava por ter dado tantas vezes o mesmo diagnóstico a muitos pais.

Anunciava-se assim o maior horror contra a natureza: os pais viverem mais que os filhos.

Por mais algum tempo, Sadako se sentia bem o suficiente para ir à escola, pular corda com suas amigas e viver em casa, mas em 21 de fevereiro de 1955 ela foi hospitalizada. A doença pareceu atingi-la como um raio. No decorrer de semanas, suas taxas de leucócitos na corrente sanguínea se deteriorou a níveis que o doutor Nagai levou mais de dois anos para atingir. A julgar pelo seu declínio constante, um médico disse ao senhor e à senhora Sasaki que sua filha provavelmente tinha menos de um ano de vida, talvez apenas mais três ou quatro meses. A leucemia não era apenas incurável, seus sintomas eram intratáveis, mesmo com o melhor que a tecnologia médica podia oferecer em 1955. Os médicos disseram a Shigeo que apenas podiam tentar diminuir as febres de sua filha, dando-lhe analgésicos e realizando ocasionais transfusões de sangue.

A mãe de Sadako estava perplexa. Apenas sete meses antes, durante um exame anual na clínica da Comissão das Vítimas da Bomba Atômica, os médicos disseram que os resultados dos hemogramas das duas crianças estavam absolutamente normais. Mesmo no momento presente, Sadako não parecia doente a Fujiko, apenas um pouco mais sonolenta que de costume.

"Ninguém é mais adorável a uma mãe do que seu filho, mesmo que seja o mais infeliz", diria mais tarde Fujiko Sasaki. Quando Sadako nasceu, durante a guerra, raramente havia comida o suficiente, e ela sempre esteve pelo menos um pouco abaixo do peso. Mesmo assim, apesar dos anos de fome, ela cresceu e se tornou uma adolescente tão ponderada e atenciosa que Fujiko passou a depender dela; e em anos futuros, quando Sadako visitava Fujiko somente em sonhos, ela sempre dizia: "Deixe comigo, mãe", e Fujiko despertava chamando pela filha.

Naquela primeira noite no hospital, Fujiko e Shigeo permaneceram em cadeiras ao lado da cama de Sadako até o nascer do sol. Durante todas as noites que se seguiram a isso, Sadako dormia sabendo que, quando acordasse pela manhã, um deles sempre estaria lá. O casal segurava as lágrimas pela filha, não querendo deixá-la com mais medo do que já sentia. Enquanto Sadako dormia, sua mãe segurava sua mão e rezava: "Se existe um remédio neste mundo que possa curar esta doença, então deixe-me fazer um empréstimo para comprá-lo, mesmo se custar dez milhões de ienes. Ou, se for possível, deixe-me morrer no lugar dela. Por favor, transmita a doença para mim".

Naquela mesma noite, e durante muitas outras que se seguiram, o senhor Sasaki fez a mesma oração enquanto tentava inventar um plano, qualquer coisa que pudesse levantar o ânimo de Sadako e talvez prolongar-lhe um pouco mais a vida. O doutor Nagai tinha dito que estar perto da família, ser meditativo e receber os mais simples "presentes de coração" de pessoas queridas podiam manter a vontade de viver de um paciente, mesmo quando o corpo dissesse: "Está na hora de desistir".

Então Shigeo e Fujiko tiveram a ideia de um verdadeiro presente de coração. Depois dos graves racionamentos dos anos de guerra, mesmo que a comida estivesse mais disponível, o dinheiro era escasso. Ainda assim, os Sasaki tinham sonhado em um dia comprar um quimono bonito e elegante para sua filha. O dinheiro continuava tão escasso como sempre, mas o senhor Sasaki percebeu que um presente dado de coração seria muito mais poderoso do que se comprassem um quimono (que, mesmo sob a melhor das circunstâncias, era mais caro do que podiam pagar). Seria mais sincero se ele e Fujiko fizessem um presente com suas próprias mãos. Então compraram um tecido de seda com flores de cerejeira, e, de noite, enquanto Sadako dormia, a senhora Sasaki e o restante da família se revezavam para cortar e costurar as mangas, o cinto, e todas as outras partes do quimono, as quais a senhora Sasaki supervisionava cuidadosamente antes de organizá-las numa peça completa.

No dia em que abriu a caixa de presente e passou os dedos sobre a seda, Sadako sorriu e chorou ao mesmo tempo.

"Vocês fizeram demais por mim", ela disse. "Vocês gastaram demais."

Fujiko disse: "Por favor, vista-o e faça uma pose para nós". Ela retirou uma câmera de uma bolsa grande. Dela também retirou um pequeno livro de bolso revestido com seda e um par de sandálias *zori*. Sadako parecia estar cheia de alegria e de vida, mesmo enquanto ainda secava as lágrimas dos olhos.

"Não sou uma boa filha", Sadako disse a seu irmão Masahiro. "É uma situação ruim, porque nossos pais vão ter de gastar muito dinheiro com a minha doença."

"Havia pouca entrada de dinheiro para qualquer pessoa naquela época", Masahiro contaria aos historiadores. "Mesmo os médicos eram pobres. Eles e as enfermeiras davam à minha irmã tudo o que podiam — incluindo injeções de vitamina B e drogas anti-inflamatórias contra artrite, que mantinham o inchaço do corpo de Sadako sob controle. Mas todas as enfermeiras e todos os médicos não conseguiam mais transfusões do que lhes permitiam as doações mensais de seu próprio sangue, e além de Sadako havia muitas outras crianças com leucemia nos hospitais.

"Então, meus pais tiveram que pagar pelas transfusões. Nosso pai estava ganhando o pão com os cortes de cabelo, e para pagar cada transfusão ele tinha de atender cinco clientes. Minha irmã sabia da situação, e me disse que a aceitaria e lidaria com isso de alguma forma. Ela entendia que, se recebesse uma transfusão de sangue saudável, se sentiria melhor por quase dez horas apenas, e também percebeu que econômica e emocionalmente as coisas deveriam estar piorando para nós. Aqui estava uma estudante de escola primária que via seus pais querendo ajudá-la — não só isso, uma garota que sabia que, se não fosse por um milagre, não poderia ficar melhor. Ela sentia que podia viver um pouco mais se recebesse transfusões e medicamentos; mas sabia, ao mesmo tempo, que o apoio de seus pais os deixava mais pobres. Emocionalmente, ela estava dividida."

"Eu só preciso encontrar uma maneira de lidar com isso", Sadako disse ao seu irmão, repetidas vezes. "Temos de superar isso de alguma maneira."

Em março de 1955, a contagem de leucócitos de Sadako parecia ter se estabilizado em quase seis vezes o valor normal, mas sua estrutura anormal de hemácias quase a levou à falta de oxigênio e tornou difíceis até mesmo as caminhadas curtas. Uma queda grave no número de plaquetas causou a produção de hematomas mesmo ao toque mais suave, o que provocava o medo constante de que a menina pudesse ser morta com um abraço.

No início de maio, crianças dos colégios locais trouxeram uma caixa de *tsurus* — pássaros de papel colorido — para as enfermeiras do hospital, ensinando-as como fazê-los. Durante todo o dia, Sadako observou a equipe carregando os origamis coloridos. Quando seu pai chegou, ela apontou para um *tsuru* que alguém tinha deixado do lado de sua cama e perguntou: "Por que estão fazendo esses pássaros de papel?".

"Bem, provavelmente alguém enviou os *tsurus* com o desejo de bem-estar para todas as crianças daqui."

Shigeo se lembrava do que Paul Nagai tinha escrito sobre o alívio da dor e sobre como o pensamento concentrado e entusiasmado possuía poderes curativos em potencial. Ele também sabia de uma lenda, que remontava aos anos 1600 e à era dos xoguns, sobre os pássaros de origami e sobre o que significava fazer mil deles; o que lhe deu uma ideia.

"Sadako-san", seu pai disse alegremente, "uma lenda conta que um pássaro vive mil anos. E eles dizem que se você fizer dobraduras de mil pássaros de papel, colocando todo o seu coração em cada um deles, eles a ajudarão com o seu desejo de bem-estar."

E assim a garota começou. Os primeiros três ou quatro pássaros eram grandes e tortos, e as cabeças não se abaixavam direito. Depois dos primeiros vinte, eles se tornaram perfeitamente simétricos, embora, quando as enfermeiras vinham coletar amostras de sangue, o menor movimento mandava dois ou três origamis para o chão. Então Masahiro levou um barbante bem longo para o hospital, atravessou os vinte pássaros de papel com um alfinete e os costurou todos juntos.

Os vinte primeiros tinham em média dez centímetros de comprimento (aproximadamente o tamanho de um pardal). Entre eles estava um grande pássaro prateado, feito de um pedaço de envoltório de uma chapa de raio X que tinha sido dado a Sadako por um dos médicos.

"Agora eu só tenho novecentos e oitenta pássaros para fazer", Sadako anunciou. A dificuldade era conseguir papel suficiente, que era caro naquele tempo. Ela foi até o quarto dos outros pacientes para pedir os envelopes dos cartões de melhoras e as embalagens de doces que recebiam. Na metade de maio, mais *tsurus* prateados de raio X tinham se juntado ao barbante. O celofane vermelho de embalagens de remédio chegou depois dos pássaros prateados, e qualquer pedaço de papel colorido que a família de Sadako, os médicos e as enfermeiras pudessem obter — incluindo quadrados coloridos recortados de propagandas chamativas nas revistas — eram aproveitados por Sadako. Tudo virou um silencioso esforço de grupo, com quase doze pessoas alisando as rugas dos pedaços de papel e depositando-os sob a cama de Sadako.

Sadako logo descobriu que economizar papel, fazendo *tsurus* um pouco menores, exigia um esforço maior para realizar cada dobra. Isso estava perfeito para ela. No fim de maio, os pássaros tinham sido reduzidos a um comprimento médio de sete centímetros (o tamanho de um beija-flor). As anormalidades no sangue de Sadako também tinham diminuído — de seis vezes a contagem normal de leucócitos a duas vezes o normal.

Ela sentia-se bem o suficiente para ir para casa por um fim de semana. Quando voltou ao hospital na noite de domingo, Sadako disse aos médicos: "Acho que tenho força suficiente nestes dias para ser uma boa companheira de quarto".

As enfermeiras assentiram com a cabeça e a transferiram para um quarto duplo onde estava uma estudante do primeiro ano do secundário, Kiyo, que tinha bastante energia e havia lido muito. Ela apresentou Sadako a todos os tipos de novelas fantásticas e futuristas, de histórias sobre as sociedades robóticas utópicas de Isaac Asimov às *Crônicas marcianas*, de Ray Bradbury, e ao *Fim da infância*, de Arthur C. Clarke.

As duas garotas começaram a trocar cartas com outros leitores de ficção científica por meio de programas de correspondência promovidos pelo hospital — e, durante todo o surto de atividades na metade de maio, Sadako ainda tinha energia de sobra para mostrar a seu pai e a Masahiro uma fila contínua de pássaros de papel, e anunciar orgulhosamente: "Só faltam quinhentos e cinquenta. Estou quase na metade do caminho!".

A essa altura, os pássaros tinham encolhido a comprimentos médios de quatro centímetros (como o menor dos beija-flores). "Seus olhos brilhavam enquanto ela fazia as dobraduras", a mãe observou. "Isso mostrava que ela queria sobreviver de qualquer maneira."

Ela já tinha 12 anos, e enquanto maio se transformava em junho, e os pássaros continuavam a encolher, a contagem de leucócitos de Sadako subiu de duas para três vezes o normal. Ela começou a ter febres altas. O progresso da leucemia ao mesmo tempo era muito parecido com os efeitos da radiação imediata, e também era exatamente o oposto. Nesse último caso, a enorme quantidade de leucócitos era composta essencialmente por uma população de animais selvagens mutantes, parecidos às amebas, que absorviam nutrientes de Sadako sem desempenhar suas funções originais. Em vez de defender seu corpo dos invasores virais e bacteriais que provocam doenças, muitas células juntavam-se ao inimigo e tornavam-se, elas mesmas, organismos invasores. O corpo de Sadako estava em guerra consigo mesmo, sujeito a infecções e a um ataque de seu próprio sangue contra seus órgãos internos.

Os médicos ofereceram analgésicos, mas ela pediu que levassem as injeções embora. Primeiramente, Masahiro pensou que ela reagira assim porque a substância opiácea era rara e custava caro. Ele ouviu Sadako reiterar a seu pai um antigo medo: "Sou uma filha ruim, não sou? Consumi tanto dinheiro seu com minha doença".

Shigeo Sasaki lembraria: "Os médicos recomendavam que levássemos suco fresco de cenouras e outros vegetais para ela. Mas as máquinas de fazer suco custavam muito caro. Não tínhamos como comprar uma, e nem o hospital podia, porque eram consideradas equipamento médico não essencial, e, na verdade, nem eram consideradas equipamento médico. Se tívessemos o tipo certo de processador, poderiamos ter oferecido mais nutrientes a Sadako, mesmo quando ela começou a perder o apetite. Pensar nisso me faz sentir muito mal".

"Foi o custo alto da morfina que a fez rejeitar qualquer conforto que os analgésicos pudessem oferecer", Masahiro contou a um parente. Ele começou a entender, enfim, que tinha subestimado sua irmã menor. Àquela altura, ele não podia deixar de notar que, enquanto seu pequeno corpo lentamente deixava de funcionar, os pássaros de papel ficavam cada vez menores. No fim de julho, quando as febres começaram a ficar tão altas que os médicos decidiram banhar Sadako em água gelada, os pássaros estavam do tamanho de abelhões. Ela só tinha energia para fazer quatro ou cinco por dia.

Em agosto, a contagem de leucócitos melhorou: era de apenas quatro vezes o normal, e, depois, de três vezes. O projeto dos pássaros começou a ganhar ritmo novamente: cinquenta num dia. Cem. *Terminado*.

O milésimo pássaro era pouco maior que um abelhão. Ninguém sabia, àquela altura, que Sadako estava espiando os médicos e copiando seus registros num pedaço de papel, fazendo um gráfico de sua própria contagem. Um mês antes, um garoto de sua idade na mesma ala pediátrica reservada à doença da bomba atômica morrera de leucemia. Sadako disse ao pai: "A próxima sou eu".

Durante seu ponto baixo, em julho, quando o projeto dos pássaros de papel tinha diminuído a apenas cinco ou seis *tsurus* por dia, sua contagem sanguínea era quase tão fatal quanto a do garoto. Ninguém tinha dito a Sadako que a doença que ela tinha era leucemia, mas a menina claramente percebeu. Seus registros de contagem sanguínea, copiados à mão, foram interrompidos quando a outra criança morreu. Sadako começou um segundo barbante de garças de papel que continuavam a diminuir de tamanho progressivamente. Quando os pássaros diminuíram outra vez pela metade, do tamanho de abelhões ao domínio de variedades menores de moscas domésticas, ninguém mais conseguia produzi-los como Sadako. As dobras se tornaram tão delicadas que ela usava agulhas de costura para modelar e dobrar cada asa — "Como se fosse uma prece" —, Masahiro lembraria.

Shigeo advertiu sua filha: "Logo, elas serão menores que grãos de arroz. Se você continuar nesse ritmo, vai se esgotar".

Sadako respondeu: "Tudo bem, pai, eu tenho um plano".

"O motivo disso tudo", ela contou a seu irmão Masahiro, "é que eu ainda tenho esperança de ficar bem. É por isso que ponho mais do meu coração e da minha alma em cada um deles. Os menores pássaros são os mais difíceis de fazer. Então, se eu continuar a fazer isto, vou pôr mais e mais do meu espírito neles".

"Todo o meu espírito", ela confidenciou a Masahiro, enquanto a previsão de seu pai, de pássaros menores do que grãos de arroz, tornou-se profética. "Tudo de mim porque..., com o tempo, os menores pássaros podem ser tudo o que resta de mim."

Em 19 de agosto de 1955, parecia que Sadako podia começar a esperar um milagre. Embora ainda estivesse bastante anêmica, sua contagem de leucócitos era de apenas duas vezes o normal. Ela expôs para Kiyo, sua companheira de quarto, e para seus pais mais de cem garças de papel em miniatura na mesa de cabeceira.

"Você planeja fazer mais mil destes?", seu pai perguntou.

"O número não é mais importante", Sadako respondeu. "O que importa é colocar toda a minha concentração em cada pássaro."

Naquela mesma tarde de agosto, uma delegação de estudantes da China chegou ao hospital. Na recepção, pacientes escutaram uma canção desconhecida, cantada em japonês: "Genbaku-O-Yurusamaji" ("Bomba atômica, nunca mais").

"Algo nessa canção parecia ressoar em Sadako", Kiyo lembrou. "Ela a cantara para mim muitas vezes, no telhado do hospital, até que eu a aprendi."

Em setembro, o número de subidas ao telhado diminuiu, e a contagem sanguínea de Sadako estava superior a duas vezes o número normal, chegando a quase três vezes. Então, a contagem duplicou... e duplicou novamente... e mais uma vez.

Masahiro sabia que sua irmã estava vivendo com muita dor. Algo brotava da parte inferior de sua coluna, e a perna esquerda inchava tanto que a carne começou a se romper sob a pele e a ficar roxa.

"Ela nunca disse a palavra 'dói' ", contou Masahiro. "Mas, quando uma perna incha uma vez e meia o seu tamanho normal, só o latejar já deve doer." Ainda assim, ela continuou a recusar os analgésicos. Por muito tempo, acreditei que ela não queria que nossos pais tivessem de arcar com as despesas. Mas, mais tarde, ela nos deu duas razões completamente diferentes. A primeira: acreditava que o estado de sonho induzido pela morfina poderia se tornar permanente e matar. A segunda era que Sadako não gostava de um estado de sonho no qual não pudesse sentir o toque das mãos de nossa mãe. Queria estar consciente de nossa presença quando estivéssemos no quarto com ela, queria estar completamente consciente das pessoas que ela mais amava. Não queria perder nem um minuto que pudesse ter conosco para flutuar num sonho indolor."

Na metade de outubro, a febre de Sadako chegou a 40,5 °C.

Em 20 de outubro, uma dúzia de triângulos de papel estava sob a cama, cada um deles dobrado num triângulo inicial não muito maior que uma unha de Sadako. Àquela altura, ela tinha feito 1.600 dobraduras. Usando dois alfinetes, Sadako colocou a maior concentração até então numa garça violeta-avermelhada de tamanho um pouco maior que um mosquito — a última que ela faria.

"Ela estava plenamente consciente até o fim", Masahiro declararia mais tarde. "Não acredito que ela tivesse ideia, naquela manhã de 25 de outubro, de que poderia morrer a qualquer momento. Lembro-me de meu pai caminhando comigo e me explicando que um médico lhe dissera que a hora estava chegando. Lembro-me de minha mãe olhando para todos aqueles pedaços de papel no barbante e dizer: 'Por que os seus mil pássaros de papel não cantaram? Por que você não voou?'."

"Mas, sobretudo, quando penso naquela manhã em Hiroshima, lembro-me de minha irmã escapulindo da vida subitamente e sem sofrimento, como se estivesse flutuando sono adentro. Alguns minutos antes, escutei nosso pai insistindo para que ela comesse algo, e ela respondeu: 'Chá ou arroz, por favor'."

"Uma enfermeira trouxe uma tigela de arroz branco. Sadako engoliu duas colheradas e, sorrindo, disse: 'Está bom'. Foi isso. Ela se foi com aquelas duas palavras — 'Está bom'."

Nos dias seguintes, Fujiko e Shigeo doaram muitos dos pássaros de Sadako a seus colegas e professoras. Alguns permaneceram com a família e o restante foi colocado com flores e uma boneca no caixão de Sadako, "para que ela pudesse levá-los para o outro mundo", segundo Fujiko.

"Antes de partir", Masahiro explicou, "minha irmã e eu estabelecemos um ditado que nos dava força para continuar. Ele se resumia a apenas uma simples palavra: *Omoiyari*".

Masahiro não se lembrava de que Sadako tivesse lido sobre o caminho de Paul Nagai a Nyokodo. Ele acreditava que, como muitas pessoas em situações parecidas, eles provavelmente chegaram à iluminação por um caminho similar, um processo de tribulação. Quando essas duas testemunhas do *pika-don* voltaram aos seus *Ground Zeros* particulares para morrer, chegaram a um momento em que a vida que lhes restava estava reduzida a semanas. Então, diminuíram para dias. E, finalmente, a preciosas horas e minutos, que para pessoas normais significavam pouco além que o tempo de espera na estação de trem.

Masahiro tinha ouvido dizer que é quando uma pessoa chega a um momento em que sua vida é reduzida a nada que ela começa a entender o verdadeiro valor das coisas.

Quando Nagai "chegou ao zero", voltou ao antigo princípio de Nyokodo: "Ame ao próximo como a você mesmo".

Para Sadako, a lição se tornou *Omoiyari*, o que significava: "Em seu coração, sempre pense na outra pessoa antes de você".

De acordo com Masahiro, depois que Sadako vestiu seu primeiro e último quimono elegante, ela tinha imaginado e definido seu futuro casamento — perfeito e único — a partir do qual marido e mulher viveriam sob o princípio do *Omoiyari*, e nenhum dos dois o ignoraria nunca.

Cinquenta e três anos mais tarde, Masahiro afirmou: "Isso é o que eu quero transmitir sobre ela para os mais jovens. Não quero que as próximas gerações pensem apenas em pássaros de papel e numa garota de 12 anos morrendo com a doença da bomba atômica. Quero que pensem sempre, em seus corações, nas outras pessoas".

"Você começa a praticar o *Omoiyari* com os membros de sua família e com amigos. Sadako pensou — e me ensinou — que, se o princípio de *Omoiyari* pudesse se espalhar, nem que fosse um pouco, pelos lugares certos, isso poderia acalmar o mundo e evitar um novo *pika-don*."

Numa ladeira do *Ground Zero*, não muito longe de Nyokodo e das ruínas da catedral de Urakami, um golpe lateral provocado pela explosão tinha destruído a metade de um dos arcos do templo. Ainda assim, o arco de pedra se mantinha em pé e intacto sobre a perna remanescente — uma sentinela solitária montando guarda no dia seguinte à bomba, sobre um bairro onde tudo parecia ter se dissolvido.

Durante o décimo aniversário da queda das bombas, quando Sadako ensinava a seu irmão o *Omoiyari* e a China enviava crianças com uma canção de paz a seu antigo inimigo, os arquitetos de Urakami projetaram altos prédios de moradia ao redor da sentinela de uma perna só. Ficou decidido que, mesmo com os novos edifícios erguendo-se ao redor, a sentinela deveria permanecer intocada.

A menos de um minuto de caminhada da sentinela, subindo o morro, as árvores que tinham perdido os galhos e foram reduzidas a troncos retorcidos e carbonizados estavam melhorando (e, ao que parecia, crescendo) de uma forma estranha. Dos troncos doentes, cresciam novos galhos e alguns desenvolvimentos em forma de bolha na casca e na madeira. Cresciam em direção ao céu, alguns quase com a altura de cinco andares.

Em Hiroshima, as árvores de cânfora — que supostamente tinham sido mortas pelos raios e chamas — passaram por metamorfoses similares. Algumas delas foram transplantadas de um cemitério do *Ground Zero* para os jardins do Parque da Paz, na cidade.

Enquanto as árvores se curavam, as pessoas também se curavam.

Nos subúrbios de Nagasaki, os pais de Setsuko Hirata decidiram interpretar tais mudanças como um tributo do amor de sua filha por Kenshi, e do que ela teria desejado para ele. Em 1955, o amor aconteceu novamente e Kenshi casou-se pela segunda vez. Tornou-se pai de duas crianças saudáveis, de quem seus antigos sogros se tornaram *Ohana*, ou parentes, seguindo a tradição do *Omoiyari*. Depois que um artigo de 1957 identificou os "gêmeos Hirata" como os filhos de um duplo sobrevivente (logo, potencialmente contaminado), Kenshi e sua família decidiram se recolher ao anonimato e ficar longe da História.

Enquanto isso, Arai — a professora de Hiroshima cujo rosto tinha sido estampado com a caligrafia de uma aluna — foi informada de que uma combinação de cirurgia plástica e maquiagem personalizada poderia apagar as letras escuras de seu rosto. Arai compreendeu que não podia apagar a última coisa que uma garotinha tinha escrito, e escolheu ficar com as letras talhadas pela sombra até o dia de sua morte. Foi a sua maneira de ajudar a manter viva a memória das crianças que sucumbiram.

Na grande Hiroshima
O amanhecer chegou com estrondos e chamas
No rio, até mim flutuava
Uma balsa humana

Assim falou Tsutomu Yamaguchi, seis décadas mais tarde, ao descrever a balsa de cadáveres que usou como meio para chegar até o trem que o levaria a Nagasaki.

Depois de se secar e tomar assento dentro do trem, um estranho colocou um bolinho de arroz em sua mão — um bolinho de arroz de boa qualidade, embrulhado em papel marrom. O homem deveria ter visto que Yamaguchi andava num estado terrível. Suas roupas e mãos estavam gravemente queimadas. Uma estranha chuva de objetos que caíra no dia anterior, seguida de pelo menos dois períodos curtos de chuva negra, tinham-no deixado febril e com muita náusea para que pudesse comer.

"Obrigado", Yamaguchi disse, fazendo um gesto para que o homem tomasse de volta o arroz. "Mas você vai precisar disto também."

"Vou descer daqui a algumas estações, e me contaram que você tem uma longa viagem até Nagasaki. Então, por favor, não faça cerimônia. Coma-o, mesmo se parecer muito."

Yamaguchi ficou tocado com a bondade e a "humanidade" do estranho num tempo de tanta emergência e incerteza. No Japão, esses exemplos não eram muito comuns nos tempos da guerra ou mesmo depois deles.

Durante a década que se seguiu, quando o período de reconstrução começou a tomar força, a Companhia Mitsubishi foi reorganizada para construir carros, máquinas de lavar roupa e toca-discos.

Ofereceram a Yamaguchi a oportunidade de ser contratado novamente como projetista de navios, mas ele explicou a seu antigo patrão que se aferrara a uma decisão anterior, a de permanecer nas escolas que ajudara a construir na cidade e dar aulas para crianças. Ele soube, contudo, que um dos critérios para lhe oferecerem a vaga foi sua total ausência de sintomas duradouros da radiação. Um novo tipo de discriminação tinha se manifestado. Numa cidade onde oficialmente não houve efeitos prolongados da radiação, muitos dos expostos aos raios gama e à chuva radioativa, e que apresentavam quaisquer sinais de fadiga, falta de ar, erupções de pele e infecções frequentes, eram demitidos. Cada vez mais, as pessoas doentes escondiam sintomas tanto quanto podiam (para serem identificadas como sem sintomas no banco de dados da Comissão das Vítimas da Bomba Atômica).

Esconder os sintomas se mostrou uma tarefa bastante difícil para qualquer uma das trinta pessoas que estavam com Yamaguchi no escritório da Mitsubishi quando a segunda bomba explodiu. Apesar de estarem razoavelmente a salvo da onda de raios gama, a maioria tinha parentes em Urakami. A mulher e o filho de Yamaguchi estavam num lugar relativamente seguro, não muito longe do escritório.

Os colegas de Yamaguchi que tinham sido poupados da exposição à radiação imediata, logo foram à procura de suas famílias no hipocentro de Urakami, que, em termos de exposição secundária, possuía uma ordem de magnitude mais quente que a do hipocentro de Hiroshima.

Quando as propostas de recontratação da Mitsubishi começaram, apenas Yamaguchi recebeu a oferta de emprego. Depois da guerra, ele nunca mais encontrou ninguém que estivesse no casulo antichoque de 9 de agosto.

Quase ao mesmo tempo em que Sadako fazia seu último pássaro de papel, os trabalhadores em Nagasaki começavam a projetar e a construir um museu permanente. Ao contrário de muitos sobreviventes, o senhor Yamaguchi evitava olhar para trás. Como um dos mais novos fãs do beisebol americano, ele levou a sério o conselho de Leroy "Satchel" Paige: "Nunca olhe para trás. Alguma coisa pode estar se aproximando de você".

Apesar disso, não deixou de fazer visitas ocasionais ao museu. Um dia, mais de meio século depois do *pika-don*, Yamaguchi viu uma criança de outra cidade filmando as exposições. Ele foi até o garoto e perguntou: "O que você vai fazer com esse vídeo?".

"Quando voltar para casa, depois das férias, vou editar as imagens, fazer um filme", o garoto disse. "E mostrá-lo a todas as pessoas em minha escola."

"Eu acho muito importante o que você está fazendo", Yamaguchi disse, e se curvou com suas duas mãos cicatrizadas juntas, como numa oração. Ele nunca explicou por que suas mãos tinham sido queimadas, nem o garoto ficou sabendo ou suspeitou de que o homem que lhe fez a reverência era um duplo sobrevivente.

Se fosse possível, o senhor Yamaguchi preferiria ter permanecido anônimo para sempre, vivendo em paz no campo arborizado, depois de Nagasaki, com seus filhos e neto. Mas a história tinha planejado um destino muito diferente — "me instigando", Yamaguchi declarou, "a inverter uma coisa ruim e tentar tirar algum aprendizado disso".

A mudança de curso começou quando sua mulher, Hisako, teve câncer. Depois, seu filho Katsutoshi também teve câncer e morreu uma semana antes do aniversário de sessenta anos de seu pai, em 2005. Katsutoshi parecia ser parte de um grupo de padrão emergente. As pessoas que retiveram radiação em seu corpo desde a infância desenvolveram tumores aos sessenta anos, especialmente se fugiram por caminhos onde o vento e a chuva negra tinham levado partículas radioativas. Adultos que foram expostos e sobreviveram, continuaram vivos, em geral, até a velhice, ao contrário das crianças em fase de crescimento, cujas células se dividiam e se diferenciavam rapidamente durante o período de explosão. Assim, quaisquer deslocamentos cromossômicos (um caminho primário ao câncer), se não fossem imediatamente reconhecidos e corrigidos pelos já sobrecarregados sistemas de reparação de DNA, eram não apenas passados adiante a órgãos em desenvolvimento, mas frequentemente replicados e reproduzidos em massa.

Quando o doutor Yamaguchi ficou sabendo que os filhos do doutor Nagai também tinham câncer, começou a pensar: *talvez seja a hora de eu me pronunciar a respeito*.

A pequena Kayano Nagai tinha se transformado numa jovem brilhante e graciosa e passou a ensinar e estudar. Posteriormente, mudou-se de Urakami e Nagasaki. Naquele momento, ela estava morrendo tomada por um câncer em estágio avançado. Seu irmão Makoto se formara na Universidade de Tóquio e trabalhou como jornalista até sua aposentadoria em 1995, aos 60 anos. Ele voltou a Urakami e morou perto do antigo eremitério de seu pai, onde ampliou a biblioteca e os programas de ensino até ser atingido pelo câncer, em 2001.

"E, quando chegou 2006, eu já devia estar morto", Yamaguchi contou à posteridade. "Mas lá estava eu, com meus 90 anos, e ainda caminhando por aí depois de ser queimado pelo *pika* duas vezes."

"É o destino", ele disse. "Não pode ser evitado. É inútil reclamar ou se esforçar para entender, porque as coisas se tornam o que se tornam."

Seus amigos frequentemente brincavam: "Esse cara não tem vergonha mesmo. Depois de passar por duas bombas atômicas, morrer é o natural, viver é coisa de preguiçoso".

Por muito tempo, Yamaguchi gostava das brincadeiras, e ria junto com seus amigos. Mas, depois que ficou sabendo do que realmente estava acontecendo às crianças do *pika*, tornou-se impossível acreditar que houvesse alguma verdade no ditado antigo segundo o qual às vezes se encontra o destino no caminho que se tomou para escapar dele. Talvez tivesse chegado a hora de abandonar o anonimato conseguido com dificuldade e contar ao mundo a história das duas cidades.

"Sinto que só me foi permitido viver por essa razão", Yamaguchi contou à família. "Vivi o tempo suficiente para fazer o que precisa ser feito e para dizer o que precisa ser dito."

A primeira coisa que ele precisava dizer envolvia um lembrete do passado, uma velha crença de que, se algo acontecesse duas vezes, haveria de acontecer uma terceira vez. Quando o governo lhe perguntou se falaria nas Nações Unidas, ele olhou para o passado buscando sinais que orientassem o futuro e disse que o essencial de sua mensagem simplesmente seria o seguinte: "Não podemos deixar uma bomba atômica ser usada pela terceira vez".

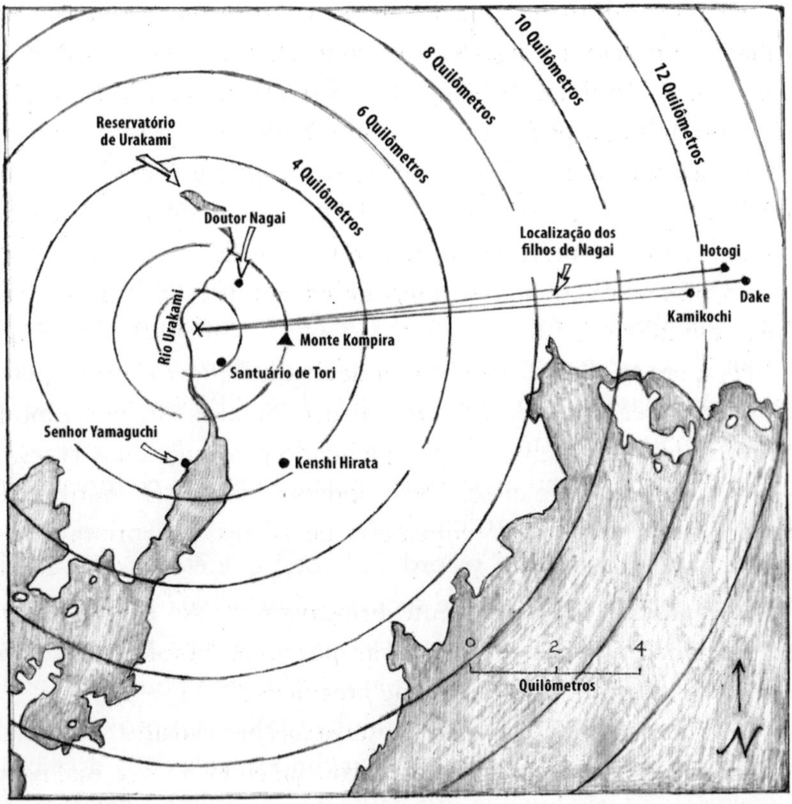

A família Nagai carregou uma culpa constante. Por ter levado seus dois filhos para viver na estação de pesquisa do hipocentro, Paul Nagai acreditava que poderia tê-los exposto à radiação que posteriormente desencadeou seu câncer. Estar perto do hipocentro não era o problema, porque antes de as crianças chegarem a maior parte das partículas radioativas já tinha se decomposto. Contudo, quando as partículas estavam frescas e "quentes", os ventos predominantes carregavam as concentrações mais altas de chuva negra diretamente para o vale onde elas tinham visitado seus parentes. (Patricia Wynne)

Ele lembrou-se da história de um papa católico, João Paulo II, que visitou Hiroshima e quando estava perto de um memorial coberto de milhares de garças de papel, comentou: "A guerra é obra dos homens". Essas palavras eram chaves para Yamaguchi, e a elas, ele adicionou mais tarde: "O que isso significa — se tomarmos como verdade e se acreditarmos que fomos criados por causas naturais —

é que não foi Deus quem iniciou a guerra; foram os humanos. Então podemos pará-la ou evitá-la, se quisermos".

E assim Tsutomu Yamaguchi tirou um passaporte e, pela primeira vez em sua vida, viajou a Nova York. Um dia antes de dar sua palestra na ONU, ele entrou num táxi movido a pedal. Numa ladeira íngreme perto do Central Park, sua correia se partiu, durante uma tarde em que o calor batia recordes.

Eles saíram do táxi, e Yamaguchi notou que o motorista estava tendo dificuldades em consertar o veículo — enquanto tentava evitar que descesse morro abaixo. Yamaguchi utilizou seu peso para apoiar uma das extremidades do táxi, e disse: "Eu sou do Japão", e perguntou ao motorista de onde era.

"Cuba", o homem disse rapidamente, enquanto continuava lutando contra a correia partida.

"Então", Yamaguchi recordou, "notei que ele estava suando muito. Peguei minha toalha e sequei o suor de sua testa. Não falávamos a mesma língua, com exceção de uma palavra ou outra — Japão, Cuba. Então senti que, ajudando, algo podia ser comunicado. O simples ato de dar-lhe minha toalha já o provara — ele parecia tão feliz em ser ajudado por um estranho que a ocasião me remeteu àquele homem que colocara um bolinho de arroz em minha mão no trem de Hiroshima. E então me ocorreu isso, que me acompanha até hoje: simples atos de bondades são coisas que todos podem fazer".

Ao encontrar outros sobreviventes na ONU, Yamaguchi descobriu que eles estavam, sem exceção, infelizes com o presente e preocupados com o futuro. Demonstravam bastante preocupação com a mineração dos oceanos, a destruição dos solos, o derretimento da capa de gelo da Groenlândia e as guerras feitas pelos homens. "Arruinar sistematicamente a ecologia também vai arruinar a economia global", um deles disse. "E uma economia global arruinada é uma corda ao redor do pescoço da paz mundial — uma garantia de futuras guerras." Um dos presentes não conseguia entender o conceito de biocombustível, como se dava a transformação do milho em gasolina e por que chamar esse processo de "verde". "Plantar comida para queimar e chamar isso de bom para o meio ambiente?", ele perguntou. "O que pode ser mais estúpido?"

Tudo o que Yamaguchi queria dizer era que ele e o motorista do táxi a pedal, no dia anterior, não falavam a mesma língua mas se entendiam mesmo assim, por simplesmente serem seres humanos — "um e o mesmo, todos nós".

"Então por que lutamos?", Yamaguchi começou. Ele explicou a seus ouvintes que já tinha feito essa pergunta muitas vezes a si mesmo. "E percebi que talvez, mesmo de uma forma limitada, haja algo que eu possa fazer. Cada um de vocês pode, apesar de sermos apenas humanos, ajudar a nos entender. Tudo o que precisamos é de pequenos passos. É tudo de que vocês precisam se lembrar. Pratiquem pequenos atos de bondade, de pessoa a pessoa. Transmitam a bondade como se ela fosse uma doença contagiosa."

"O que poderia ser mais fácil?", Yamaguchi se perguntava. O que poderia ser mais simples que *Nyokodo* e *Omoiyari*?

Pelo menos uma dúzia de pessoas na plateia revirava os olhos e balançava a cabeça.

"Eu me dou conta de que posso soar esperançoso ou simplório demais", ele disse e fez uma pausa. Recordou-se das palavras dos astronautas da missão Apollo, que viram, da Lua, a Terra flutuar sobre as montanhas: "Cidadãos planetários", eles tinham se denominado quando voltaram à Terra. Yamaguchi continuou: "Depositar minha fé na bondade recíproca entre os humanos pode parecer menos do que uma esperança simplória — completamente ingênua, talvez —, mas se seguirmos esses princípios, deixamos a experiência da guerra não como japoneses ou americanos, não como cristãos ou budistas, hindus, muçulmanos ou judeus, mas simplesmente como cidadãos planetários. Precisamos começar em algum momento. *Precisamos*. Porque, como cidadãos planetários, vemos como estão as coisas, e não estamos satisfeitos."

MASAHIRO SASAKI, QUANDO NÃO ESTAVA se encontrando com outros sobreviventes, estudantes ou com algum ocasional representante do Vaticano, mantinha um salão de cabeleireiro com sua mulher num pacato subúrbio bem ao norte de Nagasaki. No bairro, ele era conhecido por trazer e levar de carro, pessoalmente, cada um dos seus clientes, o que era apenas uma pequena demonstração dos princípios de *Omoiyari*.

Durante o verão de 2008, um cientista visitou o senhor Sasaki em seu salão. O visitante aprendeu a palavra *Nyokodo* e aprendeu o *Omoiyari*. Com a ajuda de Masahiro, ele pôde descobrir — primeiro num mapa de levantamento sobre a bomba, de 1945, depois nas ruas de Hiroshima — a localização exata da casa da infância de Masahiro e de Sadako. Milhares de passageiros do trem-bala passavam pelo lugar todos os dias sem saber. Durante os anos de reconstrução, as telhas e as cinzas foram removidas e um estacionamento foi construído em cima das fundações antigas, preservando-as. Do outro lado da rua, na direção em que ficava a casa do doutor Hachiya, das ruínas tinha se erguido uma loja 7-Eleven 24 horas.

No dia em que a casa de Sadako foi redescoberta, o cientista deixou flores num canto do estacionamento, prostrou-se três vezes, e caminhou para o leste, na direção do rio. Quando começou a filmar o lugar entre as duas pontes onde Masahiro indicara que ele, Sadako e sua mãe tinham sobrevivido num barco quase afundado, uma garça branca desceu do sul e pousou no local.

Michihiko Hachiya, amigo e vizinho de Shigeo Sasaki, morreu em 1980. Seu diário, que relatava os tempos de Hiroshima, indicava que ele carregou uma culpa imerecida por, de alguma maneira, ter causado a morte da mãe de Shigeo. Se ele não fosse um homem decente, não carregaria tal culpa. Um homem inferior não teria sentido nada. Assim, a bomba feriu duas famílias com a própria decência de Hachiya, devido à lealdade a seus vizinhos, à sua humanidade. Mesmo depois que histórias sobre Sadako e sobre os mil pássaros de papel começaram a se espalhar pelo Japão, Masahiro não conseguia lembrar se seu pai falara com o doutor Hachiya novamente. Acreditava que não — como a teoria das "rachaduras invisíveis" do doutor Nagai tinha previsto.

Em Urakami, o destino de Akizuki, amigo de Nagai, foi morrer por causas naturais e em idade avançada, no ano de 2005. Ele defendeu os ensinamentos do doutor Nagai até o fim de seus dias.

A essa altura, aos 87 anos, Shigeo Sasaki estava morto em Hiroshima.

Fujiko Sasaki estava morta.

A companheira de quarto de Sadako, Kiyo, estava morta.

Ryuta Kondo estava morto.

Keiji Nakazawa — "Gen Pés Descalços" — cresceu numa favela entre o Hospital de Comunicações e a escola frequentada por Sadako e Masahiro Sasaki. Gen frequentemente estava em apuros; costumava se meter em brigas no pátio do colégio e fugir por dias e mesmo por semanas.

"É claro que eu brigava muito", Gen recordou. "As pessoas do *pika-don* (chamadas de *hibakusha*) frequentemente se tornavam intocáveis. Éramos tratados como lixo pelas crianças mais protegidas e mais privilegiadas, que começavam a chegar de outros lugares. Mais tarde, se a família de uma jovem descobrisse que tínhamos sido expostos à bomba, não nos deixaria casar. Mesmo tendo sobrevivido, não nos era permitido viver."

Durante sua vadiagem, Gen descobriu as histórias em quadrinhos e os desenhos animados — que, na verdade, eram formas embriônicas do movimento artístico do mangá. Gen por fim se envolveu com os criadores do *Astro Boy*, o que levou aos livros de Gen Pés Descalços e a vários filmes animados, um deles baseado nos diários do doutor Akizuki.

"O *pika* e os *hibakusha* não podem acontecer novamente", Gen disse. "Quando os americanos chegaram, escreveram a nossa Constituição, baseada no que no seu país se concebia como liberdade. Entretanto, o artigo 9º de nossa Constituição diz: 'Nenhuma marinha. Nenhum exército. Nenhuma força aérea. Nenhuma produção de armas'. É um documento extraordinário. Não importa o que aconteça, devemos protegê-lo."

Todos os amigos de infância de Gen — ou ao menos aqueles que estavam perto o suficiente para ter testemunhado a bomba, como ele testemunhou — morreram antes da virada do século.

Satoko Matsumoto e o restante de sua família estavam mortos.

Yoshiko Mori e seu filho Hiroshi estavam mortos.

A esquina onde se localizava a casa dos Sasaki, como era na manhã de 6 de agosto de 1945; dois dias depois que os incêndios se apagaram; e durante o verão de 2008. (Patricia Wynne, CRP)

Masuji Ibuse, o poeta de Hiroshima que testemunhou o incidente da "louca íris", estava morto.

O bombeiro Yasaku Mikami estava morto.

O assistente de fabricante de pipas Doi — assim como o senhor Yamaguchi um dos duplos sobreviventes —, não sofreu efeitos conhecidos da radiação apesar da chuva de objetos atirados do hipocentro até seu bairro em Nagasaki, seguida rapidamente por uma leve bruma causada pela chuva negra. Não obstante ter escapado, aparentemente, de algum ferimento, sua filha ainda bebê teve bolhas, inchação nos nódulos linfáticos, anemia e infecções frequentes. Depois de alguns anos, quando parecia que a criança tinha se recuperado completamente, a mulher de Doi adoeceu, teve câncer e morreu.

Akira Iwanaga tornou-se secretário no escritório da Casa de Governo Municipal pós-guerra de Nagasaki, onde se aposentou com uma saúde notável, e depois se mudou para o litoral com sua família, onde viveu até os 90 anos. Em 2008, ele era, com Tsutomu Yamaguchi, um dos duplos sobreviventes ainda vivos de que se tinha notícia.

Shoda Shinoe morreu de câncer em 1965.

A jovem doutora Yoshioka, cujo rosto dilacerado pela explosão encheu o doutor Akizuki de uma culpa que nunca o abandonou, continuou a viver perto do complexo do hospital de Urakami até sua morte, que se deu em torno de 1985. Ao redor do complexo, as cerejeiras queimadas até as raízes tinham voltado à vida, transformando as regiões desérticas em florestas e jardins restaurados.

O padre Mattias nunca pôde esquecer as crianças que tinha deixado sozinhas numa torre de tijolos entre as espirais de fogo que se erguiam em Hiroshima. Ele se tornou viciado em álcool e cometeu suicídio em 1985. O filósofo jesuíta John MacQuitty presidiu seu enterro em solo sagrado, apesar das injunções da Igreja contra a compaixão para com os suicidas. “Ele foi um homem bom que tentou viver sob um código de bondade”, MacQuitty disse. “Foi Hiroshima que o matou.”

Hiroko Nakamoto curou-se de suas feridas e acabou indo para os Estados Unidos, onde estudou *design* de interiores no Instituto Pratt, em Nova York. Ao voltar para o Japão, projetou o Portal para a Paz, monumento na estação de trem de Hiroshima.

Misako Katani estava morta.

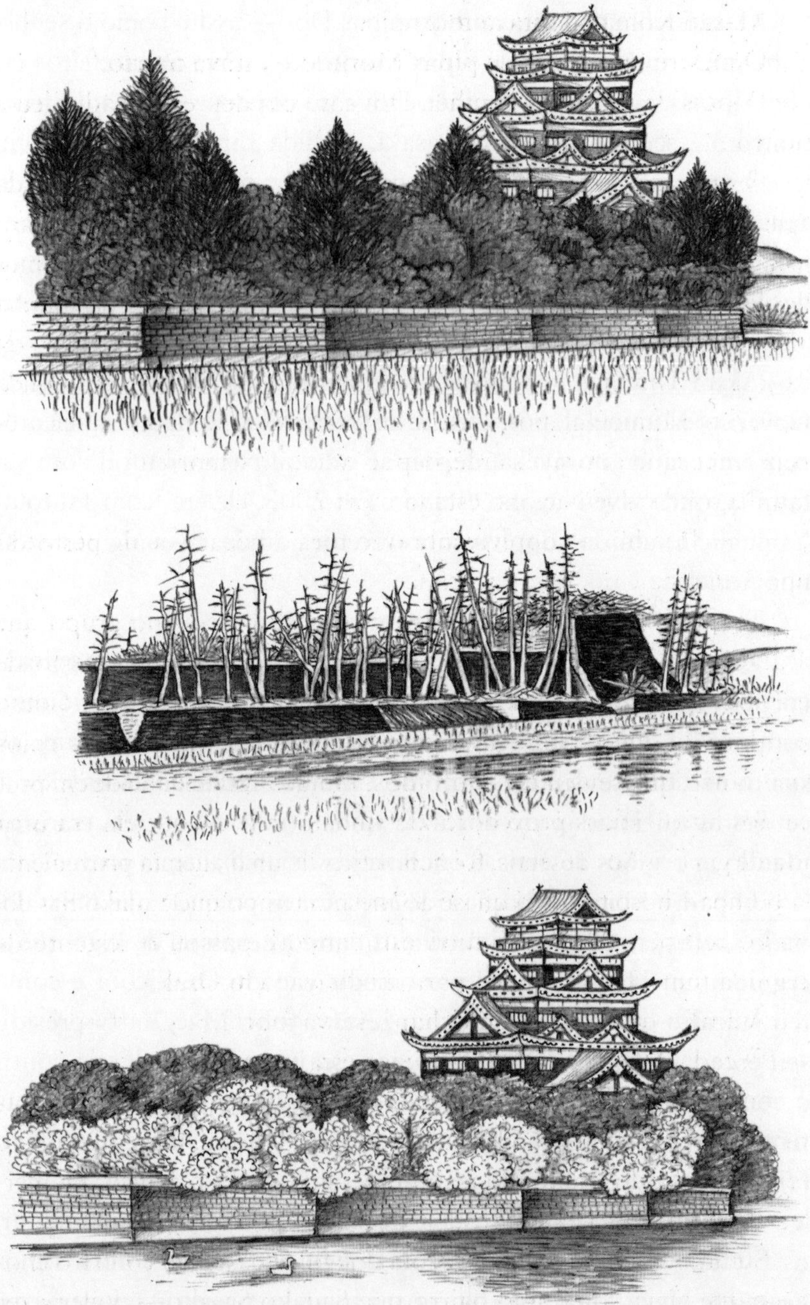

O castelo de Hiroshima em julho de 1945; no fim de agosto de 1945, e em agosto de 2009. (Patricia Wynne)

Masao Komatsu estava morto.

O mestre fabricante de pipas Morimoto estava morto.

Depois da morte da mulher, Doi caiu em depressão, adoeceu e morreu.

O prefeito Takejiro Nishioka continuou a sofrer os sintomas da radiação durante meses depois de Hiroshima e Nagasaki. Acreditando que morreria logo, ele transferiu os direitos da editora a sua mulher. A senhora Nishioka expandiu vastamente os lucros da família com as publicações, depois entrou na política e foi eleita membro da Casa dos Conselhos (o equivalente japonês ao Parlamento britânico ou ao Senado americano). O senhor Nishioka deixou a política, parecia ter recuperado sua saúde, depois adoeceu e morreu.

O governador Nagano estava morto.

José Matsou, a sobrevivente que fora abrigada mais perto do hipocentro de Urakami, teve câncer e morreu.

Emiko Fukahori, uma das crianças de um pequeno grupo que alcançou os abrigos a tempo, viu sua família ser morta perto de um jardim de bambus, a seiscentos metros do hipocentro. Como certidões de óbito raramente eram emitidas para as pessoas cujos corpos não tinham sido encontrados, Emiko teve dificuldade em provar aos burocráticos provedores de ajuda ao menor que ela era uma órfã de guerra. Aos 16 anos, foi acometida de uma anemia proveniente da bomba e hospitalizada quase ao mesmo tempo que Sadako Sasaki. Emiko recuperou-se, continuou estudando e passou o restante de sua vida num retiro católico para meditação em Osaka.

A amiga de Emiko, Sumi-chan, estava morta.

O cadete Komatsu e seus amigos estavam mortos.

Inalar a poeira radiativa fresca e a chuva negra que secava nas roupas dos pacientes do Hospital Naval de Omura, marcou o início da longa luta do doutor Masao Shiotsuki contra o câncer. Ele perdeu a batalha em 1978.

Sumiko Kirihara — uma garota que foi encasulada contra o choque e que vivia no mesmo bairro que Sadako Sasaki — poderia ter sobrevivido, não fosse pela chuva negra. Inicialmente, toda sua família escapou com vida. Durante os três anos que se seguiram, cada um deles sofreu sangramentos esporádicos sob a pele e fadiga debilitante. Sumiko contraiu uma doença crônica no fígado, sofreu anemia e febres assustadoramente altas. Ela e os outros sete membros da família Kirihara morreram jovens, um após o outro.

Sachiko Masaki, que sobrevivera com Hajime Iwanaga na fábrica de torpedos Mitsubishi, morreu de câncer. Sua mãe e sua irmã morreram pouco tempo depois.

Hajime Iwanaga estava morto.

Michie Hattori, uma garota de 15 anos que voltava de uma escola cujos arredores tinham se tornado "um cemitério sem lápides", descobriu seu bairro completamente encasulado contra o choque. Então, mudou-se de Nagasaki para o quartel-general de MacArthur, em Tóquio, onde trabalhou como tradutora. Casou-se com um americano, tornou-se Michie Hattori Bernstein, e mudou-se para o Mississipi — onde morreu de câncer.

Isao Kita estava morto.

Ichiro Miyato, o homem do radar que identificou a aproximação da missão de Charles Sweeney a Nagasaki, na virada do século ainda estava vivo.

Charles Sweeney foi promovido a general em 1956 e tornou-se comandante da 102ª Esquadra de Defesa Aérea (morreu em 2004, de causas naturais).

Marcus McDilda, o piloto americano capturado que, sob tortura, inventou um desenho factível da bomba atômica (baseado em alguns detalhes vagos e outros inventados na hora sobre duas massas esféricas) foi transferido para uma instalação perto do Palácio Imperial em Tóquio, onde seria submetido a interrogatórios mais complexos. Pouco tempo mais tarde, seus cinquenta companheiros prisioneiros de guerra no quartel-general da polícia secreta foram decapitados. McDilda permaneceu sob vigilância constante e, acreditava, sob perigo constante até 30 de agosto de 1945, quando o Quarto Regimento Marítimo liberou o campo de prisioneiros de Omori, no litoral de Tóquio. Ele voltou aos Estados Unidos e teve uma longa vida.

O físico Ryokichi Sagane foi considerado um "bem nuclear" sob o protocolo de MacArthur. Foi transferido de Tóquio para

Berkeley e depois para o laboratório do acelerador linear perto dali, onde realizou programas que levaram a experimentos com bombardeios antipróton-próton.

O doutor Luis Alvarez se tornou um defensor da paz — o primeiro a favor da redução das armas nucleares e, posteriormente, da abolição de seu uso. Quando ele e seu filho Walter se depararam com uma camada de irídio que se estendia da Nova Zelândia ao restante do mundo, logo descobriram o conceito de inverno nuclear gravado nas pedras que pareciam remontar à época da extinção dos dinossauros. "Se não tomarmos cuidado", Alvarez disse, "as pedras provavelmente vão escrever nosso epitáfio depois de uma tempestade global de pó, de proporções parecidas, e seremos extintos do mesmo modo que os dinossauros o foram um dia".

Até o dia de sua morte, Alvarez guardou um profundo e fervoroso ressentimento pelos "conciliadores" dos Estados Unidos e do Japão que, com a ajuda de advogados, tentaram listar apenas uma dúzia de pessoas — e trinta vacas — em Hiroshima como, oficialmente, os únicos mortos por envenenamento da radiação. Sob o protocolo MacArthur, os sobreviventes da bomba atômica não podiam publicar histórias sobre suas experiências; então, pouco mais que lendas urbanas emergiam das ruínas. Mitos sobre mutantes criados pela radiação começaram a fazer parte da história oral, e foi assim que, no tempo de MacArthur, uma piada sobre os benefícios das picadas de aranhas radioativas, junto com o curioso caso da cura do doutor Paul Nagai, chegou até o jornalista Stanley Lieber, que, assim como James Clavell e como o dramaturgo William Saroyan, tinha sido recrutado durante a guerra como escriba militar. A mitologia atômica produziu em Stan Lieber um carinho fora do comum por voos de imaginação abstrata envolvendo transformações radioativas. Depois da guerra, ele se mudou para Nova York, anglicizou seu nome para Stan Lee e deixou sua marca na história cultural ao trazer à vida o Hulk, os X-Men e — com uma piscada de olho para o doutor Nagai — o Homem-Aranha.

O doutor Harold Urey teve um colapso nervoso depois de constatar que a bomba atômica, em vez de pôr fim à guerra, levou à produção em massa de armas nucleares durante a era da Guerra Fria. Com o objetivo de ajudá-lo em sua recuperação, Alvarez e outros amigos incentivaram-no a resolver problemas como decifrar temperaturas antigas usando isótopos de oxigênio e tentar descobrir de onde surgiu o DNA. Com o aluno Stanley Miller, ele ganhou o Prêmio Nobel por um experimento sobre evolução química. Morreu jovem, enquanto escrevia uma carta a um amigo sobre o segredo das origens da vida.

Albert Einstein, colega de Harold Urey, cuja carta de 1939 ao presidente Roosevelt desencadeou o programa americano de desenvolvimento da bomba atômica, tornou-se um leitor devotado de Gandhi, Nagai e todos os outros homens de paz. Quando lhe mostraram fotos de artefatos de Hiroshima e Nagasaki — entre eles um relógio de bolso chamuscado, com os ponteiros congelados às 8h15, e um relógio esmagado de Nagasaki, que parou às 11h02 —, o físico lembrou-se da observação do doutor Nagai de que a descoberta da espada celestial de dois gumes escondida no átomo tinha mudado tudo sobre o animal humano, menos sua maneira de pensar. A essa observação, Einstein adicionou que a subsequente corrida por armamentos nucleares era um desgosto, e que realmente, apesar de o yin-yang da "espada e presente" ter mudado tudo menos a maneira de pensar dos humanos, "a única solução para este problema está no coração da humanidade. Se eu pudesse saber em minha juventude sobre a espada, eu teria me tornado um relojoeiro". Uma década depois da primeira bomba atômica, Einstein morreria de um ataque cardíaco.

Décadas depois das queimaduras da pequena Eiko terem afugentado sua mãe, a vergonha não declarada da solidão em que a criança morreu ainda causava tanta dor que os membros da família Nagai raramente conseguiam ir visitar seu túmulo. Talvez não houvesse exemplo mais forte das rachaduras no espírito humano criadas pela bomba e descritas pelo doutor Nagai; porque, já na primeira década do século XXI, ninguém mais lembrava onde Eiko estava enterrada.

A prima de Eiko, Tatsue, a última pessoa a visitar seu túmulo, estava morta.

O soldado Shigeru Shimoyama estava morto.

Nobuo Tetsutani estava morto.

Tomotsu Eguchi estava morto.

Os amigos do doutor Hachiya, Hinoi, Koyama e Kutsube estavam mortos.

O senhor Fujii, estudante de teologia que fugiu de Nagasaki antes do *pika* para ir à procura de sua namorada em Hiroshima, estava morto.

O doutor Minoru Fujii continuou a trabalhar nos subúrbios de Hiroshima e ficou em contato próximo com Minami até sua morte.

Os amigos de Minami, entre eles a enfermeira Reiko Owa ("Viverei para lembrar que ninguém ignore as vidas perdidas com a bomba atômica"), a enfermeira Fujita Misako, Hiroshi Takamoya ("Por favor, lembrem-se de Hiroshima. Pela paz"), Saito Kaneko e Kouno Kazuno ainda estavam vivos na virada do século.

Akiko Takakura, a sobrevivente do Banco Sumitomo, permaneceu em Hiroshima até 2008 com uma saúde fora do normal, assim como Nenkai Aoyama, cuja mãe desapareceu na Cúpula de Hiroshima sem deixar rastros.

Tsugio Ito — cujo irmão Hiroshi entrou em estado de decomposição ainda em vida —, após escapar de Hiroshima, cresceu numa casa onde ambos os pais sobreviveram com saúde perfeita, apesar de uma intensa queda de cabelos e de terem se aventurado numa zona radioativa "quente", perto da ponte Misasa. Tsugio acabou se casando, mantendo em segredo da família sua condição de *hibakusha* intocável. O filho de Tsugio, Kazushige Ito, apesar de ter crescido numa família contaminada pela "areia da morte", não apresentou quaisquer sinais de doença. Como Akiko Takakura, Kazushige Ito foi trabalhar numa das maiores instituições bancárias no Japão. Depois de ter sido promovido diversas vezes, foi transferido em 1998 para o escritório do Banco Fuji na Torre Sul do World Trade Center — onde, em 11 de setembro de 2001, quase 56 anos depois que Tsugio se sentou no leito de morte de seu irmão Hiroshi, seu filho Kazushige morreu no epicentro do segundo *Ground Zero* de sua família.

Hanako Ito, que desbravou os desertos do *Ground Zero* de Hiroshima em busca de um filho já condenado pelo ar que respirava, morreu em setembro de 2001, assim que aceitou a realidade de que seu neto Kazushige não estava apenas desaparecido no *Ground Zero* de Nova York; mas que tinha morrido.

A senhora Sumako Matsuyanagi permaneceu em Hiroshima, onde em cada 6 de agosto acendeu uma lanterna flutuante e a colocou no rio, em memória de seu filho perdido. Ela continuou a acender lanternas por trinta anos, até morrer.

Kuniyoshi Sato, o homem que estava sentado na frente de Kenshi Hirata no trem de Hiroshima, e cuja curiosidade sobre o que Kenshi trazia dentro da tigela de casamento foi satisfeita até demais, também estava morto.

A mãe de Toshihiko Matsuda — o "garoto das bolinhas de gude" de Hiroshima — estava morta.

O reitor Susumu Tsuno estava morto.

A senhora Tsuno estava morta.

Os filhos da família Tsuno estavam mortos.

A mãe da pequena Eiko foi levada à noite até um hospital, gritando obscenidades. Ela vomitou algo negro, estremeceu e tentou respirar. Vomitou novamente, e também morreu.

Menos de dois anos depois de Hiroshima, Minami retornou à Coreia e em 1950 foi surpreendida pela invasão da Coreia do Sul por parte da Coreia do Norte. "Se o general MacArthur não tivesse chegado a Inchon nos últimos minutos de 15 de setembro, eu teria sido queimada ou morrido de fome, como tantos outros", Minami afirmou, mais de meio século depois. "Meus filhos e eu não teríamos conhecido a felicidade de que desfrutamos não fosse por ele."

Minami escapou com um buraco de bala que a atravessou completamente — entrou acima de seu ombro direito e saiu abaixo da clavícula. Após um período como refugiada em seu próprio país, com a situação se tornando mais difícil que no tempo de guerra no Japão, ela conseguiu ir para a Alemanha e, por fim, para a Universidade de Nova York, onde, com auxílio de uma recomendação do doutor Fujii de Hiroshima, foi empregada pela Enfermaria de Nova York, na rua 14. Lá, trocou de nome novamente: de Minami para Nancy.

Ela adotou o sobrenome Cantwell quando se casou com Larry Cantwell.

Parecia quase inevitável que estivesse presa no trânsito do lado de fora do túnel Lincoln naquela manhã excepcionalmente bela de 11 de setembro de 2001. Teve uma vista privilegiada das torres enquanto caíam numa coluna com força total de 1,6 quiloton. Oito anos mais tarde, Nancy Cantwell afirmou a um grupo de jovens estudantes: "Não temos escolha a não ser nascer neste mundo. A tecnologia está tornando o mundo cada vez menor e mais interconectado, quer gostemos disso ou não. Minha avó sempre me dizia: 'Uma mão lava a outra'. Quaisquer que sejam os líderes das maiores nações no futuro, os países grandes devem ajudar os pequenos a se desenvolver e viver na felicidade".

Seu apelo soava incrivelmente como *Nyokodo* e *Omoiyari*.

"Este é o meu desejo", ela disse. "Esta é a minha prece."

Que não mais existam túmulos de vaga-lumes azuis.

Que nunca mais voltem as chuvas negras.

Que nenhum ente querido tenha de saber novamente o que significa fazer mil *tsurus* de papel.

A VINTE ANDARES DE ALTURA, na torre sobrevivente do número 1 da Liberty Plaza, na "Sala das Famílias" do World Trade Center, um pai enlutado deixou um exemplar da Constituição japonesa sublinhando o parágrafo que Gen Pés Descalços apreciara. Sobre ela, deixou mil *tsurus* de papel. Assim, declarou seu desejo de "um mundo sereno, sem guerras nem armas".

Os pássaros de papel sob os quais estava a Constituição (e aos quais um laço tinha sido amarrado, com as palavras "Volte a Hiroshima") foram enviados à Sala das Famílias para o amigo de Masahiro Sasaki, Tsugio Ito. Tsugio teve algum consolo ao saber que seu irmão Hiroshi morreu acompanhado e confortado por sua família, e lamentou que seu filho morresse sozinho e sem deixar rastro quando a fuselagem do voo 175, que se desintegrava, atravessou seu escritório na Torre Sul.

No dia em que Masahiro foi a Nova York com seu amigo Tsugio Ito e visitou a Sala das Famílias, ele apresentado aos sobreviventes do 11 de Setembro como uma vítima de Hiroshima.

"Sou um sobrevivente, não uma vítima", Masahiro disse, seriamente. E descobriu que muitas das famílias do 11 de Setembro, anos depois da queda das torres, ainda queriam vingança.

"Mais de cinco décadas atrás", Masahiro explicou, "eu pensava como vocês pensam hoje. A diferença é que eu tive meio século para meditar sobre isso. Durante os primeiros dez anos, mais ou menos, o sentimento das famílias nos três *ground zeros* deve ter tido mais ou menos o mesmo teor. Mas a pergunta importante é: o que pode ser feito pelo futuro?".

Masahiro lembrou do que um cientista disse a um teólogo certa vez: "Nós somos a soma do que lembramos". E o teólogo respondeu: "Não, nós somos *como* lembramos".

"Todo o sofrimento do passado não significa nada agora", Masahiro disse, "se não tirarmos lições a partir das quais possamos construir um mundo melhor para a criança de amanhã".

"A grande pergunta", Masahiro disse novamente, "é: o que podemos fazer pelo futuro?".

Ele não acreditava que a grande pergunta exigisse respostas que fizessem tremer a terra, entregue com a força de tiros de espingarda de grande amplitude. Uma maneira diferente de pensar necessitava apenas ser exteriorizada para o mundo como alfinetadas individuais, e ser pouco mais que uma esperança microscópica de, em algum lugar, alcançar uma pessoa que possa se tornar importante na história ("Devo aconselhar meu comandante a atacar ou a conversar? A largar ou a segurar por mais um tempo?").

"Eu acho que *Omoiyari* é a melhor maneira de começar", Masahiro Sasaki disse. "A pior maneira de começar é nos chamarmos de vítimas. Para dizer 'vítima' é preciso haver um vitimizador, e o vitimizador leva a culpa; e assim começa o *ciclo* de culpa. Por exemplo, se dissermos 'vítima de Hiroshima', a próxima frase que aparecer vai envolver Pearl Harbor e a cadeia de culpa fica presa em acontecimentos do passado. Assim, somos completamente desviados da ideia de que a guerra em si é a Pandora da humanidade, e que as armas nucleares são algo que surgiu da caixa de Pandora."

Se a vitimização e a culpa se tornam a lição ("Seu país me feriu! Você me feriu primeiro!"), então nos tornamos prisioneiros dos anos 1930 e 1940, ficamos para sempre presos ao nosso passado. Masahiro queria seguir adiante com o *Omoiyari* presente em seus pensamentos e ações.

"Pensem primeiro nos outros", Masahiro disse a seus ouvintes na América, onde um princípio similar já estava ficando conhecido pela expressão "a corrente do bem". O lema essencial passava por "assim como a ti mesmo" (ou *Nyokodo*) até versões pré-bíblicas da Regra de Ouro.

"Sadako entendeu esse lema mais pessoalmente e mais intensamente do que a maioria das pessoas jamais conseguirá entender", Masahiro disse. "E ela tinha apenas tempo suficiente para começar a ensinar o que a maioria de nós tão facilmente esqueceu."

Alguns sobreviventes do 11 de Setembro e suas famílias saíram do encontro com Masahiro com sua maneira de pensar transformada. Não muitos; porque as feridas ainda eram recentes para que a maioria fosse tocada por palavras. Apenas alguns foram tocados — só uns poucos, na verdade. Mas estes poucos já poderiam ser o suficiente.

Nesse mesmo ano, Masahiro também falou sobre a palavra *Omoiyari*, em Viena.

No fim de sua palestra, um garoto levantou a mão e perguntou: "Senhor Sasaki, que país lançou a bomba atômica?".

Ele não estava esperando uma pergunta tão simples que pudesse ser respondida com só uma palavra. Masahiro respondeu: "Faz mais de sessenta anos que as bombas foram lançadas. Deus nos fez a todos iguais. Então eu esqueci quem lançou a bomba".

A plateia, incluindo um policial que estava perto, continuava olhando-o com uma perplexidade silenciosa. O garoto, que parecia ter aproximadamente 11 anos de idade, assentiu com a cabeça e fez um sinal de positivo a Masahiro.

Aos adultos na plateia, Masahiro explicou: "O que estou tentando dizer é que não importa quem lançou a bomba. Não é uma questão relevante. Nunca deveria ser, em nenhum país. É uma questão para toda a humanidade. A coisa importante é que eu e Sadako conhecíamos o sentimento de *Omoiyari* — e se esse princípio for ser seguido e passado adiante por apenas alguns de vocês presentes aqui nesta sala, hoje, com o tempo os perigos deste mundo poderão diminuir. Vocês precisam superar a tristeza e sair dela passando adiante esta simples filosofia para a nova geração. Este é o meu desejo".

E então, olhando para o garoto que fizera a pergunta, ele disse: "Crianças! Ensinem seus pais".

APÊNDICE: AS PESSOAS

DR. TATSUICHIRO AKIZUKI: Médico do complexo hospitalar de Urakami (Nagasaki).

DR. LUIS ALVAREZ: Físico nuclear americano. Estava presente na ilha de Tinian quando uma onda acidental de nêutrons comprometeu os componentes de urânio da bomba e, por conseguinte, o rendimento máximo da arma. Para assegurar que a bomba funcionaria, Alvarez colocou todo o suprimento mundial de polônio no sistema. Assim como o amigo Harold Urey, Alvarez (que possuía uma fé inabalável no pensamento civilizado) acreditava que a bomba atômica daria à humanidade uma visão do abismo, pondo um fim em todas as guerras.

KORECHIKA ANAMI: Ministro da Guerra japonês. Autodenominado poeta-guerreiro, se recusava a aceitar a existência da bomba atômica e que ela pudesse sinalizar a derrota do Japão. Sabia de um complô para manter o imperador sob isolamento militar se ele declarasse a rendição — mas manteve segredo até o final.

NENKAI AOYAMA: Convocado de 17 anos cuja casa estava mais perto do que qualquer outra da Cúpula de Hiroshima e do hipocentro.

Sobreviveu aos ataques somente porque sua mãe o mandou mais cedo para o trabalho.

ARAI: Professora em Hiroshima exposta à radiação a dois quilômetros do hipocentro. O clarão da bomba, queimando através de uma folha de papel que Arai segurava, gravou para sempre a caligrafia de uma aluna em seu rosto.

GENERAL SEIZO ARISUE: Uma das primeiras pessoas enviadas pelo Palácio Imperial, junto com o físico nuclear Yoshio Nishina, para examinar os danos a Hiroshima e determinar se eram ou não resultado de uma bomba atômica, como alegava o presidente Truman.

FRED ASHWORTH: Comandante da marinha americana a bordo do *Bock's Car* durante a missão de Nagasaki. O piloto Charles Sweeney estava no comando do avião; Ashworth era responsável por todas as decisões relacionadas à bomba.

LAVRENTI BERIA: Comissário de Segurança do Estado russo no comando dos programas nucleares de Moscou.

FRED BOCK: Piloto do avião de instrumentos científicos *Great Artiste* — e não do *Bock's Car*, como a história erroneamente registrou — durante a missão de Nagasaki.

NANCY (MINAMI) CANTWELL: Enfermeira coreana e amiga por toda a vida do doutor Minoru Fujii. Juntando-se a ele na operação de resgate de Hiroshima, testemunhou os últimos andarilhos-formiga e o "túmulo dos vaga-lumes azuis de fogo". Nascida Namsun Koh, foi rebatizada como Minami quando se mudou para Hiroshima.

TSUITARO DOI: Assistente do mestre fabricante de pipas Shigeyoshi Morimoto, Doi se tornaria um sobrevivente dos bombardeios atômicos de Hiroshima e Nagasaki.

TAMOTSU EGUCHI: Estudante do primeiro ano do secundário abrigado dos efeitos imediatos da radiação dentro das ruínas de sua escola, a um raio de apenas 850 metros (10 quadras) do hipocentro de Nagasaki.

DOUTOR MINORU FUJII: Depois de testemunhar a explosão que começou em um subúrbio de Hiroshima, o doutor Fujii organizou uma equipe de resgate e de tratamento e transformou uma escola destruída num hospital de campanha do exército.

SENHOR FUJII: Estudante de teologia (apesar do nome, nenhum parentesco com o doutor Fujii) que viajou de Nagasaki a Hiroshima à procura de sua namorada.

EMIKO FUKAHORI: Garota de 7 anos que correu para se esconder em um túnel quando os aviões se aproximavam. Ela e a amiga Sumi-chan tornaram-se os únicos membros de seu grupo a sobreviver. Emiko viu a família inteira morrer ou ser convertida em "pessoas-jacaré" a seiscentos metros do hipocentro de Nagasaki.

CLARENCE GRAHAM: Prisioneiro de guerra americano no Campo 17 de trabalhos forçados, localizado na fronteira exterior da zona de efeitos da explosão de Nagasaki, 63 quilômetros a nordeste do hipocentro, na província de Fukuoka.

DR. MICHIHIKO HACHIYA: "Andarilho-formiga" sobrevivente de Hiroshima. Curado das feridas quase fatais por colegas do Hospital de Comunicações, ele recobrou a força necessária para tratar e documentar os primeiros casos de envenenamento por radiação.

AVERELL HARRIMAN: Embaixador americano na Rússia durante a época do pronunciamento de Truman sobre a existência e o uso da bomba atômica.

SHUNROKU HATA: Marechal de campo do exército japonês. Sobreviveu ao bombardeio de Hiroshima enquanto esperava a chegada do prefeito Nishioka de encontros com os mais importantes físicos nucleares japoneses. Em Tóquio, como testemunha da bomba, Hata argumentou que a nação poderia absorver os ataques atômicos e sobreviver a eles. O imperador não concordou e acabou refém em prisão domiciliar, numa ação que teve o apoio de Hata.

MICHIE HATTORI: Estudante de 15 anos que sobreviveu à explosão de Nagasaki num túnel, à mesma distância que Emiko Fukahori.

DR. HINOI: Amigo e colega do doutor Hachiya. Juntos, eles saíram do Hospital de Comunicações para conduzir uma exploração científica a respeito das condições da natureza de Hiroshima.

KENSHI HIRATA: Exposto aos efeitos explosivos da bomba de Hiroshima a uma distância de três quilômetros, Kenshi sofreu uma exposição secundária à radiação quando entrou na vizinhança do hipocentro procurando por sua mulher. Em 8 de agosto de 1945, deixou os subúrbios de Hiroshima a bordo de um trem levando os ossos de sua mulher Setsuko à casa de seus pais, o que causou grande horror em todos.

MASUJI IBUSE: Poeta que registrou o incidente da "louca íris" após o bombardeio de Hiroshima.

HIROSHI ITO: Estudante exemplar de 12 anos. Um dos dois sobreviventes de sua escola no centro de Hiroshima.

KAZUSHIGE ITO: Sobrinho de Hiroshi Ito. Nascido numa família que experimentou tanto a sobrevivência quanto a morte em Hiroshima, posteriormente Kazushige acabou se transformando numa das vítimas dos ataques ao World Trade Center, em Nova York. O pai de Kazushige e seu amigo Masahiro Sasaki coordenaram o envio de milhares de pássaros de papel feitos por crianças de Hiroshima às crianças de Nova York depois do 11 de Setembro, como uma mensagem de esperança e cura.

AKIRA IWANAGA: Engenheiro naval que sobreviveu à bomba de Hiroshima a uma distância de 3,2 quilômetros. Junto com outros funcionários importantes da Mitsubishi e do exército, foi levado para o sul, na direção de Nagasaki, a bordo de um dos dois trens que ainda podiam deixar Hiroshima.

HAJIME IWANAGA (sem relação aparente com Akira): Morador de Nagasaki de 14 anos que estava sendo "instruído" na fábrica de torpedos Mitsubishi. De baixa estatura para sua idade, estava em treinamento no programa de minissubmarinos *Kaiten* e provavelmente seria mandado para a missão submarina I-58 seguinte, em setembro ou outubro de 1945. Como estava debaixo d'água quando ocorreu a explosão, tornou-se um dos poucos sobreviventes nas proximidades do hipocentro de Nagasaki.

MISAKO KATINI: Garota de 16 anos que testemunhou os "cavalos de fogo" de Hiroshima. Ao escapar do inferno, Misako e seu pai fugiram para Nagasaki, onde supostamente estariam em segurança.

SUMIKO KIRIHARA: Vizinha de 14 anos do doutor Hachiya, exposta à radiação dentro de sua casa localizada num raio de pouco mais de 1,8 quilômetro do hipocentro. Ela viu as trombas d'água e as espirais de fogo de Hiroshima.

ISAO KITA: Principal meteorologista militar de Hiroshima do escritório de previsão do tempo. Kita foi exposto na encosta de uma pequena montanha a uma distância de 3,7 quilômetros do hipocentro. Tinha uma vista privilegiada da explosão, de onde registrou as primeiras observações científicas.

CADETE KOMATSU: Piloto que foi exposto à chuva de partículas, radioativamente intensa e oleosa. Depois, junto com os amigos Tomimura e Umeda, roubou um hidroavião da marinha japonesa e voou diretamente até a base do cogumelo atômico sobre Nagasaki.

MASAO KOMATSU: Aprendiz de fabricante de pipas na loja do senhor Morimoto, em Hiroshima, contratado pela Mitsubishi para fazer projetos de desenho e engenharia de pipas de reconhecimento para o exército. Depois de sobreviver em Hiroshima, decidiu ir para sua casa em Nagasaki.

RYUTA KONDO: Órfão de 5 anos em Hiroshima, adotado não oficialmente pela família de Keiji "Gen" Nakazawa. Morava no mesmo bairro que o doutor Hachiya.

DR. KOYAMA: Médico no Hospital de Comunicações de Hiroshima. De início, considerou a doença da radiação a prova de um ataque de armas biológicas pós-nuclear, e isolou os pacientes.

DR. KUTSUBE: Amigo do doutor Hachiya, trabalhava com ele no Hospital de Comunicações de Hiroshima.

GENERAL DOUGLAS MacARTHUR: Coordenou os planos da invasão final e ocupação do território japonês. Tornou-se o idealizador da Constituição pós-guerra do Japão e o principal antagonista dos que pretendiam estudar ou escrever sobre os efeitos das bombas atômicas, especialmente em Nagasaki. Também reconheceu que uma eventual paz com o Japão dependia de que o imperador — uma figura religiosa — não fosse levado a julgamento público e executado por um tribunal *ad hoc* americano.

GEORGE MARQUART: Piloto do *Necessary Evil* durante a missão de Hiroshima. Piloto de um avião de reconhecimento meteorológico durante a missão de Nagasaki.

SACHIKO MASAKI: Garota de 14 anos, trabalhadora da fábrica de torpedos Mitsubishi em Nagasaki. Foi encasulada contra o choque por equipamento pesado e protegida pela sombra do mesmo equipamento contra a onda de raios gama. Sachiko sobreviveu estando aproximadamente à mesma distância que Hajime Iwanaga.

JOSÉ MATSOU: Sobrevivente mais próxima à bomba de Nagasaki. Foi exposta à radiação num dos túneis do prefeito Nishioka, a uma distância de 185 metros do hipocentro.

TOSHIHIKO MATSUDA: O "garoto das bolinhas de gude" de Hiroshima. Exposto a seiscentos metros, sua sombra foi gravada no muro de um jardim.

SATOKO MATSUMOTO: Jovem garota de Hiroshima cujos pais fugiram para o rio com as famílias Kirihara e Sasaki. Na primeira noite depois da bomba, a vizinha de Satoko transformou uma chuva de estrelas cadentes numa revelação de arrepiar.

SUMAKO MATSUYANAGI: Exposta perto da fronteira do *Ground Zero* de Hiroshima (cerca de 1,5 quilômetro), a senhora Matsuyanagi foi arremessada, sem ferimentos, até a casa de um casal de idosos. Seus dois filhos tinham sido expostos na escola, que estava muito mais perto do hipocentro. Apesar de não terem sido machucados à primeira vista, com o tempo começaram a sofrer os efeitos da exposição imediata à radiação.

PADRE MATTIAS: Padre católico exposto em Hiroshima, a 1,3 quilômetro. Juntou-se ao doutor Hachiya e aos "andarilhos-formiga" vagamente consciente de que tinha abandonado três crianças feridas à mercê de um destino terrível.

MARCUS McDILDA: Piloto americano capturado que, sob tortura, concordou em contar todas as informações que tinha sobre a bomba de urânio. Sem saber absolutamente nada, improvisou um projeto com certeira intuição matemática, desenhando um sistema que parecia assustadoramente similiar ao das "duas massas que se chocam" desenvolvido pelos físicos japoneses.

YASAKU MIKAMI: Um dos três bombeiros a ter sobrevivido a Hiroshima, Mikami foi exposto num túnel a uma distância de 1,9 quilômetro.

ICHIRO MIYATO: Operador de radar que localizou o *Bock's Car* e o *Great Artiste* durante a abordagem final a Nagasaki.

HIROSHI MORI: Estudante do quinto ano que contou à mãe, Yoshiko, a sua premonição de que Hiroshima estava prestes a ser destruída.

SHIGEYOSHI MORIMOTO: Mestre fabricante de pipas, recrutado para fazer papagaios militares. Foi encasulado contra o choque em Hiroshima sob o escudo denso e de vários andares da mansão de um primo, no mesmo bairro de Setsuko, mulher de Kenshi Hirata. As casas de Morimoto e de Hirata estavam a aproximadamente quatrocentos metros do hipocentro. Como Kenshi Hirata, Morimoto deixou Hiroshima num trem rumo a Nagasaki. Sua segunda exposição ocorreu num raio relativamente mais seguro, de 2,4 quilômetros.

DR. PAUL (TAKASHI) NAGAI: Paciente de câncer terminal em seu próprio hospital na época do bombardeio de Nagasaki. Após receber uma dose quase letal de radiação, seu câncer entrou em remissão temporária, e, apesar de ainda gravemente afetado, viveu tempo suficiente para se tornar um dos observadores mais poéticos e espirituais dos efeitos da bomba na mente e alma humanas. Nagai se tornou um dos principais conselheiros espirituais em Urakami e na Nagasaki pós-apocalipse.

A FAMÍLIA NAGAI: Midori (mulher de Paul, morta instantaneamente sob a bomba de Nagasaki); Kayano e Makoto (os filhos dos Nagai, ambos expostos à chuva negra); e, mais tarde, o filho de Makoto, Tokusaburo, que legou os ensinamentos de seu avô ao século XXI.

HIROKO NAKAMOTO: Adolescente sobrevivente da bomba de Hiroshima que descobriu, nos dias finais da guerra, que o racionamento de comida chegara a uma severidade tamanha que ela não foi capaz de manter seus dois camundongos de estimação vivos.

KEIJI "GEN" NAKAZAWA: Garoto de Hiroshima que se transformou num dos pioneiros do desenvolvimento das novelas gráficas no Japão. Mais conhecido por seus livros sobre Gen Pés Descalços, ele sobreviveu e atingiu a maioridade nas ruínas da cidade, não muito longe do doutor Hachiya e do Hospital de Comunicações.

DR. YOSHIO NISHINA: Físico nuclear e diretor (com Ryokishi Sagane) dos programas de armas nucleares na época da guerra no Japão, que incluíam projetos de núcleo de bombas e planos para as primeiras armas de feixe de partículas (quatro décadas antes do seu desenvolvimento no restante do mundo, em 1945). No final da guerra, Nishina e vários colegas eram alvos de captura dos russos e de "captura ou neutralização" dos americanos, para evitar seu sequestro por parte dos russos.

TAKEJIRO NISHIOKA: Prefeito que chegou a Hiroshima e vivenciou a bomba atômica logo após um encontro com o doutor Nishina e outros importantes cientistas atômicos em Tóquio. Depois de testemunhar a explosão, fugiu para o sul para retirar sua família de Nagasaki, cidade que, tinha certeza, seria o próximo alvo.

EIZO NOMURA: Sobrevivente mais próximo à bomba de Hiroshima a chegar ao Hospital de Comunicações. Ele foi exposto a aproximadamente cem metros, no porão do Sindicato de Racionamento.

DR. RYOKICHI SAGANE: Físico nuclear japonês e colega do doutor Nishina.

FUJIKO SASAKI: Mulher de Shigeo Sasaki.

MASAHIRO SASAKI: O filho dos Sasaki, tinha 5 anos no dia da queda da bomba. Ao crescer, propagou a mensagem de sua irmã de que a esperança para a civilização pode estar em algo não muito complexo, que é "sempre pensar nos outros primeiro".

SADAKO SASAKI: Irmã de Masahiro, de 2 anos. Dez anos mais tarde, enquanto vivia sob os efeitos colaterais da chuva negra, fez um pássaro de papel e escreveu nas asas: "Um dia você vai levar a paz voando ao redor do mundo".

SHIGEO SASAKI: Vizinho e amigo íntimo do doutor Hachiya, sobreviveu num subúrbio distante de Hiroshima enquanto cumpria incumbências num dos escritórios do prefeito Nishioka. Depois de entrar no *Ground Zero* de Hiroshima e descobrir que todos seus familiares, com exceção de sua mãe, tinham sido milagrosamente salvos, se ofereceu como voluntário para levar comida e suprimentos ao Hospital de Comunicações.

KUNIYOSHI SATO: Sobrevivente de Hiroshima que dividiu assento com Kenshi Hirata a bordo do último trem de Hiroshima a Nagasaki.

SHIGERU SHIMOYAMA: Soldado do exército japonês exposto em Hiroshima a quinhentos metros do hipocentro num depósito do exército ao norte do castelo. "Crucificado pela bomba", mais tarde ele veria um "cavalo pálido".

SHODA SHINOE: Adolescente particularmente poética, ficou sob os cuidados do doutor Hachiya.

DR. MASAO SHIOTSUKI: Colega do doutor Hachiya, trabalhava no Hospital Naval de Omura, perto de Nagasaki.

CHARLES SWEENEY: Piloto do avião de observação científica *Great Artiste* (que levava Luis Alvarez) durante a missão de Hiroshima. Sweeney pilotou o *Bock's Car* na missão de Nagasaki. Piloto do *Straight Flush* quando uma bomba de plutônio sem núcleo foi lançada, horas antes do amanhecer de 15 de agosto de 1945.

DR. EIZO TAJIMA: Aluno do físico Yoshio Nishina.

AKIKO TAKAKURA: Bancária em Hiroshima, exposta com sua amiga Asami a um raio de 250 metros, dentro da couraça protetora de aço, concreto e granito do Banco Sumitomo.

NOBUO TETSUTANI: Exposto a um quilômetro do hipocentro de Hiroshima, Nobuo foi protegido por uma sombra enquanto seu filho, Shin — que andava de triciclo com o melhor amigo —, recebeu toda a fúria do clarão. Como não queria que as crianças fossem cremadas e espalhadas anonimamente pelas piras funerárias do exército, Nobuo enterrou Shin e Kimi, com seus triciclos, sob as ruínas da casa, onde eles permaneceram de mãos dadas por quarenta anos.

PAUL TIBBETS: Piloto do *Enola Gay*, foi o matemático que estava por trás das dinâmicas de voo de lançamentos de bombas atômicas.

SHIGENORI TOGO: Com o físico Nishina, o ministro das Relações Exteriores Togo argumentou que não existia defesa contra armamentos atômicos, e que o imperador deveria considerar a rendição. O imperador concordou. O ministro da Guerra Anami, não.

DR. SUSUMU TSUNO: Reitor da Faculdade de Medicina de Nagasaki. Em 7 de agosto de 1945, embarcou no mesmo trem de Hiroshima em que estavam Akira Iwanaga e o prefeito Nishioka. Estava num prédio perto do hipocentro e, como a maioria das pessoas que chegaram no mesmo trem, não sobreviveu ao seu segundo encontro com a bomba atômica.

YOSHIJIRO UMEZU: Um dos vários generais no Palácio Imperial (entre eles, Ugaki) que propuseram fazer uma última resistência contra o ataque nuclear.

BERNARD WALDMAN: Cientista/fotógrafo na posição de artilheiro de cauda durante a missão de Hiroshima.

TSUTOMU YAMAGUCHI: Engenheiro naval nas fábricas de armas de Hiroshima e Nagasaki. Como Shigeyoshi Morimoto, vivenciou os dois bombardeios atômicos nas "terras planas" — nome que se dava às regiões do *Ground Zero*. Foi salvo por um casulo antichoque uma segunda vez e, quando sofreu da doença da radiação, recebeu cuidados da mulher, Hisako (com a ajuda de uma das equipes de resgate do doutor Paul Nagai). O senhor Yamaguchi sairia da experiência como um defensor da paz.

DOUTORA YOSHIOKA: Boa amiga dos doutores Akizuki e Nagai no complexo médico de Nagasaki. Altamente respeitada, foi uma das poucas mulheres no Japão autorizadas a exercer a medicina durante os anos 1940.

NOTAS

Por muito tempo, a censura dominou as duas cidades. Governadas pelos regulamentos do Comitê de 11 de setembro de 1945 do general Douglas MacArthur, os sobreviventes de Hiroshima e Nagasaki não estavam autorizados a publicar nada a respeito do que tinham visto ou vivido.

Durante as décadas seguintes, suas histórias raramente vieram a público. Foram exceções notáveis as entrevistas de John Hersey com seis sobreviventes de Hiroshima, as quais ocuparam toda a edição de 31 de agosto de 1946 da revista *The New Yorker*. A história de Hersey foi subsequentemente publicada no livro *Hiroshima*[8] e continua a ser reimpressa até hoje. Como John Hersey, o doutor Paul Takashi Nagai também conseguiu escapar à censura e publicar, apesar de pouco. Depois do lançamento de *Os sinos de Nagasaki*, durante o tempo em que estudava a biologia do hipocentro e compilava notas para *Nós, de Nagasaki,* sua escrita foi alvo de uma

[8] *Hiroshima* (Nova York: Vintage, 1989); *The Bells of Nagasaki* (Londres: Kodansha International, 1994); *We of Nagasaki* (Nova York: E. P. Dutton, 1951).

campanha brutal de difamação. Nessa época, o doutor Nagai recebeu a visita de dois agentes do fisco americano, mas o modo como os recebeu e sua mensagem de esperança fez um dos agentes relatar ter estado na presença de "um homem realmente santo". Ninguém do governo americano incomodou o doutor Nagai novamente.

Os livros do doutor Nagai permaneceram relativamente obscuros; mas o livro de John Hersey rapidamente se tornou um *best-seller* mundial. Durante os estágios iniciais da Guerra Fria, o general MacArthur e demais oficiais que estavam abaixo ou acima dele prefeririam que houvesse menos atenção a Hiroshima e aos efeitos de radiação a longo prazo. Depois de Hiroshima, o pessoal de MacArthur tomou todas as medidas necessárias para se evitar que uma bomba três vezes mais destrutiva do que a que explodiu sobre a "Cúpula Atômica" da cidade não fosse lembrada. Assim, a negligência percebida pelo doutor Akizuki era muito real. O esquecimento da bomba de Nagasaki não foi um acidente.

"Nagasaki nunca foi destruída, estritamente falando", escreveu em seu relato George Weller, um dos primeiros jornalistas americanos a chegar ao porto de Nagasaki.[9] Sua reação era típica de muitos naqueles dias, que viram a maioria dos edifícios de Nagasaki intactos e não sabiam que o real centro de devastação nuclear estava em Urakami.

Weller ficou maravilhado ao escutar as histórias de pessoas que tinham sobrevivido bem perto da bomba, em estranhas bolhas parecidas com casulos, enquanto tudo ao seu redor tinha sido destruído. As quase duas dúzias de incidentes envolvendo os tais casulos eram contadas com tanta frequência que Weller começou a considerar esses eventos raros como relativamente comuns, o que o levou a concluir que talvez as explosões nucleares não fossem tão ruins assim. No início, ele não percebeu que esses notáveis relatos de sobrevivência eram deliberadamente dirigidos e contados a ele, nem que o *Ground Zero* estava escondido na subida do rio, a três quilômetros de Nagasaki.

---

[9] George Weller, *First into Nagasaki:* The Censored Eyewitness Dispatches on Post-Atomic Japan and Its Prisoners of War (Nova York: Crown, 2006).

"O que permanecia fascinante para mim", Weller escreveu em seu diário, "era a revisão constante de minhas próprias ideias de devastação total e de não-se-poder-escapar-à-bomba". Em geral, os prisioneiros de guerra americanos que sobreviveram nos túneis das fábricas de torpedo Mitsubishi reforçaram essa crença. E, assim, Weller relatou que esses homens apresentavam precisamente o contrário da ideia de uma destruição total. "A explosão e os raios voaram de forma inofensiva sobre as cabeças dos prisioneiros. Eles tinham se prostrado e permaneceram deitados expostos quase diretamente à explosão. Apenas quarenta deles declararam ter sido feridos."

As mais de trezentas páginas de anotações de George Weller preservaram uma importante história oral feita por prisioneiros de guerra americanos que sobreviveram em mais de uma dúzia de campos japoneses de trabalhos forçados. Entretanto, as suas quarenta páginas de notas sobre Nagasaki foram escritas com a desvantagem de terem de registrar apenas sorrateiramente o que havia no porto e ao longo das encostas do vale para conseguir dar uma olhada além da mansão intocada do governador e evitar os censores do general MacArthur. Como era de se esperar, as anotações de Weller foram confiscadas e mantidas sob sigilo. Mais tarde, suas cópias em carbono foram armazenadas, editadas e reproduzidas como documentos militares e da Comissão de Energia Atômica — tornando-se, com o tempo, algo mais ou menos parecido com um evangelho. Seu relato não autorizado, apesar de ter sido compilado naquela Nagasaki proibida, continha estranhos depoimentos fornecidos a ele sob o disfarce de conhecimento secreto. Weller escreveu sobre a ironia de uma arma atômica descendo lentamente em três paraquedas — "um golpe fatal voando debaixo de um lenço de seda".

As palavras eram poéticas, mas as coisas não aconteceram exatamente assim. Os paraquedas eram, na verdade, as caixas com os sensores do doutor Luis Alvarez, lançados do *Great Artiste*. Weller também foi informado de que a bomba atômica era simplesmente uma arma tática como qualquer outra — com a exceção de poder nocautear uma fábrica com mais força, embora apresentasse alguns efeitos colaterais passageiros nas contagens de leucócitos e plaquetas. Essa informação errada foi copiada por Weller e posteriormente adotada como verdadeira, replicada e distribuída.

Em 2005, o filho de Weller, Anthony, escreveu: "A atitude de meu pai em relação ao que viveu em Nagasaki era complicada e não melhorou com os anos. 'Eu perdi a minha guerra em Nagasaki', ele costumava dizer".

Uma explicação a respeito de sua atitude pode ser encontrada em cartas escritas por George Weller em 1984: "Cada general quer mais do que já tem, mas a diferença entre MacArthur e os outros é que ele quebraria janelas para obter mais... Com ciúme de que 'sua guerra' de quatro anos foi ganha por duas bombas preparadas sem o seu conhecimento e lançadas sem as suas ordens, MacArthur resolveu fazer o que pudesse para apagar da história — ou pelo menos apagar tão bem quanto a censura conseguisse — as importantes lições humanas sobre os efeitos da radiação nas populações civis".

O general MacArthur foi, pelo menos, decisivo. Se *Hamlet* tivesse sido escrita por ele, seria uma peça de um ato só.

E, assim, o documento de Weller registrou fielmente os números que lhe foram fornecidos segundo as regras de MacArthur. De 30 de agosto de 1945 em diante, os números oficiais contabilizaram apenas 19.741 mortes em Nagasaki. Como essa cidade tinha sido protegida por morros altos, a estatística era tecnicamente correta, mas não representava nem uma fração da verdade. O hipocentro estava a dois quilômetros ao norte do centro de Nagasaki, na cidade de Urakami. Lá, o desaparecimento de mais de 8 mil dos 20 mil católicos do distrito correspondia a quase metade da estimativa oficial de MacArthur. Além destas, pelo menos mais 80 mil pessoas foram mortas e excluídas da história por MacArthur.

Nem todos cooperaram e se tornaram jogadores na equipe do protocolo do general. Arriscando-se à corte marcial, um cartógrafo desconhecido se lançou à elaboração do mapeamento, tido como atividade subversiva. No "Mapa de pesquisa de bombardeios estratégicos" oficial dos Estados Unidos, junto com a fábrica de torpedos Mitsubishi e outros alvos militares destruídos pela bomba atômica, ele listou cada igreja e cada escola, incluindo a escola de meninas

Yosé, a escola secundária Ouramachi, a escola primária Nishizaka e a escola para surdos e cegos de Urakami.

Em 8 de setembro de 1945, George Weller permaneceu uma hora na encosta do vale, nas ruínas do hospital do doutor Nagai, observando a bacia de Urakami. Durante o período que foi de 9 de agosto até a chegada de Weller, Nagai, Akizuki e os outros médicos tinham relatado o surgimento de uma misteriosa "Doença X" associada à bomba. De acordo com o diário de Weller, 25 cientistas americanos estavam por chegar ao local da bomba em 11 de setembro, sujeitos à jurisdição de MacArthur. "A esperança japonesa é que eles tragam uma solução para a Doença X", Weller escreveu.

Quando os cientistas finalmente chegaram, Yamagami, amigo do doutor Akizuki, estava sucumbindo à tristeza. Ele sobrevivera e se fortalecera o suficiente para construir um abrigo temporário para a família perto de um córrego abaixo do hospital. Mas o restante de sua família, com exceção de seus quatro filhos, tinha desaparecido e provavelmente morrido. As crianças tinham escapado com apenas um ou dois cortes, então ainda existia alguma esperança em meio à dor de Yamagami. "Mas ninguém sabia que isso era apenas o começo de uma grande dor", o doutor Akizuki declararia. "Dez dias se passaram, e depois outros dez, e as quatro crianças sobreviventes começaram a morrer, uma após a outra." O doutor Tatsuichiro Akizuki publicou suas memórias, *Nagasaki 1945: O primeiro relato integral de uma testemunha do ataque da bomba atômica em Nagasaki*, em 1981 (Londres: Quartet Books).

Nas 24 horas após o *pika-don*, um número considerável de estudantes de medicina morreu, apesar de não apresentar ferimentos causados pelos escombros nem queimaduras visíveis. Eles tinham vindo dos sopés dos morros e conseguido chegar até o hospital. Naquelas horas em que a expressão Doença X ainda não fazia parte do vocabulário, tudo o que o doutor Akizuki poderia supor era que a cabeça dos estudantes ou seus órgãos internos tinham sido golpeados por objetos em queda, produzindo ferimentos fatais a princípio não aparentes.

Weller ficou sabendo muito mais tarde que o comitê de 11 de setembro deu por verdadeira a hipótese inicial do doutor Akizuki, não obstante o fato de que provas adicionais fizeram o médico rejeitá-la rapidamente. Oficialmente, e por mais de uma década, não existiriam provas de que as pessoas tivessem feridas permanentes ou que estivessem morrendo por efeitos relacionados à radiação. Não oficialmente, elas existiam apenas em obscuras publicações científicas e médicas. Oficialmente, aqueles que sobreviveram com a Doença X — eles mesmos chamando-se de *hibakusha* —, não deveriam existir. Eles foram o alvo de uma expressão tipicamente macarthista: "uma verdade inconveniente".

Ninguém do comitê de MacArthur perguntou aos doutores Akizuki ou Nagai o que realmente aconteceu no distrito de Urakami durante os primeiros dias e semanas. Ninguém nunca perguntou nada a Tsutomu Yamaguchi ou a Michie Hattori. Em Hiroshima, o comitê não abordou o doutor Hachiya, o doutor Fujii, tampouco as famílias Sasaki ou Ito. Ainda assim, com o tempo, eles vieram a contar suas histórias. Depois de seu relatório inicial à companhia Mitsubishi (que registrou nove duplos sobreviventes, incluindo Kenshi Hirata e o fabricante de pipas militares Shigeyoshi Morimoto), Yamaguchi intencionalmente desapareceu de cena até a morte de seu filho em 2005. Durante essas primeiras décadas, ele escolheu a obscuridade ainda que tivesse conseguido um pouco de fama depois da compilação do relatório da companhia Mitsubishi pelo jornalista Robert Turmbull, em *Nove que sobreviveram a Hiroshima e Nagasaki* (Nova York: E. P. Dutton, 1975).

Sabe-se que aproximadamente trinta pessoas viajaram nos dois trens de Hiroshima a Nagasaki e sobreviveram às duas bombas atômicas, apesar de a maioria dos duplos sobreviventes (como o prefeito Nishioka) ter escapado numa distância muito além da fronteira do *Ground Zero*. Tsutomu Yamaguchi pertence a uma das minorias mais raras da história: pessoas que, apesar de estarem nas zonas de devastação total, sobreviveram duas vezes sob escudos de sombra da natureza ou em casulos antichoque.

Apesar de todo o mistério e perplexidade que cercam os casulos antichoque de agosto de 1945, nunca deveria ter existido a necessidade de que um Tsutomu Yamaguchi, uma José Matsou ou outra pessoa fosse salva por esse efeito. Muito menos pelo mais improvável e talvez o pior — em termos de localização — casulo antichoque de todos os tempos.

Havia mais de um ano, em 20 de julho de 1944, o coronel Claus von Stauffenberg enterrou uma maleta com uma bomba no quartel-general da Toca do Lobo de Hitler, estando a um metro do próprio. A bomba detonou de acordo com o planejado, despedaçando toda as peças do mobiliário da sala, explodindo paredes e marcos de portas, levantando o teto inteiro de seu suporte. Das 24 pessoas presentes na sala com Hitler, a metade sofreu mutilações quase fatais ou foi morta (entre eles estavam quatro generais e o contra-almirante Karl-Jesco von Puttkamer). Da metade restante, todos sofreram ferimentos mais graves que Hitler — que, embora estivesse mais perto da bomba, saiu dali com apenas alguns cortes, arranhões, calças rasgadas e um zumbido enlouquecedor nos ouvidos. (O incidente na Toca do Lobo foi descrito com precisão histórica no romance de Herman Wouk, *Guerra e Memória*, publicado pela Little, Brown em 1978.)

Fotografias detalhadas dos destroços da Toca do Lobo já tinham oferecido um relatório forense suficiente para os físicos e especialistas em explosivos esclarecerem o paradoxo de como as pessoas localizadas a vários metros da bomba foram mutiladas e mortas enquanto Hitler sobreviveu a menos de meio metro do centro da explosão.

Uma grossa perna de mesa entre Hitler e a bomba criou o casulo antichoque que salvou sua vida. Durante um intervalo de apenas um ducentésimo de segundo — antes que o carvalho se rachasse pela metade e se despedaçasse —, a onda de choque divergiu completamente ao redor da coluna que se desintegrava e passou por Hitler — levando farpas de madeira e transformando-as em estilhaços. Estas tampouco o atingiram. Se ele estivesse mais longe, mesmo ao longo daquele vetor (ou direção), o buraco em forma de casulo à frente da explosão que se expandia teria se fechado na largura de um punho de homem antes de chegar à parede, desferindo-lhe um murro fatal.

Se a maleta fosse levada a qualquer outra posição da sala, a bomba provavelmente teria causado uma lesão muito grave em Hitler que o impediria de permanecer no comando, ou ainda o teria matado. Em vez disso, um casulo antichoque se formou perto da bomba, e era grande o suficiente para prevenir que a força da explosão chegasse a um alvo que aparentemente era impossível de errar.

A bomba da Toca do Lobo foi o primeiro passo num suposto golpe militar. Na metade de 1943, os generais Edwin Rommel e Carl-Heinrich von Stulpnagel tinham elaborado a matemática infalível que pôs a Alemanha ao lado dos perdedores numa guerra de desgaste. Hitler estava disposto a lutar até que Paris, Berlim e toda a população dos territórios da Alemanha fossem destruídas. Chamando sua política de "terra queimada", ele parecia aceitar até mesmo sua própria morte numa eventual derrota, contanto que pudesse arrastar todos com ele até o túmulo.

Não fosse pelo casulo antichoque de Hitler, von Stulpnagel teria pedido, de seu posto avançado na França, um armistício imediato às forças aliadas em 20 de julho de 1944 ou numa data próxima. O plano de Stulpnagel-Rommel pretendia colocar Ludwig Beck e Carl Goerdeler no poder como presidente e chanceler — com a condição de que a Alemanha se rendesse até a última semana de julho de 1944, em vez de 7 de maio de 1945. Se tivesse acontecido assim, os aliados não teriam se distraído do *front* do Pacífico pela batalha do Bulge em dezembro de 1944; tampouco de Dresden em fevereiro de 1945, ou de Berlim devido ao avanço russo em abril de 1945.

Em vez disso, Okinawa não caíra com os fuzileiros navais e as Filipinas não foram liberadas até junho de 1945. Se um pedaço de madeira de carvalho não tivesse interferido em 20 de julho de 1944, esses dois eventos-chave teriam ocorrido pelo menos seis meses antes — até janeiro de 1945, provavelmente em momento anterior a novembro de 1944.

Em junho de 1945 — um mês antes da primeira bomba atômica ser testada no deserto do Novo México —, o plano pós-Okinawa do general MacArthur requeria a invasão do território japonês até novembro de 1945, seguindo o bombardeio incendiário de quase todas as reservas de combustível remanescentes e estaleiros. A julgar por tudo o que foi visto durante as missões de reconhecimento em julho e no início de agosto — incluindo a absoluta ausência de trânsito nas ruas e mesmo a observação dos barcos de pesca e de patrulha quer estivessem ancorados quer estivessem no porto, dia após dia exatamente nos mesmos lugares —, o plano de MacArthur seguia conforme o planejado para uma invasão em outubro ou novembro. A matemática do desgaste de MacArthur, era clara: a população japonesa seria "derrotada" entre três e cinco meses depois da invasão.

Em agosto de 1945, mais de 500 mil soldados já estavam em posição em Okinawa e em outras ilhas mais distantes. Seis milhões de soldados adicionais — incluindo os da "Easy Company" e Normandia, Vire, e o 82º Batalhão de Engenharia, já calejado pela batalha do Bulge — estiveram em treinamento para o ataque final desde maio. A matemática de MacArthur também tinha pedido que a Casa da Moeda americana produzisse 400 mil Corações Púrpuras para serem entregues aos feridos e postumamente aos mortos. (As medalhas tinham sido inventadas recentemente, e os mesmos Corações Púrpuras que sobraram da Segunda Guerra Mundial foram entregues durante as guerras da Coreia, do Vietnã, e nas guerras do Iraque e do Afeganistão.)

Todos esses eventos teriam ocorrido de seis a oito meses antes, não fosse pelo casulo antichoque de Hitler. A esquadra americana deveria ter invadido o território japonês em maio de 1945, possivelmente até março. Se isso tivesse acontecido, existiria uma probabilidade de mais de 50% de que a guerra terminasse até agosto. Se a invasão ocorresse em março, então o calendário de MacArthur encerraria a guerra quando a primeira bomba atômica foi testada na base de Trinity, em 16 de julho de 1945. Hiroshima e Nagasaki nunca teriam acontecido.

Das ruínas de Hiroshima, apesar dos protocolos de censura, alguns trabalhos literários conseguiram vir à luz. Entre eles, o diário do doutor Michihiko Hachiya, publicado primeiramente na revista médica *Teishin Igaku*, depois traduzido e editado sob a coordenação do físico americano Warner Wells, que o publicou como o *Diário de Hiroshima: o diário de um médico japonês, 6 de agosto-30 de setembro, 1945* (Durham: University of North Carolina Press, 1955). Keiji Nakazawa (o Gen Pés Descalços) escreveu várias novelas gráficas (mangás) com relatos de sua sobrevivência quando criança em Hiroshima, e conseguiu publicá-las depois que as regras de censura foram canceladas nos anos 1980. Entre as obras estavam *Eu vi* (San Francisco: Educomics, 1982); *A História do Gen Pés Descalços* (Sanyusha, Japão, 1984); *Gen Pés Descalços: O Dia Seguinte* (Filadélfia: New Society Publishers, 1988); e o DVD *Gen Pés Descalços* (Japão, 1992), lançado nos Estados Unidos por Geneon Studios e disponível na Amazon.com.

Nobuo Tetsutani doou o triciclo de seu filho Shin ao Museu de Hiroshima. Então, aos 79 anos de idade, depois de se aposentar de sua carreira como professor de escola secundária, ele começou a entrevistar outros sobreviventes da bomba atômica e a montar um arquivo para o museu, na esperança de manter suas histórias vivas enquanto a população de sobreviventes diminuía. Ao aumentar o arquivo, o senhor Tetsutani conheceu as enfermeiras que trabalharam com Minami (Nancy Cantwell) na estação de resgate do doutor Fujii, e estas lhe mostraram três bolinhas de gude derretidas que originalmente pertenceram a Toshihiko Matsuda. Em 1992, o senhor Tetsutani produziu o desenho animado *As bolinhas de gude de um menino*, e em 1995 ele supervisionou a publicação do livro para crianças *O triciclo de Shin* (Nova York: Walker). A história de Masuji Ibuse da "louca íris" foi publicada numa antologia com o mesmo título (Nova York: Grove Press, 1985). Os poemas de Shoda Shinoe e Sadako Kurihara foram publicados em *Clarão branco, Chuva negra* (Minneápolis: Milkweed Editions, 1995).

Talvez o livro mais famoso sobre Hiroshima, além do *Hiroshima,* de John Hersey, seja a novela para crianças e adolescentes de Eleanor Coerr, *Sadako e os mil pássaros de papel* (Nova York: Putnam, 1999). A novela não pretendia ser uma história detalhada e factual; em vez disso, é baseada em tradições orais que se desenvolveram entre as crianças (e seus futuros filhos) que frequentavam a escola de Sadako. Mesmo a estátua memorial no Parque da Paz em Hiroshima é mais fiel à tradição oral que se criou na escola de Sadako do que à história real gravada por sua família e por seus médicos. A estátua exibe um pássaro de papel dourado (fiel à história contada pelos pais dos colegas de Sadako, que coordenaram a construção do memorial), mas na realidade esse pássaro nunca existiu. Apesar de tal imprecisão factual, a novela de Coerr é uma boa introdução à história de Sadako. Para um relato detalhado dos acontecimentos que levaram à construção do memorial, veja o livro de Takayuki Ishii, *Mil pássaros de papel: a história de Sadako e da Estátua da Paz das Crianças* (Nova York: Random House, 2001).

Nancy Cantwell (Minami) publicou a tradução inglesa de suas memórias em 2006, *Uma vida em três terras (Japão, Coreia, EUA)*, como um livro de impressão por demanda, disponível pela Vantage Press por meio da Amazon.com. Seus amigos — incluindo Nenkai Aoyama, Hitoshi Takayama e as enfermeiras que cuidaram de Toshihiko Matsuda, "o garoto das bolas de gude de Hiroshima" —, compilaram ensaios e relatos de sobreviventes em *Hiroshima in memoriam e hoje: um testamento da paz no mundo* (Asheville, N. C.: Baltimore Press, 2000).

NANCY CANTWELL NÃO TINHA como saber, mas, enquanto dirigia seu carro em direção ao túnel Lincoln na manhã de 11 de setembro de 2001, foi agraciada com a distinção histórica de se aproximar do segundo *ground zero* de sua vida ao guiar em direção ao local onde seu primeiro *ground zero* teve origem: uma parte de Manhattan conhecida como Hell's Kitchen.

Semanas mais tarde, quando os cientistas auxiliavam o corpo de bombeiros da cidade de Nova York a desenvolver um protocolo para neutralizar os efeitos de uma "bomba suja" terrorista (projetada para espalhar césio radioativo), eles ficaram sabendo que os ultrassensíveis medidores Geiger fornecidos pelo governo federal eram inúteis. Sua sensibilidade era tal que os aparelhos reagiam a traços de gás radônio presentes no granito dos prédios de Manhattan — para não falar de resíduos remanescentes nos depósitos de urânio do Projeto Manhattan, localizados entre os currais e matadouros de Hell's Kitchen.

Em junho de 1942 — três anos depois que Einstein e seus colegas alertaram o presidente Roosevelt de que os Estados Unidos poderiam estar numa corrida contra a Alemanha e o Japão para o desenvolvimento de uma bomba atômica —, a tentativa da Alemanha de realizar uma fissão controlável dependia do projeto da bomba atômica de Werner Heisenberg. Quando as forças de ocupação americanas capturaram o doutor Heisenberg em 1945, os cientistas do exército — que temiam a iminência de uma bomba atômica alemã — enviaram um memorando à Casa Branca: "Bebê não nasceu. Mãe nem grávida".

Enquanto isso, seis meses antes da falha no reator alemão em 1942, e debaixo de um estádio de futebol abandonado na Universidade de Chicago, a equipe de Enrico Fermi tivera êxito em sustentar a primeira reação nuclear controlável do mundo. Animado, o presidente Roosevelt liberou dois bilhões de dólares em fundos do governo para refinar e produzir metais físseis. O Projeto Manhattan se tornou tão secreto que o vice-presidente Truman — o qual ordenaria o lançamento das bombas atômicas — não sabia de sua existência até assumir o cargo (contudo os russos, tinham se infiltrado no projeto quase desde o seu início, de modo que Stalin sabia da existência da bomba antes de Truman).

No início de 1943, a estrada para Hiroshima partia do Laboratório Los Alamos, passando pela Universidade Columbia, até Hell's Kitchen. Um coronel do exército americano (de codinome "Hen"), trajando roupas civis, foi enviado por Harold Urey ao escritório de um operador de minas belga chamado Edgar Sengier, em Manhattan.

"O coronel confirmou suas credenciais e me perguntou se eu podia ajudar os Estados Unidos a conseguir um pouco de minério de urânio do Congo Belga", contou Sengier. "Tudo o que ele podia revelar era que se tratava de algo crucial para a causa dos aliados. Eu lhe perguntei quando ele gostaria de ter o carregamento, ele respondeu:

'Agora mesmo... Mas, é claro, aceitamos que seja daqui a alguns meses'. Então eu lhe disse: 'Acontece que tenho mil toneladas do minério guardadas aqui mesmo, na cidade de Nova York'."

Segundo Sengier, o coronel pensava que ele estava brincando. Mas, depois de uma carona até o depósito caindo aos pedaços num dos bairros mais perigosos da cidade, Sengier deu ao coronel um recibo de venda, entregando todo o seu estoque de minério de urânio ao governo dos Estados Unidos.

Edgar Sengier era, de acordo com os relatos, um aventureiro durão e farejador de metais que vivia no Congo Belga. Em 1939, um amigo antinazista de Niels Bohr e Enrico Fermi visitou Sengier na África e lhe contou que os cientistas de Hitler estavam fazendo experiências com a fissão de urânio para construir uma bomba atômica. Temendo uma ocupação alemã do Congo, Sengier limpou a floresta de cada grama de pechblenda rica em urânio que podia encontrar. Um ano mais tarde, ele carregou a pechblenda num navio acompanhando a carga até Nova York. Depois, Sengier fez contato com Harold Urey, da Universidade Columbia, e informou-lhe que tinha escondido dos nazistas um grande suprimento de minério de urânio de alta qualidade. Nem o coronel nem o cientista (que logo estaria trabalhando diretamente na separação química do urânio-235 do minério) jamais tinham imaginado que mil toneladas do material — o suficiente para destruir várias cidades — estava armazenado em tambores de aço no chão de um depósito sujo de palha e excrementos, entre os matadouros e mercados de carne de Hell's Kitchen. Esta se tornou a fonte secreta de quase todo o urânio empregado na bomba de Hiroshima. Grande parte do que restou foi usada no reator que gerou o plutônio da bomba de Nagasaki.

E assim, em 6 de agosto de 1945, Charles Sweeney pilotou o avião científico que registrou a entrega do urânio de Sengier a Hiroshima. Três dias mais tarde, ele pilotou o avião principal que lançou o plutônio transmutado sobre Nagasaki.

Em suas memórias, *O fim da guerra: o relato de uma testemunha da última missão atômica da América* (Nova York: Avon--Morrow, 1997), Sweeney obedeceu ao código de cortesia segundo o qual os pilotos de avião e de submarinos evitavam (exceto em situações mais extremas) falar mal de outro piloto em público, mesmo se discordâncias ou a franca inimizade dominassem a relação. Um leitor do livro de Sweeney jamais adivinharia que uma profunda rixa tinha nascido entre ele e o comandante do *Enola Gay*, Paul Tibbets. Ele tinha apenas elogios para as estratégias matemáticas de Tibbets, as quais frequentemente se transformaram em manobras que salvaram vidas.

A distância entre os pilotos era tão grande que continuaria sendo tema de calorosas discussões no 509º Grupo Composto até depois da morte dos dois homens. Parecia que, mesmo entre as equipes de voo que lançaram as bombas atômicas, as fissuras apontadas pelo doutor Nagai poderiam crescer e se tornar mais amplas, de uma maneira que não parecia possível nas equipes envolvidas nos bombardeios incendiários de Kobe, Osaka e Tóquio.

NO DIA 22 DE DEZEMBRO de 2009, James Cameron e um pequeno grupo de amigos responderam a um chamado de Tsutomu Yamaguchi para que fossem visitá-lo em seu leito em um hospital de Nagasaki.

"Quando recebi sua carta, não tive escolha a não ser vir aqui para conhecê-lo", James Cameron disse. "E gostaria de aceitar seu desafio de usar minhas habilidades como diretor de cinema para ajudar o mundo a se lembrar." Ele explicou que acreditava que Yamaguchi sobrevivera a duas bombas atômicas por alguma razão, o que o tornava "um elo importante na corrente da memória humana".

Yamaguchi falou sobre a última cena do filme *Titanic*, de Cameron, sobre sua maravilha e espiritualidade. "Creio que o senhor Cameron e eu estamos conectados espiritualmente", disse, e entregou ao diretor uma pintura que ele tinha feito, na qual se via um dragão retorcido pela angústia e pelo desespero.

Sua filha, Toshiko, contou ao diretor a origem dessa pintura tão especial. Ela explicou que quando seu irmão, que fora exposto à bomba, morreu jovem, o pai caiu numa depressão profunda. "Mas eu disse a ele que minha irmã mais nova e eu ainda estávamos vivas, e pedi que se recuperasse", contou Toshiko. O dragão era parte da cura – a primeira pintura do senhor Yamaguchi, feita rapidamente, em apenas uma sessão – dedicada à tarefa de continuar a proteger sua família. Era, de acordo com Toshiko, "uma pintura para que ele se revigorasse e voltasse à ativa".

"É a única no mundo", completou o senhor Yamaguchi.

"Há algo muito espiritual nela, e acredito que uma parte do meu pai está aí", disse Toshiko. "Ela deve dar energia positiva a você também."

A outra pessoa, ele ofereceu uma mensagem diferente de restabelecimento: uma pintura recente de uma queda d'água cercada de vaga-lumes. Intitulada *A fonte*, seria uma das últimas de Tsutomu Yamaguchi, e a ela anexou uma carta. Yamaguchi pintou-a tendo em mente a ideia de emergir de um terrível redemoinho para encontrar serenidade e viver uma vida plena pelo tempo que ainda lhe restasse.

Abraçado ao dragão, Cameron fez a promessa de visitar o hipocentro de Urakami. Toshiko virou-se para ele e disse: "Meu pai queria saber como você vê o fato de ele ter sido exposto duas vezes à radiação, e se isso tem algum significado".

Cameron contaria, mais tarde, que ficou sem palavras de tão comovido com a determinação de Yamaguchi de continuar vivo durante todo esse tempo, depois de ter sobrevivido de forma tão notável – para transmitir uma mensagem através de uma, duas gerações, tantas quantas pudesse, por tanto tempo quanto pudesse. E, naquele quarto, antes de Yamaguchi pedir que todos se aproximassem e se dessem as mãos para fazer uma prece, o diretor lembraria que podia sentir as águas da história se fechando sobre sua experiência.

Depois de uma longa pausa, Cameron respondeu à pergunta. "O uso de armas nucleares em seres humanos não tinha precedentes. E como você esteve lá para testemunhar, em ambos os lugares, você foi escolhido para ser um porta-voz da necessidade de os seres humanos entenderem que não se pode fazer isso nunca mais, por motivo algum."

"Eu também penso assim", Yamaguchi disse. "Acho que cumpri o meu dever."

"Sim. Você cumpriu o seu dever."

Mais tarde, Cameron honrou sua promessa e visitou a agulha de granito negro que apontava para o ponto de ignição, quase quinhentos metros diretamente acima dele. Ele sabia que, perto desse local, não muito longe do túnel profundo onde José Matsou havia sobrevivido, uma árvore ainda estava de pé no dia seguinte à detonação, apesar de ter sido queimada até o seu centro, e fosse esmagada – como se estivesse caindo. Uma cidade inteiramente nova e filas de árvores tinham se erguido das cinzas, ocultando quase totalmente a torre escura. Para Cameron, havia algo triste nisso, pois, para reconstruir e seguir adiante, as pessoas precisavam esquecer.

"Mas é importante não esquecer", ele disse aos amigos. "Então, tudo está em nossas mãos. Vamos deixar o povo de Nagasaki [seguir adiante e] aproveitar a vida. É o resto do mundo que tem de se lembrar por eles."

Como a visita a Tsutomu Yamaguchi, era um desafio colocar em palavras um lugar como esse. Para Cameron, havia apenas outro lugar no mundo, o hipocentro de Hiroshima, que tinha esse tipo de poder de oprimir seu espírito, e que chegava perto de aniquilar algum sentimento de esperança. Fazia sentido esperar que um número suficiente de seres humanos chegasse a um entendimento e encontrasse uma forma de evitar um conflito que só poderia ser resolvido por esse tipo de arma? Essa esperança fazia algum sentido? Cameron percebeu que havia vivido tempo suficiente para ver a população do mundo mais que duplicar. Havia pelo menos três bilhões de pessoas que provavelmente não pensam muito sobre o que aconteceu lá; e, se isso não estiver presente em seu coração, elas não tomarão as atitudes necessárias para evitar que tudo aconteça novamente.

Ele recordou uma cerimônia muito tocante realizada perto da Cúpula Atômica de Hiroshima, em que milhares de pessoas acenderam velas e colocaram lanternas flutuantes na água, até que se transformasse num rio de luz, cada lanterna representando uma pessoa perdida. Uma das lembranças mais fortes da cerimônia era a de que ele parecia ser a única pessoa não japonesa presente no Dia de Hiroshima.

"Deveria haver pessoas de todo o mundo. Ignoramos a história por nossa conta e risco", Cameron disse, depois de depositar flores perto da base da agulha de granito de Urakami.

"Yamaguchi-san disse algo muito interessante quando tomou nossas mãos – ele afirmou: 'Meu dever foi cumprido'. Aos 93 anos, ele fez o seu trabalho. Passou a missão adiante. Agora cabe a nós fazer algo a respeito, e cabe a todas as pessoas de boa consciência fazer algo sobre isso."

Em janeiro de 2010, Tsutomu Yamaguchi sucumbiu ao que parecia ser o destino da maioria dos *hibakusha*: uma longa batalha contra o câncer. Ele viveu anos com um tipo de câncer do estômago que em geral era letal depois de seis meses do diagnóstico; muito antes do câncer, segundo sua filha Toshiko, seu cabelo caía todos os verões, e as cicatrizes pareciam piorar temporariamente; e, duas ou três vezes a cada inverno, uma simples gripe se transformava numa pneumonia.

Num subúrbio de Nagasaki, a filha de Kenshi Hirata, Saeko, que trabalhava para uma rede de televisão, ficou sensibilizada e fascinada pela história de um duplo *hibakusha* que morava perto dali.

Ela ainda não sabia que outro sobrevivente das duas bombas atômicas morava muito mais perto: seu próprio pai.

Por volta de 25 de fevereiro de 2010, Hidetaka Inazuka e Hideo Nakamura (que ficaram amigos de Tsutomu Yamaguchi e participaram do encontro com James Cameron) finalmente conseguiram localizar Saeko, e revelaram, cautelosamente, quem seu pai havia sido.

"Havia sido", como se verificou depois, não era o termo correto. Kenshi Hirata ainda estava vivo. Ele tinha 91 anos de idade; mas, como muitos dos sobreviventes, não queria se lembrar de nada. Mesmo aqueles que falavam sobre isso, como Yamaguchi, faziam-no com grande dificuldade. Kenshi não queria falar sobre Setsuko, principalmente.

A historiadora Tomoko Maekawa, de Nagasaki, que fazia tudo o que fosse humanamente possível para registrar e arquivar as histórias dos sobreviventes antes que sua geração desaparecesse – tinha se voluntariado para uma das tarefas mais angustiantes do mundo. Ela entendia por que Kenshi Hirata, como muitos outros, não queria lembrar.

"Quando escuto as histórias dos sobreviventes, vejo que é muito duro para eles – muito triste lembrar e contar suas experiências. É quase como se estivessem com o coração sangrando quando falam sobre isso", explicou a historiadora. "Não acho que conseguiria falar sobre isso como eles falam se tivesse passado por uma coisa parecida."

Hideo Nakamura começou a acreditar que a perda de Setsuko fora tão dolorosa para Kenshi que ele a havia encerrado nas profundezas de seu subconsciente. O passado foi tão bem escondido de Saeko e de seu irmão mais novo que, por grande parte de sua vida, os dois não sabiam que a mãe era a segunda esposa de Kenshi – apesar de ela visitar, todos os anos, um templo budista em Nagasaki para prestar homenagem a uma mulher chamada Setsuko.

O restante da história chegou a Saeko em fragmentos no decorrer de muitos anos. Saeko nasceu em 1947, dois anos depois da guerra. Ela havia terminado a faculdade e trabalhava na Nagasaki Broadcasting Corporation quando ficou sabendo, por acaso, que havia nascido do segundo casamento de seu pai. Mesmo perplexa, ela não podia, sendo uma senhora japonesa naquela época, simplesmente perguntar ao pai o que havia acontecido. Em vez disso, perguntou à mãe, que lhe contou pela primeira vez sobre o segundo casamento e a primeira esposa de seu pai, a qual havia morrido em Hiroshima. A mãe de Saeko não havia mencionado as palavras "duplo *hibakusha*".

Somente quando Hidetaka Inazuka as pronunciou, em 2010, é que ela ficou sabendo. O que ela sabia, até aquele momento, era que o segundo amor da vida de Kenshi Hirata (sua mãe) era na realidade o seu primeiro amor; e o seu primeiro amor (Setsuko) era na verdade o segundo. Aos 23 anos, o pai de Saeko tinha sido mandado para os campos de batalha quando o Japão acabou atraindo os EUA para a guerra. Ele voltou com as pernas praticamente destruídas por doenças e desnutrição, e depois disso lhe deram um trabalho burocrático.

Como se soube depois, Kenshi conhecia a mãe de Saeko quase desde o tempo em que ainda engatinhavam, e eles haviam sido namoradinhos de infância. Em 1943, Kenshi pediu a mão da mãe de Saeko. Ninguém sabia ao certo por que o avô de Saeko não permitiu o casamento, mas, com o clima militar reinante naqueles dias, os homens que lutavam e morriam na arena do Pacífico eram honrados, enquanto um homem que ficava na retaguarda, protegido detrás de uma escrivaninha de contador, provavelmente seria visto com desonra, mesmo se esse emprego detrás da escrivaninha fosse resultado de ferimentos no Pacífico.

Dois anos mais tarde, o amor aconteceu para Kenshi Hirata pela segunda vez, e ele se casou com Setsuko e a levou de Nagasaki para Hiroshima. Mais de um ano depois que Kenshi perdeu Setsuko e o Japão perdeu a guerra, o avô de Saeko mudou de ideia e deixou que Kenshi se casasse com a mãe dela. Saeko contou a Hidetaka Inazuka que Kenshi havia confessado à mulher tudo o que havia acontecido, incluindo a história de Setsuko e como ele havia recuperado alguns ossos e colocado num túmulo que continuava a visitar.

A mãe de Saeko contou a história como se Kenshi sentisse que precisava "se confessar", por sentir vergonha, de certa maneira. Mas o seu primeiro amor não o culpou por ter amado Setsuko, ou por tê-la perdido para um destino que parecia estar além de qualquer controle humano. A mãe de Saeko explicou que ela aceitara os acontecimentos havia muitos anos. Até chegou a pensar que, se o pai lhe houvesse permitido tornar-se a primeira mulher de Kenshi, o destino lhe teria dado cartas muito diferentes. Ela passou a ver Setsuko quase como uma irmã – uma mulher amável e de bom coração que havia ido para Hiroshima e morrido em seu lugar. Ela continuava a visitar o túmulo de Setsuko e a homenageá-la, até que a doença interveio.

Aos 91 anos, o próprio Kenshi não queria falar nada sobre isso. Nada mesmo. Ele parecia determinado a deixar os futuros historiadores apenas com um punhado de palavras trágicas cujo significado poderia ser discutido, mas que desafiaria uma solução para sempre.

Kenshi Hirata acreditava que ser um duplo sobrevivente era "uma desonra vergonhosa".

Ele estaria falando da culpa dos sobreviventes – de ter sido protegido da bomba atômica duas vezes enquanto sua mulher e mais de 200 mil outras pessoas morriam ao seu redor? Sua culpa era o estigma, parecido com o da lepra, o da exposição à radiação? Ou era uma combinação dos dois, ou de ambos e de algo mais?

Como era o desejo de Kenshi Hirata, ninguém jamais ficaria sabendo. Ninguém mesmo.

BIBLIOGRAFIA SELECIONADA

A-BOMB AFTER- EFFECTS RESEARCH COUNCIL. "Guide to Treatment of Late A-Bomb Disturbances". *Journal of Japan Medical Association*, 32,p. 188, 1954; 34, p. 676, 1955.

AKIZUKI, T. *Document of A-Bombed Nagasaki*: Testimony of A-Bombed Doctor. Tóquio: Kobundo, 1966.

____. *Nagasaki 1945*. Londres: Quartet Books, 1981.

ANDERSON, R. E. "Leukemia and Related Disorders". *The Delayed Consequence of Exposure to Ionizing Radiation: Pathology Studies at the Atomic Bomb Casualty Commission, Hiroshima and Nagasaki Symposium. Human Pathology*, 2, p. 505. 1971.

AOKI, K. *et al. Investigation of Damage to Structures by the Atomic Bombs*. Vol. 1. Japão: *CRIABC*, 1953.

ARAKAWA, E. T. "Radiation Dosimetry in Hiroshima and Nagasaki Atomic Bomb Survivors". *New England Journal of Medicine*, 263, p. 488, 1960.

BECK, J. S. P.; MEISSNER, W. A. "Radiation Effects of the Atomic Bomb Among the Natives of Nagasaki". *American Journal of Clinical Pathology*, 6, p. 586, 1946.

———. "Atomic Bomb Surface Burns: Some Clinical Observations Among Prisoners of War Rescued at Nagasaki". *Journal of the Indiana Medical Association*, 40, p. 515, 1947.

BELSKY, J. L.; BLOT, W. J. "Adult Stature in Relation to Childhood Exposure to the Atomic Bombs of Hiroshima and Nagasaki". *American Journal of Public Health*, 65, p. 489, 1975.

BIZZOZERO, O. J. *et al.* "Distribution, Incidence and Appearance Time of Radiation- Related Leukemia in Hiroshima and Nagasaki, 1946-1964". *New England Journal of Medicine*, 274, p. 1095, 1966.

BRODE, H. L. "Numerical Solution of Spherical Blast Waves". *Journal of Applied Physics*, 26, p. 766, 1955.

COMMITTEE FOR THE COMPILATION OF MATERIALS ON DAMAGE CAUSED BY THE ATOMIC BOMBS IN HIROSHIMA AND NAGASAKI. *The Physical, Medical, and Social Effects of the Atomic Bombings*. Nova York: Basic Books, 1981.

FUJITA, T. *et al.* "Acute Effects of Atomic Bomb on Vegetable Kingdom Plants". In: *Annals of the Hiroshima University A-Bomb Dead Memorial Functions Committee*, 1977.

GOVERNMENT DOCUMENTS AND MAPS, U.S. Government Printing Office (GPO), Chairman's Office. *The Effects of the Atomic Bombs on Hiroshima and Nagasaki, United States Strategic Bombing Survey*. Washington, DC, 30/6/1946.

———. *Report of the British Mission to Japan on an Investigation of the Effects of the Atomic Bombs Dropped on Hiroshima and Nagasaki*. Washington, DC, 1946.

HAM, W. T. "Radiation Cataracts". *Archives of Ophthalmology*, 50, p. 618, 1953.

HARADA, T. "Summary Report on Scar Keloids, Hiroshima". *Journal of the Hiroshima Medical Association*, 20, p. 199, 1967.

HARADA, T.; ISHIDA, M. "Malignant Neoplasms Among A-Bomb Survivors in Hiroshima: First Report of the Tumor Statistical Committee". *Journal of the National Cancer Institute*, 25, p. 1253, 1960.

HARADA, T.; ISHIDA, S. "Lung Cancer Among Atomic Bomb Survivors: Study of 114 Autopsy Cases, 1957-1972". *Journal of the Hiroshima Medical Association*, 27, p. 558, 1975.

HIRONO, T.; AIHARA, K. "Investigation Report on Blasts Caused by the Atomic Bombs". Vol. 1. Japão: *CRIABC*, 1953.

HIROSHIMA DISTRICT METEOROLOGICAL OBSERVATORY OBSERVATION SECTION. "Weather Conditions of Hiroshima at the Time of the Atomic Bombing". Vol. 1. Japão: *CRIABC*, 1953.

KIMURA, M.; TAJIMA, E. "On the Burst Point of the Atomic Bomb and the Size of the Fireball". Vol 1. Japão: *CRIABC*, 1953.

KUBO, Y. "A Study of Human Behavior Immediately After the Bombing of Hiroshima". *Japanese Journal of Psychology*, 22, p. 103, 1952.

LARKIN, J. C. "Distribution of Radiation in the Atomic Bombing of Nagasaki". *American Journal of Roentgenology*, 55, p. 525, 1946.

LIEBOW, A. A. *Encounter With Disaster*: A Medical Diary of Hiroshima, 1945. Nova York: W. W. Norton, 1970.

LIFTON, R. J. *Death in Life*: Survivors of Hiroshima. Durham: University of North Carolina Press, 1991.

NAKAMURA, K. "Survey of the Atomic Bomb Disaster in Nagasaki". Vol. 1. Japão: *CRIABC*, 1953.

OKADA, K. "Biological Investigation of Atomic Bomb Disasters: Effect on Animals". Vol. 1. Japão: *CRIABC*, 1953.

OUGHTERSON, A. W.; WARREN, S. *Medical Effects of the Atomic Bomb in Japan*. Nova York: McGraw- Hill, 1956.

PELLEGRINO, C. R. *Ghosts of Vesuvius*. Nova York: HarperPerennial, 2004.

SEKIMORI *et al. Hibakusha*: Survivors of Hiroshima and Nagasaki. Tóquio: Kosei, 1986.

SHIOTSUKI, M. *Doctor at Nagasaki*. Tóquio: Kosei, 1987.

TIMMES, J. J. "Radiation Sickness in Nagasaki: Preliminary Report". *United States Navy Medical Bulletin*, 46, p. 219, 1946.

U.S. ATOMIC ENERGY COMMISSION. *The Effects of Nuclear Weapons*. Washington, DC, 1962.

U.S. DEPARTMENT OF THE INTERIOR. *The Archaeology of the Atomic Bomb*: Assessment of the Sunken Fleet of Operation Crossroads at Bikini and Kwajalein Atoll Lagoons. Washington, DC, 1991.

YUZAKI, M. "Family Disintegration Due to the Atomic Bomb". *Report of the 50th Meeting of the Japan Sociological Society*, 1977.

ZELDIS, L. J. *et al.* "Current Status of ABCC-JNIH Studies of Carcinogenesis in Hiroshima and Nagasaki". *Annals of the Nova York Academy of Science*, 114, p. 225, 1964.

AGRADECIMENTOS

Como sempre, agradeço primeiro e principalmente a meus pais e meus professores. Sem o seu esforço e a cooperação em ajudar uma criança com problemas de leitura e concentração, eu nunca teria conseguido ler e estudar ciência quando crescesse, muito menos explorá-la e escrever sobre o assunto. Agradeço a John e a Jane Pellegrino, a Barbara e Dennis Harris, a Adelle Dobie, a Agnes Saunders e a Ed McGunnigle.

Este projeto foi beneficiado por conversas com especialistas e encontros com testemunhas oculares que já perfazem três décadas, iniciadas aproximadamente na época em que ainda cursava o ensino médio. Comecei com George Appoldt (do FBI), o primeiro a me chamar a atenção para Tsutomu Yamaguchi, Kenshi Hirata, Arai e à existência de sobreviventes duplos. Ele também me apresentou ao estranho caso do médico (e do soldado Shigeru), cuja visão defeituosa foi corrigida pelo excesso de pressão da bomba.

Na ordem em que as conheci, ou troquei correspondência a respeito dos assuntos abordados neste livro — devo muito a Don Peterson e Amelia Sheridan; a Harold Clayton Urey e Luis Alvarez;

ao padre Mattias e ao padre John MacQuitty; a James Powell (do Laboratório Nacional de Brookhaven); a Pierre Noyes (do Acelerador Linear de Stanford); a Francis Crick; ao senador Spark Matsunaga; a Rhold Sagdeev; ao padre Mervyn Fernando (do Instituto Subhodi); a Ed Bishop; a *Sir* Arthur C. Clarke; a Frank Andrews (do Observatório Nacional Carter, na Nova Zelândia); a Edward R. Harrison (do Amherst College); ao historiador Walter Lord; ao filósofo e escritor George Zebrowski; e a Glen Marcus. Também devo a Bill Schutt (do Museu Americano de História Natural), a Janet e Billy Schutt, a Mary Leung, e aos três "Pellegrinóides" que mostraram ser perfeitamente coerentes com o seu papel: "Crianças! Ensinem os seus pais!" dado por Masahiro Sasaki. Foram as crianças que me explicaram por que milhares de pássaros de papel foram mandados, em 2001, pelas crianças japonesas ao *Ground Zero* de Nova York, e também foram as primeiras a chamar minha atenção para a história de Sadako e para os pássaros de papel.

Bill Schutt me apresentou à incomparável Patricia Wynne, cujo trabalho artístico usei para ilustrar este livro, e cujas respostas a cada novo grupo de capítulos começaram a modelar a direção da narrativa. Quando ela achava que um "pellegrinismo" ocasional deveria ser arrastado para a rua e morto a tiros antes de ir parar na mesa do meu editor, eu acatava suas opiniões.

Agradeço a Charles Sweeney.

Miko Hatano, da embaixada japonesa em Nova York, foi de grande ajuda em marcar encontros com os principais sobreviventes das duas cidades, e me possibilitou conhecer Hideo Nakamura, Hidetaka Inazuka e Chad Deal, que tornou a identificação e a documentação dos sobreviventes duplos uma espécia de missão pessoal. A cálida hospitalidade da família de Nancy (Minami) e Larry Cantwell e de outras famílias de sobreviventes que encontrei será difícil de esquecer. O senhor e a senhora Hisao Maegaki, que vieram de famílias sobreviventes, construíram a fábrica de saquê Kamoizumi, que rodeia uma das casas antigas mais admiráveis que já vi. Masahiro Sasaki e Yoshinari [Tsugio] Ito já tinham feito amizade quando os conheci, e juntos eles ajudaram a organizar o apoio benfazejo enviado pelas famílias de Hiroshima e Nagasaki às famílias atingidas pelos ataques de 11 de setembro em Nova York. Seu apoio teve um enorme significado para muitos de nós, talvez mais do que eles consigam imaginar: *Omoiyari*, *Ohana* e *Nyokodo*.

Meus agradecimentos também vão para Tokusaburo Nagai, para Endo Tai (um tradutor que frequentou a mesma escola que Sadako e Masahiro), para o senhor e a senhora Masahiro Sasaki, para Hiroshi Takayama, Tsutomu Yamaguchi, Hiroshi Fujii (filho do mentor de Nancy Cantwell, o doutor Fujii), Nenkai Aoyama (e a intérprete Sumie Fujii), Kazuko Kouno, Saitou, Misako Fujita, Reiko Owa e Sigeko Wasada. Sem essas pessoas, o elemento humano que a física e a arqueologia forense podem revelar não seria reconstituído.

Agradecimentos especiais também vão para o editor Jack Macrae (que apontou mais alguns "pellegrinismos" que necessitavam ser revisados ou poupados de seu sofrimento), para Supurna Banerjee, Elaine Markson, Gary Johnson — e para James Cameron e John Landau da Lightstorm.

REMISSIVO

A

Akizuki, Tatsuichiro, 355
conselho de Tsuno a, 112-4
continuação do trabalho de Nagai, 297-8
cuidado médico providenciado por, 151-2, 200, 224-5, 228-9, 235-7, 252-5, 280-2
doença da radiação e, 237, 276-7, 297
localização durante o bombardeio, 200
memória de, 371
morte de, 340
observações sobre Nagasaki depois da bomba, 200-1, 229, 236
preocupação com a saúde de Nagai, 309, 312-4
reação à morte de Mashita, 308
remorso e ira depois dos bombardeios, 277-8, 301-3, 313-4
reunião com os pais, 228-9

Alvarez, Luis, 355
arma para autossilenciamento carregada por, 88
defesa da paz, 347
medo de bombas atômicas, 232
papel nos bombardeios atômicos, 66, 71-3, 81, 103
sobre bombas atômicas e guerra, 93

Alvarez, Walter, 347

Anami, Korechika, 355
encontro com Hirohito, 230
reação às bombas atômicas, 88-9, 101-2, 214-5, 258-9
suicídio de, 214-5, 259

"andarilhos-formiga", 34-5, 37, 47, 132, 198

Aoyama, sra., 3-7

Aoyama, Nenkai, 3-4, 285-6, 349, 355-6, 377

Arai, 14-5, 332-3, 356

Arisue, Seizo, 89, 97-9, 318-9, 356

Ashworth, Fred, 141, 166-7, 356

B
Bad Penny, 232
Barnes, Philip, 140-2, 146
Beahan, Kermit, 81, 141, 152, 167-8
Beck, Ludwig, 374
Beria, Lavrenti, 99, 356
Big Stink, 148-9, 155
Bock, Fred, 137, 155, 356
Bock's Car
 falta de combustível do, 149, 190, 211-2
 papel na detonação da bomba atômica de Nagasaki, 137-41, 146, 148-50, 153-57, 166-8
bolha de choque em Hiroshima, 51
bombas atômicas
 capacidade do Japão em produzir, 54-5
 em Hiroshima (*ver* bomba atômica de Hiroshima)
 em Nagasaki (*ver* bomba atômica de Nagasaki)
 mitologia de Lee sobre, 347
 reação japonesa ao desenvolvimento de, 37, 100-2
 testes americanos de, 66, 101, 374
bomba atômica de Hiroshima
 apelo de Alvarez nos sensores da, 66
 choques posteriores, 9-21, 30, 51, 290-2, 303-4
 chuva negra depois da, 33, 59-60, 63, 263, 333
 coleta e cremação de corpos depois da, 105, 216
 conexões entre sobreviventes da, 23-4
 confirmação americana do uso da, 88
 confusão depois da, 24-26, 32-5, 47-8, 49-50, 131-2
 cuidados médicos depois da, 124-31, 219, 271-2, 276-7, 290
 detonação da, 79-84
 estágios depois da detonação da, 5-9, 51-2
 fonte de urânio para, 378-9
 hemorragias depois da, 30-1
 incêndios depois da, 32, 38-40, 62-3, 107-8, 133-6, 273, 291-4
 mapa da localização dos principais sobreviventes depois da, x
 migração da cidade depois da, 34-5, 38, 60-1
 Ponto Zero na, 3-4
 premonições de crianças sobre a, 13-4
 preparo para a, 71-83
 problemas na detonação da, 43-4
 produtos secundários da fissão da, 29
 roupas e a, 18, 24, 27-8, 113
 sombras de pessoas e objetos preservadas, 1-2, 4, 15-6, 114
 visão (olhos) e a, 27, 36
bomba atômica de Nagasaki
 choques posteriores, 171-84, 207-8, 302-3
 chuva negra depois da, 176-7, 246, 299-300, 337
 como a bomba esquecida, 368
 conselhos dos sobreviventes de Hiroshima antes da, 199-200

detonação da, 166-8
incêndios depois da, 177-180, 191-2, 197-8, 200-1, 229, 273
mapa da localização dos principais sobreviventes depois da, xxiv
pessoas com "pele de jacaré" depois da, 184, 192-3, 198-9, 205, 226
preparação para a, 137-42, 148-9, 152-6
registro oficial de mortes pela, 370
relações pessoais depois da, 225-8, 290
tipos de detonadores da, 122
"brilho do céu", efeito de, 6
Bryant, Earl, 146
Buckley, Ed, 155, 167

C
Cameron, James, XIV, XVIII, 380-3
Campo de Prisioneiros Aliados Número 17, 146-8
Cantwell, Larry, 351, 392
Cantwell, Nancy (Minami), 128-34, 192, 283-4, 349-51, 356, 376
Castelo de Hiroshima, 344
casulo antichoque, 9-10, 16, 372-5
censura em relação à bomba atômica, 282, 346, 367, 370-1
Chieko, Seki, 250
chuva negra
advertência de Nagai sobre, 296
depois da bomba atômica de Hiroshima, 33, 59-60, 63, 263, 333
depois da bomba atômica de Nagasaki, 176-7, 246, 299-300, 337
descrição da, 24, 33, 59, 294-5
doença da bomba atômica e, 29, 320-2, 333, 335-6, 343, 345-6, 363
ingestão de, 32-3, 217-8
ciclone em Urakami, 201
cigarros, 276
Clarão branco, chuva negra, 376
Clavell, James, 232, 347
Corações Púrpuras, 375
Corliss, James, 78
córneas, 281
culpa por ser sobrevivente, sentimento de
sobreviventes de Hiroshima e, 48-9, 264, 290, 292
sobreviventes de Nagasaki e, 207, 225-6
"Cúpula Atômica". *Ver* Cúpula de Hiroshima
Cúpula da Paz. *Ver* Cúpula de Hiroshima
Cúpula de Hiroshima, 3, 90-1, 97, 136

D
dançarino de sapateado ("sapateador"), 26, 267
DeHart, Pappy, 153-4
"desenluvamento", 41, 296
Diário de Hiroshima (Hachiya), 376
discriminação contra sobreviventes da bomba atômica, 334, 341
doença da bomba atômica
autópsias em vítimas da, 271-2
chuva negra e, 29, 320-2, 333, 335-6, 343, 345-6, 363
em pacientes no Hospital de Comunicações, 124-8
grupos de, 219

padrão em crianças, 321-30, 335
pesquisa sobre, 271, 295, 300-1, 371-2
sintomas da, 61, 106
Ver também doença da radiação
doença da radiação
protocolo de tratamento de Nagai para a, 281-2, 295, 304-5
sintomas da, 52-3, 58, 92, 105-6, 108
Ver também doença da bomba atômica
Doença X. *Ver* doença da bomba atômica
Doi, Tsuitaro, 123, 222-3, 343, 345, 356
Downey, capelão, 77, 94
duplos sobreviventes da bomba atômica, 372. *Ver também* Iwanaga, Akira; Morimoto, Shigeyoshi; Nishioka, Takejiro; Yamaguchi, Tsutomu

E
Eatherly, Claude, 79
Edith Russell, resposta de, 35, 37
Eguchi, Tamotsu, 180, 349, 356-7
Eiko, 226-7, 348
Einstein, Albert, 2, 348
elefantes, 143-5
Enola Gay, 48, 72-3, 77-82, 85-6
eutanásia, 115
Eu vi (Nakazawa), 376

F
Fermi, Enrico, 378-9
Filipinas, 374
Fim da Guerra, O (Sweeney), 379
Frantz, Dale, 146
Fuchida, Mitsou, 11
Fujihara, capitão, 261
Fujii, Minoru, 124, 129-33, 283, 349, 357
Fujii, sr., 113-4, 349, 357
Fukada, Hiroko, 16, 39
Fukahori, Emiko, 164, 180-2, 345, 357
Fukuyama, 95-6
Fumiko, 183-4

G
"garoto das bolas de gude de Hiroshima, O", 377
Gen Pés Descalços, (Nakazawa) 376
Gen Pés Descalços, DVD, 376
Goerdeler, Carl, 374
Graham, Clarence, 146-8, 170-2, 357
Great Artiste
papel no bombardeio de Hiroshima, 71, 77-8, 80-3, 87
papel no bombardeio de Nagasaki, 137, 148-50, 153-7, 168, 210
Ground Zero, vii, 59
amostras, 318
em Hiroshima, 25, 59-50, 290, 350, 361, 363
em Nagasaki, 167-8, 174-5
Parque da Paz, e, 31
segundo encontro, 25, 349, 365
Guerra e memória (Wouk), 373

H
Hachiya, Michihiko, 357
casa de, 293

choque depois da bomba de Hiroshima, 34, 108, 262-3, 290
cuidados médicos providenciados por, 256-7, 269-72, 274-6
Diário de Hiroshima, 376
morte de, 340
pesadelos recorrentes de, 135
percepção da bomba de Nagasaki, 169-70, 320
observações sobre Hiroshima depois do bombardeio, 136, 248-9
recuperação da doença da radiação, 108-9, 135, 169-70
sentimento de culpa por ser sobrevivente de, 262-3, 290, 316, 340
Hamada, sra., 270-1
Harada, dr., 220
Harriman, Averell, 99, 357
Hata, Shunroku, 56-7, 214, 258, 318-9, 357-8
Hatanaka, major, 258-9
Hattori, Michie, 358
esforços de resgate e recuperação de, 251
localização durante bombardeio, 163-4, 180, 182-4
morte de, 346
observações sobre Nagasaki depois do bombardeio, 194-6
Heisenberg, Werner, 378
Hershey, John, 367-8
Hinda, enfermeira, 220
Hinoi, dr., 242-3, 248-50, 349, 358
Hirata, Kenshi, 358
chegada à casa dos pais, 156-8
doença da radiação e, 58-9, 67, 69, 135, 157
filhos de, 332
localização durante os bombardeios, 45-6, 173-4
no Monte Misen, 319
procura pela esposa, 49-50, 58-60, 62, 67-8
transporte dos restos mortais da esposa, 67-8, 123-4, 135
vizinhança destruída de, 51-3
Hirata, Setsuko, 43-5, 319, 332
Hirohata, sr., 270-1
Hirohito, imperador do Japão, 229-31, 233, 258-9, 265, 305
Hiroshima (Hershey), 367-8
Hiroshima in memoriam e hoje, 377
História do Gen Pés Descalços, A (Nakazawa), 376
Hitler, Adolf, 373-4
Hospital de Comunicações, 106, 219, 274, 276, 290, 310

I

Ibuse, Masuji, 95-7, 342, 358, 376
incêndios
depois da bomba atômica de Hiroshima, 32, 38-40, 62-3, 107-8, 133-6, 273, 291-4
depois da bomba atômica de Nagasaki, 177-80, 191-2, 197-8, 200-1, 229, 273
Indianapolis, 142
Ishi, Shiro, 319
Ito, Akio, 110-1
Ito, Hanako, 25, 110-1, 350
Ito, Hiroshi, 23-6, 342
doença da bomba atômica e, 110-1, 259-60

fuga de Hiroshima, 39-40, 58
localização durante o bombardeio, 24-5
morte de, 112, 260, 349, 351
Ito, Kazushige, 259, 349-50, 358
Ito, Tsugio, 23, 111-2, 260, 349, 351-2
Iwanaga, Akira, 358
como sobrevivente duplo, 343
defesa da paz, 224
doença da radiação e, 118-9, 159, 224
fuga de Hiroshima, 64, 92, 158-9
localização durante o bombardeio de Hiroshima, 62-3
localização durante o bombardeio de Nagasaki, 178
Iwanaga, Hajime, 325, 359
crenças de, 142-3, 146
localização durante o bombardeio de Nagasaki, 165, 190-2
morte de, 346

J
João Paulo II, 337-8

K
Kaiten, trabalhadores de 143-4
Kaneko, Saito, 349
Katani, Misako, 37-8, 307-9, 343, 359
Katani, sr., 37-8
Kawagushi, Zenkichi, 186
Kazuko, Kouno, 349
Keller, Helen, 314
King Rat (Clavell), 233
Kirihara, Sumiko, 359
fuga de Hiroshima, 38-9
localização durante o bombardeio de Hiroshima, 11-2, 16, 23, 26
morte de, 345-6
Kita, Isao, 18-21, 33-4, 346, 359
Koh, Namsun. *Ver* Cantwell, Nancy (Minami)
Kokura, arsenal do exército de, 121, 148, 152-6
Komaichi, 193-4
Komatsu, cadete, 186-90, 210, 345, 359
Komatsu, Masao, 159, 178, 223-4, 345, 359
Kondo, Ryuta, 265-9, 310-2, 341, 359
Kono, sra. Teruko, 13
Koyama, dr., 126-7, 349, 360
Koyano, dr., 112
Kuharek (engenheiro de voo), 138, 154, 166, 211
Kuramoto, Etsuko, 14
Kurihara, 257-8, 376
Kutsube, dr., 108-10, 349, 360

L
larvas empregados na medicina, 133
Lassale, Hugo, 47
Lee, Stan, 347
LeMay, Curtis, 93
Lieber, Stanley, 347

M
MacArthur, Douglas, 360
censura sobre bombardeios atômicos, 282, 346, 367, 370-1
na Coreia, 350

plano pós-Okinawa de, 374-5
tecnologia de armas biológicas e, 319
MacQuitty, John, 343
Marquart, George, 360
arma de "silenciamento próprio" carregada por, 88
avião meteorológico de Kokura e, 138
papel no bombardeio de Hiroshima, 78-80, 82-5
Marshall, George, 255
Masaji, Kitano, 319
Masaki, Sachiko, 193-4, 346, 360
Mashita, professor, 308
Massacre de Changiao, 318
Matsou, José, 184-6, 345, 360
Matsu, tia, 247, 252
Matsuda, sra., 283-4, 315
Matsuda, Toshihiko, 4, 6-8, 283-6, 360, 376
Matsumoto, Satoko, 60-1, 341, 360
Matsuyanagi, Sumako, 27-31, 350, 361
Mattias, padre, XVIII, 47-8, 343, 361
McDilda, Marcus, 88-90, 100, 346, 361
Michener, James, 233
Mihara, 95
Mikami, Yasaku, 16, 50-1, 342, 361
Miller, Stanley, 348
Minami. *Ver* Cantwell, Nancy (Minami)
Misako, Fujita, 349
Miyajima, santuário de, 50, 319
Miyato, Ichiro, 161-3, 170-1, 346, 361
Mizoguchi, irmã, 278
Mori, Hiroshi, 14, 341, 361
Mori, Yoshiko, 14, 16, 341
Morimoto, Shigeyoshi, 361
doença da radiação e, 52-3, 123
fuga de Hiroshima, 123
localização durante o bombardeio de Hiroshima, 10, 22-3
localização durante o bombardeio de Nagasaki, 221-2
morte de, 361
Murai, enfermeira, 279

N
Nagahashi, sra., 250-1
Nagai, Kayano
câncer e, 336
em Nyokodo, 310, 316-7
localização durante o bombardeio de Nagasaki, 175-6
sobre o bombardeio de Nagasaki, 209
Nagai, Makoto, 175, 207, 296, 316, 336, 362
Nagai, Midori, 207, 298, 302
Nagai, Paul (Takashi), 362
câncer antes do bombardeio de Nagasaki, 139, 151, 207
cuidados médicos oferecidos por, 252-3, 255, 288, 296
diário médico depois do bombardeio de Nagasaki, 177
filosofia de Nyokodo de, 301-3, 309-10, 312-7
morte de, 317
Nós, de Nagasaki, 367-8
Os sinos de Nagasaki, 313, 367
protocolo de tratamento da radiação estabelecido por, 282, 295-6, 298-300, 304-5
remissão do câncer, 309, 312-4

sobre a vontade de viver dos pacientes, 322, 325
sobre o ciclone de Urakami, 201-2
sobre o comportamento dos sobreviventes depois dos bombardeios, 234, 246-7, 288-9
sobre os relacionamentos pessoais depois dos bombardeios, 225, 227-8, 290, 311, 340
visita dos agentes do fisco, 315, 368
Nagai, Tokusaburo, 316-7
Nagano, governador
localização durante o bombardeio de Nagasaki, 179-80
morte de, 345
reação ao aviso sobre o bombardeio de Hiroshima, 116, 149-51, 179-80
reação após o bombardeio de Nagasaki, 196-8, 245-6
Nagasaki 1945 (Akizuki), 371
Nakamoto, Hiroko, 75, 87, 279-80, 343, 362
Nakamura, chefe, 245-6
Nakazawa, Keiji "Gen Pés Descalços", 362
busca por comida depois do bombardeio, 216-9, 238-9
discriminação contra, 341
doença da radiação e, 104-6, 216-8, 239
escola frequentada por, 310-1
localização durante os bombardeios de Hiroshima, 104-5, 257
morte da mãe, 241
novelas gráficas de, 341, 362, 376
relacionamento com Ryuta, 266-9, 310-2
sobre a guerra, 76, 238
Nakazawa, Senji, 255-6, 311
Nakazawa, Tomoko, 218-9, 257, 265
Necessary Evil, 78, 80-4, 86, 189
Nishina, Yoshio, 362
bomba de Hiroshima e, 87-9, 98-9, 308
mensagem de Alvarez a, 66, 103
morte de, 318
previsões sobre bombas atômicas, 37, 54-5
reação às bombas, 214-6
Nishioka, sra., 118, 345
Nishioka, Takejiro, 362-3
doença da radiação e, 92, 116-9, 121, 160, 192, 246
encontros com sobreviventes feridos de Nagasaki, 198-9, 220-1
governador Nagano e, 116, 245-6
localização durante o bombardeio de Hiroshima, 54-5
localização durante o bombardeio de Nagasaki, 172
morte de, 345
viagem a Hiroshima depois do bombardeio, 55-8
Nomura, Eizo, 106-9, 318, 363
Nós, de Nagasaki (Nagai), 367
Nove que sobreviveram a Hiroshima e Nagasaki (Trumbull), 372

Nyokodo, 299, 301, 309-10, 312-3, 315-7, 331-2, 339-40, 351, 353, 393

O
Ohara, Shizuko, 320
Okamoto, sr. 169
Omoiyari, 331-2, 339-40, 351-4
Omura, Hospital Naval de, 270-2
Owa, Reiko, 349

P
panfletos conclamando à rendição, 92-3
Passagem da Virgem, A, (Nagai), 317
Pearl Harbor, bombardeio de, 209
pele, "desenluvamento" da, 41, 296
Pessoas com "pele de jacaré", 35, 184, 192, 199, 205, 226
Ponte Aioi
 antes do bombardeio, 90
 como alvo da bomba, 76-7, 83-4
 depois do bombardeio, 91, 97
 sombras deixadas na, 1, 4, 22, 92
plutônio, bomba de. *Ver* bomba atômica de Nagasaki
plutônio, concentração no corpo, 218
prisioneiros de guerra
 bombardeio de Hiroshima e, 88-9, 346
 bombardeio de Nagasaki e, 146-8, 170-2, 193-4, 369
projeto dos pássaros de papel, 325-31
Projeto Manhattan, 378
Purnell, almirante, 123, 213

R
reação de fissão, 5
relações pessoais dos sobreviventes, 225-8, 289-90, 292, 308, 311, 340
Ritsuko, 209
Rommel, Edwin, 374
roupas brancas, 18, 24, 27, 113, 283
Rússia. *Ver* União Soviética
Ryuso, 25-6, 39

S
Sadako e os mil pássaros de papel (Coerr), 376-7
Sagane, Ryokichi, 363
 análise da capacidade dos EUA de produzir bombas atômicas, 100-2
 carreira pós-Hiroshima de, 346-7
 mensagem de Alvarez a, 66, 103
 monitoramento de Hiroshima depois da bomba, 308
Sakomizu, Hisatsune, 230
"sapateador". *Ver* dançarino de sapateado
Saroyan, William, 347
Sasaki, Fujiko, 262, 363
 morte de, 341
 localização durante bombardeio de Hiroshima, 12, 17, 291, 320-1
 sobre a doença de Sadako, 322-3, 330
Sasaki, avó, 263, 290, 292-4
Sasaki, Masahiro, 263
 amizade com Tsugio Ito, 23
 fuga de Hiroshima, 294-5
 localização durante bombardeio de Hiroshima, 263, 291-3, 320

Omoiyari, filosofia de, 330-1, 339-40, 351-4
sobre a doença da irmã, 324-331
sobre o doutor Hachiya, 290
Sasaki, Sadako, 363
fuga de Hiroshima, 294-5
habilidades atléticas de, 321
leucemia e, 322-4
memória da explosão de Hiroshima, 12-3, 26, 263, 291
morte de, 330
pássaros de papel feitos por, 325-30
Sasaki, Shigeo, 363
durante a doença de Sadako, 321-3, 325, 327-8, 330
visitas ao doutor Hachiya, 262-3, 276, 289-90
Sato, embaixador, 99
Sato, Kuniyoshi, 123-4, 350, 363
Sengier, Edgar, 378-9
Setembro, 11 de (2001), 349, 351
Setembro, 11 de (comitê), 282, 367, 372
Shigeko, sra., 286-7
Shigeko, Shigeru, 286-7
Shimoyama, Shigeru, 363
fuga de Hiroshima, 36-7
localização durante bombardeio de Hiroshima, 11, 22
morte de, 349
Shinoe, Shoda, 241-3, 279, 283, 343, 364, 376
Shiotsuki, Masao, 272, 274-5, 345, 364
Shirabe, professor, 305
Simcho, padre, 206-7
Sinos de Nagasaki, Os (Nagai), 313, 367
sobreviventes dos bombardeios atômicos características de, 289
censura, 367-8
discriminação contra, 334, 341
relacionamentos pessoais de, 225-8, 289-90, 292, 308, 311, 340
sentimento de culpa, 48-9, 207, 225-6, 264, 289-90, 292
Ver também sobreviventes específicos
Stalin, Joseph, 99-100, 378
Straight Flush, 78-80, 256
Sumi-chan, 164-5, 181-2, 345
Sweeney, Charles, 364
arma de "silenciamento próprio" carregada por, 88
e o bombardeio da fábrica de motores Toyota, 256
falta de combustível depois do bombardeio de Nagasaki, 189-90, 210-1
memória de, 379-80
morte de, 346
observações depois da detonação da bomba de Nagasaki, 189-90
papel no bombardeio atômico de Hiroshima, 71-2, 74, 78-80, 87
papel no bombardeio atômico de Nagasaki, 121-3, 137-42, 148-9, 152-6, 166-8
relação de Tibbets com, 138, 379-80
sentimentos sobre as bombas atômicas, 93-4, 231-4, 255-6
visita a Nagasaki depois do bombardeio, 282-3

T
"T", ponte. *Ver* Ponte Aioi.
Tajima, Eizo, 54-5, 66, 87, 100, 318, 364
Tajima, professor, 66
Takahashi, Akihiro, 48
Takakura, Akiko, 8-11, 16, 22, 28, 31-4, 364
Takami-san, 177
Takamoya, Hiroshi, 349
Takayama, Hitoshi, 393
Takeo, 209
Tanaka, Shizuichi, 258-9, 275
Tetsutani, Nobuo, 13, 349, 364, 376
Tia Magrela, 226-7
Tibbets, Paul, 364
  arma de "silenciamento próprio"carregada por, 88
  encontros com sobreviventes, 48
  entrevistas após os bombardeios, 231
  morte de, 318
  papel no bombardeio atômico de Hiroshima, 76-82, 85-6
  relacionamento de Sweeney com, 138, 378-80
  "voar a escada", teoria de, 211
Tinian, acidente em, 71-3
Tobata, bombardeio de fogo em, 135
Togo, Shigenoru, 364
  encontro com Hirohito, 229-30
  fechamento de fábricas de munição, 233
  morte de, 319
  reação aos bombardeios, 102, 214-5, 258
Tokugawa, xogum, 298
Tomimura, cadete, 187-9
Toyota, fábrica de motores em Koromo, 256
Triciclo de Shin, *O* (Tetsutani), 376
Truman, presidente
  autorização para continuar bombardeio incendiário no Japão, 255
  conhecimento sobre capacidade de fabricar bombas atômicas, 103, 378
  pronunciamento sobre o bombardeio de Hiroshima, 92-3, 137, 214
Trumbull, Robert, 372
Tsuno, Susumu, 92, 112-5, 117, 183, 200, 350, 364-5
Tunguska, 97-8

U
Ueno (zoológico), 144-6
Ugaki, almirante, 215, 233-4
Umeda, sargento, 187-8
Umezu, Yoshijiro, 102, 215, 365
União Soviética, 99-100
Unidade 731, setor de armas biológicas (China), 319
Urakami
  ciclone em, 200-1
  efeito da bomba atômica em, 174-6, 180, 184-6, 195-6, 197, 199, 334
  exclusão de mortes por MacArthur em, 370
  proximidade a Nagasaki, 122
  Ver também bomba atômica de Nagasaki
urânio, bomba de. *Ver* bomba atômica de Hiroshima.
urânio, método de espingarda de, 72-3
Urey, Harold, 347-8, 378-9

V
Van Pelt, Jim, 155-6, 167, 212
Vida em três terras, Uma (Cantwell), 377
visão (olhos), 28, 36
vítimas, 351-4
"voar a escada", teoria de, 211
von Braun, Wernher, 103
von Stauffenberg, Claus, 373
von Stulpnagel, Carl-Heinrich, 373

X
Xogum (Clavell), 233

W
Waldman, Bernard, 80-1, 83-4, 365
Weller, Anthony, 370
Weller, George, 368-72
Wells, Warner, 376
Wouk, Herman, 373

Y
Yamada, Seiso, 17
Yamagami, 371
Yamaguchi, Hisako, 159
  cuidado ao marido depois da bomba, 243-5, 296, 304-5
  desenvolvimento de câncer, 335
  localização durante bombardeio de Nagasaki, 205-6
  reação ao aparecimento do marido, 120
  tempestades de setembro e, 306
Yamaguchi, Katsutoshi, 206, 335
Yamaguchi, Tsutomu, 365
  como duplo sobrevivente, 304, 343
  defesa da paz, 222, 336-9, 372
  doença da radiação e, 64, 92, 119, 243-5, 296, 304
  fuga de Hiroshima, 25, 41, 64-6, 92, 333-4
  localização durante bombardeio de Nagasaki, 204
  mudança na carreira de, 307, 334
  procura pela mulher depois do bombardeio de Nagasaki, 205-6
  queimaduras pelo clarão do bombardeio de Hiroshima, 17-8, 23, 40
  reação dos pais ao aparecimento de, 120
  relatório sobre o bombardeio de Hiroshima, 159-60
Yawata, bombardeio incendiário de, 135
Yoshioka, dra., 152, 202-3, 224-5, 236, 252-4, 343, 365

Z
Zhejiang-Jiangxi, campanha de, 318
zoológico, trabalhadores do, 143-4

SOBRE O AUTOR

Charles Pellegrino é coautor do *best-seller A tumba da família de Jesus*. Escreveu dezenove livros, incluindo outro *best-seller* do *New York Times Her Name, Titanic* e *Ghosts of the Titanic*, os quais o diretor James Cameron utilizou como fontes para o sucesso de bilheteria *Titanic* e para o filme 3D Imax *Fantasmas do abismo*. Pellegrino tem Ph. D. em paleobiologia, projetou sistemas de propulsão nuclear para voos espaciais e já contribuiu com artigos para publicações científicas como *Science* e *Smithsonian*. Provavelmente o autor seja mais conhecido como o cientista cuja "receita biomórfica de dinossauro" se tornou a base para a série *Jurassic Park*.

Este livro foi composto em Sabon LT
para a Texto Editores Ltda.
em agosto de 2010.